LOCUS

LOCUS

RECREATION

R75
亡命化學家 *The Chemist*

作者：史蒂芬妮・梅爾（Stephenie Meyer）
譯者：王心瑩
責任編輯：翁淑靜　封面設計：林育鋒
校對：陳錦輝
法律顧問：董安丹律師、顧慕堯律師
出版者：大塊文化出版股份有限公司
台北市10550南京東路四段25號11樓
www.locuspublishing.com

讀者服務專線：**0800-006689**
TEL：(02) 87123898　FAX：(02) 87123897
郵撥帳號：18955675　戶名：大塊文化出版股份有限公司

總經銷：大和書報圖書股份有限公司　地址：新北市新莊區五工五路2號
TEL：(02) 89902588　FAX：(02) 22901658
排版：洪素貞 製版：瑞豐實業股份有限公司
初版一刷：2017年2月

定價：新台幣380元
Printed in Taiwan

亡命化學家 / 史蒂芬妮.梅爾(Stephenie Meyer)著 ; 王心瑩譯. -- 初版. -- 臺北市 : 大塊文化, 2017.02
面 ;　公分. -- (R ; 75)
譯自 : The chemist
ISBN 978-986-213-774-1(平裝)

874.57　　105024562

亡命化學家

THE CHEMIST

STEPHENIE MEYER
史蒂芬妮・梅爾

王心瑩　譯

這本書獻給

傑森・包恩和亞倫・克洛斯

（另外也獻給阿絲亞・穆奇尼克和梅根・西貝特，她們開心協助並慫恿我深陷迷戀）

第一章

對於現在自稱是「克莉絲．泰勒」的女子來說，今天的任務已成為例行公事。她起床的時間遠比自己希望的時間早了許多，然後著手拆卸平常夜間的防禦措施。每天晚上把所有東西堆疊起來，只為了早上醒來的第一件事是把它拆開取下，這實在苦不堪言，然而她的人生絕對禁不起一時半刻的懶散鬆懈。

完成每日這番雜活之後，克莉絲坐進她那輛不起眼的車，開了一小時又一小時；車子已經頗有年紀，但沒有什麼令人難忘的大規模損壞。她已經跨越地圖上三段主要的邊界和無數條次要格線，甚至開了大約適當的距離後，她又路過好幾個城鎮卻沒有進入。那一個城鎮太小，這一個只有兩條出入道路，而另一個看起來外來訪客太少，她進入那裡必定太過顯眼，即使她已經努力把自己裝扮得再普通不過。她記住幾個地方，也許以後有一天會想再回來……像是焊接用品店、剩餘軍用物資店，以及農夫市集等。桃子即將進入盛產期，她應該要儲備一些。

最後，到了傍晚時分，她抵達一個未曾來過的繁忙地區，這裡連圖書館都顯得相當熱鬧。

如果可以的話，她很喜歡使用圖書館。免費就比較難以追蹤。

她在建築物的西側停好車，避開門口上方設置的監視器。館內所有的電腦都有人占用，另外有好幾群人在附近虎視眈眈地等待，於是她四處瀏覽一下，在傳記區尋找是否有相關書籍。她發現自己已經讀過可能用上的每一本書。接下來，她搜尋最喜歡的諜報作家新書──他以前是美國海軍三棲特種部隊「海豹部隊」成員；同時她也抓了幾本題材相近的書。她要去找個好位子等待時，突然湧起一陣強烈的罪惡感；從圖書館偷書實在很俗氣，但有好幾個原因使她根本不可能拿到這裡的圖書證，而從這些書讀到的內容或許恰巧有機會讓她比較安全。安全永遠戰勝罪惡感。

其實她心裡很清楚，這些書的內容有百分之九十九是沒用的；對她來說，小說幾乎不可能有實際且具體的用途。然而從很久以前開始，她的工作就是努力讓比較有事實根據的研究內容變得實用。如果缺乏A級資源可以挖掘，她也勉強能夠接受Z級資源。一旦沒有任何東西能研究，她會比平常更加恐慌。而上一次搬遷時，她還真的找到一種似乎很實用的祕訣，於是已經開始將它融入例行公事中。

她在一張褪色的扶手椅安頓下來，椅子位於偏僻的角落，望向電腦隔間的視野還算不錯，然後開始假裝閱讀她那疊書的最上面一本。她觀察好幾位電腦使用者把物品攤放在桌上的方式（有個人甚至把鞋子脫了），可以看出他們會占用好長一段時間。一位少女正在使用的那部電腦最有希望，她帶了一堆參考書籍和一副煩惱的神情。女孩似乎沒有查看社群媒體，而是認真記下在搜尋引擎上找到的一個個書名和作者。克莉絲等待時始終低頭看書，她將書本穩穩放在左手臂彎裡，運用隱藏在右手裡的刮鬍刀片，把固定在書背的磁性感應器俐落割下，再塞進椅墊和椅子扶手之間的縫隙裡。她假裝對這本書缺乏興趣，又將注意力轉移到書堆的下一本書。

克莉絲準備就緒，已經將割掉感應器的一本本小說塞進她的背包裡，這時那位少女離開電腦，要去尋找其他資料。克莉絲既沒有跳上前去，也沒有顯露爭搶座位的樣子，就已經端坐在那張椅子上，其他抱持希望的人甚至還沒發現他們的機會稍縱即逝。

真正查看電子郵件的時間通常花費大約三分鐘。

看完之後，她會再開四小時的車程回到暫時的家（假如沒有刻意繞路的話），當然也要重新堆起防禦措施才能入睡。「電子郵件日」總是很漫長的一天。

她查看的電子郵件帳號與她現在的生活沒有關聯，既沒有固定的IP位址，也沒有提到地點和名字，而且一讀完郵件、需要的話加以回覆之後，她就會立刻離開那裡，加速遠離該城鎮，盡可能讓自己與那個地點的距離拉開得越遠越好。以防萬一。

「以防萬一」已經成為克莉絲無心插柳的座右銘。她過著過度防備的生活，然而她經常提醒自己，如果沒有這些防備，她就完全沒有生活可言。

不必冒這些風險當然很好，但是金錢總有用完的一天。她通常會在某個由夫妻經營的小型商店找到幫傭工作，最好只留下手寫的紀錄，不過那種工作賺到的錢通常只夠支付食物和租金等基本生活所需，絕對無法負擔她生活中比較昂貴的事物，像是假身分證、實驗器材，以及她所貯存的各種化學材料。於是，她在網際網路上維持一種虛無縹緲的存在，到處尋找極少數的付款客戶，而且盡全力讓這些事不會引人注意，特別是那些想要阻止她活著的人。

最近兩次的電子郵件日都一無所獲，因此看到有個訊息等著她就很高興……大約高興了十分之二秒，然後她才注意到郵件回覆地址。

l.carston.463@dpt11a.net

真的來了……他的真實電子郵件地址。很容易直接追溯到她的前雇主們。她頸背的寒毛直豎，腎上腺素湧到全身，彷彿在血管裡大喊「跑啊，跑啊，快跑」；但是看到這樣的傲慢自大，她內心仍有一部分張口結舌，不敢置信。她永遠都低估他們粗心大意的驚人程度。

前雇主們還不可能來到這裡，她在驚慌中對自己這樣推測，眼神卻已飄向圖書館裡每一個肩膀太過寬闊的男子，也許身穿黑西裝、也許剪著軍人髮型，乃至於朝向她走來的每一個人。她可以透過窗玻璃看見自己的汽車，看起來沒有人對它造成損害，但她其實沒有持續盯著車子看，對吧？

所以，他們再度找到她了。然而他們絕不可能知道她會決定在哪裡查看郵件，她非常認真地隨機挑選地點。

就在這時，一盞警示燈已經在一間灰色整潔的辦公室裡亮起來，或者說不定有好幾間辦公室，甚至帶有一閃一閃的紅色閃光。他們當然會對這個ＩＰ位址發布優先追查的命令，也會開始動員許多人，但就算派出直升機（他們確實有那樣的能力），她也還有一點應變時間，足以看看卡爾斯頓到底想要幹嘛。

郵件主旨是：厭倦逃亡了嗎？

混蛋。

她將信件點開。訊息不是很長。

政策已經改變了，我們需要你。非正式的道歉有用嗎？我們可不可以碰個面？我不會求你，但是很多人的性命危在旦夕。很多很多人的性命。

她一直都很喜歡卡爾斯頓。與「部門」聘請的其他許多黑西裝男人比起來，他似乎比較有人性。他們有些人，特別是來自軍隊的那些人，令人打從心底感到害怕。這種想法可能很偽善，畢竟她本來也在那個行業裡。

所以，他們當然請卡爾斯頓出馬聯繫。他們知道她既孤單又害怕，於是派出老朋友讓她感覺到全然的溫暖和愉快。這是常識，她恐怕已經看穿他們的計謀，但她不覺得傷心，因為她偷來的一本小說就曾用過同樣的計謀。

她深呼吸一口氣，然後花三十秒好好集中精神。她的下一步理應是專注，專注於盡快離開這間圖書館、這個城鎮、這個州，以及是否逃得夠遠？她現在的身分是否依然安全？或者又該搬家了？

然而，卡爾斯頓的提議所潛藏的計謀讓她無法專注。

萬一……

萬一這提議真的能讓他們不再來煩她呢？萬一她之所以認定這是陷阱，其實是源自偏執之心，以及讀了太多間諜小說的緣故？

假如這工作真的夠重要，說不定他們願意以恢復她的往日生活作為交換？

不可能。

然而，假裝卡爾斯頓的電郵寄錯地方實在沒道理。

她認為自己回覆的語氣會讓那些人以為她願意照做，但其實她現在擬定的計畫只有最粗淺的輪廓。

卡爾斯頓，對很多事都厭倦了。我們第一次碰面的地方，今天的一星期後，中午。如果看到有人跟你一起，我會離開，等等諸如此類，我確定你知道規矩。別做傻事。

她站起來立刻走出去；即使腿很短，她也喜歡邁開大步走，看起來會比實際上更從容。她正在腦中盤算著，估計直升機要花多久時間才能從華府飛到這個地點。他們當然可以對本地人發出警告，但那通常不是他們的作風。

完全不是他們平常的作風，然而……她有種毫無來由卻很強烈的不安預感，覺得他們有可能對平常的作法感到厭倦。他們尋求的結果還沒有發生，而這些人很沒有耐心；他們很習慣想要什麼就立刻得到，而他們想要她的命已經有三年了。

這封電郵絕對顯示策略改變了。如果它真的是陷阱的話。

她必須將之視為陷阱。這樣的觀點建構出她的世界，也正是她還能呼吸自如的原因。然而，她心中有一小部分已經開始萌生愚蠢的希望。

她很清楚自己正在玩一個賭注很小的遊戲。賭注只有一條命。只有她的一條命。

她奮力對抗「部門」那種壓倒性優勢所保住的這條命，也只不過是一條命而已。這是最赤裸裸的基本事實——一顆怦怦跳動的心，與兩片不斷擴張又收縮的肺。

沒錯，她還活著，而且她得奮力搏鬥才能維持這樣，不過在一些比較悲觀的夜晚，有時候不免質疑自己奮鬥的目的究竟是什麼。她所維持的生活品質值得付出這一切的努力嗎？閉上眼睛再也不必張開難道不會比較輕鬆嗎？空虛、黑暗、一無所有，會不會比無止境的恐懼和持續的努力稍微愉快一點呢？

只有一個因素能讓她不會回答「是的」，那個因素為她提供平靜且不痛苦的宣洩出口，也提供非常強大的競爭動力；那個因素對她在醫學院時很有用處，現在也幫助她維持呼吸。她絕不打算讓他們獲勝。她絕不讓他們用輕鬆的方法解決問題。到最後，他們很可能會逮到她，但一定要很努力才能達到，那些該死的人，他們也要為此付出代價。

此刻她身在車子裡，距離最近的高速公路閘道還有六個街口。一頂黑色棒球帽蓋住她的短髮，寬邊的男用眼鏡遮住大半張臉，寬鬆的長袖運動衫也掩飾她的苗條身形。對偶然經過的路人來說，她看起來很像十幾歲的男孩。

想要她死的那些人已經流了一些血；她回憶著昔日情景，發現自己一邊開車一邊突然笑起來。如今，她殺起人來十分自在，她發現那很有滿足感，想起來還真奇怪。她變得殘忍嗜殺，整個回顧起來其實挺諷刺的。她在他們的監督下待了六年，那整段期間，他們一點都沒有讓她失控，並讓她變成樂在那份工作的人。然而，三年前逃離他們之後，很多方面都改變了。

她知道自己並不樂於殺害無辜的人，很確定自己一直沒有跨過這個關卡，也不會跨過。在她這個行業（她以前的行業）裡，有些人真的是神經病，不過她喜歡這樣想：就是因為那樣，她的同儕才沒有像她如此優秀。他們的動機是錯的。她痛恨自己做的事，這給予她力量，想把事情做到最好。

而以她目前的生活來說，殺人關乎勝利。不是打贏整場戰爭，只是一次打贏一場小戰鬥，不過每一場戰鬥仍是一次勝利。某人的心臟會停止跳動，而她的心臟則會持續跳動。某人會來找她，但他找到的不是被害者，而是掠食者——就像一隻隱遁的棕色蜘蛛，隱身在蛛絲陷阱後面深藏不露。

這就是他們塑造出來的她。她很想知道，他們有沒有對自己的成就感到一丁點驕傲？還是對於鏟除她的速度不夠快而悔不當初？

沿著州際公路開了幾公里後，她的感覺就好多了。她開的車是很大眾化的車款，此刻大概有一千輛同款的車子一起開在高速公路上，而等她找到安全的地點停下來，就會盡快把偷來的車牌換掉。沒有半點蛛絲馬跡能把她與剛才離開的那個城鎮連結起來。她已經跳過兩個閘道出口，從第三個出口開下交流道。假如他們想要封鎖高速公路，可能也不曉得該封鎖哪裡才好。她目前依然行跡隱密，安全無虞。

在這個節骨眼，直接開車回家當然是不可能的。她的回程花了六小時，在好幾條高速公路和平面道路之間繞來繞去，不時前顧後盼以確定沒有人跟蹤。等到她終於返回租賃的小房子（相當於建築物的老爺車），幾乎快睡著了。她考慮煮咖啡，但衡量著咖啡因刺激的益處和多一項工作的負擔，最後決定只靠咖啡這種能量補給品的香氣硬撐過去。

她拖著身子爬上兩層搖搖晃晃的門廊臺階，自動避開第一階左邊因腐爛而搖動的地方，然後打開鋼鐵安全門的兩道插銷鎖，這是她住進此處的第一週就裝上的。牆壁只是木頭飾板、禿裸石牆、膠合夾板和塑膠牆板，並不能提供同樣的安全等級，但以統計數據來看，入侵者最先會從大門進入。窗戶的鐵窗也不是難以克服的障礙物，不過足以讓一般小偷轉念去偷更容易得手的目標。轉動門把之前，她先快速地按三次門鈴，但是暗中觀察的人會以為是長按一次。房子的西敏寺報時門鈴聲隔著薄牆有點含糊不清。她很快踏入門內……同時屏住呼吸，以防萬一。沒有踩到碎玻璃的輕微嘎吱聲，於是她呼出一口氣，將門帶上。

家中的防禦設施全都是她自己設計。她一開始研究過很多專業人士，他們各有獨門絕活，卻沒有她的整套專業技巧，而她現在用來當作教戰守則的各種小說的作者也沒有。她需要知道的每一件事都很容易在YouTube學到。從老舊洗衣機取下幾個零件、從網路上訂購一塊控制面板、一個新門鈴，外加幾個雜七雜八的東西，她就能自己做出可靠的詭雷陷阱。

她順手鎖上插銷鎖，按下最靠近門的電燈開關。那個控制面板上還有另外兩個開關，中間的沒作用，而第三個開關距離門最遠，它與門鈴用的同一條低電壓訊號線接在一起。開關的控制面板和大門一樣都比較新，嶄新程度與這間小起居室的其他東西相差好幾十年；這個空間兼作起居室、餐廳和廚房使用。

每一件東西都看似已經拋棄不用了，包括每一件都小到無法讓成年人躲在後面的廉價小型家具，而流理臺和桌面空蕩蕩，也沒有裝飾品。放眼望去毫無生氣。即使鋪了很像酪梨和芥末色的塑膠地板，天花板噴成凹凸不平的花紋，她知道整體看起來還是有點像實驗室。

也許是氣味讓這裡感覺像實驗室。整個房間一塵不染，如果有人入侵，可能會把聞到的泳池用品店氣味當成是化學清潔劑；但是入侵者也得不觸動她的防禦系統才行，假如觸動系統，那人就沒有機會留意這房間的許多細節了。

房子的其他部分只有一間小臥室和浴室，從大門口到房子的另一端排成一直線，沒有任何東西擋路。她把電燈關掉，省得等一下還要走回去。

她拖著蹣跚步伐從唯一的門走進臥室，像夢遊一樣完成例行公事。對街加油站的紅色霓虹燈透過百葉簾照進來，光線夠亮了，因此她沒有把燈打開。一張雙人床占據了房間裡的大半空間。首先，她把床墊上的兩個長型羽毛枕頭重新排列位置，形成約略像人體的形狀。接著，她把裝滿萬聖節化妝用假血的夾鍊袋塞進枕頭套裡；近看假血其實不會覺得很像，不過夾鍊袋是為了某個破窗而入，把百葉簾推開，從那個有利位置開槍的攻擊者而準備的——在霓虹燈的微弱光線下，他將無法察覺真血和假血的差異。其次是頭部……她使用的面具也是萬聖節後大拍賣的戰利品，以滑稽的手法模仿某位落選政客，皮膚色澤相當寫實。她在面具裡塞進約略符合自己頭部大小的東西，那顆頭事先已縫上廉價的深褐色假髮。最重要的是，有一條細金屬線從床墊和床座之間穿出，隱藏在尼龍髮絲裡面，另一條金屬線則從放置著假頭的枕頭刺穿出來，看來兩者配對。她使勁拉起床單蓋上，再蓋好毯子，輕拍幾下把整個形狀調整好，然後把兩條金屬線的末端扭轉在一起。這個連接處非常脆弱，萬一她碰觸到假頭，或者稍微推擠到枕頭身體，不管力道再怎麼輕，兩條金屬線都會悄悄滑移開來。

她往後退，雖然眼睛都快閉上了，還是再稍微檢查這個誘餌。這不是她的最佳傑作，不過看起來確實很像某人睡在床上，即使入侵者不相信那是克莉絲，還是得把這個睡覺的身體破壞掉，再繼續搜尋她的下落。

她實在太累，沒力氣換睡衣，只脫下寬鬆的牛仔褲。這樣就夠了。她抓起第四個枕頭，從床底下拉出睡袋，它們感覺起來比平常更巨大也更沉重。她把枕頭和睡袋拖到狹小的浴室，扔進浴缸裡，再隨便梳洗一下。今天晚上不洗臉了，只刷牙就好。

手槍和防毒面罩都放在水槽下方，藏在一疊毛巾底下。她戴上防毒面罩，把繫帶拉緊，然後用手掌輕敲濾毒筒，用鼻子吸氣以確認密封狀況。面罩在臉上吸附得很好。其實一直都很好，但她絕不因為熟悉或疲勞就跳過這個安全程序。她把手槍移到浴缸上方的壁掛式肥皂盤上，比較方便拿取。她不喜歡槍；與完全沒受過訓練的平民比起來，她算是還不錯的槍手，但與職業槍手並不是同一個等級。然而，她需要這個選項；總有一天，她的敵人會想辦法突破她的防禦系統，而且來找她的人也會戴著防毒面罩。

老實說，這些噱頭招式竟然能防禦這麼久，她自己也覺得驚訝。

她把一個未開封的化學性吸附筒塞到胸罩帶子底下，然後拖著腳回到兩步之遙的臥室。她走到床鋪右邊，跪在從未用過的地板通氣口旁邊。通氣口由護柵覆蓋著，通常應該更髒一點；護柵的上排螺絲只拴進一半，底部螺絲則全部不見，不過她確信如果有人從窗戶窺視，絕對不會注意到這些細節，即使注意到也不會了解箇中含意；夏洛克．福爾摩斯大概是她唯一不擔心會闖入她生活的人。

她把上排螺絲轉鬆，取下護柵。如果有人從通氣口望進屋內，可能會立刻發現幾件事。其一，通氣口的背後封住了，所以再也沒有功能。其二，白色桶子和大型電池組恐怕也不是該出現在這裡的東西。她把桶蓋打開窺探裡面，與前面起居室相同的化學氣味立刻迎面撲來，她因為太熟悉這氣味而經常沒注意到。

她伸手探向桶子後方的陰暗處，最先拉出來的是一個看似複雜的小玩意兒，包含螺線管、金屬臂和細電線；接著拿出來的，是約莫手指大小的一瓶針劑；最後則是一隻橡膠清潔手套。她將螺線管放置定位，於是它延伸出來的金屬臂可以約略浸泡於白色桶子內的無色液體裡；螺線管是從廢棄的洗衣機裡找來的。她用力眨兩下眼睛，努力強迫自己保持警覺；接下來要小心處理才行。她的右手戴上手套，接著把先塞在胸罩內的濾毒筒拿出來，用左手握著準備好。她用戴手套的那隻手拿起針劑瓶子，小心放入金屬臂的溝槽裡，那隻金屬臂就是為了這目的而打造。針劑瓶子剛好位於桶子裡的無色酸液表面下，瓶裡的白色粉末既無活性又無害。然而如果床上輕輕接觸的電線受到干擾，造成電流中斷，產生的電脈衝就會讓螺線管猛然彈出，玻璃瓶也會破掉。於是，瓶裡的白色粉末與桶子裡的酸液結合變成一種氣體，到時候就不是既無活性又無害了。

基本上，她在前面的起居室也做了同樣的裝置，只不過這裡的線路比較簡單。這個陷阱只有她要睡覺時才會設置。

她取下手套，再把通氣孔蓋上。由於有種預感，覺得不是很能好好放鬆，她又拖著蹣跚步伐回到浴室。浴室門也像通氣口一樣，像福爾摩斯先生那麼注意細節的人才有可能從中窺見訊息：門板四周的塑膠軟墊絕對不是標準配備。雖然無法讓浴室與臥室完全隔絕開來，但至少能為她多爭取一點時間。

她幾乎是跌進浴缸，慢動作倒在蓬鬆的睡袋上。她曾經花了好一段時間才習慣戴著面罩睡覺，但現在她連想都沒想就充滿感激地閉上眼睛。

她鑽進羽絨尼龍睡袋，然後扭動身子，讓iPad的堅硬四方形就定位，卡在她的後腰。它的充電線插在一條延長線上，由起居室的電線提供電力，假如線路的電力遭到干擾，iPad就會震動。她由經驗得知，那樣的震動就足以喚醒她，即使像今晚這麼疲累也一樣。她也知道自己擁有濾毒筒，目前仍用左手緊緊攬在胸口，活像小孩子緊抱泰迪熊；即使半睡半醒、身處黑暗之中而且屏住呼吸，她動手開啟濾毒筒、裝上防毒面罩再轉緊也花不到三秒鐘。她練習過好多次，而且練習之前歷經三次緊急狀態都證明確實可行。她存活下來了，她的系統確實有效。

她累得筋疲力竭，必須趕在陷入不省人事之前，先讓腦袋盤點一下今天的種種壞事。知道「部門」又找到她了，感覺很可怕，很像幻肢的疼痛感，明明沒有連接在她身體的所有真實部位上，但就是可以感覺到。她對自己回覆的郵件內容也不滿意，還沒有完全確定就提出計畫實在太衝動。她得比平常反應得更快才行。

她知道那個理論：有時候，你朝著拿槍的傢伙迎面衝去，有可能逮到他失去防備的契機。遠走高飛永遠是她最喜歡的招數，但這一次，她想不出其他的替代方案。也許明天吧，等到她的疲累腦袋重新充電之後再說。

身處於周遭自己編織的羅網中，她睡著了。

第二章

她坐等卡爾斯頓現身時，心裡想著「部門」要殺她的另外幾次嘗試。

巴納比，喬瑟夫．巴納比博士，是她的導師和她所知的最後一位真正的朋友……曾經訓練她進行第一次嘗試。然而就算他那麼有先見之明、計畫充分，又是根深蒂固的偏執狂，到最後其實是多喝一杯黑咖啡救了她一命，完全是好狗運。

她一直都睡不好。她與巴納比一起工作了六年。大約在共事三年後，巴納比曾對她述說心裡的懷疑。剛開始，她不願相信他說的可能是對的。他們只不過是奉命行事，而且執行得很好。「你不能把這視為長期的情況。」他的語氣很堅持，雖然他待在同一單位已經十七年了。「像我們這樣的人必須知道很多事，但沒有人希望我們知道那些事，到最後人家覺得我們很麻煩。你根本不必做錯什麼事。你是完全可以信任的人，但他們是你不能信任的人。」

替那些「好人」工作竟然落得如此下場。

他的懷疑逐漸變得比較明確，接著轉變成計畫，隨後演化成實質的準備工作。巴納比非常熱中於準備工作，不是因為最後對他有好處才做。

到了最後幾個月，隨著出逃日期逼近，壓力與日俱增，她變得很難入睡也就不足為奇了。就在四月的那個早晨，她喝了兩杯咖啡而不是平常的一杯，以便讓腦袋順利運轉。她的體型比一般人嬌小，膀胱也比一般人容量小，多喝了這杯咖啡，結果得像醫師搶救病人一樣衝去廁所，甚至因太匆忙而來不及登出電腦系統，但她其實沒有坐在辦公桌前。因此，當致命氣體開始經由通風口滲入實驗室時，她正在廁所裡；巴納比則是完完全全置身他應該要待的地方。

他送給她的告別贈禮是他的尖叫聲，那是他的最後警告。

他們都很確定，吹送毒氣不會發生在實驗室。那樣太混亂了。屍體通常很引人側目，聰明的兇手會盡可能讓那樣的證據距離自己越遠越好。受害者待在兇手自己的客廳時，他們不會出手。

那些傲慢的傢伙想置她於死地，她早該知道絕對不能低估那些人。他們無視法律的存在，甚至與制定法律的那些人太親近了。那種力量徹底愚蠢，令聰明人大感吃驚，但她也應該要敬畏那種力量。

接下來的三次越來越直接。她猜那些人是承包案子的職業殺手，每一個人都是獨立作業。至今只有男人，不過未來永遠有可能出現女人。其中一個男人企圖射殺她，有一個刺殺她，另一個則是用鐵撬猛敲她的頭。那些嘗試全都無效，因為他們的暴力行為是施加在枕頭上。而接下來，攻擊她的人就死了。

那種看不見但極具腐蝕性的氣體會悄悄瀰漫整個小房間……電線之間的連結斷掉後，大概過了二點五秒就會開始產生作用。在那之後，刺客的平均壽命大約只剩下五秒，主要看他的身高和體重而定。那樣的五秒肯定不會太愉快。

她所用的混合物與他們對付巴納比的東西不一樣，但是夠接近了。這是她所知道最簡單的殺人方法，很快速也很痛苦，而且材料可以更新，與她做的很多武器不一樣。她只需要好好儲存一堆桃子和一間泳池用品店就行了，沒有任何取用限制，甚至不需要郵寄地址，追捕她的人也就完全追蹤不到。

因此，現在他們想辦法再度找到她，真的讓她氣炸了。

她昨天早上一醒來就很火大，進行準備工作忙了幾個小時之後更是怒火中燒。她強迫自己打個盹，然後接下來坐進適合的汽車開了整個晚上，車子是租來的，用的是非常無聊的身分，叫「泰勒．戈汀」，以及最近剛得到的同名信用卡。今天早上，她很早就到達自己最不想待的城市，這又讓她的憤怒程度加三級。她在華府的隆納德．雷根國際機場附近的赫茲租車站還了車，然後走到對街的另一間租車公司，另外租一輛哥倫比亞特區車牌的車子。

六個月前，她的行事作風與現在不同。當時她把租賃的小房子裡的東西收拾妥當，將車子賣給分類廣告網站「Craigslist」，再用現金向某位沒有保留交易紀錄的平民另外買一輛車，然後漫無目的開車好幾天，最後找到一個看起來適合的中型城鎮。到了那裡，她又重頭開始執行整個「保命」的程序。

但現在，她萌生一股愚蠢且扭曲的盼望，希望卡爾斯頓會說出實情。這份盼望非常渺小，可能她本身的動機就不夠強烈吧。還有其他的感覺……很微小但令人煩躁的憂慮感，覺得自己沒有負起應盡的責任。巴納比曾經救了她的命。救了一次又一次。她從一次次的暗殺攻擊存活下來，那全是因為巴納比曾經警告她、教導她，讓她有所準備。

假如這次卡爾斯頓對她說謊（她很確定有百分之九十七的機會是這樣），而且安排一場埋伏攻擊行動，那麼他以前說過的每一件事都是謊言，包括「他們需要她」那部分。而且，假如他們根本不需要她，那就表示他們找到接手工作的人，像她以前一樣厲害。

他們也有可能很久以前就把她取代掉，有可能把她所知的整批雇員全部暗殺掉。但她持保留態度。「部門」有經費和門路，唯一欠缺的是人員。像巴納比和她自己這樣的人才資產，無論是尋找、培養和訓練都很耗費時間；有這種技能的人並不是從試管裡培養出來的。

她有巴納比救了她。她離開之後，又有誰會去救他們招募的笨小孩呢？新來的菜鳥必然很優秀，就像她以前一樣，但他或她一定對大多數的重要因素視而不見。撇開「貢獻國家」，撇開「拯救無辜的生命」，撇開「最先進的設備、開創性的科學、沒有限制的經費」等等不談，也不要管七位數的薪水，你知道該怎麼避免被殺嗎？目前接任她以前職位的人，一定不曉得連自己能否生存下去都是未知數，這點毫無疑問。

她希望能找到方法警告那個人，即使無法像巴納比奉獻那麼多時間幫助她也沒關係，即使只有一次對話機會也沒關係：「這就是他們報答我們這種人的方式。做好準備啊。」

然而沒有這個選項可選。

早晨還有更多準備工作要進行。她住進「布萊史考特」這間精品小旅館，登記的名字是卡西．威爾森。她用的身分證看起來不像「泰勒．戈汀」那麼有說服力，不過登記入住時，旅館有兩支電話同時響起，忙碌的接待人員也就沒有仔細檢查。接待人員對她說，有房間可以這麼早入住，不過卡西必須多支付一晚的費用，因為入住時間要到下午三點才開始。卡西沒有抱怨便同意這項規定，接待人員似乎鬆了一口氣，對卡西露出微笑，而且到現在才第一次真正注視她。卡西努力克制躲開的衝動。這個女孩記住卡西的臉孔其實沒關係；反正接下來的半小時，卡西會讓自己令人難以忘懷。

卡西故意用中性化的名字，這是從巴納比提供給她的案件檔案學來的一種策略，真正的特務都用這招；不過這算是常識，連小說作家也知道要用這招。箇中道理是這樣的：如果有人到這間旅館來找一個女人，他們會先從登記本裡明顯是女性名字的部分開始找，像是珍妮佛和凱茜。他們可能要等到下一輪才會注意到卡西、泰瑞和德魯這類名字。只要能為她多爭取一點時間都是好事，多一分鐘就可能救她一命。

熱心的行李員向她走來，要幫忙把她背後的唯一一件行李推向電梯，卡西搖搖頭婉拒他的服務。她別過頭，避開電梯控制板上方的監視鏡頭。一進入房間後，她立刻打開行李箱，拿出大型的公事包和開口有拉鏈的黑色托特包。拿出這兩件東西後，行李箱就空了。

她脫掉外套掛起來。身穿灰色薄毛衣和黑色素面長褲讓她看起來有專業形象。毛衣背後有別針，這樣比較合身。她取下別針，讓毛衣鬆開來，這樣看起來比較嬌小，也可能比較年輕一點。她擦掉唇膏，也把眼妝幾乎都抹掉，然後在衣櫥的大型穿衣鏡裡查看自己的模樣。比較年輕，容易受到攻擊；蓬鬆的毛衣意味著她躲在裡面。她認為確實有這樣的效果。

假如她要去找的是女性旅館經理，扮相可能要稍微不一樣，也許要用藍色和黑色眼影嘗試添加一點假瘀青，不過放在樓下桌面的名片寫著「威廉．葛林」，她覺得不需要多花這種時間。

這不是完美的計畫，她為此而心煩。真希望再多一個星期的時間，把所有可能的後果全部檢視清楚，但以僅有的時間來說，這是她能夠付諸行動的最佳選擇了。感覺可能太過複雜，但現在才要重新思考已經太遲。

她打電話給櫃臺，要求與葛林先生通話。電話很快就接通了。

「我是威廉．葛林……可以為您提供什麼樣的協助？」

聲音聽起來很真誠，而且過度熱情。她立刻在心裡想像一個長得像海象的男人，當然包括濃密的鬍子。

「呃，是的，希望沒有打擾你……」

「不，威爾森小姐，當然不會。我在這裡就是要竭盡所能提供協助。」

「我確實需要協助，不過聽起來可能有點奇怪……很難解釋。」

「小姐，不用擔心，我很確定可以提供協助。」他聽起來極度自信，讓她不禁好奇，他以前不知應付過什麼樣的奇怪要求。

「噢，親愛的。」她語氣慌亂地說。「這可能當面說明比較容易開口？」她以問句方式提出。

「當然好，威爾森小姐。順利的話，我十五分鐘後就會有空。我的辦公室在一樓，在櫃臺旁邊轉個彎就看到了。這樣可以嗎？」

她很緊張，卻也鬆口氣。「可以，非常謝謝您。」

她將所有袋子都放進衣櫥裡，然後取出大型公事包裡存放的現金，小心數算需要的金額。她將鈔票放進口袋，然後等待十三分鐘。她走樓梯下去，避開電梯的監視器鏡頭。

葛林先生招呼她進入無窗的辦公室時，她不禁覺得莞爾，因為與剛才的想像差距不遠：沒有鬍子，完全沒有頭髮，僅僅只有白眉毛，不過其他方面活脫脫就是海象。

要扮演害怕的樣子並不困難，而故事敘述到一半，講到施暴的前男友曾經偷走傳家寶時，她知道他上鉤了。他發怒的樣子很有男子氣概，似乎想要大聲辱罵那個愛打弱女子的怪物，不過他基本上還是保持冷靜，只表達了幾句「嘖嘖，我們會好好照顧你，你在這裡很安全」之類的保證。如果沒有給予慷慨的小費，他可能還是會幫忙，不過這樣做沒有損失。他發誓只會把她的計畫告知相關的職員，而她誠摯地表達感謝。他希望她保重，並提議報警，假如有用的話。卡西以悲痛的語氣坦白說，以她過去的經驗，警方和限制令都非常沒有效率。她暗示說，只要有葛林先生這樣高大強壯的男人提供協助，她就可以獨自處理這一切。他聽了很高興，連忙出去把每一件事都交代好。

這不是她唯一一次打出這張牌。巴納比從一開始就建議這樣做，當時他們的逃跑計畫已經發展到細部調整的階段。剛開始，她聽了這點子非常生氣，隱約覺得很不舒服，不過巴納比向來是很實際的人。她是身材嬌小的女子，在很多人心目中，她永遠都像處於劣勢的一方，何不利用這種先入為主的觀念當作她的優勢呢？扮演受害者可以避免成為受害者。

卡西回到自己房間，換上原本放在公事包裡的衣服，把毛衣換成V領的緊身黑T恤，並加上一條黑色粗腰帶，是用皮革細密編織而成。她脫下的每一件衣物都得妥善放回公事包內，因為她會把行李箱留在這裡，而且不會回到這間旅館。

她已經全副武裝。她每次出擊都會採取一些預防措施，但這次的個人保護措施採取的是高級戒備等級，真正做到連牙齒都有武裝。她在嘴裡塞進一個假牙套，裡面裝滿的東西不像氫化物那麼痛苦，但是同樣致命。這是書裡最老套的招式，原因只有一個：有用。有時候，你的最後一招就是讓自己永遠脫離敵人的掌控。

大型黑色托特包的背帶中央有兩塊木頭裝飾物，包包裡有她的特殊首飾，放在小型襯墊盒裡。每一件首飾都獨一無二，無可取代。她再也不可能有管道取得這樣的飾品，因此非常小心地收藏她的寶物。

首飾中有三枚戒指：玫瑰金、黃金，與銀戒。它們全都有小刺，巧妙隱藏在扭轉的線條裡。金屬的顏色表明小刺塗布了哪一種物質，非常簡單明瞭，完全符合她的期待。

其次是耳環，她總是非常小心拿取。接下來的路程中，她不會冒險戴這副耳環，而是要等到靠近目標才戴上；戴上之後，她移動頭部時必須非常謹慎。它們看起來像簡單的玻璃珠，但玻璃非常薄，講話音調稍微高一點就有可能破掉，特別是小球內部已經處於高壓狀態，如果有人抓住她的脖子或頭部，玻璃會發出小小的「啵」一聲破掉。那時，她會憋住呼吸，她輕輕鬆鬆就能憋個一分十五秒；可以的話最好也閉上眼睛。攻擊她的人不會知道要這樣應變。

她的脖子戴著稍大的銀色盒型墜飾，非常引人注目，也能喚起原本知道她真正身分的人的注意。不過它沒有任何致命效果，只是萬一碰到真正的危險情勢，它有分散注意力的作用。盒子裡有張照片，是個相當漂亮的小女孩，留著蓬鬆的淡黃色頭髮。孩子的全名以手寫字跡寫在照片背面，看起來很像某位母親或阿姨會佩戴的飾物。其實這個小女孩是卡爾斯頓唯一的孫女。假如對卡西來說一切都已太遲，希望找到她屍體的人是個認真的警察，由於缺乏身分證明，警察不得不打開墜飾，把她的死亡導向這個墜飾最終應該歸屬的門前臺階上。這可能無法對卡爾斯頓造成真正的影響，但說不定會讓他覺得綁手綁腳，感覺受到威脅，或者擔心她早已在別的地方釋出其他線索。

她知道太多不為人知的災難和極度機密的恐怖事物，這讓卡爾斯頓更覺得她是麻煩人物。從她第一次被判死刑至今已經過了三年，但是一想到叛國罪名，或者說她非常可能造成嚴重恐慌，她依舊無法釋懷；她根本無法預見自己揭露的真相會造成何種危害，也不曉得會對無辜民眾造成何種傷害。因此，她很樂於讓卡爾斯頓以為她已經豁出去了；說不定擔驚受怕會讓他動脈瘤破裂。即使最後輸掉這場遊戲，一個滿載著復仇意念的小小盒型墜飾會讓人愉快一點。

不過，懸掛這小盒的繩索就會致命了。以粗細比例來說，它的張力足以比擬空中纜車的鋼纜，其強度足以輕鬆勒斃一個人。繩索不是以扣環相接，而是用磁鐵吸住；她一點都不想被自己的武器勒斃。托特包肩帶上的木質裝飾物包含長條狹縫，繩索末端剛好可以放入狹縫內；一旦把繩索裝設定位，木頭部分就變成勒繩的把手。體力不是她的首選，但實際情況很難說，而這東西讓她有所準備，隨時能占有優勢。

她那條黑色皮革腰帶編織得很精細，其實隱藏好幾個彈簧針筒。假如攻擊者把她壓向他的身體，她可以把那些針筒一個個拿出來，也可以按下一個機關，讓所有的針尖同時一起露出。各種物質混合注入他體內，恐怕無法融合得很好吧。

手術刀的刀刃纏了繃帶，塞在她的口袋裡。

標準的鞋藏尖刀，一把向前彈出，另一把往後彈。

她的袋子裡有兩個罐子，標示著「胡椒噴霧器」，一罐裝著原本的刺激性物質，另一罐裝的東西可以讓衰弱效果更持久。

一個漂亮的香水瓶，噴出的是氣體而非液體。

另外，她的口袋裡有一管看似護唇膏的東西。

還有其他幾種有趣的選項，以防萬一。外加一些小東西，用以迎接未必會發生的結果：成功。另外還有檸檬形狀的亮黃色擠壓式水壺、火柴、攜帶型滅火器，還有數量非常多的現金。她把房間門卡塞進托特包；她不會回來這間旅館，不過如果進展順利，會有其他人來這裡。

像這樣全副武裝，移動起來必須非常小心，不過她練習得相當充分，因此走起路來很有自信。如果有人造成她無法小心翼翼移動，他就會是最慘的受害者，想到這點令她放心不少。

她離開旅館，看到幫她登記入住的職員便點頭致意，然後一手拎著公事包，黑色托特包則掛在手臂上。她坐進車子裡，開車駛向市中心附近人潮洶湧的公園。她把車子停在附近一排商店區的北側停車場，然後步行進入公園。

她對這座公園相當熟悉，東南角附近有間公共廁所，此刻她正往那裡走進去。此刻，正如她的預期，上學日的早上十點左右，廁所空無一人。她從公事包拿出另一套衣服，外加一個捲起來的大背包和更多配件。她換了衣服，將先前的衣物收進公事包，然後把公事包和托特包都塞進大背包裡。

她走出廁所時，旁人再也無法立刻認出是「她」。她低頭往公園南邊前進，走路故意外八，而且專心不讓臀部搖擺的幅度太大，免得洩露身分。其實似乎沒有人盯著她，但永遠假裝成有人盯著才是上策。

午餐時間一到，公園裡開始擠滿人，她也料到會這樣。沒有人對這個中性打扮的年輕人多看一眼，他坐在樹蔭下的長椅上，看似拿著智慧型手機猛打字，但也沒有人靠得夠近而看出手機畫面是黑的。

她坐在長椅上望著對街，那裡是卡爾斯頓最喜歡吃午餐的地方。那裡並不是她提議碰面的地點，現在也比約定時間早了五天。

在男用太陽眼鏡的掩護下，她不斷掃視附近的人行道。這樣可能沒用，也許卡爾斯頓早已改變用餐習慣。畢竟，習慣是很危險的事，就像渴望安全一樣危險。

她曾仔細研究真實報導和虛構小說對於偽裝的忠告，永遠都特別強調要符合常識。不要只因為你是嬌小的褐髮女子，就胡亂戴上銀白色假髮、套上高跟鞋。別想要打扮成完全相反，而是要不引人注目。想想看何種打扮會引人注目，例如金髮和細高跟鞋……避免那種打扮就對了。要善用自己的長處。有時候，你自認沒有吸引力的打扮，才能幫你留下一條生路。

回想起以前一切正常的日子，她很怨恨自己的骨架像男孩；現在就可以利用這一點了。只要穿上寬鬆的運動衫和尺寸太大的破舊牛仔褲，那些要搜尋女性的目光就不會注意這個「男孩」。她的頭髮短得像男孩，很容易隱藏在棒球帽底下，而尺寸太大的銳跑運動鞋裡穿了泡泡襪，正是普通十幾歲男孩的幼稚模樣。真正看見她面孔的人可能會注意到不一致之處，但是為什麼有人要看她？公園裡擠滿了人，男女老少都有，她並不突出，而且追捕她的人絕不會料到她在這裡。自從「部門」第一次企圖謀殺她之後，她再也沒有回來華府過。

離開自己編織的網，主動出獵——這並不是她的強項。不過，至少她預先仔細思量過了。在平常日子裡，她做的大多數事情只占注意力和智力的一小部分而已，她心思的其他部分總是盤算著各種可能性，想像著各種場景。現在這樣一想，她覺得稍微有自信了。她繪製這張心智圖像已經有好幾個月，現在正依循著圖像一步步進行。

卡爾斯頓沒有改變習慣，準時於十二點十五分入坐餐館前方的金屬小餐桌。他選了角落的餐桌，這樣才能徹底躲在陽傘的遮蔭下，完全如她所料。卡爾斯頓曾有一頭紅髮，如今頂上毛髮稀疏，但氣色依舊紅潤。

侍者對他揮手，朝她自己手上的紙板點點頭，然後掉頭走回室內。所以他點了平常點的食物。這又是可能害你送命的習慣，假如卡西要致卡爾斯頓於死地，她大可利用這一點達成目的，而卡爾斯頓甚至不知道她來過這裡。

她站起來，將手機胡亂塞進口袋，再將大背包甩上肩。

人行道位於一段上坡和一些樹木後面，卡爾斯頓看不到她在這裡。還有時間再變裝一次。她改變走路姿態，脫掉帽子，把原本套在T恤外面的運動衫脫掉。她拉緊腰帶，再把牛仔褲管捲起來，變成男版剪裁的模樣。她踢掉銳跑運動鞋，從背包裡拿出一雙不必繫鞋帶的鞋子套上。她所有的動作看似隨意，彷彿天氣太熱，只是脫掉幾件衣服而已，天氣也讓這一切顯得合理。旁觀者也許會以驚奇的眼光看著一個女孩脫掉一身男生服裝，但她覺得這一幕不會停留在任何人的記憶裡，今天的公園裡有太多更極端的打扮。在華府，陽光總會吸引許多怪咖跑到外面來。

她再度把托特包揹上肩，大背包則趁沒有人看見時，偷偷丟在偏僻角落的一棵樹後面。假如有人找到它，裡面全都不是她要活著就不可或缺的東西。

非常確定沒有人注視之後，她戴上一頂假髮，接著，小心翼翼戴上耳環。

她大可用原本的男孩裝扮面對卡爾斯頓，但為何要洩露任何祕密？為何要讓他聯想到她一直暗中監視？如果他曾經注意那個男孩，那就糟了。未來她可能有需要再次扮成男孩，因此現在不能浪費這個角色。她也可以節省時間，穿上從旅館出發的服裝，但如果沒有改變外表，很容易就能根據旅館閉路監視器捕捉的影像，追查到現在任何公共或私人監視器拍攝到的她。多花一點時間改變外貌，她就能盡可能打斷最多的追查行動；假如有人試圖找到那男孩，或者女業務員，或者她現在化身的輕鬆公園訪客，那人會發現追蹤起來很複雜。

穿著女性裝束涼快多了。她讓輕風吹乾尼龍運動衫所累積的汗水，然後走到街上。

她沿著幾分鐘之前卡爾斯頓走過的相同路徑，從他背後走上前。食物送到了，是帕瑪森乳酪烤雞肉，而他似乎全然沉浸於享用美食。不過，卡爾斯頓比她更善於假裝沉浸於自己不喜歡的事物，她很了解這點。

她一聲不吭就坐進他對面的座位。他抬起頭時，嘴巴裡塞滿三明治。

她知道他演技很好，猜想他會隱藏真正的反應，趁她捕捉到第一眼的印象之前，表演出他想要表現的情緒。他看起來一點都不驚訝，因此可能真的完全沒察覺到她，如果本來就料定她會出現，他可能會表演成看到她突然現身而非常震驚。不過像他現在這樣，定睛看著桌子對面，沒有瞪大雙眼，有條不紊嚼著食物……在在顯示他企圖控制自己內心的驚訝。她的確定程度大概有百分之八十。

她什麼話都沒說，只是迎向他那沒有表情的眼神，等他嚼完滿嘴的三明治。

「我想，這樣遇到也太巧，簡直像是計畫好的。」他說。

「對你的狙擊手來說確實太巧。」她輕描淡寫說著，與他說話的語氣差不多。要是有誰無意中聽到，可能會以為這句話是開玩笑，不過旁邊兩組吃午餐的人只顧著大聲談笑，人行道上路過的人們也都聽著耳機和手機，除了卡爾斯頓以外，沒有人在乎她說了什麼。

「茱莉安娜，我絕對不會那樣。你一定了解吧。」

現在輪到她表現得一點都不驚訝。已經好久沒有人稱呼她的真名了，聽起來很像陌生人的名字。經歷最初的震驚後，她感覺到一陣微微的愉悅。她聽到自己的名字覺得很陌生，這是好事，表示她的做法是正確的。

他的眼神飄向她顯而易見的假髮，那其實與她的真髮相當類似，不過現在他會猜測她隱藏了很不一樣的髮型。接著，他強迫自己重新看著她，又等了一會兒，但她始終沒有開口回應，於是他繼續說話，小心選擇遣詞用字。

「呃，決定你應該要……退休……的那夥人，已經失勢了。一開始根本不是每個人都同意那個決定，而現在，一直都不同意的我們這些人，再也不受那夥人管控了。」

這可能是真的，也可能不是。

他回應了她的懷疑眼神。「過去九個月來，你曾經受到某些……不愉快的打擾嗎？」
「而現在我心裡想著，我真的比你更會玩捉迷藏遊戲。」
「結束了，茱莉。正義終將壓制強權。」
「我喜歡快樂的結局。」她狠狠地諷刺一下。
他瞇起眼睛，因為遭到諷刺而難過。或者假裝那樣。
「所有的一切並沒有那麼快樂，」他娓娓道來。「快樂的結局表示我不會與你聯絡，你下半輩子不會有人打擾，而且那會是很長的一輩子，就像待在我們部門一樣長。」
她點點頭，彷彿表示同意，彷彿相信了。回首過去，她總覺得卡爾斯頓是表裡如一的人，長久以來他一直貌似好人。不過現在真是怪好玩的，像是玩遊戲，嘗試解讀每個字真正的意義。
然而有個細微的聲音質問著：「萬一這不是遊戲呢？萬一這是真的……我有可能自由了？」
「茱莉安娜，你是最優秀的。」
「巴納比博士才是最優秀的。」
「我知道你不想聽這種話，不過他絕對沒有你所擁有的天賦。」
「謝謝你。」
他挑挑眉毛。
「我這麼說不是因為你讚美我，」她解釋。「謝謝你沒有試圖告訴我，他的死是一場意外。」這些話依然以輕鬆愉快的語氣說。
「那是很差勁的做法，動機是偏執和不忠。一個人會出賣他的夥伴，以後就永遠認為自己的夥伴也會用完全相同的方法密謀暗算。不誠實的人不相信真的有誠實的人。」

他說話時，她一直都保持面無表情。

持續逃亡的三年期間，她從來不曾洩露自己曾參與的任何一樁祕密，也從來不曾讓追捕者有任何理由認定她是叛徒。即使他們企圖殺她，她也保持忠誠。而這與她的「部門」無關，一點關係都沒有。與他們不是很有關係。她讓回憶稍微分了心，想起曾經那麼接近自己期待的事，要不是有人插手干預，她現在可能早就到達那地步，進行她最迫切想做的創造與研究。那樣的計畫顯然也與他們無關。

「但現在，那些不忠的傢伙臉上被砸了雞蛋。」卡爾斯頓繼續說。「因為我們再也沒有找到像你一樣優秀的人。該死，我們連像巴納比一半優秀的人都沒找到。我真的很驚訝，人們居然忘了天縱奇才是稀世珍寶。」

他等了一會兒，顯然希望她能開口說話，希望她會發問，透露出一丁點感興趣的跡象。但她只是有禮貌地看著他，彷彿看著報到處叫喚她的陌生人。

他嘆口氣，然後傾身向前，突然一臉熱切的樣子。「我們出了問題，需要的答案只有你能給我們。沒有別人可以做這個工作，這件事又絕對不能搞砸。」

「你們，不是我們。」她簡單扼要地說。

「茱莉安娜，我知道你的能力不止於此。你關心無辜的人。」

「以前是。你可以說，我那部分已經遭到謀殺了。」

卡爾斯頓再次瞇起眼。

「茱莉安娜，我很抱歉。我一直都很抱歉。我努力阻止他們。你從他們指縫間溜過時，我真是鬆了一口氣。『每一次』你從他們指縫間溜過時。」

聽到他坦承這一切，她忍不住覺得感動。沒有否認，沒有藉口。沒有她原本預期的「那只是實驗室一場不幸的意外」、「那不是我們做的，那是國家的敵人做的」那種說詞。沒有編故事，只有坦白承認。

「而且現在每個人都很抱歉。」他的音量變得很小，她得仔細聽才聽得清楚。「因為我們沒有你，茱莉安娜，而很多人快要死了。上千人喔，成千上萬人。」

他這次停下來等她咀嚼這番話。她花了幾分鐘考量所有可能的眉角。

現在她講話也很平靜，努力不讓語氣透露出任何興趣或情緒，只陳述顯而易見的事實，推動對話繼續進行。「你知道誰有關鍵的情報。」

卡爾斯頓點點頭。

「你不能把他或她剔除掉，因為其他人就會知道你察覺到他們的存在，結果反倒促進你不希望發生的行動。」

另一陣點頭。

「我們這裡談的是不好的事，對吧？」

一陣嘆氣。

一切都不像恐怖主義那麼能激發「部門」的發展。她接受招募的時候，情緒的塵埃還沒有在紐約世貿雙塔原本佇立的大洞周圍完全落定。遏阻恐怖主義一直是她工作的主要部分……這是最佳的正當藉口。恐怖主義的威脅也已遭到操弄、轉變和扭曲，到最後她已然失去大半信念，再也無法確定自己做的確實是愛國行動。

「以及大型裝置。」她陳述，不是發問。最可怕的問題永遠是這個；到了某個時候，某個真正痛恨美國的人就會染指核子方面的東西。那樣的陰影讓全世界的人都無法看見她的專業，也讓她變成不可或缺的人，即使一般大眾非常希望沒有她這種人存在。

那樣的事情真的發生過，而且不只一次。像她這樣的人，努力不讓那些情況演變成大規模的人類災難。這是一種交易和平衡，小規模的恐懼對比於大規模的屠殺。

卡爾斯頓搖搖頭，他的灰白眼睛突然變得很憂愁。她的內心忍不住一陣震顫，意識到即將開啟第二扇門，那裡的恐懼甚至有兩倍大。

是生物性的。她沒有大聲說出這句話，只在嘴裡默唸著。

卡爾斯頓的嚴峻表情就是回應她的答案。

她低下頭一會兒，整理他所有的回答，歸納出兩大類，在她腦中列出兩份可能的清單。第一類：卡爾斯頓是天才騙子，他認為自己說的狀況會促使她前往一個地方，而那裡的人早就準備好，要把茱莉安娜・佛提斯永遠剷除掉。他很快就站穩腳步好好思考，按下她最敏感的按鈕。

第二類：某人擁有大規模的生物毀滅性武器，當局不知道武器在哪裡，也不知道何時會使用。不過他們知道某人真的擁有。

虛榮心帶有一點重量，讓平衡模式稍微傾斜。她知道自己很行。他們找不到更優秀的人可能是真的。

然而，她會把賭注押在第一類。

「茱莉，我不希望你死掉。」他平靜地說，猜測著她的思路。「如果真要你死，我不會跟你聯絡，也不會真的想與你碰面，因為我很確定你至少有六種方法可以親自當場殺了我，而且每一種方法都有充分的理由。」

「你真的以為我只會準備六種？」她問道。

他緊張地皺眉一會兒，接著決定笑一下。「反正你知道我的意思。茱莉，我可不想死。我很老實。」

他盯著她脖子上的盒型墜飾，她努力忍住不笑出來。

她恢復輕聲回答。「我寧願你叫我佛提斯博士。我想，我們過了叫暱稱的階段了。」

他的表情很傷心。「我沒有請求你原諒我，我應該要多幫一點忙。」

她點頭，想了一下；她依然不同意他說的話，只是要讓對話繼續進行。

「我求求你幫我。不，不是幫我，是幫助那些無辜的人，如果你不幫忙，他們就會死。」

「他們死了不能怪我。」

「我明白，茱……博士。我明白，那都要怪我。但是究竟要怪誰，對他們來說根本無關緊要。他們都已經死了。」

她緊盯著他，不願眨眼閃躲。

他的神情變得比較暗淡。「你想知道那會對他們造成什麼影響嗎？」

「不想。」

「可能連你的胃都承受不起。」

「真的嗎？不過那根本無關緊要。到底會發生什麼事根本是其次。」

「我倒想知道，什麼事會比成千上萬條美國人的性命更重要。」

「聽起來可能非常自私，但是對我來說，能夠好好呼吸勝過其他一切。」

「如果你死了就不能幫我們了，」卡爾斯頓直率地說。「我們已經學到教訓。這不會是我們最後一次需要你，我們不會再犯同樣的錯。」

她不想買帳，但是平衡狀態更加傾斜了。卡爾斯頓說的話還真的有道理。她確定沒有陌生人插手改變政策。萬一這全是真的呢？她可以假裝冷酷，但卡爾斯頓太了解她了，假如發生那麼巨大的災難，而她明知自己其實有機會出點力，以後一定會活得很痛苦。從一開始，他們就是用這種方法，把她與這種可能是全世界最糟糕的職業捆綁在一起。

「我想，你身上該不會帶著檔案吧。」她說。

第三章

今天晚上，她的名字叫做亞利思。

她需要讓自己與華府保持一點距離，最後落腳於費城北邊一間小型汽車旅館，位於離開費城的州際公路上，是路邊六家汽車旅館之一；即使追蹤的人一開始就把她的位置縮小到城鎮的這部分，也要耗費好一番功夫才能把所有旅館搜索完畢。她沒有留下蛛絲馬跡能把獵人吸引到賓州。但無論如何，她今晚還是像平常一樣睡在浴缸裡。

小房間裡沒有桌子，於是她把所有檔案攤開放在床上。光是看著它們就覺得好累。請卡爾斯頓把它們快遞到某個地方可不是簡單的事。

卡爾斯頓告訴她，資料已經準備好。他一直希望她願意與他見面。如果早知道她會來的話，他會隨身帶來檔案。她堅持要紙本檔案，他同意了。她告知遞送指示。

困難之處是要打斷她與卡爾斯頓之間的所有關聯。

舉例來說，她不能叫卡爾斯頓把檔案丟進某個垃圾桶，然後雇用某人把檔案拿給她；太容易監視那個垃圾桶，監視者會看到撿起檔案的人，然後跟蹤在後。那人可能將檔案丟包在另一個地方，然後她再去拿，不過監視者早已到達那裡等著。包裹在途中必須離開監視者的視線，而且時間要夠久，讓她能玩個複雜的騙人遊戲。

於是，卡爾斯頓遵照指示，把一個箱子留在布萊史考特精品旅館的櫃臺要交給她。葛林先生已經有所準備，他以為卡爾斯頓是友人，幫忙把那些傳家寶從暴力前男友手中偷回來，而前男友肯定會跟蹤他。葛林先生將旅館閉路監視器的密碼告訴她，於是她可以從好幾公里外的網咖遠端監看。她沒看到有人跟蹤卡爾斯頓，這並不表示真的沒人跟蹤，不過他看起來只是送來箱子就走了。旅館經理做得非常好，依循她所有的指示，主要是因為知道她全部看在眼裡。箱子進入貨運電梯，往下送到洗衣房，在那裡搬運到清潔人員的推車上，送到她房間，然後放進她那只不起眼的黑色行李箱，而她另外付了五百美元給一名單車送貨員，把房間門卡交給他。單車送貨員迂迴繞路，遵循她用便宜預付卡手機交代的指示，而那支手機已經丟棄；最後，送貨員把箱子放在網咖對街的影印店裡，交給一頭霧水的店員。

希望監視者還在旅館那裡，等待她走進大門。他們可能更聰明，但就算派了十個人監視，也不可能有夠多的人能跟蹤每一個走出旅館的陌生人。假如有人跟蹤她的送貨員，應該也很不容易跟上。她只能祈求現在沒有人緊盯監視，一切順利。

她的動作得快一點。接下來一個小時是她計畫中最危險的部分。

她當然知道資料中可能藏了某種追蹤裝置。她曾對卡爾斯頓說，如果有追蹤器這種伎倆，她掃描得出來，但他也許會猜測她沒有那種偵測技術。她盡可能動作快，用彩色影印機製作出一份副本，總共花了十五分鐘，實在太久了。副本放回行李箱，原稿放入櫃臺女孩交給她的紙袋，紙箱則丟入店裡的垃圾筒。

到了這時，時間真的對她不利了。她跳上計程車，請司機直奔華府比較雜亂的地區，而她一路尋找能夠提供所需隱私的最佳地點。她沒有時間太挑剔，最後請司機停在一條臭烘烘巷道的末端等她。這種舉動絕對會讓司機牢牢記住，但實在沒辦法了。他們很可能已經盯上她。她匆匆跑到死巷的巷底（好容易束手就擒的地方！），走到大型垃圾箱後面，然後伸腳在破損的柏油路面清出一塊地方。

背後的移動聲響害她嚇得跳起來。她旋即轉身，同時伸手放在粗黑腰帶上，手指也自動探尋隱藏在左邊最遠端的細針筒。

巷子的另一端有個看似茫然的男子，躺在紙箱和破布堆成的臥鋪上，正以困惑的表情看著她，不過他什麼話也沒說，也沒作勢要離開或靠近。她沒時間細想那人會看到什麼，於是一邊以眼角餘光監視著流浪漢，一邊專心對付裝原稿的袋子。她把手提袋裡的檸檬形狀擠水瓶拿出來，朝紙袋裡用力擠，汽油味瀰漫在她四周。男子的表情沒有變化。接著她點燃火柴。

她小心觀察燃燒情形，手中也拿好滅火器，以免火勢開始向外蔓延。流浪漢似乎對這部分感到無聊，於是轉身背對她。

她等到每一塊紙片都燒成灰，然後才撲滅火勢。她還不曉得檔案裡面有什麼資料，但肯定非常機密；她從來沒做過不機密的計畫。她以鞋底踩踏灰黑色的粉末，在人行道全部磨碎，確定再也沒有留下半點碎片。她扔了五元給紙箱上的男子，然後跑回計程車上。

從那以後，她換了好幾輛計程車、搭了兩趟地鐵，中間穿插步行走過幾個街口。她無法確定是否已甩掉那些人，只能盡力而為，並且隨時提高警覺。另一輛計程車載她到維吉尼亞州的亞歷山卓市，她在那裡用第三張全新的信用卡租了第三輛車。

而現在，她人在費城郊區這間廉價旅社的房間裡，濃郁的除臭劑香味與不新鮮的香菸臭氣彼此抗衡，她只顧盯著擺放在床上的整齊紙堆。

被監控對象的名字是「丹尼爾．內貝克．比奇」。

他二十九歲，皮膚白皙，身材很高，中等體格，中等長度的淡褐色頭髮略帶大波浪……那樣的頭髮長度令她吃驚，不知道為什麼，也許因為她比較常和軍人相處吧。淡褐色眼睛。他出生在亞歷山卓市，父親是亞倫．喬佛瑞．比奇，母親是提娜．安．比奇，娘家姓是內貝克。有個哥哥，凱文，比他大一歲半。他童年期間全家多半住在馬里蘭州，只有短時間搬到維吉尼亞州的里奇蒙市，他在那裡念了兩年高中。丹尼爾就讀馬里蘭州的陶森大學，主修中等教育，副修英文。畢業後的那一年，一場車禍奪走他的雙親；撞到他們的駕駛也死了，那人血液的酒精濃度是零點二一。喪禮過後五個月，丹尼爾的哥哥遭判毒品交易罪，凱文製造甲基安非他命並賣給未成年人，被送到威斯康辛州矯正署服刑九年。一年後，丹尼爾結婚了，接著兩年後離婚；匆忙辦妥離婚後不久，他的前妻幾乎立刻就再婚了，也與新任律師丈夫生了一個孩子——那是婚禮之後六個月的事。要領悟到弦外之音不是很困難。在那同一年，他哥哥死於一場監獄犯人鬥毆事件。一段非常漫長的難熬時期。

丹尼爾目前在一所高中教歷史和英文，大部分人會認為那所高中的所在地是華府的糟糕區域。他也是女子排球隊教練，並擔任學生會指導老師。他曾獲頒年度優良教師，這是學生票選的獎項，而且連續兩年當選。自從離婚以後，過去三年來，他每年暑假都參加慈善組織「國際仁人家園」的服務工作，第一年去墨西哥的希達哥，接著是埃及的明亞省，第三年暑假則是兩邊跑。

沒有過世父母和哥哥的照片。有一張前妻的照片，是他們兩人穿著正式的結婚照。她一頭黑髮，容貌突出，是照片的焦點。他則幾乎像是事後才貼上去的，不過與妻子仔細修飾的相貌比起來，他大大的笑容顯得真誠多了。

亞利思會希望檔案寫得更加完整，不過她知道有些分析員沒那麼執著，以她這麼吹毛求疵的個性，有時候要求太多了。

表面上看來，丹尼爾完全清白。出身正派家庭（父母的車禍激發出哥哥的自毀循環，最後導致他死亡，這很容易理解），離婚的受害者（教師熱中於慈善活動，結果配偶意識到他的薪水無法支應揮霍的生活形態，這並不罕見），喜歡貧困的弱勢孩子，閒暇時間是利他主義者。

檔案沒有說明最早是哪一部分吸引政府注意，不過他們發現冰山一角後，黑暗面就漸漸顯露出來。一切似乎是從墨西哥開始。他們那時候還沒有監視他，所以只是由銀行數字看出端倪，法庭的會計人員已經拼湊出全貌，證據相當充分。首先是他自己的銀行存款餘額，原本離婚後只有區區數百美元，卻突然暴增到一萬美元，接著數星期之後又增加一萬，到了暑假結束時，總共竟有六萬美元。他回到美國工作，六萬美元卻消失了，也許付了頭期款買下一間公寓？還是很炫的汽車？不，什麼都沒看到，紀錄上也空蕩蕩。隔年他到埃及，財務狀況則沒有突然增加的情形。難道是去賭博？還是繼承遺產？

如果不是得到密報，光是這樣應該不足以吸引別人注意，不過她沒有在檔案裡找出引發注意的因素。就算有明確的密報，會計部門也得要有人付出額外的時間，不然就是那人非常非常無聊，因為儘管沒有急迫性，財務分析師竟然像尋血獵犬用鼻子嗅聞地面，一路追查最初的六萬美元，最後也真的找到了……在開曼群島有個新辦的銀行戶頭，同時伴隨另外幾萬美元。

到了這時，丹尼爾的名字列在一張清單上。不是美國中央情報局或聯邦調查局或國家安全局的名單，而是國內稅務局的名單。甚至不是列在最高優先名單裡，他的名字也沒有非常靠近前面，而只是需要調查的某個人。

她開始覺得好奇，他哥哥的死究竟帶給他什麼樣的影響。由紀錄看來，他相當固定探訪哥哥，這是他僅存的家人。妻子跑了，哥哥也死了，這一切把一個人推向錯誤的深淵，聽起來似乎合情合理。

金錢持續累積，一點都不像偷運毒品或甚至毒品販子可能累積的金額。沒有一種工作會有如此優渥的報酬。

接著，金錢開始流動，而且變得更難追蹤，不過丹尼爾・比奇的戶頭裡增加到大約一千萬美元，流轉到加勒比海到瑞士到中國然後又匯回來。也許他只是人頭，有某人用他的名字隱匿資產，但根據一般的規矩，壞人並不喜歡讓這麼龐大的資金掌握在不知情的學校老師手中。

他有可能做什麼事而賺到那些錢？

到了這個節骨眼，他們當然開始監視他的往來對象，而且很快就有收穫。有個名叫恩力克・德拉弗恩特的人出現在一張畫質粗糙的黑白照片裡，拍攝地點是丹尼爾・比奇在墨西哥市下榻的汽車旅館，由停車場的監視攝影機所拍下。

她成為局外人已經好幾年了，對這個名字完全沒有印象。就算還在「部門」裡，她通常也不會承辦這類案件。她偶爾會處理一些販毒集團的問題，但是毒品從來沒有觸動紅色警示燈和引發警鈴聲大作等等，不像可能開戰和恐怖主義之類那麼嚴重。

德拉弗恩特是一名毒梟，即使是勢力不斷擴張的囂張毒梟，她的「部門」也很少特別注意。如果毒梟彼此火拚，美國政府通常不會太關注，這類毒品戰爭對一般美國民眾的生活也沒有造成太大影響。毒品販子不會想殺掉自己的顧客，那樣對做生意沒有好處。

她參與的那些年裡，即使高度忠貞調查是她工作的必要部分，她也從未聽說哪個毒梟對大規模毀滅性武器感興趣。當然啦，如果有利可圖，你確實不能把任何人排除在外。

「有利可圖」是一回事，但「真正發射」完全是另一回事啊。

一九九〇年代中期，德拉弗恩特惡意併購（這樣說算是客氣了）一支中型的哥倫比亞軍隊，然後數度嘗試在美國亞利桑那州邊界南側建立一個指揮基地。每一次嘗試都遭到附近販毒集團的驅逐，那些勢力橫跨美國德州和墨西哥邊界。他變得很沒耐心，開始尋求越來越多非正統的方法，想要除掉他的敵人。然後，他找到了一個盟友。

她咬緊牙關，用力吸了口氣。

這個名字她知道……不僅知道，而且厭惡。國家遭受外來攻擊已經夠可怕的了，更何況來自內部？她對這種人感到最深的嫌惡，生在自由民主的國家，享有公民的基本權利，卻利用這樣的自由和基本權利來攻擊自己的國家。

這一幫國內恐怖份子有好幾個名稱。「部門」稱他們為「毒蛇」——源自他們一名已故首腦所擁有的刺青，以及《李爾王》的一句經典名言1。她設法讓其中幾個較大的陰謀集團關閉運作，但是已經建立起來的組織依然不時成為她的惡夢。檔案沒有說明究竟是誰最先取得接觸，只能看出已經達成協議。假如德拉弗恩特得其所願，那麼他會取得足夠的金錢、人員和武力，得以除掉較大的販毒集團。而且恐怖份子也將得其所願，讓美國變得不穩定、陷入恐慌、走向毀滅，並造成他們夢寐以求的混亂。

那樣很糟。

因為，要造成不穩定的情勢，有什麼東西比得上實驗室製造出來的致命流感病毒？特別是你可以控制的病毒。

她看出檔案的行文語氣變了，從分析員的觀點轉變成密探的觀點。狀況變得清晰多了。

密探稱之為「TCX-1」（檔案沒有說明這個縮寫是由什麼全名而來，即使她在醫學方面有相當專業的背景也毫無頭緒）。政府知道這種TCX-1超級流感的存在，但以為早就在北非的祕密軍事突襲行動中將之消滅。那個實驗室遭到摧毀，負責的一群人也遭到逮捕（大部分被處決）。從此再也沒有人聽過TCX-1。

直到幾個月前，它又出現在墨西哥，伴隨著救命疫苗，已經與一種全新的人造毒品結合在一起。

她開始覺得頭痛，非常劇烈的偏頭痛，活像有一根火燙的針頭直接刺進她的左眼後方。在這間旅館登記入住後，她睡了幾小時，然後才開始鑽研檔案，不過似乎睡得不夠。她走到洗臉槽旁邊找化妝品袋，抓了四顆止痛藥，沒配水就吞下去。她過了一會兒才想起胃裡空無一物，止痛藥一碰到胃底肯定會燒穿一個洞。她向來在袋子裡存放幾條蛋白質營養棒，於是囫圇吞棗吃了一條，再回去閱讀資料。

恐怖份子知道一直都有人監視，所以他們傳遞訊息給德拉弗恩特，而德拉弗恩特必須提供人力，最好是看似無害也不會引起注意的人力。

學校老師登場了。

最厲害的分析師立刻把所有線索拼湊起來，丹尼爾．比奇，徹頭徹尾的好人，兼程前往埃及，替那個飢渴且反覆無常的毒梟取得TCX-1。而且他顯然仍是計畫的一份子，根據可靠證據看來，他似乎也負責在美國本土散播TCX-1。

---

1 出自《李爾王》「不知感恩的孩子，遠比毒蛇的尖牙更加鋒利」（How sharper than a serpent's tooth it is to have a thankless child）一語。

結合了疫苗的吸入式人造毒品已經在外流通，因此重要的毒品顧客絕不會有危險，而這也許是計畫的第二部分。即使是最反覆無常的毒梟，碰到與金錢有關的部分也必須務實一點。因此，不是顧客的人也許會發現哪裡可以救他們，結果產生一整群孤注一擲的新顧客。丹尼爾．比奇現在無疑對病毒免疫。散播病毒並不難，只要用一塊受到污染的紗布，拿去擦拭經常有人觸摸的表面，像是門把、臺面、鍵盤等等。病毒的設計概念是宛如野火燎原一般傳播開來，他甚至不需要讓很多人暴露其下，只要在洛杉磯感染幾個人、鳳凰城幾個人、阿布奎基幾個人、聖安東尼奧也感染幾個即可。丹尼爾已在這些城市預訂旅館，準備著手展開為期三週的傳毒之旅；表面上是要造訪仁人家園的更多個據點，為明年秋天的校外教學蒐集資料。

「毒蛇」與德拉弗恩特正企圖安排一場最耗盡元氣的攻擊計畫，美國本土從來沒有這麼可怕的犯罪行動。假如德拉弗恩特真的擁有那樣的病毒和疫苗武器，他們確實有極高的成功機會。

卡爾斯頓並不是開玩笑。她本來以為那是一場騙取她同情心的戲碼，現在看來卻像自我克制的驚人表演。相較於曾經送到她辦公桌的所有可能災難事件（以前她還有辦公桌的時候），這絕對是最嚴重的事件之一，她也看出一些很糟糕的地方。甚至可能還有另一種生物武器會造成同等的傷害，但從未離開實驗室。這計畫確實可行，也已經付諸實行，而且死亡人數不會是他們在這裡談論的成千上萬人……直到美國疾病管制與預防中心能夠控制局面之前，死亡人數會接近一百萬人，說不定更多。卡爾斯頓早就知道她會發現這項事實，他故意輕描淡寫，目的是聽起來比較逼真。有時候實情遠比小說情節更嚴重。

風險比她原本的預期還要高。意識到這件事之後，她就更難捍衛自己的低風險小遊戲了。一旦面對這種層級的恐懼，她還有理由專心挽救自己的性命嗎？與卡爾斯頓對話時，她的態度很強硬，但這故事有沒有可能不只是陷阱？她能夠選擇不予理會、不嘗試阻止它嗎？

假如丹尼爾．比奇消失了，德拉弗恩特就知道有人盯上他。他有可能比原本的盤算更早展開行動，搶先執行計畫。丹尼爾必須招供，而且必須很快招供。然後他必須回到正常生活，讓別人看到他，也讓那個妄自尊大的毒梟保持冷靜，直到「好人」把他剷除掉。

剛開始的時候，亞利思的標準執行程序是把對象丟到荒郊野外一段時間。這是她專業的重要部分，亞利思最擅長的是不傷害對象就取得情報。（在亞利思之前，巴納比最擅長這種任務，不作第二人想。）中情局、國安局，及最類似的政府部門都有各自的訊問小組，從預定要處置的對象口中取得情報。經過一段時間，亞利思證明自己比其他最厲害的小組更加成功，於是也更加忙碌。雖然其他部門各自保持獨立，不會讓情報外流，但最終的調查結果自己會說話。

她嘆口氣，要求自己重新專注於眼前。丹尼爾．比奇的十一張照片一字排開，放在床頭的枕頭上。實在很難把這個人的雙面世界連在一起。他早年的照片看起來像男童軍，柔軟的波浪狀頭髮莫名突顯出天真和單純。然而到了特務時期的照片，顯然是同一張臉孔，但一切都變得不同了。頭髮總是隱藏在兜帽或棒球帽裡（這也是她自己經常採用的偽裝方式），姿態比較挑釁，表情也變得冷酷且職業化。她很能對付職業高手。這要花時間，可能超過一個週末吧。她再次端詳兩邊彼此相同卻又矛盾的臉孔，突然心生好奇，丹尼爾會不會其實有精神疾病？或者她看到的只是一個過程，原本的天真單純完全不復存在？

倒不是說這有什麼關係……目前還沒有。

感覺頭痛好像在她的眼球內側燒穿一個洞。她知道原因並非閱讀了好幾個小時。不是，疼痛的來源乃是決定的時刻逼近眼前。

她把檔案收攏整齊，全部塞進行李箱。未來有幾個小時，大規模殺害美國西南部民眾的行動必須退居到次要位置。

她開的車與今天早上出發的車又不一樣了。登記入住汽車旅館之前，她在巴爾的摩歸還租賃車輛，然後搭計程車到賓州的約克市。司機讓她下車後，她走了幾分鐘抵達史杜本先生的房子，他正要賣一輛出廠三年的豐田Tercel，分類廣告網站是這樣說。她支付現金，用了可利・霍華的名字，然後開著新取得的車子到費城。這樣的行徑有可能遭到跟蹤，不過跟蹤起來非常困難。

她駛離汽車旅館好幾公里遠，然後選了一家看似生意興隆的小酒館。這間餐廳因為兩個原因令人滿意：其一，身在人群中，她比較不顯眼；其二，食物可能不難吃。

用餐區坐滿了人，於是她坐在吧臺。吧臺後面的牆壁裝了鏡子，她不必轉頭就可以看到門口和面街的窗戶。這是個好位子。她點了油膩的漢堡、洋蔥圈和巧克力麥芽飲品。全都很美味。她一邊吃著，一邊讓大腦休息，這一招在過去九年來訓練得非常好；她幾乎可以把每件事區分得乾淨俐落。她專心吃東西並觀察周遭人們時，頭痛減弱成悶悶的陣痛。吃飯過程中，止痛藥終於戰勝疼痛，頭痛徹底消除了。她點了一塊派當點心，是胡桃派，雖然她早就吃飽了，只能小口品嚐味道。她正在拖延時間，一旦吃完飯，她就得做決定。

回到車上後依舊感到頭痛，她早就知道會這樣，只是不像剛才那麼劇烈了。她沿著安靜的住宅區街道隨意往前開，在這種地方如果有人跟蹤就會很明顯。這個小郊區很昏暗又空曠，開了幾分鐘後，她漸漸接近城市。

她的腦中還是有兩大類可能性。

第一大類，卡爾斯頓一直說謊，目的是誘騙她赴死，不過這個可能性變得越來越站不住腳了。然而她必須保持警覺。這整個故事有可能是虛構的。所有的證據、協調部門和個別分析人員都有不同的筆法風格，也有來自全世界的照片……有可能編造得非常仔細和詳盡。但這也不是萬無一失，畢竟他們無從知道她會不會一走了之、撒手不管。

然而，如果卡爾斯頓只是想引誘她現身參加預先安排好的會面，為何要準備好這所有的資料？他們大可當場殺了她，不需要做這麼多表面功夫吧？假如你料到目標的腦袋會倒在人行道上，根本來不及打開公事包，那麼只需要準備一整令的空白紙張就夠了吧？要把這樣的資料全部丟到一起，最快要花多久才能辦到？由於她提早出現在那裡，他其實沒有時間加工製造。這情節裡的丹尼爾・比奇究竟是誰？是他們其中一人？或者是沒有嫌疑的一般平民，只是經過加工變造，硬塞進這個奇異情節裡？他們總該知道，她有能力查核出其中一些訊息的真偽吧？

他們在最後一份檔案提供一項行動計畫。五天之內，無論她有沒有參與，他們都會在丹尼爾每週六固定晨跑時逮捕他。直到星期一學校上課之前，沒有人會想起他。假如真的有人恰好要找他，可能會以為他去度個小假。如果她同意協助，她有兩天時間取得他們需要的情報，然後就可以遠走高飛了。他們希望她同意保持某種形式的聯繫，例如緊急聯絡用的電子郵件地址、社交網絡帳號，甚至分類廣告。

假如她不同意參與，即使沒有她，他們也會盡全力進行。但如果嘗試的方法是讓消息來源毫髮無傷，速度恐怕很慢……太慢了。這實在禁不起失敗啊。

一想到回去實驗室有那麼多吸引人的事物等著她，她幾乎要流口水了。她在外面的現實世界永遠無法接觸那些事物，像是她的DNA定序儀和聚合酶連鎖反應器。假如這份邀請真的能信任，她可以把已經製備好的抗體塞進口袋裡。當然啦，如果卡爾斯頓是認真的，她就再也不需要偷那些東西了。

她試著想像重新睡在床鋪上；不必隨身攜帶毒素，數量多到宛如一整間藥房；每天用同樣的名字；與其他人聯絡不會害那個人死掉。

「不要指望了，」她告誡自己。「不要太過自信而削弱你的判斷力。不要讓期待害你變笨。」

本來幻想得那麼高興，試著想像自己要實現夢想所需前進的步伐時，結果就碰了壁。她根本不可能看著自己一步步走回去，穿過那道閃亮的鋼鐵大門，走進巴納比一邊慘叫一邊死去的地方。她的腦海完全拒絕重現那樣的影像。

一百萬人的性命是個沉重的負擔，但從許多方面來看都是很抽象的概念。她感覺不到任何夠大的誘因能吸引她穿越那些門。

也許只能這樣說，她必須滿足他們的需求。

只有五天。

她有好多事得做。

第四章

這項行動正在吞噬她儲備的金錢。

這想法在她腦海深處盤桓不去。假如她能活過下一個星期，而且與「部門」的工作關係沒有改變，她就要面臨嚴重的財務問題。每年三次改變生活模式的代價並不便宜。

光是一開始要取得可以自由運用的資金就是大工程。她本來就有積蓄；最初會選擇做這份工作，薪水確實是一項誘因，而在那之前，母親過世時她也繼承了一筆為數可觀的保險金。然而，一旦幫那些位高權重的偏執狂工作，他們可能連你更換的牙膏品牌都會註記在檔案裡，所以你不能領出所有的積蓄，塞進床底下的鞋盒裡。假如他們原本沒有把腦筋動到你身上，你這樣做可能只是引發他們的動機；萬一他們正有此意，你更會讓他們決定加速進行。你大可嘗試領出所有積蓄一走了之，但那樣一來，要做進一步的準備工作就會受到限制。

就像很多其他事情一樣，這是巴納比的計畫。他不讓她得知細節，目的是要保護幫他執行計畫的朋友或朋友們。

她和巴納比曾在實驗室樓上的自助餐廳討論一項大有可為的投資局勢，而且故意讓別人聽見。嗯，巴納比說它真的大有可為，並且努力說服她。那樣的對話其實沒什麼特殊之處，很多一般辦公室的飲水機旁邊也可能出現類似的對話。她扮演接受說服的角色，而巴納比高聲承諾一定會辦妥。她把錢匯給一家投資公司……或者聽起來很像投資公司的機構。過幾天後，那筆錢會以「芙瑞德利卡．諾伯」的名義存進奧克拉荷馬州杜爾沙市的銀行，不過會扣掉百分之五的「佣金」，以補償那些朋友付出的時間和風險。她要去郡立圖書館找一本《淋巴結外淋巴瘤》，裝有新戶頭通知書的空白信封會夾在那本書裡。信封裡另外附上一張奧克拉荷馬州的汽車駕照，名字是芙瑞德利卡．諾伯，上面貼著她自己的照片。

她不知道巴納比的戶頭資料放在哪裡，也不知道他的新名字是什麼。她曾希望他們能一起離開（當時她就已經做著孤獨逃亡的惡夢），不過他認為那種想法並不明智。他們必須分開逃亡，這樣雙方都會比較安全。

更多的投資，更多的小信封。還有幾個戶頭的戶名是芙瑞德利卡，不過也有一些戶頭和身分是加州的愛利斯．葛蘭特和奧勒岡州的席亞．馬婁。這三個身分都非常牢靠，經得起仔細盤查。「部門」第一次找到她時，芙瑞德利卡搞砸了，不過那讓她以後更加小心。愛利斯和席亞都還很安全，那是她的寶貴資產，她使用起來非常小心、節制，不讓她們與茱莉安娜．佛提斯博士產生任何關聯而遭到汙染。

她也開始購買珠寶，都是買好貨，而且越小越好。在她眼裡，黃鑽並沒有比黃色藍寶石好到哪裡去，但價格是十倍。很粗的黃金項鍊，沉重的黃金墜子；好幾顆沒有鑲嵌的寶石，謊稱以後準備鑲上。她自始至終都知道，現在投入的金額可能連一半都收不回來，不過珠寶很容易攜帶，而且以後可在臺面下換成現金。

芙瑞德利卡．諾伯用公共電話在杜爾沙市郊租了一間小屋，使用的是新的信用卡，會從杜爾沙市的銀行戶頭支付款項。小屋有個親切的老房東，聽起來很樂意幫忙收取她寄到那裡的箱子。箱子裡滿是她要逃離茱莉安娜・佛提斯的人生所需的物品，從毛巾、枕頭、未鑲嵌的珠寶、回流冷凝器到燒瓶等等不一而足。房東收取租金也沒有多嘴詢問她為何沒去住，她到處留下欲蓋彌彰的線索，顯示她打算脫離一段孽緣，對房東來說這樣就夠了。她從圖書館的電腦訂購物品，提供的電子郵件絕對不從家裡電腦收取。

她做好一切準備，只等巴納比一聲令下。到最後，巴納比確實讓她知道何時該逃走，但與他們計畫好的方法完全不同。

那些錢，那麼小心隱藏，積存了那麼久，如今從指縫間流過，彷彿她是什麼含著金湯匙出世的小孩似的。她向自己保證，這次大鬧一場，主要是希望得到過去難以企及的自由。她確實有幾個厲害招數可以真正賺到錢，不過那實在太危險，包括她難以承受的風險；但如果沒有選擇的餘地，最後也只好嘗試了。

人們需要願意打破規則的醫療專業人員。有些人想採用美國食品及藥物管理局尚未核准的治療法，像是從俄羅斯或巴西學來的方法，他們施行治療時，需要有個了解程序的醫師幫忙監督。有些人則是需要取出身上的子彈，但不想在醫院進行，因為醫院會向警察通報。

她在網路上維持載浮載沉的狀態。有幾位客戶會用她的上一個電子郵件地址與她聯繫，但那個信箱已經關掉了。她必須重新回到有人認識她的舞臺上，嘗試與幾位聯絡人聯繫，而且不留下新的蛛絲馬跡。那會很困難；假如「部門」發現那些電子郵件，可能就會知道其他事。至少她的客戶都能了解。她提供的多數服務從半合法到全然犯罪都有，因此客戶們對於她不時消失和更換姓名都不會很訝異。

她的人生早已超載，而在法律的黑暗面討生活當然增添其他危險性。像是有個黑手黨的中階幹部喬伊・吉昂卡帝覺得她的服務非常方便，認為她應該在伊利諾州設立永久據點。她努力向吉昂卡帝說明那整套仔細編造的故事，沒有輕易妥協（畢竟如果出售情報可以牟利，這些幫派份子向來不會對外人忠心耿耿），不過他非常堅持，只是語氣很溫和。到最後，她必須毀掉那個身分，毀掉原本以「查黎．彼得森」為名而發展得相當好的生活，再度逃離。到現在，那黑手黨家族成員可能還在找她吧。她不會因為那樣而睡不著覺，畢竟與「珍貴人才」有關的事，幫派份子絕對不想驚動與美國政府。

說不定幫派份子根本沒時間浪費在她身上。世界上有那麼多醫師，他們都是人，而大多數人都很容易賄賂。假如喬伊．吉昂卡帝得知她真正的專長，可能不只用拳打腳踢都要想辦法留住她吧。

無論如何，喬伊．吉昂卡帝真的很好心，用現金換她的珠寶。況且創傷醫學速成課也沒什麼損失。地下工作還有另一項額外好處：如果你的「打擊率」很低，沒有人會非常不高興。死亡早就在預料之中，誤診的預防措施可以免了。

每次想到喬伊．吉昂卡帝，她也會回想起卡羅．阿吉。不是朋友，不完全是，但是滿親近的。他曾是她的聯絡人，在當時是她生活中最常出現的人。他的外表是典型的凶神惡煞，但總是對她很親切，把她當小妹妹看待。於是，等她發現完全沒辦法幫卡羅的忙時，心裡對他的內疚感比對其他人都深。一顆子彈射進他的左心室。他們把卡羅搬來找她時，早就已經太遲了，但是喬伊．吉昂卡帝還是懷抱希望，因為「查黎．彼得森」以前也幫了他很大的忙。最後，查黎宣布卡羅送到的時候已經死了，喬伊．吉昂卡帝似乎很能看得開。「卡羅是最棒的。嗯，你贏個幾次，也會輸個幾次。」然後只見他聳聳肩。

她不喜歡想起卡羅。

她還寧可多花幾個星期想想其他事，像是對計畫做細微的調整、考量自己的弱點、把實際準備工作做到完美等等，但卡爾斯頓的計畫設定了不可逾越的期限。她必須把有限的時間劃分給監視行動和規劃工作空間，因此兩方面都不可能做到完美。

他們很有可能正在監視她，以免她不聽從指示就行動。她提早與卡爾斯頓見面後，他們一定會參與其中。不過她有什麼選擇餘地呢？如同他們的期待回去述職嗎？

她觀察得夠多了，猜想丹尼爾今天也會依循同樣的模式，與先前三天一樣。他幾乎穿著同樣的裝束，包括類似的牛仔褲、連領子都扣上的襯衫、輕鬆的運動外套，全都只有色調上的些微差異，於是她猜想這個人在工作方面是個恪遵習慣的人。下課之後，他會待到最後一節下課鈴響，與學生談話，並準備明天上課內容。接著，他把幾個檔案夾和筆電收進背包，揹上左肩，然後走出學校，碰到祕書時打個招呼。他會走過六個街口，大約六點的時候在國會高地站搭乘地鐵，剛好是通勤秩序最混亂的時候。他搭乘綠線直接往北到達哥倫比亞高地站，他的小公寓位於那一區。回到家之後，他會吃冷凍食品當晚餐，同時批改考卷。他大約十點就寢，在她觀察的過程中他從來不曾打開電視機。早上的情形比較難監視；他裝了藤編的窗簾，晚上室內點燈時基本上呈半透明狀態，但在早晨陽光照耀下就不透光了。他早上五點出門晨跑，一個小時後回家，接著三十分鐘後再出門，前往三個街口外的地鐵站，略長的鬈髮因為洗澡而溼淋淋的。

兩天前的早上，她盡可能隔著安全距離跟蹤他的運動路線。他邁著強勁而快速的步伐，顯然是訓練有素的跑者。她一邊看著，一邊發現自己很希望能跑得更久一點。她並不喜歡其他人的跑法，總覺得跑在路邊毫無隱蔽性，沒有車子可以躲進去，但跑步實在很重要。她絕對不可能比他們派來跟蹤她的人更強壯，而且天生一雙短腿，不可能跑得比較快；她也沒辦法學習武術，面對職業殺手時占不了上風。但如果有耐力……那可以救她一命。假如她的各種招數有助於挺過關鍵時刻，接下來則必須撐得夠久，才能逃過殺手的持續追殺。如果到最後氣喘吁吁、肌肉罷工、因為缺乏準備而跛腳……那樣會死得很難看，她可不想用那種方式結束生命。於是，她盡可能常常跑步，也在狹小的家裡做點適當運動。她答應自己，等到這項行動結束，一定要找個好地方慢跑……必須有很多逃跑的路線和可供躲藏的地方。

話說回來，他的跑步路線就像他的公寓和學校一樣，顯然是很容易採取行動的地方。最簡單的方法就是等他快要跑完、疲憊不堪且注意力不集中時，把他從街上擄走；不過那些壞人也懂這招，他們會有所提防。他前往學校走的那段路也一樣。所以，一定要在地鐵下手。他們也知道地鐵是另一個可能選項，但即使嚴密監視他的每一段通勤路程，也無法守住每一條路線和每一個車站。

到處都有監視器，不過她也只能這樣進行了。等到一切都完成後，敵人會對她現在的臉孔、三年後的模樣，拍下一百萬張清晰照片。如果問她的意見，她會覺得自己沒有太大改變，不過他們無疑會更新她的檔案。然而他們能做的也只有這樣了。以前在「部門」的職位讓她學到足夠的技巧，很熟悉該如何在街上把目標擄走，也知道困難度會比平常電視影集呈現的情況高出許多。地鐵設置監視器的目的，是要在犯罪發生「之後」協助鎖定嫌犯，他們沒有能力和人力做出即時反應。因此，所有的監視器只能讓他們得知她「曾經」出現在哪裡，而不是她「將會」出現在哪裡，但如果不能提供這樣的情報，監視器就沒有用處了。錄影畫面能夠提供的所有普通發現，包括她是誰、她從何處得到情報、她的動機是什麼等等，他們早就全都知道了。

無論如何，她實在想不出風險較小的選項。

今天她的名字是潔西。她以專業裝扮現身，黑西裝底下搭配黑色V領恤衫，當然繫上皮腰帶。她還有另一頂比較逼真的假髮，長度到下巴，髮色較明亮，是略帶鼠灰色的淡褐色。她把頭髮梳攏到腦後，用簡單的黑色髮帶綁起來，並戴上金屬細框眼鏡，不至於像是要隱藏什麼，只是稍微掩飾顴骨和額頭的線條。她的五官小巧平衡，沒有哪方面特別突出。她知道人們經常會忽略她，不過她也知道自己沒有那麼大眾臉，如果某人想特別尋找，還是有可能認出她。只要情況允許，她會一直低著頭。

她帶著公事包而非托特包，托特包肩帶的木質裝飾轉而固定在公事包的提把上。公事包邊緣鑲嵌著金屬，因此即使空無一物也很沉重，必要的話很容易用來當成棍棒。盒型墜飾、戒指，但是沒有耳環，她可能得做點粗重動作，戴耳環恐怕不安全。鞋內藏刀、手術刀、護唇膏，還有噴霧劑……差不多全副武裝了。今天她沒有覺得很有自信，計畫的這部分遠遠超出她感到自在的範圍外，她從沒想過有一天需要綁架別人。過去三年內，她的想法往往簡化成不是被殺就是逃走，從未想過會有這樣的情景。

潔西打了個呵欠，開車穿越陰暗的街道。她睡眠不足，未來幾天恐怕也沒辦法睡太多。她有幾樣東西可以讓自己保持清醒，但是最多只能拖延七十二小時不睡著。等到真的累倒，她必須躲藏得非常好。真希望不必用到那些東西。

隆納德．雷根機場的經濟型停車場還有很多空位，她停進靠近接駁巴士站的車位；大部分人也都想停這裡，方便等待巴士到達。她對這個機場的熟悉度遠勝於其他機場。她突然感覺到一股久違的安心感，那是對周遭環境很熟悉的安心感。另外兩位乘客出現在接駁巴士站，兩人都提著行李，表情疲憊，沒有特別注意她。她搭乘巴士到三號航廈，接著回頭走，爬上人行天橋前往地鐵站。這段路即使快步走也花了十五分鐘；在機場行動的好處是每個人都走得很快。

她本來打算穿楔形鞋跟的靴子，以便稍微改變身高，但隨即判斷今天會走很多路，如果情勢惡化的話，可能還要跑步。她穿上黑色平底鞋，稍微像是運動鞋。

她混進群眾之中走向地鐵月臺，盡可能遮著臉，不讓天花板的監視器拍到。她用眼角餘光搜尋一番，找到適合的一群人擠進去。潔西很確定監視者會尋找落單的女子，因此混進一大群人裡面（任何一群人都好）會比化妝或戴假髮等偽裝手法更有用。

尖峰時間的第一波人潮開始湧上電扶梯，她和好幾群人一起走向軌道旁。她選擇兩男一女的三人組，全都身穿黑色西裝，手拿公事包。女子有一頭閃亮的金髮，腳踩尖頭高跟鞋，大概比潔西高了二十幾公分。潔西慢慢繞過附近幾群人，最後躲在那女子和她們背後的牆壁之間。要是有哪雙眼睛注意到這個新的四人組，自然會受到高大金髮女子的吸引，除非那雙眼睛特別鎖定茱莉安娜・佛提斯。

潔西的四人組特意穿越人群，選定靠近月臺邊緣的地方等待地鐵。那三個人似乎沒有注意到有個嬌小女子與他們一起依序移動，附近有太多人擠來擠去，沒人會特別注意。

列車駛進視線內，匆匆呼嘯而過，然後搖晃一下猛然停住。潔西這群人遲疑了一下，想要尋找比較不擁擠的車廂。她考慮要拋棄他們，但金髮女子也顯得不耐煩，奮力擠進他們原本不想搭的第三車廂。潔西擠在她一直跟隨的女子背後，身體同時貼近金髮女子和背後另一個更高大的女子。潔西躲在她們兩人之間，別人完全看不到她，只不過這個位置很不舒服。

她們搭乘地鐵黃線往北到中國城站。她在那裡離開三人組，混進新的二人組，兩名女子可能是祕書或圖書館員，都穿著領子扣起的襯衫，戴上貓眼眼鏡。她們一起搭乘綠線，往北到蕭奧—霍華德站，潔西的頭歪向較矮的褐髮女子那邊，假裝深受上週末的婚禮接待處沒有設置免費酒櫃事件的吸引，還裝出一臉吃驚的樣子。故事聽到一半，她把那兩位祕書留在列車上，混進出站的人群裡。她在擠滿人的女廁裡猛然迴轉，接著擠進入站的人群中，走去搭下一班列車。現在最重要的是時機，她不能躲在人群裡面。

聽著進站列車的尖銳呼嘯聲，潔西的心臟都快從喉嚨裡跳出來了。她振作精神；感覺很像短跑選手蹲伏在起跑架前，等待鳴槍起跑。這時她想到一個令她不禁渾身發抖的念頭……這附近真的很可能有一把真槍，不但填裝貨真價實的子彈，而且不是對準天空發射。

列車尖嘯一聲之後停下來，她準備採取行動。

潔西邁開大步沿著列車走，列車門轟地一聲打開，她用手肘推擠蜂擁而出的乘客。她盡量以最快的速度來回掃視，尋找頭髮垂肩的高個子。好多人從旁邊閃躲而過，擋住她的視線。她努力對每個不符合的人頭在心裡畫個叉。她是不是走得太快？還是不夠快？她走到最後一節車廂時，列車準備開走了，她不能肯定他沒有在車上，但也不認為還在車上；根據前兩天所紀錄的到達時間，他很可能搭下一班列車。列車門關上時，她咬著下唇。假如失去這次機會，就得等到他下一次上班再嘗試，她並不想那樣。越接近卡爾斯頓準備付諸行動的時間，綁架行動就越危險。

她沒有在眾目睽睽之下繼續逗留，而是快步走向出口。

她又去廁所繞一圈，假裝檢查妝容但其實根本沒化妝，藉此拖延一點時間。在心裡數到九十之後，她重新混進通勤人群之中，走向軌道旁。

現在比剛才更擁擠。潔西走到月臺遠端，選擇靠近一群身穿黑西裝的男士，嘗試混進他們之間。這群男人正在談論股市交易，那些事距離潔西的生活好遙遠，感覺很像科幻小說的情節。廣播說下一班列車即將進站，她也準備將再掃視一次。她繞過那群交易員身邊，檢視即將停下的第一節車廂。

潔西的視線快速掃過，移動到下一個車廂。女人、女人、老人、太矮、太胖、太黑、沒頭髮、女人、女人、小孩、金髮……下一節車廂……

感覺好像他幫了一個大忙，好像他根本就與她同陣營。他剛好站在窗邊，向外凝視，身材高大的他站得直挺挺的，波浪狀的頭髮非常醒目。

潔西走進打開的車門時，同時對車廂裡剩下的乘客匆匆瞥過一眼。很多人像是上班族，每一個人都有可能受雇於「部門」，但是沒有明顯可辨的異狀：沒有異常寬闊的肩膀塞不進正常尺寸的西裝，沒有耳機，外套底下沒有凸起，乘客之間也沒有眼神接觸，沒有人戴太陽眼鏡。

就是這裡了，她在內心對自己說，他們想要在這裡把我們兩人都抓起來，拖回實驗室去。除非這是個圈套，丹尼爾和他看似無辜的鬈髮都是他們的一份子。他可能正是要開槍射殺我的人，或者拿刀刺我；或者他們會想辦法把我弄下列車，私下找個地方射殺我；或者把我踹出去，把我扔到鐵軌上。

不過，假如整個故事是真的，他們會希望我們兩人都活著。他們想要在這裡採取的行動，很可能類似我準備對丹尼爾採取的行動。接著，他們會把我載去實驗室，而我能夠再次走出去的機會……不會太樂觀。

其他一千種悲慘結局在她腦中飛快閃過，這時，他們背後的車廂門關上了。她很快地走過去站在丹尼爾旁邊，扶著同一根桿子保持身體平衡，她的手指就放在他那蒼白修長的手指下方。彷彿有人伸手用力掐緊她的心臟；隨著她與目標的距離越縮短，痛苦的程度就直線攀升。他似乎沒有注意到她，依舊出神地望著窗外，即使列車駛進黑暗的隧道內，他只能看見車廂內的映像，那副神情也沒有改變。車廂裡沒有人朝他們走過來。

她在丹尼爾．比奇身上看不出另一個人的半點跡象，完全不像她在以墨西哥和埃及為背景的照片中看到的那個人，不像是藏起頭髮並以充滿挑釁的自信心到處行動的那個人。她身旁這個發呆的男子比較像是古代詩人。他一定是演技高超的演員……或者難道是貨真價實的精神病患，深受解離性人格疾患之苦？她不曉得該怎麼想比較好。

他們逐漸接近中國城站，潔西也變得緊張起來。列車搖搖晃晃駛入車站，她必須緊緊抓住桿子，以免撞上丹尼爾．比奇。

有三個人走出車廂，兩人穿西裝一人穿裙子，但他們都沒有看著潔西，只是匆匆走過她身邊，一副上班快要遲到的樣子。另外有兩個人走進車廂，一個人引起潔西的注意……是個高大男子，體格像職業運動員，身穿連帽上衣和寬鬆運動褲。他的兩隻手都插在連帽上衣的前面口袋裡，除非他的兩隻手都像鞋盒那麼大，否則手裡一定握著東西。他走過潔西身邊時沒有看著她，而是逕自走到車廂的後面角落，抓住拉環。她持續以眼角餘光盯著玻璃上的映像，但那人似乎對她或她的目標都沒有興趣。

丹尼爾．比奇沒有移動，心思看似早已飛到九霄雲外。她發現自己在他身邊好放鬆，彷彿完全不必防備列車上的這個人。這實在很蠢，如果這不是誘騙她的陷阱，如果他完全是別人口中述說的那種人，那麼在不久的將來，這個人正準備成為大規模屠殺的殺手。

運動員從他的連帽上衣大口袋裡拿出形狀方正的頭戴式耳機，戴到耳朵上。耳機線向下連回到口袋內。可能是連到他的手機吧，但也可能不是。

她決定在下一站測試看看。

車廂門打開時，她彎下腰，看似要整理褲腳不存在的翻邊，接著猛然直起身子，往車廂門踏出一步。沒人有反應。戴耳機的運動員閉著眼睛。有人上車，有人下車，但是沒有人看著她，也沒有人移過來擋住她下車，或者突然有一隻手伸過來，上面怪異地蓋著一件外套。

如果敵人知道她要做什麼，可能決定要任憑她進行吧。

這樣是否表示整件事是真的？或者只是現在要讓她信以為真？試著揣摩他們兜的圈圈讓她覺得頭好

痛。列車開始移動，她再度抓住桿子。

「你不是要在這站下車？」

她抬起頭，丹尼爾．比奇正低頭對她微笑……恰恰好的親切，真誠的笑容，來自學校最受歡迎的老師，來自「仁人家園」的聖戰士。

「嗯，不是。」她瞇起眼睛，思緒紛亂。普通的通勤者會怎麼回答？「我，呃，只是突然忘了自己身在何處，所有車站好像全部糊成一團。」

「撐住啊，再過八、九個小時就到週末了。」

他再度微笑，和善的微笑。想到要與她的目標對象交際一番，她的心情已經不是「不安」可以形容，然而丹尼爾有種奇怪的正常感（可能是假裝的吧），於是她比較容易假裝成自己需要扮演的角色：友善的通勤者，平凡人。

聽到他的觀察，她暗中輕蔑地冷笑一下。她一週的工作才剛要開始呢。「如果我週末能休息，一定會很興奮。」

他笑了笑，然後嘆口氣。「那真累。法律？」

「醫學。」

「更慘。他們會不會因為你行為良好而放你出去？」

「非常罕見。那倒還好，反正我對狂野派對不是很感興趣。」

「我自己也是老到玩不動了，其實我每天晚上通常只記得大概到十點的事。」他坦白說。

他笑起來，她也禮貌微笑，而且努力不讓眼神顯得很熱切。與接下來的工作目標對象太親近，感覺不只令人發毛，同時也很危險。她從來不與對象事先接觸，無法把他當成一個人看待。她的眼中必須只有怪物，可能造成百萬死者的怪物，這樣她才能保持淡然。

「不過，我偶爾也喜歡出去安靜吃晚餐。」他正在這樣說著。

「嗯。」她心不在焉地喃喃說著，但隨即發現這樣聽起來很像同意。

「嗨，我叫丹尼爾。」他說。

出乎她意料之外，她竟然忘了自己應該叫什麼名字。他伸出手，她也與之握手，這讓她深深意識到自己那枚毒戒指的分量。

「嗨，丹尼爾。」

「嗨……」他挑挑眉毛。

「呃，亞利思。」唉呀，那之後已經換了好幾個名字。喔，好吧。

「亞利思，很高興認識你。你知道嗎，我從來沒有……這樣試過。可是……嗯，有何不可？我可以留電話號碼給你嗎？也許我們可以找機會吃個安靜的晚餐？」

她盯著他，震驚得腦袋一片空白。他正在向她搭訕。一個男人正在向她搭訕。不，不是一個男人，而是即將成為大規模殺手的人，受雇於喪心病狂的毒梟。

難道他是個情報員，企圖讓她分心？

「我是不是嚇到你了？我發誓沒有惡意。」

「呃，沒有。我只是……嗯，以前從來沒有人在地鐵上邀我出去。」這倒是實話。事實上，已經有好幾年完全沒有人邀她出去了。「我不知道該怎麼辦才好。」這也是實話。

「那麼，我準備這樣做喔。我把我的名字和電話號碼寫在這張紙上，把它交給你，等你到站下車，你可以把它扔進第一個看到的垃圾桶，因為亂丟垃圾是錯的，然後立刻把我忘得一乾二淨。對你來說只有一點點小麻煩，只是花個幾秒鐘對付垃圾桶。」

他一邊說話一邊微笑，不過視線向下看，專心用二號鉛筆在一張收據背後寫下他的聯絡資料。

「你真是考慮周到，我很感激。」

他抬起頭，依舊面帶微笑。「或者你也不必把它丟掉，可以用它打電話給我，然後花個幾小時和我聊聊，我會請你吃飯。」

頭頂傳來單調的廣播聲，宣布潘恩區即將到站。她聽了鬆一口氣，因為她開始覺得很難過。沒錯，她準備與丹尼爾．比奇共度一夜，但是他們倆都不會非常愉快。

其實根本沒有難過的餘地。有那麼多無辜的死者。死去的孩子，死去的母親和父親，與從未傷害過別人的好人。

「真是兩難啊。」她輕聲回答。

列車再度停下，她假裝與後面即將下車的男人稍微推擠。她的手中已經握住針筒，然後伸出手，彷彿要扶著桿子，接著刻意一個晃動，看似不小心抓住丹尼爾的手。他很驚訝地猛然抽手，不過她緊緊抓住，活像是拚命想讓自己的身子保持平衡。

「唉喲。抱歉，我嚇到你了。」她說。她放開他的手，並讓小小的針筒滑出手掌，落入自己的外套口袋裡。她對這種靈巧的手部動作練習得很充分。

「別擔心。你還好嗎？那傢伙居然撞到你。」

「對啊，我很好，謝謝你。」

列車再度開動，她看著丹尼爾的臉很快開始失去血色。

「嘿，你還好嗎？」她問道。「你看起來有點蒼白。」

「呃，我……你說什麼？」

他看著自己周圍，滿臉困惑。

「很抱歉。你看起來好像快昏倒了。」她對旁邊座位上的女士說：「我朋友可以坐下嗎？他不太舒服。」

那女士的棕色大眼翻了個白眼，然後故意轉頭看其他地方。

「不用，不必……擔心我。我……」丹尼爾說。

「丹尼爾？」她問道。

他現在有點搖搖晃晃，臉色慘白。

「丹尼爾，把你的手給我。」

他一臉困惑，接著伸出手。她抓住他的手腕，一邊看著手錶，一邊刻意蠕動嘴唇，假裝數算給自己聽。

「醫學，你是醫師。」他喃喃說著。

這部分很接近原本擬定的計畫，這樣她比較安心一點。「沒錯，而我覺得你的狀況不樂觀。你要在下一站跟我一起下車，我們讓你呼吸一點新鮮空氣。」

「不行。學校……不能遲到。」

「我會幫你寫請假單。別跟我爭，我知道該怎麼處置。」

「好，亞利思。」

朗方廣場站是這條線上最大型也最混亂的車站之一。車門打開時，亞利思伸手攬住丹尼爾的腰，帶著他走出去。他的一隻手臂垂在她的肩膀上勉力支撐，對此她一點都不驚訝。她對他注射的「色胺」會讓人失去方向感，變得默默順從，而且相當友善。只要沒有太用力推他，他都會順著她的帶領。這種藥物與巴比妥酸鹽之類的鎮靜劑稍微有關，外行人稱之為「自白劑」，產生的作用與搖頭丸很類似；這兩種藥物都很能打破心理上的壓抑，誘使人乖乖合作。她特別喜歡這種合成藥物，因為會造成困惑。丹尼爾會覺得無法做決定，因此無論她說什麼，他都會照做，直到藥效退去為止……除非她要求的事情嚴重抵觸他的安全底線。

情況比她的預期還要簡單，多虧剛才那段意想不到的私下談話。她本來打算拿針刺他，然後玩那個老招：「這裡有沒有醫師？什麼，是的，我剛好是醫師！」然後從一開始就叫他跟著她走。那樣也行得通，但是他不會像現在這麼容易馴服。

「好了，丹尼爾，你覺得怎麼樣？你可以呼吸嗎？」

「當然，呼吸很順暢。」

她帶著他走得很快。這種藥很少讓人不舒服，但總是可能有意外。她抬頭查看他的臉色，還是很蒼白，但嘴唇不再泛青，泛青是即將嘔吐的前兆。

「你會想吐嗎？」她問道。

「不會，不會，我很好……」

「我擔心你的狀況不太好。如果可以的話，我要帶你去我工作的地方。我想確定這不是很嚴重。」

「好……不行，我有學校要去。」

儘管失去方向感，他還是輕易跟上她的步伐。他的腿長大概有她的兩倍。

「我們會向學校報告情況，你有學校的電話號碼嗎？」

「有。史戴西……在辦公室。」

「我們一邊走路一邊打給她。」

這樣會拖慢他們的速度，但實在沒辦法；她必須減輕他的憂慮，這樣他才會保持合作。

「好主意。」他點點頭，然後從口袋拿出老舊的黑莓機，胡亂摸索按鍵。

她輕輕從他手中接過手機。「史戴西的姓氏是什麼？」

「你找『櫃臺』那一項。」

「我看到了。好，我會幫你撥號。拿去，告訴史戴西說你生病了，你要去看醫生。」

他順從地接過手機，然後等待史戴西接聽。

「哈囉，史戴西。我是丹尼爾，沒錯，比奇老師。覺得不是很舒服，要去看亞利思醫生。抱歉。不想拿這事煩你。抱歉，謝謝。是的，康復，當然。」

他講出她的名字時，她身子畏縮一下，不過這只是習慣使然。沒什麼大不了。她會有好一陣子不再是亞利思，這樣就好了。

讓他不去學校其實有風險。假如德拉弗恩特正在密切監視他的「死亡使者」，很可能會注意到事有蹊蹺。不過，只是一個星期五不見人影，他一定不會把警覺性提高到危急程度。等到丹尼爾在星期一早上完好無傷，安然現身，毒梟就放心了。

她從丹尼爾手中接過手機，把它放進自己口袋。

「我幫你保管，好嗎？你看起來站不穩，我不希望你把手機弄丟了。」

「好。」他又朝四周看了看，對頭頂上巨大的弧形混凝土天花板皺起眉頭。「我們要去哪裡？」

「我的辦公室，記得嗎？我們現在要搭這班列車。」她在這節車廂沒有看到來自其他列車的臉孔。假如有人正在跟蹤，可能也從遠距離進行。「你看，這裡有位置，你可以休息。」她幫忙他就座，同時偷偷讓他的手機掉出來落在腳邊，再伸腳把手機踢到座位底下更深處。

要尋找某人，追蹤手機是最簡單的方法，不必花什麼力氣。她始終避免落入手機的陷阱。那就像自願幫敵人在自己身上做標記。

嗯，其實她也沒有什麼人需要聯繫。

「謝謝。」丹尼爾說。即使是現在，他坐著而她站著，他依舊伸出一隻手臂抱著她的腰。他暈頭轉向地抬頭看她，然後補了一句，「我喜歡你的臉。」

「喔。嗯，謝謝你。」

「真的很喜歡。」

坐在丹尼爾旁邊的女子抬頭看亞利思，仔細察看她的臉。這下可好。

那女子似乎沒有特別的感覺。

丹尼爾的額頭向前靠著她的大腿，閉上雙眼。這麼靠近造成好幾種不同程度的慌亂，但也產生奇怪的安心感。已經很久沒有人帶著情感觸碰她，即使那情感是由試管製造出來也一樣。但無論如何，她還不能讓他睡著。

「丹尼爾，你教哪個科目？」

他扭轉脖子抬起臉，臉頰依然靠在她的大腿上。

「主要是英文，那是我最愛的科目。」

「真的？所有的文科我都很怕。我最喜歡科學。」

他做了個鬼臉。「科學！」

她聽到旁邊的女子對另一邊的乘客低聲說「醉鬼」。

「真不該對你說我是老師。」他重重嘆口氣。

「為什麼不行？」

「女生不喜歡。藍道爾說：『絕對不要自願提供情報。』」從他說話的語氣聽來，他顯然是逐字引用這位藍道爾的話。

「不過教書是高尚的職業，教育出未來世界的醫師和科學家。」

他一臉悲苦地抬起頭。「可是賺不到錢。」

「不是每個女人都很愛錢，藍道爾找錯了約會對象。」

「我的妻子就很愛錢。前妻。」

「很遺憾聽到這種消息。」

他再次嘆氣，然後閉上眼睛。「我很傷心。」

又一陣同情的刺痛。還有悲哀。她很清楚，要不是處於搖頭丸混合自白劑的亢奮狀態，他絕對不會說這些事。他現在說起話來比較清晰了，不是因為藥效退去，而是他的心智逐漸適應這樣的狀態。

她拍拍他的臉頰，讓自己的聲音聽起來很愉悅。「假如她那麼容易收買，可能就不值得你哭泣。」

他再度睜開雙眼。那是非常溫和的淡褐色眼睛，甚至混合了綠色和淺灰色。她試圖想像那雙眼睛的強烈眼神，符合照片中與德拉弗恩特碰面的那個自信男子從棒球帽底下露出的眼神……但是失敗了。

假如他真的有解離性人格疾患，她不曉得自己該怎麼處置。她以前從來沒碰過那種情況。

「你說得對，」他說。「我知道你說得對。我需要看到她的真面目，而不是我自己對她的想像。」

「完全正確。我們在內心建立自己對別人的看法，創造出我們想要相處的人，然後嘗試把真實的人塞進那個錯誤的模子裡。那樣不會每次都管用。」

胡言亂語。她完全不知道自己在說什麼。她這輩子曾經有一段不算認真的關係，而且維持得不是很久。課業的優先順序排在那傢伙之前，就如同足足有六年的時間，她把工作的優先順序排在其他事情之前。也像她現在把呼吸的優先順序排在其他所有事物之前。她的問題是太過執著。

「亞利思？」

「什麼事？」

「我快死了嗎？」

她露出安慰的微笑。「不會。如果我認為你快死了，早就打電話叫救護車。你不會有事，我只是想仔細檢查一下。」

「好吧。我得抽血嗎？」

「也許要。」

他嘆口氣。「針頭會讓我緊張。」

「不會有事的。」

她不喜歡自己因為騙了他而煩心。不過，他的單純信任似乎帶有某種意義，他似乎把她做的每一件事都歸因於最好的動機……她得趕快擺脫這念頭。

「謝謝你，亞利思。真的。」

「只是盡我的本分。」不是說謊。

「你會打電話給我嗎？」他滿懷希望地問。

「丹尼爾，我們一定會相聚一個晚上。」她保證。假如他沒有被下藥，此時一定聽得出她語氣的尖銳、看得出她眼裡的冷酷。

第五章

接下來進行得近乎順利……這樣說有意義嗎？她的偏執程度已經那麼高了，很難說現在新的憂慮有沒有讓偏執程度更加提升。

丹尼爾在羅斯林站坐進計程車時，沒有出言反對。她知道他現在有什麼樣的感覺——只要是不危險的準備工作，絕大多數她和巴納比都曾經親身試驗，以便對於可行的方法獲得實實在在的經驗。現在丹尼爾就像作了一場愉快的夢，所有的問題和擔憂都有別人會解決，他只需要握住一隻手，把他輕輕推往正確方向就行了。在他們的筆記裡，這個方法的暱稱叫作「模仿領袖遊戲」，不過正式報告取了比較冠冕堂皇的名稱。

這趟車程令人放鬆，要不是她拚命保持拘謹的態度，否則可能又會沉浸其中。

她引導他談談擔任教練指導排球隊的事，而他不免問起能不能及時趕回學校參加練習；他花了整段車程描述那些女孩，到最後她都覺得可以把每個女孩的名字和場上的強項全部倒背如流。司機沒特別注意他們，只是自顧自哼著某首歌，聲音小到她聽不出是哪一首歌。

丹尼爾似乎完全忘了正在搭車，不過等待一個特別久的紅燈時，他抬起頭，忍不住皺眉。

「你的辦公室好遠。」

「是啊，沒錯。」她附和著說。「通勤起來要人命。」

「你住在哪裡？」

「貝塞斯達。」

「那是個好地方。哥倫比亞高地就沒那麼好，至少我住的那區不太好。」

計程車又開動了。她很高興，計畫進行得很順利。即使他們紀錄到她最後搭乘的那班地鐵然後又下車，但緊接著碰到交通尖峰時刻，要在大量相同的計程車陣裡跟蹤一輛計程車可是工程浩大。有時候，準備工作彷彿是施展魔法，彷彿只要計畫得夠周延，就可以把一個個事件推動成你想要的樣子。

丹尼爾現在沒有那麼健談了，這是藥效的第二個階段，他會覺得更疲累。她只需要他再清醒久一點點就好。

「你為什麼把電話號碼給我？」眼看他的眼皮漸漸閉上，她趕緊問道。

他迷迷糊糊露出微笑。「我以前從來沒試過喔。」

「我也沒有。」

「我以後可能會覺得很丟臉。」

「不過呢，如果我打電話給你就不會，對吧？」

「也許吧。我也不知道，那不是我的作風。」

「那麼，你為何給我？」

他的溫和目光始終沒有離開她身上。「我喜歡你的臉。」

「你剛才提過。」

「我真的很想再看到它。所以我才鼓起勇氣。」

她皺起眉頭，內心因愧疚感而陣陣抽痛。

「聽起來很怪嗎？」他似乎很擔心。

「不會，聽了非常開心。會對女人說那種話的男人並不多。」

他很嚴肅地瞇起眼睛。「我通常不會那樣說。我太……膽小。」

「在我看來，你似乎很勇敢啊。」

「感覺不一樣。我想是因為你的關係。我一看到你的笑容，馬上就有不一樣的感覺。」

我一對你下藥之後，她在心裡暗中修正說法。

「嗯，好棒的讚美。我們到了，你爬得起來嗎？」她說。

「當然。這裡是機場。」

「沒錯，我的車在這裡。」

他皺起眉頭，隨即鬆開。「你剛去旅行回來嗎？」

「我剛去城裡，沒錯。」

「我有時候也去旅行。我喜歡去墨西哥。」

她抬頭瞥了一眼，眼神銳利。他盯著前方，看著自己要往哪裡走。他臉上沒有半點苦惱的跡象。假如催促他說出祕密，總之碰觸到任何施壓點，他的順從可能會變成猜疑。他可能會纏住另一個陌生人當作他的「領袖」，企圖逃跑。他可能會變得激動，大吼大叫引起別人注意。

「你喜歡墨西哥的哪方面？」她小心翼翼問道。

「天氣炎熱乾燥，我很喜歡那種天氣。我從來沒有住過真正炎熱的地方，不過覺得自己會喜歡，雖然曬傷了。我一直沒辦法曬成古銅色。你看起來好像花了一點時間曬太陽。」

「沒有，只是天生就這樣。」她的膚色來自那位缺席的父親。透過遺傳檢驗，她得知父親是多種血統的混血兒，主要是韓國、西班牙和威爾斯。她一直很想知道他長得什麼模樣。結合母親的蘇格蘭背景，結果產生她這張異常平凡的臉孔；她幾乎可說來自四面八方。

「那一定很好。我得塗防曬油，大量的防曬油，否則會脫皮。那很噁心。我不該對你說這個。」她笑起來。「我答應你，一定把它忘了。你還喜歡什麼？」

「用雙手工作。我幫忙蓋房子。沒什麼技術，只是他們叫我敲哪裡就跟著敲，不過大家都好親切、好慷慨，我很喜歡那樣。」

這些話全都非常可信，於是她感到一陣恐懼。此時此刻，化學藥物在他的血管裡流竄，他怎能如此忠實地講出這故事，而且毫不費力？除非他天生就有某種抵抗機制，除非她的「部門」已經製造出解毒劑，除非他們早就讓他所有準備，而這一切都只是戲弄她。她的頸背起了雞皮疙瘩。其實不見得是「部門」讓他有所準備，也有可能因為他與德拉弗恩特之間的互動。如果有奇怪的藥物與她自己的藥物產生交互作用，誰知道會有什麼結果？她用舌頭舔舔自己後排牙齒的假牙套。假如「部門」的目標是殺了她，他們是不會客氣的。德拉弗恩特也可能想要懲罰她，因為她企圖干擾他的計畫，然而他怎麼可能事先得知？丹尼爾怎麼可能這麼快就把她當成敵人？她甚至再也沒有幫任何人工作了啊。

專注於眼前的計畫，她對自己說。把他弄上車，你就沒有危險了。算是吧。

「我也喜歡那裡的房子。」他繼續說。「你永遠不必關窗子，就讓空氣流通。有些窗子甚至沒有裝玻璃。我向你保證，那裡比哥倫比亞高地好太多了。也許沒有貝塞斯達好，我敢說醫師都住在好房子裡。」

「我沒有。無聊的普通公寓。我在家的時間不多，所以那不重要。」

他心領神會地點頭。「你出門忙著救人。」

「嗯，也不是啦。我不是急診室醫師或之類的。」

「你救了我一命啊。」丹尼爾的灰綠色眼睛睜得好大，眼神充滿信任。這種行為如果很真誠，她知道那也是藥物的作用。不過她還是感到很不自在。

她只能繼續扮演自己的角色。

「我只是想幫你檢查一下，你不是快死掉。」大半是真的。到最後，「部門」背後那些「大男孩」可能會殺了這男人，至少她可以讓他逃過那一劫。雖然……即使她幫丹尼爾．比奇免掉那場大禍，他再也不會看到牢房外的景象。這讓她感覺到……

一百萬人死亡。無辜的小嬰兒。親切的老奶奶。啟示錄的第一位騎士騎著白色駿馬。

「喔，也要坐巴士。」他語氣溫和地說。

「這輛巴士開到我的車那裡。然後你就不必再走路了。」

「我沒關係。我喜歡和你一起走路。」他低頭對她微笑，以至於走上階梯時雙腳差點打結。她扶著他以免跌倒，然後小心讓他坐到距離最近的位子上，整輛巴士幾乎沒人。

「你喜歡看國外的電影嗎？」他問道，完全離題。

「嗯，我想想看，有一些不錯。」

「大學裡有一間很好的電影院。如果晚餐氣氛還不錯，也許下次可以嘗試看一些電影。」

「我和你約好，如果一起吃過晚餐你還喜歡我，我一定會和你去看一場電影，看不懂也沒關係。」她說。

他露出微笑，眼皮直往下垂。「我還是會喜歡你。」

這一切太荒謬了。應該有什麼方法可以轉移這番「調情」對話吧。為什麼她覺得自己在這裡像怪物？好吧，她確實是怪物，不過她大致認清一項事實，為了一般大眾著想，她這種怪物必須存在。以某方面來說，她就像普通的醫師，為了挽救病患的性命，造成疼痛是必要的。也像是把生了壞疽的肢體切除掉，以便挽救身體的其餘部分。這裡的疼痛是其他地方的救星，而其他地方比較值得一救。

如同以往，這只是自我辯解，這樣一來她才能活得心安理得。不過，她從來不曾徹底自欺，她知道自己不見容於道德上的某種灰色地帶，而是完全存在於黑色地帶。然而，只有一件事會比亞利思順利完成任務更糟糕，就是由別人執行她的任務，而且搞砸了。或者根本沒有人完成任務。

不過，就算她完全接納「怪物」這標籤，也絕不會成為殺死無辜人們的那種怪物。她甚至不會殺了眼前這個惡貫滿盈的人……而他依舊像小狗一樣，以波浪長髮底下的淡褐色大眼仰望著她。

想想那些死去的嬰兒，她對自己喃喃誦唸。死去的嬰兒，死去的嬰兒，死去的嬰兒啊。

她從沒想過要當特務或從事祕密工作，但現在清楚知道自己連情緒方面也不適合那種工作。顯然她的內心有太多莫名的同情心，比冷嘲熱諷還多。也因此，這次與丹尼爾談話之前，她從來不曾與訊問對象談話。

「好了，丹尼爾，我們要下車。你可以站起來嗎？」

「嗯哼。喔，這個，我幫你提袋子。」

他虛弱地舉起一隻手，伸向她的公事包。

「我來拿。」其實她握住提把的手指頭早就發麻了。「你現在需要專心讓身體保持平衡。」

「我真的好累。」

「我知道，你看，我的車在那裡，銀色那輛。」

「好多銀色的車子耶。」

完全說到重點。「就在這裡。好了，讓你坐在後座，這樣才能躺下來。你何不脫下外套？我不想讓你太熱。鞋子也脫了，來吧。」等一下比較不那麼麻煩。「膝蓋彎上來，你的腳才能放好。太好了。」

現在他的頭底下枕著背包，肯定不是很舒服，但是他並不在乎。

「亞利思，你是好心人。」他喃喃說著，這時眼睛閉起來了。「你是我遇過最好心的女生。」

「丹尼爾，我覺得你也是好心人。」她衷心說道。

「謝謝。」他含糊說著，然後就睡著了。

她很快從車後行李廂拿出米黃色的披巾把他蓋住，披巾的顏色與座椅相同。她從袋子裡拿出一支針筒，注射到他腳踝的血管裡；這時她弓著背，於是從外面看不到她在做什麼。「模仿領袖遊戲」大約一小時左右就會失效，她得讓他再睡久一點。

他不是情報員，她心意已定。情報員可能會假裝配合她的綁架藥物，但絕對不可能像這樣徹底昏迷。那麼，他只是受雇為大規模屠殺的殺手。

她設置的臨時實驗室位於西維吉尼亞州的鄉間。她租了一棟很棒的小農舍，包含一間擠乳牛舍，裡面已經很久沒有養乳牛了。牛舍外表是白色的合成牆板，與農舍本身互相搭配；屋內的牆壁和天花板則包著鋁板，地板以混凝土填封住，每隔一段距離有排水管。後側有個小臥室，廣告單寫說這個額外的空間可以當客房，裝潢成「討喜的鄉村風格」。她敢說，很多天真的旅客會覺得鄉村風格很迷人，但她只關心水電設施是否能完善運作。農舍和牛舍坐落在面積將近一百公頃的蘋果園中央，周圍還有更大面積的農田，最近的鄰居位於將近兩公里外。到了果園淡季，主人把這空間出租給想要假裝勞動的都市人。

租金非常昂貴。每次一想起價格，她就皺起眉頭，但實在沒辦法。她需要一處與世隔絕的場所和可用的空間。

她花了幾個晚上把所有東西設置好。白天的時候，她隔著好一段距離跟蹤丹尼爾，然後趁學校上課時間在車子裡盡量補眠。這時她完全累垮，但是一天工作結束前還有很多事要忙。

第一個停靠點，出城後一個多小時的不重要道路出口。一條狹窄的泥土路看似已經十年沒人走過，帶領她深入樹林。這條路一定通往某處，但她沒有開到那麼遠。她在一處濃密樹蔭停下來，關掉引擎，開始工作。

假如丹尼爾受雇於「部門」，或者更有可能，是與「部門」合作密切的另一個組織，像是中情局、幾個軍事部門，或像「部門」一樣沒有正式名稱的一些臨時編組祕密行動等等，那麼他身上可能會有電子追蹤裝置。就像她以前也有。她有點出神，用手指觸摸隱藏在她的短髮下，自己頸背上的小塊凸起疤痕。他們喜歡將電子追蹤裝置標記在頭部——假如身體只有一個部分能夠收回，則頭部是辨識身分的最佳部分。

她打開後座車門，跪在丹尼爾頭部旁邊的潮溼地上。先從她和巴納比都曾被標記過的地方開始找，用手指沿著他的皮膚輕輕滑過，然後再試一次，這次壓得用力一點。一無所獲。她看過幾個外國人剛從耳朵後面取下追蹤器的樣子，於是接下來檢查那裡。接著，她把手指伸入他的頭髮，探測頭皮上有沒有不應該存在的突起或硬塊。他的鬈髮非常柔軟，而且氣味很好聞，是柑橘香氣。她並不是特別在意他的頭髮，而是至少不需要把手伸進油膩膩又有惡臭的窩窩頭裡。她心懷感激。

接下來則是舉重時間。如果德拉弗恩特在這男人身上做了標記，追蹤器可能在體外。她先把鞋子扔到路旁的樹林裡，這似乎是衣物之中嫌疑最大的，很多男人每天都穿同一雙鞋。接著脫下他的襯衫，幸好是扣鈕扣的襯衫，不過壓著身體重量要把衣服脫掉還是很困難。她沒有費心把他的內衣從頭上脫掉，而是從口袋拿出手術刀，取下纏在刀刃上的繃帶，然後把內衣割成三片，這樣比較容易移除。她檢視他的胸膛，沒有可疑的疤痕或隆起。他身軀的皮膚比手臂更白皙，身上有些微曬痕，無疑是穿著T恤在墨西哥蓋房子留下的。或者去埃及取得超級病毒的時候……那裡也很曬。

他有一身肌肉，她認為是運動練出來的，不是健身房式稜角分明的肌肉，而是結實平滑。這顯示他很積極，但不會太過執著。

要讓他翻身趴著很困難，結果他滾進踏腳的空間，掛在座位之間的隆起處。他左邊的肩胛骨有兩個淡淡的疤痕，彼此平行，且一樣長。她仔細檢視，探觸周圍皮膚，但除了一般疤痕的肥厚組織之外，她感覺不到其他應該要有的東西。

過沒多久，她就意識到剛才應該要先脫掉他的牛仔褲再翻身。她得爬到正以難看的姿勢掛著的身體上面，兩隻手臂以環抱的方式伸到身軀下面，才能把褲子鈕扣打開。也得慶幸他沒有穿緊身牛仔褲，於是她從乘客座的另一邊車門爬出去，用力把褲子從他雙腿拉下來。看到他穿的是四角拳擊內褲而非緊身三角內褲，她並不驚訝，這很符合他的穿衣風格。她脫下拳擊內褲，然後是襪子，接著抓起其餘衣物，走了幾公尺離開道路，把它們全塞到一根倒木後面。她又走了另一趟去扔掉背包。如果有人希望他帶著電子裝置到處走而不知情，筆記型電腦是隱藏裝置的好地方。

這不是她第一次得親自把目標對象全身剝光。在實驗室的環境裡，有人會幫她把訊問對象準備好，巴納比稱他們為「部下」；但她並不是永遠都待在實驗室，例如第一次出勤到阿富汗的赫拉特，她學到要深深感激那些「部下」。面對好幾個月沒洗澡的男人，要幫他脫掉衣物並不是愉悅的事，特別是完成工作之後她自己也無法洗澡。至少丹尼爾很乾淨，今天工作得汗流浹背的人只有她。

她在行李廂內找到螺絲起子，很快把華府的汽車牌照換成另一塊，那是在西維吉尼亞州的拆車場取得，從一輛類似的車子拆下。

為了徹底搜查，她匆匆檢查他的雙腿背面、腳底和雙手。她從來沒有看過追蹤器裝在四肢甚至肢體末梢，可能因為四肢有時候會遭到砍斷，表達警告之意。她沒有看到半點疤痕，也沒有看到任何硬繭顯示他練習射擊或經常用槍。他有一雙老師的柔軟雙手，只有幾塊地方稍硬，表示辛苦勞動時不太熟練而產生水泡。

她嘗試把他翻回到座椅上，但很快就發現徒勞無功。這種睡覺姿勢很不舒服，但他無論如何都不會醒來。他之後一定會全身痠痛，只不過現在想這種事也太可笑了。

她重新把披巾蓋上，盡可能在他四周塞得嚴密，同時根據她讀過的文件和眼前看到的證據，建構出這個人的故事。

她相信丹尼爾．比奇大致上是她現在看到的這個人，討人喜歡且多才多藝的好人。為何會受到那位貪得無厭的前妻吸引實在難以理解，可能因為很容易墜入愛河吧。經過一段夠長的時間後，前妻把愛情視為理所當然，也漸漸把注意力轉移到她無法擁有的事物，像是一間好公寓、碩大的戒指和汽車等等。她現在可能會想念丹尼爾的這一面，人總是想望自己沒有的。

然而丹尼爾也有黑暗面，埋藏在內心深處。也許源自失去雙親的痛苦，覺得不公平，妻子的背叛又使之加重，接著因為失去最後一位家人而點燃。黑暗面不容易浮現出來，他會把它劃分開來，與這個溫和的人生有所區隔，收納在適合它的黑暗空間裡。難怪他可以這麼坦然地談起墨西哥。他擁有兩種面向的墨西哥：一個是老師所喜愛的快樂墨西哥，另一個是怪物恣意發展的危險墨西哥。在他的腦中，這兩個面向可能不會在同一個地方彼此靠近。

她衷心期盼這不是真正的精神症狀，只是一個受創的男人不想放棄他所認為的他自己，卻又需要黑暗所帶來的解放感受。

得到這樣的評估，她覺得安心多了，而這稍微改變她的計畫。她所做的有很大一部分是表演。面對一些訊問對象，極度客觀、冷漠的角色會產生最好的效果，因此會用上白袍、外科手術口罩、閃亮的不鏽鋼器具等等；而面對另一些人，瘋狂施虐的威脅才能產生效果（巴納比演出那種效果總是比較成功，他那張臉和頭髮都很適合演出，特別是一頭蓬鬆亂翹的白髮，彷彿才剛以電刑處死）。每一種情況都有些微差異，有些人害怕黑暗，有些人則害怕亮光。她打算走客觀路線，在她的「控制室」裡，這是她感到最安心的角色；不過她判斷，丹尼爾需要受到黑暗氛圍的環繞，他的黑暗面才會浮現出來。而「黑暗的丹尼爾」才是她需要談話的對象。

接下來開車途中她又繞了一點路。如果有人已經開始追蹤丹尼爾的衣物或用品，她可不想讓那人進一步跟蹤到這段路程。

她第一百萬次再度考慮各種可能性。第一類，這是非常精心策畫的陷阱。第二類，這件事真實存在，一百萬條人命危在旦夕。更別提她自己的性命了。

長途開車期間，她內心的平衡狀態終於實實在在偏向一邊。她現在很確定了，車裡的這個人並非政府的情報員。而假如他是無辜的平民，胡亂挑出他只是為了要引她出洞，那麼他們已經錯過抓她的最佳時機了。那些人連一次攻擊、一次企圖跟蹤的嘗試都沒有……她很清楚。

她想起那些推定丹尼爾．比奇有罪的成堆資料，實在沒辦坐視不管。她相信那些是真的。所以，她最好投身於拯救眾人性命。

她開進農舍的車道時大約十一點，徹底疲累又飢餓，但是有百分之九十五確定沒有留下蛛絲馬跡，「部門」或德拉弗恩特都無法循線來到她門前。她很快檢視一下房屋狀況，查看是否有人曾經破門而入（而且死去，那人打開門的下場會是如此），接著解除她的防禦裝置，再把車子開進牛舍。她拉上牛舍門，重新設定「警報器」，然後著手把丹尼爾準備好。

所有其他的工作都已完成。她已在費城的家得寶賣場買了好幾個定時器，把農舍很多房間的燈具都接上定時器；就像準備離家好幾個星期的旅人一樣，她讓這裡好幾個地方看起來像是有人在屋內。有部收音機也接上定時器，因此屋內也會發出聲音。這房子是很好的圈套，大部分人還沒進入黑暗的牛舍就會嚇得離開。

牛舍會保持黑暗。她已經在牛舍的正中央設置一頂帳篷，一方面不讓燈光和含糊的聲響傳出去，同時也讓丹尼爾完全不受環境影響。帳篷是長方形的構造，大約兩公尺高、三公尺寬、四點多公尺長。它的構造包含聚氯乙烯管子、黑色篷布和彈力繩，內側還鋪設兩層泡棉，用膠帶固定住。沒錯，感覺很粗糙，但機能性比洞穴還要好，她以前曾有經驗。

帳篷中央有一塊特大號的不鏽鋼金屬臺，底下有黑色伸縮基座，可以調整高度。它原本擺在牛舍裡（所以沒有安全方面的疑慮），大概是獸醫的某種手術臺；一定是用它來處置母牛，而非小牛，因此尺寸遠超過她所需，不過找到這東西挺好的。這也是促使她咬牙租下這種敲竹槓的房子的因素之一。另外有一張金屬臺面的桌子可以放置電腦、顯示器，還有一大盤東西，希望只是要當道具用。靜脈輸液架放在桌子前端旁邊，已經有一袋生理食鹽水掛在上面。一部有輪子的廚房金屬推車放在輸液架旁邊，上面有個不鏽鋼盤子，整整齊齊擺了許多小巧的針筒，放置得一目瞭然，但看起來給人不祥的預感。針筒下方的鐵架擺了防毒面罩和量血壓的壓脈帶。

另外當然準備了束縛裝置，是在拍賣網站買的，屬於監獄受刑人戒護送醫用的等級。她在不鏽鋼板上費力鑽出一些孔洞，用來安裝束縛裝置。如果沒有外力協助，沒有人能夠掙脫，而且外來幫手也得要有焊接槍才行。

她幫自己留了兩個出口，其實只是篷布上的開口，很像簾幕隔間。她在帳篷外面放了行軍床、睡袋、電熱板、小冰箱，以及其他需要用到的東西。客房附了一間三件式的衛浴，但睡在那裡實在太遠，況且也沒有浴缸可以睡，只有淋浴設備。這個週末她必須放棄平常的習慣。

她利用搬家工人的搬運帶，把一動也不動的丹尼爾拖出車外，放上搬運冰箱的手推車；過程中好幾次撞到他的頭。可能沒有太用力，不致造成腦震盪吧。接著把他推到不鏽鋼金屬臺旁，將臺子設定成最低的高度，再把他翻滾上去。他依然睡得很深沉。她讓他仰躺著，雙手雙腿都與身體呈四十五度角往外伸出，然後讓臺子往上升。她把束縛帶一個接一個固定住，他會有好一陣子保持這姿勢不會移動。靜脈輸液架放在旁邊，所幸他完全沒有脫水狀況，也說不定他只是血液循環很好。她輕輕鬆鬆便將管線接好，開始打點滴。她在生理食鹽水旁邊又加了一袋注射營養液，未來三天他能夠得到的所有營養就是這樣了，如果真要這麼多天的話。他會很飢餓，不過只要她下指令，他的意識會很清楚。她把脈搏血氧測量器設置在他的腳趾上（他用一隻手指就能把它拉掉），並在他背上黏附乾電極，肺部左右各一個，以便監控呼吸狀況。她很快用電子溫度計掃過他的額頭，得知目前體溫正常。

她並沒有練習裝導尿管，不過程序相當簡單，即使有什麼地方沒弄好，他也沒有表示任何抗議。這樣也不需要處理尿液，夠乾淨了。

想到這點，她在不鏽鋼金屬臺周圍地上放了裝有塑膠襯裡的方形吸收墊，那是設計給一般家庭訓練小狗用的。如果必須進展到用藥審問的第一階段以後，受審者一定會嘔吐，至於會不會流血，則要看他對於正常方法有何反應而定。至少她這裡的輸血裝置都準備好了。

牛舍裡變得寒冷，於是她拿毯子幫他蓋好。她需要他維持昏迷再久一點點，而赤裸的皮膚萬一受寒可沒有幫助。猶豫一會兒之後，她去客房拿了一個枕頭，放在他的頭底下。這只是因為不想讓他醒來，她向自己保證。不是因為他看起來不太舒服。

她拿了一支小針頭注入靜脈輸液裝置，再給他一劑安眠藥。他應該至少會好好睡四個小時。

丹尼爾失去知覺的臉龐令人不安。有點……太平靜了。她覺得自己從未見過如此徹底單純無辜的臉孔與五官，很難想像這樣的平靜與單純竟然與她共存於同一個世界。她又擔心起來，過去她完全沒有處理心理缺陷的經驗，然而轉念一想，如果德拉弗恩特想要找個很容易博得別人信任的人，這完全就是他想要找的臉孔。也許這正是毒梟一開始挑上學校老師的原因吧。

她讓丹尼爾戴上防毒面罩，並拿了濾毒筒轉進去裝好。假如她的安全防禦措施殺了丹尼爾，她就拿不到所需的情報了。

她對周遭進行最後一次巡視。透過窗戶望出去，可以看到農舍裡面所有該亮的燈光都亮起來了。在夜晚的極度靜寂之中，只要是排行榜前四十名熱門歌曲的微弱曲調她都聽得見。

確定每一個入口都安全無虞之後，她吃了一根蛋白質營養棒，在小浴室裡刷了牙，將鬧鐘設定在三點，摸摸行軍床底下的槍，將濾毒筒抱在懷裡，然後鑽進睡袋。她的身體已經睡著了，大腦的狀態也相去不遠。她只來得及戴上自己的防毒面罩，然後就完全不省人事。

第六章

凌晨三點三十分，她起床，穿衣服，吃東西，依然非常疲累，但是準備要開始了。丹尼爾繼續平靜熟睡，令人忘卻他的存在。等他醒來會覺得休息得很充分，但是暈頭轉向。他會對時間完全沒概念，甚至不曉得今天是幾月幾號。在她這個行業，讓人不舒服是一項重要的手段。

她明知自己會感到抱歉，但依然把他的枕頭和毯子拿走。不過這很重要，無論受審對象曾經接受何種訓練，他們每一個人只要在敵人面前全身赤裸又無助，都會感受到巨大的不安。未來這幾天，她會讓「抱歉」成為自己最不重要的感受。她也封閉了其餘的感受。已經超過三年了，她感覺到自己內心很多方面都關閉了，但身體倒是還記得怎麼進行。她知道自己擁有所需的力量。

她的頭髮因為快速梳妝打扮而溼溼的，塗在臉上的化妝品感覺很厚一層，但其實塗得很薄。她不會化複雜的妝，因此只塗了暗色眼影、厚厚的睫毛膏和深紅色口紅。她還不打算這麼快就調整髮色，不過一頭黑髮和臉上化妝掩飾則是新策略的一部分。她買來的白色實驗衣和淡藍色手術服依舊平整，放在袋子裡，目前反倒又穿上合身的黑襯衫搭配黑色牛仔褲。農舍有洗衣機和乾衣機實在很方便，襯衫很快就需要清洗。嗯，其實昨天就需要洗。

只用一點點有顏色的粉末和油脂就能改變別人對你的觀感，這真是非常奇妙。她察看浴室鏡中的自己，很高興臉孔看起來好嚴厲、好冷酷。她用梳子整理頭髮，使頭髮恢復光滑直順，然後穿越牛舍走回她的審問室。

她已經把泛光燈掛在頭頂上方的聚氯乙烯支架上，不過此刻還關著，只打開兩盞可攜式工作燈，高度及腰。在陰影中，黑色膠帶和灰色泡棉看起來顏色相同。隨著夜色變深，氣溫也直直落，受審對象的手臂和肚子都起了雞皮疙瘩。她再次用溫度計檢測他的額頭，體溫仍舊在正常範圍內。

最後，她打開電腦，設置執行程序，如果二十分鐘沒有使用就會進入螢幕保護程式。電腦的另一邊有個黑色小盒子，頂上附了數字鍵盤，側邊有個小紅燈，但她現在不予理會，繼續工作。

她對靜脈注射裝置注入化學藥物，準備讓受審者清醒；有種感覺奮力想要冒出來，不過她輕而易舉就把感覺壓下去。丹尼爾．比奇是雙面人，她也是。她現在表現出另一面，就是「部門」稱之為「化學家」的那一面，化學家是一部機器，無情且殘酷。她這個怪物現在釋放出來了。

希望他那個怪物也會現身。

新藥物慢慢流進他的血管，他的呼吸變得比較不平穩了。手指修長的一隻手握緊拳頭，然後拉動束縛帶。他的意識大致上還沒恢復，但臉上出現不悅的神色，同時嘗試翻身側躺。他扭動膝蓋，用力拉扯腳踝的束縛帶，接著眼睛突然睜開。

她靜靜站在桌首，觀察著他的痛苦；他喘不過氣，心跳加速，身體扭動想要甩脫束縛帶，眼神狂亂地望著眼前黑暗，努力想搞清楚自己身在何處，尋找任何一點比較熟悉的蛛絲馬跡。他突然停下來，緊張聆聽四周動靜。

「哈囉？」他低聲說。

她站著不動，等待適當時機。

接下來的十分鐘，他不時瘋狂扯動各個束縛帶，不時又一邊粗聲喘氣、一邊努力聆聽周遭動靜。

「救命！」他終於放聲大喊。「有人在嗎？」

「哈囉，丹尼爾。」她以平靜的語氣說。

他的頭用力向後扭、伸長脖子，想要尋找聲音的來源。她注意到他讓喉嚨像那樣暴露出來，這不是職業軍人的本能反應。

「誰在那裡？那是誰？」

「丹尼爾，我是誰其實不重要。」

「我在哪裡？」

「同樣無關緊要。」

「你到底想幹嘛？」他近乎嘶吼道。

「這才對嘛，你抓到重點了。這才是真正重要的問題。」

她繞過桌子，於是他能夠定睛看著她，不過她依然站在逆光處，陰影掩蓋住大半張臉。

「我什麼東西都沒有，」他抗議說。「沒有錢，沒有毒品，完全幫不上忙。」

「丹尼爾，我什麼東西都不要。我要的是……不對，我需要情報。你能夠離開這裡的唯一方法，就是把情報交給我。」

「我什麼都不知道……沒什麼重要的！拜託……」

「住嘴。」她厲聲吼道，只見他嚇得倒抽一口氣。

「丹尼爾，你現在有沒有仔細聽我說話？這部分真的很重要。」

他點頭，拚命眨著眼。

「我必須得到這項情報，沒有選擇餘地。丹尼爾，逼不得已的話，我會傷害你，直到你把我需要知道的情報說出來為止。我會嚴重傷害你。我並不想那樣做，但是做了也沒差。開始進行之前，我先把話說清楚，讓你好好做決定。把我想知道的事情告訴我，我就會放你走。就這麼簡單，我答應不會傷害你。那不但節省我的時間，也讓你省了很多痛苦。我知道你不想把情報告訴我，不過請你搞清楚，你無論如何都會說出來。可能會花一點時間，不過到最後你沒辦法阻止自己說出來。每個人都會崩潰。所以，乾脆做個簡單的選擇吧，如果不這樣，你一定會後悔。聽懂了嗎？」

在她的工作生涯中，同樣的這番話已經對受審對象講過很多很多次，通常都相當有效。大約有百分之四十的機會，受審對象這時候就會開始坦白招供。當然通常不會完全招供，總還有一些深入探究的工作要做，不過有相當大的機會從一開始就坦承有罪，同時交出一部分情報。她對不同的對象講這番話，統計數字會略有不同。她都還沒開始施加痛苦，大概就有半數的軍人會開始洩露內情。至於真正的間諜，如果沒有對身體施加一點痛苦，只有百分之五到十的人會招供；宗教狂熱份子的比例也差不多。如果是低級的諂媚之徒，這番話百分之百有效。至於真正主其事的人，如果沒有施加痛苦，他們絕對不會招供半點內幕。

她衷心希望丹尼爾只是滿口好話的諂媚之徒。

她說話的時候，他回瞪著她，因為恐懼而呆若木雞。但是隨著她講到結論，他困惑地瞇起眼睛，眉頭全皺在一起。這不是她期待的表情。

「丹尼爾，你聽懂我說的話嗎？」

「亞利思？亞利思，是你嗎？」他的語氣滿是困惑。

就是為了避免這樣，你不能事先接觸審問目標。現在情節的發展已經脫離她寫好的劇本了。

「丹尼爾，那當然不是我的真名，你很清楚。」

「什麼？」

「我的名字不叫亞利思。」

「可是……你是醫師，你幫了我。」

「丹尼爾，我不是那種醫師。而且我沒有幫你。我對你下藥，而且綁架你。」

他的表情很認真。「你對我很好啊。」

她必須努力克制才不至於嘆氣。

「為了把你弄來這裡，我非那樣做不可。好了，丹尼爾，我需要你專心，我需要你回答我的問題。你準備把我想知道的事情告訴我嗎？」

她再度看到他露出懷疑的神色。他不相信她真的會傷害他，也不相信眼前一切是真實的。

「只要是你想知道的事情，我都會告訴你，不過就像我剛才說的，我不知道什麼重要的事。我沒有任何銀行戶頭，或者，不知道耶，藏寶圖還是什麼的。絕對不值得這樣大費周章。」

他試圖用遭到捆綁的一隻手作勢指著。從他看著自己的模樣，他似乎頭一次發現自己全身赤裸。他的皮膚唰地變紅，臉、脖子，一路紅到胸口中央……於是他不自覺地扯動束縛帶，彷彿想要遮掩自己。他的呼吸和心跳速率又開始變得急促。

全身赤裸；無論是祕密軍事行動的情報員，或者只是低階的恐怖份子嘍囉，他們全都討厭赤裸身子。

「我不想要藏寶圖。丹尼爾，我這樣做不是為了個人的私利，而是為了保護無數的無辜生命。就來談談那方面吧。」

「我不懂。在那方面我能幫什麼忙？我為什麼會不想幫忙？」

她不喜歡這種進行方式。比起那些承認有罪，但決心不願出賣自己政府、聖戰組織或同夥的人，像他這種宣稱自己一無所知和完全無辜的人，通常要花比較久的時間才能突破心防。

她走向桌子，拿起第一張照片。那是從監視器影像翻拍的德拉弗恩特，是非常清晰的特寫照片。

「那麼從這個人開始吧，」她說著。把照片拿到他眼睛的高度，並用一盞工作燈投射光線。

徹底茫然，完全沒有反應。這是不好的跡象。

「那是誰？」

這次她讓自己的嘆氣聲清晰可聞。

「丹尼爾，你做了錯誤的選擇喔。請好好思考自己的做法。」

「可是我不知道那是誰啊！」

她以無奈的表情定睛看著他。

「亞利思，我完全沒騙你，我不認識那個人。」

她再度嘆氣。「那麼，我想我們要開始了。」

不相信的表情又出現了。以前的審問過程不曾碰過這種狀況，來到她審問臺上的每一個人都很清楚自己身在這裡的原因。她曾經碰過恐懼、懇求，偶爾也遇到堅決抵抗的人，但從來不曾遇到這種奇怪的全然相信，幾乎像是質疑著說：你不會傷害我。

「呃，這是某種戀物癖、性幻想之類的嗎？」他低聲問道，儘管處境異乎尋常，他的語氣聽起來還是顯得很羞赧。「我實在不太懂那種事的規矩……」

她轉過頭，隱藏住不恰當的微笑。控制住啊，她喝令自己。為了讓動作顯得自然流暢，彷彿本來就要在這一刻走開似的，她順勢走向桌子，在鍵盤按下一個鍵，把電腦喚醒，接著拿起放道具的盤子。盤子很重，她走動時，盤子裡的道具更是彼此碰撞出聲。她把盤子拿到他旁邊，邊緣靠近皮下注射器，然後移動光線角度，讓那些金屬器具閃閃發亮。

「很抱歉讓你覺得這麼困惑，」她以平靜的語調說。「我向你保證，我絕對是認真的。我要你看看我的工具。」

他看了，眼睛睜得好大。她等待「黑暗的丹尼爾」即將破繭而出的一些跡象，但是什麼都沒看到。即使極度恐懼，他的雙眼依然顯得好溫和。好無辜。希區考克電影《驚魂記》的殺人主角諾曼·貝茨曾經說過一席話，此刻從她腦中一閃而過：「我想，我就是看過那樣的臉孔。你忍不住想要相信。」

她抖了一下，但他沒發現，雙眼緊盯著那些道具。

「我不是很常用到這些東西。」她對他說著，一邊輕輕碰觸鉗子，然後用手指敲敲特別巨大的手術刀。「他們會打電話給我，如果希望受審對象多多少少保持……完整。」她對最後兩個字加重語氣，同時伸手拂過螺栓剪鉗。「但其實我不一定要用這些工具。」她用指甲刮過焊槍的金屬噴嘴，產生尖銳的乒乓聲。「你猜得到原因嗎？」

他沒有回答，整個人嚇得呆若木雞。現在他慢慢懂了。沒錯，這很真實。

只不過「黑暗的丹尼爾」一定早就懂了。那麼，他為何還不浮現出來呢？他認為騙得過她嗎？還是他認為自己在地鐵上表現的迷人魅力早已融化她脆弱的女人心？

「我告訴你原因。」她說話的聲音好低沉，幾乎像悄悄話。她一副意有所指的模樣向前傾，臉上露出遺憾不已的甜甜假笑，但眼神一點都沒變。「因為我要對你做的傷害……真的……超級……淒慘。」

他的眼睛一副快要暴凸出來的樣子。這至少是很熟悉的反應。

她把盤子拿開，任憑他的視線自然而然望向皮下注射器後面延伸的長條管線，那在光線照耀下閃閃發亮。

「第一次只會持續十分鐘。」她對他說著，轉身把工具放回桌面上。然後她又轉身面對他。「不過感覺會比十分鐘更久。這只是淺嚐一下，你可以把它當成警告。等這次結束，我們再試著談談看。」

她拿起盤子裡最遠處的針筒，把活塞向前推，直到有一滴水珠出現在針頭頂端，然後像電影裡的護士一樣，用誇張的動作把水珠輕輕彈掉。

「求求你？」他輕聲說。「求求你，我不曉得這是要幹嘛，我幫不了你，我發誓如果可以，我一定幫忙。」

「你一定會。」她向他保證，然後將針頭刺進他左上臂後側的肱三頭肌。

反應幾乎立刻就出現。他的左手臂開始抽搐，猛力拉扯束縛帶。他驚恐萬分地看著自己痙攣的肌肉，她則默默拿起另一支針筒，走到他的右側。他眼睜睜看著她靠近。

「亞利思，求求你！」他大喊。

她不予理會，也無視他企圖閃躲，反正他再怎麼頑強掙扎也無法掙脫手腳的束縛帶，然後她逕自將這一劑乳酸注入右腿前側的股四頭肌。他的膝蓋猛力拉平，肌肉扯得他整隻腳抬離桌面。他喘著氣，然後開始呻吟。

她的動作不慌不忙，一點都不急促，但是也不緩慢。她又拿了另一支針筒。他的左手臂已經太虛弱，連嘗試抵擋一下都沒辦法。這一次，她將乳酸注射到左上臂前側的肱二頭肌。後側的三頭肌群立刻開始撕扯二頭肌，彼此對抗強力收縮。

他大口噴氣，活像是有人剛剛痛擊他的腹部，但她知道這種痛苦遠遠超過任何一種猛力痛擊。再注射一劑，這次是右腿後側的股二頭肌。他的腿開始強力撕扯，宛如剛才手臂的狀況，同時也伴隨尖叫聲。

她走到他的頭旁邊站著，冷靜地看著他脖子的肌腱猛力緊繃，宛如凸起的白色繩索。等他再度張嘴尖叫，她趁機塞了一團東西進去。萬一他咬斷舌頭，那就再也無法告訴她任何訊息了。

她慢慢走向桌旁的椅子，聽著雙層泡棉把含糊的尖叫聲吸收掉，然後坐下，翹起二郎腿。她看著顯示器，每一個數據都上升，但全都沒有進入危險區。只要重要的臟器沒有真正進入嚴重危險狀態，健康的身體會比大多數人體驗到更多的痛苦。她撥動電腦上的觸控板，讓螢幕持續亮著，接著從口袋拿出手錶，跨放在膝蓋上。這比較像是營造戲劇效果，她大可查看電腦或監視器顯示的時間，那還比較簡單。

她等待的時候面對他，表情很鎮定，手錶的銀光與她的黑色衣著形成對比。受審對象可能會覺得這樣很難堪……她居然可以如此冷靜淡然地看著自己的傑作。她就這樣看著他，表現得很有禮貌，像是二流戲劇的觀眾，看著他的身體在桌面抽搐扭動、歪曲變形，而塞口物壓制住他的尖叫聲。有時候他的目光落在她身上，充滿懇求與痛苦，其他時候則是瘋狂繞著整個房間亂轉。

十分鐘可以是非常漫長的一段時間。他的肌肉開始同時各自抽搐，有些肌肉糾扭成結，其他肌肉則似乎想要從骨頭上撕扯開來。他的臉汗如雨下，頭髮顏色因而變深，臉頰的皮膚簡直快要爆裂。尖叫聲的音調漸次降低，慢慢變成嘶吼聲，聽起來比較像動物而非人類。

還有六分鐘。

而這些藥物甚至還不是好藥物。

夠病態的人如果有興趣，大可複製她現在施予的痛苦。她使用的乳酸並非管制藥物，很容易從網路購得，即使是像她這種努力逃離美國政府黑暗面的人也買得到。回顧她從事審問工作的全盛時期，當時她有漂亮的實驗室、漂亮的實驗經費、定序儀和反應器，那才能製造出真正獨特且特效超強的配方。

說真的，若要稱呼她，「化學家」這個代號完全不恰當，然而「分子生物學家」可能太長也太拗口。巴納比就真的是化學專家，幸虧有他教導她的那些技巧，即使失去實驗室，她現在也還能活著；而到最後，她變得符合「化學家」那個代號了。但是早在一開始的時候，「部門」之所以注意到她，其實是因為她在單株抗體方面的理論性研究。她無法冒險帶丹尼爾去實驗室真是太可惜了，以那種方式逼出結果絕對比較快。

而且，當時距離從方程式做出實際的藥方已經非常接近，徹底解除疼痛的藥方一直是她致力追求的「聖杯」，只不過似乎沒有其他人同樣熱切追求那個目標。過去三年，如果一直在實驗室工作而不是四處逃亡，她很確定現在早就找出重要關鍵，能夠破解人類的心智，得到你想獲得的情報。不需要折磨人，不需要製造恐懼，很快就能得到答案，輕鬆愜意，然後也同樣輕鬆地把人送入牢房或處決室。

他們真應該讓她繼續工作。

還有四分鐘。

她和巴納比曾經仔細討論過，審問的各個階段應該要用哪些不同的策略。巴納比會講故事給自己聽，他回憶小時候聽過的童話故事，把它們改編成現代版本，或者想出不一樣的結局，甚至如果改變故事背景會讓主角變成怎樣等等。他認為自己想出來的一些點子非常棒，等到有時間，他打算把那些故事寫下來。然而她卻覺得應該做些實際的研究，否則是浪費時間。她會規畫做很多事。剛開始的時候，她規畫做一些新式的單株抗體，不但能控制大腦反應，也能阻礙神經細胞受體的作用。後來，她規畫自己的逃亡人生，盤算著可能會出差錯的每一件事、每一個最壞的狀況，以及該怎麼做才不會掉進每一個陷阱。接下來則是一腳踩進陷阱該怎麼逃出來。然後是真正掉進陷阱之後……她試著想像每一種可能性。

巴納比說，她需要偶爾讓理智斷線一下。總要找點樂子，不然活著有什麼意義？

就是為了活著啊，她下定決心這麼想。她所求的就只有活著，於是絞盡腦汁使之實現。

今天她思考著下一步。今天晚上，明天晚上，或者，老天爺幫幫忙啊，到後天晚上，丹尼爾即將告訴她每一件事。每一個人都會崩潰。事實很簡單，人類對於痛苦就只能忍受那麼久。有些人對某種痛苦的忍受程度會比其他痛苦還要高，不過那就表示她只要換成另一種痛苦即可。到了某個階段，如果他堅不吐實，她會讓丹尼爾翻身趴著（這樣他才不會被自己的嘔吐物嗆到），施予自白劑，即她口中的「綠針」，不過自白劑其實是澄清無色的，就像其他所有針劑一樣。如果連那也無效，她會嘗試其中一種迷幻劑。總是有新的方法可以讓人體驗痛苦，有太多種不同方法可以讓身體感受外來刺激。

一旦得到所需的情報，她會終止他承受的痛苦，逮捕他，然後用這個ＩＰ位址傳送電子郵件給卡爾斯頓，把她得知的一切告訴他。接著她會駕車離開，開車很長一段時間都不停下來。卡爾斯頓和「部門」可能不會追蹤她，但也可能會，反正她永遠不會知道了，因為她很可能再也不會現身，至死方休……希望到時候會是自然死亡。

九分鐘過去後，藥效開始消退了。每一個人的狀況不一樣，丹尼爾是反應較明顯的一類。他的尖叫聲轉變成呻吟，身體也筋疲力竭，慢慢在桌面癱軟下來，然後變得很安靜。她取出塞口物，他連忙大口喘氣。他以畏怯又驚駭的眼神看了她好一陣子，然後開始哭泣。

「我會給你幾分鐘好好整理思緒。」她說。

她從他看不見的出口走出去，靜靜坐在行軍床上，聆聽他拚命忍住的啜泣聲。

哭泣很正常，而且通常是好兆頭。然而，這哭聲顯然來自「丹尼爾老師」，依舊沒有「黑暗丹尼爾」的跡象，不是那個懂得左顧右盼、防衛心很重的人。要用什麼方法才能把他喚出來？如果這真的是解離性人格疾患，能不能強迫她想要的那個人格現身呢？看來她需要找真正的精神科醫師來幫忙。假如她一償「部門」所願，乖乖走進實驗室，那麼只要她開口請求，他們很可能就會去找人來幫忙。嗯，現在則是一點辦法也沒有。

她靜靜吃著鬆軟的早餐營養棒，等待他的呼吸恢復平穩，接著又吃了第二根。她從小冰箱拿出一盒蘋果汁，配著營養棒喝下。

她再度進入帳篷時，丹尼爾正以絕望的眼神盯著鋪設泡棉的天花板。她靜靜走向電腦，碰觸一個鍵。

「丹尼爾，很遺憾你得經歷這一遭。」

他沒有聽進去，只忙著蜷縮身子，盡可能遠離她的聲音來源。

「別再來一次了，好嗎？」她說著，坐回她的椅子裡。「我也想回家啊。」算是謊話，但也頗有真實成分，因為她不可能回家。「而且，其實我不是虐待狂，雖然你可能不相信我說的話。我也不喜歡看你受苦啊，只是沒有選擇的餘地。我不能讓其他所有人死掉。」

他的聲音很粗啞。「我不……知道……你在說什麼。」

「如果你知道有多少人說過這種話，一定會很驚訝……他們一次又一次經歷你剛才的情況，甚至更慘烈，結果還是這樣說！然後經歷了十次，經歷了十七次之後，突然之間，實話就蹦出來了。於是我就去告訴那些『好人』，看是要去哪裡尋找飛彈彈頭、化學炸彈，或者病原體。丹尼爾，於是人們就可以好好活著了。」

「我沒有殺過任何人。」他以刺耳的嗓音說。

「不過你打算要進行，而我要改變你的心意。」

「我絕對不會做那種事。」

她嘆口氣。「看來要花很長的時間，是吧？」

「我不知道的事情就沒辦法告訴你。你可能找錯人了。」

「這種話我也聽多了。」她淡淡說道，但是心中震動一下。假如無法讓另一個丹尼爾現身，那麼她折磨的對象豈不就錯了？

她很快做了個決定，再次脫離劇本演出，雖然如果是真的是精神疾病，其實她沒有能力處理。

「丹尼爾，你有沒有突然昏過去的經驗？」

一陣長長的沉默。「什麼？」

「你有沒有這樣的經驗，例如突然在某個地方醒來，不知道自己怎麼會到那裡？有沒有人對你提過你曾經那樣？或者有人提到你的某件事，你卻不記得自己做過或說過？」

「呃，沒有。嗯，今天有。我是說，你就是對我這樣說，對吧？說我打算做很可怕的事，但我根本不知道是什麼事？」

「有人曾經診斷你有解離性人格疾患嗎？」

「沒有！亞利思，這個房間裡的瘋子不是我。」

這樣說完全沒幫助。

「把埃及的事情告訴我。」

他轉過頭來看她。他的表情就像是把內心的想法清清楚楚寫在臉上：「這位女士，你是在開我玩笑嗎？」

她只是默默等待。

他痛苦地嘆了一口氣。「嗯，所有現代文明之中，埃及擁有最長遠的歷史。有證據指出，埃及人早在西元前一萬年就居住在尼羅河沿岸。到了西元前六千年……」

「丹尼爾，這太可笑了。我們現在可以認真一點嗎？」

「我不知道你要聽什麼！你是想測試我到底是不是歷史老師嗎？我根本搞不清楚！」

她可以聽出他聲音所傳達的力氣。就她的藥物來說，這是好事，表示藥效很快就退了，每一輪用藥之間可以專心對話。她也發現受審者沒有感受到痛苦時，他們對痛苦的恐懼比較大。這樣的忽高忽低似乎能讓審問過程加速進行。

她碰觸電腦的一個鍵。

「把你去埃及的行程告訴我。」

「我從來沒有去過埃及。」

「兩年前你沒有跟隨『仁人家園』去那裡？」

「沒有，過去三個暑假我都在墨西哥。」

「你該知道這種事追查得到吧？只要把你的護照號碼輸入電腦，就有紀錄顯示你去過哪裡，對吧？」

「那你應該知道，我真的在墨西哥啊！」

「你在那裡與恩力克．德拉弗恩特碰面。」

「誰？」

她慢慢眨眼，一臉厭煩的樣子。

「等一下。」他說著，突然盯著天花板，活像是那上面貼了答案。「我知道那個名字。不久前新聞報導提過……與美國緝毒局官員失蹤事件有關。他是毒梟，對吧？」

她再次拿起德拉弗恩特的照片。

「那是他？」

她點頭。

「你為什麼覺得我認識他？」

她慢條斯理回答：「因為我也有你們在一起的照片。而且因為他過去三年給了你一千萬美元。」

他的下巴都快掉下來了，說話的時候一邊倒抽一口氣。「什……麼？」

「一千萬美元，在你的名下，分散在開曼群島和瑞士的銀行裡。」

他又盯著她看了一會兒，然後臉孔突然因為憤怒而扭曲，聲音也變得粗啞。「假如我真的有一千萬美元，我幹嘛要住在哥倫比亞高地那種滿地蟑螂又沒有電梯的公寓？我們幹嘛要穿那些縫補無數次的排球隊制服，從一九七三年就穿到現在？我幹嘛要搭地鐵上班，而我前妻的新任丈夫開著賓士轎車到處趴趴走？還有，我幹嘛要每天吃一成不變的拉麵，結果得了軟骨病？」

她讓他盡情發洩。講話的欲望是邁向正確方向的一小步。可惜的是，這個憤怒的丹尼爾依舊是學校老師，只是變成非常不高興的學校老師。

「等一下……你說你有我和毒販的照片是什麼意思？」

她走向桌子，拿起適當的照片。

「在埃及的明亞省，與德拉弗恩特在一起。」她一邊朗聲說道，一邊把照片拿到他面前。

終於，有反應了。

他的頭猛然向後甩，眼睛瞇起，然後又瞪大雙眼。她幾乎可以看出思緒在他腦中飛快閃過，然後停駐在臉上。他正在思考自己看到的一切，然後暗中盤算。

還是沒有另一個丹尼爾的跡象，不過至少似乎意識到自己還有另一部分了。

「丹尼爾，你現在願意把埃及的事情告訴我了嗎？」

丹尼爾緊抿著嘴唇。「我從來沒去過那裡。那不是我。」

「我不相信你說的話。」她嘆氣說。「那真的很糟糕，因為我們得讓這場派對繼續進行。」

恐懼回來了，既快速又確實。

「亞利思，拜託，我發誓那不是我。求求你別這樣。」

「丹尼爾，這是我的工作。我必須找到方法救那些人。」

所有的含蓄和節制都消失了。「我不想傷害別人，我也希望你能救他們啊。」現在越來越難否認他的誠懇了。

「那張照片對你有某種意義。」

他再次搖頭，表情逐漸消失。「那不是我。」

她得承認，她其實有點迷惑。這真的是全新的感受。她好希望有巴納比可以徵詢意見！好吧，時間緊迫，她沒有時間懷抱希望。她把一支又一支的針筒塞進左手，這一次總共有八支。

他以驚駭的眼神看著她，另外還有……悲傷。他欲言又止，沒有發出聲音。第一支針筒準備就緒，她以右手拿著，停下動作。

「丹尼爾，如果你有話想說，那就快點說。」

他一副心灰意冷的樣子。「那又沒用。」

她等了一下，只見他直視著她。

「只不過，你的臉，和之前一樣……完全一樣。」他說。

她畏縮了一下，接著轉過身，走向桌子，站在他的頭旁邊。他拚命掙扎，想要離她遠一點，但這樣更容易露出頸側的胸鎖乳突肌。通常她會把這條肌肉保留到審問後期，但以目前處處受限的情況看來，她可以透過這條肌肉對受審者造成非常痛苦的效果，她想盡快離開，於是將針頭刺進他的頸側，把活塞往下推。她沒有直視他，只趁他嘴巴張開的時候趕快把塞口物放進去。接著，一一注射其他針筒後，她逃離那個地方。

第七章

她生疏了，就是這樣。已經三年了，這就是她萌生全新感受的原因，也是這個受審者對她產生影響的原因。這沒什麼，只是因為太久沒玩這種遊戲了。她還是可以把過去的習慣找回來。

藥效發作期間，她進入帳篷一次，讓電腦持續運作，但沒有停下來查看。經過十五分鐘，等到藥效變弱後，她才走回去。

他又躺在那裡喘氣，這一次沒有哭，但她知道這次的痛苦比上一次更可怕。磨破的皮膚流著血，把所有束縛帶都染紅，也滴到桌面上。下一輪可能得要讓他癱瘓，以免傷勢變得更嚴重。癱瘓也是一種很可怕的感覺，可能會有效。

他開始發抖。她還真的轉身走向出口，接著猛然意識到自己是要走出去幫他拿毯子。她到底有什麼毛病？

專心。

「你有什麼話要說嗎？」等到他的呼吸比較平穩，她輕聲問道。

他一副筋疲力竭的樣子，氣喘吁吁說出答案。「那不是我。我發誓。我沒有……打算……做什麼。不認識賣毒的人。希望我能幫忙。真的，真的，真的啦……希望我能幫忙。真的。」

「嗯。你對這種方法展現出一點抵抗力，所以我們也許該試試新方法。」

「抵……抗力？」他以沙啞的聲音不可置信地說。「你認為……我在抵抗？」

「說真的，我有點擔心迷幻劑會把你的腦袋弄糊塗……畢竟這裡的麻煩已經夠多了。」她一邊說話，一邊用手指輕敲他汗水淋漓的頭頂。「也許我們沒有選擇餘地，只能試試老派的……」她繼續心不在焉地敲著他的頭，同時盯著桌上的工具盤。「你容易嘔吐嗎？」

「哦。我會……那樣嗎。」這句話聽起來像問句，但他只是斷斷續續低聲嘀咕，沒有想要知道答案的樣子。反正她會給答案。

「因為你準備在美國的四個州散播致命的流感病毒，而染病的人就是會嘔吐，最後可能會害一百萬個美國平民無辜喪命。美國政府不能接受那種行為，所以他們派我來逼你招供。」

他定睛看著她，原本的害怕突然被震驚所取代。

「什麼。那個。還真的。見鬼啦！」

「是的，很可怕，很低級，而且很邪惡，我知道。」

「亞利思，真的，這真的瘋了！我覺得你有問題。」

她盯著他的臉。「我的問題是你不肯說出病毒在哪裡。你已經拿到了嗎？還在德拉弗恩特那裡？什麼時候交貨？到底在哪裡？」

「這真是神經病。你是神經病！」

「如果我真的是神經病，可能還比較能享受人生。不過我開始覺得他們派錯醫生來這裡了，我們需要的是對付瘋子的醫生。我不知道要怎麼把另一個丹尼爾叫出來！」

「另一個丹尼爾？」

「我在這些照片裡面看到的那一個！」

她猛然轉身，氣呼呼從桌上抓起一把照片，還不小心撞到電腦。

「你看，」她說著。把那些照片推到他面前，一張接一張抽換給他看，然後全部扔到地上。「那是你的身體，」她把一張照片貼到他的肩膀上，然後任憑它掉落。「你的臉，看見沒？但是表情不對。丹尼爾，有另一個人透過你的眼睛往外看，我不確定你有沒有意識到。」

不過那種「認得」的神情又來了。他確實意識到某件事。

「嗯，現在呢，你可以只說你在這張照片看到什麼，我勉強接受。」她舉起最上面一張照片，「另一個丹尼爾」躲在一間墨西哥酒吧的後門裡。

他看著她，表情扭曲。

「我無法……解釋……那實在沒道理啊。」

「有某種我不知道的事，你看出來了。那是什麼？」

「他……」丹尼爾想要甩頭，但幾乎不能動，他的肌肉太疲勞了。「他看起來像……」

「像你。」

「不，」他低聲說。「我的意思是說，沒錯，他看起來當然很像我，但是我可以看出兩人的差異。」

他說那句話的樣子，「他看起來當然很像我」，又是那種顯而易見的真誠態度，但依然有所隱瞞……

「丹尼爾，你知道這是誰嗎？」這一次是真正問問題，不是冷嘲熱諷，不是運用話術。她現在並不是扮演精神科醫師（演技很差）；自從開始審問以來，她第一次覺得真正進入某種狀況了。

「說不通啊。」他吸口氣，因為筋疲力竭而稍微閉上眼睛，但她心想，更有可能是不太想看到照片。

「不可能。」

她傾身向前，並喃喃說著，「告訴我。」

他睜開雙眼，以探詢的眼神看著她。「你確定？他準備要殺死很多人？」

好自然啊，他用的是第三人稱。

「成千上萬人啊，丹尼爾。」她保證，態度像他一樣誠懇。她也用了第三人稱。「他已經取得致命病毒，準備要幫一個神經病毒梟把病毒散播開來。他已經訂了好幾間旅館，用的是你的名字。他再過三個星期就要動手了。」

傳來細細的聲音。「我不相信。」

「我也不想相信。這種病毒……是很壞的一種啊，丹尼爾，它會比一顆炸彈害死更多更多的人，而且沒辦法控制它的傳播方式。」

「不過他要怎麼做這種事？為什麼要這樣？」

到了這時，她幾乎有百分之六十五能夠確信，他們談論的不是丹尼爾多重人格的其中之一。

「現在才要搞清楚那些問題已經太遲了，最重要的是阻止他。丹尼爾，他是誰？幫我救救那些無辜的人。」

他的臉孔又扭曲起來，呈現出另一種極度痛苦的樣子。她以前看過這種表情。那是另一個受審者，她知道那人內心糾結，既渴望忠心不二，又渴望不再受到折磨。丹尼爾也很糾結，她傾向認為他是卡在忠心不二和想要做正確的事之間。

在夜晚的徹底寧靜之中，她一邊等待他的回答，一邊透過隔音效果不太好的泡棉，清楚聽見頭頂上傳來螺旋槳飛機的微弱聲音。非常靠近頭頂上方。

丹尼爾看著上方。

她盤算著目前狀況，時間彷彿慢了下來。

丹尼爾看起來既不驚訝也不放鬆。外面的聲響似乎沒有傳達出營救他或攻擊他的跡象，他凝神諦聽的模樣，只像是注意到汽車警報器響起來的樣子。與他本身無關，但令他從眼前情況抽離一下。

就連她跳起來、衝到桌邊、拿取所需針筒的動作，看在他眼裡都像是慢動作。

「亞利思，你不需要那樣，我會告訴你。」丹尼爾順從地說。

「噓，」她靠近他的頭低聲說道，同時注射藥劑……這次是打入靜脈注射裝置。「現在只是要讓你睡著。」她拍拍他的臉頰。「不會痛，我保證。」

他顯露出理解的眼神，把剛才的聲響與她的行為連接起來。「我們有危險嗎？」他低聲回應。我們。唔。又選了個有趣的代名詞。她以前從來沒有碰過這種受審者。

「我不知道你有沒有危險，」她說著，看他的眼皮闔上。「不過我絕對有危險。」

這是很重大的衝擊，不是立即就在牛舍外，不過也比她能接受的距離近太多了。

她在丹尼爾臉上戴緊防毒面罩，然後也戴上自己的面罩，並轉緊濾毒筒。這一次不是演練了。她瞥了電腦一眼，大概還有十分鐘。她不確定這樣的時間夠不夠，於是敲了空白鍵一下。接著，她按下小黑盒子上的一個按鈕，側邊的小燈開始快速閃爍。她又拿毯子把丹尼爾蓋起來，幾乎像反射動作。

她把燈關掉，走出帳篷，於是房間的光源只剩下電腦螢幕的白色微光。牛舍裡漆黑一片，她小心摸索，雙手伸向前方，終於找到行軍床旁邊的袋子，然後根據多年來的練習暗中摸索，把所有容易取得的裝備全部穿戴好。她把手槍塞進正面的腰帶裡，從袋子裡拿出一支針筒刺進大腿，壓下活塞。一切準備就緒後，她爬到帳篷的後面角落，如果有人拿手電筒衝進來，她知道這裡的影子最陰暗。她拔出手槍，退掉保險裝置，用雙手緊緊握住。接著，她將耳朵貼附在帳篷帆布的接縫上，凝神聆聽，等待某個人打開門或窗戶進入牛舍，然後死掉。

時間過得好緩慢，她一邊等待，腦子一邊飛快分析更多狀況。

來找她的並非大規模行動，稱職的押解小組或殲滅小組不可能以吵鬧的飛機大剌剌宣告它的到達。還有更好的方法，更安靜的方法。而且假如是大規模行動，派了特種部隊之類來追捕她，沒有任何作戰指示，只靠蠻力恣意挺進，那他們會搭直升機前來。聽起來是很小的飛機，最多只有三人座，說不定根本只能坐兩人。

假使一如既往，又派一個殺手獨自來找她，她真不曉得那傢伙自以為在幹嘛。他為何會想要犧牲自己呢？從飛機的聲音聽起來，這人缺乏奧援，而且非常倉促，感覺為了搶時間，獨自一人顯得一點都不重要。

那到底是誰？不會是德拉弗恩特吧。

首先，一架小型螺旋槳飛機似乎不像毒梟的作風。她想像德拉弗恩特的排場，應該有一整個黑色休旅車車隊，還有一群暴徒拿著機關槍。

其次，她對這次行動有種直覺反應。

不，她並不是測謊機。厲害的騙徒、職業的騙徒，大有可能愚弄任何人或機器。她的工作絕不從受審者的鬼祟眼神或混亂矛盾說詞猜出實情，她的工作是直接攻破受審者的心防，剷除一切障礙，最後只剩下順從的肉體和唯一的說法。她不是最適合的人，因為她能分辨實話與謊話；她是最適合的人，因為她天生受到人體耐受力的吸引，而且是化學天才。她完全知道人體可以承受到什麼樣的程度，也完全知道如何把人體逼到極限。

所以，直覺並非她的強項，她也不記得上一次有非常類似的感覺究竟是什麼時候。

但她直覺相信丹尼爾說的是實話。也因此，強加在丹尼爾身上的這些措施才會讓她這麼煩惱……因為他真的沒有說謊。來找他的不會是德拉弗恩特，其實根本沒有人會來找丹尼爾，因為他完全就是他自己說的那樣：英文老師，歷史老師，排球隊教練。如果有誰來找人，一定是來找她。

這次是誰呢？難道「部門」已經追蹤她一整天，直到現在才發現她的下落？還是他們太晚發現丹尼爾根本不是那傢伙，於是想救他一命？

不可能。他們設計她之前，其實早就知道丹尼爾不是那個人。他們可以取得的情報實在太多，不可能遭到愚弄。檔案不完全是假的，但絕對經過篡改，刻意要害她抓錯人。

她突然感覺到一陣暈眩。她嚴刑拷問一個無辜的男人。但她很快把這想法拋到腦後，以後還有時間懊悔，如果沒有死在這裡的話。

兩大類可能性再度翻轉。這其實是精心策畫的陷阱，不是真正的危機。她確實相信德拉弗恩特的情況是真實的，但再也不相信情況真的像那些人所說的這麼緊急。檔案中最容易竄改的部分就是時間，截止期限很緊急通常並不真實。賭注同樣很小……只需要救她自己的一條命；也許還有丹尼爾的，假如能力可及的話。

一想到自己的賭注竟然變成兩倍大，她拚命想甩掉那樣的想法，簡直像不好的預兆。她一點都不需要額外的負擔啊。

說不定有其他人正在對付真正的恐怖份子……例如取代她在「部門」職位的年輕人，既優秀又毫不質疑。也許「部門」並不認為她還有能力得到他們想要的情報。可是，為什麼一定要把她扯進來呢？說不定恐怖份子早就死了，他們想找個替死鬼。也許他們好幾個星期之前發現丹尼爾，發現他的長相酷似恐怖份子，於是把他拿來當備胎。叫那個「化學家」讓某人坦白招供，幫搞砸的情況綁個漂亮蝴蝶結？

可是，這樣的推論無法解釋眼前來訪的人。

現在一定快要早上五點了。說不定只是農夫想要早點上工，他太熟悉這個地區，不介意飛行的時候沒有雷達，於是在漆黑的夜裡飛越一大片高聳樹林，然後因為腎上腺素作祟，連著陸時墜機也不以為意……

她聽到丹尼爾的粗啞呼吸聲透過防毒面罩傳來，不禁懷疑把他迷昏的做法到底對不對。他毫無遮掩，而且無助。「部門」已經充分顯示他們根本不在乎丹尼爾·比奇的死活，而她又讓他在房間的正中央全身遭到綑綁、毫無防衛能力，活像是桶子裡的一條魚，或像定住不動的鴨子，簡直是坐以待斃。她應該給他比較好的待遇。然而，她的第一個反應是讓他無法抵抗。她很清楚，放他走並不安全；他當然會攻擊她，企圖好好報仇一番，萬一他蠻力驚人就會占上風，而她又不想毒死他或開槍打他。採取現在這種做法，至少他不會死在她手上。

她依舊感到很內疚。想到他躺在黑暗中脆弱無助，陣陣擔憂撩撥著她的心，彷彿砂紙摩擦著棉布，把專注的思緒一條條抽離出去。

現在要重新思考已經太遲了。

她聽到外面傳來微弱的移動聲音。牛舍周圍環繞著灌木叢，粗硬的枝葉發出沙沙聲。真的有人來了，從窗子往裡面看。萬一他乾脆用烏茲衝鋒槍掃射牛舍側邊該怎麼辦？他顯然並不擔心發出聲音。

她該不該降不鏽鋼金屬臺，把丹尼爾放低，以免帳篷受到子彈掃射？她幫不鏽鋼金屬臺的伸縮式基座上過油，運轉得很順，但不敢說一定不會發出吱嘎聲。

她衝向臺子，盡快往下轉。確實發出一點微弱低沉的吱嘎聲，但應該不會傳到牛舍外，尤其又有泡棉的阻隔。她急忙奔回到角落，再次仔細聆聽。

又有更多的沙沙聲。他繞到另一個窗戶，位於牛舍的另一側。她的詭雷裝置線路並不明顯，但並非完全看不見。希望他只專心尋找屋內的目標。他已經先去過主屋了嗎？為什麼還不進來？

聲音又從另一扇窗戶傳進來。

趕快打開吧，她在心裡對自己說。就爬進來啊。

有個聲音她搞不懂……是嘶嘶聲，然後從頭頂上傳來沉重的哐啷聲。接下來的「咚、咚、咚」聲音非常響亮，牛舍簡直像跟著搖晃。她的第一個念頭是小型爆炸，於是自動蹲下，蜷縮成保護姿勢，但隨即意識到聲音沒有「那麼」響亮，只是與先前的安靜相較之下才覺得很大聲。沒有任何爆裂聲，也沒有玻璃破裂或金屬撕裂聲。迴盪的聲響足以把窗戶或大門周圍的連線弄斷嗎？她認為不會。

接著，她意識到牆上的咚咚聲正在往上移動，然後停下來。就在她的頭頂上。

大繩結……他要打破屋頂而入。

她立刻跳起來，一隻眼睛盯著帳篷帆布的接縫。四周還是太暗看不清楚。她頭頂上傳來焊接槍的聲音。她的入侵者也有一把焊接槍。

她的準備工作全部瓦解。她回頭再瞥了丹尼爾一眼。他戴著防毒面罩，不會有事。接著她衝進牛舍的較大空間，壓低身子伸長雙手，向前摸索路途中可能出現的物體，盡可能以最快的速度移動到最靠近的窗邊，那裡會有月光照進來。途中有擠乳柵欄要繞過，不過她認為自己記得最沒有障礙物的路徑。她跑到帳篷和柵欄間的開放空間，一邊跑一邊伸手摸索擠乳柵欄，然後低身鑽過，準備衝到窗邊……

某種極度堅硬沉重的東西擊中她，她面朝下倒地，不但肺裡所有空氣都噴出，也被壓在地上動彈不得。手槍飛進黑暗中，她的頭撞到混凝土地面發出響亮的聲音，接著眼冒金星。

有人抓住她的手腕，把她的兩隻手臂拉到背後，然後用力扭高，她以為肩膀快要脫臼了。這樣的新姿勢擠壓出肺裡的空氣，讓她發出呼嚕聲。她的拇指很快轉動左右兩手的戒指，露出倒鉤。

「這是什麼？」一個男人的聲音在她的正上方說話，是普通的美國口音。他改變抓握方式，用一隻手同時抓住她兩隻手腕，然後用另一隻手扯掉她的防毒面罩。「所以可能根本不是自殺炸彈客，」他若有所思地說。「我猜猜看，那些線路沒有連接到點燃裝置，對吧？」

她在他下方不斷扭動身子，手腕奮力掙扎，企圖讓戒指接觸到他的皮膚。

「不要動。」他命令道。他用某種硬物敲擊她的後腦勺，可能是防毒面罩，於是她的臉撞到地板。她覺得嘴唇裂了，嚐到鮮血的滋味

她做好準備。距離這麼近，她有可能用刀子劃過自己的頸動脈，或者用金屬線繞過自己喉嚨。她希望是刀子，用刀子劃過不會感覺到痛，特別是此刻血管裡奔流著中樞神經興奮劑「右旋苯丙胺」，但可能會感覺到窒息。

「起來。」

她背上的重量抬離了，那人拉著她的手腕把她拖起來。她盡可能用最快的速度讓腳著地，以便減輕肩關節承受的壓力。她不能讓手臂受傷而失去作用。

那人站在她背後，從呼氣來向可以判斷他的個子很高。他繼續拉著她的手腕，直到她整個人站起，掙扎著站穩在地上。

「好了，矮子，現在你要幫我做點事。」

她接受過的打鬥訓練不足以打倒他，也沒有力氣掙扎脫困，只能想辦法運用事先準備的那些選項。雖然肩膀受力很大站不穩，她還是讓自己重心向下，瞬間以左邊鞋尖用力往下踢，讓腳跟的刀子彈出來（向前伸出的刀子位於右腳鞋尖）。接著她以笨拙的動作向後踢，踢向他雙腳的位置。他跳開了，抓握的力道稍微鬆開，足以讓她掙脫束縛、快速轉身，然後右手甩出巴掌。那人太高了，她沒打到他的臉，但倒鉤刮過他胸口的某種硬物……是防彈衣。她向後跳，躲開聽得到聲音但看不清楚的攻擊，然後雙手向前伸展，企圖碰觸到男子身上沒有保護的裸露皮膚。

有某種東西從下方割過她的腿，她跪倒在地，連忙滾開，但那人再次壓制住她。他抓住她的頭髮，再度拉著她的臉猛撞混凝土地面。她的鼻子發出噗一聲，鮮血流到嘴唇和下巴。

他彎下身，對準她的耳朵說話。「親愛的，遊戲時間結束了。」

她企圖用後腦勺頂他。後腦勺撞到某種東西，但不是臉，而是不規則的突起物，金屬材質……是夜視鏡。難怪他能將打鬥過程掌控得這麼好。

那人揮打她的後腦勺。

如果她戴上耳環就好了。

「說真的，住手吧。聽好，我要放開你了。我看得見你，而你看不見我。我有槍，假如你還想耍什麼笨招，我會開槍射你的膝蓋，好嗎？」

他說話時，一隻手伸到背後，陸續把她兩隻鞋子都脫下。他沒有檢查她的口袋，因此她還有手術刀和腰帶上的針頭可用。那人從她身上跳開了。她聽見他走開的聲音，並把槍枝的保險裝置退開。

「你想要……叫我做什麼？」她的詢問語氣盡可能模仿嚇壞的小女孩；因為嘴唇裂開很痛，結果裝得還滿像的。她想像自己的臉一定很精采，等到藥效退去，絕對超痛的。

「解除你的詭雷裝置，把門打開。」

「我需要……」吸鼻涕，吸鼻涕。「把燈打開。」

「沒問題。反正我要把夜視鏡換成你的防毒面罩。」

她低下頭，希望能隱藏自己的表情。一旦他把面罩戴上，她的防禦措施就有百分之九十變得沒用了。

她一拐一拐（演得太誇張嗎？）走向門邊的控制面板，把燈打開。她現在想不出有什麼其他選擇。他沒有立刻殺她，表示這並非由「部門」直接下令。他來這裡一定有某種任務要完成，她必須弄清楚他到底想怎樣，然後拖延得夠久，以便搶得一些優勢。

壞消息則是他要求打開大門，可能不只需要簡單的逃跑途徑，也表示他有救兵，這對她來說很不利。或者是丹尼爾的救兵——有個聲音在她腦袋裡補了這麼一句。好像她的壓力還不夠大似的。不過丹尼爾會在這裡是因為她的關係，她覺得對他有責任，覺得虧欠他。

她轉過身，眼睛受到頭頂上燦亮光線的照射而猛眨眼。那男人距離她站的地方大約六公尺，他的身高一定有一九〇或一九五公分高，從脖子和下巴的皮膚看來肯定是白人，但此刻能確定的只有這樣。他身上穿著黑色的連身褲裝，幾乎像溼式潛水衣，但表面粗糙，有克維拉防彈纖維的凸板，身軀、雙臂和雙腿都有防護。他看起來肌肉相當健壯，但有一部分可能要歸功於克維拉防彈板。他穿著很重的全地形戰鬥靴，也是黑色的，頭上戴著黑色毛帽，而她的防毒面罩遮住他的臉。他的一邊肩膀掛著突擊步槍，是麥克米倫五〇口徑狙擊步槍。她以前做過功課。如果所有的閒暇時間都拿來閱讀，幾乎可以成為任何事物的專家，一點都不困難。得知槍枝的品牌和型號，她可以更了解攻擊者，或者是街上某個打算成為攻擊者的可疑人士。這名攻擊者不只帶了一把槍，還有一把手槍配備了高水準的全像繞射照準器，放在臀部的手槍皮套中；此外，他的右手握了一把西格紹爾P220手槍，對準她的膝蓋。慣用右手，她謹記在心。她不懷疑男人可以從那個距離射中她的膝蓋骨，再加上那把步槍，他大可隨心所欲從任何地方射中她，不管距離多遠都沒問題。

這人讓她聯想到蝙蝠俠，只是沒有披斗篷。另外她也想到蝙蝠俠從來不用槍；如果蝙蝠俠想用槍，考慮到品味和能力，恐怕也會選擇這些槍。

假如無法讓這名殺手脫掉防毒面罩，無論有多少超級士兵朋友在外面等他都不重要了。只要他得到想要的東西，他會毫不猶豫就殺了她。

「解除你的引線。」

她一拐一拐走向牛舍大門時，假裝突然一陣暈眩，企圖盡可能多爭取一點思考的時間。誰會希望她活著？他是那種賞金獵人嗎？他認為可以把她押回去賣給「部門」？如果針對她簽訂合約，「部門」只會要求取得她的項上人頭，這點她很確定。那麼是敲竹槓兼賞金獵人？「我有你們想要的東西，不過我會把它放生，放回野外，除非你們把賞金提高成兩倍。」聰明。「部門」絕對會付錢。

她走到門邊時，終於想出最佳策略。

防禦系統並不複雜。門口總共裝設三組引線。第一組在外面，從灌木叢拉到牛舍門口左邊，藏在薄薄一層泥土裡。第二組是觸動線，跨過門板打開的門縫處，連接得很鬆，只要最輕微的破壞便可拉開。第三組是保險裝置，藏在大門旁邊的木頭飾板裡，露出兩條電線，彼此相隔二、三公分。如果至少有兩組連接處通電，電流就會很穩定。她曾想到是否應該讓整個程序看起來比實際上更複雜，但隨即覺得那不是重點；入侵者只要仔細檢視整個設置，兩三下就能看懂。

她把第三組引線末端緊緊纏在一起，接著向後退。

「這個……解除了。」她一句話中間稍微停頓一下。希望他相信這樣一來她就沒有攻擊機會了。

「你不如幫忙幫到底吧？」他提議道。

她跛著腳走向門口另一側，把門往後拉開，同時雙眼已經盯住外面黑暗中的某處，她猜那裡可以看到男人同伴的漆黑身影。結果什麼都沒有，只看到遠處的農舍。接著她朝下看，整個人呆住。

「那是什麼？」她低聲說。

這句話其實不是真正要問他問題，只是太過震驚脫口而出。

「那個啊，」他回答的語氣只能用惹人厭的沾沾自喜來形容。「那是五十幾公斤重的肌肉、尖牙和利爪。」

她的目光直直盯住他的「救兵」，沒看到他可能打出某種暗號，只見那動物一溜煙衝到他旁邊。看起來像德國狼犬，體型非常巨大，但從毛色無法聯想到狼犬。這隻是純黑色，難道是一匹狼？

「愛因斯坦，」他對那隻動物說。牠抬起頭，等待指令。那人指著她，而下一個詞顯然是指令。「控制！」

那隻狗（還是狼？）衝向她，頸背的毛全部豎起。她直往後退，到最後背脊抵著牛舍門口，雙手在空中亂揮。那隻狗奮勇而上，鼻子距離她的腹部只有幾公分，血盆大口露出又長又尖的森森白牙，喉嚨深處開始發出低沉的隆隆吼聲。

這指令應該叫「威嚇」比較正確。

她考慮要把其中一根倒鉤刺入狗的皮膚，但是擔心倒鉤不夠長，無法刺穿狗的厚毛皮。而這隻狗也不像是會乖乖坐下來讓她撫摸。

那個很像蝙蝠俠的人稍微放鬆一點，或者只是她這麼以為。他的肌肉隱藏在防彈衣底下，實在很難確定狀況如何。

「好吧，現在我們之間破冰了。來談談吧。」

她等著。

「丹尼爾．比奇在哪裡？」

她可以感覺到自己臉上的震驚表情，即使努力壓抑也沒用。她所有的理論整個攪亂，天翻地覆。

「回答我的問題！」

她不知道該說什麼才好。難道「部門」要丹尼爾先死？他們要確定鬆掉的螺絲全部再度轉緊嗎？她想到丹尼爾躺在帳篷中央，既暴露又無意識，完全不是隱祕的躲藏地點，突然覺得好想吐。

「蝙蝠俠」氣呼呼向她大步走來。狗兒有所反應，牠移動到側邊讓男人通過，同時加大吼叫音量。男人拿起西格紹爾手槍，用槍管粗暴地推撞她的下巴，讓她的頭猛撞牛舍門板。

「如果他死了，你就會希望自己也死了。我會讓你懇求我殺你。」男人威嚇說。

她差點笑出來。這個殺手可能會毆打她幾下，然後開槍；假如他有點創造力，應該要割她幾道傷口之類的。他根本不曉得怎樣製造真正的痛苦，而且持續施虐。

但他的威脅確實提供一點訊息：他顯然要丹尼爾活著。於是他們就有共同點了。

在這個節骨眼，任何抵抗都會產生不良後果，必須讓他以為她已無力反抗而疏於防備。她也必須回到電腦前。

「丹尼爾在帳篷裡。」她抬起下巴指示方向，同時兩手舉高。「他很好。」

「蝙蝠俠」似乎考慮了一會兒。

「好，女士優先。愛因斯坦，」他吼道。「驅趕。」他指著帳篷。

狗兒吠叫回應，接著繞到她旁邊，用鼻子戳戳她的大腿，然後咬她。

「哎喲！」她抱怨喊道，連忙跳開。那隻狗跟在她後面，又戳她一下。

「往前走，腳步穩定慢慢走，走向你的帳篷那邊，牠就不會傷你。」

她實在很不喜歡那隻夠跟在後面，不過還是邁開步伐，繼續假裝受傷跛腳。她回頭瞥了那隻狗一眼，看牠在幹嘛。

「別擔心，人類並不好吃，牠根本不想吃你。只有我叫牠咬人，牠才會咬。」「蝙蝠俠」愉快地說。

她不理會那種嘲弄語氣，慢慢走向簾子遮住的入口。

「把簾子拉開，讓我看看裡面。」他指示。

帳篷的防水布貼了好幾層泡棉，僵硬不易移動。她盡可能把簾子拉高。裡面幾乎全暗，她的電腦螢幕在黑暗中發出白光，監視器則是暗綠色。她認得形狀，因此可以看出丹尼爾躺在毯子下，只有一隻腳垂到地上，胸口均勻起伏。

一陣很長的沉默。

「你想要……我把燈……打開嗎？」她問道。

「站在那裡。」

她感覺到那人走到她背後，接著冰冷的槍管壓在裸露的頸背上，剛好是髮際線的地方。

「這是什麼？」他低聲說。

他戴手套的手指碰觸到槍管旁邊的皮膚時，她保持完全不動。剛開始她很困惑，後來才明白他指的是頸背的疤痕。

「哼，」他咕噥著說，手也放下了。「好吧，開關在哪裡？」

「桌子上。」

「桌子在哪裡？」

「往裡面走大約三公尺，在右邊。你可以在那裡看到電腦螢幕。」

他會取下防毒面罩，再度戴上夜視鏡嗎？

槍管的壓力消失了。她感覺到那人向後移開，不過狗的鼻子依然緊貼她的屁股。

一陣滑行的聲音越過地板。她往下看，看到旁邊工作燈的粗黑電線甩過她腳邊。它倒下時傳來「砰」一聲，但沒有玻璃破碎聲。

他把燈從她旁邊拉過去，然後撥動開關。有那麼一瞬間，她暗自希望工作燈剛才打破了，但它隨即亮起來。

「控制。」他命令那隻狗。吠叫聲又開始了，她讓自己完全不動。

他拿著燈照亮前方，走進帳篷。她看著寬闊的光束掃過牆壁，然後停在正中央的形體上。

他走進房間，迂迴滑行的步伐完全無聲。這人顯然身懷絕技。他繞過地上的那副軀體，先察看各個角落，可能是看有沒有武器，然後才定睛看著丹尼爾。他蹲下去，掀開毯子，檢視沾血的束縛帶和靜脈注射裝置，沿著生命跡象感應器望向監視器，然後觀察了好一會兒。他把燈放下，將燈光轉而對著天花板，讓照明範圍達到最大。最後，他伸出手，小心移除丹尼爾臉上的防毒面罩，把它放在地上。

「丹尼。」她聽見他低聲說。

第八章

「蝙蝠俠」取下右手的黑色手套，伸出兩隻手指按著丹尼爾的頸動脈，然後彎下腰，仔細聆聽丹尼爾的呼吸聲。她檢視攻擊者的手……皮膚蒼白，手指好修長，看起來幾乎像是多出一個指節。那樣的手指看起來……好熟悉。

「蝙蝠俠」輕輕搖晃丹尼爾的肩膀，更大聲一點問道：「丹尼？」

「他打了鎮靜劑。」她自告奮勇說。

他猛然回過頭看她，可以感覺到他的憤怒目光，雖然看不見。他突然站起來，整個人撲向她，再次將她的兩隻手臂用力拉到她的頭頂上，並用面罩推撞她的臉。

「你對他做了什麼？」他大喊。

她原本很擔心丹尼爾的安危，但此刻煙消雲散。「丹尼」根本不會有問題，她真正需要擔心的人是她自己。

「他沒什麼不對勁。」她冷靜地說，拋棄那個「受傷姑娘」手法。「他大概過個兩小時就會從鎮靜作用醒來，而且感覺很好。如果你要的話，我可以讓他早點醒來。」

「不必了！」他咆哮著說。

他們歷經一陣子的互瞪比賽，她不確定自己會不會贏，只能在面罩的映像裡看到自己的臉。

「好吧，那麼來看看你的處境。」他說。

他以順暢的動作把她的雙手扳到背後，用沒戴手套的右手緊緊扣住她的兩隻手腕，左手可能握著手槍。他把她推進帳篷內，推向桌子旁邊的折疊椅，她順從地跟著走。那隻狗的溫熱沉重呼吸很靠近，跟在右後方。

她差不多有百分之七十確定可以把自己的手扭到某個位置，讓左手戒指的倒鉤刺進他的皮膚，但她沒有嘗試。那樣固然很冒險，但真正原因是她希望「蝙蝠俠」活著。她對整個狀況的了解有很大的漏洞，而「蝙蝠俠」至少知道一些她需要的答案。她再把倒鉤的蓋子推回去。

那人推她坐到椅子上，力道不是太輕，她也沒有反抗。他把她的雙手拉到前面來，用束線帶牢牢固定住。

「我覺得，你這種人的雙手我會想要牢牢盯著。」他一邊碎碎唸，一邊把她的腳踝固定在椅腳上。整個過程中，那隻狗的臉正面直視她，眼睛連眨都沒眨一下。幾滴溫熱的口水滴到她的袖子上被布料吸收進去。好噁心。

那人用束線帶把她的手肘固定於椅背，然後站起來，高高聳立在她的頭頂上，顯得陰暗又深具威脅性。他那配備全像繞射照準器的手槍有很長的滅音槍管，距離她的額頭只有幾公分。

「頭頂燈光的開關就在那邊。」她抬起下巴，指向桌子後端的延長線插座。兩條標準的戶外用延長纜線插在上面。

他望著那個方向，看來他小心翼翼地打量那些開關。

「喂，可以殺你的任何東西都會先殺了我。」她指出。

他嘀咕一聲，然後彎身過去，敲下開關鈕。

頭頂上的燈光亮起來。

突然間，帳篷看起來比較沒有威脅感了，由於有那麼多醫療裝置，其實很像戰地的醫療帳。盤子上的拷問工具當然除外。她看到那人的臉轉向那些東西。

「那些是道具。」她解釋道。

她又感覺到憤怒目光。他猛然回頭看著桌面上的丹尼爾，渾身赤裸，但顯然很完整。他的視線又轉回她身上。

「那個閃燈是什麼？」他質問道，指著那個附帶數字鍵盤的小黑盒子。

「那讓我知道大門沒有設定防禦措施，」她平靜地說謊。事實上，那盒子根本沒有連接到任何東西，只是個令人分心的好誘餌，於是不會發現真正的陷阱。

他點頭，接受這說法，然後彎身查看她的電腦。螢幕上沒有打開的資料夾，桌面也沒有檔案，背景只有灰白的幾何圖案，小小的白色方格分布在較灰暗的底色上。

「鑰匙在哪裡？」他又回頭看著丹尼爾。

「貼在桌面底部。」

他似乎又透過面罩打量她。

她努力讓自己看起來很冷靜且聽話。把它拿掉，把它拿掉，把它拿掉，她暗自祈禱。

他把她的椅子踢倒。

由於左側的手臂及大腿猛力撞上地面，她只能努力挺直脖子，不讓頭部再一次撞上混凝土。她不確定自己是否已經腦震盪，現在真的很需要腦袋正常運作啊。

他抓住椅背，猛力把她拉起。這時他的右手抓著鑰匙。

「你不需要這樣。」她說。

「愛因斯坦，控制。」

吼聲正對著她的臉而來，又有更多口水滴在她胸口。

「蝙蝠俠」轉過身，很快打開丹尼爾手腳的束縛帶。

「點滴裡面有什麼？」

「上面那袋是生理食鹽水，下面是營養液。」

「還真的咧。」他以諷刺的語氣說。「如果我把管子拉出來會怎樣？」

「他醒來的時候會覺得口渴。但是別喝帳篷外面小冰箱左邊的水瓶，那些水有毒。」

他轉過身，拿掉頭上的面罩，於是更能有效地狠狠瞪著她，同時也扯掉汗溼的毛帽。

太好了！

他把面罩扔在地上時，她努力不露出恍然大悟的表情。

「看來你已經改變策略，」他酸溜溜地說，並用空著的那隻手拂過她溼漉漉的短髮。「難道右邊那幾瓶才是真正有毒的水？」

她冷靜地抬頭看他。「我以為你是別人。」

然後她才真正盯著他看。

她現在不可能繼續保持面無表情了。所有的理論又在腦袋裡旋繞一次，很多事情終於水落石出了。

他嘻嘻笑起來，心裡明白她看透了什麼事。

她漏掉了那麼多線索。

那些照片全都是丹尼爾，同時卻也不是。

檔案中關於丹尼爾過往的漏洞，漏掉的一些照片……

時間，日期，特別是「出生日期」……假如你想要隱藏某些事，這些都是最容易竄改的項目。

丹尼爾看到那些監視照片時，表現出奇怪的緘默，其實他知道自己看到的是什麼情況。

他拚命掙扎，不想洩露內幕。

那些好修長、好修長的手指。

「另一個丹尼爾。」她悄聲說。

嘻笑的表情消失了。「啊？」

她用力吐出一口氣，還翻了個白眼……她實在忍不住。這一切也太像她媽媽看的那些荒謬肥皂劇了吧。她還記得每次放假與媽媽相聚都覺得好挫敗，那些午後都浪費在情節進展奇慢無比、完全不合情理的連續劇裡。從來沒有人真的死掉，每個人都會再回鍋。然後會出現雙胞胎，永遠都有雙胞胎。

「蝙蝠俠」其實沒有長得那麼像丹尼爾，沒有達到同卵雙胞胎的相似程度。丹尼爾的五官比較細緻，態度比較溫和，「蝙蝠俠」的臉孔則是稜角分明，神情緊繃。他的淡褐色眼睛似乎顏色較深，也許只是因為眉骨比較低，讓眼睛躲在陰影裡。他的頭髮顏色和捲度都一樣，不過削得很短很薄，她心目中的情報員就是這副模樣。從他的粗壯脖子看來，她猜想「蝙蝠俠」會去健身房鍛鍊肌肉，丹尼爾則是運動體格。從照片看來，凱文並沒有非常魁梧，有可能誤認成丹尼爾，只是比較冷酷，也比較輪廓分明。

「凱文・比奇，你還活著。」她以平板的語氣說。

他坐在桌子邊緣。她的目光盯著他，努力不望向他手肘右邊電腦所顯示的時間，連一秒都不看。

「不然你以為是誰？」

「有好幾種選項。很多人希望我和丹尼爾死掉，他們都有可能。」她搖搖頭。「真不敢相信我上了這個當。」

「上了什麼當？」

「丹尼爾從來沒見過德拉弗恩特，對吧？一直都是你。」

他的表情本來漸漸放鬆，此刻又突然變得謹慎。「什麼？」

她點點頭，指著散亂在地上的那堆照片。他似乎頭一次發現有那些照片。他靠過去檢視其中一張，然後彎下腰把它撿起來。他又撿起另一張，接著再一張。他把那些照片用拳頭捏皺。

「你從哪裡得到這些？」

「幫美國政府工作的一個小部門向你致意……那部門完全沒出現在官方紀錄裡。我本來是他們的雇員，他們要求我接案。」

他的臉孔因憤怒而扭曲。「這是高度機密！」

「你不會相信我的機密層級有多高。」

他回頭看著她，抓住她的T恤領口，把她整個人連同椅子抬離地面幾公分。「你是誰？」

她保持冷靜。「我會把我知道的每一件事都告訴你。我被耍了，現在我的高興程度和你不相上下。」

那人把她放下。她想在腦袋裡估算時間，但很怕他發現她分心了。他站著低頭看她，手臂交叉。

「你叫什麼名字？」

她盡可能慢慢說，以便配合脫身的機會。「本來是茱莉安娜．佛提斯博士，但那個名字現在領了死亡證明書。」她看著他的臉，想知道這個情報對他有沒有意義；就她看來是沒有。「我接受『部門』的指示而行動……那『部門』沒有其他名稱，也沒有正式存在。他們與中央情報局和其他一些祕密軍事行動一起工作。我是審問專家。」

他又坐回桌子邊緣。

「三年前，有人決定要剷除『部門』的兩個重要資產，也就是我和我的導師，約瑟夫．巴納比博士。」還是沒有顯露任何跡象。「我不知道真正原因，不過我們可以取得非常敏感的資料，我猜我們知道的某件事釀成殺機。他們謀殺了巴納比博士，也企圖謀殺我。我從那以後逃亡到現在。他們曾經四次找到我，有三次企圖把我暗殺掉，而最後一次，他們道歉了。」

他眯起眼睛，評估著整個狀況。

「他們說碰到一個問題，需要我幫忙。他們給我一疊資料，關於德拉弗恩特的狀況，也指明丹尼爾與他同夥。他們說三個星期之內，丹尼爾會把超級病毒散播到整個美國西南部。他們對我說，我有三天的時間找出病毒在哪裡，以及如何阻止德拉弗恩特執行他的計畫。」

他現在開始搖頭了。

「他們對你透露那麼多？」他不可置信地說。

「對抗恐怖主義一直是我工作的主要部分。我知道所有的核彈和髒彈埋設在哪裡。」

他抿著嘴唇，看似做了個決定。「嗯，既然你已經知道其中的細節，我就告訴你，我六個月前射殺了德拉弗恩特，這樣應該不算嚴重違反政策吧。德拉弗恩特的死不是一般人都知道的消息。販毒集團的剩餘成員都不吭聲，以免在競爭情勢中屈居下風。」

她鬆了一口氣，連她自己都覺得驚訝。原來得知有很多人即將面臨痛苦死亡的壓力竟是如此沉重。

「是喔，」她深吸一口氣。「那樣就說得通了。」

「部門」似乎沒有那麼冷血。他們利用一場惡夢般的大災難引誘她，但是沒有亂搞，沒有害平民真的深陷危險之中。

「那麼『毒蛇』呢？」

他看起來很茫然。

「抱歉，那是『部門』取的綽號。國內的恐怖份子呢？」

「我的同事逮到三個首腦之中的兩個，也把他們所有的南方分支全都消滅掉了。沒有人留下來。」

她的笑容很僵硬。

「你是審問者，」他突然以冷冰冰的語氣說。「拷問高手。」

她抬起下巴。「沒錯。」

「而你拷問我哥，要取得他不知道的情報。」

「沒錯。至少是非常初期的階段。」

他反手打她。她的頭猛然甩向側邊，椅子搖晃幾下，然後他用一隻腳踢倒椅子。

「你要為這件事付出代價。」他保證說。

她稍微動動下巴，看看有沒有骨折，很滿意沒什麼地方受到嚴重創傷，然後才開口回應。「我不是很確定，不過，我想，這就是他們這樣對待他的原因，也是他們對我精心編造整個故事的原因。」

他咬著牙。「什麼原因？」

「他們一直想要把我做掉，但是都不成功。我猜想，他們認為你會把這差事做好。」

他用力咬緊牙關。

「但我還是不懂，他們為何不直接要求你呢？或者命令你。除非……你再也不屬於中央情報局？」她繼續猜測。

槍枝透露出這項訊息。根據她的研究，她相當確定那支配備全像繞射照準器的手槍是中情局探員最普遍的配槍。

「如果你不知道有我這個人，又怎麼知道我在哪裡工作？」他質問道。

他的問題才說了一半，她就發現自己視覺邊緣的亮白色長方形變黑了。她努力不引起那人注意，盡可能用鼻子吸進最深的一口氣。

「回答我！」他咆哮著說，再次舉起手。

她只是瞪著他，沒有呼吸。

他猶豫一下，皺起眉頭，然後眼睛睜得好大，連忙伸手去拿地上的防毒面罩。

他還沒倒在地上就昏過去了。

然後又傳來咚的一聲……那隻狗在她椅子旁邊倒成一團毛皮。

在測試環境下，她曾經憋氣長達一分四十二秒，但一直沒辦法再重現那個好成績。她通常大概一分十五秒就耗光氧氣，但依然是平均水準之上；訓練肺活量成為她人生的優先事項。這一次，她當然無法預先用力吸氣，但是並不需要撐到一整分鐘那麼久。

她拖著椅子跳向「蝙蝠俠」一動也不動的身體，然後向前傾，讓膝蓋撐在他背上。由於她的雙手固定在面前，這樣算是簡單……吧。凱文．比奇把丹尼爾的防毒面罩扔在地上，她用一根手指勾住它，然後傾斜椅背，直到四隻椅腳都穩穩站在地上。她盡可能把臉貼近雙手，以便把面罩套到頭上，並將橡膠邊緣緊緊貼住臉，產生密封效果。她用力吹出一大口氣，將面罩內殘存的氣體吹出去，然後才戰戰兢兢吸氣。

即使殘留一點化學物質，她認為自己應該不會有事。她已經培養出還不錯的耐受力，不會像其他人昏迷那麼久。不過，一開始有這樣的優勢當然特別好。

她急忙移向桌子旁，用她工具盤上的手術刀割著手腕的束線帶，只要稍微施加一點力氣，很快就啪的一聲斷裂。另外幾條束線帶又更容易割，於是她脫困了。

首要之務，她重新設定電腦的螢幕保護程式，讓它靜止十五分鐘後才會開始運作。

她抬不動「蝙蝠俠」，他臉朝下趴在哥哥旁邊的地板上，但雙臂和雙腿都很靠近丹尼爾，因此可用原本固定丹尼爾左手腕和左腳踝的束縛帶綁住凱文。他剛才把鑰匙隨意扔在丹尼爾旁邊的桌面上，她順手放進口袋。

她沒有重新綁住丹尼爾。也許這樣是錯的，但她已經對丹尼爾做得那麼過分，感覺實在很不公平。而且，她打從心底覺得自己並不怕他。當然這也可能是另一個錯誤。

她取下「蝙蝠俠」的幾把槍，移除步槍和手槍的彈匣和撞針。她把西格紹爾手槍的保險裝置裝回去，然後塞進她自己背後的腰帶裡。她喜歡這把槍，看起來比她的警用手槍像樣多了。她走向牛舍柵欄，找回自己的警用手槍，然後也塞到西格紹爾手槍旁邊。她比較熟悉自己的槍，同時放在手邊比較好。

她找到自己的鞋子，把其他槍枝藏起來，然後抓起搬運用的拉繩回到帳篷裡。那隻狗太重了，沒辦法輕鬆搬運，於是她用拉繩環繞牠的身體，將牠拖到後面的客房。剛開始她只關上門就走開，畢竟狗沒有對生的拇指，無法抓握門把。但過了一會兒她就改變主意。那隻狗名叫「愛因斯坦」，誰知道牠有什麼能耐？她想找個東西拖到門口，但大多數的重型機器都固定住了。想了一會兒，她走向銀色轎車，車子大小剛好符合帳篷到牛欄之間。她將車子停在客房門外，讓前方保險桿緊貼著木頭，然後拉上手煞車作為額外保險。

她關上牛舍大門，然後重新設定防禦裝置。她很快朝外面瞥了一眼，得知快要天亮了。

回到「另一個丹尼爾」旁邊。「蝙蝠裝」很難脫掉，克維拉防彈板之間的布料非常厚，而且以細鋼索支撐住，幾乎像軟骨一樣。她在衣服上割斷了兩把刀子，最後終於從腰部的地方割開。她勉強把上半身服裝脫掉，然後往兩條腿搜身，下半身就沒有用那麼多克維拉保護層了。她發現有一把刀藏在後腰處的刀鞘裡，而且兩隻靴子也各塞了一把刀。她脫掉襪子，他的左腳小指不見了，但此外就沒再找到武器了。萬一他還有機會抓住她，其實也不見得需要武器。他渾身都是精瘦結實的肌肉，背上疤痕一塌糊塗，有些是子彈造成，有些是刀痕，還有一處嚴重燒傷，另外在髮際線還有一道明顯傷疤。他已經移除追蹤器了，絕對不再是中情局探員。是逃兵？還是雙面間諜？

不過他究竟是如何找到他哥哥？

她回想起螺旋槳飛機的嗡嗡聲，以及臨時降落的轟隆聲響；她曾想，那人真急啊。對那人來說，時間是最大的問題。

她轉身看著丹尼爾，似乎應該要再檢查一下。她原本已經徹底搜查他的背部，於是現在仔細檢視腹部、鼠蹊部和大腿。之前就應該檢查，但是她嚴重誤判整個情勢。

考慮到時間，考慮到「蝙蝠俠」急忙抵達和發動攻擊的方式，在在為她指出搜尋方向。普通的追蹤器只會指出目標在哪裡，而丹尼爾距離其住處其實沒那麼遠，沒有遠到讓他死去的弟弟大為驚慌，還抓了一堆槍跑來。所以，追蹤器一定不只顯示位置而已，那麼就得放在適當的地方。

她看到的時候好想踹自己一腳；她在他腿上貼了膠帶，用來固定導尿管，這時她看到膠帶邊緣露出一小條紅色的疤痕。她把膠帶撕掉（永遠最好趁受審者還昏迷不醒的時候撕掉），然後移除導尿管。他很快就要醒了。

疤痕非常小，皮膚底下幾乎沒有突起物。她猜想那個裝置一定植入得很深，無疑位在股動脈旁邊。進入審問的第一回合時，他的血壓瘋狂升高，或者甚至他第一次醒來非常驚慌的時候，必然就向他弟弟或正在監視他的其他人透露訊息了。這個追蹤器非得挖出來不可。

他醒來之前還有足夠的時間，於是她取來急救包，劈啪一聲戴上手套，估算位置，消毒手術刀，幸好剛才割「蝙蝠裝」時沒有把所有手術刀割斷。她用碘酒擦拭皮膚，然後在舊疤痕上方乾淨俐落切開，不過切得比舊疤痕長一點。她沒有鑷子，所以只用一根手指伸進去，另一根手指在外面摸，小心探查。她找到那裝置了，是個小膠囊，約莫喉糖大小；她輕輕鬆鬆就把它推出來。

她清理傷口，然後用醫療用三秒膠將傷口邊緣黏住。

結束之後，她也治療他手腕和腳踝破皮的傷口，清理乾淨並包上繃帶。最後，她拿毯子幫他蓋上，並給他枕頭。

她把那膠囊放在不鏽鋼金屬臺上冷卻。對於正在監視器上看著追蹤訊號的人來說，這時會顯示丹尼爾．比奇已經死了。她有種預感，他的死不會讓「部門」的任何人感到困擾。她現在對敵方的計畫更有概念了，相當確定真正的目標不完全是她。

她走出帳篷，著手處理自己的臉，先擦掉血痕，然後判斷受傷程度。嘴唇腫起來，撕裂傷需要縫合，她滴了一滴三秒膠。她的臉頰擦破好幾層皮膚，而且得到兩個顯眼又相配的黑眼圈。鼻子腫起來而且歪了，於是趁著現在不會痛，她把鼻梁盡可能推回原位。

雖然她已經為自己注射最大劑量的止痛藥，還私下取名叫「續命丹」，不過疼痛很快就會回來。它本來就不是長效型，只能撐過像她剛才忍受的那種攻擊；其實有點像身體自然產生的腎上腺素，只是效力強多了，而且含有一點鴉片成分可以止痛。「續命丹」在書上找不到，她原本的職責也不包括製造出這種「反拷問」複合藥物，不過覺得自己總有一天可能用到，而這想法果然是對的。這不是她第一次使用這種藥物，前幾次的暗殺她都有點反應過度，不過這確實是第一次注射「續命丹」後遭受一場像樣的毒打。她對藥物的表現非常滿意。

手邊沒有東西可以固定鼻梁，於是可能有好一陣子得小心護著臉才行。幸好她平常習慣仰躺睡覺。這張臉會是問題。很大的問題。這下子她不能逕自走進雜貨店而不引人注意了。

想得到的事情全都做完之後，她倒在行軍床上躺了十分鐘，只是想恢復一點力氣，或者該說是僅剩的力氣。藥物依然讓她覺得很強壯，但她很清楚自己承受了一些傷害，到時候必須處理後續的影響。她需要時間好好休養……但沒有人會給她這種時間。

第九章

她決定叫醒丹尼爾。「蝙蝠俠」可能再過十五分鐘左右就會甦醒，等他醒來，雙方的對話就不會非常彬彬有禮了。趁著尖聲叫喊和死亡威脅登場之前，她希望有機會好好解釋，而且道歉。

她重新設定電腦的執行程序。

空氣中的化學混合物早已飄散掉，於是她在帳篷內不需要再戴防毒面罩了。她抓起另一個面罩，把兩個面罩的繫帶都塞進腰帶裡，把它們收在自己身旁。

她先拔掉丹尼爾的靜脈注射裝置，不希望他醒來時身上還有任何束縛。他真的受夠了。他的血管狀況看起來還很好，很容易從另一隻手的肘窩注射溶液。不鏽鋼金屬臺降低到非常靠近地板，她坐在臺子邊緣，雙手抱膝，靜靜等待。

他慢慢醒來，受到頭頂燈光的照射而眨眼。他舉起一隻手遮住眼睛，然後猛然醒悟。他瞪著自己的手，是鬆開的，沒有受到束縛；接著，他的目光射向亮晃晃的房間。

「亞利思？」他平靜問道。

「在這裡。」

他小心翼翼地轉向她，雙腳也在毯子底下移動，想要確認是否能自由活動。

「發生什麼事？」他謹慎問道，雙眼還很難聚焦。

「我相信你。我對你做的事真的很抱歉。」

她看著他思索這些話的意思。他以一邊手肘小心撐起自己身體，然後抓起毯子，再一次發現自己全身赤裸。非醫療人員對這種事的反應令人發噱；一般來說，裸體對醫師來說稀鬆平常，她對裸體的感覺也與其他醫師完全一樣，但是丹尼爾不會這樣想。她真應該穿上實驗衣。

「你真的相信我？」他問道。

「是的。我知道你並不是我以為的那個人。我被……誤導了。」

他坐得更高一點，移動得非常謹慎，等著某個地方痛起來。不過他應該會覺得還好，除了因為肌肉痙攣而非常疲累。此外，他的大腿上端會有點痛，畢竟那裡曾經割開取出東西。

「我……」他才剛開口說，隨即停住。「你的臉怎麼了？」

「說來話長。我解釋之前可以先說點話嗎？」

他的表情充滿憂慮。為了她？不，不可能。

「好吧。」他略顯遲疑但表示同意。

「嗯，丹尼爾，我之前說的都是真的。我不喜歡傷害別人，也不想傷害你。之所以那樣做，是因為我以為其他做法的結果更無效。傷害一個完全無辜的人，我這輩子從來沒做過這種事，從來沒有。我曾經參與很多次審問，不是每一個人都像其他人一樣邪惡墮落，但他們至少全都是某種陰謀的一部分。我早就知道我以前的老闆們壞事做盡，但還是不敢相信他們竟然這樣陷害我，害我審問一個完全無辜的人。」

他聽完這番話想了一會兒。

「你是要我原諒你嗎？」

「不，我不是要你原諒我，我絕對不會這樣開口，只是想讓你了解狀況。我真心相信這樣可以救很多人，否則絕對不會傷害你。我真的很抱歉。」

「那個毒梟呢？還有病毒呢？」他焦急問道。

她皺起眉頭。「我接到一些新情報。顯然有人把德拉弗恩特處理掉了。」

「沒有人會死？」

「對，如果毒梟沒有散播病毒武器的話。」

「所以這樣很好，對吧？」

她嘆口氣。「是啊，以這裡發生的狀況來看，那真是不幸中的大幸。」

「好，那你可以告訴我，你的臉怎麼了嗎？你發生意外？」他再度滿臉憂慮。

「不是。我的傷和剛才提到的新情報有關。」她不確定該怎麼向他說明。

他突然憤怒起來，肩膀變得很緊繃。「有人那樣對你……是故意的嗎？因為你傷了我？」

他的心思確實不像她那個行業的人。對他們這些曾經參與任務的人來說，有些事很顯而易見，但對他來說完全陌生。

「確實是。」她回答。

「讓我和他談談，」他很堅持。「我也相信你，我知道你不想這樣做。你只是想幫一點忙。」

「其實那不是重點。嗯，丹尼爾，你知道吧，之前我拿那些照片給你看，你認出那個人，可是不想告訴我他是誰？」

他突然臉色大變，然後點頭。

「你可以放輕鬆。我不是要逼你招供，這不是什麼詭計。我不知道你們是雙胞胎，他們在檔案裡隱瞞這件事，所以我不……」

「不，那不是凱文，」他插嘴說。「我真的搞不懂。看起來真的很像他，但是根本不可能。凱文死了，他去年死在監獄裡。我不知道那到底是誰，除非我們其實是三胞胎，而我想我媽應該會注意到吧……」

他沒講完就停下來，看著她的表情變化。

「怎麼了？」他問道。

「我不太知道該怎麼告訴你這件事。」

「告訴我什麼事？」

她遲疑了一會兒，然後站起來，繞過金屬臺。他的目光緊盯著她，接著坐起來。小心把毯子裹在腰際。她停下腳步低頭看，他的目光緊緊跟隨。

凱文·比奇的臉面向丹尼爾所坐的金屬臺這邊。凱文失去意識之時，所有的緊繃神情都放鬆了，看起來非常像丹尼爾，感覺實在很怪。

「凱文。」丹尼爾低聲說，臉色漸漸變得蒼白，接著突然唰地變紅。

「你知道你弟弟幫中情局工作嗎？」她語氣平靜地問。

他抬起頭，一臉驚嚇的樣子。「不，不，他關在牢裡。他以前販毒。」他搖搖頭。「我父母過世後，情況就變糟了，凱文變得很易怒，最後自我毀滅。我的意思是說，離開西點軍校以後……」

「西點軍校？」

「是啊。」他說著，沒什麼特別的表情，顯然那件事的重要性不復存在。「接觸毒品之前，他是完全不一樣的人，畢業的時候名列前茅。他拿到美國遊騎兵學校的入學許可……」丹尼爾沒把話說完，打量著她皺起的眉頭。

這還用說嗎？亞利思壓抑住嘆氣，整個人心煩意亂，因為她沒有深入質疑檔案裡的資料斷層，也沒有多花點時間跑去某間偏遠的圖書館，仔細搜尋丹尼爾家族的所有相關事項。

丹尼爾再次低頭看著他弟弟。「他現在沒死，對吧？」

「只是睡著了。再過幾分鐘就會醒來。」

丹尼爾眉頭深鎖。「他穿的那是什麼？」

「我猜是某種軍事行動的裝束吧，那不是我的專業。」

「中央情報局。」他低聲說。

「祕密行動，我會這樣猜。你弟弟不是自毀前途，只是轉換部門。就是因為那樣，他才會與那個毒梟有關。」

他原本瞪大的雙眼逐漸冷靜下來。「他正在幫那個毒梟處理病毒？」他悄聲說。

「不，其實是阻止他。我們基本上是同一國的，雖然你可能看不出來。」她以腳尖輕踢凱文的身體。

丹尼爾突然轉過頭來看她。「你的臉是凱文弄的？」真有趣，他講這話的語氣，感覺好像比知道自己弟弟是殺人犯的語氣更苦惱。

「對，而他變這樣是我弄的。」再踢一下。

「不過他快要醒了？」

亞利思點頭。想到「蝙蝠俠」快要醒了，她心裡有點矛盾。場面不會太愉快。而且丹尼爾本來對每一件事的反應都這麼善良，特別是對她，但是等到他弟弟開始說話，情況可能就改變了。

他微微笑了一下，看著他弟弟裸露的背部。「所以你贏了？」

她笑起來。「暫時而已。」

「他的塊頭比你大多了。」

「只能說我比較聰明，不過我在這裡設置的防禦措施有很大的漏洞。我想，這一次我只是運氣比較好。」

丹尼爾開始嘗試站起來，然後又停住。「我的衣服在這附近嗎？」

「抱歉，沒有。我以為衣物裡面可能有追蹤裝置，所以得從你身上脫掉，而且丟開。」

他又臉紅了，一路往下紅到他胸口的那個小點。他清清喉嚨。「誰會追蹤我啊？」

「嗯，我原本以為毒梟可能會監視你。我的『部門』也可能利用你當作陷阱，真正要追蹤的是我，事實上這也比較接近實情。」

他皺起眉頭。「我搞糊塗了。」

她剛才說的是最簡潔的版本，省略了一堆細節。她說話的時候，丹尼爾終於站起來，腰際圍著毯子，很像太大條的毛巾，然後他開始在弟弟身子前後走來走去。

「他們想要殺你，總共試了『四次』？」等她終於說完後，他這樣問。

「我想，現在是第五次。」她說著，同時刻意望向「蝙蝠俠」。

「我不敢相信凱文還活著。」他嘆口氣。他用毯子裹住一雙長腿，在他弟弟頭部旁邊的地板坐下。「我不敢相信他騙我。我不敢相信他讓我以為他犯罪……我不敢相信他讓我以為他死了……我不敢相信我去看他那麼多次……你知道從華府開車去密爾瓦基到底要開多久嗎？」

他默默凝視他弟弟。她給他一點時間。假如巴納比無預警重新回到她的生活中，她也不敢想像自己會有什麼樣的感覺。像這樣的事，你要怎麼面對呢？

「等他醒過來，我要對準他的喉嚨一拳揍過去。」丹尼爾輕聲咕噥道。

嗯，那是一種面對方法。

「你為什麼把他綁起來？」丹尼爾好奇問道。

「因為等他一恢復意識，一定又想要殺我。」

再度睜大眼睛。「什麼？」

「這很難理解。他從屋頂進來的時候，只知道有人正在傷害你。他之所以沒殺我，只是因為不確定你到底有沒有問題，例如可能要叫我給你解毒劑還是什麼的。要不是後來我取得一時片刻的優勢，我很確定等到你醒來的那一刻，他就會拿槍把我打死。」

她看得出來丹尼爾不相信這番話。他搖搖頭，眉頭緊皺，心煩意亂。一綹鬈髮垂在他額頭上，依然有點汗溼的樣子。真令人不敢置信，才經過這麼短的時間，一切竟然都變了。她需要擬定新計畫。

現在回到最近期的住處，也就是卡爾斯頓與她聯繫時她住的地方，究竟安不安全呢？那絕對是最簡單的方法，因為那裡有食物，而且只要回到那裡，沒有人會再看到她的臉，直到傷口養好為止。她認為不該放棄那棟房子……

但是然後呢？為了這個愚蠢的陷阱，她噴掉了多少儲備金？靠著剩下的錢，她還能撐多久？

卡爾斯頓知道她在網路上的存在，因此在網路上尋找真正的工作會有危險。「部門」不需要知道她人在哪裡就能讓她束手就擒。

有某個東西碰觸她的腿，害她嚇得跳起來。那只是丹尼爾的手。

「抱歉，我不是故意要嚇你。」

「不要道歉。」

「你看起來好憂愁。別那樣，我可以和凱文談一談。」

她露出嚴肅的微笑。「謝了，但我現在擔心的問題不是死而復生的拉撒路。」

「你擔心你的『部門』。」

她轉身走到電腦前面，伸出一隻手放在空白鍵上。希望沒有顯得很慎重的樣子。

「是啊，可以那樣說。」她說話的時候沒有看著他。

她以眼角餘光看到凱文猛然吸一口氣，然後又緩和下來。距離他遠一點比較好，這時候她絕對不想待在他伸手可及的範圍內。

「有沒有……我也不知道……有沒有什麼事我可以幫忙？」丹尼爾鄭重問道。

她凝視著他，竟然感覺到真正的眼淚刺痛她的眼睛，令她大感驚訝。

「丹尼爾，我想，我不配讓你幫忙。」

他的喉嚨深處發出一種惱怒的聲音。

「而且，說真的，你自己的問題已經夠多了。」她繼續說。

他顯然還沒想過，這一切就長遠來說代表什麼樣的意義。

「你是指什麼意思？」

「你現在也是個目標了。很多事你本來不應該知道，但現在知道了。如果你就這樣回家，如果你回到正常生活，他們會把你解決掉。」

「不能……回……去？」

他完全呆住了。她內心湧起一陣同情。她再一次想到，他的生活方式距離她有多麼遙遠。他大概以為只要聘請律師，或寫信給選區的國會議員，一切就能搞定。

「可是，亞利思，我非回去不可。我的球隊正在打冠軍錦標賽啊！」

她實在是忍不住，開始大笑起來，而刺痛眼睛的眼淚也化為真實的淚水。她看著他的表情，揮揮手表示歉意。

「對不起，」她喘著氣說。「一點都不好笑，我很抱歉。我想，止痛藥的藥效開始消退了。」

他很快站起來。「你需要什麼嗎？阿斯匹靈？」

「不，我很好。只是得從亢奮狀態恢復正常。」

他走過去，伸手輕輕放在她的手臂上。她感覺到刺痛，瘀青的地方剛剛開始變得很敏感。這一天恐怕會很難熬了。

「你確定？」他問道。「我可以幫你拿點什麼嗎？」

「你為什麼要對我這麼好？」

他滿臉驚訝地看著她。「喔。我想我懂你的意思了。」

終於，她心想。她本來擔心先前用來綁架他的藥物（模仿領袖遊戲）已經造成某種永久的神經傷害，他們以前試驗時沒發現。

「你聽好，等一下我先和凱文稍微談過，然後我會把東西收拾好，再將鑰匙交給你，等我坐上我的車，你就可以把你弟放開。」她說。

「可是你要去哪裡？你受的傷怎麼辦？」

「丹尼爾，你又太好心了一點。」

「對不起。」

她又笑起來。笑聲到最後猛然喘氣，很像啜泣。

「不過說實在的，你不必立刻離開啊，你看起來很需要睡一下，傷口也需要治療。」他說。

「這不在我的待辦事項上。」她小心坐到桌子旁的椅子上，希望他沒看出她感覺到多麼僵硬和疲勞。

「亞利思，真希望我們能多聊一下。我不曉得現在該怎麼辦。假如你剛才說的是真的，說我不能回去……我不曉得該從哪裡開始想這件事。」

「我說的是真的，而且我很抱歉。不過我想，你弟可能會幫你補充細節。我想，他比我更善於到處躲藏。」

丹尼爾滿心疑惑地看著弟弟，他現在穿著半套蝙蝠裝。「你這樣想？」

「凱文，你同不同意？」她問道。她很確定他已經清醒了，至少有五分鐘。

丹尼爾裹著毯子的膝蓋跪倒在他弟弟旁邊。「凱文？」

慢慢地，嘆了一口氣，凱文轉頭看著丹尼爾。「嗨，丹尼。」

丹尼爾傾身向前，以笨拙的動作擁抱他。凱文以沒綁住的那隻手拍拍丹尼爾的手臂。

「為什麼，凱文，為什麼？」丹尼爾問道，他的聲音埋在凱文的頭髮裡面，聽起來含糊不清。

「小子，要保護你的安全啊。不讓你碰到像那樣的人……」然後接了好幾句對她的難聽描述；每一個字她都聽得懂，但全部湊在一起實在沒聽過。

丹尼爾猛然往後退，揮打凱文的頭。

「不要那樣講話。」

「你是跟我開玩笑吧？那個神經病對你嚴刑拷打耶。」

「又沒有很久。而且她會那樣做是因為……」

「你居然幫那個……脫罪……」接下來是更多「創意十足」的話。

丹尼爾又打他一巴掌。不是很用力，但凱文沒心情繼續玩下去。他抓住丹尼爾的手，把那隻手扭成很痛苦的姿勢。他把右膝彎到身體底下，企圖把腳與金屬臺之間的束縛帶猛力扯掉。鎖定不動的桌腳輪子竟然在地板上滑動，金屬桌面移動了好幾公分。

她瞪大雙眼，那桌子少說也有兩百公斤重。她連忙把椅子往後挪開。

丹尼爾以空著的手奮力搏鬥，想要脫離弟弟的掌控。

「如果你不放開他，我再用毒氣攻擊你一次。」她向凱文保證。「而且有壞消息，我用的化學藥劑確實有一點副作用，每一次只殺死很小一部分的腦細胞，不過隨著時間增加，殺死的細胞數目越來越多。」

凱文放掉丹尼爾的手，瞪了她一眼，然後專心看著他哥哥。

「丹尼，聽我說，」他輕聲說。「你比她高大，去搶鑰匙，把我從這裡放開……」他突然表情一怔，整張臉脹得通紅，額頭的血管跟著嘴裡字句陣陣跳動。「我的狗在哪裡？」他對她大吼。不鏽鋼金屬臺又在地面上吱嘎滑動幾公分。

「在後面房間睡覺。」她得努力保持聲音平靜。「牠的體重比你輕，毒氣要花更久才會消退。」

丹尼爾揉揉自己手腕，看起來一臉困惑。「狗？」

「假如牠沒有百分之百……」凱文語帶威脅。

「你的狗不會有事。現在呢，我得問你幾個問題。」

丹尼爾抬頭看她，眼睛睜得好大。「什麼？」

她瞥了他一眼，然後搖搖頭。「不是要拷問他，只是正常的交換情報。」她轉頭看凱文。「拜託，可以請你冷靜幾分鐘好好講話嗎？然後我不會再動你一根寒毛。」

「聽你在作夢啦，神經病。我們之間的事還沒完呢。」

她黑眼圈上方的眉毛挑了挑。「那麼，我再次下藥把你迷昏之前，我們可以談個幾分鐘嗎？」

「我幹嘛要幫你？」

「因為你哥哥的安全問題也牽涉在內，我敢打包票，那對你來說很重要。」

「你才是把丹尼爾扯進來的人耶……」

「那樣說不完全正確。凱文．比奇，這件事與你的關係比我大多了。」

他怒目看著她。「小姐，我已經很不喜歡你了。你絕對不會想讓那種感覺變得更強烈。」

「放輕鬆，地下特務，安靜聽我說。」

丹尼爾的視線來回掃動，活像是網球比賽的觀眾。

凱文目光灼灼。

「中情局認為你死了？」她問道。

他嘀咕一聲。

「我會把那當作回答『對』。」

「是啦，那是回答『對』，你……」

丹尼爾反手揮打凱文的頭頂，然後急忙躲過凱文企圖抓他的動作。接著，凱文把注意力重新放回她身上。

「而我打算一直保持那樣。我退休了。」

她點頭，尋思了一會兒。她在電腦上打開空白文件，打了一行看似沒有規則的醫學名詞。

「你在打什麼？」

「做筆記，打字可以幫助我思考。」事實上，她很確定凱文會注意她是否一直「不時」碰觸電腦讓它醒著，然後她今天可能還需要用上那個機關。

「所以，那到底有什麼關係？我死了啊，丹尼應該再也不是目標。」

「我是目標？」丹尼爾問道。

凱文用右手肘把自己撐起來，倚向他哥哥。「小子，我從事非常機密的地下工作。只要有人發現你和我有關，就會把你當作制衡我的力量，像槓桿作用一樣。那會成為我工作的不利因素之一。就是因為這樣，我才會在監獄裡裝模作樣演那一整齣戲。等到凱文．比奇在正式文件上徹底消失，那些壞傢伙就不會知道你的存在。我不是凱文已經有很長一段時間了。」

「可是我去探監……」

「中情局會幫我和典獄長聯繫。你上路之後，只要我有空，就會趕快飛過去辦理會面。如果我沒空……」

「那就是你關禁閉的原因。其實只是他們說你關禁閉，也不是什麼打架。」

「對。」

「我真不敢相信，你居然當面騙我騙了那麼多年。」

「為了保護你的安全，那是唯一的方法。」

「難道不能選個不一樣的工作嗎？」

眼見凱文頭上又開始青筋暴突，她連忙插嘴。「嗯，我們可以把重逢的戲碼保留到稍後再演嗎？我認為我已經把各個線索拼湊起來了。聽聽看，拜託。如果我說錯了，你一定會糾正我，對吧？」

兩張幾乎一模一樣的臉孔打量著她，只不過表情幾乎完全相反。

「好吧，」她繼續說。「那麼，凱文，你執行完德拉弗恩特的任務之後，假裝自己死掉，對吧？」凱文完全沒有回應，於是她繼續說。「你說，那是六個月前的事。我只能推測，中情局對於沒有屍體感到很不安……」

「喔，有屍體啊。」

「那麼，他們對於屍體不符合感到很不安，」她很快接口。「於是他們想出一個計畫要把你引出來，以防萬一。」

他皺起眉頭。他很了解自己以前的上司，正如同她也很了解她以前的上司。

「丹尼爾是你的弱點……就像你說的，用來制衡你的手段。他們清楚得很。他們決定要抓他，看看情況會如何。不過他們很清楚你的能耐，而且假如你真的還活著，沒人想承擔這樣的責任。」

「可是……」凱文終於開口，但隨即忍住，可能意識到無論他怎麼辯解，一定都不會很冷靜。

「你是中央情報局的心腹大患。我是我『部門』的心腹大患。同時牽涉我們雙方先前工作單位的最上層頭頭們，他們的關係一定很緊密。所以，他們向我提出一項交易：『幫我們執行一項任務，那麼追捕行動就會取消。』他們跟我聯繫之前，一定早就擬定非常嚴密的計畫，然後整理檔案、準備那個『危機當前』的故事，讓我無法置之不理。他們沒人願意對我採取行動，因為之前已經犧牲三個寶貴的人才，再也不想損失其他人了。他們知道我一定會像以前那樣準備得很充分。不過呢，如果你真的很厲害，說不定我的準備就不夠充分了。」

隨著她推論整個過程，凱文的表情也變了。「不管怎麼說，」他總結，「解開了一個問題。」

「很巧妙。聽起來比較像你的機構而不是我的，假如一定要猜的話。」

「是啊，聽起來確實像他們的作風。」他很不情願地表示同意。

「所以，他們把我們丟在一起，就像把兩隻蠍子丟進同一個玻璃罐，然後搖一搖。」她說。「不管是誰，反正總有一邊會贏。說不定如果運氣真的非常非常好，我們會把彼此都除掉，或者至少連贏的人都變弱了。他們雙方都不會有任何損失。」

他們還真的讓她變弱了……減少她的資產，也讓她身體受傷。他們終究獲得一點點勝利。

「同時把我哥也塞進玻璃罐裡，他們根本無所謂。」他氣憤說道。「只不過他是螞蟻，不是蠍子。他們只管把他扔進大混戰裡，根本不在乎他連一點自衛的能力都沒有。」

「喂！」丹尼爾抗議說。

「丹尼，沒有惡意，不過你就像手織襪子一樣脆弱，很不安全。」

丹尼爾張開嘴想要回應，但後面房間突然傳出一陣嘹亮的哀鳴聲，打斷了對話。哀鳴聲緊接著變成憤怒的咆哮和尖銳的吠叫，然後是一陣爪子猛扒木門的刺耳聲響。

她很慶幸當時多花一番功夫，把那隻狼犬妥善隔開。

「牠很生氣。」凱文指責說。

「那隻狗很好，後面那裡有廁所，牠甚至不會脫水。」

凱文只是面露不滿，沒有像她的預期那麼擔心。那隻狗的爪扒聲和咆哮聲沒有停止。

「你真的帶一隻狗？」丹尼爾問道。

「牠不只是夥伴。」他看著她。「嗯，然後呢？他們的計畫失敗了。」

「差了一點點。」

他笑起來。「我們可以大戰另一回合。」

「就算我非常樂意注射一點東西到你體內，也寧可不讓他們稱心如意。」

「有道理。」

他們談話過程中，狗的抓刮聲和咆哮聲始終不間斷，讓她覺得很煩躁。

「我確實有個計畫。」

凱文翻了個白眼。「我敢打賭你永遠都有計畫，不是嗎，矮子？」

她冷冷地打量他。「我不能仰賴肌肉，所以仰賴腦袋。看來你的問題正好相反。」

他發出嘲弄的笑聲。

「嗯，凱文，」丹尼爾插嘴說。「我想提醒一下，你還被綁在地上耶。」

「閉嘴啦，丹尼。」

「拜託，男孩們，我可以再多占用你們一點點時間嗎？」她等待兄弟倆看著她。「計畫是這樣的：我寫電子郵件給我的前老闆，對他說，我知道實情了，真正的實情，而你們都出局了。而且我真的很不喜歡偽造資料。假如他敢再用任何方法聯絡我，我會親自拜訪他家廚房的儲藏室。」

「你要說你贏了？」凱文以不可置信的語氣問。「拜託！」

「綁在地上喔。」丹尼爾低聲喃喃說著。

「這是禮物耶，」她厲聲回應。「你等於再死一次。沒有人會尋找你們的下落。」

凱文原本嘲諷挖苦的表情消失了。這一刻，雙胞胎看起來非常相像，兩人關係不言可喻。

隔壁房間的狗叫聲實在很像轟隆怒吼的刨木機。她還沒有認真考慮要為了租屋保證金留下來，但顯然不必考慮了。

「你這樣做是為我們好，為什麼？」凱文問道。

「我是為了丹尼爾好。這是我欠他的。我應該要更機靈一點才對，不應該掉進這種圈套。」

現在一切都很明顯了：她那麼容易就逃過他們的監視，原因是根本沒人監視；她那麼容易就綁架丹尼爾，原因是沒人企圖阻止她。他們看似嚴格規定截止期限，其實給了她充足的行動時間。真是丟臉。

「那麼，你會怎麼樣？」丹尼爾小聲問道。她幾乎是讀唇語，因為狗發出的噪音實在太大。

「我還沒決定。」

她從這次輕率相信的事件學到一點教訓，這也許是他們不希望她學到的教訓。

根本沒有什麼直升機或殲滅小組。要殺她的卡爾斯頓（這是她目前唯一確定的人名）和其他人之所以偶爾派出孤立無援的殺手，是因為他們只能派出那樣的人。她的敵人被迫組成這種古怪的合作關係，並不是因為「部門」沒有資源，唯一的可能，是她並非身為眾所周知的人，而且卡爾斯頓（以及他的同夥）禁不起她變成眾所周知的人。

以前看著茱莉安娜・佛提斯的訃聞、讀到關於火葬儀式的敘述時，她認為牽涉其中的每個人都參與這場騙局。但是，說不定關鍵人物只有少數幾個人而已？說不定卡爾斯頓向他的上司保證這次任務一定能成功，後來卻不敢承認他第一次打擊就落空？

或者還有全新的想法：說不定「部門」的大多數人都認為那只是實驗室的意外事件？只是她和巴納比拿錯試管混合在一起，結果一起被擊倒？說不定卡爾斯頓的上司並不想要她的命？說不定只有少數的關鍵人物要她死，而現在他們必須繼續嘗試，暗中完成任務？那樣會改變一切。

好戲登場，非常符合事實。

她覺得自己更強悍了。

對於安排她死掉的那些人來說，他們怕的是她知道的那些事，而不是她本人。也許現在該來改變這一點了。

突然間傳來震耳欲聾的聲音……是木頭的爆裂聲。接下來，憤怒的咆哮聲變得近在咫尺。

第十章

她過了半晌才意識到發生什麼事，而到了這時，那隻激動的狼犬正要跳進帳篷。她體內顯然仍留有一點外加的腎上腺素。那隻狗還沒完全衝進來，她已經跳到桌子上，而神經系統對這樣的距離仍然不滿意，她都還來不及意識自己的所作所為，就已縱身跳向頭頂上的聚氯乙烯架子。她用雙手抓住架子，將雙腿往上甩，腳踝勾住管子，然後手肘緊緊掛在管子上。她轉頭看著側面，發現那隻狗就在正下方，巨大的狗爪踩在桌面上，一副想要使勁咬她的樣子。有一隻爪子壓在鍵盤上，那真是太糟了。現在只消一點點毒氣就可幫大忙，況且兩副面罩都在她身上。

那隻狗在下面又是吠叫又是流口水，而她努力繼續抓牢。她用的是直徑五吋的薄壁管，相當堅固，但她突然跳上去還是搖晃個不停。她很確定管子能夠承載她的重量……除非有人攻擊帳篷底部。希望凱文不會想到這點。

凱文開始大笑。她能想像自己的狼狽模樣。

「現在誰被綁在地上啊？」他問道

「還是你。」丹尼爾咕噥說著。

聽到主人的聲音，那隻狗發出一陣哀鳴，東張西望。牠跳下桌子，跑去檢視凱文，臨走前不忘再對她咆哮一聲。凱文拍拍牠的臉，那隻狗低下身子猛舔他，同時依舊哀鳴不斷，十分焦慮。

「兄弟，我很好。我沒事。」

「牠看起來真的很像愛因斯坦。」丹尼爾說，語氣聽起來很驚奇。那隻狗抬起頭，對於新出現的聲音提高警戒。

凱文拍拍丹尼爾的腳。「好孩子，他很酷，他很酷。」聽起來像是另一句指令。

那隻大狗果然不再哀鳴，牠跑向丹尼爾，尾巴熱烈甩動。丹尼爾拍拍牠的大頭，彷彿那是全世界最自然的事。

「牠是愛因斯坦三世。」凱文解釋。

丹尼爾的手指伸進狗的粗厚毛皮抓抓牠，滿臉讚賞。「牠好漂亮。」

她的手臂有點累了。她試著調整姿勢，同時繼續觀察，而那隻狗跳回桌面上，又開始吠叫。

「有辦法叫你的狗走開嗎？」她問道，努力讓聲音保持鎮定。

「可能有吧，如果你把鑰匙丟給我的話。」

「而假如我把鑰匙丟給你，你不會殺我？」

「我已經說過了，我會叫狗走開。不要貪心。」

「那麼，我想我待在上面就好，直到毒氣把你們全部弄昏。丹尼爾的腦細胞數量可能夠多，破壞一點沒關係。」

「哼，我覺得我也沒關係，因為就算愛因斯坦碰不到你，丹尼爾也可以，而假如他先把你的面罩搶走，毒氣再把你弄昏……嗯，失去意識摔到地板上顯然不會害你沒命，但對你一點好處也沒有。」

「我為什麼要那樣做？」丹尼爾問道。

「什麼？」凱文質問他。

「凱文，她站在我們這邊。」

「哇噢，你瘋了嗎？小子，這裡分成兩邊，壁壘分明耶。你弟是一邊，而那個拷問你的虐待狂是另一邊，你選擇站在哪一邊？」

「我想，有道理的一邊。」

「很好。」凱文咕噥說著。

「嗯，凱文，不是你那邊。」

「什麼？」

「冷靜一下。你聽好，讓我在中間調停。」

「我真不敢相信，你居然沒有自己跳上去掐住她脖子。」

「換成你站在她的立場，你也會做同樣的事。老實說……如果你知道某個陌生人要去殺幾百萬人，而你得找到方法阻止他，你會怎麼做？」

「找其他的方法啊，就像我之前的做法。丹尼，聽我說，你不擅長處理這種事。我很了解像她那種人，他們有病，看到別人的痛苦會很興奮，心態超扭曲。他們就像毒蛇，你絕對不能背對他們。」

「她才不像那樣。而且話說回來，這跟你到底有什麼關係？我才是受到拷問的人，你又懂什麼？」

凱文只是盯著他看，面無表情，過了一會兒又用自己被綁住的左手指著被綁住的左腳。他扭動左腳僅剩的四根腳趾。

丹尼爾過了一會兒才猛然理解，嚇得倒抽一口氣。

「外行人的做法。」她從天花板以嘲弄的語氣說。

「我不知道，」凱文冷冷地說。「他們似乎對我很不錯。」

「那他們有沒有得到想要的？」

他的喉嚨深處發出一種不可置信的聲音。「開玩笑！」

她挑起一邊眉毛。「我就說吧。」

「你有辦法逼我招供嗎？」

她的嘴唇咧出冷酷的微笑。「噢，當然。」

她透過眼角餘光看到丹尼爾抖了一下，很像痙攣。

那隻狗現在相當安靜，不過依舊在她下方保持警覺。牠似乎搞不清楚狀況，因為主人與牠的目標講話的語氣很冷靜。

「哼，我知道你是什麼樣的人。」凱文突然說。「是啊，那女孩。我聽過關於你的謠言。很誇張，他們說你從來不失手，百發百中。」

「絕不誇張。」

他的表情很懷疑。「你和那個老傢伙一起工作，那個『瘋狂科學家』，大家都這麼叫他。中情局則叫你『夾竹桃』。坦白說，我一開始沒有聯想在一起，因為我聽說你們都因為某種實驗室意外而死掉。而且，我一直都想像『夾竹桃』長得很漂亮。」

丹尼爾開口不知道說了什麼，但她插嘴。

「夾竹桃?那太遜了吧。」

「啊?」

「一種花?」她自顧自吼道。「那很沒效。說是毒藥,結果一點都不毒,只是惰性很強。」

「你的單位怎麼叫你?」

「化學家。而巴納比博士也不是瘋狂科學家,他是天才。」

「你叫番茄,我叫臭柿子啦。」凱文說。

「回到我剛才說的停戰協議。」丹尼爾插嘴說。從丹尼爾注視她雙手和手臂的眼神看來,她心想,他可能以為那些人傷她很重。「亞利思會把鑰匙給我,而凱文,你會叫愛因斯坦走開。等我覺得所有狀況都控制好,我會把你放開。亞利思,你相信我嗎?」

他睜著澄澈的淺褐色大眼抬頭看她,凱文則是氣急敗壞、口齒不清地咒罵不休。

「鑰匙放在我牛仔褲的左邊前面口袋。我會把鑰匙交給你,可是如果鬆開手,我會掉下去。」

「小心啊,她會拿刀刺你!」

丹尼爾似乎對弟弟的警告充耳不聞。他才爬到椅子上,頭的高度就比她還高了。他得彎下腰,頭頂著泡棉帳篷頂部,一隻手伸到她背後,稍微支撐她的重量,然後輕輕伸手到她口袋裡找鑰匙。

「很抱歉,我弟這麼沒禮貌。」他低聲說。「他一直都是那副模樣。」

「你這傻瓜,不要幫我道歉!」凱文大叫。

丹尼爾對她微笑,然後拿著鑰匙下去。她其實同意凱文的意見。丹尼爾怎麼能像這樣對待她?難道都沒有正常的憤怒情緒?人類想要報復的欲望呢?

「凱文，我拿到鑰匙了，你有狗的皮帶嗎？」

「皮帶？愛因斯坦不需要拴皮帶！」

「那你有什麼建議？」

凱文惡狠狠瞪著他。「很好，反正我一定會殺了她。」他對狗吹口哨。「稍息，愛因斯坦。」

那隻狗本來跟在丹尼爾後面，焦急地看著他靠近亞利思，這時則安靜走到主人的頭旁邊坐下，舌頭伸出喘氣，簡直像露出微笑。露出很多牙齒的微笑。

「放開我。」

「女士優先。」丹尼爾又爬到椅子上，向她伸出手。「需要幫忙嗎？」

「呃，我想我可以。」她把雙腿垂放到桌面上方，手臂拉伸的感覺簡直像平常奮力彎腰企圖碰觸腳趾。她到底是怎麼跳上去的？疲累的雙手都快脫臼了。

「來吧。」她跳下來時，丹尼爾扶著她的腰，讓她小心站穩，結果一隻腳踩在桌面上，另一隻腳踩在工具盤的正中央，發出哐啷一聲。他腰際的毯子鬆開了，連忙快手抓住，重新繫緊。

「我真不敢相信。」凱文喃喃說著。

亞利思謹慎站著，眼睛盯著那隻狗。

「假如牠蠢蠢欲動，」丹尼爾悄聲對她說，「我會轉移牠的注意力。狗都很喜歡我。」

「愛因斯坦才不笨。」凱文咆哮說。

「最好別嘗試。現在換你了。」丹尼爾從椅子爬下去，蹲在凱文旁邊。

亞利思盡快從桌上滑下來，一隻手伸向鍵盤。那隻狗沒有反應，而是看著丹尼爾放開牠的主人。她打開「系統偏好設定」。要釋放催眠氣體，螢幕保護程式不是唯一方法，而兩個面罩也都還在她身上。不過，她知道那樣只會讓情況變得更複雜。她必須信任丹尼爾能夠對付凱文。她讓自己在椅子裡放鬆一下。

丹尼爾從腳踝開始，進行得很慢；他的另一隻手得扶著毯子。

「乾脆給我啦，我來弄。」凱文說。

「有耐心一點。」

凱文氣得哼了一聲。

鑰匙一轉動，凱文就立刻站起來，蹲在他被綁住的手臂旁邊。他從丹尼爾手中搶過鑰匙，三兩下就讓手腕鬆脫。他站高挺直，伸展脖子，並抖動背部肌肉。他那身蝙蝠裝的身軀部分往下垂，活像是設計前衛的裙子。那隻狗一直靜靜待在他腳邊。凱文轉向亞利思。

「我的槍在哪裡？」

「汽車後座。」

凱文不發一語走出帳篷，狗也跟在他腳邊。

「別開門或窗戶！」她對著他的背影叫道。「所有防禦措施又啟動了。」

「車子有陷阱嗎？」他回頭叫道。

「沒有。」

過了一會兒。「彈匣在哪裡？喂，撞針又在哪裡？」

「撞針在冰箱裡，子彈在廁所。」

「噢，拜託！」

「抱歉。」

「我要拿回我的西格紹爾手槍。」

她皺起眉頭，沒有回答。她起身時動作很僵硬。她可能也要解除陷阱，真的該走了。

丹尼爾站在帳篷中央，低頭看著不鏽鋼金屬臺，一隻手握著靜脈輸液架，彷彿需要支撐似的。他似乎出了神。她略顯遲疑，然後走到他旁邊。

「你應該還好吧？」她問道。

「我也不知道。我想不通接下來該怎麼辦。」

「你弟自有盤算。他總有某個地方給你住。」

他低頭看著她。「那很困難嗎？」

「什麼？」

「逃亡？躲藏？」

她張開嘴，想要說些安慰的話，接著又想了一下。「是啊，很困難。你會慢慢習慣。最糟糕的部分是孤單，而你不必面對那部分，所以那是小加分。」有句話她沒說出口，與凱文・比奇這樣的同伴比起來，孤單可能是更好的同伴。

「你常常覺得孤單嗎？」

她好想笑出來。「只有不害怕的時候才會。所以，不會，通常不太會。」

「你已經決定接下來要怎麼辦了嗎？」

「還沒……這張臉是個問題。我不能頂著這張臉亂跑，人們會記住我，那樣不安全。我得躲到某個地方，直到消腫為止，而且瘀青也要能用化妝品蓋住。」

「你要躲在哪裡？我不懂這要怎麼進行。」

「我可能會在外面露營一陣子。我有一堆可以活命的食物，水也很充足……附帶一提，除非先問過我，否則不要喝冰箱裡的水，左邊的水有毒。總之，我可能就是找個偏僻的地方，睡在車子裡，直到充分復原為止。」

他的眼睛眨了幾下，可能聽到毒水的關係吧。

「也許我們可以從一些明顯的方面先解決你的問題。」她說話的語氣比較溫和一點，並用一根手指戳戳他的毯子。「我想，主屋那邊可能有些衣物，我猜可能不合身，不過總比現在這個好。」

他的表情突然放鬆了。「我知道這是小事，不過感覺一定很有幫助。」

「好吧。那我去把致命氣體陷阱關掉。」

最後，她在西格紹爾手槍方面投降了，不過覺得很遺憾。她喜歡那把槍的重量，看來得自己找一把。農舍主人的東西堆放在閣樓，那座衣櫥恐怕有六、七十年的歷史。男主人顯然比丹尼爾矮胖很多，她把丹尼爾留在那裡挑選，自己則回到牛舍打包東西搬上車。

她走進去的時候看到凱文，他正把一大條黑色布料捲緊，變成可以抱住的大小；她過了一會兒才意識到那布料是降落傘。她與凱文保持一段距離，但是停戰協議感覺很確實。不知什麼原因，丹尼爾幫忙調停她和他弟弟之間的敵意。她和凱文都不了解丹尼爾為何要這樣做，但凱文非常在意他，不想違反他今天的信任，特別是還沒好好收回多年謊言的時候。

於是，她也叫自己鼓起勇氣，經過那隻狗旁邊，走向她的車子。

她是打包的老手，因此沒有花太多時間。她去見卡爾斯頓的時候，就已經把東西全部收拾好，也把租屋處的防禦設施都拆掉，以免萬一回不去。（她的惡夢之一是「部門」趁她外出時逮到她，於是有某個沒想太多的無辜屋主進入屋子，結果死了。）她把所有東西堆放在華府郊區，後來準備要開始進行「審問學校老師計畫」時又回去拿。現在她把所有東西放進陳舊的黑色行李袋裡，包括加壓毒氣罐、好幾公里長的電導線、電池組、塑膠製的小藥瓶、針筒、護目鏡、厚手套、枕頭和睡袋。她打包各種道具，以及新挑選的一些東西。束縛裝置就是這次找到的好東西，行軍床也很舒適，而且可以摺疊成很小的長方形。她把電腦放進保護殼裡，再抓起純粹用來轉移注意力的黑色小盒，那就像她的盒型墜飾一樣；接著拉下長條纜線，把延伸的電線捲起來。她打算把燈留下，那些東西沒用了；它們並不便宜啊。她拆掉帳篷，只剩下一堆沒用的泡棉和聚氯乙烯管子，然後把鋼桌推回原本找到的地方，至於桌上鑽出來的孔洞就沒辦法復原了。

她希望自己把東西弄得夠亂，讓屋主只對損毀的狀況感到困惑和憤怒，但不至於懷疑這裡曾發生某種窮凶惡極的事。他們有可能向當局報案，指出房客造成破壞，但本地警察應該沒有能力從這一團混亂找出蛛絲馬跡。只要報告中沒有出現特定字眼，也就沒有理由吸引政府的人注意到。她很確定大家對短租公寓的破壞事件比較有興趣，她這種狀況就無趣多了。

她看著客房門板搖搖頭。那隻狗不知是猛咬還是扒抓，居然在堅固木門的正中央製造出六十公分高、三十公分寬的大洞。幸好牠只從車子上方跳過，沒把它咬得稀巴爛。

丹尼爾回來的時候，她剛好把東西全部塞進汽車的行李廂。

「這緊身褲很好看。」凱文一邊說著，一邊把他爪鉤的繩索纏繞成緊密的繩圈。亞利思很好奇他是否又爬到屋頂上回收爪鉤，假如是那樣，錯過沒看到還真可惜。

凱文說得沒錯，丹尼爾的褲子長度只遮到小腿肚。棉質襯衫大了好幾號，但袖子同樣也太短，他乾脆把袖子捲到手肘。

「我還寧可只穿半套潛水衣，」丹尼爾嘆氣說。「那樣會覺得可以面對全世界的眼光。」

凱文咕噥一聲。「要是那神經病沒有亂搞，我原本穿了一整套潛水衣啦。」

「你別得意，我正在找武器。」

丹尼爾看著她關上行李廂車門。

「你要走了？」

「對。我得找到安全的地方才能睡覺。」她想像自己的模樣一定非常憔悴，剛才那番解釋根本是多餘。

「我正在想……」丹尼爾開口說，然後又顯得遲疑。

凱文從他的步槍抬起頭來，留意到丹尼爾的語氣怪怪的。

「你正在想什麼？」凱文疑惑地問。

「嗯，我正在想玻璃罐裡的蠍子。亞利思說那只會有兩種結果，可能是其中一隻殺了另一隻，也可能是兩隻都死掉。而我覺得，想要殺死你的那些人也是這麼想。」

「所以呢？」凱文說。

「所以，其實有第三種選項。」她說，猜測著丹尼爾的思路。「兩隻蠍子都走開了。他們沒料到有這種結果。丹尼爾，這種結果會讓你安全無事。」

「不過還有第四種選項，」丹尼爾回答。「我想到的是這種結果。」

凱文歪著頭，顯然沒聽懂。她聽懂了，丹尼爾還沒大聲說出口她就懂了。

「如果那兩隻蠍子彼此合作呢？」

她抿著嘴唇，然後突然放鬆，甚至微微張開。

凱文咕噥一聲。「丹尼，別把事情搞得更混亂。」

「我是認真的，他們從沒想過這種可能性。而且我們的安全程度就變成兩倍，因為我們讓兩隻危險動物變成同一隊。」

「才沒這種事。」

她走向他。「丹尼爾，這個點子很聰明，不過我認為有些個人因素可能太嚴重而無法克服。」

「凱文沒那麼糟，你慢慢就會習慣。」

「我沒那麼糟？」凱文氣呼呼地說，目光銳利。

丹尼爾直直看著她。「你真的考慮要回去，對吧？你是怎麼說的，要去拜訪某人的儲藏室？」

平民的洞察力還真敏銳。

「我正在考慮。」

這下子完全吸引住凱文的注意力。「主動反擊？」

「可能行得通，」她說。「有一個思考方向……仔細研究過後，我認為可能沒有很多人知道我這個人的存在。也因此，他們才會花這麼長的時間，用這種成功機率只有百分之五十的方法，想把我除掉。我認為我是個機密，所以，假如我可以把知道這個機密的人全都除掉……嗯，那就再也沒有人會找我了。」

「那也適用在我身上嗎？」凱文想要知道。「假如他們利用這種手法處理我，你認為我也是機密嗎？」

「這樣想很合理。」

「你怎麼知道誰牽涉在這裡面？」

「如果我可以去華府，然後傳送訊息給卡爾斯頓，就能觀察他跑去找誰。假如這真的是機密，他們就不能在辦公室討論。」

「他們會知道你的位置很近……IP會洩露你的行蹤。」

「也許我們可以適度合作。你們其中一人可以從遠方幫我寄出電子郵件。」

「你在監視方面的經驗怎麼樣？」凱文突然很魯莽地問。

「呃……過去幾年我練習的機會非常多……」

「你曾經接受正式訓練嗎？」

「我是科學家，不是野戰情報員。」

他點頭。「我來執行。」

她搖頭。「你又死了一次，記得吧？你和丹尼爾現在應該要消失。人家送你一匹馬，你不要掰開馬嘴檢查牙齒，收個禮物不要那麼挑剔。」

「那句諺語實在很蠢，假如特洛伊人真的檢查馬嘴裡的牙齒，他們可能就打贏戰爭了。」

「別理那句諺語。我努力想補償丹尼爾啊。」

丹尼爾又來來回回安靜地看著他們。

「喂，夾竹桃，我以前受過訓練。很紮實。絕對沒有人會逮到我正在監視，而且我觀察到的細節一定比你多。我有個地方可以把丹尼爾藏起來，他在那裡徹底安全，所以那不是問題。而且，假如你說得對，那個卡爾斯頓真的跑去找他的黨羽，他就會讓我知道中情局到底是誰想出這種陰謀。我會知道誰把丹尼爾放進陷阱、釣我上鉤，然後就可以清除我的問題，你也可以清除你的麻煩。」

她尋思一會，努力保持客觀。她實在很難撇開自己對凱文的厭惡感來理性分析情況。抱持這樣的厭惡感並不公正。如果是她的兄弟姊妹被銬在金屬臺上，難道她的感受不會像凱文一樣嗎？在能力所及的範圍內，她難道不會做出同樣的舉動嗎？

然而，她依舊希望能用某種超痛苦的東西注入他體內，只要一次就好。

「首先，不要叫我夾竹桃。」她說。

他嘻嘻笑。

「其次，我懂你說的意思。不過我們要怎麼協調？我得躲一陣子。」她指著自己的臉。

「那是你欠她的，」丹尼爾說。「假如你有安全的地方給我躲，或許她也應該去那裡。至少待到傷勢康復為止。」

「我才沒有欠她什麼……除了可能少打她的臉一拳啦，」凱文咆哮著說。丹尼爾動怒了，朝他弟弟向前跨出一步，凱文連忙舉起兩隻手做出「我投降」的動作，同時嘆口氣。「不過我們得要快點離開，所以那樣安排可能最簡單。更何況她可以載我們一程。飛機沒了……降落的時候我得跳傘出來。否則我們得自己走出這裡。」

丹尼爾瞪大眼睛，一臉不可置信的樣子。凱文嘲笑他的神情，然後轉頭對她一笑。他看看那隻狗，然後又回頭看她，笑容又更燦爛了。「我想，我很樂意把你圈養起來啊，夾竹桃。」

她氣得咬牙切齒。假如凱文有棟安全的房子，她的很多麻煩就解決了。而且離開之前，她可以拿強力瀉藥摻進他的食物裡。

「她的名字叫亞利思，」丹尼爾糾正他。「我的意思是說，我知道那不是真名，不過她現在用那名字。」他看著她。「可以叫你亞利思吧？」

「隨便什麼名字都可以。從現在開始我會用這名字。」她看著凱文。「你和那隻狗坐後座。」

第十一章

很久很久以前，亞利思仍是名叫茱莉安娜的年輕女孩時，曾經很嚮往與家人一起開車旅行。她和母親總是搭飛機度過僅有的少數假期——如果去小岩城拜訪外公外婆盡義務算是「假期」的話。她的母親茱蒂不喜歡長途開車，那讓她覺得很緊張。茱蒂經常說，死於車禍的人數遠比墜機的死亡人數多，不過她連搭飛機也緊張兮兮。不只是與旅行有關的危險事物，很多事情都讓茱蒂心煩意亂，像是病菌、老鼠或狹小空間等等，因此茱莉安娜的成長過程練就了處變不驚的態度。她好像天生就必須是冷靜穩健的人。

如同大多數的獨生子女，茱莉安娜也認為如果有兄弟姊妹就不會那麼孤單；漫長的下午時光，她總是一個人在廚房桌上寫功課，等待茱蒂從她經營的牙醫診所下班回家。茱莉安娜很期待大學生活、團體寢室和室友，夢想著建立友誼關係。只不過她一到那裡，卻發現自己有著相對孤獨的人生和長大成人的責任感，不適合與一般的十八歲年輕人同住。於是，她對兄弟姊妹的幻想遭受打擊，升上大三以後就搬到一間小公寓套房獨自居住。

然而，她對於盛大溫暖的家人開車旅行一直抱持幻想。直到今天為止。

說句公道話，假如她沒有覺得全身像一大塊陣陣抽痛的瘀青，心情有可能比現在好。更何況雖然並非故意，但她確實挑起第一次爭吵。

開車跨越郡界時，她搖下車窗，把先前從丹尼爾腿上取出的小型追蹤器扔出窗外；她可不想長時間帶在身邊，以防萬一，但也不想扔在最後一個審問基地的正中央。她自認已經移除絕大多數的證據，但絕對不能太過自滿。只要能夠抹除行跡，她都會花時間好好處理。

透過後視鏡，她看到凱文往前坐。

他之前從飛機跳下時扔出一個背包，後來跑去撿回；現在他和丹尼爾看起來相當正常，穿著牛仔褲和長袖T恤——一件黑色，另一件灰色——而且凱文多了兩把手槍。

「那是什麼？」凱文問道。

「丹尼爾的追蹤器。」

「什麼？」凱文和丹尼爾異口同聲說。

他們一人一句搶著講話。

「我真的有追蹤器？」丹尼爾問道。

「你為何要丟掉？」凱文質問道。

聽到凱文的語氣，那隻狗抬起頭，但隨即似乎覺得沒事，又把頭靠到車窗上。

她先轉向丹尼爾，抬起頭從棒球帽簷底下看著他，壓低帽子的用意是要遮掩她受傷的臉龐。「你以為你弟是怎麼找到你的？」

「他追蹤我？可是……它裝在哪裡？」

「你右邊大腿內側的疤痕裡。那個切痕要保持乾淨，傷口盡量別感染。」

「你知道裝那種東西有多痛嗎？」凱文咕噥說。

「假如你可以追蹤它，那麼別人也可以。我不想冒險暴露我們的位置。」

丹尼爾在乘客座上轉身，瞪著他弟弟。「你怎麼……我怎麼可能不知道有這種事？」

「你還記得吧，大概兩年前，那個蕩婦離開你之後，你很沮喪，跑去的酒吧有個長腿金髮辣妹，那間酒吧叫……」

「洛氏酒吧。你怎麼連那種事都知道？我從來沒對你說過……等一下，難道你跟蹤我？」

「我很擔心你啊，自從那個蕩婦……」

「她的名字叫作蕾妮。」

「隨便啦。我一直都不喜歡她。」

「跟我在一起的女生，你幾時喜歡過？就我記憶所及，你只喜歡對你有興趣的女生，假如有人比較喜歡我，你就覺得那是恥辱。」

「重點是，你被耍得團團轉。不過跟蹤你並不是因為……」

「誰跟蹤我？」

「只有幾個月而已。」

「誰？」

「我的一些哥兒們……不是中情局的人。是跟我有交情的幾個警察，還有一個私家偵探跟過一陣子。」

「他們要找什麼？」

「只是要確定你沒事，你不會從橋上跳下去還是什麼的。」

「我真不敢相信。那整個……等一下，金髮？你是說那個女孩，她叫什麼名字，凱特？幫我買一杯飲料那個……她是特務？」

她從後視鏡看到凱文咧嘴而笑。

「不，她其實是妓女。凱特不是她的真名。」

「看來全世界在我身邊的人都不用真名。我活在充滿謊言的世界裡。我甚至不知道亞利思的真名。」

「茱莉安娜。」她和凱文異口同聲說。他們惡狠狠瞪了彼此一眼。

「他居然知道？」丹尼爾問她，一臉不悅。

「那時候你昏迷不醒。那是我出生時取的名字，但那再也不是我的名字了，對我的意義也不大。我現在叫亞利思。」

丹尼爾皺著眉頭，沒有完全信服。

「總之，」凱文繼續說，語氣像是講著自以為很好笑的笑話，「那個金髮妞本來應該跟著你回家，但你對她說，你的離婚手續還沒辦完，那樣『感覺不太好』。」凱文的笑聲很刺耳。「我聽到的時候簡直不敢相信，不過那完全是你的作風，我有什麼好驚訝的呢？」

「太誇張了。可是我不懂，才那樣交談一下，要怎麼把追蹤裝置放進我腿裡？」

「是不行啦。我只是很喜歡講那段往事。總之，結果還滿麻煩的。要串通那妓女很簡單，假如你帶她回家，對你來說，至少裝追蹤器的過程會比較愉快。但是要把你弄去家庭醫師那邊就麻煩多了，不過到最後，我找了一個行政人員打電話叫你去檢查。你到了那裡，看到其中一位新的合夥人，你以前沒見過他。」

丹尼爾張大嘴巴，一臉不敢相信的樣子。「他告訴我，我長了一顆腫瘤！」

「良性的啦。於是他在辦公室裡幫你局部麻醉，當場取出來，立刻向你保證沒事，甚至沒收錢。不要太大驚小怪嘛。」

「你是說真的？你怎麼可以……」丹尼爾現在扯著喉嚨大喊，「做出這些事，你居然敢幫自己辯解？這麼多年來，你一直在暗中操控我！把我當成什麼實驗動物，我的存在只是你的娛樂！」

「丹尼，不能這麼說。我一直盡全力要保護你的安全啊。中情局從一開始就要我假裝死掉，可是我不能那樣對待你，至少爸媽過世後不行。所以我做了很多承諾，而且只要是有空的週末全都飛到密爾瓦基去當犯人。」

丹尼爾回答的聲音比較冷靜了。「我開車耶。那一切真的有必要嗎？」

「不然你問這個下毒的女孩。這類工作不能讓家人知道。」

丹尼爾看著她。「真的嗎？」

「真的。他們喜歡招募孤兒……獨生子女更好。就像你弟弟對你說過的，那些壞傢伙會把家人關係當成牽制的手段。」

丹尼爾的語氣又更柔和一點。「你是孤兒嗎？」

「我也不知道。從沒見過我父親，他可能還在某個地方活著。」

「可是你母親……」

「子宮癌，當時我十九歲。」

「我很遺憾。」

她點頭。

暫停的安靜時刻真是非常愉快。亞利思屏住呼吸，暗暗祈禱能夠持續下去。

「後來，我終於讓你以為我死了，那時候……」凱文又開口說。

亞利思把收音機打開，開始搜尋電臺。凱文沒有接收到暗示，而丹尼爾只是直視著擋風玻璃外面。

「……我剛開始和恩力克·德拉弗恩特混在一起。剛開始沒幾天，我就覺得一切都會失控。我知道他會怎麼對付他敵人的家人。所以，該放手讓你自由了。」

「你的意思是說，不必再裝模作樣會客，讓你自己自由了。」丹尼爾咕噥說著。

亞利思找到一個古典音樂電臺，把音量調大，這樣才能蓋過凱文的聲音。

「就是那時候，我把追蹤器裝進去。我必須知道你很好。再也沒有人監視你了，只有我。」

丹尼爾嘀咕著，一臉不可置信的樣子。

音樂的音量讓亞利思的頭越來越痛，於是又把它關掉。

「結果……我和中情局搞得不太好。原本的計畫是要等事情漸漸平息，所有人都忘了我，然後去整容。小子，最後我會回來找你，剛開始你可能不認得我，但是我不打算讓你以為自己一輩子孤單一人。」

丹尼爾直直看著前方。她不曉得丹尼爾相不相信弟弟說的話。他的人生承擔了太多種背叛，一路走來十分艱辛。

「中情局到底怎麼了？」亞利思問道。她其實不太想介入這番對話，但是丹尼爾似乎不想繼續追問下去了。要不是加入這個不太可靠的結盟關係，凱文到底怎麼離開中情局，對她來說並不是很重要。但現在，這件事變得很重要，因為也會影響到她。

「我完成消滅病毒的工作，也把德拉弗恩特解決掉之後，中情局打算把我召回，但還有一些尾大不掉的事情弄得我很煩，所以我希望把那些事全部搞定。我其實沒有花太多時間，就在販毒集團爬到非常特別的權位，這也是對販毒集團施加影響力的好機會，包括誰掌權、未來打算做什麼等等，也可以多了解新組織的確切情報。我不敢相信中情局居然把我叫回去。我拒絕離開，以為已經解釋得很清楚，但是……我猜他們不相信吧。他們一定覺得我變成壞蛋，認為我變節了，選擇加入販毒集團。我到現在還是想不通，」他搖搖頭，「我以為他們很了解我。」

「他們做了什麼？」丹尼爾問。

「他們毀掉我，密告我是中情局探員，放話說我殺了德拉弗恩特，於是那些人跑來報仇。」

「那些人來報仇，中情局都知情。」她猜測說。

「完全正確。」

「你殺了他嗎？」丹尼爾問。「德拉弗恩特？」

「參與一部分。」

「你殺過很多人嗎？」

「你真的想知道嗎？」

丹尼爾默默等著，沒有回頭看。

「好吧，很好。我殺過大概，嗯，四十五個人，也許更多。數字我不確定，你不會每次都有時間確認脈搏。為什麼我得把你從我的生活切割出去，現在你懂了吧？」

丹尼爾這時看著亞利思。「你殺過人嗎？」

「三次。」

「三……喔！你『部門』的人派你去的嗎？」

「是的。」

「別以為她那樣就比我好。」凱文氣得插嘴說。

「我不是……」丹尼爾正準備開口。

這一次換凱文大喊大叫。「問她啊，在你之前她拷問過多少人，問問看每個人都折磨多久。幾個小時……還是幾天？我只開槍打人，乾淨又快速。我從沒做過她做的那種事，對任何人都沒做過，特別是無辜的平民，就像……」

「閉嘴，」丹尼爾厲聲說道。「不要再講了。不要把這件事扯上她，無論她對我造成什麼樣的痛苦，你要記得，你對我造成更多的痛苦，傷害也更大，持續的時間更久更長。你說你有很好的理由，她也是啊，她並不知道有人騙她、有人操控她。那種感覺我最了解。」

「說得好像她在這裡只是清清白白的旁觀者。」

「我說『閉嘴』！」丹尼爾用震耳欲聾的分貝吼出最後兩個字。

亞利思嚇得身子一縮，那隻狗也嗚嗚叫，把牠的頭轉回車內，看著牠的主人。

「放輕鬆。」凱文說，也許是對狗說吧。

丹尼爾注意到她的反應。

「你還好吧？」

「老實說，身上有這麼多不舒服的傷，最嚴重的是頭痛欲裂。」

「對不起。」

「別擔心。」

「你看起來好像快垮了，這是比喻也是事實。要我開車嗎？你可以稍微睡一下。」

她考慮了一會兒。她向來都得靠自己，不過那樣沒問題，因為她會很清楚每一件事都做得很好。開車的時候沒有人可以跟她輪流開，但她也覺得沒問題，因為不需要信任別人。信任會要人命。

然而，她知道自己的極限。想到可以睡一下，同時又向前推進，感覺好奢侈。

而她信任丹尼爾不會傷害她，也不會背叛她。她知道這可能是嚴重的錯誤，但依然信任他。

「謝謝你，」她說。「那樣很好，我到下一個出口靠邊停。」

這番話出自她口，聽在耳裡，感覺實在很奇怪，像是電視上某位演員對另一位演員說的對白。不過她想，正常人的一般互動聽起來就像這樣，只不過她的生活中不太有這種經驗。

接下來到出口前的三公里路很安靜，感覺真好。平靜的感覺讓她更想睡覺，等到她把車子停在泥土路面的路肩時，眼皮已經不由自主慢慢往下垂。

他們互換位置時沒有人說話。凱文的頭向後靠在座位上，雙眼緊閉。丹尼爾走過她身邊時，輕輕拍她的肩膀。

即使這麼疲累，她並沒有立刻睡著。剛開始，車子在她下方移動的感覺很怪異；她的身體早已習慣掌握方向盤的人是她自己，也知道睡覺是不允許的。她從帽簷底下偷瞄丹尼爾幾次，只是想再三確認。看來他很清楚怎麼開車，她大可好好放鬆。沒錯，座椅並不舒適，但與她平常的睡覺裝備相較也沒那麼糟。她訓練自己隨處都能休息，但這時感覺自己的頭……完全沒有受到束縛。她馬上就意識到，這是因為沒有戴防毒面罩的關係。那已經成為她睡覺儀式的一部分。

了解原因很有幫助。她把棒球帽壓得更低，遮住痠痛的臉，叫自己放鬆。她向自己保證，今天沒有線路要連接，沒有毒氣的威脅，一切都很好。

她醒來時天色已暗，覺得全身僵硬，極為痠痛，而且飢餓。她也真的得上廁所了。她希望能睡得更久一點，免掉所有這些不愉快的感受，但那對雙胞胎兄弟又吵起來了。她知道不能怪他們忘了她的存在，因為她睡了很久，不過很希望自己醒著的時候不要聽到他們爭論她的事。

「……可是她又不漂亮。」她剛醒來時，聽到凱文這樣說。

「你根本不知道她長什麼樣子，」丹尼爾氣呼呼地回答。「她還沒有機會自我介紹，你就把她打得鼻青臉腫。」

「小子，不只和臉有關，她的身材很像瘦巴巴的十歲男孩。」

「就是因為有你這種人，女人才會覺得所有男人都是狗。還有，真正的說法是『嬌小』。」

「你讀太多書了。」

「你書讀太少。」

「夠不夠我說了算。」

「你的觀察力很差。」

「嘿，沒關係。」亞利思插嘴說。這樣打斷別人的對話並不得體，但她不想假裝睡著。「我沒有覺得反感。」

她將遮住臉的帽子脫掉，再把從受傷嘴唇流出來的口水抹掉。

「抱歉。」丹尼爾喃喃說著。

「別擔心這種事，我該醒了。」

「不，我是指他啦。」

「對於我的魅力，你弟的評價很低，那是自成一格的特殊讚美。」

丹尼爾笑出來。「說得好。」

凱文哼了一聲。

亞利思伸伸懶腰，忍不住哀叫兩聲。「我猜猜看，在你的想像中，『瘋狂科學家』的女搭檔，神祕的『夾竹桃』，應該是金髮尤物，對吧？」她瞥了他的表情一眼……突然變得很僵硬。「沒錯，絕對是金髮尤物。大胸脯，一雙長腿曬成健康膚色，嘴唇豐滿，還有像小鹿一樣的藍色大眼？我有沒有全部說中？還是要外加法國口音？」

凱文沒有回答。她又回頭瞥了一眼，只見他凝視著窗外，彷彿沒聽見她說的話。

「一語中的。」她笑著說。

「他老是喜歡講一些刻板印象。」丹尼爾說。

「我在工作上從來沒遇過那類型的女人，」亞利思對丹尼爾說。「我並不是說，那種人都不需要用大腦，不過說真的，假如有那麼多種其他的選擇，幹嘛要花幾十年的時間，埋首做不吸引人的研究？」

「我在工作上看過那樣的女孩。」凱文喃喃說著。

「當然啦，特務耶，」亞利思表示同意。「那是很吸引人的工作，令人興奮。但是相信我，實驗衣看起來真的沒有那麼動人，即使是淫蕩的萬聖節扮裝版也一樣。」

凱文又回頭盯著窗外。

「你現在感覺怎麼樣？」丹尼爾問道。

「痛呀！」

「喔，抱歉。」

她聳聳肩。「我們應該找個地方停下來。我不能去餐廳吃飯，去了一定會有人打電話報警來抓你們兩個。我們得在某個地方找間汽車旅館，然後看看派誰去雜貨店買東西。」

「不能選擇客房服務嗎？」丹尼爾好奇問道。

「如果你付現金，那種旅館會特別注意你，」凱文搶在她之前開口解釋。「抱歉，老哥，這個晚上得麻煩一點。」

「你一直開車，開了一整天？」她問道。

「沒有，我和凱文換手好幾次。」

「真不敢相信我一路都睡著。」

「我想你很需要睡眠吧。」

「是啊，我想，我蠟燭兩頭燒已經太久了。」

「時間那麼少，」凱文喃喃說著，「那麼多人要拷問。」

「這是實話。」她輕聲同意，其實只是要激怒他。

丹尼爾笑了。

丹尼爾似乎非常親切溫和，遠超過她認識的所有人……不過他肯定有點奇怪。恐怕不太牢靠。

他們在小岩城郊外找到一個小地方。亞利思自認應該稍微認識這城市，但是看著現況，她完全無法回想起小時候拜訪外公外婆的點點滴滴。也許她沒再來過之後，這些年城市發展得太大了，但也可能只是造訪的區域不一樣而已。母親和外公外婆都埋葬在附近某處，不曉得會不會讓她有點感觸。不過地點其實無關緊要，靠近他們殘餘的遺傳物質，並不會真的與他們比較親近。

凱文堅持要到櫃臺辦理手續。現在由凱文發號施令可能最恰當；多虧亞利思那張臉，她等於無法發揮作用，而就算整張臉完好無損，凱文也仍是真正的專家。她懂的只有透過理論研究學到的事物，以及幾年來試誤的經驗。凱文曾經接受那麼多訓練，而且全都在戰場上實際驗證過。丹尼爾則是完全派不上用場。嗯，他的臉完好無缺，但他的判斷力實在太差了。

舉個恰當的例子，丹尼爾發現凱文只幫三人訂了一間房，氣得直嚷嚷，卻沒想到如果有個男人單獨走進旅館、拿現金付了兩個房間的錢，旅館職員會比較容易記住他。此外，凱文停車的地方與真正的房間相隔三個房門，丹尼爾不懂他為何要這樣。「產生誤導作用啊，」他們解釋。但與丹尼爾所知的一切、過去形成的每一個習慣相較，這實在太陌生、太遙遠。他必須學習的事情實在太多了。

他甚至詢問，他們是否應該得到旅館的允許，再把狗帶進房間。

房間裡只有一張床，不過亞利思已經連續睡了十二小時，所以她很樂意負責把風。凱文出去一個半小時，回來的時候帶了玻璃紙包裝的三明治、汽水，還有一大袋狗食。亞利思拿著三明治狼吞虎嚥，隨即追加幾顆消炎止痛藥。愛因斯坦也像她一樣吃得津津有味，直接就著狗食袋吃起來，但丹尼爾和凱文就吃得比較悠閒。他們在途中顯然去「得來速」買過幾次食物，她都錯過了。

她在刮痕累累的浴室鏡子前很快查看自己的狀況，實在是不太妙。鼻子腫脹成正常的兩倍大，又紅又圓。往正面想，復原以後很有機會與原本的形狀不太一樣，於是能稍微改變她的外貌。也許不像做整形手術那麼美觀討喜，但整體來說可能比較不痛，或至少改變的過程也快一點。她原本的黑眼睛徹底名實不副，變得像彩虹一樣繽紛，包括黃疸的黃色、膽汁的綠色和噁心的紫色。嘴唇有一道髒兮兮的裂傷，兩側都腫得像肉做的氣球，而她甚至不曉得連嘴巴裡面都可以有瘀青。不幸中的大幸是牙齒保持完整，萬一要做牙橋就麻煩了。

看來要等待好一段時間才能進行下一步動作。她衷心希望凱文口中「安全的地方」名副其實。前往未知的地方令她憂心忡忡。她完全沒有心理準備，緊張程度百分百。

她先淋浴，然後刷牙……這下子受到的折磨比剛才更痛苦；接著套上黑色緊身褲和乾淨白T恤。她帶的衣物已經換穿到極限，希望那個安全的房子有洗衣機。

她回到房間時，丹尼爾睡著了，他伸展四肢趴著睡，一隻手塞在枕頭下，另一隻手臂垂在床邊，修長的手指碰觸到褪色的地毯。他的睡臉真的很特別……就像之前那樣，當時他不省人事，臉龐所顯露的無辜和平靜似乎不屬於她身處的世界。

凱文不在房間裡，那隻狗也不在。雖然猜想狗兒有其需求，但她不敢從「橘紅色」的警戒狀態隨意鬆懈，直到他們回來為止。

凱文沒有向她打招呼，但那隻狗經過時嗅了她一下。凱文仰躺下來，兩隻手臂放在身體兩側，立刻閉上眼睛。他就這樣動也不動持續六小時。那隻狗跳上床尾，身子蜷縮成一團，尾巴放在丹尼爾的腿上，頭則枕在凱文的腳上。

亞利思坐在唯一一張椅子上，因為地毯對她來說實在太靠不住；她彎身看著筆記型電腦，瀏覽新聞。她不確定丹尼爾的失蹤狀況何時會引起注意，而等到引起注意，也不確定消息會不會傳播開來。可能不會吧，不時都有成年人離家出走，例如她父親就是這樣。那種事太常見了，不會引起矚目，除非包含某種引發社會轟動的細節，例如在他的公寓裡找到肢解的屍塊。

同樣也還沒有新聞提到西維吉尼亞州的單螺旋槳飛機墜毀事件，像是沒有找到死者或傷者、還在嘗試尋找飛機的主人……等等；不過她心想，這種新聞大概只值得當地的網路媒體發一則簡短報導吧。假如真的貼出報導，內容應該也不會吸引華府任何人的注意。

她竭力搜尋所有可能危及他們的情報。至少到目前為止，他們在這方面似乎還沒有危險。這一刻，卡爾斯頓會怎麼想呢？他有什麼打算？直到星期一學校上課之前，她還不需要釋放丹尼爾，而現在只是星期六……嗯，快到星期日了。「部門」明知她從丹尼爾身上擠不出什麼訊息，因為他根本沒有訊息可以透露。他們明知她到最後一定會發現這對長得一模一樣的雙胞胎。他們一定相當確信凱文還活著，也預期他過沒多久就會受到引誘而現身，而他們果然猜對了，只有一件事沒料到：審問者和殺手之間竟然展開一番對話。

要不是有丹尼爾介入，結果絕對不會變成這樣。他本來是那些人的一顆棋子，只是用來走一招險棋的兵卒，目的是誘使更重要的棋子進入棋盤中央。他們絕對猜不到丹尼爾是促成改變的催化劑。

她打算要遵守自己的承諾，扮演贏家的角色（她其實是輸家），讓丹尼爾和凱文像是死了；以凱文的情形是「再死一次」。可是，噢，她多麼希望能扮演死掉的那個人啊。畢竟凱文曾經搞垮販毒集團，要「部門」相信這樣的人能完成他們辦不到的事情，應該很簡單吧？他們到時候不再管這件事，應該很合理吧？這一次她消失之後，再也沒有人搜尋她的下落，那會是什麼樣的光景呢？

她嘆口氣。幻想只會讓情況變得更艱難；沉迷於幻想實在沒道理。她很確定兩個男人都睡得很熟，於是在袋子裡摸索，拿出先前挑選的加壓氣體罐。她只有兩個防毒面罩，所以今晚不用致命氣體，只用昨天與電腦連接的安眠氣體藥劑。這樣就夠了。假如有人找到他們三人，她可以掌控事態發展。

她把引線接起來，然後坐回椅子上；這樣只有兩條線路，今天晚上她不必從房間外面設置或拆除防禦措施。她瞥了那對雙胞胎一眼，兩人都睡得很沉，很平靜。這種習慣對特務來說有好處嗎？她感到十分好奇。也許凱文真的很信任她……認為她能察覺到最細微的危險信號，說不定甚至把問題順手處理掉，讓他們全都不會被殺。她和這對兄弟真是奇怪的夥伴。

看著眼前的他們，感覺很怪異，很不對勁，這點她早就料到了。不過同時感覺也很好，滿足了她從來不知道的需求，這是她完全沒料到的。

她花了點時間思考自己對情況的分析，尋找理論中的瑕疵，但是越仔細檢視，就覺得越能說得通。即使想要暗殺她的殺手一點長進也沒有（嘗試到第三次，總該有人意識到她有防禦系統，並嘗試改變方法吧），但此刻看來也能說得通了。其實，從頭到尾根本沒有什麼「行動」，只是派一些無足輕重的獨行俠來追殺她；也許稍微做了點簡報，甚至根本沒有。她把每一種猜測都思考了兩、三次，感覺比以前更有自信了，覺得終於了解那些來追殺她的人。

於是，她覺得好厭倦。

她好想登入哥倫比亞大學的病理學研究計畫網站，讀一些最新的博士論文，但這樣做並不安全，畢竟「部門」正在積極尋找她的下落，這點她很確定。「部門」雖然無法追蹤別人與她昔日興趣的每一種聯繫，但這一種可能太過明顯。她又嘆口氣，戴上耳機，打開YouTube，開始觀看拆卸檢修步槍的指導影片。這種事她可能永遠都不需要知道，但反正知道也無害。

凱文準時在五點三十分醒來。他立刻坐起來，一臉警覺的樣子，活像是有人撥動開關啟動他。他拍拍狗，然後走向門口。他過了一會兒才發現她臉上戴著防毒面罩，猛然停下腳步。跟在他右腳旁邊的狗也停下來，把鼻子對準她的方向，想要搞清楚什麼事讓牠主人不高興。

「等我一下。」亞利思說。

她以笨拙的動作站起來，全身依舊痠痛，她也不確定有沒有比昨天晚上好一點或更痛；她以僵硬的動作走向房門，拆除防禦措施。

「我沒說你可以這樣做。」凱文說。

她沒有看他。「我不需要請求你的准許。」

他咕噥一聲。

她三兩下就排除障礙，然後取下面罩，拿著面罩指指門口。

「你自己累昏了。」

「你才累昏啦。」她覺得他走過時好像這樣喃喃自語，不過她身高太矮聽不清楚。那隻狗跟在他後面，尾巴因快速揮動而顯得模糊。她心想時間這麼早，櫃臺的傢伙可能不會特別注意到那隻狗，不過還是覺得凱文有點太過冒險。如果與管理人員來個尖叫比賽，那對於他們想要隱姓埋名可是一點幫助也沒有。

她翻找昨夜凱文帶回來的食物，剩下的三明治不像八小時前那麼激發食慾了，不過有一盒之前沒看到的草莓口味土司餅。她正狼吞虎嚥吃到第二塊餅時，凱文和那隻狗回來了。

「你想要補眠個幾小時嗎？」他問她。

「如果你不介意開車，我可以到車上再睡。最好趕快到我們要去的地方。」

他點一下頭，然後走向床邊，輕輕踢他哥哥。

丹尼爾呻吟一聲，翻身仰躺，同時拿一顆枕頭蓋住自己的頭。

「有必要那樣嗎？」她問。

「就像你說的，最好繼續趕路。丹尼老是很難被叫醒。」

凱文猛力把丹尼爾頭上的枕頭抽走。

「走了，小子。」

丹尼爾神情嚴肅地眨眨眼，然後在她的注視下，他瞬間變臉，像是記憶猛然浮現，突然意識到自己身在何處以及為何在這裡。看著他的平和夢境驟然崩跨，醒來之後的全新現實根本是一片廢墟，她不禁覺得心痛。他的目光掃過整個房間，直到看見她。她努力顯露出安慰的表情，但臉上的傷勢很可能毀掉精心營造的神情。她拚命想找話說，只要能讓這世界不那麼黑暗、對他的驚嚇少一點，無論什麼話都好。

「要吃土司餅嗎？」她試著問。

他再次眨眨眼。「呃，好啊。」

第十二章

那間安全的房子無法通過亞利思的標準。

他們在傍晚抵達。車行期間她只小睡四小時，她可不想變成永遠都要規畫夜間時程表，於是轉下高速公路後，她就一直保持清醒，看著車子開上一條雙線道的平面道路，然後轉進一條更小的路，最後進入一條單線道的泥土小徑……稱它為道路實在太恭維了。

這條路肯定很難找，不過一旦找到……嗯，這裡就只有一條路通往外面。她絕對不會挑選這種地方，簡直像是被逼到牆角。

「殺手，放輕鬆，外面沒有人正在找我們。」凱文聽完她的抱怨之後說。

「我們應該要更換車牌。」

「等你打呼的時候再弄。」

「你沒有真的打呼啦。」丹尼爾輕聲說道。此刻由他駕車，凱文負責指引方向。「不過我們真的在廢物堆積場停下來，偷了幾塊車牌。」

「所以，我們被困在這條死巷子裡面，而人家史密斯參議員都到華府上任了[2]。」她喃喃說著。

「這裡很安全，」凱文厲聲說道，他的語氣顯然要結束這番討論。「所以不要在我房子周圍綑上你的死亡陷阱。」

她沒有回答。等到他不在的時候，她會把自己想做的事情全部完成。

幸好房子的位置遠離所有鄰居；他們沿著泥土小徑至少開了十五分鐘，沒有看見半點人類的行跡。萬一因為某種因素，她覺得需要把所有的一切焚燒殆盡，這麼偏僻至少會讓附帶的傷害降到最低。

他們抵達一座高聳的大門，兩旁各有一道堅固的鐵絲網籬笆，籬笆頂上有一圈螺旋狀的帶刺鋼絲。籬笆朝向左右兩側延伸到非常遠的地方，她看不見最後到底是轉彎或結束。大門旁邊有個看似非常嚴肅的「請勿擅自進入」招牌，下方另外寫了一段告示：「進入請自行承擔風險；主人無法負責擅自進入所導致的受傷或損害。」

「好細心。」她說。

「這很有效。」凱文回答。他從口袋裡拿出遙控鑰匙，按下一個按鈕。大門搖搖晃晃地打開，丹尼爾開車進入。

他的安全住所如此醒目，她事先真該料想到才對。

又開了好幾公里之後，房子像海市蜃樓一般映入眼簾，暗灰色的二樓像是懸浮在一層亮晃晃的霧靄之上，底下則是枯黃的草地。幾棵暗色的矮小樹木零星散布在草地上，顯現某種氣韻。而在這一切之上，藍色天空彷彿褪了色，延伸到無限遙遠的地方。

2 典出一九三九年的美國電影《華府風雲》（Mr. Smith goes to Washington），描述一位很有理想的青年因緣際會選上參議員，到了華府努力揭發傳統政治勢力的腐敗與弊端。此片對後世影響深遠。

面對北美大平原，她從來不曾感到全然的自在。她身為都市女孩的時間太久了，總覺得眼前的景色實在好暴露，好……不安定，彷彿只要一陣強風就可以把眼前的一切全部吹散，而這附近很可能每半年就那樣吹散一次。她衷心希望現在不是龍捲風的好發季節。

房屋的其餘部分漸漸顯露出來，樓層不高，大半蓋在平坦的路面上。房屋範圍很大，但是非常破爛，兩層樓高的房子有個東倒西歪的門廊，約莫占據半層樓高。雜亂枯乾的草地末端距離房屋約二十公尺，接著以棕黃色的碎石覆蓋住泥土，由草地邊緣延伸到房屋周圍，那裡有破爛的格柵用來遮掩地基。打破單調植被的景物只有房屋、矮小樹木、泥土路的紅色路跡，然後是沿著路邊來回移動的數個模糊形體。她在來時路上看到很多牛，但眼前這些動物看起來太小了，不會是牛。牠們似乎毛茸茸的，體色從黑色、棕色到白色都有，還有綜合三色的個體。

那些形體開始朝車子聚攏過來，移動速度比牛隻快多了。

愛因斯坦的尾巴開始激烈擺動，聽起來很像後座有一架小型直升機。

「凱文，這是什麼地方啊？」

「我的退休計畫。」

那些動物跑到車邊，總共有六隻各種大小的狗。太誇張了，亞利思心想。有一隻可能是愛因斯坦的孿生狗。另一隻是龐然大狗，感覺親緣關係與馬兒比較接近而不是狗。她認出有一隻是杜賓犬，兩隻是洛威拿犬，還有一隻傳統毛色的德國狼犬。

那些狗跑近時完全安靜無聲，動作看起來很好鬥，但牠們一看到愛因斯坦，所有的狗尾巴都開始擺動，而且異口同聲吠叫起來，顯得非常熱鬧。

「我訓練這些狗，讓牠們擔任看門狗……包括交易和私人擁有。我也賣給一些家庭，他們只想要一隻非常乖的動物。」

「你怎麼讓這些事情不引人注意？」她很想知道。

「丹尼，你可以繼續往前開，牠們會讓路。」凱文指示。

一看到狗兒聚集在旁邊，丹尼爾就把車子停下來。現在他小心往前開，那些狗兒果然如同凱文所說，移動到車子兩旁，然後跟在車子後面跑。接著凱文對亞利思說：「每一樣東西都不是登記我的名字，沒有人見過我的臉。我有個夥伴處理這些事。」

他說話的時候，她看到有個人影從門廊走出來……是個高大的男人，頭上戴著牛仔帽。從這麼遠的距離看不清楚其他細節。

「每個人都知道這裡有個養狗的農場，沒有人打擾我們。這與我過去的生活毫無關聯。」凱文繼續說著，但她沒有特別注意聽。她的目光緊盯著那個男人，他站在門廊階梯的頂端。

凱文注意到她全神貫注看著。「怎麼了？艾尼嗎？他是好人。我用性命擔保，他很值得信任。」

她對這樣的表態皺起眉頭。丹尼爾也看著她，同時讓車速慢下來。

「亞利思，有問題嗎？」他低聲問道。

她聽見凱文在後座咬牙切齒的聲音。他顯然非常痛恨丹尼爾像這樣轉而詢問她的意見。

「只是……」她皺起眉頭，然後作勢指著丹尼爾和他弟弟。「你們兩個人，這樣對我來說已經太多了。我連該怎麼相信你們都不知道，更別提又多了另一個人，而且那個人只有這一位能夠擔保。」她指著凱文，只見他滿臉怒容。

「嗯，矮子，那還真麻煩啊。」凱文回答。「因為這是你最好的選擇，而我擔保的這傢伙也是條件的一部分。假如你想要實行你的計畫，就得面對現實。」

「不會有事啦。」丹尼爾向她保證。他伸出右手輕輕放在她的左手上。

這樣竟然讓她感覺好多了，實在很蠢。丹尼爾連他們身處險境的最基本部分都不懂，但她的心跳依然緩和了一點；她的右手原本下意識緊緊握住門把，現在也放鬆了。

丹尼爾慢慢往前開；那些狗輕輕鬆鬆跟在他們後面，直到車子停在碎石地面為止。她能夠比較清楚觀察等待他們的男人了。

艾尼是個高大魁梧的男人，有一點拉丁血統，也許還有美國原住民血統。他可能有四十五歲，但也可能再多個十歲。臉上有皺紋，但看來是因為風吹日曬導致的風霜感，而非年紀的關係。帽子底下露出的灰髮摻雜了白髮。就算凱文曾向艾尼提過丹尼爾，他也無從得知還有第三位乘客，但他看著他們車子停下來，臉上沒有顯露半點情緒。

凱文一打開車門，愛因斯坦就衝下車，立刻跑向狗群彼此嗅聞。丹尼爾和凱文爬出車子的速度幾乎一樣快，急著伸展他們的長腿。亞利思就比較遲疑，周圍太多狗了，而那隻像馬一樣的棕色斑點大狗光是以四隻腳站著，看起來就比她站著還要高大。那些狗似乎都忙著嗅聞彼此，但誰知道牠們何時會對她有反應？

「夾竹桃，別那麼沒用嘛。」凱文叫道。

大部分的狗現在圍到凱文身旁熱烈迎接，全部加起來的重量幾乎要把他撲倒在地。

丹尼爾繞過車子，幫她打開車門，然後伸出手。她嘆口氣，有點不悅，然後自己下了車。她的鞋子踩著碎石地面吱嘎作響，但那些狗似乎沒有注意她。

「艾尼，」凱文大喊，聲音蓋過那些快樂的狗兒。「這是我哥，丹尼。他會住在這裡。還有一位，呃，暫時的……客人，我想是這樣吧，不曉得還能怎麼稱呼她。不過『客人』似乎有點太正經八百了，你知道我的意思吧？」

「你的慇懃好客真令我吃驚。」亞利思嘀咕著說。

丹尼爾笑起來，然後三步併作兩步跳上階梯。他向那個面無表情的男人伸出手，於是他們握手致意。那人站在丹尼爾旁邊看起來沒有那麼高。

「艾尼，很高興認識你。我弟完全沒有提過你，所以我希望能更了解你一點。」

「我也一樣，丹尼。」艾尼說。他的聲音是低沉的男中音，聽起來好像不常發聲，講起話來也就不是很順暢。

「而那位是亞利思。別聽我弟說的，她想住多久就住多久。」

艾尼現在全神貫注看著她。她等待那人對她臉上的悽慘傷勢有所反應，但他只是冷冷地打量她。

「幸會。」她說。

他點點頭。

「你們可以把東西搬進去。」凱文對他們說。他試圖走向階梯，但那群狗在他腳邊衝來衝去。「嘿，笨蛋！『注意』！」

那些狗居然像一小排士兵立刻後退幾步，排成直直一條線，然後定住不動，耳朵高高舉起。

「好多了。稍息。」

那些狗動作一致地坐下，舌頭伸出哈氣，露出尖牙像是微笑。

凱文走到門邊加入他們。

「就像我說的，你們可以搬自己的東西。丹尼，爬樓梯上二樓，右邊有個房間給你用。至於你呢……」他低頭看著亞利思。「嗯，我想，二樓走廊另一端的房間應該可以用，我沒想過會多一個人，所以那裡沒有布置成臥室。」

「我有行軍床。」

「我什麼東西都沒有。」丹尼爾說著，但她從這番話聽不出半點悲傷意味；他還滿愛面子的。「亞利思，你的東西需要幫忙搬嗎？」

她搖頭。「我只拿幾樣東西進去，其他的則在籬笆外面找個地方藏起來。」

丹尼爾皺起眉頭，一臉困惑，但凱文點點頭。

「我以前曾經得在半夜逃出去。」她對丹尼爾解釋，盡量壓低聲音說話，雖然艾尼可能還是聽得見。她不曉得那人對凱文以前的工作型態了解多少。「有時候要回來拿你的東西不是很容易。」

丹尼爾的眉頭鬆開了。她原本預期的悲傷從他臉上一閃而過。沒有很多人會故意踏進這樣的世界。

「你在這裡不必擔心那種事，我們很安全。」凱文說。

凱文則是自己選擇了這種人生，因此他的每一種判斷都令她有所保留。

「最好經常保持演練。」她很堅持地說。

凱文聳聳肩。「如果你真的想要那樣，我知道有個地方可以用。」

這棟房子的內部比外面好太多了。她以為會有發霉的壁紙、一九七〇年代的橡木鑲板、凹陷的沙發、油氈地板和美耐板貼面；屋內確實仍想營造鄉村風格，但各項設施都很新，既先進又高級，廚房甚至有大理石臺面的中島，頭頂上還掛著麋鹿角吊燈。

「哇！」丹尼爾喃喃說道。

「但是有多少包商曾經到這屋子裡面來？」她自言自語說。目擊者太多了。

凱文聽見了，雖然她並沒有要說給他聽。「其實沒有。艾尼以前從事營建工作，我們所有的材料都是從別州買來的，然後全部自己做。嗯，大多數是艾尼做的。滿意了嗎？」

亞利思抿著腫得像香腸的嘴唇。

「你們兩個怎麼認識的？」丹尼爾很有禮貌地問艾尼。

亞利思心想，她真該好好學習丹尼爾，練習他的應對方式。這就是正常人會有的反應，她要不是從來不知道該如何反應，就是早已完全忘記了。她還記得打工時當女服務生和電話客服的制式說明；在工作環境中，她知道該怎麼用最不引人注意的方式應對進退；從事非法醫師工作時，她知道該怎麼對患者說話。而在這一切之上，她學會用最厲害的方式，從審問對象口中逼問出答案。但走出這些預先設定的角色後，她總是避免與別人接觸。

結果是凱文回答丹尼爾的問題。「艾尼稍微惹上一點麻煩，那與我很久以前參與的一項計畫有點關係。他想退出，於是給我一些很有價值的情報，交換條件是我殺掉他。」

沉默的艾尼咧開大大的微笑。

「我們相處愉快，」凱文繼續說，「而且一直保持聯絡。等到我決定要開始準備退休，就聯絡他。我們的需求和興趣配合得剛剛好。」

「真是天作之合。」亞利思以愉快的語氣說。太好了，所以外面的人也會找他，這句話她沒有大聲說出口。

凱文和丹尼爾去主臥室，幫丹尼爾找出一些衣物，並準備全套盥洗用品。亞利思自己去參觀樓上，很容易就找到凱文給她的小房間。這裡很合用。目前凱文把這裡當儲藏室，不過有足夠的空間可以放她的行軍床和個人物品。有個大型塑膠儲物箱可以代替桌面，還算合用。浴室在走廊上，這條走廊最後通往丹尼爾的臥室。

她已經很久沒有和別人共用浴室了。但至少這間比她以前用過的浴室大多了，而且更漂亮。

那對兄弟還在忙，於是她想回去車子那裡，把自己的東西分類整理好。門廊上有三隻狗，她很確定其中一隻是愛因斯坦，一隻是巨大的黑色洛威拿犬，還有一隻狗全身紅棕色，一臉憂愁樣，耳朵下垂，讓她聯想到動畫《小姐與流氓》片尾那隻斷腿的狗。因此牠可能是大獵犬或尋血獵犬之類的，她不確定究竟是哪一種。

洛威拿犬和獵犬向她走來，比較像是興味盎然而非威嚇，但也足以讓她往門內退了好大一步。愛因斯坦抬起頭，發出像咳嗽的低吠聲，另外兩隻狗便停下腳步。牠們在停步的地方坐下來，就像凱文對他們發出「稍息」的指令時一樣。

她不確定愛因斯坦是否有權對其他狗下達指令。狗真的有位階概念嗎？於是她小心翼翼沿著門廊前進，提防牠們發動攻擊。牠們維持放鬆的姿勢，只是以好奇的眼神看著她。她經過時，獵犬的尾巴拍動橫木地板發出響亮的咚咚聲，她突然有種奇怪的感受，覺得那隻公獵犬裝出可憐兮兮的眼神其實是想討拍。她實在無法鼓起勇氣嘗試，希望牠不會覺得太失望。

她翻找行李廂裡堆擠的東西，整理出一個緊急用品包，把它放進背包裡；她會一直隨身攜帶這些東西。她把大部分的髒衣服拿到屋裡去洗（希望屋裡有洗衣機），但把工作用的東西和其他袋子都留在行李廂內。至少必須留一套衣物放在存放物品堆裡。她曾度過一個難忘的夜晚：二號殺手遭受毒氣攻擊，企圖割斷她的喉嚨；那次她只穿著內衣，還得從鄰居的小貨車後座偷一件連身工作服。她從此學到教訓，睡覺時永遠穿著睡衣，這樣也讓白天可穿的衣物變成兩套。

即使加上行軍床，她依然輕輕鬆鬆就把全部東西搬到樓上。她又回車子一趟拿一個行李袋，這個袋子裝了她的基本實驗用具。她不應該浪費停工期，可以趁機製備一些藥劑。經過主臥室時，她聽見爭吵聲，那聲音讓她很慶幸自己置身事外。

歷經那麼多次練習後，她很快就把實驗設備架設起來。有個玻璃燒瓶有缺口，但看起來還能用。她把旋轉蒸發器組合起來，再拿出幾件冷凝器和兩個不鏽鋼容器。幾乎所有的「續命丹」都用完了，從這星期的用量看來，她可能需要準備更多。她有很多苯丙胺酸，但是檢查鴉片存量時非常沮喪。比她想的要少，不足以合成更多「續命丹」，那麼就只剩一劑了。

她還皺著眉頭擔心存量不足時，聽見凱文從樓下大叫。

「喂，夾竹桃，時間不等人。」

她從屋子門口走出時，凱文已經坐在轎車裡，丹尼爾則在乘客座。凱文發現她在門廊上躊躇不前，於是猛按喇叭，發出又長又吵的惱人聲響。她盡可能慢慢走向汽車，爬進後座，忍不住皺著眉頭……她全身沾滿狗毛。

他們沿著同一條狹窄泥土路開出去，穿過大門，再開了幾公里遠，然後轉進一條更不明顯的路跡，大致朝西方延伸而去。這條路基本上只是草地上的兩條車轍。她猜大概沿著這條路開了九到十公里。剛開始的幾公里，她還能瞥見農場的圍籬，但後來向西邊開得太遠，什麼都看不到了。

「這也是你的土地嗎？」

「是啊，轉手了幾個不同名字之後。這片土地的擁有者是一間公司，與這土地上的農場一點關係也沒有。我很知道該怎麼弄這種事，你懂吧。」

「當然。」

她右邊的景色開始改變了，枯黃的草原切斷成奇怪的整齊邊緣，再過去變成平坦的禿裸紅色泥土。等到車子轉個彎，開始沿著草地邊緣往北開回去，她很驚訝地發現，看似紅土的地方其實是一道河岸，河水與紅色堤岸是同樣的紅色，平緩地流向北方，沒有急流也沒有障礙物。放眼望去最寬闊的地方大約有十二公尺寬。車行方向與河流平行時，她看著水流，對於它出現在乾燥草原的正中央這裡大感驚訝。雖然表面看來相當平緩，但這河流似乎流動得相當快。

這次沒有圍籬了。眼前出現一座逐漸傾倒的穀倉，陽光照得它顯得蒼白，坐落在距離道路約五十公尺的地方，看似即將走向漫長生命的終點，只等待剛好有個天氣系統把它的悲慘生涯徹底摧毀。之前他們開車匆匆穿越阿肯色州和奧克拉荷馬州時，她看過幾百個像這樣的穀倉。

與她的牛舍比起來，這裡的狀況實在差多了。

凱文轉彎開向它，這次是直接開過草原，她看不出有任何正式道路或小徑。

她在尚未熄火的車子裡等待，看著他跳下車，打開巨大的古老掛鎖，推開大門。燦爛的陽光照耀著開闊大地，天空晴朗無雲，因此從外面不可能看清屋子的陰暗內部。凱文很快就回來，把車子開進黑暗裡。

這一次，內部就完全符合外面給人的印象了。黯淡的光線從穀倉縫隙洩露進來，照亮了一堆堆腐朽的農場用具，主要是生鏽的牽引機、幾輛古董車的車殼，後端還有一大堆滿是灰塵的乾草，稍微用防水布蓋住。沒有東西值得偷，甚至連稍微仔細查看都不值得。假如有人費心破門而入，他唯一能找到的有價值東西是陰涼。

汽車引擎熄火後，她覺得似乎能聽見河流的奔騰水聲。距離應該不超過幾百公尺。

「這樣行得通，我會把東西塞在角落裡，回去之後你們就可以用這輛車。」她說。

「知道了。」

她把四個長方形的行李袋塞進陰暗的縫隙內，稍微隱藏在一堆結了蜘蛛網的木柴後面。連蜘蛛網都沾滿灰塵。

凱文在一堆黑黑的金屬附近翻找東西，那堆金屬也許是另一輛牽引機的零件；他走回來時，手上拿著一塊破爛的舊防水布，他把防水布蓋在她的袋子上。

「這樣很好。」她讚許說。

「全都是做做樣子而已。」

「我猜你還沒有時間來修復這裡，」丹尼爾說道，一隻手放在最靠近的車殼上。

「我還滿喜歡它原本這樣。我帶你們參觀一下，以免我不在的時候你們需要什麼。其實是不會啦。不過還是看一下。」凱文說。

她若有所思點點頭。「額外的準備是成功的關鍵。這算是我的座右銘。」

「那麼你會很愛這裡。」凱文說。

他走向那半輛牽引機，彎下腰，在漏光氣體的巨大輪胎正中央轉動螺帽。

「這個輪蓋後面有個數字鍵盤。」他直接對丹尼爾說。「密碼是我們的生日。不是很特別，但我希望你很容易就記得。外面的門鎖也是同樣的密碼。」

過了一會兒，輪胎的正面整個往外翻……那不是塑膠材質，而是比較堅硬也比較輕，甚至裝了鉸鏈。裡面是武器儲藏庫。

「喔，好耶！」她深吸一口氣說。「蝙蝠洞。」

她立刻看到一把西格紹爾手槍，與先前從凱文那裡短暫偷來那把是一樣的。他實在不需要兩把。

凱文對她露出困惑的表情。「蝙蝠俠又不用槍。」

「隨便啦。」

丹尼爾仔細檢視密門上面的鉸鏈。「這很精巧耶，是艾尼做的嗎？」

「不，是我做的，多謝喔。」

「我不知道你的手這麼巧。而且，你不是得去搞垮什麼販毒集團之類的，怎麼有機會做這個？」

「工作之間的停工期啊，我如果坐著不動一定會發瘋。」

他把假輪胎關上，然後作勢指著丹尼爾剛才站立處旁邊的車殼。「打開電池蓋，輸入同樣的密碼。那一個裝的是步槍，旁邊是火箭筒和手榴彈。」

丹尼爾笑起來，然後看到他弟弟的表情。「等一下，真的嗎？」

「她喜歡做好準備，我喜歡徹底全副武裝。好吧，嗯，這一個我沒辦法藏得很隱密，反正這種東西我可能很快就需要用到。」

凱文繞過大堆稻草旁邊，他們跟在後面。稻草的這一側蓋了防水布，直垂到地面。她很確定自己知道他在這裡藏了什麼東西，至少知道是哪一類，而果不其然，他掀起防水布，露出乾草堆後面一個舒適的儲藏空間，裡面有一輛非常巨大的交通工具。從他站立的姿勢看來，這絕對是他的驕傲和得意之作。

「農場後面藏了一輛貨車。不過這一輛是緊急狀況用的。」

丹尼爾發出小小的怪聲，很像打飽嗝。亞利思瞥了他一眼，這才明白他是拚命忍住笑意。她立刻弄懂笑點在哪裡。

他們都曾與華府的交通狀況交手多年，只不過丹尼爾持續到最近。而儘管停車位又擠又滿，比較適合停機車而非中型轎車，卻總是有人拚命想把超巨大的車子塞進平行式停車位裡。簡直像不管什麼地方都有人需要用到超巨大的悍馬車，都市人當然不例外。那乾脆掛上一塊訂製車牌寫著「超級大笨蛋」不就得了。

丹尼爾一看到她嘴巴抽動，突然間失控，噴氣大笑起來。這種很尷尬的笑聲非常有感染力，甚至比軍用的怪物卡車更好笑。她開始跟著哈哈大笑起來，很驚訝地發現笑聲這麼容易失控，幾乎是立刻就笑出來。她已經好久好久沒有像這樣大笑了，都快忘了狂笑會緊緊攫住你全身不放。

丹尼爾笑得彎下腰，一隻手扶在乾草上，另一隻手扶著腰，一副笑到很痛的樣子。她從沒看過這麼好笑的畫面。

「怎樣？」凱文質問道。「怎樣啦？」

丹尼爾努力想冷靜下來回答問題，但亞利思突然也爆出咯咯笑聲，讓他再度失控，粗聲大笑起來，笑到差點喘不過氣。

「這是最先進的攻擊交通工具耶！」凱文發著牢騷，他差不多像是大吼，才能蓋過他們歇斯底里的笑聲。「它有堅固的橡膠輪胎和防彈玻璃，而且整個車身都有鈑件，連坦克車壓上去都壓不壞。這東西可以救你一命。」

他這樣說只是讓情況變得更糟。他們兩個笑到眼淚直流，亞利思的嘴唇和臉頰都好痛，丹尼爾更是笑到打嗝，完全無法直起身子。

凱文氣得兩手一甩，踏著重重步伐走開。

他們又爆笑起來。

凱文離開後過了好幾分鐘，亞利思才終於能夠呼吸。丹尼爾的笑聲也漸漸平息，不過還是抱住肚子。她完全感同身受，因為她自己也快抽筋了。說也奇怪，她突然覺得筋疲力竭，坐在鋪了乾草的地板上，把頭埋在膝蓋中間，努力讓呼吸平緩下來。過了一會兒，她感覺到丹尼爾在旁邊坐下，他的手輕輕放在她背上。

「喔，我好需要這樣，」他嘆口氣說。「我快覺得再也沒有真正好笑的事了。」

「我都不記得上一次像這樣笑是什麼時候。我的肚子好痛。」

「我也是。」然後他又「嘻嘻嘻」笑了一陣。

「別又開始啊。」她懇求道。

「抱歉，我盡量。我可能有點歇斯底里。」

「嗯。說不定我們應該要互打對方一巴掌。」

他又爆笑出來，她也忍不住咯咯笑。

「停。」她咕噥著說。

「難道我們該聊點傷心事嗎？」他好奇地說。

「像是過著孤單害怕的生活，每一天每一分鐘都傷心難過？」她提議。

感覺昏暗的穀倉好像變得更暗了，她突然後悔這麼說。雖然全身疼痛，能夠笑一笑，感覺還是很棒。

「那樣不錯，」丹尼爾平靜地說。「那麼，讓所有依賴你的人都失望呢？」

「不太能用在我身上，不過肯定很沮喪。但是以你來說，我猜大概沒人會那樣想，他們可能以為已經有人殺了你，每個人都會很傷心，大家會拿花束和蠟燭放在學校前面的穿堂。」

「你覺得他們會嗎？」

「一定會，他們可能還會放泰迪熊。」

「也許吧。但也可能沒有人會想念我，說不定他們會說：『我們終於擺脫那個小丑，現在可以聘一位真正的歷史老師，女子排球隊也終於沒有他礙事了。你知道嗎？乾脆找一隻黑猩猩來做他的工作，薪水就直接匯進退休帳戶裡。』」

她猛點頭。「這樣說有道理喔。」

他笑起來，接著又變得嚴肅。「有沒有人會幫你點蠟燭？」

「沒有人真正關心我。如果巴納比還活著，他可能會幫我點蠟燭。我幫他點過幾次，在教堂裡。我不是天主教徒，但是想不出還能在哪裡點蠟燭，又不會引起別人注意。我知道巴納比大概不在乎，不過我需要做點事。像是做個了結、服喪一下之類的。」

停頓一下。「你愛他嗎？」

「是啊。除了我的工作之外……如果你知道他是多麼溫暖和討人喜歡的人。他是我僅有的一切。」

丹尼爾點點頭。「嗯，我再也不想笑了。」

「我們可能都需要釋放一下。然後才能回到平常事事安排好的沮喪日子。」

「聽起來真不錯。」

「喂，兩個臭皮匠。」凱文從穀倉外面大叫。「你們準備回來工作了，還是打算像女學生一樣嘰嘰咕咕更久一點？」

「嗯，我想是嘰嘰咕咕嘍？」丹尼爾大叫回應。

她實在忍不住……又竊笑起來。

丹尼爾伸手輕輕放在她瘀青的嘴上。「不能再這樣嘍，我們最好去看看該做些什麼工作。」

第十三章

凱文在穀倉後面設置一個靶場，面對著河流。亞利思滿腹狐疑地看著，不過她得承認，與世界上其他地方比起來，在德州鄉間胡亂開槍可能不太會引起注意。

「你最後一次拿起一把槍是什麼時候？」他問丹尼爾。

「唔……我想，和老爸一起吧。」

「真的嗎？」凱文重重嘆口氣。「嗯，我想，我們只能期待你還記得一點點。」

他已經搬出一堆武器，全部擺在一捆乾草上。其他的乾草捆則堆成一個人的高度，套上印刷而成的黑色人形輪廓，每一捆設置的地方與他們的距離各不相同，有些實在很遠，她都快看不清楚了。

「我們可以從手槍開始，不過我想讓你們試試幾把步槍。要保護自己的安全，最好的方法是從非常非常遠的地方開槍。如果可以的話，我寧可你們不要有機會近身開槍。」

「這些步槍和我以前用過的都不一樣。」丹尼爾說。

「這些是狙擊步槍。這一把……」他拍拍掛在自己背上的麥克米倫狙擊步槍，「可以打死一點六公里以外的人，是最遠紀錄保持者。」

丹尼爾瞪大雙眼，一副不敢相信的樣子。「距離那麼遠，你怎麼知道那真的是你要殺的人？」

「有觀測員啊，不過別管那個了，你不必學習那種距離的射擊。我只要你能夠坐在位置高的地方，有人出現時能夠射中就好了。」

「我真的能對人開槍嗎？不知道耶。」

這下換成凱文一臉不可置信的樣子。「那你最好趕快搞清楚，因為假如你不開槍，來的人如果發現有機會占上風，絕對不會有半點遲疑。」

丹尼爾似乎想要開口爭辯，但凱文揮手阻止了這場小衝突。「嗯，先來看看你還記不記得怎麼開槍。」

凱文先講解基本知識，丹尼爾顯然大部分都還記得。他憑著直覺拿起步槍，看起來比亞利思對槍枝的態度輕鬆多了。他顯然是天生的槍手，這點她永遠都做不到。

歷經多次射擊後，她終於克服對強大聲響的恐懼，於是拿起西格紹爾手槍。

「嘿，你介不介意我用這把槍試射比較近的目標？」

「當然好。」凱文說著，視線沒有離開他哥哥的瞄準線。「好好享受啊。」

西格紹爾比她的警用手槍更重，後座力也比較大，不過感覺實在很好。很有力量。她試了好幾次才習慣瞄準器，但隨即像是用自己的槍一樣，能夠達到同樣的準確度，她認為只要花時間練習，一定可以更好。也許待在這裡的時候，她能有機會持續練習。這並不是她平常會沉迷的事物。

等到凱文結束射擊教學課程時，太陽幾乎快要沒入地平線了，夕陽將所有的枯黃野草染成深紅色，彷彿真的碰觸到地平線，讓所有的乾草起火燃燒。

她把西格紹爾手槍放回去，心裡有點不情願。其實她知道密碼是多少，等到凱文這場「派對」結束之後，她可能得來做點儲備工作。

「嗯，丹尼，很高興看到你還可以掌握……看來我並不是僥倖擁有這種天分，爸媽把一些有用的基因傳給我們。」他們開車回農場的路上，凱文這麼說。

「打靶練習是可以啦，我還是覺得沒辦法達到你的水準。」

凱文哼了一聲。「只要有人企圖殺你，你的反應就不一樣了。」

丹尼爾望向他那一側的車窗外，顯然並不相信。

「好吧。」凱文嘆氣說。「那麼這樣想吧，想像你要保護的某個人，例如媽媽好了，她就站在你背後。有些新兵得要這樣想像，讓他們自己進入正確的心境。」

「如果是從狙擊手的高處開槍，這樣想就沒效了吧。」丹尼爾指出。

「那麼想像媽媽被塞進汽車的行李廂裡，而你的十字瞄準線對準開車那傢伙。用點想像力嘛。」

丹尼爾沒轍了。「好啦，好啦。」

她感覺到丹尼爾還是沒能信服，不過就這一方面，她必須同意凱文的看法。有人來堵你時，你的生存本能會突然湧現。身處於「有他就沒有你」的情境中，你一定會選擇你自己。除非殺手逮到丹尼爾，否則他不會了解那種感覺。她衷心希望他永遠不必體會到那種感覺。

嗯，凱文一定會盡其所能，她也會。也許他們兩人聯手出擊，可以讓丹尼爾·比奇身處於比較安全的世界。

回到農場，凱文繼續導覽，帶他們參觀一棟豪華的現代化附屬建築——狗舍。從房屋正面看不到這部分，而裡面滿是狗兒。

每一隻狗都住在一間有空調的狗舍內，而且各有獨立的戶外空間可以跑步。凱文向丹尼爾解說訓練計畫，哪一些狗已經有人訂購、哪一些又是準備放上訂購單，於是農場針對每隻狗的未來生活訂定訓練目標，她想應該是這樣。丹尼爾似乎聽得入迷，他拍拍每一隻狗，努力記住牠們的名字。那些狗很喜歡得到注意，而且索求個不停；她真希望能把吠叫和哀鳴的音量關小一點。可以隨意跑動的狗顯然是從訓練計畫畢業了，他們跟在凱文後面團團轉。

亞利思懷疑凱文叫一隻狗盯著她，故意讓她很不安。那隻像馬一樣大的斑點狗，後來她得知那是大丹犬，牠一直跟在她腳邊，而且她很確定狗兒並不是自己決定要這樣，凱文一定給了某種看不見的指令。她的頸背可以感覺到巨犬呼出的氣息，猜想自己的上衣背後可能被噴了一點一點的口水。公獵犬也跟在她後面，不過感覺這隻狗是自己選擇這項任務；每次亞利思瞥見牠，牠都擠出那種悲傷的眼神。其他畢業生則是環繞在丹尼爾和凱文周圍，只有愛因斯坦例外，牠只擠在凱文身邊，而且似乎非常認真執行點閱工作。

他們經過一間間狗舍，裡面有很多隻德國狼犬、杜賓犬、洛威拿犬，還有一些她叫不出名字的其他種類工作犬。亞利思保持走在長條走道兩側狗舍的正中央，不碰到任何東西。為了以後的擦拭工作，平常一定要盡可能把留下的指紋數量減到最少。

有兩隻幼獵犬同住一間狗舍，凱文對丹尼爾提起那是蘿拉的後代，並指著跟在亞利思後面那隻尋血獵犬。

「喔，蘿拉，是母狗啊？真抱歉。」亞利思喃喃說著，壓低聲音不讓兩個男人聽見。「我不該亂猜的。」

蘿拉似乎知道有人提起牠。牠抬頭凝視亞利思，滿懷希望，尾巴一直拍打亞利思的腿。亞利思很快彎下腰，拍拍牠的頭。

凱文發出噁心的聲音，她直起身子，發現他正看著她。

「蘿拉喜歡每一個人。」凱文對丹尼爾說。「鼻子很靈，味覺很差。我正在嘗試讓後代不會像這樣缺乏辨別力，同時保留嗅覺的長才。」

丹尼爾搖搖頭。「已經夠好了啦。」

「我不是開玩笑。我期望這些動物擁有更好的本能。」

亞利思蹲下去，用手指搔搔蘿拉的側邊，之前她看丹尼爾這樣做，也知道這樣會讓凱文抓狂。蘿拉立刻翻身仰躺，露出肚子。突然間，巨犬也躺在亞利思的另一邊，她幾乎確定牠也是一臉期待的樣子。她用一隻手小心拍拍牠的肩膀，牠沒有一口咬掉，尾巴還拍打地面兩次。她把這表現當成鼓勵，於是伸手搔搔牠的耳朵後面。

「拜託，康恩，不要連你也這樣！」

亞利思和大丹犬都沒理他。她轉身坐下，盤起雙腿，讓兩隻狗都在她眼前，同時背對兩兄弟。如果有可能遭到一群毛茸茸殺人機器的包圍，最好讓其中幾隻狗站在她這邊。

蘿拉舔舔她的手背。亞利思覺得有點噁心，但也覺得很窩心。

「看來亞利思有粉絲喔。」丹尼爾說。

「隨便啦。這裡是我們儲存狗糧的地方，艾尼每隔一週會去勞頓市載運。我們需要的大部分東西……」

狗兒的尖叫聲和轟隆吼聲掩蓋了凱文說的其他事情。

上。

她又撫摸狗兒一會兒，不確定等她要離開時牠們會怎麼想。最後，她小心翼翼站起來，蘿拉和康恩也立刻站起，似乎非常開心，要跟著她走回屋子。牠們護衛在她左右走到門口，然後自己很舒服地趴在門廊上。

「好孩子，好乖。」她一邊說著，一邊走進屋內。

凱文的本意可能是要給她來個下馬威，但她很喜歡現在這樣，感覺狗兒是真心注意她的安全，而不是監視著她。她猜想這就是牠們受訓的目標。這種感覺令人安心。假如她有不一樣的生活方式，加入一隻狗可能很不錯。只不過，她不曉得要去哪裡尋找狗狗可以戴的防毒面罩。

艾尼坐在起居室的沙發上，面對著嵌在牆上的平面電視。他腿上放了微波晚餐，一絲不苟地自己吃著；看到她走進來，他沒有反應。

食物的氣味是通心粉和漢堡排，讓她不禁流口水。那並不是四星級餐點，不過她真的很餓。

「呃，你介不介意我幫自己弄點食物？」她問道。

艾尼咕噥一聲，視線沒有從棒球比賽移開。她希望那是肯定的意思，因為她已經朝冰箱走去了。雙門的不鏽鋼冰箱非常搶眼，但裡面竟然幾乎是空的。一些調味品，幾瓶運動飲料，還有超大罐的醃漬黃瓜。裡面也需要清潔。她查看冷凍櫃，找到很有價值的東西：裡面塞滿了艾尼正在吃的那種晚餐。她用微波爐加熱一塊乳酪披薩，坐在廚房中島旁的高腳凳上吃起來。這整段過程中，艾尼似乎完全沒有注意到她的存在。

假如整個對策必須再多考慮一個人，艾尼確實沒那麼糟。

她聽到兩兄弟回來了，於是往樓上走。他們前來這裡的車程中，三個人被迫擠在密閉空間裡，但現在這裡有準備將來退休後使用的很多房間，大可給彼此一點空間。她知道丹尼爾和他弟弟有一大堆事要解決，她實在沒有理由聽那些事。

她在儲藏室裡沒有很多事要做。她補滿那些酸液小針筒，雖然想不出這裡有什麼情景需要用到。本來可以把桃子的內核取出來，不過桃子都放在穀倉。現在不值得冒險嘗試連上網際網路，以免她會在這裡待上好一段時間；然而，她手邊沒有東西可以閱讀。她一直思考一個計畫，但內心有一部分激烈抗拒，不想把它寫下來。雖然國家安全系統已經有好一陣子對她非常不友善，她仍然沒有打算讓大眾置身於危險中。撰寫回憶錄並非她考慮的選項。

但她需要用很有系統的方法思考整個過程。也許只要寫一些關鍵字幫助回憶就好？

有個事實她很確定：與巴納比博士一起工作的那六年間，她曾經偷聽到某件事，結果成為那些人攻擊實驗室和隨後一次又一次企圖暗殺她的原因。假如能夠確定相關情報，她就比較知道究竟是誰隱身在那些暗殺行動的背後。

問題是她聽過太多事了，而那些事全都超級機密。

她開始列出一張表單，編製一種密碼，從Ａ１到Ａ４用來表示最重大的事件，與核子武器有關。她任職期間曾經掌握了四項重要突發事件，那是她曾參與的最重要計畫，其中必定包含某種最要命的性質，值得徹底摧毀她的單位。

希望真是如此。假如那只是某位騙子將官的胡思亂想，自以為某項調查可能曾經提起他，那麼她連搞清楚來龍去脈的機會都沒了。

從Ｔ１到Ｔ49則是她記憶中與核子武器無關的恐怖份子行動。其中有些計畫比較小，規模沒有很大，她知道有可能久而久之就淡忘了。T1到T17則是大型計畫，從生物武器攻擊、破壞經濟穩定，乃至於引發自殺炸彈都有。

她試著找出一種系統，幫助她把所有不同的行動區分開來，像是用原本城市的第一個字母加上目標城市的第一個字母，這種方法好嗎？足以區分所有事件嗎？她會不會忘記自己這種標記法的真正意義？但如果列出完整地名又會寫下太多情報。就在這時，她聽見凱文叫喚她。

「喂，夾竹桃！你躲在哪裡？」

她連忙關上電腦，走到樓梯頂部。

「你有沒有需要什麼東西？」

他從轉角走出來，抬頭看著她。他們兩人各據其位，中間隔著樓梯。

「只是提醒一下，我要離開了。我留了一支手機給丹尼爾。等我準備好，你們可以寄電子郵件的時候，我會聯絡你們。」

「預付的拋棄型手機？」

「姊姊，這不是我第一次出馬比賽。」

「嗯，我想，祝好運嘍。」

「我不在的時候，別把我的房子變成什麼死亡實驗室。」

太遲了。她努力擠出微笑。「我會努力自我克制。」

「最好是啦。我會說，很榮幸……」

她笑起來。「不過我們一直都對彼此非常坦白啊，現在何必要開始欺騙呢？」

他報以微笑，接著突然變得嚴肅。「你會幫忙盯著他吧？」

她對這樣的要求有點吃驚，凱文居然像這樣把哥哥託付給她。而更令她驚訝是自己的回應。

「當然。」她立刻承諾。她意識到自己是真心這樣回答，而且不由自主脫口而出，這令她感到很不安。她當然會竭盡所能保護丹尼爾的安全，這根本不是問題。她又回想起先前在審問帳篷暗處第一次浮現的奇怪感覺……當時她有預感，賭注從一條命翻倍變成兩條命。

她其實有點好奇，究竟何時才會掙脫這種責任感呢？也許只要拷問過無辜的人，永遠都會有這樣的感覺吧。也說不定這種感覺只出現在那個人很……要用什麼字眼才好？真誠？善良？健康？反正就是像丹尼爾一樣好的人。

他咕噥一聲，然後轉過身，朝向屋子的開放空間走去。她再也看不到他的身影，不過還可以聽見聲音。

「丹尼，過來。我們還有一件事得做。」

出於好奇……以及有意拖延，剛才想把過去那些惡夢進行分類已經讓她開始頭痛了；她悄悄走下樓梯，想看看到底是什麼事。她夠了解凱文，很確定他把丹尼爾叫過去，不會是要來個由衷的道別、擁抱和依偎。

前面房間空無一人，艾尼不見人影，不過可以聽見說話的聲音透過紗門傳來。她走到門廊上，蘿拉在那裡等她。她心不在焉地搔搔那隻狗的頭，然後看到那景象，由門廊燈光和轎車的車頭燈照亮。

愛因斯坦、康恩和洛威拿犬以立正姿勢站成一排，位於凱文的正前方。他看似要對牠們說話，丹尼爾在旁邊看著。

凱文從他最優秀的弟子開始。「來，愛因斯坦。」

那隻狗走向前。凱文轉身對著丹尼爾。「愛因斯坦，那是你的寶貝。『寶貝』。」

愛因斯坦跑向丹尼爾，尾巴搖個不停，而且開始上上下下嗅聞他的腳。從丹尼爾的表情看來，他也像亞利思同樣一頭霧水。

「好了，康恩，岡瑟，『看』。」凱文對其他幾隻狗說。

他又轉身看著愛因斯坦和丹尼爾，擺出摔角手的蹲姿，慢慢向前靠近。

「我要抓你的寶貝。」他以咆哮的吼聲撩撥著狗兒。

愛因斯坦連忙轉身，擋在凱文的步步進逼和丹尼爾之間。牠頸背的厚毛高高豎起，至少比肩膀高了十五公分，然後瞬間露出尖牙，一陣帶有威脅意味的吼叫聲從尖牙之間流瀉而出。她最初見識到的惡狗又回來了。

凱文假裝攻向右邊，愛因斯坦連忙攔阻。他又從左邊衝向丹尼爾，那隻狗縱身撲向牠的主人，發出結實的咚一聲把他撲倒。同一時間，愛因斯坦的兩隻前爪圍住凱文的脖子，要不是凱文臉上露出笑容，眼前活脫脫是駭人的畫面。

「好孩子！小聰明！」

「殺！殺！」亞利思低聲說著。

愛因斯坦放開凱文往後跳，又開始搖尾巴。牠開心地前後跳來跳去，準備要玩另一場遊戲。

「好，康恩，換你了。」

從頭來過，凱文指名丹尼爾是那隻大丹犬的「寶貝」，然後作勢發動攻擊。愛因斯坦待在康恩這一邊；協助指導，亞利思心想。凱文發動攻擊時，那隻大狗光是朝凱文的胸口揮出一隻巨掌，就把他往後推倒。康恩用同一隻狗掌把他壓在地上，這時愛因斯坦跑過去壓住頸動脈。

「殺！」她又說一次，這次比較大聲。

這次凱文聽見了，目光朝她射去，意思顯而易見：「要不是有非常重要的課程正在教這些狗，否則我一定會叫牠們把你撕成碎片。」

到了下一輪，康恩坐在旁邊，而愛因斯坦再度擔綱指導。身軀雄壯的洛威拿犬推倒凱文的力道比愛因斯坦更大，她聽見凱文的胸口受到擠壓的噴氣聲，那一定很痛。她不禁浮現微笑。

「你介不介意我問一下，這一切到底是在幹嘛？」丹尼爾一邊問，一邊看著凱文奮力爬起來站好，伸手拍掉深色牛仔褲和黑色T恤的泥土。

「這是我創造的指令行為，訓練這些狗來保護個人。從現在開始，這三隻狗會用性命護衛你。牠們也可能經常擋你的路就是了。」

「為什麼是『寶貝』？」

「那只是一種說法。不過呢，坦白說，我主要是想像把這一招用在女人和小孩身上……」

「多謝喔。」丹尼爾回嘴說。

「噢，放輕鬆啦，你也知道我不是真有那個意思。以後再想更好的指令，我們可以用在下一代的狗。」

一陣尷尬的停頓。凱文望著車子，然後又回頭看他哥哥。

「聽好，你在這裡很安全，但無論如何都盡量靠近這些狗。還有那個毒女人，她很難纏。如果她想給你吃東西，反正不要吃就是了。」

「我很確定不會有事。」

「要是有什麼事，就對愛因斯坦發出這個指令。」他拿出一張小紙片，約莫名片大小。丹尼爾接過去，連看都沒看就塞進口袋。凱文沒有大聲說出指令，亞利思覺得很奇怪，但說不定他只是不信任丹尼爾的記憶力，於是把它寫下來。

不管她之前如何想像，凱文這時候好像突然覺得應該擁抱一下，不過丹尼爾的姿勢稍微變得僵硬，於是凱文轉身走開。他一邊走向轎車，一邊開口說話。

「等我回來再多聊聊。隨身帶著手機，等事情辦妥，我會打給你。」

「小心一點。」

「遵命。」

凱文坐進車子，發動引擎。他伸出右手放在乘客座頭靠的椅背，望向車尾擋風玻璃，操縱車子面對道路。他沒有再看哥哥一眼。最後，車子的紅色尾燈漸漸消失在遠方。

隨著他離開，亞利思的心頭重擔似乎減輕了。

丹尼爾看著車子一會兒，三隻忠狗全都坐在他腳邊。接著他轉過身，若有所思地走上門廊階梯，狗兒也跟著他走。凱文沒有開玩笑，牠們一直跟在腳邊。所幸康恩走在最後面，否則丹尼爾可能看不到前方的路。

他在亞利思身旁停下腳步，轉身與她望著同樣的方向，兩人都凝視著平凡無奇的黑夜。狗兒在他們腳邊圍成一圈，蘿拉被洛威拿犬擠開，發出一聲哀鳴表達抗議。丹尼爾的兩隻手握住門廊欄杆，他握得好緊，彷彿覺得可以改變重力。

「他離開了，我覺得如釋重負，這樣是不是很怪？」丹尼爾問道。「他實在是……很超過，你懂我意思嗎？他老是說個不停，我實在受不了。」

他鬆開右手，然後移到她的後腰，幾乎像是自然而然的舉動，彷彿他沒有意識到自己的手決定要放在那個地方。

他一直以來碰觸她的方式，讓亞利思回想起好幾年前她和巴納比使用「感覺剝奪槽」[3]所做的實驗。那是一種很有效的工具，不必留下任何疤痕就能讓某人開口；但整體來說，那實在太花時間，並非最佳選擇。

不過呢，任何人進入那個實驗槽，無論抵抗程度如何，出來的時候都有同樣的反應：極度渴望身體接觸，活像是受到藥物控制。她回想起一名陸軍下士帶來的難忘經驗，他是試驗初期的志願受試者：他離開實驗槽後，對她來個不太恰當的擁抱，而且擁抱得非常非常久，最後不得不叫安全人員把他拖走。

丹尼爾的感覺一定很像那個士兵。好幾天以來，他一直沒有接觸到正常生活的任何東西，因此很需要身邊另一個會呼吸的溫暖人類帶來慰藉。

這樣的診斷當然也適用於她自己，她與正常生活脫節的時間比丹尼爾更久。這表示她很習慣欠缺的感覺，也表示她渴望接觸人類已經有很長一段時間。也許就是因為這樣，每次丹尼爾碰觸她，她都會感受到

3 實驗過程中盡可能隔絕受試者的感覺輸入，像是戴上眼罩阻擋視覺輸入，躺在軟墊上並戴上手套阻絕接觸、播放嗡嗡聲隔絕聽覺輸入等。

不可思議的撫慰。

「我不覺得那樣不好，」她回答他。「你需要一點空間消化這麼多事，這是很自然的。」

他笑了一下，比先前的歇斯底里笑聲陰鬱多了。「只不過除了他以外，我不需要對任何人保持空間。」他嘆口氣。「從我們小時候開始，凱文就老是像那樣，非得掌控一切不可，非得成為大家矚目的對象不可。」

「特務有這種特質還真妙。」

「我猜想，他工作的時候找到方法壓抑那種天性……工作之外的時間就露出本性了。」

「身為獨生女的我，還真是無法想像。」

「幸好，你真幸運。」他又嘆口氣。

「他可能也沒那麼糟。」為何要幫凱文辯解？她也不知道。也許只是想讓丹尼爾振作一點吧。「如果你不是身處於這麼極端的狀況，可能會比較輕鬆看待他吧。」

「說得也是。我的心態應該要平衡一點。我想我只是……生氣吧。非常生氣。我也知道他不是故意的，但他選擇的生活方式突然間毀了我全部的生活。那實在……完全是凱文的作風。」

「你身上發生的事情要花一點時間才能接受，」亞利思悠悠地說。「你可能會一直很生氣，不過會漸漸好轉。我大部分時候都忘了自己有多生氣，不過我的情況又不一樣，我其實不太了解那些對付我的人，他們不是我的家人。」

「不過你的敵人是真的想要殺掉你，那更糟糕。我身上的事情根本不能跟你相比。凱文從來不是有意要傷害我，只是很難接受，你懂吧？我覺得自己好像死了，不過無論如何得繼續活下去。我不曉得該怎麼辦才好。」

她拍拍他抓住欄杆的左手，也回想起他在車子裡輕拍她的手，那讓她覺得心情好多了。他指節處的皮膚繃得好緊。

「你會學到一點心得，就像我一樣。漸漸就變成日常生活的一部分。你以前的生活會變得……很模糊。而且你的人生觀會比較豁達。我的意思是說，人們不時碰到災難，這種情況和你的國家遭到游擊隊推翻又有什麼差別？或者你居住的城鎮遭到颶風摧毀？一切都變了，一切都不像以前那麼安全了。總之，只有『安全』這件事永遠只是幻影……抱歉，這真是全世界最彆腳的勵志演說。」

他笑了。「沒有非常彆腳啦。我覺得心情稍微好一點點了。」

「嗯，那麼，我在這裡的工作完成了。」

「你這一切是怎麼開始的？」這問題問得如此輕鬆，彷彿是問一件簡單的事。

她遲疑一下。「你是指哪一方面？」

「你為什麼選擇這種……職業？我的意思是說，在他們企圖殺你之前。你是在軍隊裡嗎？你是自願的嗎？」

同樣的，這些問題問得好輕鬆，就像詢問她如何成為財務規畫師或室內設計師。他的語氣完全不帶情緒，令人有這樣的感覺。他的臉仍然望著前方，凝視著眼前的黑暗。

這一次她沒有逃避。她自己也想知道，命運是否要讓她和其中一位同事成為夥伴。她剛開始和巴納比成為夥伴時也問過這問題，而他的回答與她自己的沒什麼不同。

「事實上一直都不是我選擇它，」她慢條斯理解釋。「而且，不是，我不是軍人。他們與我聯繫時，我還在醫學院。我剛開始是對病理學有興趣，但來改變興趣。我深入研究一個特殊主題……我想，你可以說那是一種化學性的心智控制。沒有很多人專門做我這種研究，而且一路上碰到很多阻礙，包括經費、工具、測試對象等等……嗯，最主要就是經費問題。連我跟隨的教授都沒有完全了解我的研究，所以得不到很多協助。

「這些神祕的政府官員突然冒出來，提供機會給我，幫我支付金額龐大的學生貸款。到最後，我的學校課業就專注於新老闆的研究目標了。畢業之後，我去他們的實驗室工作。到了那裡，我所夢想的每一種科技都可以提出研究計畫，而且經費絕對不是問題。

「他們要我創造的東西很明顯，他們也沒有騙我。我察覺到自己提供的成果拿來做什麼樣的用途，但他們描述的語氣聽起來很高尚。我正在幫助自己的國家……」

他靜靜等待，依舊盯著前方。

「我沒想過真的會把製造出來的東西親自用在受試者身上，本來以為只要提供他們需要的工具就好……」她慢慢前後搖頭。「但後來就不是那樣了。我製造的抗體太專門，執行的醫師必須了解作用原理。於是就只有一個人能做。」

放在她後腰的手沒有移動……它太過於靜止，完全凍結在原處。

「唯一曾經待在受試者旁邊，在審問室裡面陪我的人，就是巴納比。最初由他負責問問題。剛開始他很怕我，但他其實是非常溫和的人……我們大部分時間都待在實驗室，製造和研發東西，真正的審問時間只占我工作的百分之五左右。」她深吸一口氣。「但有時候突然出現緊急狀況，他們需要同時審問好幾個人；速度永遠是關鍵。我必須能夠獨自審問。其實我不願意，但可以了解為何有這種需求。

「結果並不像我所想的那麼困難。困難的部分在於發現自己多麼擅長做這種事，那讓我很害怕，而且到現在一直都很害怕。」關於這件事，她唯一能夠坦白說出的對象只有巴納比，他叫她別擔心，她只是剛好很擅長做自己嘗試的事情而已，而且成績出類拔萃。

亞利思的喉嚨突然哽住，於是清清喉嚨。「不過我真的做出一些成果。我救過很多人，而且從沒殺過人……我還替政府工作的時候從來沒有。」現在她也凝視著眼前的黑暗，不想看到他的反應。「我一直都很想知道，那樣會不會讓我比較不像怪物。」

不過她相當確定，答案是「不會」。

「唔……」他只從喉嚨深處發出低沉且拖長的聲音。

她繼續盯著眼前一無所有的黑暗。她從來不曾對另一個人解釋這樣的選擇，因為那是一連串的骨牌效應，最後成為她現在的樣子。她不認為自己能解釋得很好。

接著，他輕聲笑起來。

這下子她轉過身，不可置信地看著他。

他癟著嘴唇，像是勉強擠出微笑。「我都做好心理準備了，以為會聽到真的很恐怖的事，結果全都比我的想像還要合情合理啊。」

她的眉頭皺成一團。他覺得她的經歷「合情合理」？

他的肚子咕嚕叫。他又笑起來，剛才的緊繃情緒似乎因為咕嚕聲而煙消雲散。

「凱文沒有拿東西給你吃？」她問。「我想，這是個完全自助的地方。」

「我還是去吃點東西好了。」他贊同說。

她帶他去冰箱，同時努力掩飾內心的驚訝，因為他對待她的態度與以前沒什麼不同。把那一切全都大聲說出來，感覺實在很危險，不過她猜想，他已經看過最糟的情況，已經透過最殘酷的方式體驗過了。自從那之後，她的解釋聽起來沒什麼大不了。

丹尼爾可能很餓，不過看到能吃的食物並沒有太興奮。他興趣缺缺地選了一塊披薩，和她一樣，然後在廚房裡抱怨凱文的缺點，就她聽來那些缺點似乎存在已久。兩人你一言我一語輕鬆自在，對他來說她完全像個普通人。

「我不曉得他從哪裡得到那麼多瘋狂的幹勁，只吃這種東西耶。」丹尼爾說。

「艾尼大概也不太會煮飯。他到底跑哪裡去了？」

「凱文離開前就去睡了。晨型人，我猜。我想他的房間在後面那邊。」丹尼爾指著樓梯對面。

「你有沒有覺得他有點奇怪？」

「怎樣，沉默那方面嗎？我猜想，那正是他與凱文之間關係的黏著劑。如果你要和凱文當朋友，一定要能忍受某人永遠講個不停。沒有空間能容納你自己說的話。」

她哼了一聲。

「披薩下面有冰淇淋，你想吃一點嗎？」他問道。

她想吃，於是得開始尋找銀質餐具和碗。丹尼爾果然找到冰淇淋勺和湯匙，但是得把冰淇淋舀到馬克杯裡。亞利思看著他從紙盒裡挖出冰淇淋球，突然想起某件事。

「你習慣用左手嗎？」

「嗯，是啊。」

「喔，我以為凱文慣用右手，但如果你們是同卵雙胞胎，那不就表示……」

「通常是。」丹尼爾說著，把第一個馬克杯遞給她。冰淇淋是普通的香草口味，不是她的首選，但她現在很樂意吃點糖分。「事實上，我們這種是特殊案例。我們稱為鏡像雙胞胎。人家說同卵雙胞胎是受精卵分裂變成的，大概有百分之二十的同卵雙胞胎發展成彼此相反。所以我們的臉沒有長得完全一樣，除非你透過鏡子看其中一人。這沒有太大影響，特別是對凱文來說。」他嚐了第一口冰淇淋，然後笑起來。「另一方面，而我呢，假如我需要做器官移植就會有問題。我的內臟全部相反，萬一要替換某個東西會很複雜，除非他們找到的內臟來自另一位顛倒的雙胞胎，加上遺傳方面也剛好符合。換句話說，我最好保佑自己絕對不需要換肝。」他又吃了一口。

「就我看來，如果是凱文全身顛倒，感覺就合理多了。」

他們一起笑出來，不過比早先的笑法溫和多了。他們顯然已經把歇斯底里的情緒發洩掉。

「那張紙寫了什麼？……就是用來命令狗的那張紙。」

丹尼爾從牛仔褲口袋裡拿出那張卡片，瞥了一眼，然後遞給她。

上面全部都是粗體字，寫著「逃離協定」。

「如果我們把這句話大聲喊出來，你覺得會發生不好的事嗎？」她好奇問道。

「我想可能會喔。看過他的祕密藏身處之後，什麼事我都相信。」

「凱文真的需要雇一個人，幫他想一些比較好的指令名稱。他在那方面實在很不擅長。」

「我猜啊，現在那變成我的工作了。」丹尼爾嘆口氣。「我確實很喜歡狗。那樣可能很好玩。」

「還是有點像教書，對吧？」

「假如凱文願意讓我教的話。」丹尼爾沉下臉。「我在想，他認為我只會打掃狗舍吧？這不是不可能。」然後他又嘆氣。「至少狗學生全都一副生氣勃勃的樣子。你覺得我有可能教牠們打排球嗎？」

「嗯……坦白說，有可能喔。牠們似乎沒什麼極限。」

「我猜情況沒那麼糟，對吧？」

「對啊。」她信心滿滿地說，然後在心裡暗罵自己是騙子。

第十四章

亞利思醒來時，首要的問題是痠痛。失去知覺讓她從疼痛喘口氣，舒緩期間固然愉快，但醒來回到現實感覺更糟。

房間一片漆黑，她猜想箱子後面某處有窗戶，但一定用遮光物掩蓋住了。凱文不會希望晚上有太多窗子透光，最好讓房子看起來只有一部分有人使用。就本地人所知，艾尼是唯一居住在這裡的人。

她翻身下床，左肩和臀部撞到木頭邊緣時不禁呻吟出聲，然後摸索著尋找燈光開關。她把行軍床到房門之間清出一條寬闊走道，這樣在黑暗中摸索才不會增加傷勢。打開燈之後，她解開引線，然後取下防毒面罩。她不想殺死這裡的人，因此用的是昏睡氣體的加壓罐。

走廊空蕩蕩，浴室門是打開的。有一條濕毛巾掛在架上，所以丹尼爾一定醒來了。這並不意外。她製作記憶表格忙到相當晚，但持續打字之時，想到一個星期之後就有可能忘記這些祕密筆記代表的含意，不禁覺得絕望。一路整理下來，她發現很多機密足以釀成殺機，但全都沒有特別針對她或巴納比。如果這些特定機密就是問題的根源，那麼很可能還有其他受害者。從新聞報導能夠追蹤的線索看來，她和巴納比的死訊之後並沒有出現她認識的人名。至少沒有公開出現。

洗頭髮時，她想到可以縮小時間範圍。她通常都在洗澡時冒出最有創意的想法。

巴納比一直都有偏執的傾向，但是直到死前的兩年才真正表現出來。她還記得巴納比最初警告她的談話內容，那是她第一次意識到自己真的有危險。當時是深秋時分，大約在感恩節前後。如果那不是隨機發生的變化，如果真的有某種催化因素，那麼巴納比也許真的是對某個重要問題有所反應。她不能確定時機，不過相當確定那次變化之後所進行的審問；在她的記憶中，他們都被新產生的壓力和困惑搞得一頭霧水，所以後來發生的那些事情可以排除在外。此外，她對自己第一年的所有案例一清二楚，當時每一件事都是徹底的全新經歷，也做得異常笨拙，因此同樣可以放到旁邊去。所以還剩下其他三年的工作經歷需要釐清，並加上兩次核子危機，不過只要能稍微找到一點限制條件，她就很高興了。

她很感激浴室裡堆了許多蓬鬆柔軟的毛巾。凱文顯然很喜歡物質方面的舒適享受，也說不定是艾尼喜歡豪華的事物。無論喜歡的是誰，他也把浴室堆滿了旅館才會提供的衛浴用品，只不過都是大瓶罐裝。淋浴間裡放了洗髮精和潤絲精，洗手臺上有牙膏、乳液和漱口水一應俱全。很不賴。

她拿毛巾擦擦鏡子，很快就確定自己還不適合見人。黑眼圈現在大致變成難看的綠色，眼角還帶有一點深紫色。嘴唇漸漸消腫了，但那只讓三秒膠更加明顯。臉頰的瘀青只有邊緣剛開始消褪成黃色。

她嘆口氣。至少還要一個星期吧，她的臉才能公開見人，即使化了妝也一樣。

穿上最不髒的衣物後，亞利思用一件T恤當作臨時洗衣袋，把其他所有衣物包住，然後去尋找洗衣設備。樓下空蕩蕩又安靜，她聽見遠方傳來吠叫聲，丹尼爾和艾尼一定是忙著照顧那些動物。

她在廚房後面找到寬敞的洗衣間。她注意到後門，熟悉各個出口總是好事；門的下半部裝有大型的塑膠附加裝置，她過了好一會兒才意識到那是狗門，非常巨大的狗門，大到足以讓康恩鑽進來。她至今尚未在屋內見到狗，但想必不是永遠禁止。她開始洗衣服，然後去找早餐吃。

食物櫃沒有比冰箱好到哪裡去，有一半塞滿狗罐頭，另外一半幾乎是空的。流理臺有個罐子剩下一點咖啡，謝天謝地。她也找到一包土司餅，於是據為己有。凱文和艾尼對食物顯然不像毛巾那麼講究。她找到一個馬克杯，上面有一九八三年男童軍營的字樣，杯子有缺口而且褪色了；這個年份與住在此地的男人都不符，所以一定是二手貨，但無論如何依然堪用。吃喝完畢，她把馬克杯放進不鏽鋼洗碗機，然後去看看今天該要做什麼。

蘿拉和康恩在前面門廊上，還有那隻她不記得名字的洛威拿犬。牠們全都站起來，像是等候許久，準備跟著她前往穀倉。他們一路往前走，她順手拍拍蘿拉幾下，這樣似乎比較有禮貌。

狗舍的北邊有一大群動物，艾尼身處於正中央，對那些鬧哄哄的狗兒發號施令。看起來沒幾隻狗聽他的話，但其中有幾隻扮演助教的角色。到處都沒看到丹尼爾的身影。她晃進狗舍，沿著長條走廊往前走到設備室。凱文和艾尼幫狗兒堆放的存糧比他們自己還充分。丹尼爾也不在這裡。

她漫步走到訓練場邊緣，不曉得還能做什麼。真奇怪，她很習慣永遠都獨自一人，但現在沒看到丹尼爾在附近，她突然覺得六神無主。

她走向圍籬，用手指勾著環圈，艾尼當然完全無視她的存在。她看著艾尼訓練一隻年幼的德國狼犬，牠依然長著厚厚的特大腳掌，耳朵也還下垂；訓練時間好長，她自己都快沒耐心了。蘿拉的兩隻幼犬跑過來，身體貼著圍籬，懇求母親舔舔牠們。蘿拉順從地舔了幾下，然後對牠們吠叫，那叫聲聽起來好有趣，讓亞利思想起自己母親在晚餐後會提醒她做功課。果不其然，兩隻半大不小的幼犬慢慢走回訓練師那邊。

也許丹尼爾已經回去靶場了吧。凱文曾說這附近有一輛貨車，但她沒看到半點蹤跡。真希望丹尼爾等等她，她很想再多練習使用那把西格紹爾手槍。而且，老實說，她也應該多練練自己的警用手槍。她以前不曾把性命託付給自己的瞄準技術，但以後很可能會用到。她可不想浪費這意想不到的機會，應該要好好增進技術。

她看著艾尼訓練幼犬又過了半小時。最後，她忍不住插嘴，與其說是真的需要知道，其實更因為無聊。

「嘿！」她大喊蓋過狗叫聲。「呃，艾尼？」

他抬起頭，表情顯得毫不關心。

「丹尼爾開著貨車去靶場嗎？他什麼時候去的？」

他點頭，然後聳聳肩。她嘗試解讀箇中含意，但隨即放棄。她寧可讓問題簡單一點。

「他開走貨車？」她再確認一次。

艾尼重新專注於狗兒身上，但她終於得到答案。「我猜是。我剛才去穀倉時沒看到。」

「靶場距離這裡多遠？」她問道。走路去似乎太遠，但她還是得問。

「大約八公里，直線距離。」

沒有她想得那麼遠。丹尼爾習慣慢跑，他會不會沒開貨車去？嗯，她自己也可以跑去，但說不定還沒跑到，他就已經回來了。

「你不知道他什麼時候離開？」

「沒看見他。可能是九點之前。」

那麼已經超過一小時，無疑很快就回來。只好耐心等待了。

丹尼爾對打靶有興趣是好事，也許她和凱文努力灌輸他的一些事情有點效果了。她其實不希望他得活在恐懼中，不過這是最好的選擇。恐懼會讓他活命。

她對艾尼揮手表示感謝，然後走回屋子洗完衣服，隨從狗緊緊跟著。

一個小時後，她幾天來頭一次穿著乾淨衣物，感覺太棒了。她把穿過的衣物放進洗衣機，一想到所有衣物又能聞起來香噴噴就覺得很高興。她又花了三十分鐘思考記憶計畫；過了十二小時之後，至少她還記得那些祕密記號。她盡可能按照時間先後順序進行，編號系統則以事件嚴重程度為基礎。這樣可能比實際情況更令人困惑，但她現在不想全部重新整理一次。

這天早上，她整理編號十五和三的恐怖分子事件，一次是企圖在地下鐵放炸彈，另一次是偷取生物武器；她嘗試回想與事件有關的任何名稱。第十五項的恐怖份子和俄羅斯奸商已經被處理掉了，所以可能與他們無關，但無論如何她還是紀錄下來。寫「紐約」太明顯，所以她用「曼布」代表「曼哈頓—布朗克斯」；目標是「一線」，代表地鐵一號線。「TT」代表背後的派系，「卡山」是巴基斯坦的卡拉夏山谷，「VR」代表賣資料給他們的俄羅斯人。還有幾位協助共謀的局外人：RP、FD、BB。

根據她的記憶，第三項有幾件事沒有解決，但那些事已經轉給中情局。她看著自己寫下的暗號：賈印巴，代表印度的賈姆穆，位於印度與巴基斯坦邊界。塔瘟，他們稱之為「塔可瑪瘟疫」，這是由已知的恐怖份子小組根據美國科學家的研究筆記開發出來，他們從西雅圖附近塔可瑪市的實驗室偷走筆記。分裂出來的小組「FA」也與事件T10和T13有關。她仍舊「受雇」的時候，「部門」繼續幫中情局取得小組殘餘成員的情報，她很想知道那個案子後來有沒有在中情局手上徹底結案。凱文在墨西哥一定很忙，可能無法給她答案。她記下幾個相關人名的縮寫，「迪荷」是被偷走配方的美國科學家，「歐米」是她曾審問的恐怖份子小組成員。她覺得還有另一個美國人牽涉其中，那人沒有直接參與事件。還是說那名字與第四項有關？她只記得名字很短，發音很短促……是不是以P開頭？

當然啦，以前她絕不可能獲准寫下紀錄，所以沒有半點資料可以回溯。真令人沮喪。她實在受夠了，決定放棄，先去找午餐吃。土司餅連塞牙縫都不夠。

她走進開放空間時，聽見外面有低沉的隆隆引擎聲慢下來，然後是沉重輪胎壓過碎石地面的碾壓聲。終於。

出於習慣，她連忙查看門外，確定真的是丹尼爾。她正要探頭看時，引擎聲戛然而止。一輛滿是塵土的白色舊型豐田貨車，後面裝著同樣滿是塵土的舊型露營車，剛好停在昨夜停放轎車的地方，而丹尼爾正從駕駛座爬出來。愛因斯坦從他後面跳到車外。

正當她讚賞著這車子的外觀很平凡，很容易混入車陣的時候，一陣毛骨悚然的感覺開始慢慢爬上她的背，一路引發雞皮疙瘩。她呆立不動，瞪大雙眼掃視四周，宛如飽受驚嚇的小兔子，拚命想弄清楚危險來自何方。她的潛意識注意到她沒發現的事，到底是什麼呢？

她定睛看著丹尼爾左手臂環抱的紙袋。在她注視之下，他將前座座椅往前移動，抓出另一個袋子。愛因斯坦繞著他的腿興奮跳耀，康恩和洛威拿犬也跑下門廊階梯加入他們。

她覺得自己面無血色，剛才毫無頭緒的感覺消失了。

而隨著第二波震驚席捲而來，她也展開行動。她衝到那些狗後面，感覺血液流回她的臉頰，脈搏在瘀青底下陣陣跳動。

「嗨，亞利思，」丹尼爾開心叫道。「後座還有好幾袋，如果你覺得……」他猛然住口，察覺到她神情有異。「怎麼了？凱文……」

「你去了哪裡？」她咬著牙，吐出這幾個字。

他眨了一下眼睛。「只是去我們來的時候經過的城鎮，柴德里斯。」

她的雙手握緊拳頭。

「我帶了這隻狗，沒發生什麼事啊。」他試著說。

她用一隻拳頭摀住嘴巴，皺緊眉頭，試圖讓自己冷靜下來。這不是他的錯，他只是不懂。她和凱文應該要更仔細叮嚀他。這是她自己失策，錯以為她在車裡睡著時，凱文應該叮嚀過一些事了。但如果凱文沒有讓丹尼爾對自己的新生活有點心理準備，他們那麼長的時間都聊什麼？

「有沒有任何人看見……他們當然看到你了。你買了東西。有多少人看到你？」

他又皺起眉頭。「我做錯什麼事嗎？」

「你去鎮上？」一陣低沉的聲音從她背後冒出來。

丹尼爾的視線移到她的頭頂上方。「是啊……我是想，你們都沒囤積什麼雜貨，我只想買些不是冷凍的東西，你懂吧？你好像很忙……」

她轉身看著艾尼。他面無表情，但她現在很能從表情的細微變化看出端倪……包括眼睛周圍的皺紋，還有他額頭一條稍微明顯的血管。

「你有沒有方法可以聯絡凱文？」她問他。

「你是指喬伊？」

「可能吧，丹尼爾的弟弟。」

「沒。」

「我做了什麼？」丹尼爾懇求問道。

她嘆口氣，轉身看著他。「你記不記得凱文說過，這附近沒有人看過他的臉？嗯……現在他們看到了。」

丹尼爾咀嚼著這番話，臉上血色也漸漸消失。「可是……我用了假名。我……我說我只是路過。」

「你和多少人說過話？」

「只有雜貨店的收銀員，還有……」

「你進去過幾個地方……」

「三個……」

她和艾尼彼此交換一眼……她眼神驚駭，他的眼神更加神祕莫測。

「凱文留了錢給我買需要的東西……我以為他的意思是指雞蛋和牛奶之類的東西。」丹尼爾怯怯地說。

「他的意思是假身分。」亞利思厲聲說道。

丹尼爾臉上僅剩的血色全部消失，嘴巴張得好大。

他們盯著他看了好一會兒。

丹尼爾深吸一口氣，重新振作起來。

「好吧，我搞砸了。趁你還沒告訴我情況有多糟，我們可以把雜貨搬進去嗎？如果容易腐壞的東西在貨車上臭掉了，只會讓我錯上加錯。」他說。

亞利思緊抿著嘴唇，完全忘了嘴唇那一小滴惱人的三秒膠……然後點一下頭，繞到貨車後面幫忙卸貨。她看到露營車裡所有的袋子，覺得瘀青又開始充血跳動了。

除了進入最近的城鎮，他居然帶回足夠餵飽一整支軍隊的食物。假如還有其他更令人難忘的事，他可能也全都做了。

在不祥的沉默中，亞利思和艾尼把所有袋子都搬進去，放在流理臺上。丹尼爾在食物櫃和冰箱之間來走去，把每一樣東西放進適當的位置。亞利思早該想到的，除非發生讓他的臉色一陣青一陣白的狀況，否則他不會真的當一回事；此刻丹尼爾的表情保持鎮定，但臉頰和脖子會突然唰地變紅，然後又變得毫無血色。

有一段冷靜期可能不錯，這讓亞利思有機會思考每一個環節，好好認清擺在眼前的危險事實。她本來已經準備偷走艾尼的貨車遠走高飛，但也知道這樣是反應過度。有時候反應過度會救你一命，但有時候反倒害你置身於更大的險境。她必須記得自己的臉變成怎樣；現在逃走只會惹上更多麻煩。

丹尼爾把某種綠葉蔬菜放進冰箱，那是最後一樣東西，然後關上門。他沒有轉身，只是站在原地，對著冰箱的不鏽鋼表面微微低著頭。

「有多糟？」他語氣平靜問道。

她看著艾尼。他似乎沒有想要說話。

「告訴我，你付的是現金吧。」她開口說。

「是的。」

「嗯，至少算是好事。」

「但不是這樣就沒事。」丹尼爾猜測說。

「對。柴德里斯是非常小的小鎮。」

「只有六千多人。」艾尼咕噥著說。

比她想的更糟，她知道有些高中的學生人數都比這個數目更多。

「所以，鎮上出現陌生人，人們很容易記得，一定有人注意到你。」她說。

丹尼爾轉身看著她，表情鎮定，但是眼神很慌亂。

「是啊，我了解。」他表示同意。

「你在艾尼的貨車裡，帶了艾尼的狗，有人會把你和艾尼聯想在一起。」亞利思說。

「愛因斯坦待在貨車裡，我覺得沒人看見我上下車。」丹尼爾說。

「鎮上有一百輛很類似的貨車，有五輛是完全一樣的顏色、年份和型式，其中兩輛有露營車。」艾尼說，他不是對丹尼爾說，而是亞利思。「那裡有一半的人會帶狗。」

「你們在這裡調查得很清楚，這樣有幫助。」她對艾尼說。

「這對你影響有多大？」丹尼爾問他。

艾尼聳聳肩。「沒辦法知道。如果沒有確切的理由需要記得，人們很健忘。我們保持低調，可能什麼事也沒有。」

「總之，事情做了就做了。」亞利思沉吟道。「我們只是得加倍小心。」

「凱文一定會氣炸。」丹尼爾嘆氣說。

「他何時不氣炸？」亞利思問道，艾尼還真的很短促地笑一聲。「總之，這是凱文自己的錯，沒向你解釋清楚。我不會重複犯這種錯。」她指著沙發，叫他去坐著聽訓。

艾尼自顧自點頭，然後拖著沉重步伐走出門口，回去做他的工作。凱文真的選了好夥伴，她發現自己很希望丹尼爾的弟弟不是凱文，而是艾尼。對付艾尼真是容易多了。

「你授課的時候，我來做午餐怎麼樣？」丹尼爾提議。「我簡直快餓瘋了，真不知道艾尼在這裡是怎麼活的。」

「當然好。」她說著，抓了一張高腳凳坐上去。

「我真心以為自己幫上忙。」丹尼爾走回冰箱時喃喃說著。

「我知道，丹尼爾，我知道。而且我也餓了。」她勉強承認。

「下一次我會先問問看。」他打包票說。

她嘆口氣。「凡事總有個開始。」

她並不想承認，但是丹尼爾做的大份三明治確實讓她對這事件的看法緩和許多。一邊吃著午餐，她一邊對丹尼爾傳授基本概念，他聽得很專心；眼前有特殊狀況等著他們，因此有必要解說得詳盡一點。

「我不曉得該怎麼用那種方式看待世界，感覺全都好偏執。」他坦白說。

「沒錯！偏執正是我們努力的目標。偏執是好事。」

「這與真實世界教導的方法有點互相矛盾，不過我會努力改變自己的觀點。我知道自己絕對辦得到……從現在開始，每一件事我都會請你檢查，連呼吸之前都會。」

「你會慢慢掌握要領，過一陣子就變成習慣了。但是不要以為你原本認識的世界才是真實世界，現在這個世界發生的所有狀況更加真實，而且持續得更久。生存的本能非常原始，我知道你有那種本能，天生就有，只是需要好好開發。」

「我得像獵物一樣思考。」他努力讓表情維持積極自信，但她看得出來，這想法把他壓垮了。

「沒錯，你確實是獵物。我也是。你弟也是。而且真該死，顯然艾尼也是。在這附近，人們身為獵物的狀況還真普遍啊。」

「可是，你，還有我弟，可能甚至包括艾尼，都還算是掠食者。我就只是獵物。」他慢吞吞地說。

她搖搖頭。「我剛開始也是獵物，後來慢慢學習。你的優勢是我從來都沒有的，你和你弟的遺傳密碼完全一樣，你們都是頂尖的掠食者。我看得出來你是那樣的人；一旦喚醒那些直覺，你就有足夠的能力好好照顧自己。」

「你這樣說，讓我的心情好多了。」

「我那樣說是因為我很嫉妒。假如我能變高、變壯，而且天生擅長射擊，我正在玩的這遊戲情勢就會徹底改變。」

「假如我能夠變聰明、變偏執，就不會讓大家身處險境了。」

她笑起來。「不能這樣比較啦。你確實有一些能力要學習，但我永遠不會長高。」

他也回以微笑。「不過你做起事來真的超神祕的。」

「嗯，」她咕噥一聲。「來做點比較有建設性的事，開槍打幾捆乾草堆吧。」

「好，不過我……」他瞥了一眼視線可及的時鐘，「最晚得在六點前回來。」

亞利思一頭霧水。「那時候有你喜歡的電視節目還是怎樣？」

「不是。我欠你一頓晚餐，而看來我不能帶你去鎮上。」他的微笑充滿歉意。「那是原因之一，除了肚子餓，還有我跑去買東西以外。」

「呃……」

「我邀你吃晚餐，你不記得了嗎？」

「噢，我記得。只是以為，我綁架你以前，你提議的事情可能都不算數了。」

「如果沒有說到做到，我會覺得怪怪的。總之，總得有人煮飯，而我的手藝不算差。我已經知道凱文和艾尼在那方面沒什麼用處。」

亞利思嘆口氣。「我恐怕也一樣差。」

「那就說定了。好吧，咱們去增進瞄準功夫吧。」

丹尼爾學東西上手的速度好快，難怪凱文會受到招募。他們練習時，丹尼爾對亞利思說起凱文的運動細胞有多厲害，而且在射擊方面天賦異稟。他們小時候顯然經常與父親一起參加大小比賽，而凱文幾乎永遠都抱走第一名獎座。

「我犯的錯是有一次打敗他，那時候我們九歲。一點都不值得啊。從那以後，我為了讓爸爸高興而繼續練習，但基本上不參加比賽了。我找到自己的一些興趣，那些事情凱文一點都不想碰，像是讀書、社會參與、長跑、烹飪課等等。那是女孩玩的，他經常那樣對我說。」

亞利思裝上新彈匣。他們耗用不少凱文的彈藥，但她不是很在乎。他絕對負擔得起新彈藥。

她今天徹底搜索整座穀倉，找到幾個藏錢的地方。看來他把毒販的一些錢帶回家裡。她的一般原則是避免偷竊，除非再也沒有其他辦法可想，不過現在她超想盡量多拿一點，畢竟她之所以變得比上個月窮那麼多，有很大部分是凱文的錯。

「我實在很想知道，念高中的時候，如果有個兄弟姊妹的化學和生物成績比我好，不曉得我會怎樣？」她問道。「我會不會放棄不念？改當會計師？」

她射出一槍，然後臉上漾起微笑。打從心底的微笑。

「也許你的競爭心比我強。也許你會努力追求勝利。」

他隨意擺成射擊姿勢，對準比她的目標遠了一百公尺的乾草堆，射了一輪。

她也再度開槍。「也許我去當會計師會比較快樂。」

丹尼爾嘆口氣。「可能沒錯喔。我當老師還滿快樂的。不是什麼令人嚮往的工作，但在平凡這方面可以得到滿足。事實上，大家都太低估平凡人的價值了。」

「我實在無從判斷，不過聽起來很好。」

「你絕對不是平凡人。」這不是疑問句。

「對呀，」她同意說。「其實不見得，但很不幸，結果是這樣。」聰明反被聰明誤，不過她費了好一番工夫才看清。她連續兩次快速開槍，射中目標的頭部。

丹尼爾直起身子，將長長的步槍倚著自己肩膀。愛因斯坦也站起來，用力伸展背部。「嗯，我有幾方面表現得比平凡人更好。」他說著，亞利思從他的語氣聽得出來，他故意輕描淡寫。「你很幸運喔，」他繼續說，「今天晚上你有機會看到我最擅長的領域。」

亞利思放下西格紹爾手槍，伸展身子，很像狗兒的動作。由於身上有傷，她的肌肉比較容易變得僵硬，動作不像平常那麼順暢；她得小心保護身上受傷的部位，強迫自己平衡運用四肢。

「聽起來好期待。而且我餓了，所以真的很希望你說的領域是廚房。」

「真的喔。那我們要走了嗎？」他揮揮空著的那隻手，指向貨車。

「等我把我們的玩具整理好就走。」

丹尼爾似乎像在家裡一樣自在，嘴裡哼著歌，一邊把菜切成小方塊、灑香料在食材上、再將另外一些東西放進炒鍋。她當然幫不上忙，不過注意到很多料理工具似乎都是全新的，她先前在食物櫃裡翻找時都沒看到。只是路過某個小鎮，很少有人會買自己廚房要用的器具吧？她努力忍住不對丹尼爾訓話。才剛開始聞到香氣，她可不想搞砸氣氛。

她盤腿坐在起居室的沙發上，同時看著電視新聞和丹尼爾。電視上沒什麼有趣的新聞，只有一堆本地消息，並提到一點初選的事，那還要再過九個月才舉行。整個選舉過程讓亞利思非常煩躁，等到選舉活動真正展開，她可能就完全不再看新聞了。如果你得知的事情遠比臺面下發生的大多數壞事更加黑暗，也知道人們選出的「傀儡發言人」根本沒做什麼重要決定，要叫你好好選擇左派或右派實在很困難。

艾尼又吃了一頓冷凍食品當晚餐，七點三十分就早早休息，他似乎習慣如此。亞利思努力說服他，這樣一頓自家煮的晚餐很值得等待，但面對她的勸誘，他根本懶得花力氣回答。她也很驚訝丹尼爾連試著邀請都沒有，也許他太專心烹飪而沒想到吧。她有一、兩次提議要幫忙，但是丹尼爾明確告訴她只要負責吃就好。

丹尼爾擺放不成套的餐盤、銀質餐具和馬克杯，嘴裡碎碎唸個不停。她真想出言提醒，千萬別再出去瘋狂採買圖案精細的瓷器。他把所有食物端到餐桌上，她急匆匆站起來，房間裡飄散的各式香氣早已讓她餓瘋了。他幫她拉開椅子，這讓她回想起以前在老電影看過的情景。正常人會做這種事嗎？她不確定，但直覺認為不會。至少她出去吃飯的地方沒人這樣做。

丹尼爾一臉期待，拿出一只打火機，點亮一根滿是藍色和粉紅色圓點的蠟燭，蠟燭的形狀很像數字1，插在一個小圓麵包上。

「這是我能找到最接近尖細蠟燭的東西，」他看到她的表情這樣解釋。「而這是我能找到最好的紅酒。」他繼續說著，作勢指著他打開放在馬克杯旁邊的酒瓶，標籤上的字樣對她來說全然陌生。「這是聯合超市最推薦的葡萄酒。」

他作勢要倒酒，她下意識伸手蓋住馬克杯的杯口。

「我不喝酒。」

他猶豫了一下，接著為自己倒一點點。「今天早上買了點蘋果汁，還是要幫你倒點水？」

「果汁就很好了。」

他站起來，走向冰箱。「我可以問嗎？因為參加戒酒協會，還是宗教上的原因？」

「安全上的理由。這四年來，只要是可能造成認知模糊的東西，我都不碰。」

他走回來，幫她倒了一整杯果汁，然後在她對面坐下。他的神情謹慎且冷靜。

「你不是從三年前才開始逃亡？」

「沒錯，但是真正開始意識到隨時可能有人要殺我，就很難想其他的事了。我禁不起分心，一分心就有可能錯失某些線索。我想，我一定錯失某些線索沒注意到，假如一直隨時保持警覺，巴納比可能到現在還活著。我們不應該坐以待斃。」

「你在這裡覺得不安全？」

她抬頭看他，對這問題感到訝異。答案再明顯不過了。「對。」

「因為我今天早上的蠢事？」

她搖搖頭。「不，完全不是。我在所有地方都覺得不安全。」

她覺得這種話聽起來好膩，她的答案似乎隱藏了「這還用說嗎」的意味，也看到他臉色略微一沉作為回應。

「嘿，不過我可能有創傷後壓力症候群。不是非得變成那樣不可。我敢說，換成另一個人，面對這種狀況有可能處理得比我更好。」

他挑起一邊眉毛。「是啊，凱文似乎就完全正常。」

他們又笑起來。過去三年她笑的次數全部加起來都沒有這麼多。

他舉起手上的叉子？「可以開始吃了嗎？」

第十五章

「不，我沒有講得太誇張。我很確定這是我這輩子吃過最棒的一餐。沒錯，我平常是速食就能打發的女孩，所以評論起來不能算是非常有經驗，但我還是覺得自己說得沒錯。」

「嗯，這是很棒的讚美，謝謝你。」

「再說一次，這是什麼？」她用叉子指著盤子裡的甜點，同時希望肚子能再擠出一點點空間。她已經吃得太撐，但還是渴望能再多吃一口。

「焦糖蘭姆酒香蕉加冰淇淋搭配磅蛋糕。」

「我是要問……」她完全無視於胃脹，又吃了一小口。「你在哪裡學到做這個？」

「我在大學修了幾堂烹飪課，而且週末看了一大堆美食頻道的節目，只要負擔得起就一直練習。」

「這時間花得太值得了。不過我想，你可能錯失你的天職了。」

「我以前在幾間餐廳工作過，那對社交生活沒有益處。等我開始約會我的前……嗯，她對那樣的工作時間不是太滿意。我在白天工作比較有時間多相處。」

「不是每個人都願意做這種犧牲吧。」

「那其實不是犧牲。與孩子們相處的工作，我很喜歡，永遠都會覺得是最重要的。而且又不是說我不能在家下廚，所以有一陣子我可以兩邊兼顧。」

「然後你停了？」

他嘆口氣。「嗯，等到蕾妮離開……我不想奮鬥了。我讓她去追求她想要的。」

亞利思很容易想像那是怎麼回事，她看過丹尼爾離婚之後的銀行帳戶。「她把你榨乾了。」

「相當乾。所以得吃拉麵餐。」

「真是罪過。」她滿臉渴望地看著剩下的磅蛋糕。

「人生嘛，你也體驗過心碎的感覺。」他說。

「坦白說，這一路走來，恐懼和悲慘的經歷有點太多，我隨時準備要退出了。重點永遠不是我想過什麼樣的人生，而是我真正擅長的事情是什麼。」她聳聳肩。「工作讓我付出很大的代價。」

「我根本連想都無法想像。不過我剛才指的是……感情方面。」

她瞪著他，不懂他說的意思。「感情方面？」

「嗯，就像你說的，以悲劇方式結束。」

「我的人生，是這樣沒錯。不過……？」

「我只是從你談到他的語氣猜想，你失去……巴納比博士的方式，那一定很悲慘。你從沒提過他的名字。」

「喬瑟夫。不過我都叫他巴納比。」

她喝了一口果汁。

「而你愛上他……從一開始就這樣嗎？」

她嚇得倒抽一口氣，把滿口的果汁吸進氣管，結果全噴出來且猛烈咳嗽。丹尼爾跳起來，幫忙拍她的背，讓她重新喘過氣來。過了一會兒，她對丹尼爾揮手示意。

「我沒事，」她邊說邊咳。「坐吧。」

他繼續站在旁邊，一隻手伸在空中。「你確定？」

「只是，太驚嚇而嗆到。和巴納比？」

「我以為你昨天說……」

她深吸一口氣，然後又咳了一下。「說我愛他。」她抖了一下。「抱歉，這只是對噁心亂倫關係的反射動作。巴納比就像我的父親，他是慈愛的父親，也是我所知道的唯一一位父親。得知他的死法真的很難熬，我非常非常想念他。所以，沒錯，絕對很悲慘。但不是那樣啦。」

丹尼爾慢慢回到他的座位上。他想了一會兒，然後問道：「你逃走的時候，還得和其他哪些人切斷關係？」

她可以想像這時有一長串臉孔依序滑過他心頭。「這部分對我來說沒那麼困難。聽起來可能很可悲，不過巴納比是我唯一真正的朋友。我的工作就是我的整個生活，而除了巴納比之外，上層不准我對其他人談論我的工作。我活在一種非常孤立的狀態。我周圍有其他人，例如幫忙準備受審者的屬下等等，他們大概知道那些過程要做什麼，但完全不知道我們嘗試取得的情報細節有多機密。嗯，而且，他們很怕我。他們知道我做什麼樣的工作，所以彼此不太會聊天。還有幾位實驗室助理，負責在審問室外面執行各種職務，但完全不知道我們在做什麼，而我說話也得很小心，不能洩露半點訊息。偶爾會有不同單位派人單獨前來，查看某個特定的審問過程，不過我很少與他們聯絡，除非需要取得一些指令，確認我該要涵蓋哪些角度等等。他們多半從單向鏡後面觀看情況，而由卡爾斯頓把資料交給我。我本來認為卡爾斯頓也算是朋友，但他根本只想把我殺了……所以，你說的切斷關係，我沒辦法把這些事拿來相提並論。我的人生顯然沒有那麼多事情需要切割。就算是接受那份工作之前……我想，我實在沒辦法像正常人一樣，與其他人建立關係。就像我說的，很可悲。」

他對她露出微笑。「我沒發現你有什麼缺陷啊。」

「呃，多謝你喔。嗯，有點晚了，我幫你整理這些東西。」

「當然好。」他站起來伸展身子，然後開始堆疊碗盤。她得動作飛快才能搶到幾樣東西，不然他效率奇高，一下子就收得清潔溜溜。「不過晚上才剛開始，」他繼續說，「我打算現在就要兌現我們談好的另一半條件。」

「啊？」

他笑起來。他的雙手拿滿東西，於是她幫忙把洗碗機的門拉開。她把下層架子放滿，他則放到上層，然後把大件物品放進深槽。兩人合作無間，討厭的家事很快就做完了。

「你不記得了嗎？只不過是幾天前的事。不過我承認，確實像是好久以前的事，像是過了好幾個星期。」

「我完全不曉得你在說什麼。」

他關上洗碗機的門，然後背靠著流理臺，雙手抱胸。她等著。

「回想一下，情況變得……很奇怪之前。你答應過了，如果我們一起吃過晚飯，我還喜歡你的話……」

他挑挑眉毛看著她，等她把後面的話接上。

喔。他說的是他們在地鐵上的對話。她很震驚，他居然可以講得這麼輕鬆。那是他人生最後一段正常時刻，是所有一切都被偷走之前的最後時刻。而她雖然不是這樁偷竊行為的始作俑者，那些人也算是借用她下手。

「嗯。關於你家附近大學的外國電影院，對吧？」

「對……嗯，但我指的不是那麼特定的地方，現在要去大學電影院一點都不方便。不過呢……」他打開背後的食物櫃，伸長手臂，從最高處的架子拿下某個東西。他轉身看她，臉上露出大大的笑容，遞出一個DVD盒子。褪色的封面照片有個漂亮女子，身穿紅色衣裳，戴了一頂深色的寬邊帽。

「登愣！」他說。

「你到底從哪裡弄來這個？」

他的笑容稍微收斂一點。「我去的第二家店。二手貨商店。我很幸運，這真的是一部好電影。」他打量著她的表情。「我可以看出你在想什麼。你正在想：『這白癡還有哪個地方沒去過？我們等不到天亮就要死了。』」

「我想的沒這麼多字。而且假如我覺得情況那麼糟，早就把艾尼的貨車偷走，消失在黑夜裡了。」

「不過呢，雖然我對自己的魯莽行為感到非常非常抱歉，但還是很高興找到這個寶物。你一定會喜歡。」

她搖搖頭……不是不同意，只是很驚訝她的人生怎會變得這麼奇怪。走錯了一步，突然之間，她竟與這輩子所認識最親切、最……不墮落的人，一起看有字幕的外國電影。

他走向她。「你不能拒絕喔。你答應過，我希望你遵守諾言。」

「我會，我會。你只要解釋一下，到底為什麼還喜歡我。」她越說越顯得陰鬱。

「我想我可以解釋。」

他又向前走一步，逼得她背靠著廚房中島。他伸出雙手扶著她背後的流理臺，兩隻手分別撐在她身體兩側，而隨著他身子向前傾，她可以聞到他頭髮乾淨的柑橘氣味。他好靠近，看得出來他最近剛刮過鬍子，下巴很光滑，而且顯然有剃刀刮過的紅腫痕跡。

丹尼爾這麼貼近讓她感到困惑，但沒有覺得驚嚇，如果是世界上其他人像這樣一定會嚇到她。她心裡很清楚，丹尼爾對她來說並不危險，只是不懂他在幹嘛。甚至看到他慢慢把臉湊近、眼睛開始閉上，她還是不懂。她一點都沒想到丹尼爾準備要親吻她，直到他嘴唇半開，距離她只剩下吹一口氣的距離。

意識到這個狀況著實讓她嚇了一大跳。而且受到驚嚇時，她打從心底做出來的反應，顯然沒有經過意識的思考。

她鑽過丹尼爾的手臂底下，身子一轉掙脫出去。她向前衝了好幾步，然後轉過身，面對讓她驚慌的來源，而且慢慢半蹲下去。她的雙手不自覺探向腰際，尋找她的腰帶，但此刻沒繫上。

等到看見丹尼爾震驚的表情，亞利思才意識到自己的反應比較像是他拔出一把刀，而且抵住她的喉嚨。她直起身子，垂下雙手，臉頰發燙。

「呃，抱歉。真是抱歉！你，呃，讓我沒有防備。」

丹尼爾的震驚表情轉變成不可置信。「哇。我沒想到自己動作這麼快，不過也許我該要重新評估一下。」

「我只是……很抱歉，剛才那是什麼情形？」

他的表情閃過一絲不耐。「嗯，我準備要親吻你。」

「看起來好像是，不過……為什麼？我是說，親吻我？我不……我不懂。」

他搖搖頭，然後轉過身，背靠著廚房中島。「唔。我真的以為我們頻率相同，但現在，我有點覺得自己講的英文是第二語言。不然你覺得這裡的狀況是怎樣？晚餐約會？還有可憐的小蠟燭？」他指著桌面。

接著他又走向她，而她強迫自己不要往後退。姑且把困惑擺一邊，她知道自己反應過度，很唐突也很無禮。她並不想傷他的心。即使他是個瘋狂的人。

「你一定……」他嘆口氣。「你一定察覺到我有多常……碰觸你吧。」這時他靠得夠近，於是伸出一隻手，用指關節滑過她的手臂做示範。「在我來的那個星球上，這樣就表示有浪漫的好感。」他又傾身靠向她，瞇起眼睛。「拜託告訴我，這對你有什麼樣的意義？」

她深吸一口氣。「丹尼爾，你現在經歷的是感覺剝奪反應，」她解釋說。「我以前見過，在實驗室……」

他瞪大眼睛，從她身邊退開，表情徹底困惑。

「因為你之前經歷了綁架和凌虐，有這種反應很合理，而且在這種狀況下，你的反應算是非常輕微，」她繼續說。「你表現得非常好，很多人到這個階段就徹底崩潰了。這種情緒反應可能很類似你以前的某種體驗，不過我可以向你保證，你現在感覺到的並不是浪漫的好感。」

她解釋時，他又恢復鎮定，不過聽到她的診斷，他似乎沒有顯得豁然開朗或消除疑慮的樣子。他皺起眉頭癟著嘴，一副很生氣的樣子。

「而你很確定你比我更了解我的感情，是因為……」

「就像我說的，我以前在實驗室看過像這樣的狀況。」

「『像這樣的狀況』？」他引述她的話來回應。「我能夠想像你在實驗室看過各種千奇百怪的事，不過我也很確定，我最有資格知道自己什麼時候體驗到浪漫的好感。」他的語氣聽起來很生氣，不過臉上還是掛著微笑，而且一邊說話一邊靠近。「所以，如果你唯一的論點是別人的例子……」

「那不是我唯一的論點，」她開口慢慢說，有點不情願。要說出這些話並不容易。「我確實有可能……太專注於自己的工作，但沒有完全盲目。我很清楚男人用什麼樣的眼光看我，特別是認識我的人……就像你一樣。我很了解那樣的反應，不會辯解。你弟的敵意……那是正常合理的反應，我以前看多了，害怕、嫌惡，急著想展現體能方面的優勢。在暗無天日的可怕世界裡，我像鬼怪一樣嚇人。有些人天不怕地不怕，甚至不怕死，但我可以讓他們驚恐萬分。我可以奪走別人引以為傲的事物，可以讓他們背心目中認為很神聖的每一件事。我是他們連作夢都會見到的怪物。」這是她所認定的自我樣貌，但說出來依然感到心痛。

然而她沒有察覺到，在不認識她的局外人眼中，她是個女人，而非惡魔。如果有需要，她大可盡己所能表現得很柔弱、很女性化，就像對付那個海象旅館經理一樣；此外，要她表現得像小男孩也沒問題。兩種方式都是騙人的詭計。然而，就算局外人視她為女人，看待她的眼光也不會帶有……慾望。她不是那樣的女孩，而這一點都沒關係。她已經擁有與生俱來的天賦，不會強求其他方面。

他很有耐心等她說完，表情平和。亞利思認為他聽完這番話，反應不夠強烈。

「你到底有沒有聽懂我說的話？」她問道。「我根本不可能成為浪漫好感的對象。」

「我聽懂了，只是不同意。」

「那我不懂，你們所有人怎麼可能不同意。」

「首先，但不是完全恰當啦，我並不怕你。」

她哼了一聲，顯得很不耐煩。「為什麼不怕？」

「因為，現在你知道我是什麼樣的人，我對你沒有危險，而且永遠不會有危險，除非我變成有危險的那種人。」

她的嘴唇噘了一半。他說得對……但那根本不是重點。

「其次，還是稍微有點離題，我認為你所有的時間都花在不好的男人身上。我可以想像啦，是你那種特殊工作害的。」

「也許吧。不過你要講的重點到底是什麼？」

他再度靠到她身邊。「我有什麼感覺。你有什麼感覺。」

她不讓步。「你怎能確定自己有什麼感覺？你現在處於人生最大的創傷經驗之中，而且才剛失去自己的整個世界，只剩下你不完全信任的弟弟、綁架你兼凌虐你的人，還有艾尼。所以，你有百分之五十的機會依戀我，或者有百分之五十的機會依賴艾尼。丹尼爾，這是很基本的斯德哥爾摩症候群問題。我是你生活中唯一的女性，你沒有其他的選擇。理性一點想想看吧，現在這個時機有多麼不恰當。你正處於嚴重的身心痛苦，不能相信從中產生的感情。」

「我會考慮看看，除了一件事以外。」

「那又是什麼？」

「早在你變成我生活中唯一的女性之前，我就想要你。」

她愣住了，於是他得寸進尺，把兩隻手都輕輕放在她的肩膀上。從他掌心傳來的暖意讓她意識到自己覺得好冷，剛才都沒發現。她不禁簌簌發抖。

「記不記得我以前對你說過，我從來不曾在地鐵上開口約女生？那樣說其實不是很完整。一般來說，我大概要歷經三個星期很普通的相處，過程中女生不時會鼓勵我，總讓我覺得很尷尬；然後我才能鼓起勇氣，邀請女生去喝杯不是很正式的咖啡。可是從看到你的臉那一刻起，我就好想勇敢跳出自己的舒適圈，想要確定還能再見你一面。」

她搖搖頭。「丹尼爾，我迷昏你耶，化學藥物讓你變得很亢奮，那種作用很類似搖頭丸。」

「不是那時候，我記得很清楚。我能感覺你『撞到』我之前和之後的差別，從那之後，事情變得很混亂。不過在用藥之前，我就已經陷進去了，我拚命想著該怎麼跟你一起下車，又不會看起來像跟蹤狂。」

她無法回應。他的身體接觸開始令人迷惘。他依然輕輕扶著她，身子稍微往下彎，於是兩人的臉非常貼近。

直到這一刻，她才開始真正考慮他說的話。自從綁架他之後，她把丹尼爾說的話和做的事都當作是心靈創傷之後的反應，當作它們不存在。她曾把他當作受審者進行分析，一直把她自己排除在問題之外，因為所有事情與她無關。而且他經歷的一切都還在正常範圍內。

她努力回想上一次有男人這樣看待她是何時的事，結果腦袋一片空白。

過去三年來，她遇到的每一個人，無論是男性或女性，都有可能是危險的來源。而在那之前的六年間，正如她剛才做的痛苦說明，曾與她有互動的每一個男人都極度厭惡她。再一路回想到大學時代和醫學院時期，幾段短暫的關係從來不曾包含太多的浪漫情愫。到了剛開始當科學家的時候，她曾接觸的男性也都同樣是科學家，她與那些人的關係源自大量的共同研究時間和非常特殊的興趣，那些內容大概有百分之九十九點九九的民眾無法理解。每一次，他們都是勉強忍受彼此。難怪從來沒有擦出什麼火花。

而這一切都沒有減損丹尼爾的神情。他宛如帶電的目光混雜著驚奇和陶醉，凝視著她的臉——她那遭受毆打的腫脹臉龐。於是，對於自己像是遭到碾壓的外表，她頭一次為了全然無謂的理由感到羞赧。她的雙手原本無力地懸垂在身體兩側，這時抬起一隻手，盡可能遮掩自己的臉，像個無助的孩子。

「我對這件事想了很多，」他說著，她聽得出聲音裡的笑意。「我很清楚自己在說什麼。」

她只是猛搖頭。

「如果你沒有同樣的感覺，剛才說的一切當然都沒有意義。我今天晚上好像有點自信過度。」他停了一下。「難道我們說的根本不是同一種語言，是嗎？我一直都誤解了。」

他又停頓下來，像是要等待回答，但她不曉得該說什麼才好。

「在你眼中，我是什麼樣的人？」他問道。

她的手稍微放低一點，抬眼看著他，看著他令人費解的真誠表情，那是她從一開始就努力想要解讀的表情。他問的是什麼問題啊？答案實在太多了。

「我不曉得該怎麼回答。」

他瞇起眼睛，考慮了一會兒。她好希望他能後退一步，那樣比較能清楚思考。接著，他似乎不知從哪兒得來的勇氣，振作精神，挺起肩膀。

「也許這樣也可以把事情全部釐清。不然回答這個問題：在你眼中，我最糟糕的事情是什麼？」

她還來不及細想，答案就自己衝口而出。「責任感。」

她聽出這番話有多麼刺耳。這下子他往後退開，正如她所願，但她後悔了。為什麼房間這麼冷？

他一邊退開，一邊兀自點點頭。

「這話很公道，非常公道。我顯然是個大白癡。我不能忘記自己害你身處險境。而且，事實上……」

「不！」她遲疑一下，隨即朝他踏出一步，急著想澄清。「我不是那個意思。」

「你不必當好人，我知道自己在這整件事裡一點用處都沒有。」他朝門口胡亂指了一下，指向那個想要同時殺掉他們兩人的外面世界。

「不是那樣。身為正常人並不是壞事，你會體驗到所有其他事物。我要說的是……制衡手段。」看到他的表情徹底震驚，她忍不住又朝他踏出一步，用她兩隻冷冰冰的小手，抓起他的一隻溫暖大手。看到「制衡手段」這個詞取代了他眼裡的痛苦，眼神漸漸變成困惑，她稍微放心一點。她連忙開口解釋。「你還記得我和凱文曾經談到制衡手段嗎？關於你是中情局需要用到的制衡手段，逼迫凱文暴露行蹤？」

「記得，比起『一點用處都沒有』，這句話讓我感覺好太多了。」

「聽我說完。」她深吸一口氣。「他們完全抓不到我的把柄，巴納比是我唯一的家人。我沒有什麼姊妹生了幾個小孩、住在某棟郊區的房子等等，『部門』沒辦法用那種方式威脅打擊我。我沒有半個人需要掛心。沒錯，這樣很孤獨，但我也很自由。我得要保住的性命就只有我自己。」

她看著他思考這些話，努力想理解話中的含義。她努力思索某個具體的例子。

「就像，假如……假如他們找到你，」她慢慢解釋，「假如他們用某種方式抓到你……我就得去找你。」這例子太真實，連她都嚇到了。她不懂這例子為何真實，但終究無法改變事實。

他瞪大雙眼，似乎突然呆住了。

「他們就贏了，你懂吧，」她充滿歉意地說。「他們會把我們倆都殺了。但那並不表示我不必嘗試，懂了吧？」她聳聳肩。「責任感。」

他張開嘴想要說話，隨即又閉上。他走到洗碗槽邊，然後又走回來站在她面前。

「你為什麼要來找我？因為內疚嗎？」

「有一點。」她坦白說。

「可是連累我的人並不是你，不算是。他們選擇我，並不是因為你的關係。」

「我知道……所以我才說有一點。也許百分之三十三吧。」

他微微笑了一下，彷彿她說了什麼好笑的話。「那麼其他百分之六十七呢？」

「另外百分之三十三……正義感嗎？這樣的字眼不正確。不過像你這樣的人……你不只值這麼多。你比他們任何人都好，像你這樣的人變成這世界的一部分是不對的，既罪惡又浪費。」

她不是有意要表達這麼強烈的情感。她看得出來，這樣說只是令他變得更困惑。他並沒有意識到自己多麼獨特。他根本不該同流合污，他有某些部分真的很……純真。

「那麼剩下的百分之三十四呢？」他想了一會兒之後問道。

「我不曉得。」她咕噥著說。

她不曉得丹尼爾為何變成她人生的重要人物，也不曉得怎麼會變成這樣。她不曉得自己為何自動假定他會在未來占有一席之地，畢竟這一點道理也沒有。他弟弟請她好好照顧他時，她不曉得自己的答案為何那麼真心誠意，那麼……覺得像是一種義務。

丹尼爾等待更多回答。她無助地兩手一攤，不曉得還能說什麼。

他微微笑了一下。「嗯，責任感聽起來似乎不像剛才那麼糟了。」

「責任感說的是我。」

「你也知道，如果他們來找你，我會盡一切努力擋在他們前面。所以，我也要對你負起責任。」

「我不要你那樣做。」

「因為到最後我們兩個都會死。」

「沒錯，一定會！假如他們找到我，你就趕快逃走。」

他笑起來。「我尊重不同的意見。」

「丹尼爾……」

「那我就告訴你，我還看到你的哪些部分。」

她的肩膀不自覺垮了下來。「把你看到最糟糕的部分告訴我吧。」

他嘆口氣，接著伸出手，用指尖輕輕撫摸她的臉頰。「這些瘀青。我看了都心碎了。不過呢，另一方面真的很扭曲也很糟糕，我有點慶幸你有這些瘀青。很丟臉吧？」

「慶幸？」

「嗯，假如我的白癡惡霸弟弟沒有把你打成這樣，你就會消失了，我再也不可能找到你。因為你受了傷，才會需要我幫忙。你留在我身邊。」

他說到最後一句話時，表情變得非常不安。但也可能因為他的指尖停留在她的皮膚上。

「那麼，我可以說說我還看到什麼嗎？」

她小心翼翼凝視他。

「我看到一個女子，她比……我遇過的所有其他女性更加真實。跟你比起來，我認識的每一個人都好像只是幻覺，很不完整，就像影子或假像。我愛我的前妻，或者應該說……就像我被下藥的時候，你的說法一針見血：我愛的是我心目中的她。真的是那樣。不過，她對我的意義完全比不上你。從來沒有一個人像你這麼吸引我，而且從遇到你的最初那一刻就是這樣。那就像……讀到書上說有重力和第一次真正體驗到墜落之間的差別。」

他們凝視著彼此，感覺好像有幾個小時那麼久，但其實應該只有幾分鐘或甚至幾秒鐘。他的手，一開始只是用指尖碰觸她的臉頰，這時慢慢放鬆，直到整個手掌捧著她的下巴。他的拇指輕輕撫摸她的下唇，力道那麼輕，她不太確定那是否只出於自己的想像。

「不管從各種層面來看，這根本完全不理性。」她悄聲說。

「拜託，不要殺我好嗎？」

她可能真的點了頭。

他的另一隻手碰到她的臉……動作好輕柔，連她的瘀青都沒有感覺到痛，而是真正產生了電流，身在電漿球內部的感覺一定就像這樣。

他的唇輕輕貼上她的唇時，她開始提醒自己，她不是十三歲女孩，這也不是初吻，所以其實……接著，他的雙手伸進她的頭髮裡面，讓兩人的唇更加緊密相吻；他的唇微張，於是她剛才的念頭到最後輕輕飄散，再也無法把一個個字串連成有意義的句子。

她喘息著，其實只是微微吐出一口氣；他的臉稍稍往後仰，同時依舊以修長的手指穩穩護著她的頭。

「我弄痛你了嗎？」

她不記得該如何說「只要一直親吻我就好」，於是索性掂起腳尖，伸手環抱他的頸部，緊緊擁著他。他正樂意百依百順。

他一定感受到她雙臂的微微拉扯，也可能是他的背部承受著兩人身高的明顯差異，於是他抓住她的腰，抱著她坐上中島，兩人緊吻的熱唇須臾不曾分離。宛如反射動作一般，她的雙腿環繞他的後臀，同時間他的雙臂用力緊抱她的身軀，兩人身體的暖意融合在一起。她的雙手手指伸進他的髮絲相互纏繞，她才終於能夠對自己徹底承認，這頭恣意飄揚的鬈髮一直深深吸引著她；先前他不省人事之時，她暗暗享受著自己手指在他髮際游移的感覺，那完全有失專業本色。

親吻的感覺好真誠，好有丹尼爾的風格，彷彿他的性格伴隨著他的體香和氣息，全都是電流的一部分，在他們兩人之間來回鳴盪。她漸漸了解丹尼爾之前所說的意思，說她對他有多麼真實。對她來說，他是全新的體驗，幾乎像是她的初吻，因為不曾有其他的吻顯得如此鮮明強烈，遠比她自己善於分析的頭腦更加強烈清晰。她完全不必思考。

不必思考的感覺令人驚奇馳迷。

只要能夠親吻丹尼爾就好，彷彿這就是好好呼吸的唯一目的。

他吻著她的脖子、她的鬢角、她的頭頂。他捧著她的臉龐輕按在頸間，情不自禁嘆氣。

「為了這一刻，感覺好像等了一個世紀那麼久。時間好像完全停止了。與你在一起的每一秒，都比我遇見你之前的每一天更重要。」

「這應該不會太容易啊。」等到他的吻終於結束，她才能再度開始思考。她衷心盼望自己不必思考。

他微微抬起她的下巴。「你是指什麼？」

「難道不該有點……笨拙？彼此撞到鼻子，像那樣之類的？我是要說，對我來說已經太久了，不過那是我唯一的印象。」

他輕吻她的鼻尖。「正常來說，是那樣沒錯。但是不管從哪一方面來看，這都不是正常的狀況。」

「我真不懂怎麼可能會這樣，機率只有天文數字的相反啊。你只是他們隨便放進陷阱裡的誘餌，然後這麼巧，你竟然剛好是……」她不曉得該怎麼說才好。

「剛好是我所渴求的。」他說著，然後又傾身吻她一次。他太快移開了。「我得承認，」他繼續說，「這絕不是我會下的賭注。」

「你買樂透彩券中獎的機率都比這個高。」

「你相信命運嗎？」

「當然不相信。」

聽到她的輕蔑語氣，他笑了。「那麼我想，因果業力也不考慮嘍？」

「那些都不是實際存在的事物。」

「你能夠證明嗎？」

「嗯，沒有很確定，不能。不過也沒有人能證明它們實際存在。」

「那麼，你還是得接受，這是世界上最不可能發生的巧合。不過呢，我認為整個宇宙自然而然會達成某種平衡。我們都遭受不公平的對待，也許這就是我們得到的平衡。」

「這樣想並不理性……」

他打斷她的話，他的唇立刻讓她忘了原本想要說什麼。他一路吻著她的臉頰，最後吻到耳朵。

「你太高估理性了。」他悄聲說道。

然後，兩人的唇再度交纏，於是她不得不同意。這遠比邏輯美妙多了。

「你不能擺脫《印度支那》喔。」他喃喃說著。

「唔？」

「那部電影。我冒著我們的生命危險得到它，你至少要……」

這一次，她不讓他把話說完。

「明天。」他們喘息時他說。

「明天。」她也同意。

第十六章

隔天早上醒來，亞利思一方面感受到滿滿的期待，同時也覺得非常非常愚蠢。

坦白說，她現在的狀況無法好好完成一整段思考，因為不斷回想起丹尼爾臉龐的某個細節，或者他雙手的觸感，或者她喉嚨所感受到的氣息。但這當然也是期待感的來源。

然而有好多現實的問題必須考慮。昨天晚上，或者應該說今天凌晨，兩人在二樓樓梯旁親了第一百次晚安吻時，她已經太累了，無法思考那些現實的問題。她差點就沒有力氣設置防禦措施，以及趁自己累極昏迷之前戴上防毒面罩。

那可能是好事；當時她腦袋一片混亂，無法確切理解自己剛剛做了什麼瘋狂行為。即使是現在，一想到丹尼爾可能醒來待在某處，她依舊很難專心思考。她急欲再見到他，然而也有點害怕。昨天晚上瘋狂高漲的情緒感覺好自然、好難抗拒，但會不會早已煙消雲散？他們會不會突然又變成陌生人，兩人根本無話可說？

比起感情持續發展，變回陌生人可能簡單多了。

也許今天或明天，或者到了後天，凱文就會打電話來……

呃，凱文。她可以想像凱文對於近日的發展會有什麼樣的反應。

她搖搖頭。那其實不重要。因為今天或明天，凱文就會打電話來，然後她會寄出電子郵件，讓那些大老鼠四散奔逃。凱文會收集一串名單，也會跟蹤他那邊的大老鼠；萬一她沒有同步行動，她這邊的大老鼠只要一意識到危險，必定會全部鑽進地下。因此，她必須把丹尼爾留在這裡，著手進行她的報復攻擊行動，而且完全知道自己有很大的機會再也不會回來。她該怎麼解釋這一切？得解釋多久？至少要兩天吧？這時機真是可恨啊。

即將展開的這一天，她期待分分秒秒都與丹尼爾廝守，但這樣是不對的。這樣很不誠實。丹尼爾也聽過那個計畫，但她很確定他不曾仔細思考，不了解背後真正的意義。再過不久，她就要把他單獨留在這裡了，他們最好把僅剩的時間用來訓練他的躲藏技巧，或者多個幾次靶場練習也沒壞處。

隨著思路漸漸來到結論，原本的期待感就變成沮喪與害怕了。她昨晚的行為非常不負責任。假如她預先知道丹尼爾的情感，也許就能先徹底思考這所有的事項，不至於讓情況失去控制。她也許能讓兩人之間保持適當的距離。然而，這一切完全出乎她意料之外。

嘗試理解正常人的想法並非她的強項。不過，坦白說，會覺得真實的亞利思很有吸引力的人，其實不是正常人。

她聽見外面傳來狗叫聲，聽起來像是狗兒從穀倉回來了。她不知道現在究竟仍是早上，或者已經是下午了？

她抓起一套乾淨衣物，解除門口的裝置，躡手躡腳走向浴室。除非刷完牙，否則她不想見到丹尼爾。這實在很蠢。她不能再吻他了，這樣對他們倆都是好事。

走廊很暗，浴室空無一人。丹尼爾的房門是打開的，房間裡也沒有人。她快手快腳沐浴，盡量不要花太多時間照鏡子，希望自己的臉盡快朝向康復之路邁進。她的嘴唇比昨天更糟，又變腫了，不過這是她自己的錯。她睡覺時把三秒膠弄掉了，於是下唇的正中央底下變成顏色較深的疤痕，這表示她嘴唇的形狀將會永遠改變。

走下樓梯時，她聽見電視傳來聲音。她進入起居室，看見丹尼爾彎身看著平面電視下方的控制臺。大門打開，一陣溫暖微風透過紗門吹進來，吹亂了他腦後的鬈髮。

他正在喃喃自語。「為什麼有人需要五種不同的訊號輸入方式？」他伸出一隻手，撥開遮住眼睛的頭髮。「這是ＤＶＤ耶，我又不是要發射太空梭。」

他的丹尼爾式作風讓她呆立原地不動，一陣怯懦感猛然襲來，害她好想轉過身，偷偷溜回樓上。那些非說不可的事情，她要怎麼告訴他呢？光是想到那會讓他不開心，她就油然萌生一股厭惡感，比她準備要做的事情更令人厭惡。

蘿拉在門口外面吠叫，期盼的眼神透過紗門看著她。丹尼爾旋即轉身，他一看到亞利思，臉上立刻綻放大大的笑容。他三步併作兩步衝過房間，以熱情洋溢的熊抱動作把她抱起來。

「你起床了。」他興奮地說。「你餓不餓？做蛋捲的每樣材料都準備好了。」

「不。」她一邊說，一邊努力想要掙脫。就在這時，她的肚子咕嚕叫。

他把她放下來，對她挑挑眉毛。

「我是要說餓了。」她坦承說。「不過，我們先聊一下好嗎？」

他嘆口氣。「我也想到，你一醒來又會努力分析。開始聊之前，我只有一個條件……」

她很想逃走。罪惡感非常強烈，但是回應他親吻的渴望更加強烈。她不曉得還有沒有另一次機會。這是非常輕柔的一吻，溫柔而緩慢。他注意到她嘴唇的狀況。

他分開時（是他，不是她；她簡直完全無法自制），輪到她嘆氣了。

他放下手臂，牽著她的手走向沙發。輕微的嗖嗖觸電感沿著她的手臂往上傳遞，她不禁暗暗咒罵自己，竟然這麼容易受騙上當。那麼，說不定這是他第一次牽她的手？她得好好把握才行。

蘿拉看到亞利思靠近門口，再度吠叫一聲，殷殷期盼。亞利思對牠投以充滿歉意的眼神。康恩和愛因斯坦都蜷伏在蘿拉背後的門廊上，康恩的樣子很像地上堆了一大團毛皮。

丹尼爾特地抓起遙控器，對電視機按下靜音鍵，然後把它扔到地上。他拉著她在身旁坐下，一直牽著她的手，臉上還漾著微笑。

「我猜猜看，你認為我們很欠考慮。」他說。

「嗯……對。」

「因為我們根本不可能和睦相處，好好建立關係。我承認這完全不是好萊塢式的邂逅劇情。」

「不是那樣啦。」她低頭看著他的手，那隻手完全包覆她的雙手。

說不定她錯了。說不定這整個復仇計畫根本都沒有經過縝密的考量；不管做了什麼，她終究還是得亡命天涯。其實她可以把損失的金錢賺回來；她可以去芝加哥，找喬伊．吉昂卡帝一起解決她的事情，並再度成為黑幫醫師。說不定她只要敘述自己目前對追殺計畫的了解，黑手黨家族真的會提供某種程度的保護。

或者，她也可以在某個偏遠小鎮的餐廳當櫃臺人員，生活中不需要額外的事物，像是色胺、鴉片和詭雷等等。如果一直低調生活，說不定她的假身分可以持續使用很久？

「亞利思？」他問。

「我只是在想以後的事。」

「我們的長期相處問題嗎？」他猜測說。

「不，不是長期。我想的是今天晚上的狀況。或者明天。」她終於抬頭看他，他那雙溫柔的灰綠色眼睛只有一點點困惑，不至於憂慮。還不至於。

「你弟弟很快就會打電話來。」

他做個鬼臉。「哇，我還沒想到那個。」他身子抖了一下。「我想，這件事最好透過電話不經意提起，像是：『對了，凱文，我愛上亞利思了。』這樣比當面說要好，對吧？」

他亂鬧著練習宣布時，陣陣刺痛猛然竄過她的神經系統，她很不喜歡這樣。那種字眼不可以拿來不經意談論，他不應該用的。但是刺痛依舊。

「我擔心的不是這部分。你記得那個計畫吧。」

「等他一就定位，我們便寄出電子郵件。他觀察誰有反應，然後我們與他會合，而且……」他話還沒說完，突然皺起眉頭。「然後你們兩個要……那該怎麼說？『把他們清除掉』，對吧？那一定非常危險，不是嗎？我們可不可以讓凱文自己去處理就好？他看起來可能不會介意，我覺得他很喜歡他的工作。」

「我們談的條件不是這樣。而且，丹尼爾……」

「你想說什麼？」現在他的語氣比較嚴厲，顯得尖銳。他慢慢懂了。

「如果那些壞傢伙把用來對付我們的制衡手段抓到他們那邊去，我和凱文就沒辦法……嗯，盡全力執行任務。」

她的話語幾乎像是有實體的重量，話語一落，產生的餘震迴盪在隨之而來的沉默中。

他盯著她，眼睛眨都不眨，就這樣過了好一段時間。她等待著。

「你是開玩笑的吧？」他終於問道。他的語調差不多像是講悄悄話。「你去冒生命危險的時候，你認為我真的會答應留在這裡，閒閒沒事做？」

「不是開玩笑。而且，對，你要留在這裡。」

「亞利思……」

「我知道怎麼照顧自己。」

「我知道你會，可是……我只是沒辦法接受。我怎麼能忍受？在這裡等，什麼都不知道？亞利思，我是很認真的啊！」

他的語氣到最後變得很不耐煩。她沒有看著他；她正直直瞪著眼前的電視。

「亞利思？」

「把音量打開。快點。」

他瞥了一眼電視，呆愣了短短一秒，然後整個人跳起來，在地上摸索著抓取遙控器。他胡亂按了幾個錯誤按鍵，然後新聞主播的聲音宛如雷鳴一般，從環繞音響傳出來。

「……自從上週四失蹤至今，警察相信他從任教的高中遭人綁架。提供訊息尋獲他的下落將可得到相當優渥的賞金。如果你看過這個人，請撥打下面的電話號碼。」

在大大的螢幕上，丹尼爾的臉龐放大成真實尺寸的四倍大。那是一張快照，而不是取自學校年鑒的正式照片。他在戶外陽光普照的某處，臉上綻放大大的笑容，頭髮汗溼而蓬亂。他的左右兩邊各站了一個身高較矮的人，他伸長雙臂搭在他們的肩膀上，而照片把那兩人的臉切掉了。這張照片拍得非常好，把他拍得既帥氣又有魅力，你看到這種人，確實會想要幫助他。一個免費電話號碼以大紅字樣打在螢幕下方。

照片消失了，取而代之的是一名年長的男主播，以及一名比較年輕漂亮的金髮女主播。

「真是遺憾啊，布萊恩。希望大家能讓他盡快回家與家人團聚。接下來要請麥瑟蓮帶我們了解天氣狀況。麥瑟蓮，這星期接下來的天氣看起來如何？」

鏡頭轉到一名撩人的褐髮年輕女子，她站在全國數位地圖的前方。

「這是全國新聞，」亞利思低聲說。她的心思開始衡量整個情勢。

丹尼爾把電視調為靜音模式。

「一定是學校打電話給警方，」丹尼爾說。

她只是看著他。

「怎樣？」

「丹尼爾，你知道每天有多少人失蹤嗎？」

「喔……他們的照片不會全都出現在新聞上，對吧？」

「只失蹤幾天的成年人更是不會。」她站起來，開始踱步。「他們刻意要讓你曝光。這代表什麼意思？他們要讓這件事怎麼發展？他們認為凱文殺了我嗎？或者他們認為我發現事實，帶著你一起走？他們為何會認為我帶你一起走？一定是與凱文有關，那也是他的臉。他們一定認為我失敗了，對吧？比起我的「部門」，中情局要安排這樣的新聞快報比較簡單。而當然啦，假如他們有合作關係……」

「凱文會看到這個嗎？」丹尼爾憂心忡忡地說。「他人就在華府耶。」

「無論如何，凱文都不會露臉。」

她又踱步一會兒，然後走去坐在丹尼爾旁邊。她盤起雙腿，並握住他的手。

「丹尼爾，你昨天跟誰說過話？」

他脹紅了臉。「我說過了，除了櫃臺的人，我沒有跟其他人講話。」

「我知道，不過他們是什麼樣的人？男的、女的、老人、年輕人？」

「嗯，雜貨店的收銀員是個男人，有點老，也許五十歲，西班牙裔。」

「那間店生意好嗎？」

「還不錯，他是唯一的收銀員。我後面還排了三個人。」

「那很好。」

「一元商店很小，只有我一個顧客。不過櫃臺的女人開著電視，正在看益智遊戲節目。她很少抬起頭。」

「她年紀多大？」

「比第一個傢伙老。白髮。為什麼這樣問？上了年紀的人比較常看新聞，對吧？」

她聳聳肩。「可能吧。第三人呢？」

「剛畢業，我猜啦。我記得心裡還想：學校放假了嗎？然後才發現她在那裡工作。」

她突然覺得心一沉。「年輕女孩？而且她很親切……非常親切。」這不是問句。

「對。你怎麼知道？」

她嘆口氣。「丹尼爾，你是很帥的男人啊。」

「我最多只能說很普通，而且我比那女孩大了十歲有吧。」他反駁。

「就是要年紀夠大才會感興趣。嗯，那不重要。我們要採取幾項對策。你從現在開始別再刮鬍子，而且我們不只要低調，更要完全躲起來。除此之外，只能希望那女孩不看新聞。而且他們不會在年輕人目前用的某種社群媒體上面玩花樣。」

「他們會嗎？」

「如果他們想到的話，他們會賭賭看。」

他垂頭喪氣，用另一隻手掩著臉。「我好抱歉。」

「沒關係。在這個小小的行動裡，我們全都犯過錯。」

「你沒有啊，你只是努力要讓我的心情好一點。」

「過去幾個星期以來，我犯了好幾個大錯。」

他抬起頭，一臉不相信的樣子。

「第一，我一開始看到卡爾斯頓的電子郵件沒有置之不理。第二，我掉進陷阱。第三，我沒找到你身上的追蹤器。第四，我沒有對牛舍的天花板做防禦措施。而凱文犯的錯是拿下他的防毒面罩……他犯的錯，除了沒有交通工具可以離開以外，我能想到的就只有這一個。可惡，這一回合算他贏了。」

「嗯，他一開始也犯了錯，否則中情局會認為他已經死了。」

「犀利。謝了。」

「還有艾尼，」他難過地說。「他還是很盡心盡力。」

「你不會很討厭那些完美主義者嗎？真是令人難以忍受。」

丹尼爾笑了，「非常討厭。」他臉上的笑意漸漸消失。「但是，我覺得你沒有犯那麼多錯。我是說，如果以你的最佳表現來看，可能是吧。不過對我來說……嗯，我很高興你掉進陷阱。」

她對他露出嘲諷的表情。「那種事距離浪漫氣氛有點太遠了，你不覺得嗎？」她好希望能把他們共度第一個夜晚的記憶割除掉，必要的話用上手術刀也行。她好希望那些影像在她腦中不要那麼清晰銳利……像是他脖子爆凸的青筋，還有他隱約模糊的尖叫聲。她不禁為之顫抖，心想不知還要過多久才能逐漸淡忘。

「我是說真的，假如不是你，他們也可能派別人來抓我。而假如那個人像凱文一樣厲害，無論是誰，他很可能當下就殺了我，對吧？」

她凝視他一雙真誠的眼睛，再度忍不住顫抖。「你說得對。」

他也回望了好長一段時間，接著嘆口氣。「那麼，我們現在該怎麼辦？」

亞利思皺起眉頭。「嗯，我們的選擇很有限。我的臉還禁不起別人細看，不過現在贏過你的臉。所以我們可以留在這裡，小心躲好。不然也可以往北方去，我有個租屋處。那邊不像這裡豪華舒適，也沒有這麼安全。我沒有『蝙蝠洞』可以躲。」她最後一句話的嫉妒與酸意昭然若揭。

「所以你覺得這裡比較安全？」

「看情況。做決定之前，我想先聽聽艾尼對鎮上的看法。參考凱文的意見也不會有壞處。希望他很快就打電話來。計畫已經有點改變，我想他會有他的想法。畢竟他要扮演勝利者的角色。」

這一天很漫長。亞利思不想離開電視。其實明知不管新聞播送多少次、多少個電視臺播送過報導，情況都不會有太大改變，不過她還是得看。面對新情勢，艾尼的反應正如她的預期一樣沉著自制，只有眼角微微繃緊，洩露他內心的擔憂。

亞利思很想列出一張需要物品的清單交給艾尼，派他去「蝙蝠洞」取。她自己很希望擁有西格紹爾手槍，另外再多準備一些彈藥，並幫丹尼爾準備槍管較短的獵槍，他在凱文的存放處見過。近距離射擊時，獵槍會比狙擊步槍更有用，獵槍填充一次子彈可以射倒很多個攻擊者。

她也希望能找到防毒面罩，如果沒有第三個面罩給艾尼戴，她就無法幫房子裝設線路。她很擔心凱文忽略了這麼顯而易見的防禦面向，但或許只有像她這樣的人才會認為顯而易見吧。在凱文的世界裡，他可能只擔心槍砲彈藥。

不過，雖然她很渴望那些東西，現在才準備可能也已經太遲。假如那個嬌俏的女店員已經打電話給第一家電視臺，而且新聞說不定比他們看到的那段更早播出，甚至昨天就播出了，那麼敵人可能已經開始搜索了好一段時間。他們得派人到達此地，在鎮上到處詢問，最後開始調查可疑的線索。如果那人運氣好，監視工作可能已經展開，但她無從知道是否開始了。

就算她和丹尼爾躲在房子裡，並把所有窗戶都遮住，這時也可能有人正在監視艾尼。假如艾尼跋涉前往「蝙蝠洞」，監視者肯定會跟隨在後。到了那時，他們乾脆拉開一塊橫幅旗幟，上面寫著：「恭喜，你已經找到正確地點！趕快準備幾具火箭筒吧！」

不管採取何種行動，他們絕不能透露「蝙蝠洞」的存在。

她最不可或缺的防禦措施很容易取得，因為所有重要物品都裝在她的背包裡，而且全都以密封袋分門別類包裝好，可供快速撤退之用。她請艾尼把貨車移到房子背面，很靠近艾尼臥室的窗邊，只要跳出去就可以鑽進前座。

她很希望凱文會打電話來，不然就是能夠信任他們，把他預付卡手機的號碼告訴丹尼爾，以備緊急情況之需。他說不定在這裡設置了其他防禦措施，連艾尼都不曉得。

丹尼爾為他們三人做了晚餐，雖然不像前一晚的盛宴，不過依然很美味。她對他說，他儲存的食材必須消耗得慢一點，可能要再過一陣子才能將購物列到代辦事項上，連艾尼也一樣。

丹尼爾似乎常常沒有察覺艾尼的存在，這令她很驚訝；嗯，不是沒有察覺，嚴格說來只是不受影響。丹尼爾並不是對艾尼無禮或忽視他，而是在他面前毫不掩飾他們的親密新關係。丹尼爾有兩次牽起她的手，一次親吻她的頭頂，那時艾尼正端著盤子經過。艾尼對丹尼爾的表現毫無反應，這一點都不令人驚訝，但她忍不住感到好奇，他心裡不知做何感想。

艾尼對他們說，他會輪流帶一些狗繞著圍籬邊緣跑，一圈總共將近十公里；他會趁光線還亮的時候跑，那時監視的人會透過雙筒望遠鏡觀察。假如那人棲身的地方距離房子很近，那些狗會警覺到他的存在。宣布完之後，他很早就上床睡覺，維持正常作息。亞利思和丹尼爾留下來看晚間新聞。

他在沙發上摟住她，動作好自然，完全不覺得有何不尋常之處。她不記得這輩子曾與任何人有如此舒服的身體接觸。就連母親也很少擁抱亞利思，無論口頭或行動，她鮮少表露感情。亞利思與巴納比的親近也是在言語方面，從來不曾有肢體接觸。因此，如果她的雙腿與另一個人的腿交纏在一起，她的頭窩在那個人的肩頭，他的手臂也環抱著她，應該會感到尷尬和難為情才對，然而此刻只覺得莫名放鬆。不知道為什麼，他的親密接觸似乎消滅了眼前情勢的一部分壓力。

丹尼爾的失蹤報導又播出一次，但是播出順序比前一個時段晚了一點，看得出來夜間主播覺得這新聞很無聊。中情局或許能在短時間內強迫播出這段新聞，但他們不能阻止電視臺指出這則報導沒有新聞價值。現在顯然已經進展到第二階段了。

「有些事我可能應該要警告你……如果你還沒想過的話。」她說。

他努力想裝輕鬆，但聽得出語氣帶著憂慮。「我很確定沒想過。」

「嗯，假如這報導沒有很快得到結果，他們就得加碼，讓媒體繼續幫他們報導。」

「加碼？那是什麼意思？」

她傾身向後，以便看著他的臉；一想到這些話非說不可，她就很不情願，忍不住皺鼻蹙眉。「他們會讓故事變得比較下流，例如你有犯罪嫌疑，亂掰你綁架或虐待某個學生之類的……他們可能還有更具創意的說法。」

他的視線從她的臉轉回到電視螢幕，不過主播已經開始播報預測選舉的初選狀況。他先是臉紅，然後變得蒼白。她留給他一點時間咀嚼思考。一個好人驚覺自己要變成惡棍，她能想像這有多麼難以接受。

「我也不能怎麼辦。」他語氣平靜地說。這不算是問問題。

「對呀。」

「至少我父母不會看到。也許……我認為不是所有的朋友都會相信。」

「我就不會相信。」她同意。

他露出微笑，低頭看她。「沒多久以前的某個時候，你還以為我會謀殺好幾百萬人。」

「那時候我還不認識你。」

「也對。」

等到晚間新聞播報完畢，他們今天互道晚安時比較沒那麼難分難捨，然後她開始整理東西。他們有可能必須快速動身離開。她拆卸實驗器材並收拾好，然後換上緊身褲和黑色T恤，都是比較舒適的服裝，以免今天晚上就是他們必須逃亡的夜晚。

她知道自己累了，但腦袋似乎沒有要慢下來的意思。她不想遺漏任何事項。丹尼爾說的有可能是對的……她犯的第一個大錯，說不定其實是好事，很可能救了他的命。但她禁不起再度犯錯，現在的賭注不只是她自己的性命而已。她自顧嘆氣。很有責任感確實是優點，但精神上的負擔絕對比較重。

一陣輕輕的敲門聲打斷她的思緒。

「別開門。」她急忙警告，猛然坐起，行軍床跟著搖晃。

短暫停頓後，丹尼爾問道：「你戴著防毒面罩嗎？」

「對。」

「我想也是。你的聲音聽起來悶悶的。」

另一陣停頓。

「你的防禦系統很難拆卸嗎？」他好奇問道。

「等我一分鐘。」

解除通電的電線不需要那麼久。她把防毒面罩推到頭頂，然後打開門。他倚著門框。她在黑暗中無法看清他的模樣，不過覺得他看起來很疲累……而且沮喪。

「你很擔心。」他猜測著說，同時伸手輕觸她的面罩。

「事實上，我睡覺永遠都戴著這個。如果沒戴，感覺會很怪。有什麼問題嗎？」

「每一件事都有問題嗎？沒有啦。我只是……很孤單。我睡不著，想要和你在一起。」他遲疑一下。「我可以進去嗎？」

「嗯，好啊。」她退後一步，把燈打開。

他環顧四周，臉上轉變成從沒顯露過的表情。「這就是凱文給你的房間？你怎麼都沒意見？你應該去睡我的房間！」

「我在這裡很好啊！」她向他保證。「反正我對床的要求不多，淺眠比較安全。」

「我不知道該說什麼才好。我不能睡在特大號雙人床上，心裡想著你擠在儲藏室裡。」

「真的，我喜歡這樣。」

他露出懷疑的眼神，然後突然變得很不好意思。「我自己要求進來，結果害你幾乎沒地方站。」

「我們可以搬開一些木箱……」

「我有更好的主意，跟我來。」他伸出手。

她沒有多加考慮就接受了。他牽著她走過昏暗的走廊，經過浴室門，前往他自己的房間。唯一的光線來自床頭桌上的一盞小燈。

這房間非常棒，與她自己的儲藏室比起來，這裡比較符合凱文的審美觀。房間的正中央有一張大床，罩著白色蓋被，還有鄉村風格的四根床柱，都是沒有細修的原木，製作得很精巧。床尾垂掛著一條金色毯子，與木頭的色調很搭。

「看見沒？」他說。「看過你的可憐處境之後，我在這裡不可能睡得著。這好像男人亂編的爛藉口喔。」

「嗯，我不要換房間，我已經在自己的房間接好線路了。」

他們在房門口站了一會兒，氣氛尷尬。

「其實我沒有特別想到什麼事情要說，只是想和你在一起。」

「沒關係，我也還沒睡。」

「那我們一起都不要睡。」他說著，然後臉紅了，笑得很靦腆。「聽起來好怪。」他又牽起她的手，走向那張大床。「嗯，我答應會非常君子，只是覺得如果能看見你，感覺比較沒那麼焦慮。」他說。

她爬上厚厚的白色蓋被，躺在他旁邊，表面上嘲笑他的難為情，心裡卻默默想著自己是否真的希望他保持君子風度。她斷然提醒自己，這種時候完全不適合有那種非分之想。也許等到未來某一天，等到他們不再身處險境的時候吧。如果那樣的一天真的會到來的話。

他牽著她的手，但保持一點距離。兩人都躺在羽絨枕頭上，他把空著的那隻手枕在頭底下，轉頭看著她。

「沒錯，看吧，這樣比較好。」

確實是。這實在沒道理啊；她離開自己房間的防禦系統，也遠離其他武器……但說也奇怪，她覺得更安全。

「是啊。」她也同意。她把防毒面罩從頭上移除，放在身邊。

「你的手好冰。」

她還來不及回答，他就坐起來，從床尾拉起毯子。他把毯子抖開，然後蓋在兩人身上。他躺回來時變得更靠近了，兩人肩膀互碰，手臂輕壓在她的手臂上，再度握著她的手。

現在該想的是生存大計啊，她為何這麼清楚感受到一些無關緊要的事？

「謝謝。」她說。

「別會錯意喔，我是要對你的陪伴表達最大的敬意，而不是輕視；我想，有你在這裡，我可能真的睡得著。」

「我懂你的意思。今天是漫長的一天。」

「對啊，」他熱烈附議。「你舒服嗎？」

「很舒服。你也別會錯意喔，我可能還是把面罩戴上比較好，這只是奇怪的睡覺習慣。」

他笑起來。「就像抱一隻泰迪熊。」

「完全就像那樣，只是不太可愛。」

他翻身面對她，將額頭靠著她的鬢角。他閉上眼睛時，她可以感覺到他的睫毛刷過她的臉頰。他的右手臂伸過來抱著她的腰。

「我覺得你很可愛。」他低聲說，聽起來好像快要睡著了。「而且當然啦，你也超級危險。」他打個呵欠。

「嘴巴真甜。」她說，但不確定他有沒有聽見。他的呼吸很均勻，想來可能已經睡著了。

她等了一會兒，然後小心翼翼伸出空著的那隻手，撫摸他的鬈髮。感覺好柔軟。他的睡臉徹底平靜，她的手指順著臉部線條輕輕滑下。像這樣安詳無辜的臉孔，從來不曾出現在她的世界裡。她覺得自己從未見過如此美好的事物。

她伸手安放在他的頸背，同樣沉入夢鄉，防毒面罩則被她遺忘在背後。

第十七章

凱文沒有打電話。

丹尼爾似乎不覺得這有什麼奇怪，但亞利思察覺到艾尼的肩膀有些緊繃。

拖太久了。

以她的理解，凱文只需要就定位，從那裡開始跟蹤一個確定牽涉其中的人，也就是卡爾斯頓。他開車到華府大概要兩天，這時間算是相當輕鬆。她曾指點他，到達之後要去哪裡找她的前老闆，最多只要花幾小時就夠了。假如卡爾斯頓沒有待在他理應要在的地方，凱文應該就會打電話。他到底在幹嘛？

難道他出了狀況？她應該等多久才向丹尼爾提出那種可能性？

新的擔憂更加深她的偏執傾向。她又從門外多拉一條引線到她房間，於是她在屋子的其他地方時，房間才能受到保護。不能在整個一樓拉線防禦讓她很沮喪，因為少了一個防毒面罩。

往好的方面想，在此躲藏的每一個小時都對她的臉大有助益。如果照明亮度低，臉上再畫濃妝，她也許可以逃過別人的注意，也許能撐個三秒或甚至四秒吧。

這番等待混雜著一些奇怪的感覺，包括無聊、壓力，而最奇怪的是幸福感。註定沒有好結局的幸福感，有截止期限的幸福感，但這些都沒有減低……滿懷幸福的感覺。此刻她的處境應該非常黑暗才對，耳中充斥著獵殺的脈搏跳動聲，她卻發現自己不時莫名綻放微笑。更糟的是，丹尼爾也像她一樣暈陶陶，這實在很不恰當。隔天下午一起看新聞時，他們談起這件事。

艾尼去訓練其他狗時，亞利思偷偷把蘿拉放進屋內；為了不讓狗進來，他們得把門關著，但她很不喜歡這樣，感覺很無情。愛因斯坦和康恩也跟著一起進來，結果起居室裡擠滿了狗，變得有點麻煩。她希望艾尼不會生氣。這些狗一定偶爾可以進來，否則洗衣房不會有狗兒專用門。牠們通常都待在外面，她不曉得這究竟是訓練的一部分，還是把牠們當成初期警報系統，或者因為艾尼會過敏……如果最後一項是真的，那麼他選錯生活方式了。

蘿拉把牠鬆軟的下巴和耳朵靠在亞利思的大腿上，她很確定那裡很快就會沾滿口水。愛因斯坦跳上丹尼爾旁邊的沙發位置，對於這種打破規矩的狀況熱烈搖晃尾巴。康恩則是讓自己變得好像一條長長的軟凳，趴在沙發的正前方。新聞節目的開場相當乏味，主要當然討論政治，彷彿那些事並不是將近一年之後才要進行；丹尼爾伸長雙腿，跨放在康恩的背上。康恩似乎不以為意。亞利思搔搔蘿拉的耳朵，牠的尾巴咚咚拍打地板。

一切都感覺好舒適，而且有種熟悉感，雖然她這輩子從來不曾處於這樣的狀態。從來不曾有這麼多動物親密環繞她身邊，還可以摸摸牠們、聆聽牠們的呼吸聲；更別提她還握著一個男人的手，這人竟然認為她很可愛……而且危險。他充分了解她的整個人生，居然還能用那樣的眼光看待她……

想到這裡，她的目光自然而然移到他臉上，這才發現他也一樣看著她。他露出大大的燦爛微笑，沒想到留了兩天的鬍渣讓他顯得粗獷；她連想都沒想就報以微笑。她心中充塞著各式各樣輕快的情緒，不禁深深體會這可能是此生最棒的感受。

她嘆氣，然後唉一聲。

他看著電視尋找原因，但只有廣告。「怎麼了？」

「我覺得好白癡，」她坦白說。「愚蠢、輕快。為什麼每一件事都感覺好正面？我沒辦法把有邏輯的思考串連在一起。我想要擔心，最後卻笑起來。我可能瘋了吧，對於應該要關心的事情幾乎都不在意。我想打自己一拳，可是我的臉終於要開始痊癒了啊。」

丹尼爾笑起來。「我想，這是談戀愛的缺點之一。」

胃又刺痛起來。「你覺得我們是那樣嗎？」

「我覺得是。」

她皺起眉頭。「我沒有經驗可以比較。萬一我其實是發瘋呢？」

「你的頭腦絕對非常清醒。」

「但我不相信有人會這麼快墜入愛河。」她完全不相信「愛情」、羅曼蒂克的愛情，徹底不信。她對這點深信不疑。化學反應，當然有；性的吸引力，可以；和諧相處，可以。友誼，忠誠與責任感。然而「愛情」實在有點太像童話故事。

「我……嗯，我從來不曾這樣。我是說，我一直都相信第一眼就受到吸引，也曾經體驗過。現在發生在我身上的狀況一定算是這樣。」他又笑起來。「不過一見鍾情？只是幻想吧，我以前是那樣想。」

「當然是幻想。」

「除非……」

「丹尼爾，沒有什麼除非。」

「除非在那班地鐵上，我發生了某件事，完全超出我經驗之外，我也沒辦法解釋。」

她不曉得該說什麼才好。她瞥了電視一眼，剛好開始播放新聞節目的片尾。那也吸引了丹尼爾的注意。「我們錯過了沒看到嗎？」

「沒有，真的沒有播。」

「而那並不是好事嘍。」他猜測，聲音變得有點尖銳。

「我可以想到這代表幾個不同的意義。第一，他們推出這則報導，發現沒有結果，只好放棄。第二，報導內容準備要改變了。」

丹尼爾挺起肩膀，顯然有所警覺。「你覺得多快可以看到下一種版本？」

「非常快，如果情況真是這樣發展的話。」

還有第三種可能性，但她還沒準備好大聲說出來。假如凱文目前在那些人手上的話；假如那些人已經得到所需的結果，報導肯定會消失。

她自認夠了解凱文的性格，很確定他不會輕易把他們供出來。他夠聰明，假如「部門」逮到他，他會描述最可信的故事內容：他到達牛舍的時候已經太遲了，來不及救丹尼爾，於是殺了「夾竹桃」之後，他前往華府準備報仇。這樣的故事應該可以撐一陣子……她希望可以。她不曉得現在由誰負責審問，如果那個人夠厲害……嗯，凱文到最後一定會說出實情。雖然她不是凱文的超級大粉絲，此時也不禁為他感到惋惜。

當然啦，他對於被捕一定早有準備，就像她一樣。他也可能已經死了。

無論有沒有「蝙蝠洞」，如果凱文到了午夜都沒有打電話來，他們可能就該離開了。她覺得自己是在碰運氣。

嗯，所有的快樂感都已漸漸消失。這至少證明她沒有完全發瘋。現在還沒。

艾尼快要回來了，他們把三隻狗趕回門廊上，雖然動物的氣味可能會透露訊息。丹尼爾開始做義大利肉醬麵，她幫忙簡單的部分，像是打開罐頭、加調味料等等。兩人並肩合作，毫不費力且氣氛融洽，彷彿已經像這樣合作了好幾年。這就是丹尼爾提到的感覺嗎？他們的合作無間毫不費力，這很奇怪吧？她不相信他的理論，但也不得不承認，她自己的理論同樣說不通。

丹尼爾一邊忙碌一邊哼著歌，曲調聽起來很熟悉，但她一開始聽不出來。過了一會兒，她發現自己也跟著哼起來。丹尼爾似乎沒有意識到自己唱起歌來：

「內疚的腳步不成節奏，」他唱著。

「那首歌比你還老吧？」她過了一會兒之後問道。

他似乎很驚訝。「哦，我大聲唱出來了？對不起，如果沒有嚴格控制自己，我下廚的時候常會這樣。」

「你怎麼記得住歌詞啊？」

「那我該讓你知道，〈無心的呢喃〉[4]到現在還是卡拉ＯＫ點唱榜上非常受歡迎的歌。我在『八〇年代之夜』派對唱這首歌通殺四方。」

「你會去唱卡拉ＯＫ？」

4〈無心的呢喃〉（Careless Whisper）是英國樂團「轟」（Wham）非常受歡迎的單曲，一九八四年的作品。

「喂，誰說學校老師不懂得怎麼參加派對？」他離開爐子，右手還拿著沾滿醬汁的湯匙，突然用左手輕輕摟住她。他帶著她跳舞轉了一小圈，滿是鬍渣的臉頰貼著她的臉，嘴裡唱著：「你能找到的就只有痛苦……」接著他轉身背對爐子，在原地跳著舞，同時開心唱著：「無論如何再也不打算跳舞……」

別當呆子啊，她在心裡對自己這樣說，然而臉上卻再度綻放呆傻的笑容。

別唱了，但是她的身體回應著。

丹尼爾的歌喉並不適合廣播放送，不過屬於悅耳明亮的男高音，以熱情彌補了缺點。等他們聽見狗兒在門外歡迎艾尼時，正唱到〈心全蝕〉[5]副歌熱情激昂的二重唱部分。亞利思立刻停止歌唱，整張臉脹紅，但是丹尼爾似乎對她的怯懦和艾尼的進門全都不以為意。

「『我今晚真的需要你！』」艾尼走進門時，丹尼爾一邊放聲高唱，一邊猛力甩頭。亞利思見狀不免感到好奇，凱文和艾尼在這裡單獨相處時不知有沒有娛樂？或者他們之間始終只有公事？

艾尼沒有發表意見，他只是順手拉上紗門，讓屋外的新鮮溫暖空氣與室內的大蒜、洋蔥和番茄氣味混合在一起。這時屋外很暗，室內燈火通明，她得確保艾尼把外側大門關上了，那麼她或丹尼爾才能走進起居室，以免有人看見他們。

「狗兒有沒有狀況？」她問艾尼。

「沒。如果他們發現風吹草動，你會聽到牠們叫。」

她皺起眉頭。「新聞沒有報導了。」

亞利思和艾尼互看一眼。艾尼的視線望向丹尼爾的背影，再移回來看她。她知道他正在問什麼問題，於是搖搖頭表示否定。不，她還沒有對丹尼爾談起凱文無消無息所代表的意義。艾尼的眼睛微微繃緊一下，那似乎是唯一透露內心緊張情緒的外在反應。

為了艾尼著想，他們必須盡快離開。假如有人把丹尼爾和亞利思與這棟房子聯想在一起，那會讓艾尼置身險境。她希望他能諒解關於貨車的事。

晚餐的氣氛很悶，就連丹尼爾似乎也感染到情緒。她下定決心，只要等到他們能獨處，她會盡快告知她內心對凱文狀況的憂心恐懼。他能夠多一夜好眠當然很好，不過他們恐怕得在黎明之前離開了。

晚餐連一根麵條都沒留下，艾尼這次接待訪客，至少會很想念這部分吧；吃飽後，她協助整理，艾尼則走去打開電視看新聞。新聞以熟悉的順序重複播出，她都覺得可以跟著主播逐字背誦了。艾尼今天還沒有看過三輪新聞；他坐到沙發上。

亞利思沖洗碗盤，再遞給丹尼爾放進洗碗機。一隻狗的哀鳴聲透過紗門傳進來，可能是蘿拉。亞利思希望今天下午沒有寵壞牠們。她從不覺得自己是愛狗人士，不過深深覺得以後會想念這群溫暖友善的狗兒。假如凱文其實還活得好好的，最後他們的計畫也順利完成……也許有一天，她可能會自己養一隻狗。如果所有的快樂想法都能成真，說不定凱文會把蘿拉賣給她。這樣想可能並不實際……

低沉短促的「砰」一聲打斷她的思緒……那是不該出現的聲音。即使她的目光飄向丹尼爾，期待可以用器具掉落或關閉櫥櫃的聲音來解釋，但她的心思已經飄得更遠。她的身體還來不及趕上腦袋的思索速度，這時有一陣響亮的吠叫聲從門廊傳來，伴隨著兇猛的咆哮聲。然後又來一次「砰」聲，聲音稍微小一點，由狗兒的喧鬧聲旁邊傳來，接著吠叫聲轉變成震驚且痛苦的叫喊聲。

5〈心全蝕〉（Total Eclipse of the Heart）是美國女歌手邦妮．泰勒（Bonnie Tyler）的經典歌曲，一九八六年發行。

丹尼爾正準備轉身看著門口，她連忙把他撲倒。他的體重比她重很多，不過還是失去平衡，三兩下就趴倒在地。

「噓，」她對著他的耳朵用力發聲，然後從他身上爬過去，到達廚房中島邊緣，窺看四周狀況。她看不到艾尼。她觀察紗門，上半部紗網的正中央破了一個小圓洞。她努力聆聽狗兒和電視的聲響，但是從艾尼端坐的地方聽不到任何聲音。

一定是從遠距離射擊，否則狗兒會看見有人靠近。

「艾尼！」她啞著嗓子壓低聲音喊道。

沒有回答。

她爬向餐桌，她的背包擺在原本坐的椅子旁邊。她從夾鏈袋拿出警用手槍，然後讓它沿著地板滑到丹尼爾那邊。她需要兩隻手都空著。

手槍朝向廚房中島滑到一半，丹尼爾便攔住它，然後倚著中島邊緣。他不曾練習使用手槍，但這樣的距離沒什麼好怕的。

她把幾枚戒指胡亂塞進手指，並將腰帶繫上。

丹尼爾瞬間站起來，將手肘架在流理臺上，似乎對自己的射擊能力一點都不質疑。她衝到最近的牆邊，那道牆從餐廳延伸到起居室。她移動時，看到一隻手將門把向下壓……但那不是手，那是毛茸茸的黑色腳掌。

凱文之所以沒有選擇裝設標準的圓形門把，他的考量不只是美學方面的原因而已。

她又倒抽一口氣，看著愛因斯坦衝進來，康恩和洛威拿犬也緊跟在後。她聽見外面傳來轟拉的痛苦喘氣聲，不禁咬著牙。

狗兒們群聚在丹尼爾周圍，形成毛茸茸的盾牌，她也穿上自己的戰鬥鞋，並將勒頸繩索塞進一邊口袋，木頭把手塞進另一邊。

「說那個指令。」她對丹尼爾悄聲說。

槍手現在一定正在跑過來，雖然他一定得密切注意狗兒的動靜。假如有機會，他會把射程遠的步槍換成可以製造更大彈孔的槍枝。像這樣受過訓練的狗，即使受傷嚴重也會持續追趕。

「逃離協定？」丹尼爾低聲說，語氣很不確定。

愛因斯坦的耳朵抖了抖，低聲吠叫一下，然後小跑步到廚房遠端，開始嗚嗚叫。

「跟著他。」亞利思指示丹尼爾。她從牆壁衝向中島，全程維持低伏姿勢。

丹尼爾開始直起身子，但她還來不及說什麼，愛因斯坦便飛奔過來，咬住丹尼爾的手，將他猛力拉回地面。

「趴低身子。」她低聲解釋涵意。

正如亞利思的猜測，愛因斯坦帶他們前往洗衣房，康恩和洛威拿犬負責殿後。她從開放房間低身進入黑暗走廊時，嘗試查看艾尼的狀況。剛開始只看見一隻手，沒有動靜，但隨即察覺遠處牆上有大片噴濺物，顯然是腦漿混雜著鮮血。於是，試圖把艾尼一起拖走也就沒有意義，要救他已經太遲了。而且槍手顯然是神射手。好消息真是接踵而來啊。

看到愛因斯坦沒有進入洗衣房，而是用腳掌扒抓走廊上的櫥櫃，亞利思非常驚訝。丹尼爾拉開櫥櫃門，愛因斯坦從他旁邊跳過去，用力拉扯裡面的某個東西。亞利思爬過去靠近一點，突然有一大團沉重的毛皮掉到她頭上。

「這是什麼？」丹尼爾在她耳邊低語。

她奮力鑽出那堆毛皮。「我想這是毛皮外套……但可能不只是這樣。太重了……」她伸手快速摸索整件外套，然後沿著袖子檢查；毛皮底下有某種長方形的堅硬東西。她伸手探入袖子，努力想弄懂自己摸到的究竟是什麼。最後她的手指摸索出來了。要不是先前曾經割開凱文的「蝙蝠裝」，她不確定是否能把所有線索拼湊起來。

愛因斯坦又把另一團沉重毛皮拉下來，蓋在他們身上。

「這裡面鋪著克維拉防彈纖維。」她低聲說。

「我們應該要穿上。」

亞利思從頭頂開始套，奮力鑽進她那件外套。克維拉很重也就算了，可是為何要用笨重的毛皮？難道凱文會在寒冷天氣訓練這些狗？這只為惡劣天氣準備？這裡曾經變得那麼冷嗎？不過隨著她奮力穿進手臂（當然太長了）、把兩隻手伸出來，她看到丹尼爾的外套與愛因斯坦毛皮融合在一起，實在看不出某一件到哪裡結束、另一件又從哪裡開始。這是偽裝。

這外套甚至連兜帽部分都鋪有克維拉襯裡，於是她拉著兜帽戴起來。現在，她和丹尼爾就像是黑暗中的另外兩團毛絨形狀。

愛因斯坦直接穿過洗衣房遠端的狗門，丹尼爾也跟著鑽出去。她可以感覺到康恩的熱氣緊貼在背後。她穿越那道門，看到愛因斯坦把丹尼爾往後拖倒，因為他試著從蹲姿站起來。

「爬行。」她解釋。

爬行速度實在慢到令人洩氣，她每每向前爬一步，外套就顯得越重也越熱，而且手掌和膝蓋底下的碎石更像刀尖一般銳利。等他們終於爬到粗短的草地，稍微比較不痛了，但她對於緩慢的步調非常不耐煩，因此幾乎沒注意到轉變成草地。愛因斯坦帶他們爬向狗舍，應該是打算帶他們去找貨車，先前亞利思指示艾尼把貨車停在那裡，但她擔心貨車不是很好的逃跑方法。槍手可能正準備就定位，等待有人企圖從唯一的一條路開車出去。不過這也可能是新的情勢變化，表示槍手等在外面時，他的同夥會開始掃蕩屋子，準備將受害者驅趕到屋外。

她聽見狗群在狗舍內喧鬧吠叫，那些狗面對這種情勢全都很憤怒。他們爬了四分之三路程時，突然又傳來尖銳的「砰」一聲，在她面前揚起一陣塵土。愛因斯坦激烈吠叫，而亞利思聽見他們後方有一隻狗踩著轟隆腳步聲離開小隊，嘴裡低聲咆哮。牠的腳步聲很沉重，加上步伐緊湊，因此她很確定那是洛威拿犬。又傳來「砰」一聲，距離比較遠，但轟隆腳步聲的節奏沒有改變。她聽見某個聲音，很像是低聲咒罵，然後一連串子彈宛如雨點般噴射而出，那絕對不可能是狙擊步槍。她全身肌肉緊繃，即使盡可能以最快的速度跟在丹尼爾後面爬，依舊期待能聽見洛威拿犬的吠叫聲。聲音沒有傳來，但轟隆腳步聲消失了。淚水刺痛她的眼睛。

康恩移動到她旁邊的位置，亦即槍手那一側，而她發現愛因斯坦也為丹尼爾提供同樣的保護。凱文曾說這些狗會捨命救丹尼爾，牠們確實身體力行。凱文如果知道牠們也同樣保護她，可能會很生氣吧。

凱文。嗯，現在看來，他很有可能還活著。新聞停止播出，不是因為中情局已經找到凱文，而是因為他們成功確定丹尼爾的所在處。

他們到達狗舍了，她爬進隱密的陰暗處，滿心感激。裡面的狗兒全都焦慮地哀鳴、吠叫。她與內襯沉重的外套奮戰一番，終於掙扎著站起來，雖然依舊彎著腰，但這樣移動起來比較快速。丹尼爾仿效她，同時緊盯著愛因斯坦，注意看牠是否會堅持要他們趴下。但愛因斯坦這時沒有注意丹尼爾，牠和康恩沿著左右兩排狗舍時跑時停，在每一道門前停下，然後又跳到下一道門前。剛開始，她不確定是否也該跟著跑，但隨即意識到牠們在做什麼。最靠近的一道狗舍門打開了，接著是下一道。凱文已經教會他的得意門徒從外面打開狗舍門。

釋放出來的狗兒立刻安靜下來。第一組狗是配成一對的標準德國狼犬，兩隻狗一起跑出狗舍大門，直往北方奔去。牠們還沒跑出視線之外，又有三隻洛威拿犬從她面前衝過去，奔向南方。另有單獨一隻杜賓犬跟在後面，接著是四隻一組的德國狼犬，每一群都奔往不同方向。那些狗湧出這棟建築速度實在太快了，她完全來不及計算到底有多少隻，隨便估計也有三十多隻，其中有些還是幼犬。她的內心有點想幫牠們加油，喊著：「孩子們，把那些人撕爛！」但又有點想對牠們說：「小心啊！」她看到蘿拉的小狗從面前跑過，不禁又流下淚來。

在漆黑的夜裡，有人痛苦大叫。一陣槍聲響起，然後是尖叫聲。她的嘴唇不禁漾起緊繃且悲傷的微笑。

但傳來的不完全是好消息，她聽見另一個方向傳來槍聲，表示攻擊者人數眾多。

「槍呢？」她低聲對丹尼爾說。他點頭，從牛仔褲腰際拿出那把槍，遞給她，但她搖頭。她只想知道他沒有弄丟。她在厚重的毛皮裡流著汗，於是把兜帽往後推，用前臂抹過額頭。

「現在怎麼辦？」他喃喃說著。「我們應該要在這裡等嗎？」

她正要說關於「逃離」，這根本不算答案；就在這時，愛因斯坦回來了，又把丹尼爾推倒。她再度四肢並用，跟著愛因斯坦從剛才進來的門口爬出去。康恩還在，牠又負責殿後。這一次愛因斯坦帶他們往北，但她記得那個方向沒有其他建築物。她體認到可能要爬很遠，而乾燥的草莖已經在她手上割出很深的傷痕。她嘗試用外套的袖口墊著手掌，但那部分沒有襯裡，所以幫助不是很大。至少黑夜裡有太多毛茸茸的形體，槍手不會理睬這四團沒有發動攻擊的形體。她回頭望著遠處的屋子，沒有看到任何一盞燈火是後來點亮的。他們還沒有開始掃蕩屋內。狗兒的叫聲持續傳來，有遠方的咆哮聲、蘿拉小狗的連續吠叫，以及散亂的斷續叫聲。

她失去時間感，只察覺自己流了大量汗水、喘氣聲好粗啞、他們一路沿著緩坡往上爬，以及現在丹尼爾的速度稍微慢下來，而她的手掌一次又一次割傷，儘管有外套墊著也一樣。不過等到丹尼爾輕輕喘氣並停下來時，她認為其實沒有爬得非常遠。她爬到他身旁。

是圍籬。他們到達農場的北界了。她搜尋愛因斯坦的身影，想知道牠們接下來有何打算，這才發現愛因斯坦已經身在圍籬的另一邊。牠看著她，然後用鼻子向下指著圍籬的底部邊緣，她摸索著愛因斯坦指示的地方，發現鐵鍊圍籬下方的地面向下陷落，她以為是陰影的地方，其實是以黑色岩石打造的窄溝，那空間夠大，她可以輕易溜過去。她感覺到丹尼爾抓住她的腳踝，以她指引方向。兩人都穿越圍籬後，她轉身看著康恩掙扎著擠過窄溝，不禁皺起眉頭，因為知道鐵鍊底部邊緣一定會戳進牠的皮膚。牠沒有發出半點聽得見的抱怨聲。

他們登上一道岩石淺谷的頂端。從屋子那邊看不到這裡，隱藏在緩坡的背面；大片平原向北延伸到奧克拉荷馬州，她從未想過居然有地方會中斷。愛因斯坦已經開始爬下岩坡，牠看似沿著一條模糊狹窄的小徑走。康恩從背後頂頂她。

「走吧。」她低聲說。

她從蹲低的姿勢略微抬高身子，見到愛因斯坦沒有反對，便開始小心走下岩坡。她可以感覺到丹尼爾跟得很近。地面確實看似有條路徑，可能原本是獵徑。黑暗中傳來新的聲響，是輕微的嘩嘩聲，她花了好一會兒才明白聲音的來處。她一直沒發現河流延伸到距離屋子這麼近的地方。

其實只走了四、五公尺就到達淺谷底部，他們到達時，亞利思覺得直起身子應該很安全。河流在黑暗中靜靜流過他們旁邊，她覺得隱約可以看到對岸，這條河在這裡的寬度遠比穀倉那裡狹窄許多。愛因斯坦在一個岩架底部拉扯某個東西，河水在那地方沖刷河岸，產生一個突出的岩架。她走過去幫忙，這才驚訝發現那是一艘小船。現在她終於了解「逃離協定」的內容了。

「我再也不會說你弟弟半句壞話。」她匆匆嘀咕道，同時幫忙把小船從藏放的地方拖出來。如果凱文還活著，而且如果她和丹尼爾能夠活過今晚，她無疑會打破剛才的承諾，但此時此刻，她的內心充滿感激。

丹尼爾從船的另一側用力推，兩三下就讓小船下水，漩渦在他們小腿周圍打轉。亞利思的外套垂到地上，比丹尼爾的外套垂得更低，下襬都已經浸入河裡，毛皮吸飽水分，每走一步都變得更沉重。從平滑的河面看不出水流速度這麼快，他們必須用盡全力抓著船邊，讓狗兒們跳進去。康恩的重量讓船尾嚴重下沉，幾乎快到流水起伏的河面了，於是他們倆都要擠進船頭，坐在愛因斯坦旁邊；丹尼爾扶著船邊，由亞利思先進去，然後他才跟著跳上去。小船宛如彎弓射出的飛箭，立刻往前出發。

她脫掉熱烘烘的沉重外套，萬一需要的話，穿著外套絕對不可能游泳。丹尼爾也很快跟著配合，不曉得是因為想到同樣的危險性，抑或單純相信她做的一切都是正確決定。

強勁的水流推著他們向西漂流，亞利思不得不假定這是計畫的一部分；凱文並沒有在船上準備船槳。大約十分鐘後，水流速度趨緩，河面也在寬闊的轉彎處向兩旁開展。她的眼睛漸漸適應黑暗，能夠看出河流的對岸。水流把他們推向南岸，也是他們出發時的同一邊河岸。愛因斯坦在船頭顯得很焦急，兩隻耳朵用力指向前方，全身肌肉緊繃。她不確定牠究竟在找什麼，但他們越過某種看不見的邊界時，牠突然一個箭步衝出去，跳進水裡。河水相當深，牠必須游泳，但她看不出愛因斯坦努力踢蹬的四隻腳距離河底到底有多遠。牠回頭看著他們，吠叫一聲。

亞利思心想，搶在康恩之前跳下水可能比較明智，於是立刻跟著跳下。沁涼的河水隨即淹沒頭頂，然後她才浮上水面。她聽見後方傳來兩次濺水聲，第一次比較小聲，接著是巨大的水花聲，傳送而來的波浪再度湧過她的頭頂。康恩游過她旁邊，牠的四隻腳攪出大量白色泡沫，然後早她一步在砂質河底找到立足處。她轉過身，看到丹尼爾正與水流搏鬥，企圖將木製小船拖到岸邊。由於河水太深，她知道自己幫不上忙，於是涉水往下游走，在淺水處等著接應。她抓住船頭，他從中段用力推，一隻手頂著座位的木板，三兩下就推上岸，只見狗兒正在岸上甩掉身上的水。他們使勁把小船拉到距離河邊三公尺處，接著丹尼爾扔下它，看著自己的雙手。她見狀也看著自己的手，粗糙的木頭對於早已傷痕累累的手掌一點都不友善，此時手掌恣意流著血，紅色血珠從指尖滴滴落下。

丹尼爾的右手在牛仔褲上抹了抹，在褲子上遺留一條條紅色血痕，然後他又走回船邊，取回手槍和一個比較小的東西……是手機，一定是凱文的。丹尼爾很有概念，讓它們都沒有浸到水，令人刮目相看，畢竟剛才他們雙雙經歷了巨大的驚嚇和壓力。幸好她背包裡的每一件物品都小心用夾鏈袋裝好。

她匆匆檢視他的臉，看起來似乎沒有快要崩潰的樣子，但也許不會有太多徵兆。

丹尼爾抓起兩件毛皮外套，用兩隻手臂笨拙地抱成一團。她本來想叫他扔掉別管，但隨即意識到不久的將來可能要面對謀殺案的調查，最好把證據藏好。

「把它們放進河裡，小船也一樣，我們也不想讓任何人找到。」她低聲說。

丹尼爾毫不遲疑，立刻衝回河邊，把外套丟進水裡。毛皮外套那麼沉重，過沒多久就完全溼透，消失在水面下。亞利思開始推船，丹尼爾也幫忙，拉著船走下岸邊斜坡。它一溜煙滑過黑暗的河水。她知道船上沾染了他們的血跡和指紋，但希望今晚漂行得夠遠，到了早上，沒有人會把它與凱文的房子聯想在一起。那艘船看起來很舊，飽經風霜，肯定不是很有價值。也許發現它的人會以為是廢棄船隻，當作垃圾處理掉。

亞利思不禁想像凱文和愛因斯坦頂著大太陽，在紅色河水裡沿著這條路線加緊練習。他們一定嘗試過很多次。凱文如果知道她把這艘船丟了，無視於它的價值，可能會很生氣吧。

她和丹尼爾一起回到河岸上。很容易就看到穀倉，那是黑暗平原上唯一高聳的形狀。他們跑過去時，突然有個堅實的正方形聳立在眼前，亞利思吃了一驚，以為狗兒會有所反應，然後她才認出那個形狀……那是其中一個打靶用的稻草堆。她深吸一口氣，讓自己冷靜下來，然後繼續跑。

他們跑到穀倉，接著繞到前門。丹尼爾邁開一雙長腿率先抵達，等她趕上時，他已經把門鎖打開了。他拉開門，等待她和狗兒先進去，再將門關上。

裡面一片漆黑。

「等我一下。」丹尼爾悄聲說。

伴著她自己激烈的心跳和狗兒的喘氣，她幾乎聽不見丹尼爾的動靜。先是一陣微弱的嘎吱聲，然後是輕微的金屬碾壓聲。一道微弱的綠光在她右邊亮起來，只能隱約看出丹尼爾的身形……他觸碰一個發亮的數字小鍵盤時，手也跟著亮起來，突然間，他旁邊爆出一長條較亮的白光。他把縫隙拉開一點，就有更多光線流瀉到整個空間，她也看出他在做什麼了。那是堆在這裡的一輛舊車，他打開假的電池蓋，輸入他的生日密碼，就可以打開假引擎蓋，那裡有成堆的步槍，而且裡面有照明設備。

「拿一些步槍放進悍馬車。」她低聲對丹尼爾說。可能不需要壓低音量，但她無法放任自己大聲說話。

光線足以照亮他周圍四到五公尺的空間。兩隻狗面朝外，一邊等待一邊喘氣，站在門邊，彷彿提防著有人入侵。

亞利思衝向她的那些行李袋，把覆蓋的舊防水布扔開。她拉開底袋側邊的拉鍊，抓出一雙乳膠手套，套到流血的手上，然後又拿出第二雙手套，塞進牛仔褲正面的口袋。

她走回來時，丹尼爾已經移動到漏氣的牽引機輪胎那邊。他背上掛了兩支步槍，一隻手臂抱了兩把格洛克手槍和她希望攜帶的獵槍。在她的注視下，他伸手拿了西格紹爾手槍，因為看過她持槍練習。對她的世界來說，丹尼爾可能還是菜鳥，不過他的直覺似乎很適合出任務。

悍馬車藏在乾草堆後面，她搬了兩趟才把所有行李袋放進車裡。搬第一趟時與丹尼爾擦身而過，順便將手套交給他，而他二話不說就戴上。悍馬車內部的燈都已拆除，她看了很滿意。她的東西都放好後，另外搬進手榴彈，但選擇不帶火箭筒；她不確定真的能搞清楚該怎麼用，又不會把自己炸飛。

「現金呢？」兩人又錯身而過時，丹尼爾問道。

「要，全部帶。」

他以行動快速回應，在這瘋狂的片刻之間，她突然有種似曾相識的感覺。他們倆合作無間，就像洗碗盤時一樣。

這裡還準備了防彈衣。她穿上防彈背心，盡可能綁緊繫帶，但還是有點鬆。這件沒有沉重到難以承受，因此猜想用的是陶瓷防彈板。她拿了另一件給丹尼爾。另外還有兩件「蝙蝠裝」，不過對她來說尺寸太大，連丹尼爾也可能要花很長的時間才能塞進去。她又找到兩頂防彈棒球帽，不禁露出微笑。她曾聽過這種東西，不過以為只有美國特勤局才用。她把一頂戴到頭上，另一頂連同防彈衣交給丹尼爾。

他默默穿戴，神情顯得堅定且蒼白。她不曉得他的意志能撐多久。希望天然的腎上腺素能夠支撐到他們脫離險境。

她在大腿上綁了長條的輕薄防彈板，拿了手槍皮套腰帶繫在原本的皮革工具腰帶下方，然後另外拿一條掛在肩膀上。她走回悍馬車那邊，拿起一把格洛克手槍，放進右臀處的槍套。西格紹爾手槍放在一邊手臂下方，她自己的警用手槍則在另一邊手臂下，接著把短槍管的獵槍放進左邊臀部的槍套內。

「彈藥？」

他點頭。他把自己最喜歡的步槍掛在一邊肩膀上。她抬起下巴指指它。

「隨身攜帶那一把，而且也帶一把手槍。」

他拿起另一把格洛克手槍，用戴手套的手握著。

「我們得把你摸過的每一樣東西都擦乾淨。」

她話還沒說完，他就展開行動。他抓起原本蓋著她袋子的防水布，撕成兩塊長條布，將其中一塊扔給她，然後走向屋外的門鎖，愛因斯坦尾隨在他後面。她則從他打開的第一輛車著手。他們沒花多久時間就搞定。那兩塊防水布沾了血跡，於是她也把它們塞到悍馬車上。

她停下腳步，聆聽了一會兒。沒有半點動靜，只有四隻緊張動物的粗重呼吸聲。

「我們現在要去哪裡？」丹尼爾問。他的聲音很緊繃，而且比平常更沒有抑揚頓挫，不過聽起來還能自制。「你的租屋處是往北？」

她知道自己的表情很冷酷，甚至可能很駭人，她開口對他說：「還不能去。」

第十八章

「你想回去。」他以空洞的聲音低聲說道。

她點頭。

「你認為艾尼可能還……」

「不，他死了。」

聽到她語氣的冷酷與決絕，丹尼爾的身體微微搖晃。「那麼，難道我們不該逃走？你對我說過，假如他們來找，我們就逃。」

他說得對，她的天性也是趕快逃。

她不曉得這算不算是「母性」，就像在新聞報導裡面看到的，那些母親為了救自己孩子，甚至連小貨車都抬得起來。絕望，驚駭，但同時也像超級英雄一樣強大。

亞利思自有一套工作方法：計畫、計畫、再計畫，每一個可能性都計畫清楚，然後，等到災難臨頭，就徹底執行最適合的計畫。她絕不做毫無準備的事。她不仰賴直覺。她不奮戰到底，只求遠走高飛。

然而今天晚上，她要保護的不只是她自己。她有一輛小卡車要舉起。

而且沒有計畫，只憑直覺。

她的直覺是正在發生一場認真的攻擊行動，是很有組織的行動，由一些聰明過頭的人負責策畫。她和丹尼爾大可逃走，但誰知道他們還安排了哪些獵人？很可能還有另一個陷阱。

假如她能搞清楚那些獵人到底是誰、他們又知道些什麼，她和丹尼爾逃走才會比較有勝算。畢竟，搞清楚事情的來龍去脈正是她的專長。

攻擊並非她的專長，不過這就表示對手不會料到。該死，連她自己都不只是一點點吃驚而已。那些獵人不曉得有這個「蝙蝠洞」，否則他們一定會等在這裡堵她。他們不曉得她能取得這些資源。

假如她把種種可能性徹底思考清楚，說不定就會改變主意。然而，她現在體內有天然的腎上腺素且情緒高昂，於是嘗試做最聰明的抉擇：不只是今晚能拯救他們性命的抉擇，更是明天，甚至後天能夠拯救他們性命的抉擇。但如果沒有正確的情報，她不可能做出正確的抉擇。

「就短期來說，逃走可能是最安全的對策。」她回答。

「可是呢？」

「我以前從來沒有這樣的機會……好好審問他們派來找我的殺手。我對他們的底細了解得越多，我們的未來就越安全。」

靜默了一下子。

「你不會丟下我吧。」他語氣平靜地說。

「不會，我需要你幫忙。不過，只有一個條件。」

他點頭。

「不管你喜不喜歡，你必須完完全全照我說的話去做。」

「我辦得到。」

「你必須待在車子裡。」

他的頭稍微往後拉，接著嘴唇繃緊。

「完全照我說的去做。」她又說一次。

他再度點頭，但是一臉不情願。她沒有完全信服。

「我需要你掩護我，而悍馬車是最好的掩護點。假如有人把你射倒，你就不能掩護我了。到時候情況會很可怕。你能應付嗎？」她解釋說。

「我應付過可怕的狀況。」

「跟這個不一樣，」她停頓一會兒。「我覺得最合理的假設是這樣：那些傢伙以為來這裡找的是你和凱文。主事者有可能以為我已經死了。那就表示我得做一些平常完全不會採取的行動，也就是凱文才會採取的行動。感覺有點老套，而我們不能留下任何活口。」

他猛吞口水，但又點了一次頭。

「好吧，戴上夜視鏡，你來開車。」

她衷心希望丹尼爾不必看到接下來要發生的事，不要看到她非採取不可的行動，但現在實在沒辦法了。

他們小心開車穿過穀倉大門時，兩隻狗在悍馬車的後座保持安靜，只發出一點粗重的呼吸聲，而她可以感覺到自己一點一滴改變，逐漸做好心理準備。情況不僅很可怕，而且會非常非常混亂——這是指假如他們沒有先逮到她的話。

她從背包裡拿出一個袋子，取出一支小針筒。這是最後一劑，但如果現在不打，她可能不會活到需要再打另一劑。

「你相信我嗎？」她問他。

「相信。」雖是簡單的肯定句，但他的語氣卻顯得異常沉重。

「我只剩下這一劑，所以我們得共用針頭，像那些毒蟲一樣。我的血很乾淨，我保證。」

她刺進自己的大腿，稍微將活塞推向還不到一半的地方。丹尼爾的體形比她大。

「那是什麼？」他緊張問道。

她差點忘了。他不喜歡針頭。「綜合了右旋苯丙胺和鴉片，有點像……腎上腺素加上止痛劑。如果你中槍，它會幫助你繼續挺進。」只要不打中頭部或心臟的話，她沒有加上這一句。

他點頭，然後非常小心地看著前方，任憑亞利思將針頭刺穿他的牛仔褲，然後刺進他的大腿。他眉頭連皺都沒有皺一下。她把剩餘的溶液都注入他體內，這最多可以撐三十分鐘。

「你看得有多清楚？」

「沒想到這麼清楚。」

「我們可以開快一點嗎？」

他踩下油門當作回答。

「等你停到定位，」她開始指示，「就去後座，把這些側窗打開一條縫。除了我以外，你一看到其他人就開槍。我應該不難認……我會比你看到的每一個人都矮小。」

他又抿緊嘴唇。

「無論如何你都要待在車子裡，聽見沒？」

他點頭。

「要開槍射那些人，你有沒有問題？」

「沒有。」他加重語氣說，隨即咬著牙。

「很好。要是發生問題，像是槍枝卡住、有人進入悍馬車等等，你就扔一顆手榴彈到窗外，那就是你需要幫忙的訊號。你知道怎麼用手榴彈嗎？」

「那你的訊號是什麼？」

「啊？」

「如果你需要幫忙，你的訊號是什麼？」

「我的訊號是『丹尼爾，待在車子裡』。手榴彈？」

「我想應該會。」他咕噥說著。

「我可能要花一點時間，所以不要急。除非確認每一件事都搞定，否則我不會開始審問。喔，對了，你丟手榴彈之前，記得要把夜視鏡脫掉，或者閉上眼睛。小心火焰，那很刺眼。」

「了解。」

突然間，手機鈴聲響了。

丹尼爾跳起來，頭撞到汽車的天花板。

「搞什麼鬼？」亞利思大喊。

「是凱文打來的，」丹尼爾說著，同時用右手瘋狂拍打自己的背心。他從一個壓釦口袋拿出手機，那口袋原本是用來放彈匣的。看他手忙腳亂的樣子，她從他手上接過手機。

一個不熟悉的號碼在螢幕上發亮。她按下接聽鍵。

「丹尼？」凱文對著她耳朵吼道。

「你媽的，什麼爛時機啊！他會回你電話！」

「叫他聽電話，你……」

她掛斷，然後關機。

「保持專注，等我們完成，你可以回電話給他。」

「沒問題。」

嗯。凱文還活著。她想，這應該是好消息。只不過得要有人告訴他，他的退休計畫已經毀了，他的朋友也死了。

「你現在打算怎麼辦？」丹尼爾問道。「把計畫告訴我，我才知道該注意哪些事。」

「如果他們把大門關上，你就衝撞過去。那會引起他們注意。假如等在那裡的人超過四個，我們就要調整計畫，你加速開到房子前面，然後向右轉，於是車子以側面對著屋子。如果是四個人以下，你慢下來，但是不要停住，我會滑出去。希望他們會一直注意你。繼續往前開幾公尺，然後停車，開始射擊。我會從側邊對他們開槍。你開槍格殺勿論，我則會想辦法把某個人撂倒，讓他還能講話，另外也希望有某個人在我樓上的房間中招昏倒。我會帶著愛因斯坦，叫牠把其他狗趕走，康恩則待在你這裡。假如那些人躲在屋子裡，我會回車上，然後我們從牆壁撞進去。」

「我看到大門了，是打開的。」

「直接衝向屋子。」

他加速前進。

「有燈！」他大喊的同時，她也看到了。路上有汽車的車頭燈照著他們，快速靠近。

「脫掉夜視鏡！新計畫，撞他們，用力一點，如果可以的話直接壓上去。做好準備，別讓車子失控。」

她一隻手抓著儀表板，另一隻手抓著座椅。丹尼爾把夜視鏡推到額頭上，將油門踩到底。真希望有方法可以保護兩隻狗，牠們一定感覺到不對勁。

另一輛車直到最後一刻才發現他們猛衝向前，感覺車上的人好像看著背後，而不是向前看。或者說不定是因為悍馬車的車頭燈和車內燈都沒亮，又漆成霧面黑色，在夜裡幾乎看不見。

那是一輛中型的白色運動休旅車。駕駛一看到他們，立刻轉向亞利思的右邊。丹尼爾奮力把方向盤打向右邊，於是悍馬車猛力撞上運動休旅車的乘客座那一側，發出震耳欲聾的金屬撕裂尖銳聲響，以及安全玻璃破裂的爆裂聲。兩隻狗向前飛，康恩的身軀重重撞上駕駛座和乘客座的椅背，傳來一陣刺耳的金屬碰撞聲。亞利思的頭猛力向前甩，幸好差了幾公分沒撞上儀表板，幸虧有安全帶把她猛往後拉。運動休旅車飛了好幾公尺遠，以兩個輪子搖搖晃晃滑了一下子，然後駕駛座那一側轟然翻倒在地。乘客座那側的車頭燈炸開，玻璃散落一地。康恩和愛因斯坦掉回地板上，嗚咽低吠。

「再一次！」她大喊。

丹尼爾讓悍馬車的車頭猛撞運動休旅車的底盤，金屬發出抗議的尖銳聲響。只見休旅車沿著平坦地面滑動，彷彿比紙板箱重不了多少。她知道他們沒辦法再讓車子轉正，附近沒有東西可以抵住，只有無止境的草地。

「掩護我。」她扯下丹尼爾頭頂的夜視鏡。「用步槍上面的夜視鏡。愛因斯坦，來！」

亞利思沒有等待答覆。悍馬車還沒有完全停妥，她就已經跳下車。愛因斯坦急忙跟在後面，腳爪刮到她溼答答牛仔褲的背後。她必須動作快，趁休旅車裡的人還沒從撞擊中回過神來，趁他們還來不及拿起自動武器重回戰場。

她直直衝向擋風玻璃，雙手緊緊握著格洛克手槍。她比較習慣西格紹爾手槍，不過這次的距離將會非常近，事後她可能會想把槍丟掉。

透過夜視鏡看出去，每一種東西都異常清晰，呈現亮綠色，而且對比極為鮮明。駕駛座那側的車頭燈還亮著，但埋在土裡，隔著他們揚起的灰塵，只射出暗淡模糊的光線。擋風玻璃的窗框空無一物，她看到前座有兩個男人，第一次撞擊時爆開的兩個安全氣囊已經扁掉，垂掛在車頂蓋上。駕駛全身血跡斑斑，他的頭頂緊緊抵著側邊的門框，粗壯的脖子彎折成不可思議的角度。她看到那人睜著一隻眼睛，無神地瞪著她。他看起來很年輕，二十出頭，膚色紅潤，髮色淡亮，過度健壯的體格大叫著「類固醇」。他有可能曾是探員，只不過外表的其他部分不符合。他的頭髮很長，大概有二十幾公分，而且就她所見，有一邊耳垂佩戴一顆耀眼的鑽石。她敢說他是傭兵，看起來也不像是做決定的人。

乘客座上的人還在動，昏頭轉向搖來搖去，看似剛清醒的樣子。他比另一人年紀稍大，也許三十五歲左右，而且皮膚黝黑，臉頰的鬍渣似乎三天沒刮，魁梧的身軀簡直像超重量級的舉重選手。她敢說那人站起來一定是彪形大漢。他身穿非常合身的閃亮西裝，似乎與這種任務很不搭，不過這觸動了她的警覺心。那人依然困在座椅上，剛好與她視線平行。她飛快移動過去，將槍管抵住他的前額，並向下窺探他的雙手有何動靜。目前都是空手，而且軟綿綿垂著。

「你是負責人嗎？」她質問。

「啊？」他呻吟著說。

「你們老闆是誰？」

「車禍，警官，我們遇到車禍。」他對她說著，在黑暗中眨眼。他的兩眼轉來轉去，似乎稍微有點無法同步。

她換個方式，把槍移開，語氣放軟。「幫忙的人快來了，我得知道你們有多少人。」

「呃，六個……」

這就表示還有另外四人，現在可能正朝撞擊聲而來。至少狗兒都開始聚集在她四周，牠們全部靜默無聲；幸虧有愛因斯坦在這裡，如果只有她單獨一人，這些狗會記得她嗎？她真想知道答案。

「先生？」她問道，努力想像警察會怎麼對車禍傷者說話。「其他人在哪裡？」

「搭便車的。」他說，轉來轉去的眼睛漸漸比較能聚焦了。「其他人是搭便車的。我們載那四個人，把他們放在這裡。然後有好多狗，一大群瘋狗攻擊我們。我以為他們會把輪胎咬爛。」

他越來越能控制自己，小心編造著故事。他握起拳頭，然後又放鬆。她再度舉起槍，同時緊盯著他的雙手。

「那些……搭便車的人，受到狗的攻擊受傷了嗎？」

「我想是有，我想可能其中兩人吧，其他人跑進屋子裡。」

那麼，希望真的只有另外兩人。不過這傢伙是負責人嗎？年齡正確；然而，她回想起以前芝加哥時期的幾件事。在精心安排的襲擊行動中，留在車子裡的傢伙通常是層級比較低的人，駕駛更是副手。主角是簽訂契約的那個人，也是真正有能力的人。

「我想我需要治療。」他抱怨說。

「救護車在路上了。」

休旅車僅剩一盞車頭燈，長草堆和紛落的塵土幾乎完全遮掩住光線，不過還是有足夠的光線讓他的眼睛逐漸適應。她看出他睜大雙眼，猛然意識到有一把槍指著他的臉。

他立刻伸手到夾克內側。她朝他的肩膀開了一槍；她不想瞄準手，那樣會有風險，子彈可能會射進體內，傷到重要器官。她對這人還沒問完。

他厲聲尖叫，右手臂猛然甩出，痛苦抽搐，鮮血還噴濺到她的脖子和下巴。他想拿的槍從指尖滑落，掉在死去同伴的臉上，然後彈到車外，撞到她的鞋子。她知道這不會是他唯一的武器，於是拿槍瞄準下方，射穿他的左手掌。

他再度哀號，身體在安全帶裡掙扎扭動，彷彿想要奮力掙脫開來，從空蕩蕩的擋風玻璃窗框跳出來撲向她。他的雙腳不太對勁……找不到他想找的施力點。

這番動靜激怒了狗群，牠們現在全都咆哮吠叫。愛因斯坦撲向車子的乘客座那側，現在位於頂部。牠用腳掌頂著沒有玻璃的窗框，脖子伸進休旅車裡面，用大嘴咬住那男人的右肩，也就是她剛才射中的那邊。

「叫牠滾開！叫牠滾開啦！」男人驚駭得悲慘尖叫。

那人徹底發狂，她占了上風，於是抓起她腳邊的槍。那是廉價的點三八左輪手槍，安全卡榫已經退掉。

「愛因斯坦，控制！」亞利思一邊直起身子，一邊命令道。除了「逃離協定」和「稍息」以外，這是她唯一記得的指令，而「控制」似乎很接近她想要的狀況。愛因斯坦放開肩膀，但繼續讓滿嘴利齒停留在那人臉頰右邊，在他的皮膚上滴了很多鮮血染紅的口水。

「你是誰？」男人尖叫問道。

「接下來的三十秒，如果你不肯把我想知道的事情告訴我，我是打算叫這動物把你的臉咬爛的人。」

「把牠弄開啦！」

「誰是負責人？」

「赫克特！他帶我們進來！」

「他在哪裡？」

「在房子裡！他走進去後就沒有出來。安傑跟在他後面進去，也一樣沒有出來。那些狗快把車子的門給拆了！我們趕快逃！」

「拿狙擊步槍的人是誰？赫克特嗎？」

愛因斯坦厲聲怒吼，滿嘴的利牙距離那嚇壞男人的鼻子只有幾公分。

「對！對！」

她從沒想過利用動物訊問人，不過愛因斯坦提供意想不到的有效協助。

「赫克特負責策畫襲擊行動嗎？」

「對！」

「目標是誰？」

「我不知道！反正只要有人企圖跑掉，我們就應該要開車過去，對那人開槍。」

「愛因斯坦，抓他！」這不是最好的即興招數；愛因斯坦的目光射向她，顯然很困惑。幸好休旅車裡的男人搞不清楚。

「不要，不要！」他尖叫說。「我發誓！赫克特沒有告訴我們。那些波多黎各打手不會對局外人透露半點消息！」

「你們怎麼找到這地方？」

「赫克特把一些地址給我們！」

「一些地址？不只一個？」

「單子上有三棟房子！我們先去過第一棟，赫克特說那裡是錯的！」

「你們在那裡做了什麼？」

「赫克特進去，五分鐘後出來，叫我們繼續去下一棟。」

「你就只知道這樣而已？」

「對！對！全部都說了！」

她用那人自己的手槍，朝他的頭部開了兩槍。

她在心裡追溯整個事件的發生順序。從放出所有的狗、沿著河流往下游漂流，直到把悍馬車裝滿東西，她實在不曉得究竟過了多久時間。她不知道赫克特何時進入屋子，也不曉得他花了多久才找到她的房間。她能夠確切知道的只有：某人打開房門後，她留置在那裡的加壓毒氣罐會釋放化學物質，持續靜靜釋放約十五分鐘。等到內部填裝的物質全部釋放出來，她大概有三十多分鐘的時間，主要看那人的體型而定……然後獵物就能慢慢重新站起來。時間應該很接近了。

她跳上悍馬車，並扶著車門，讓愛因斯坦從她身上跳過去。她把夜視鏡丟還給丹尼爾，不過趁看不見之前先瞥了他的表情一眼，只見他一臉緊繃。

「載我們去房子那邊。如果有任何人出來，就按照之前說的計畫進行。你停車的地方要與房子隔著一定的距離，要能看見房子的側邊，注意看有沒有人繞到側面。」

「如果這些狗注意到動靜，牠們會讓我知道。」

「沒錯。」她表示同意。這群狗的優點實在太多了，她事先完全沒想到。

她取出自己的警用手槍，將格洛克手槍放進槍套內。她把點三八手槍塞進腰帶，再將警用手槍塞進腳邊的口袋，然後在背包裡翻找。拿出感覺上需要用到的東西。她把防彈帽換成防毒面罩，快速固定在嘴巴和鼻子上，拴好濾毒筒，然後多抓兩個加壓毒氣罐，另外攜帶束線帶、薄的作戰手套和裝有耳環的盒子，全部塞進背心的口袋。她最後拿出沉甸甸的螺栓剪鉗，將一支把手塞進腰帶上的空槍套裡，另一支把手則露在外面。即使這已經是小型的剪鉗，它的把手依然垂到將近膝蓋處。這會稍微妨礙她的活動，不過假如情況的發展完全按照她的設想，就需要用到這工具。

此時此刻，她沒有時間顧及丹尼爾可能在想什麼……以及看到她殺了一個無助的男人有什麼感想。

屋子映入眼簾，所有看得見的樓下窗戶都是亮著的。樓上窗戶則是全部徹底遮光，無法判斷有沒有點亮燈光。

「你有沒有看到任何人？」

「一具屍體……在那裡。」丹尼爾指向狗舍那邊。

「我們得確定他死了。」還有三個人下落不明。越少人能呼吸，她的成功機會就越大。

「我還滿確定他死了。他看起來……不只一塊。」他的聲音聽起來有點空洞。

她的聲音則不。「很好。」

她沒看到有人出現在房子附近，那些人顯然沒有笨到跑出來查看狀況。窗子也沒有出現人影，假如他們之中有人準備開槍，絕對會把燈光全部關掉。也許人都在樓上吧……窗戶全部徹底封住，她根本無法判斷他們到底在哪裡。說不定有人把遮光板拿開，正從某個黑暗房間監視外面。

「你看得到樓上的窗戶嗎？」

「看起來全部遮住了。」丹尼爾對她說。

「好，速度慢下來。我們跳下去之後，過兩秒鐘再煞車停下來，然後準備射擊。」

他點頭。「了解。」

「愛因斯坦，來這裡。準備好。」

丹尼爾讓車子朝某個角度前進，於是以側邊面對屋子的燈光。她在車子的黑暗這一側，希望外面的人看不見她。她打開車門，滑到底下緩慢移動的草地上，這種動作在電影上看過一百次了，她奮力模仿，結果以膝蓋著地，然後滾向側邊，同時愛因斯坦從她身上跳過去。她很確定動作是錯的，但是得等到「續命丹」的藥效消退後，她才知道錯得有多嚴重。

她忘了叫丹尼爾關上車門，並把所有車鎖都鎖上，不過這算是常識吧，而他今天晚上的反應算是滿快的。或許這也是遺傳的結果，像他弟弟一樣，他天生就有面對這種情況的能力。總之，假如有人企圖闖進那輛車，康恩也會隨時候教。如果有某個人已經遭遇過幾十隻狗的反覆攻擊，結果康恩又在黑暗中的高處對他大眼瞪小眼，她可以想像那是什麼樣的感覺。那絕對會影響他的反應時間和準確度。

要不是注射了續命丹，爬過碎石地一定很像慘烈的酷刑，即使戴著手套也一樣。她趕緊從悍馬車旁邊爬開時，聽見狗群腳掌衝刺的窸窣聲逐漸靠近……不只是愛因斯坦，還加上其餘倖存的狗兒。她以前從來沒有像這樣的後援部隊。如果有狙擊手從高處射擊，必定很難從一大群狗兒之中認出她。

她以蹲伏的姿勢移動到門廊旁邊。這時悍馬車停下來了，她聽見關門聲。這時突然傳來一陣低沉的嗚咽聲，距離她的頭非常近，令她整個人呆住。微弱的嗚咽聲又來一次，那不是人類的聲音。

她奮力爬到門廊上，從欄杆底下滾過去，然後繼續蹲低身子，躲在窗戶底下。蘿拉在那裡，蜷縮在遠處的角落。亞利思知道蘿拉即使受了傷，只要聽到有人靠近還是會出聲警告。她爬向蘿拉，戴手套的雙手摸到一道血跡而滑開。蘿拉略略抬起頭，尾巴也虛弱地搖晃一下。

「蘿拉，不會有事的，我很快就回來。你要撐住，好嗎？」她愛憐地摸摸狗兒的耳朵，蘿拉輕輕喘氣。

愛因斯坦等在門旁邊的陰影裡。亞利思爬向牠。

「愛因斯坦，陪著蘿拉。」

她無法解讀愛因斯坦露出的表情。希望牠能理解。這一次她必須單獨行動。

假如她撐過今晚還活著，一定要去尋找狗兒專用的防毒面罩。

亞利思蹲在門旁，小心翼翼戴上耳環。與她身上的其他重要裝備相較，耳環顯得既脆弱又麻煩，實在很不搭，但耳環的威力非常強大，她也沒有時間擔心自己的外表搭不搭。她從背心前面的口袋拿出較大的氣體罐，轉開頂蓋，把門打開，然後扔進去。

沒有反應。氣體灌滿整個房間時，沒有喊叫聲，也沒有聽到撤退的腳步聲。她等了一會兒，然後半蹲著，壓低身子跑進大門，右手拿著格洛克手槍，左手則持獵槍。她的左手比較不靈活，不過獵槍並不需要好好瞄準，因為不會近距離射擊。

她沒有花功夫搜索一樓。接下來的五分鐘，如果有人企圖緊跟在她後面，又沒有戴防毒面罩，很快就會自己倒地。她一邊往樓上移動，一邊在腦中演練情況。赫克特已經進入屋內，尋找丹尼爾或凱文或他們兩人的下落。他是獨自一人進入，她猜想他要找的只有兩個人。由於艾尼已經倒下，他可能以為接下來是一對一。他對自己單獨發動攻擊的能力顯然非常有自信。

他一定檢查過樓下的所有房間，然後再上樓檢查。

她現在走到樓梯的中段。看著樓下，從毒氣罐噴出的霧氣非常濃厚，不過沒有跟著她往上飄。而抬頭往上看，她看到丹尼爾的房門打開，浴室門也打開。遠處右邊透露出燈光，光源只可能來自她的儲藏室。

她把獵槍塞進槍套，爬到接近樓梯頂端，將兩隻手的手肘撐在第一階，身體靠著欄杆邊緣。

有個男人倒在走廊上，身上穿著耐磨的黑色長褲和軍靴。他的頭和肩膀靠在另一雙腿上，那雙腿從她的房間伸出來，穿著類似的褲子，但腳上穿的是黑色運動鞋而非軍靴。

假如剛才的西裝男對於事件描述正確，赫克特一定是倒在她房間地板上的人。他打開房門，點亮燈光，然後倒下。過了幾分鐘後，安傑跑來查看他需不需要幫忙，看到他的腿，然後手上拿著槍，倚著牆壁往下滑，最後氣體制伏了他。

她完全不知道他們昏倒多久。

到目前為止，西裝男所說的一切相當誠實，因此她感到安心，便將格洛克手槍放回槍套裡，然後展開行動。首先，她從第一個男人手上拿走槍枝，越過欄杆拋到樓下去。他的褲子背後還塞了另一把槍，同樣也扔出欄杆外。她沒有時間仔細搜身。真希望能對他注射某種藥物，讓他保持安靜，但氣體過了半小時就會從體內消失，長效鎮靜劑則會逗留在他的血管裡，如果有人懷疑她可能在這裡就會抓到把柄。她用束線帶把他的雙手固定在背後，再用同樣方法固定他的兩腳腳踝。

赫克特的個子比安傑小，安傑看起來與休旅車裡死掉的金髮男長得很像，只有膚色不一樣；赫克特和安傑都是黑髮，她聽了西裝男的描述也是這樣猜測。赫克特身高中等，精瘦健壯，但他在街上不會顯得很突出。他的臉刮得很乾淨，身上沒有刺青，至少看得到的部分是如此；他穿著長袖黑色運動衫。安傑有三根指頭有刺青，頸側也有一個。赫克特比較聰明，假如賴以維生的工作會弄髒雙手，你最好與周遭容易融合，避免有太多特點，免得目擊者很容易對警方的嫌犯畫師描述特徵。

一把配備滅音器和巨大麥格農彈藥的手槍躺在地上，距離赫克特的右手只有幾公分。狙擊步槍則插在槍套裡，斜揹在他背上。她取下步槍的彈匣，撿起大型手槍，拿著它們退到走廊上，越過欄杆扔下去，聽著它們撞擊到樓下堅硬木料的咚咚聲。其中一件發出金屬裂開的碰撞聲，顯然是撞到先前扔下去的武器。

她走回去，準備對赫克特搜身。

躺在她房間裡的人不見了。

她連忙從槍套裡拔出獵槍，背部抵著房門旁邊的牆壁。沒有半點聲音。他只能從門口走出來，那麼她就可以開槍射擊。殺手的雙腳一旦被打斷，即使經驗再豐富也無法行動。

等到開始有動靜時，卻不是經由門口而來。安傑開始扭動身子，嘴裡喃喃說著西班牙語。就在亞利思分心的這一瞬間，一道人影從安傑身體旁邊的陰影處直接撲向她，把她兩隻手上的槍都打掉，全部掉在地上。她對這番衝撞有所準備，於是雙手一邊扭打，一邊企圖拔出腰際的槍枝。那人的手勁比她強，不過隨即冒出爆裂聲，耳環的小玻璃球破了。

她感覺到火燙的氣體炙燒她的脖子，即面罩底部周圍裸露的皮膚，她知道那裡接下來有好幾個小時看起來可能很像曬傷，不過她的雙眼和肺部都受到面罩保護。

攻擊她的人猝不及防，嗆得咳嗽，雙手亂揮一陣，然後緊緊掐住自己喉嚨，眼睛也刺痛難耐。她連忙轉身，點三八手槍已經拔出來，然後對準他的膝蓋開槍。結果射中他的左大腿。

他往那一側倒下，滾到安傑身邊，安傑正在奮力扭動身子，使勁想掙脫手腕的束線帶。那是很耐用的束縛裝置，不過他是強壯的男人。

她無法同時應付兩個男人，因此必須做出抉擇。要快。

最靠近她的是安傑的頭。她對準頭部開了兩槍。他癱軟不動了。

赫克特喘著氣、揉眼睛，同時拚命想逃離她，準備滾到樓梯那邊去。她一個箭步衝上前，擋在牆邊，不讓他通過。他還沒辦法控制動作抓住她。她從腰帶拔出螺栓剪鉗，敲打他的後腦勺。他猛然抽搐一下，然後就不動了。

萬一殺了他，她的一切努力就付諸流水，不過必須先讓他安靜下來，然後才能檢查脈搏。

為了安全起見，她對他的左膝補了一槍，然後把點三八手槍扔到樓下，反正只剩下一顆子彈了。她用另一條束線帶把他沒受傷的右腿綁在欄杆上，固定腳踝和膝蓋，然後對右手臂如法炮製，固定住手腕和手肘。他的左腿應該是無法搞鬼了。由於想不出更好的做法，她索性用束線帶把赫克特的左手綁在安傑的巨大軍靴上。安傑沒有生命的身體少說也有一百二十公斤，綁在他身上總比沒綁好。她觸摸赫克特的手腕，探到穩定的脈搏，算是滿意。他活著，至於腦部功能是否保存完好，那就得等著瞧了。

她決定做雙重防護，以防萬一。她正把第二條束線帶緊緊綁在安傑的靴子上時，聽見赫克特改變呼吸聲，他醒來了。雖然一定面臨劇痛，但他沒有叫出來。這不是好事。她曾經審問一些堅毅的士兵，他們很能控制疼痛反應，總是得花費好一番功夫才能有所突破。

不過那些人是因為對他們的夥伴或任務忠心耿耿。她有信心赫克特只是受雇於人，他沒有虧欠那些給他工作的人。

她急忙走到幾公尺外，手上緊緊握著格洛克手槍，仔細觀察她的捆縛系統表現得如何。周圍太暗了。她起身退到浴室門口，同時緊盯著地上的人形。她伸手摸索背後，最後找到電燈開關，把它打開。

赫克特的臉面向她；他的黑眼睛仍因剛才的刺激而流眼淚，不過非常專注。從他的表情看不出疼痛的跡象。他的凝視令人不知所措，但無論從哪一方面看，他的臉孔都再普通不過了。他的容貌很平均，沒有什麼特徵，既無吸引力卻也不醜。證人要從一整排人指認出嫌犯時，這種臉孔最難認出。

「你為什麼還不殺我？」他問道，聲音受到化學物質的影響顯得粗啞。除此之外，他的聲音很平凡，一點口音都沒有，絕對可以去當新聞聯播網的主播；口音沒有跡象顯示受他出身的地方所產生的影響。

「我想知道誰雇用你。」她的聲音透過面罩顯得很刺耳，稍微失真，聽起來不太像人類的聲音。她希望這樣會嚇到他。

他點頭一下，彷彿是對自己點頭。她看到他的雙手微微動一下，似乎要測試捆縛的狀況。

「我為何要告訴你？」他說話的語氣並不生氣，也不像質疑，聽起來反倒顯得很好奇。

「你到底知不知道我是誰？」

他沒有回答，臉上也沒有表情。

「這就是你應該要把知道的事情告訴我的第一個理由，因為無論是誰派你來這裡，他們都沒有把完成任務需要的情報告訴你，沒有讓你對眼前的狀況做好準備。你根本沒有虧欠他們。」

「我也沒有虧欠你。」他指出，態度依然很有禮貌，語氣像是對談。他的手指向後伸長，企圖抓住束線帶。

「沒錯，你沒有虧欠我。可是，如果你不肯告訴我，我會傷害你。這是第二個理由。」

他沉吟了一會兒。「而第三個理由……如果我說了，你會讓我活著。」

「假如我向你保證，你會相信我嗎？」

「唔。」他嘆氣。他想了一會兒，然後問道：「可是，你怎麼知道我告訴你的事情能不能相信？」

「大部分事情我都知道，只是希望你填補一些細節。」

「我恐怕幫不了那麼多。我有個經紀人，他扮演中間人的角色。我從來沒見過付錢的人。」

「那麼，只要把你的經紀人說的事情告訴我就好。」

他考慮了一下，然後扭動肩膀，一副想要聳聳肩的樣子。「我不喜歡你的條件，應該有更好的條件吧。」

「那麼，我就得說服你嘍。」

第十九章

她把格洛克手槍塞回槍套內，並從安傑的腳旁邊撿回螺栓剪鉗，而赫克特頂著一張毫無表情的臉孔冷冷看著。

她曾考慮要帶烙鐵，火所造成的痛苦幾乎超越任何其他方法，而且很多人有這類恐懼症。不過赫克特是專業的，她沒有時間用痛苦讓他崩潰，他的抵抗力太強了。與其給予痛苦，他更害怕的是失去身體優勢。假如他失去扣扳機的手指，以後就不能從事這份工作了。她會先嘗試一些比較不致命的方法，讓他看出接下來不可避免的發展。假如他能夠活過今晚，一定會希望保有健全的雙手，那麼就必須和盤托出，才能讓她不動手。

赫克特的左手最方便進行。她把剪鉗的金屬刀鋒放到他小指上下時，他的其他四指握成拳頭，更加奮力掙脫束線帶。她繼續緊緊握住剪鉗的把手，很清楚如果換成是她躺在地上會怎麼想：如果能控制剪鉗，就有機會脫困。果然沒錯，他奮力踢蹬左腿，儘管這樣一定疼痛難耐也照踢不誤。她躲開踢蹬，稍微移高個幾公分，然後重新把剪鉗放到他彎曲手指的基部。

這具剪鉗是設計用來剪斷螺紋鋼，她一直保持刀刃銳利。她將兩片刀刃壓合在一起，沒花太多力氣就將赫克特的左手小指剪斷了。

她觀察他的反應。他繼續掙扎扭動，但是徒勞無功。他的臉脹成暗紅色，額頭的血管怦怦跳動，嘴裡粗聲喘氣，但是沒有尖叫。

「有時候，人們不認為我是玩真的，」她對他說。「能像這樣澄清錯誤的觀念真的很好。」這時候赫克特一定想著，過了多久之後把斷指接上還不會太遲。他活著可以沒有小指，但需要整隻手，而他一定知道她絕不會住手。她必須強調這個重點。

她從地上拎起那根溫暖而血淋淋的手指，後退走向浴室，同時緊盯著他繼續扭動被束縛的部位；就算是最好的束線帶也不能保證安全。她把手指扔進馬桶、按水沖下去，很確定他都看見了。如今他應該很清楚，她不會讓他有選擇的餘地。希望這會促使他盡快透露她想知道的訊息。

「赫克特，」她對他說，而他瞪大眼睛，咬著牙，奮力控制疼痛。「別那麼蠢，把我想知道的事情告訴我，對你沒有害處，你不告訴我才會對你有害。你用來扣扳機的食指會是下一個，其他手指排在後面。我正打算這麼做，如果有需要就一直進行下去。你還不懂嗎？赫克特，他們派你來追錯誤的目標，他們根本沒有說清楚你會面臨什麼狀況，只是白白把你交到我手上而已。為何要保護他們呢？」

「你接下來要去追他們？」他咬著牙咕噥說道。

「當然。」

他的眼神充滿怨恨和敵意。她以前看過這種眼神，但過去那段日子，她是從比較受到保護的立場看待那樣的眼神。假如換成是她落入他手中，兩人角色互換，她也會做自己非做不可的事，只求快速解脫。

「我不是來找你，」他百般不情願地吐實。「他們派我來找一個男人。我拿到一張照片。他們說還有第二個男人。但是第二個很容易對付，第一個就很難──我一直都沒看到那個人。」

「他們什麼時候雇用你？」

「昨天晚上。」

「然後，你多召集一些幫手，今天過來。」她猜測說。「從哪裡來？」

「邁阿密。」

「你怎麼知道要去哪裡找？」

「他們給我三個地址，這裡是第二次嘗試。」

「我想，我不需要問你第一個地方發生什麼事吧。」

他的盛怒扭轉成鬼魅般的恐怖微笑。「他們很老。一個男人和一個女人，他們與描述不符，不過我拿了很多酬勞，做得徹底一點沒什麼害處，反正也只花我兩顆子彈而已。」

她點頭。他看不到她隱藏在防毒面罩後面的表情，不過她出於習慣，繼續保持表情平靜。

「另一棟房子距離多遠？」

「小鎮南方十五分鐘車程。」

「這些地址從哪裡來？」

「沒人告訴我。我也沒問。」

她舉起螺栓剪鉗。「沒有猜猜看？」

「另一個地方和這裡完全不一樣。我沒有看到共同點。」

這可能是謊話，不過也很有可能是真的。卡爾斯頓或者中情局那些發號施令的人，為何需要給槍手不只一個地點呢？

她苦思一會，努力想找出另一條訊問途徑。她的眼睛始終沒有離開他的雙手。什麼樣的因素會把艾尼的房子與其他不相干的人串連在一起？什麼樣的相似點會產生這樣一張清單，而表面上看起來毫不相關？

沉吟一陣之後，她想到一種可能性。她不太喜歡這種可能性。

「第一個地方的車道上停著什麼樣的車？」

他似乎對她的問題感到很驚訝。「一輛舊貨車。」

「白色？」

「附有黑色露營車。」

她用力咬著牙。

所以他們清楚掌握艾尼的貨車，艾尼說過小鎮附近有另外兩輛非常相似的車。他們一定是用監視器找到丹尼爾，否則不會這麼確定車子的品牌和車款。丹尼爾大概是開車穿越主街，經過銀行，而他們可能就是因為這樣而掌握到車子。何必費力詢問那個打電話報告失蹤教師的女孩呢？只要從鎮上取得閉路攝影機的畫面，找到確實的證據，然後打電話給機動車輛管理局就行了。他們顯然沒有得到完整情報；如果車牌拍得很清楚，小鎮另一端的夫婦就不會枉死了。不過他們知道丹尼爾還活著，因為凱文不可能犯這種錯。此外，即使只有顆粒很粗的黑白影像，如果知道要注意什麼特徵，你就知道丹尼爾看起來與凱文完全不一樣。

她需要艾尼的貨車，非常需要。那輛車很不起眼。他們根本不可能開著「蝙蝠車」行經小鎮而不引起注意。但她還可以去哪裡找到另一輛車離開這裡？

她後退一步，覺得很疲累。她曾經擁有很好的休息地點，但現在獵捕行動又展開了。即使那些壞傢伙很可能以為她死了，但那根本不重要，因為他們知道丹尼爾還活著。

這就是責任感。

赫克特的右手很忙碌，正用指尖摳著束線帶，幾乎要讓手腕脫臼了。看起來不像是嘗試把它弄斷，也沒有想要解開扣環。他在幹嘛？她伸手去拿格洛克手槍；對那隻手開一槍可能是最安全的做法……

寂靜中突然爆出極具衝擊力的單一槍聲，感覺來自屋外的槍聲好像不會這麼響亮。丹尼爾……

她的目光射向槍聲的來向，雖然明知不該如此。在這電光火石的一刻，她一邊收回目光，同時從槍套裡拔出格洛克手槍，而赫克特的手指也終於碰觸到它們想要尋找的東西。他從袖口取出一支十多公分長的鋸齒刀，發出「砰」的一聲鋸斷綁緊的束線帶，而同一個動作又轉變成拋擲。眼見那把刀朝她的臉飛來，她連忙瞄準他的身體中段開槍。她企圖低身閃躲，同時繼續開槍，無暇理會那把刀劃過她下巴瞬間產生的壓力……不是很痛；現在還不痛，但是等到藥效消退後，很快就會痛起來。她感覺到熱熱的鮮血覆蓋脖子，同時她繼續對赫克特的胸口開槍，直到彈匣全部打完為止。

赫克特躺著，動也不動，睜開的雙眼依舊望著她的方向，但再也無法聚焦了。

她在快速斷續的爆炸聲中動起來，把格洛克手槍擦乾淨並扔到欄杆外，再把剪鉗擦一擦塞進槍套，然後從走廊末端撿起獵槍，努力集中精神思考下一步行動。她不曉得外面有什麼狀況等著她。走下樓梯時，她伸手匆匆確認新的傷勢。殺手的刀子只差一點點就割到她的頸動脈，擊中下巴底部，而且把耳垂割裂了一半，裂開的部分垂在她的脖子上。這下可好了。

她摸索受傷左耳的耳環剩餘部分，只剩下鉤子，還有幾塊細小的玻璃碎片塞在扭曲的金屬構造裡；接著也移除右耳耳環，把它們塞進作戰背心的口袋裡。把這樣的證據留在這裡並不明智，即使是這麼小的東西也會向敵人透露訊息，讓他們有理由相信她還活著。

到了一樓，她花點時間很快看了艾尼一眼。他的臉面向地板，只能看到他的後腦勺變成怎樣。他顯然沒有感受到痛苦，不過這種安慰很沒有說服力。

她打算離開屋子的一路上收回證據，但不確定到底有沒有時間這樣做。狗兒都很安靜……那表示一切都沒事嗎？

嗯，歷經樓上的連番開槍後，外面的人不可能沒發現她的存在。她側身走向門口，蹲在門旁，盡可能蹲低，她想，這樣就沒有人能打中石牆後面的她。她伸出手，把門拉開一條縫。沒有人對她開槍。

「丹尼爾？」她大叫。

「亞利思！」他大喊回應，聲音聽起來像她一樣突然鬆口氣。

「你還好嗎？」她試探著說。

「很好，你呢？」

「我要出來了，別開槍。」

她走出前門，雙手高舉在頭上，以防萬一。愛因斯坦從蘿拉旁邊的地板跳起來，跟在她腳邊。

她放下雙手，小步跑向悍馬車。只有屋內的燈光透過門口和窗戶照到車子，但可能因為光線昏暗，悍馬車看似毫髮無傷，雖然曾歷經強烈撞擊。

丹尼爾從前座下車。

「槍聲？」走近後她低聲問道。悍馬車周圍的狗兒看似放鬆，但是……

「最後一個人。他一定是爬上房子的側邊想要躲開狗群。他正要繞過門廊的屋頂。」

丹尼爾用步槍指著一團暗暗的東西，癱倒在靠近屋子東邊角落的碎石地上。她把防毒面罩推到額頭上，小心移開掛在左耳上面的繫帶而不碰到耳朵。她改變行進路線，慢慢靠近那個倒在地上的人體。愛因斯坦尾隨在後面。有一隻大型的標準德國狼犬從不遠處走開，似乎對那人體沒興趣。

愛因斯坦突然從她旁邊衝向前，聞聞那個人幾下，同時她小心翼翼走向前，接著牠轉頭看她，尾巴搖來搖去。

「完全解決了嗎？」她低聲說。

牠繼續搖尾巴。

她傾身看得仔細一點，不必花太久就能確定看完了，看了印象深刻。她轉身走回悍馬車，丹尼爾站在打開的駕駛座門邊，一副不曉得該做什麼的樣子。他還沒有出現任何驚嚇反應。

「射得好。」她說。一發命中，正中兩眼之間。不可能射得更準了。

「距離沒有很遠。」

他走向她，越靠越近，戴著手套的雙手抱緊她的肩頭。接著他倒抽一口氣，轉身到旁邊，抓著她轉圈，讓光線不再從她背後照過來。

「這些血有多少是你的？」

「不多，」她說。「我很好。」

「你的耳朵！」

「是啊。那也不能怎麼辦了，對吧？你方便拿針線過來嗎？」

他嚇得頭突然往後仰。「什麼？」

「那不難，我可以教你縫。」

「呃……」

「有一件事優先。」她甩脫他的手，跑回去爬上門廊的階梯。蘿拉還蜷縮在同一位置。牠看到亞利思便抬起頭，虛弱地拍打尾巴。

「嘿，蘿拉，好女孩。趕快來看看你的狀況。」

亞利思盤腿坐在牠前面。她用一隻手撫摸蘿拉的側邊，另一隻手檢查傷勢。

「牠還好嗎？」丹尼爾柔聲問道。他在門廊欄杆的另一邊，手肘撐在地板邊緣，似乎一點都不想靠近屋子。她不怪他。亞利思摸著蘿拉的腿，牠低聲嗚嗚叫著。

「牠有點失血，子彈好像射穿牠的左後腿，沒辦法判斷有沒有打中骨頭，不過子彈肯定射穿過去了。牠很幸運。」

他從欄杆外面伸手過來，摸摸蘿拉的鼻子。「可憐的女孩。」

「悍馬車後面的東西一定一團亂。我去找急救包。讓牠保持平靜，好嗎？」

「當然好。」

愛因斯坦跟著亞利思走回車子，然後又跟著她走向門廊。她很驚訝這份沉默的力量竟然提供這麼大的支持，讓她覺得很安全，儘管所有的跡象都指向相反的一面。

打開悍馬車的後座，急切的康恩差點把她撞倒，她及時蹲低身子，只見康恩從她上方跳出去。她想，即使貨物區還有空間讓她爬進去，但對康恩來說還是太擁擠了。

槍枝和彈匣雜亂散落一地，零散的子彈在她膝蓋下面滾動。沒時間整理了。她和赫克特的對話被硬生生打斷，她還來不及問最後一個關鍵問題：這工作完成之後會怎樣？誰等著接報告電話？什麼時候要打？至少還有第三棟房子等待搜索，除非赫克特在第一次和第二次停留之間打過電話。

他是不是曾經打電話給經紀人，說他已經把第一個地址清理掉，正要前往下一個？經紀人是不是等著另一通電話？他會不會發現打電話的時間已經遲了？

她找到裝著急救用品的行李袋。現在沒辦法多做什麼了，只能趕快離開，做一些正確決定。唯一的問題是，她還不知道究竟哪些決定才是正確的。

「很好。」她生著悶氣，同時與愛因斯坦一起回到蘿拉身邊。

她跪在蘿拉腳邊，很快就發現周遭太暗了，她看不清楚自己的動作。

「我需要你去把悍馬車開過來，幫我照亮一點。」她說。

丹尼爾從門廊蹣跚走開，一道巨大的身影跟在他旁邊。康恩仍舊執勤中。她好想知道愛因斯坦和康恩如何分配彼此的工作。她取下戰鬥手套，換掉血跡斑斑的乳膠手套，戴上一雙新手套。她才剛替蘿拉注射藥效溫和的鎮靜劑，悍馬車的燦亮燈光就從欄杆之間照射過來。她調整自己的位置，讓光線不會照到她眼睛，而是照在傷口上。看來是乾淨俐落的徹底射穿。她等到蘿拉的眼睛慢慢閉上，然後才著手清理傷口。蘿拉的腿抽動了幾次，但沒有叫出聲。消毒，然後塗上藥膏，然後蓋上紗布，然後放上夾板，再包更多紗布。應該可以癒合得很好，如果能叫蘿拉別碰傷口的話。

她呼出一口氣。這三隻狗該怎麼辦才好？

「接下來呢？」她完成時，丹尼爾問道。他站在門廊旁邊的地面上，手上拿著步槍，隨時注意周遭黑暗平原的動靜。

「我把東西準備好，你可以幫我的耳朵縫幾針嗎？」

他嚇壞了。「我弄不好啦。」

「很簡單。」她向他保證。「你有沒有縫過扣子？」

「但不是縫在人肉上啊。」他咕噥說著，但還是把步槍甩上肩，邊說邊走上階梯。

她從急救包拿出一根火柴，點燃之後消毒縫針。這不是最高標準的醫療技術，但在這個狀況下，這是她能做的最佳處置。她快速前後甩動縫針，然後穿上縫線，在一端打個結。

連同一雙乾淨手套，她將縫針遞給他。他戴上手套，然後慢吞吞地伸手拿針，一副很不想碰觸的樣子。她的頭微微向後仰，倒一些消毒藥水在傷口上，等待燒灼般的刺痛沿著傷口一路傳遞到耳朵。接著，她將下巴朝向他，確定有最亮的光線照在自己身上。

「可能只需要縫三小針。從後面刺進去，然後往前拉。」

「要不要一點局部麻醉？」

「我體內已經有足夠的止痛劑。」她說謊。她覺得那道劃過下巴的砍傷好像一塊灼熱的木頭。但是她的「續命丹」用完了，而手上的其他藥物至少都會讓她暫時沒有行為能力。這狀況並不緊急，只是很痛。

他跪在她身旁，將手指輕輕放在她的臉頰邊緣下方。

「這裡很靠近你的頸動脈耶！」他嚇得倒抽一口氣。

「對啊，他很厲害。」

她看不到他的臉，因此無法判斷他呼吸的微微窸窣聲代表什麼意思。

「快點，丹尼爾，我們得快一點。」

他猛力深吸一口氣，然後她感覺到縫針刺入耳垂。她有所準備，不讓針刺到臉，也讓雙手放鬆不要握拳，努力不要有太大的身體反應。她縮緊腹部肌肉，使壓力從那裡釋放出去。

「很好，你做得很棒。」確定能夠平穩說話後，她便開口說。「現在只要把斷開的地方拉在一起，縫起來固定好。」

她說話的時候，丹尼爾的手指快速進行。縫針戳進受傷嚴重的耳垂下半部時她感覺不到，因此只需要對抗戳進上半部的痛楚。只要縫三針就好，挺過第一針，後面就不會太糟。

「我……要不要打結還是怎樣？」他問。

「要，打在後面，謝謝。」

他打結時，她可以感覺到縫線拉緊。

「完成了。」

她抬頭看他，露出微笑，那牽動她割傷的下巴。「謝謝你，我自己弄會很困難。」

他輕觸她的臉頰。「這裡，我幫你包紮這個。」

她靜止不動，任憑他幫傷口塗藥，然後貼一條紗布在她的臉頰上，前後包住耳朵。

「可能應該要先清理傷口，」他咕噥著說。

「現在這樣就好了。我們把蘿拉搬到悍馬車上。」

「我來搬。」

丹尼爾把熟睡的蘿拉輕輕抱在懷中，牠長長的前腳掌和耳朵都垂在他的手臂上，他每走一步就搖啊搖的。亞利思心裡冒出一陣笑意，但覺得不太恰當，硬是把它吞回去。沒有時間發洩情緒啊。丹尼爾把蘿拉放在乘客座後面的空間。悍馬車只有兩個前座，她猜想凱文把其他空間都改成堆放物品的地方。

「再來呢？」丹尼爾走回來找她，她還坐在門廊上。看到她沒有採取積極的行動，他可能覺得很疑惑。他不知道她正在拖延時間。

她深吸一口氣，讓自己鎮定下來。「把手機給我。該和你弟弟談一談了。」

「我們該離開嗎？」

「我還有一件事得做，不過我想先跟他談談。」

「什麼事？」

「我們實在應該把這房子燒掉。」

他瞪大雙眼，不可置信地看著她。接著，他伸手到背心口袋裡，慢吞吞地把手機拿出來。

「應該由我來打。」他說。

「反正他已經很討厭我了。」她反駁說。

「不過這全是我的錯。」

「雇用一群槍手的人又不是你。」

他搖搖頭，按下手機的開關鍵。

「好吧。」她咕噥著說。

她一邊打包急救用品，一邊用眼角餘光偷看丹尼爾。他找出唯一打過的那個號碼，但還沒按下，手機又響了。

丹尼爾深吸一口氣，剛才對她耳朵刺下第一針之前也是這樣。她心想，這番對話又比縫傷口更加困難。

他按了螢幕一下。她聽見凱文的尖銳聲音好宏亮，一開始她以為手機設定成免持聽筒模式。

「你不可以掛我電話，你……」

「凱文，是我。凱文，我是丹尼！」

「到底發生什麼事？」

「凱文，是我的錯。我是白癡，我把所有事都搞砸了。真的很抱歉！」

「你到底在鬼扯什麼？」

「凱文，艾尼死了。我很抱歉。還有一些狗，我不確定死了多少隻。全都是我的錯，真希望我能說明……」

「叫那個毒女人來聽電話！」

「凱文，要怪就怪我，我搞砸了……」

凱文這次插嘴的聲音聽起來比較冷靜。「丹尼，沒時間講這個，把手機給她。我需要可以講道理的人。」

她站起來，接過手機。丹尼爾一臉焦慮的樣子，看著她拿手機距離耳朵好幾公分遠。

「你們安全嗎？」凱文問道。

聽到公事公辦的語氣令她有點驚訝，於是她也用相同語氣回答。「暫時，不過我們得離開。」

「你燒掉房子沒？」

「正準備要燒。」

「樓梯下面的儲藏間有煤油。」

「謝謝。」

「你們到了路上再打給我。」

他切斷通話。

嗯，比她預期的情況好很多。她把手機交還給丹尼爾，他驚訝得一臉茫然。房子裡的氣體應該早就飄散掉了，所以她沒有費心戴上面罩。丹尼爾跟著進去，不過她叫愛因斯坦在門口警戒。

「去凱文的房間拿點衣服。」她指示說。她也可以派他去樓上拿原本借用的衣物，不過那太花時間，而且不知道他對那些屍體會有什麼反應。她看出他的視線瞄向艾尼坐的沙發那邊，然後轉回來看她。他們兩人都必須保持鎮定。如果想要活著看見明天，眼前還有漫漫長夜要度過。「準備足夠幾天穿的衣服，再去廚房拿一些不會腐壞的東西。還有水，能拿多少就拿多少。」

他點頭，然後沿著走廊去凱文的房間。她衝到樓上。

「你要這些槍嗎？」他對著她背後叫道。

她繞過兩具屍體，小心不踩到血，免得滑倒。「不要，那些槍殺過人。如果我們被抓到，我不想牽連到那些事。凱文的槍都要擦乾淨。」

她在自己房間裡脫掉濺了血的衣服，換上乾淨的牛仔褲和T恤。她收起睡袋，將其他衣物用睡袋包起來，然後用空著的手抓起實驗器材組，並將染血的衣物踢進走廊。她匆忙趕到樓下，抱著這一大堆東西到車上。丹尼爾在廚房搜尋食物時，她找到煤油。凱文有三桶五加侖裝的煤油堆放在一起，可能本來就有意要用來點燃整棟房子。看到他這麼有準備且井然有序，她覺得很欣慰。這表示等到丹尼爾安全後，他的反應可能會比較務實而非激烈兇暴。希望是這樣。

她從樓上開始，確定她的衣物和地上的屍體全都浸透了煤油。木質地板不需要太多助力。她對三個臥房的壁板全都潑上煤油，然後將剩餘煤油沿著樓梯往下灑。她抓起另一桶，很快灑滿一樓地板。這是她第一次看到其他臥房，全都面積廣大，設有豪華的附屬衛浴。看到艾尼在這裡擁有這麼舒適的生活，她感到很欣慰，不禁希望自己曾做過某些努力，讓他逃過這些事。但就算她和丹尼爾早在新聞出現失蹤報導的第一天就離開，艾尼最後還是得面臨這樣的結局。想到這裡實在很沮喪。

狗舍有丹尼爾的指紋，但實在沒必要愚弄卡爾斯頓在中情局的合作夥伴，讓他們以為丹尼爾（或凱文）已經死在這裡，所以那些指紋其實沒關係。他們終究會知道丹尼爾逃走了。她不想縱火燒掉狗舍，那會危及動物的安全，因為那裡不像主屋有寬闊的碎石地圍繞四周，火勢有可能蔓延出去形成野火。凱文之所以鋪設碎石地，無疑便是基於這樣的考量。

丹尼爾在悍馬車前面等她。

「開著車退後，」她說著，一邊揮手指向悍馬車。「看看能不能讓狗兒也跟著移動。」

他立刻著手。她從急救包裡拿出一排火柴。她在門廊階梯正中央多灑了一長條大量煤油，因此很容易點火引燃，也可以趁火勢一發不可收拾之前趕快離開。她轉過身，看到狗兒全都自動退開，這樣很好。

亞利思打開駕駛座的車門，叫喚愛因斯坦。牠一躍就跳到座位後面，然後安穩坐在蘿拉旁邊。牠兩隻耳朵都聳立起來，舌頭垂在外面，看起來還是很熱切的樣子，亞利思真羨慕牠的精力和積極。

丹尼爾走入倖存的動物群中，對每一隻都給予加強語氣的「稍息」指令。等到火勢開始猛烈燃燒時，希望這個指令會有幫助。鄰居都距離很遠，槍響聲應該不會傳遞到那麼遠，但黑暗夜空裡的橘色火光就是另一回事了。他們現在必須逃離了。她想不出還能為這些狗做什麼，感覺好失敗……畢竟這些狗救了她和丹尼爾的命啊。

背後突然傳來一陣低沉的嗚嗚吼聲，亞利思嚇了一跳。她連忙轉身，發現自己與康恩面對面。牠望著她的眼神看起來很不耐煩，彷彿一直在等她走開。牠的鼻子指著她背後，指向愛因斯坦。

「噢。」她說著，這才意識到牠想要上車。「抱歉，康恩，我需要你留下來。」

她這輩子從沒看過動物的眼神這麼傷心。牠沒有移動，只是直直望進她的心坎，彷彿懇求她好好解釋。她突然伸開雙臂，緊緊抱住康恩的脖子，把臉埋進牠的肩膀；有這種反應，她自己可能比康恩感到更意外吧。

「我對不起你，大個子。」她埋在牠的毛皮裡低聲說著。「我好希望能帶你一起走，我欠你太多太多了。幫我好好照顧其他狗，全都交給你負責，好嗎？」

她移開身子，用力撫摸牠厚實的頸側。牠看起來稍微平靜一點，很不情願地後退一步。

「稍息。」她平靜地說道，伸手再拍拍牠，然後轉身走向悍馬車。丹尼爾已經在乘客座繫好安全帶。

「你還好嗎？」她坐進車上時，丹尼爾輕聲問道。他指的顯然不是身上的傷勢。

「不太好。」她笑了一下，聽起來已經瀕臨情緒爆發邊緣，不過努力壓抑著。她開車離開房子時，康恩依舊癡癡望著。

開出大門後，她戴上夜視鏡，並把車頭燈關掉。比起經由唯一道路離開農場，開著悍馬車直接越過開闊平原會比較安全。最後，他們碰到另一條道路，路面鋪得很平坦。她丟開夜視鏡，打開車頭燈，轉彎朝西北方開去。她心裡沒有預定的目的地，只有距離。她必須趕在太陽升起之前，盡可能遠離凱文的農場。

第二十章

手機響了第一聲，凱文就接起來。

「好，夾竹桃，我們進展到哪裡了？」這是他的問候語。

「我們開悍馬車往北走。丹尼爾、愛因斯坦、蘿拉和我在一起。我們設法帶了一些需要的東西，但是不多。」

她說出愛因斯坦的名字時，聽到他放心地呼出一口氣，但他問話時依然帶著尖銳的語氣。「悍馬車？貨車燒掉了？」

「對。」

他想了一會兒。「那麼只能晚上開車，直到能找到另一輛車為止。」

「說得簡單。我們的臉都有很嚴重的問題。」

「是啊，我在新聞上看到丹尼爾。不過你的臉沒再那麼糟了吧，塗一點化妝品上去。」

「經過晚上這一遭，我的臉又稍微糟糕一點點。」

「啊。」他彈彈舌頭。「丹尼呢？」他問道，她聽出凱文努力隱藏緊繃的語氣。

「毫髮無傷。」雙手的傷不算，那不是那些人造成的。

「她叫我留在車子裡。」丹尼爾大喊，讓他弟弟能聽到。

「做得好。」凱文回答。「那裡有多少人？」

「六個。」

他倒抽一口氣。「情報員？」

「其實不是。我問到的消息是：他們向黑幫雇用殺手。」

「什麼？」

「大部分只是打手，不過至少有一個人是職業殺手。」

「你把他們全部撂倒？」

「大部分是狗兒的功勞。對了，牠們真是太棒了。」

他咕噥一聲表示認同。「你為什麼帶著蘿拉？」

「一隻腳中彈。我怕如果有人找到牠，就會把牠殺了。說到這，我該連絡動物管制官嗎？」她問。

「消防員一到那裡，我怕會……」

「我會處理。我幫牠們在適當的地方準備好意外事件計畫。」

「很好。」她再也不認為自己是準備得最充分的人。凱文是準備大王。

「你現在有什麼計畫？」

她笑了，而且又出現歇斯底里的笑聲。「其實，一點想法也沒有。我正考慮在悍馬車外面露營幾天，然後……」她沒把話說完。

「你沒有地方可以去？」

「沒有地方可以停這輛怪物車，或者把兩隻大狗藏起來。我這輩子從來沒有覺得這麼引人注目。」

「我會想點辦法。」

「你為何這麼久才連絡？」她問道。「我以為你死了。」

丹尼爾倒抽一口氣，瞪大眼睛看著她，非常震驚。

「為了把事情搞定。這些事很花時間。我不可能同時出現在每一個地方……我得架設很多攝影機。」

「連絡一下會比較好。」

「我又不知道你們會把所有東西全燒掉。」他講話的音量突然變得很小聲。「那白癡到底在幹嘛？不，不要回答。我不想讓他聽到。只要回答對或不。他打電話給某個人嗎？」

「不。」她氣沖沖地說。

「等一下……貨車燒掉了……他沒有離開房子吧？」

她想要說「沒有人叫他不要離開」，但是丹尼爾就會知道他們正在談論他。她沒有回答，讓視線直直看著前方，但其實很想偷瞄丹尼爾一眼，想知道他有沒有聽見。

凱文嘆氣。「一點常識都沒有。」

關於這點，她有好多話想說，但不曉得該怎麼敘述才不會引起注意。

他換個話題。「艾尼……很糟嗎？」

「不。他什麼都沒看到，也完全沒感覺。」

「他的本名是艾爾尼斯托。」凱文說著，但聽起來比較像對自己說，而不是對她說。「他是很好的夥伴。我們合作無間。時間很短暫，但是合作無間。」他清清喉嚨。「好吧，那就把每一件事都告訴我。」

接著音量放低。「除了他怎麼搞砸以外。他可能受創太深了。」

亞利思匆匆講述晚上發生的事，語氣保持客觀，隱瞞恐怖的部分。她只輕描淡寫說到「我質問他」的時候，凱文應該很清楚真正的情況是怎樣。

「所以，你的臉到底怎麼了？」

「他非常靈活，而且他藏了某種投擲刀在袖子裡面。」

「唔，那太狠了。」他的語氣很陰沉，她知道他在想什麼。如果你想要保持低調，臉上的疤痕是壞消息，那太容易記憶和辨認了。突然之間，尋人的問法就從：「你有沒有見過一個身高很矮、說不出特點、頭髮長度和顏色都不明的女性，或者符合同樣描述的男性？」變成：「你有沒有見過一個人有這種傷疤？」

「嗯，」她總結說，「負責的人顯然認定你贏了。我不會假裝自己沒有遭受羞辱。我們得改變計畫。誘餌必須變成你，而且必須引誘到正確的人。你有沒有想過應該要引誘誰？」

凱文沉默了一會兒。「今天晚上發生的事如果傳回我的人那裡……嗯，我們可能就不需要用電子郵件了。他一定會和你的人談這件事。我準備好了……我會看著他們行動，然後再決定需不需要追加。」

「附帶一提，」他又壓低聲音說話，「我知道你為了那小子，剛才講的事情都消毒過了。等我再看到你，我要聽完整的經過。」

「聽起來很好。」

她翻了個白眼。「好。」

「喂，夾竹桃，你聽了不要太驕傲，不過……你做得很好，真的很好。你救了丹尼爾的命，謝謝你。」

她好驚訝，害她花了好一番功夫才反應過來。「我想我們互不相欠了。要是沒有你的那些狗或『蝙蝠洞』，我們絕對辦不到。所以……謝謝你。」

「你大可在第一次看到新聞報導的時候盡快跑掉。你明知道他們以為你死了，可是你卻留下來保護一個陌生人的安全，雖然我敢說，你恨不得趕快擺脫我們兄弟倆。老實說，真的很榮幸。我欠你一次。」

「唔。」她含糊地說。今天晚上不必討論所有的事。

「你掛斷之前讓我跟他講一下。」丹尼爾低聲說。

「丹尼爾想要跟你講話。」

「叫他聽。」

她把手機遞過去。

「凱文……」

「丹尼，不要怪你自己。」她聽見凱文對他這樣說。她很好奇丹尼爾剛才是否也能聽得一樣清楚。

「是啦，」丹尼爾回答，語氣很陰沉。「我今天晚上只需要對艾尼的死負起責任，更別提那些狗了。我幹嘛要難過？」

「嘿，做了就做了……」

「很好笑。亞利思也這樣說。」

「毒女孩很懂這些。小子，這是全新的世界，死人會比較多。好吧。我不是要說這種事不會對你造成影響，只是要說，別讓這種事蒙蔽你的心。」

凱文的聲音突然變得比較低沉，亞利思聽了很高興，表示丹尼爾剛才可能聽不見他們對話比較小聲的部分。不過，她也想知道凱文不想讓她聽的事。

「我想也是。」丹尼爾說。一陣停頓。「也許不要……我會啦。對，好。那些狗你要怎麼辦？我們得把康恩留在那裡。」

「嗯。」凱文的聲音又恢復正常音量。「我愛那怪物，不過牠的塊頭實在不適合出遠門，對吧？不遠的地方有個養動物的人，艾尼以前在那裡工作。他比較像是競爭對手而不是朋友，不過他知道那些狗的價值。艾尼跟他講好了，萬一我們想退出這行，就會把動物全都賣給他。艾尼也稍微暗示過，我們有可能會半夜突然做決定，不會事先提醒。我會連絡他，要他趕快去找動物管制官，免得那些人做了蠢事。」

「警察難道不會覺得……」

「我會指點他。他會說艾尼找他，說聽到槍聲還是什麼的。別擔心，那些狗不會有事。」

丹尼爾嘆氣，放心了一點。

「想到他不用花半毛錢把康恩弄到手，我就氣炸了。他肖想買牠已經好幾年了。」

「對不起……」

「說真的，小子，不要懊惱，你這樣的人生不必太執著。我知道該怎麼從頭開始。好吧，乖一點，完全照夾竹桃的話做，好嗎？」

「等等，凱文，我有個想法，所以我才想跟你談談。」

「你有個想法？」

亞利思從一公尺外都聽得出聲音裡的質疑意味。

「對，是真的。我一直在想湖邊的麥金萊家小屋。」

凱文靜默了一會兒。「嗯，小子，現在不是遙想當年的好時機。」

「事實上我比你早兩分鐘出生，『小子』，我很確定你沒忘吧。而且我才不想緬懷往事。我想，麥金萊一家只有冬天才會用到小屋，而你的中情局人馬可能不會知道我們童年那麼細節的事。而且我知道麥金萊先生都把鑰匙藏在哪裡。」

「嘿，丹尼，聽起來不壞喔。」

「謝謝。」

「那麼大概要如何進行？從農場過去要十八小時？只要開兩個晚上的車。而且你們也會距離我的位置比較近。麥金萊家是不是常把一輛雪佛蘭休旅車停在外面？」

「我們不能偷人家的車啦，凱文。」

雖然在黑暗中，而且相隔超過一千六百多公里，亞利思還是覺得自己好像與凱文交換了心領神會的一眼。而且說不定也翻白眼……至少凱文一定會。

「我們晚一點再研究怎樣找到另一輛車。告訴夾竹桃，下一次要好好照顧自己的臉，我們很需要用到。」

「好啦，因為我很確定她超愛別人把她打得血流滿面，要叫她不還手很難啦。」

「是啦，是啦。碰到任何麻煩都打給我。等我知道華府那些朋友的更多消息，我會趕快聯絡。」

凱文結束通話。丹尼爾瞪著手機，過了好一會兒才放下。他深吸一口氣，然後慢慢吐氣。

「你感覺怎麼樣？」她問。

「一切都不像真的。」

「讓我看看你的手。」

他伸出左手臂，她以右手拉著他的手。他的體溫比她高。她摸索他的手腕，脈搏似乎很平穩。手掌的割傷和刺傷都很淺，已經不流血了。她匆匆瞥了他一眼，然後回頭看路。四周實在太暗，沒辦法確切判斷他的臉色好不好。

「這是……？」她放開他的手後他問道。

「看看有沒有驚嚇的跡象。你有沒有覺得噁心想吐？」

「沒有。不過，剛才有點覺得好像應該要吐了，你懂我的意思吧。剛才處理那些事的時候，好像覺得一定會吐。」

「如果你開始覺得頭昏、虛弱或發冷，一定要告訴我。」

「你才很冷吧，你確定沒有驚嚇過度？」

「我想，不是完全沒有。如果我覺得頭昏，一定會靠路邊停，讓你開車。」

他伸手過來，把她戴手套的手從方向盤上拉過去，輕輕握著，兩人的手臂懸盪在座位之間。他又深吸一口氣。「我聽到所有的槍聲了，好密集，而我想……」

「我知道。謝謝你聽我的話，一直待在車子裡。知道我能信任你，感覺真的很好。」

他什麼話都沒說。

「怎麼了？」她問道。

「嗯，雖然你那樣說，」他的語氣聽起來很羞愧，「我其實不想承認……可是，我其實離開了幾分鐘。我本來打算進去屋子裡，可是愛因斯坦阻止我。然後我才想到，不管怎麼樣，裡面的事情已成定局了，假如他們已經把你撂倒，我要殺那些混蛋的最好機會是從悍馬車那邊開槍。亞利思，我可不打算讓他們大搖大擺離開。門兒都沒有。」

她輕輕捏他的手。

「你記不記得凱文對我說過的事，關於想像？」

她搖搖頭。隱約好像有這麼一回事。

「那時候我們第一次去靶場，我曾說，我覺得自己不可能開槍打另一個人。」他輕輕笑了一聲，聽起來有點陰鬱。「他叫我想像自己關心的某個人遭遇危險。」

聽他這樣說，亞利思好像有點想起來了。「喔。」

「嗯，現在我懂了。他說得沒錯。就在那一瞬間，我突然明白有人殺了艾尼，而他的下一個目標就是你……」他搖搖頭。「我都沒想過自己的感覺會那麼……原始。」

「我不是對你說過嗎，你會找到自己的本能，」她輕聲說。這開玩笑的語氣讓她回想起那天在靶場，這些話才剛說出口，氣氛就變得很僵。她又補了一句，語氣轉為嚴肅：「我也希望情況不要變成這樣。」

這一次換他捏捏她的手。「一切都不會有問題啦。」

她努力讓自己專心。「那麼，我們到底要開車去哪裡？」

「佛羅里達州的塔拉哈西市。我們小時候有幾年耶誕節去那裡。我們家的一些朋友在那裡留了地方，這樣就可以逃離冬天的積雪。他們一定很注重隱私，因為小屋位在遠離人煙之處。其實不是位在湖邊，不過那裡有沼澤，所以每年這個時候的蚊子很要命。」

「你真該從事房地產那一行。你確定那裡不會有人？」

「自從我父母的葬禮之後，我就沒有見過麥金萊一家人了，不過以前認識那麼多年，他們從來不會在夏天跑到南方來。那裡向來只是他們的冬天度假小屋。」

「嗯，比起其他地方，我們還不如往那裡去，萬一小屋真的不行，說不定也可以在其他地方找到空屋。」

她看到一個標誌指向七十號州級公路，於是往北開去。

「我們得轉向東邊，穿過奧克拉荷馬市，然後往南穿越達拉斯。假如有人注意到我們，像那樣往回開進德州會很好，讓我們看起來比較無害。」

「我們只是自衛。」

「那不重要。如果我們因為剛才發生的事遭到逮捕，警察就得留置我們。就算解釋了每一個細節，他們也相信每一個字……好吧那實在不太可能，這樣說不誇張；總之，他們還是得把我們關進看守所一陣子。時間不會太久，雇用槍手的那些人要把我們關進牢裡一點都不困難。我們根本是待宰的羔羊。」

他感覺到她的手指在發抖，於是用拇指搓揉她的手背。

「所以你想說，現在來個瘋狂連續犯案不是好主意嘍？」

她真不敢相信，努力想讓她振作起來的人竟是他。「可能吧，」她表示同意，「不過最後可能會變成那樣。」她低頭瞥了油表一眼，嚇得吸一口氣。「這東西燒油的速度簡直像故意要惹我發火。」

「我們該怎麼辦？」

「我一定得去加油站，付現。」

「可是你的臉。」

「沒辦法了。我就假裝碰到車禍……說老實話，那也不算是完全假裝的，對吧？總之，不這樣也不行了。」

亞利思不想這麼早就停下來，但這輛耗油怪獸讓她沒有選擇餘地。她跟著奧克拉荷馬市裡的路標開向機場，心想機場周圍的加油站即使在深夜也很繁忙。況且如果有人在那裡注意到他們，恐怕也會猜想他們打算搭機飛走，於是聞訊而來的搜查行動會著重於機場。

她開車時，先請丹尼爾找出她的大件連帽上衣。停車後她套上衣服，希望外面還算涼爽，穿這樣才不會顯得不太正常。加油站還有另外兩輛車，一輛計程車和一輛貨卡，兩名男駕駛當然都盯著悍馬車不放。下車後，她轉換成無精打采的青少年模式，把油槍嘴塞進油箱。油槍一邊加油，她一邊無精打采地走進加油站商店，抓起一盒燕麥棒和六瓶裝的瓶裝水，走向櫃臺後方的五十餘歲婦人。婦人有一頭染成金色的頭髮，髮根露出兩、三公分的黑髮，還有尼古丁染黃的牙齒，身上有塊名牌寫著「貝佛莉」。剛開始她沒有特別注意亞利思，逕自把商品打進收銀機。但是亞利思非開口不可。

「六號加油槍。」她用最低沉的聲音說話，聽起來不像假裝的。

貝佛莉抬起頭，她那睫毛膏暈開的眼睛突然睜得好大。

「哎喲，親愛的，太慘了吧！你的臉怎麼了？」

「車禍。」亞利思咕噥著說。

「大家都還好嗎？」

「還好。」亞利思低頭盯著自己手中的鈔票，等她算出總數。透過眼角餘光，她看到計程車開走了。

「嗯，希望你趕快康復。」

「唔，謝謝。總共多少錢？」

「噢，這樣對嗎？好像很多耶，一百零三元五十五分？」

亞利思拿了六張二十元鈔票遞給貝佛利，等她找零。又有一輛碩大的黑色福特F-250貨卡開過來，停在悍馬車後面的加油槍旁邊。她看到三名瘦高男子走下車，其中兩人走進加油站商店，於是她修正自己的評估。他們是長得很高的青少年，說不定是籃球隊的。他們像她一樣穿著黑色連帽上衣，至少讓她這身不合時節的穿著顯得比較正常。

「你停在外面加油的一定是大卡車。」貝佛莉下了註解。

「是啊。」

「要把那大傢伙的油箱加滿一定很麻煩。」

「是啊。」亞利思很不耐煩地伸出手。

那些男孩走進來，既吵鬧又瘋癲。啤酒和大麻的氣味跟著他們從門口飄進來。而在外面，先前那輛貨卡從停車場開走了。

「噢，好了。」貝佛莉說，她的聲音突然變得很冷淡。「找你十六元四十五分。」

「謝謝。」

新來的顧客讓貝佛莉分心了。她盯著亞利思的頭頂上方，眼睛瞇成一條縫。那些高個兒男孩走向酒櫃，希望他們拿假身分證要過貝佛莉那關會惹上很多麻煩，反正只要能讓她忘記亞利思就好。

亞利思低著頭走向自動門，她不希望有更多人成為目擊者。

突然碰的一聲，她的頭撞上第三個男孩的胸口。她得到的第一印象是氣味，他那汗溼的衣服飄散著威士忌的濃烈臭氣。他抓住她的肩膀，她不由自主抬起頭。

「注意一點啊，小玩咖。」

他是個呆笨的白人小子，沒有像另外兩人那麼高。她想把他甩開，但他用一隻手抓得更緊，另一隻手則把她的兜帽往後掀開。

「嘿，是女孩耶。」然後又對冰箱旁邊的兩個男孩叫得更大聲，「看我找到什麼。」

亞利思的聲音很冰冷，她可沒有心情玩這種無謂的遊戲。「把你的手拿開。」

「你離那女孩遠一點，否則我就報警。」貝佛莉尖聲叫道。「電話在我手上了喔。」

亞利思好想尖叫，她很需要。

「放輕鬆嘛，老女人，我們有很多人可以滿足需求喔。」

另外兩人有一個是黑人，一個是西裔，他們已經走過來要幫朋友撐腰。亞利思從腰帶取下一支細小針筒。這對她想要低調躲避追蹤沒有好處，但她得擺平這小子，趁貝佛莉報警之前趕快離開這裡。

「我撥了9，然後是1，」貝佛莉警告他們。「你們全都給我滾出去。」

亞利思奮力想甩脫那男孩的掌控，但現在那傻笑的白癡居然兩隻手都緊扣著她的上臂。她把針筒的角度調整好。

「年輕人，有問題嗎？」

不不不不不，亞利思在心裡哀號說。

「怎樣啦？」白人小子挑釁地說，把她甩開，轉身面對新來的人。接著他很快後退一步，她連忙躲開以免撞到。

她待在丹尼爾身邊太久，都忘了他身高到底有多高。他甚至比最高的小子還高了兩、三公分，肩膀又寬，而且自信滿滿。至少他戴了棒球帽，藏起頭髮，也把臉遮住一點。他剛開始留的鬍子顏色夠深，稍微能掩飾臉部輪廓，這樣很好。不過他帶了一把格洛克手槍可不好，那把槍插在他牛仔褲的腰帶上，形狀非常明顯。

「沒有，沒有問題，老兄。」黑人小子說。他抓著白人小子的肩膀，把他往後拖一步。

「很好。那麼，你們何不趕快滾出去？」

那個白人小子挺起胸膛。「等我們把事情辦完就出去。」

丹尼爾用從沒看過的樣子繃緊下巴，亞利思不太懂那是什麼意思，但就在這時，丹尼爾的臉突然變得非常凶惡，往那個惹麻煩的小子靠過去。

「快點。」

他說話的語氣並沒有恫嚇意味，但是充滿權威感。

「算了啦。」黑人小子堅持說。他推著白人小子從丹尼爾身邊繞過，另外拉扯第三個小子的袖子。他們快步走向貨卡，同時彼此用手肘頂來頂去，微微扭打。亞利思背對著貝佛莉，用手肘輕推丹尼爾，要他也轉過身去。三個男孩爬上貨卡，駕駛猛踩油門，繞過悍馬車，輪胎摩擦地面吱嘎作響。

「嘿，兄弟，謝啦。」貝佛莉熱情地對他說。「感謝你幫忙。」

「應該的。」他回答，很有禮貌地伸出一隻手臂，示意亞利思先走。

亞利思急忙走回悍馬車。她感覺到丹尼爾在後面靠得很近，只希望他懂得要低下頭，而且不要回頭看。

「嗯，我不知道剛才情況還會變得多糟。」他們開回道路上後，亞利思氣呼呼地說。「那個女人這輩子都會牢牢記住我們。」

「抱歉。」

「你就一定要像什麼牛仔一樣走進去嗎？褲子裡還插著槍。」

「我們本來就掛德州的車牌啊，」他指出。「不然我該怎麼辦？那小子……」

「那小子本來準備要大吐特吐了啦，那會讓他什麼都不能做，也許吐得四周一團亂，害貝佛莉忙到完全忘記我們。」

「喔。」

「沒錯，『喔』，真的。丹尼爾，我可以照顧自己。」

他又繃緊下巴，像剛才在加油站一樣。「我也知道，亞利思，不過你總有真的需要幫忙的時候吧，那種時候出現時，我可不會又坐在車子裡面等，你現在應該了解吧。」

「需要支援的時候，我會告訴你。」

「而我一定會出現。」他氣呼呼地說。

她讓這番爭吵落幕，接下來好一陣子都沒有任何聲音，只有巨大引擎燃燒著新灌汽油的怒吼聲。接著他嘆氣。

「我早該知道你預先想好下一步了。」他說。

她點頭，表示接受話中的道歉含意，不過她對這番聲明的感受很複雜。

「你在哪裡學到剛才那一招？」又經過一段靜默後她問道。

「什麼？」

「威嚇別人啊。」

「我的學校不是管得很嚴的私立學校。總之，大部分孩子只希望有人能控制一下情況，他們會覺得比較安心。」

她笑了。「那麼，那些男孩今天晚上會睡得很熟。」

接下來的夜晚比較沒有事情要煩心。丹尼爾靠著窗子打盹，微微打呼，直到下一次停靠加油站，大約在達拉斯東方三十公里處。結賬處的男人昏昏欲睡，對亞利思的臉沒什麼興趣。等他們駛離加油站的監視器後，在一個陰暗的路肩靠邊停車，她與丹尼爾換手。他宣稱自己很清醒，已經準備好了。她盡可能睡一下，直到下一次停靠加油站，位於路易斯安那州的士里夫波特南方，他們又在那裡換手。

黎明將至。亞利思運用功能強大的GPS搜尋附近的國家公園或野生動植物保護區，這才發現他們距離占地廣大的吉賽奇國家森林不遠。她開到四十九號州際公路最靠近公園角落的地方，然後沿著鄉間小道蜿蜒前進，最後找到一個遺世獨立且森林茂密的區域，她把車子開進樹木生長密集的濃密樹蔭裡，覺得很有安全感。有兩棵樹幹之間的空間夠寬，她倒車進入，接著再向前移動一點，讓車尾有足夠的空間可以打開後門。她打開駕駛座旁的車門，外面的潮溼空氣立刻湧進來，壓制車內的涼爽空氣。

愛因斯坦急著跳下車解放一下。蘿拉就比較困難，等牠解放完，亞利思必須重新包紮牠的傷口。完成後，丹尼爾拿出食物和飲水給牠們。接著，丹尼爾要解放比較簡單，亞利思則稍微複雜一點。她以前曾經住在車子裡，雖然沒有特別熱愛，不過算是有經驗。

她查看悍馬車的車頭，不得不承認真是對它刮目相看。以肉眼看來，連要說曾經發生小擦撞，幾乎都看不出明顯跡象。

早餐的選擇很有限，亞利思發現她吃的土司餅就是剛到農場那天早上吃的同一包。丹尼爾也拿了一包。

「我們的食物該怎麼辦？」他問。

亞利思用手臂抹抹額頭，免得汗水滴進眼睛。「今天晚上每次加油就儲備一些，大概可以撐個幾天。如果你有什麼特別要求就趕快說。」亞利思打個呵欠，接著忍不住發出嘶嘶聲，因為動作拉扯到臉上的傷口。

「你有沒有阿斯匹靈？」

她疲累地點頭。「那可能是好主意。我們都得睡一會兒，把那兩隻狗留在外面應該沒問題吧？牠們整個晚上都困在車子裡，我不希望牠們連白天也得困住。」

亞利思找出幾顆止痛藥，丹尼爾則忙著把悍馬車後面亂七八糟的東西推到旁邊去，清出中間狹窄的空間供兩人躺下。亞利思對於自己盡力安排好一切感到很滿意，於是攤開睡袋，並把頂端捲起來當作枕頭。

丹尼爾躺在她旁邊，他出於本能，很自在地伸出一隻手臂環抱她的腰，臉埋在她的鎖骨凹處；這狀況明明異乎尋常，感覺卻再正常不過了。他臉上的短髭刮得她皮膚發癢，但她不介意。

她快要睡著時，突然意識到旁邊丹尼爾的動靜。一開始以為他準備打呼，但那番抖動沒有停止。她抓起環抱腰際的手指，發現他的手指不停顫抖。她猛然轉身看他。看到她突然轉身，他睜大雙眼，也準備坐起來。亞利思推著他躺下，一隻手按住他胸口。

「怎麼了？」他低聲說。

她端詳他的臉，在陰暗中很難分辨，不過看起來比之前更蒼白。她真該早點注意到。現在他們終於有機會暫時放下武器，於是今晚的緊繃張力自然浮上心頭。可能不是真正的心理性休克，比較像是典型的恐慌發作。

「沒什麼。只是看看你的狀況。」她摸摸他的額頭，感覺很溼冷。「你有沒有覺得不舒服？」

「沒有，我很好。」

「你在發抖。」

他搖搖頭，深吸一口氣。「抱歉，我只是想到……那麼接近。」

「別想了。都結束了，你很安全。」

「我了解，我了解。」

「我絕對不會讓你出事。」

他笑了一下，她聽出笑聲同樣包含了前一晚她自己笑聲的激動情緒。「我真的了解，」他又重複說一次。「我一定會很好。可是你呢？你真的安全嗎？」他拉她躺在他的胸口上，小心用修長的手指保護她受傷的側臉，嘴唇埋在她的頭髮裡輕聲說話。「就像晚上那樣，我很可能會失去你啊。對我有意義的每一件事都消失了，我失去我的家、我的工作、我的生活……我失去了我自己。我只能勉強抓住一線生機，而亞利思，我抓住的是你。假如你出了什麼事……我不曉得那對我代表什麼意義。我不知道該怎麼活下去。亞利思，其他事情我都可以處理，但是我不能失去你，絕對不行。」

他全身又顫抖起來。

「沒事，沒事，」她略顯遲疑地喃喃說著，伸手按住他的嘴唇。「我在這裡。」這樣說是對的嗎？她沒有安慰別人的經驗。就連她母親茱蒂臨終之前也是。母親不想要別人同情，也不想聽謊話。如果茱莉安娜說了「媽，你今天看起來氣色很好」之類的話，茱蒂的回答總是像這樣：「別花力氣講那些沒意義的話，我自己有鏡子。」茱蒂似乎永遠都不覺得茱莉安娜可能需要安慰；畢竟，要死的人又不是茱莉安娜。

她很早就學會不尋求別人的同情，也從來不曉得該怎麼對別人表達同情。她比較習慣表現出客觀的態度，好好解釋他現在的感受只是目睹殘酷死亡的自然反應，不過她之前也對他說過同樣的話，很清楚那些話沒什麼用。於是，她發現自己模仿起以前在電視上看到的，對著他的側臉輕聲說話。

「我們會沒事的……都結束了。」

她猶豫著該不該幫他蓋上睡袋，其實只是以防萬一，畢竟天氣熱得難受，他又不覺得冷。然而，如今她深有感觸，丹尼爾比她更溫暖，無論身體和心靈都是。

他的呼吸聲聽起來依然很粗重。她抬起頭，撐起身子，好好端詳他的臉。

他不再那麼蒼白了，但一雙溫柔的眼睛滿是煩惱和痛苦，緊繃的下巴奮力抵抗他拚命想控制的心慌。額頭凸起的線條陣陣跳動。他凝視著她，那眼神彷彿懇求她別再施予痛苦。

他的神情再度勾起惡夢般的回憶，關於先前審問他的回憶。她突然冒出一股衝動，振臂摟著他的脖子，把他的頭抬起來，緊緊貼著她的胸口，藏起那張臉。她感覺到自己不可遏抑地顫抖，於是她腦中客觀的一面告訴自己，她其實像丹尼爾一樣身心徹底受創。她腦中不客觀的一面則是完全不在乎原因。一陣恐慌宛如排山倒海般湧來，她覺得如果不能把丹尼爾抱得夠緊，就無法說服自己相信他真的活著、在這裡一切安全。她覺得彷彿突然間又會強光一閃，回到她那個黑暗的帳篷內，聽著丹尼爾痛苦尖叫。或者更糟的是，等她睜開雙眼，發現自己身在農場黑暗的二樓走廊，只見倒在她腳邊的並非槍手，而是丹尼爾血淋淋的身軀。她的脈搏急速跳動，她無法呼吸。

丹尼爾滾了半圈，躺在她旁邊，把她的手從他頭上移開。在這一刻，她覺得丹尼爾扮演的才是安慰人的角色，她自己根本失敗得徹底，但兩人的目光隨即相遇，她彷彿望進一面鏡子，映照出她自己內心所有的騷亂與恐懼。她害怕失去，也害怕擁有，因為擁有就表示可能會失去一切。結果非但沒有得到安慰，丹尼爾內心的深層恐懼反倒讓她更加驚駭。萬一失去他，她自己往後的生命根本無以為繼。

第二十一章

他們的雙唇緊緊相吻，那麼突然，她都不確定究竟由誰先開始。

接著，他們的身體以極度渴望的狂怒之勢彼此纏繞，從手指到舌尖，唇齒相依。能否呼吸已是其次，她只能在喘息之間奮力吸氣，但依然感到天旋地轉。她什麼都不想要，只求能更加貼近，然後再更貼近，甚至融入他的皮膚底下，那麼兩人就再也分不開了。下巴的傷口再度裂開，她感受到灼熱般的刺痛，而且全身所有的瘀青無論新傷舊傷，全都像是活了過來，然而再怎麼疼痛都無法轉移內心激烈的渴求。他們幾乎像敵人扭打搏鬥般，在有限的狹小空間裡一起翻滾糾纏，猛然撞上行李袋，然後又滾回地板。沒想到他那宛如野獸般的力量令人如此興奮；男人的力量總是讓人畏懼，但此刻令她激動，震顫莫名。衣物撕扯開來，她無從得知那是誰的衣物。在她雙手的撫觸之下，他皮膚的觸感、他肌肉的形狀全都深深烙印於她的腦海，但她從未想過兩人肌膚緊緊相貼竟是這樣的感覺。

更貼近一點，她的血脈陣陣搏動，再更近一點。

而就在這時，他突然跳開，嘴唇滑開她唇邊，彷彿窒息一般激烈喘氣。一陣急躁的哀鳴聲從她腳邊傳來。她往後看，發現愛因斯坦緊咬著丹尼爾的腳踝。愛因斯坦又輕吠一聲。

「愛因斯坦，稍息，」他吼道，踢蹬一下掙脫他的腳。「離開。」

愛因斯坦放開他的腳，緊張兮兮看著她。

「稍息！」她的聲音略顯嘶啞。「沒事。」

愛因斯坦有點猶豫，噴了一口氣，從車尾跳下去。

丹尼爾翻身爬起，把車門關上。他跪著轉身看她，眼神狂野，只見他咬著牙，彷彿努力與某種控制力量搏鬥。

她的手伸向他，手指勾住他牛仔褲的腰帶，於是他發出低沉的呻吟，倒在她身上。

「亞利思，亞利思，」他的臉埋在她頸肩喘氣。「待在我身邊，不要離開。」

即使是這麼激動的時刻，她也明白他話中的含意。於是，她的回答真心誠意，即使明知這可能是最大的錯誤。

「我會待在你身邊，」她匆匆做出承諾。「我不會離開你。」

他們的雙唇再度緊緊相吸，她感覺到丹尼爾與她自己的心跳宛如切分音符一般間隔跳動，兩顆心在彼此皮膚底下緊貼，心心相印。

一陣尖銳的手機鈴聲，不僅劃破了雙重心跳和粗啞喘氣的低沉音域，也讓她以另一種不同的恐慌推開他。

他甩甩頭，雙眼緊閉，彷彿努力回想自己身在何方。

她坐起來，尋找聲音的來源。

「我來接，」丹尼爾喘著氣說。他伸手到牛仔褲口袋裡，這時手機又大叫起來。

他看著來電號碼，然後以拇指按下接聽鍵。他用左手把她拉回自己胸口。

「凱文？」丹尼爾一邊喘氣一邊回答。

「丹尼……喂，你們兩個安全嗎？」

「是啊。」

「你們在幹嘛？」

「努力想睡一下。」

「你聽起來好像在跑馬拉松。」

「手機鈴聲嚇到我。你也知道，神經繃得有點緊。」他說謊說得好順，害她差點笑出來，儘管內心激動不已。

「噢，對啦，抱歉。讓我跟夾竹桃說話。」

「你是指亞利思？」

「隨便啦。把手機給她。」

她努力讓呼吸平穩一點，聽起來比較正常。「哈囉？」

「怎樣啦？別說你也被手機鈴聲嚇到了。」

「我又不是地下祕密情報員。而且今天晚上實在很漫長。」

「我講快一點。我找到我的人了，狄佛斯這個名字對你有意義嗎？」

她想了一會兒，努力把心思拉回那些要緊事。「有，我知道這名字。以前幫中情局蒐集情報時，有一些檔案出現這名字，不過他從沒進來看過審問過程。他在那裡負責監督嗎？」

「他不只負責監督，他是最近發號施令的第二把交椅，隨時準備往上爬。他是我安排監視的幾個可能人物之一。今天早上，狄佛斯接到一通電話，捶了幾下牆壁，然後自己也打電話。我知道這傢伙，他很愛讓手下忙東忙西。他沒有離開辦公室，而是派助手把他想見的人找來。有權有勢的人都是這樣演。不過第二通電話打完之後，他簡直像打雜的人一樣，匆匆忙忙跑去找你的卡爾斯頓。他們隨便挑了一個位於住宅區的小公園碰面，距離他們兩個的辦公室都有好幾公里遠，然後兩個人很悠閒地散步，走得滿頭大汗，看起來好像隨時都要把對方給殺了。肯定是狄佛斯。」

「你有什麼想法？」

「唔，我想，我還是想用電子郵件，我需要知道另外還有誰知道這件事。把狄佛斯釣出來不會很難，但假如不是只有他一人，就等於又向其他人洩漏消息。你有沒有筆？」

「等我一下。」

她爬向前座，找到背包，從裡面找出一支筆，然後丹尼爾遞給她一張加油收據，她把電郵地址匆匆寫在收據背面。

「什麼時候？」她問。

「今天晚上，」他很肯定地說。「等你們睡一下，稍微回過神之後。」

「我會從巴頓魯治市寄出。你有沒有草稿？還是要我自己弄？」

「你很懂重點。語氣不要太理性。」

「我想我可以傳達一點粗話。」

「非常好。等你換成麥金萊家的車子，就開始往這裡來。」他突然壓低聲音說話，不過丹尼爾靠得很近，所以根本沒用。「丹尼留下來會不會給你添麻煩？」

她斜臉望向丹尼爾，他的反應很容易判斷。

「嗯，我不確定那樣到底好不好。就說我很偏執吧，我再也不相信安全的房子了。」

丹尼爾彎下身，用力親吻她的額頭，這樣害她很難專心聽凱文說話。

「……幫蘿拉找個地方。你的臉有多糟？夾竹桃？」

「啊？」

「你的臉啦，看起來怎樣？」

「從下巴到耳朵包了很大團的繃帶。」她說話時，丹尼爾靠過來檢視她的傷口，然後嚇得倒抽一口氣。「外加原本也玩得很大。」

「還真好玩。」凱文說。「蘿拉也受傷了。我編個故事告訴他們，他們應該會滿意。」

「誰？」

「要給蘿拉寄宿的地方啦。該死，夾竹桃，你真的需要睡一下，你變得越來越笨了。」

「也許現在就該幫你寫電子郵件，畢竟我現在的腦袋很符合你的狀態。」

「你們又上路的時候再打給我。」凱文掛掉電話。

「你還在流血，滲出繃帶了。」丹尼爾焦急地說。

她把手機遞給他。「沒事啦，我昨天晚上應該把它黏起來。」

「那麼現在就來弄吧。」

她抬頭看他的臉，原本的驚慌和激烈眼神漸漸消褪為單純的擔心。他的胸口依舊汗溼黏膩，不過呼吸恢復平穩。她不確定自己是否已經恢復同樣的平靜心態。

「就現在？」她問道。

他顯露慎重的神情。「對，就是現在。」

「真的流那麼多血？」她輕輕觸摸紗布，不過只有些微暖溼的感覺。從他的表情看來，她還以為鮮血泉湧而出。

「正在流血，這樣就很嚴重了。急救包在哪裡？」

她嘆口氣，轉身探向成堆的行李。不是最上面那個，因此她得移動位置。她找東西時，感覺丹尼爾的手指小心翼翼撫摸她左邊的肩胛骨。

「你全身都是瘀青，」他喃喃說著。他的手指沿著她的手臂往下滑。「這些看起來是新的。」

「那時候有一陣扭打。」她坦白說，同時拿出急救包並轉過身。

「你一直沒有告訴我房子裡發生的事。」他慎重表示。

「你不會想知道。」

「也許我想知道。」

「好吧，是我不想讓你知道。」

丹尼爾從她手中接過急救包，然後盤腿坐穩，將急救包放在兩人之間。她重重嘆口氣，依樣盤腿坐好，將左臉對著他。

他動作輕柔，開始將膠帶從皮膚撕下。

「你可以撕快一點。」她對他說。

「我自有方法。」

他處理傷口時，兩人默默對坐一會兒。像這樣靜止不動，她才發現自己的身體有多疲累。

「你為什麼不想讓我知道？」他一邊問，一邊對傷口輕拍塗藥。「你認為我沒辦法承受嗎？」

「不，我只是……」

「怎樣？」

「你現在看我的眼神。我不希望那眼神會改變。」

她從眼角偷看到他笑了。「你不用擔心那個啦。」

她聳聳肩作為回應。

「這個該怎麼弄？」他問著，從急救包拿出醫用三秒膠。

「把傷口的兩邊壓在一起，在上面擠出一條膠水，然後不要動，等膠水乾掉。大約一分鐘。」

他的手指用力捏緊傷口皮膚時，她努力忍住不皺眉頭。三秒膠的熟悉氣味充斥於兩人之間。

「這樣會痛嗎？」

「沒關係。」

「你一直這麼堅強不會累嗎？」

她翻了個白眼。「這種痛還可以忍受，謝謝你喔。」

他稍微向後仰，查看自己的成果。「看起來好慘，」他對她說，「你會讓急救員很有成就感。」

她從他手上接過三秒膠，把蓋子轉緊。她可不希望膠水乾掉。這趟旅程如此艱辛，誰知道何時會再用到呢？

「我確定這很有用，只要再捏久一點就好。」她說。

「亞利思，剛才我真的很抱歉。」他的聲音很細小，充滿歉意。

她真希望能轉過頭，好好直視他。

「我不知道怎麼會那樣，我不敢相信自己對你那麼粗魯。」他繼續說。

「其實我也沒有很溫柔啊。」

「可是我沒有受傷，」他鬱鬱地說。「毫髮無傷，就像你說的。」

「那其實不完全正確，」她對他說著，同時用手指輕輕滑過他的胸膛。她還能感覺到自己指甲留下的輕微刮痕。

他猛吸一口氣，兩人突然都陷入回憶，她覺得肚子絞痛起來。她想把頭別開，但他緊緊扶著她的臉。

「再等一下。」他警告。

兩人在緊張的沉默中坐著不動，久到她在腦袋裡數了兩遍六十下。

「乾了。」她堅持說。

他的手指慢慢離開她的下巴。她轉頭看他，但他正低頭探看急救包。他找到殺菌噴劑，對著傷口噴了一大堆，接著拿出紗布卷和膠帶。他沒有看著她的眼睛，用一隻手的拇指和食指輕輕捏住她的下巴調整位置，用膠帶把紗布固定好。

「我們應該要睡一下。」他一邊說著，一邊把最後一塊膠帶黏好。「兩個人都累過頭了，頭腦不太清楚。等我們比較理性的時候……再重新討論這個話題。」

她想要辯解，不過知道他說得對。兩個人都表現得很不像自己，表現得像動物……像是為了回應先前瀕臨死亡的經驗，下意識急著想傳承後代。這是原始的生物反應，而不是負責任的成年人行為。

但她還是想辯解。

他的手指放在她的頸側，她可以感覺到自己脈搏在他的觸摸下又變快了。他應該也是。

「睡吧。」他又說一次。

「你說得對，你說得對。」她咕噥著說，翻身躺回凌亂的睡袋上。她真的筋疲力盡。

「這個。」他把自己的T恤遞給她。

「我的在哪裡？」

「破了。抱歉。」

悍馬車裡面實在太悶熱了。她把他的衣服扔開，一臉懊悔，同時感覺膠水拉扯著傷口。「我們的物資相當缺乏，這樣對待自己的東西實在太不小心了。」

他一定也感覺到空氣不流通，於是探出身子把後車門打開。「我不是說過嗎……我們都累過頭了。」

他躺在她身邊，她則蜷縮在他懷裡，眼看他半裸著身子躺在身邊，她很好奇自己真的睡得著嗎？她閉上雙眼，努力讓自己睡去。他的兩隻手臂環抱著她，剛開始像是有點猶豫，過了一會兒才緊緊抱住，簡直像是測試他自己的決心。

要不是這麼疲累，她可能會讓測試變得困難一點。然而，儘管對他身體的感受好強烈，兩人赤裸皮膚相互接觸的每一條神經末梢都竄出電流火花，但她還是很快就出了神。隨著自己逐漸屈服而即將失去意識，突然有個奇怪的字眼在腦海裡盤旋不去。

「我的，」即使思緒漸漸陷入黑暗，她的腦袋依舊堅定地這樣想。「我的。」

亞利思醒來時，西方天空的太陽依舊燦亮，她身子底下的睡袋讓汗水浸溼了。影子已經移動位置，儘管玻璃貼了隔熱紙，陽光依然照了她滿臉。她睡眼惺忪地眨眨眼，等待片刻，讓腦子清醒過來。

接著，她突然意識到自己單獨在這裡，嚇得跳起來。她很快坐起，結果既頭痛又昏眩。悍馬車的車尾門還開著，溫暖潮溼的空氣黏在她的皮膚上。視線所及之處都看不到丹尼爾，他的T恤也不見蹤影，於是她必須安靜不出聲，匆匆找衣服來穿，才能出去找他。這實在很蠢，不過萬一又來另一群殺手，她可不想光是穿著膚色胸罩就出去對付他們。她套上寬大的灰色薄運動衫，只因為這是她抓到的第一件衣服，而不是因為適合今天的天氣。她從袋子裡拿出警用手槍，塞在後腰。她爬出打開的後車門時，聽見膝蓋底下傳來紙張的窸窣聲。

是她寫下電子郵件地址的那張加油收據，底下還有另一張寫得整整齊齊的紙條。

「帶愛因斯坦去散步，很快就回來。」

她把紙條揣進口袋，依然安靜移動不出聲，爬出悍馬車。蘿拉趴在一片樹蔭下，旁邊有丹尼爾放置的飲水和食物。牠一看到亞利思，尾巴便在草地上輕輕拍打。

嗯，有蘿拉在這裡，亞利思至少知道附近沒有其他人。亞利思喝了點水，用運動衫的袖子抹掉臉上的汗水，然後盡可能把袖子捲到最高。

「我連他們往哪個方向走都不知道。」她對蘿拉抱怨說，同時搔搔她的耳朵。「而你根本沒辦法追蹤他們，對吧，女孩？不過我敢打賭，如果你的腳好好的，一定跑得飛快。」

蘿拉舔舔她的手。

亞利思非常飢餓。她翻找丹尼爾帶來的一小堆食物，挑了一袋蝴蝶扭結餅。今天晚上一定得補充儲備的食物，但她好討厭留下蛛絲馬跡。他們當然可能沿著數百條不同路徑前往任何一個目的地，不過假如有人真的很堅持，再加上一點點運氣，還是有可能拼湊出某種模式。她現在沒有小心設置陷阱，也沒有採取思考縝密的計畫，更別提沒有那個「蝙蝠洞」。她的資產只有現金、槍枝、彈藥、手榴彈、刀子、各式各樣的毒液和化學制伏劑、一輛攻擊車，還有一隻優秀的攻擊犬。對她不利的實質條件則包括同樣那輛拜託別人多注意一點的攻擊車、一隻跛腳的狗、她自己也算跛腳的身體、一張引人側目的臉、一張出現在尋人啟事的臉（可能吧），而且缺乏食物、棲身之處和其他選擇。她在情感方面的不利條件甚至更糟。真不敢相信她在這麼有限的時間內竟然惹了這麼多麻煩，她的內心有一部分好希望時光能夠倒流，回到她那個舒適的小浴缸、她那張沒有破相的臉，以及她那一張張安全網內。真希望她在那間遙遠的圖書館裡做了不一樣的抉擇，毅然刪掉那封電子郵件。

然而，如果真能讓時光倒流，她願意嗎？像那樣每天沉浸在恐懼和孤獨的日子裡，真的是比較好的選擇嗎？是沒錯，那樣比較安全，但依舊必須隨時逃亡。從很多方面來看，現在這種相對危險的新生活，難道不是比較完整的存在方式？

她坐在蘿拉身邊，慢慢撫摸牠的背，這時聽到丹尼爾與別人講話的聲音逐漸靠近。經歷過最初的擔憂和震驚之後，聽到他以特殊的尖銳語氣說話，她不再感到驚慌，因為他只有和凱文講話才會那樣。

愛因斯坦率先抵達，牠興奮地跑向亞利思，用牠的溼鼻子碰碰她的手，再與蘿拉互碰鼻子打招呼，然後跑去喝水。

丹尼爾走進視線內，沿著崎嶇的泥土路中央大步快速走來。他戴著防彈帽，帽子底下緊皺著眉頭。他把手機移開耳朵好幾公分遠。

「我現在回來了，」他正說著。「我會看看她醒了沒……不行，如果她還在睡，我不會叫醒她。」亞利思站起來，拍掉屁股的泥土並伸伸懶腰。這動作吸引到丹尼爾的目光，只見他的表情從惱怒慢慢轉變成大大的微笑。雖然她有點生氣，但也忍不住微笑回應。

「她就在這裡。親愛的老弟，拜託有點耐心好不好。」

丹尼爾沒有把手機交給她，而是把她拉過去擁抱良久。她的臉埋在他胸口、呼吸著他的氣味，忍不住漾起笑容。但是等他終於往後退時，她搖搖頭，不可置信地挑挑眉毛。

「抱歉，沒想太多。」他說。

她哼了一聲，透露出氣憤，然後向手機伸出手。他遞出手機，臉上露出怯生生的微笑，另一隻手臂依舊輕輕攬著她。

「不用管我，我只是拚命讓我們活下去啦。」她咕噥著說，然後對手機開口。「哈囉。」

「早安。我發現我的白癡老哥完全沒有從他的錯誤經驗學到教訓。」

「怎麼了？」

「沒什麼。電話打來打去一團忙亂，但這個節骨眼還沒有其他人牽扯進來。」

「那你幹嘛打電話來？」

「因為感覺你和丹尼爾超會把事情搞砸，害我緊張到理智斷線。」

「嗯，跟你聊天還真愉快啊……」

「別生氣，夾竹桃，你知道我指的是丹尼爾。我真希望你能用什麼方法把他拴住。」

「他很菜，以後一定會學乖。」

「把他自己弄死之前？」

「你知道我聽得見吧？」丹尼爾問道。

「沒人喜歡別人偷聽啦，」凱文大聲說。「給那女孩一點空間。」

「喏，你自己跟他說，我去把東西整理好，等太陽一下山就可以出發。」

她把手機還給丹尼爾，從中脫身。他沒有和他弟弟繼續講太久，只是互罵幾句，她則是走回悍馬車查看損害狀況。堆貨區還是一團混亂。嗯，現在她手上有大把的時間，而且沒有太多重要事情要做。她從後腰拔出警用手槍，收進背包裡的夾鏈袋。接下來把睡袋捲起，塞到乘客座角落清出空間，以便把散落各處的彈藥全部找出來。

她聽到丹尼爾爬進來，坐在她旁邊，幫忙整理空間裡散落的物品。

「我真的很抱歉。」他一邊動手一邊說著，沒有直視著她。「只是，你還沒醒，而愛因斯坦靜不下來，我們這附近又似乎完全沒人，感覺很正常。我想，這應該是我要犯下大錯的第一個跡象吧。」

她也一直盯著手上正在忙的事。「如果在這裡孤零零醒來的人是你，想像一下那種感覺。」

「我應該要想到才對。」

「我記得最近才剛有人向我打包票，說他連能不能呼吸都要先問過我。」

他嘆口氣。「凱文說得沒錯，對吧？我在這方面真的糟透了。」

她開始把不同的彈匣整理好，放進一個個夾鏈袋內，然後一一塞進行李袋的外側口袋。

「我知道你在幹嘛，」她對他說。「你害我要不是得同意凱文的看法，就是得原諒你。」

「有用嗎？」

「看情況。有沒有人看到你？」

「沒有。除了幾隻鳥和一些松鼠，我們沒看到半點生命跡象。你知道大部分的狗怎麼追松鼠吧？愛因斯坦居然抓到牠們耶。」

「如果我們得繼續住在這輛悍馬車上，牠那招遲早會有用。我不太會打獵。」

「只要再過一晚，對吧？我們一定會活下來。」

「我真的希望可以。」

「呃……你想要留著這些嗎？」丹尼爾問道，聽起來很疑惑。「這些是……胡桃？」

亞利思抬頭瞥了一眼，看看他指的是哪一個夾鏈袋。

「桃子的果核。」她說。

「是垃圾？」

她從他手上接過袋子，把它塞進重新整理好的行李袋。

「不是垃圾，」她說。「我用它們產生氰化鈉，果核裡面的果仁自然就會產生。每一顆的產量不多，我得收集好幾百顆才能得到可用的劑量。」她嘆口氣。「你知道嗎，我本來很喜歡吃桃子，現在完全無法忍受。」

她轉過頭，發現丹尼爾呆住不動，瞪大雙眼。「氰化物？」聽起來他嚇壞了。

「我的防禦系統之一。它和適當的酸液產生反應，製造出氫氰酸，那是無色的氣體。我把它們裝進玻璃針劑小瓶，產生的氣體足以瀰漫整個三公尺見方的房間。這是相當基本的東西。我再也沒辦法碰高檔的材料了。這些日子以來，浴缸就是我的化學實驗室。」

丹尼爾的表情變得平靜，他點點頭，彷彿她剛才說的每一件事都再合理正常不過了。他轉身收攏散落的彈藥。她自己忍不住笑起來。

等到裝備全部清理妥當且堆放整齊，亞利思得承認她的心情冷靜多了；對於有強迫症的人來說，你在整潔的地方會得到強烈的舒適感，這種感覺最棒了。她檢視剩餘的所有武器，同樣也感到很安心。耳環無可取代，好幾種化合物的存量也很少，不過最主要的武裝設備都還能正常運作。

晚餐他們吃了燕麥棒、奧利奧巧克力餅乾，一起喝一瓶水，坐在悍馬車打開的車尾吃；她的雙腳懸盪在車外，與地面還有好一段距離，丹尼爾則是可以用腳趾觸地。在他的堅持下，她又多吃一點消炎止痛藥。這種非處方藥至少很容易替換，她不需要儲備太多。

「我們什麼時候離開？」他們把所有食物一掃而空後，丹尼爾問道。

她審視太陽的位置。「快了。再過十五分鐘出發，那麼等我們開上主要道路就會很暗了。」

「我知道自己麻煩很大，可能活該要單獨監禁之類的，我也不知道，不過呢，你覺得出發前我可以親你嗎？你的臉和衣服我都會比較小心，我保證。」

「小心？聽起來不是很吸引人。」

「對不起。我現在最好的提議只能這樣了。」

她假裝心不甘情不願地嘆氣。「我想，其實也沒有其他事情可做了。」

他用雙手捧起她的臉，手指碰觸的地方小心避開傷口，這次他的唇吻上來時，感覺好輕柔，幾乎像是完全沒有重量。她依然感覺暈陶陶，渾身像是觸電一般，不過這麼溫柔的感覺帶來一種奇特的安心感。就像之前那樣，像是回到農場上的廚房裡，只是多了點謹慎。當時的情景歷歷在目，很多事情因而改變了。她考慮要改變節奏，讓兩人雙腿交纏，但有點遲疑。感覺實在太美妙。她的手指一路探進他的鬈髮，這很快變成她的習慣了。

他親吻她的頸間，輕輕感受她的脈搏陣陣跳動的地方。

他對著她沒受傷的耳朵輕聲說：「我還擔心一件事。」

「只有一件事？」她喘息著說。

「嗯，除了很明顯的事情以外。」

他的唇回到她的唇上，依然很小心，但這一次更深入一點。幾乎已經有十年沒有人親吻過她，但是感覺好像相隔得更加久遠。從來沒有人像現在這樣親吻她，時間彷彿為之停頓，她的大腦也停止運作，而所有的電流……

「你想知道是什麼事嗎？」過了幾分鐘後，他問道。

「唔？」

「我擔心的事。」

「噢，對。當然想。」

「嗯，」他說著，親吻到她的眼睛停下來，「我完全明白自己對你的感覺。」他又親吻她的唇，她的喉間。「可是，我沒有完全確定你對我有什麼樣的感覺。」

「還不明顯嗎？」

他略微向後仰，依舊捧著她的臉，靜靜凝視她，面帶好奇。「我們似乎某種程度互相吸引。」

「我也覺得。」

「不過對你來說還有其他意義嗎？」

她怔怔看著，不確定他到底想問什麼。

他嘆口氣。「你知道嗎，亞利思，我愛上你了。」他端詳她的臉，仔細研究她的反應，然後皺起眉頭，任憑雙手滑落到她的肩膀上。「而我可以感覺到，你還沒有接受，但事實就是如此。雖然我最近的舉止可能有那樣的意思，不過做愛不是我最後的目標。而且……我很想知道你的目標是什麼。」

「我的，目標？」她不可置信地看著他。「你是認真的嗎？」

他嚴肅地點頭。

她回答時，聲音聽起來有點尖銳，但這並非她的本意。「我只有一個目標，就是讓你和我都好好活下來。如果能撐得夠久，說不定我們真的可以好好期待未來的生活，從接下來的二十四小時延長到四十八小時。萬一真能達到那麼快樂的狀態，我才能開始想其他的目標。目標指的是未來。」

他一臉不悅，從抿嘴延伸到皺眉，整個眉頭垮下來擠成一團。「情況真的那麼糟？」

「沒錯！」她衝口說出，雙手緊握著拳頭。她深吸一口氣。「我以為這也很明顯。」

太陽即將下山，他們五分鐘前就該出發了。她從悍馬車跳下，吹口哨呼喚狗兒。愛因斯坦從她旁邊急跳上車，準備要上路了。她正要去抱起蘿拉，但丹尼爾搶先一步。

亞利思伸展身子，努力集中注意力。她覺得休息得很充分，可能整個晚上開車都沒問題。這是最重要的。只要好好度過這個晚上，別再吸引其他不必要的注意，然後寄出凱文要的電子郵件，再把這輛小小的行動馬戲團換成比較不浮誇的車輛，她的雄心壯志就只有這麼一點點而已。

他們默默開了一陣子。四周變暗時，他們還在鄉間小路；等到小心開上四十九號州際公路時，亞利思才稍微鬆一口氣。路上車子並不多，放眼所及全都是舊車，很符合鄉間景象。現在她相當確定了，完全沒有人知道他們身在何處。

她明白自己應該要很專注，但是黑漆漆的道路沒有特殊狀況，車流穩定，感覺很單調，她不免好奇丹尼爾在想什麼。這麼安靜實在不像他的作風。她考慮打開收音機，但那樣顯得自己很懦弱。她可能欠他一個道歉吧。

「呃，剛才我講話太急躁，真的很抱歉。」她說著，歷經漫長的安靜後，這番話聽起來有點大聲。「我很不擅長人與人之間的關係，不過這實在不能當藉口，我是大人了，應該要能夠好好對話。抱歉。」

他的嘆氣聲聽起來不像生氣，反倒像是鬆了一口氣。「不對，我才應該道歉。我不應該那麼急。是我太散漫才害我們變成這樣，我會振作起來。」

她搖搖頭。「你不能那樣想，你不必為這些事負責。聽好了，有人已經決定要殺你。六個月前凱文遭遇過這種事，幾年前我也碰到。你一定會犯錯，因為除非你犯了錯，否則根本不可能知道什麼是錯的、什麼又是對的。可是，犯錯並不表示你真的有過失。千萬別忘了，有個非常真實的人，他認定他該做的事比你的性命更重要。」

聽了這番話，他想了一會兒。「我懂你的意思，我也相信。可是，我得更乖乖聽你的話才行……好好學你的做法，把心思放在真正重要的事。如果我像青少年一樣到處亂晃，或者擔心你到底喜不喜歡我，那對我們一點好處都沒有。」

「坦白說，丹尼爾，我……」

「不，不，」他立刻插嘴。「我不是存心要把對話引到那個結論。」

「我只是想好好解釋。如果你是青少年，那我就是幼兒了。我在情感方面很退縮，甚至有缺陷。我不曉得怎麼表達情感，而既然生存下去顯然是優先事項，我就把它當藉口，用來轉移我應該要回答的問題。我是要說……愛？我根本不曉得什麼是愛，也不曉得愛是不是真的存在。抱歉，那對我來說真的……很陌生。我都是根據實際需求去評估事情，所以沒辦法處理這種……虛無縹緲的事情。」

丹尼爾笑起來，又是他那種很滑稽的「嘻嘻嘻」笑聲，讓她所有的緊繃情緒都釋放掉了。她跟著一起笑，然後嘆氣。她能夠與丹尼爾一起笑的時候，所有事情感覺都沒那麼可怕了。

他終於笑完，然後輕聲說：「那麼，告訴我，你的需求是什麼。」

她想了一下。「我需要……你活著。而且我也想活著。那是我的底線。假如還能有其他要求，我寧可你在我身邊。在那之後，其他的一切都只是錦上添花。」

「就說我太樂觀好了，不過我覺得，現在我們可能只要把語意上的問題討論清楚就好。」

「這樣說也對。假如我們在一起多相處幾個星期，說不定能想出該怎麼用同一種語言來溝通。」

他握住她的手。「我在語言方面一直都學得很快喔。」

第二十二章

亞利思在路易斯安那州的巴頓魯治市郊挑選加油站，挑選標準是收銀員的年紀——他肯定有八十歲了，她衷心希望他的視力和聽力都已經過了巔峰期。

等到確定老先生完全沒有注意她後，儘管臉上厚厚的化妝品看起來實在很假，她還是好好購物一番。更多飲水，以及大量的核果和肉乾，反正只要是容易保存的蛋白質都好。她抓了幾罐果菜汁，雖然她沒有很愛喝，但是便利商店並沒有生鮮食物區。她自己也知道終究要去真正的雜貨店，但希望能夠等久一點再去。她的瘀青每過一天都會再多消退一點。

二十四小時營業的網咖也沒發生什麼插曲。那裡靠近大學，所以深夜來報到的人並不少。她一直戴著兜帽，頭低低的，坐在僻靜的角落，店員來問要點什麼，她沒抬頭，只點了一杯黑咖啡。她真希望有時間好好寫這封信，不要在前往目的地的路上草草完成，但現在最優先要考慮的是更換「蝙蝠車」，這是她目前最不利的條件。

她開了一個全新的電子郵件帳號，註冊的姓名只是用字母和數字隨意亂湊而成。接著她嘗試化身為凱文。

狄佛斯，你早該放他一馬。你不該把平民扯進來。我不是來幫你做骯髒事，不過我幫你處理掉那個小小的審問員。用德州那樁事來表達「不客氣」還真妙啊。夠了就是夠了。

不算挑明了威脅，但暗示夠多了。她的手指在滑鼠上面遲疑了一會兒，才讓小箭頭移向傳送郵件圖示。她有沒有提供他們缺乏的線索？他們現在應該知道丹尼爾沒有死在農場那裡，她不能嘗試從這一點來愚弄狄佛斯。關於這點，有沒有什麼方法可以反將他們一軍，而她沒有看出來？這樣會讓情況變得更糟嗎？

她按下滑鼠。無論如何，情況都不可能變得那麼糟吧。

郵件一寄出去，她立刻站起來。悍馬車停在後面巷子裡，隱身在好幾個大型垃圾箱後面。她低著頭快步向前走，戴著兜帽，手上握著一支針筒。小巷裡幾乎沒有人，只有一小群人擠在一個內嵌式緊急逃生門的陰暗處。她仔細查看那三個人一會兒，然後才爬進黑漆漆的車子裡。

愛因斯坦用鼻子碰碰她的肩膀，丹尼爾則握住她的手。

「你知不知道夜視鏡放在哪裡？」她喃喃說著。

他放開手。「出了什麼狀況嗎？」他輕聲回應，同時轉身在座位間翻找。

「沒什麼新鮮事，」她回答。「也許是有利的事。」

他把夜視鏡遞給她，她立刻戴上，朝那一小群人觀察得仔細一點。

看來快要解散了。鎮上這一區的治安並沒有特別糟，而那三個人身上的服飾看似價格不菲，只是還算休閒。一名黑髮男子握著金髮女孩的手，女孩身上的各項衣物、配件都有相當招搖的品牌商標，看起來很像由中級時尚品牌贊助的賽車手。這兩個人正要走開，遠離悍馬車而去。金髮女孩走路時有點搖搖晃晃，陪她的男子則把某種東西塞進兜帽上衣的口袋裡。

第三個人留在逃生門暗處，姿態輕鬆地倚著門，看似準備迎接更多客人。看他那一身服飾，她會把那人描述成「豪門紈袴子弟」。

她想起剛才在網咖按下傳送圖示之前的感覺……狀況不可能變得那麼糟吧。她心想，這種主動出擊的構想很有可能失敗，但她想不出任何理由說服自己不能低調進行。而假如那個紈袴子弟正如她的設想，說不定可以提供很大的協助。

她把夜視鏡脫掉。

「現金在哪裡？」她輕聲說。

三十秒之後，她一隻手握著針筒，另一隻手捏著整卷五十元鈔票，安靜地滑下悍馬車，走向那個男子，他仍舊輕鬆倚著牆壁，彷彿全世界他最想倚靠的地方就是那裡。沒有夜視鏡之助，亞利思沒辦法看得很清楚，不過那人意識到她逐漸靠近時，她依然能察覺到他最微小的反應。他的身體稍微變得僵硬，但沒有移動。

「哈囉。」她說，這時她走到夠靠近的地方，即使輕聲說話也確定他聽得見。

「晚安。」他以慵懶的南方人拖長音調回應。

「我想，不曉得你願不願意幫我一個忙。我正在找……一種特殊的物品。」她講到最後幾個字音調上揚，聽起來像問句。她其實不知道怎麼在街頭買毒品，以前從來不需要做這種事。自從離開芝加哥之後，她原本大量儲存的物資頭一次快用完了。以前喬伊．吉昂卡帝從不介意直接支付物資。

她預料這個紈袴子弟會指控她是警察，電視上的毒販總是這樣演，不過他只是點點頭。

「我或許可以幫忙。你在找什麼？」

他不太可能是警察，除非她剛才觀察到的販售行為是假裝的，目的是要吸引真正顧客上門。假如他企圖逮捕她，她會一拳把他打昏，然後逃走。巴頓魯治市發起的追緝行動不太會成為她的最大問題，她也知道這人無法看清她的臉……他還沒有對她臉上的傷勢有什麼反應。

「鴉片之類的……鴉片、海洛因或嗎啡。」

他顯得猶豫，嘗試盯著她兜帽底下的黑暗處。她認為他不太能看得清楚。

「嗯……這串東西還真奇特。鴉片？唔。我還真不知道這附近有哪裡可以弄到。」

「海洛因也可以。如果可以的話，我希望是粉末。我猜你不太可能有整塊的吧？」他絕不可能擁有純海洛因，到他手上的東西肯定動過兩、三次手腳，但他不會告訴她實話。純化過程有點麻煩，不過她有的是時間。

他笑了一下，她猜想自己這樣可能不是正常的購買模式。

「我有一些高檔的貨色，但是不便宜。」

「你會拿到應得的錢，我沒有要討價還價。」亞利思說。

「一克兩百。純的白粉。」

還真的咧，她心裡暗想。但是摻了東西的海洛因總比沒有海洛因要好。「三克，麻煩你了。」

他停住不動。四周太暗，無法真正看清他的表情，但從他微微歪著頭的模樣看來，她看得出他想要什麼。她從口袋拿出現金，數出十二張鈔票。她遲疑了一下子，不知道他會不會企圖搶走剩餘的鈔票。但他似乎是生意人，很希望像她這樣富裕的顧客能成為常客。

他接起她遞上的錢，匆匆數過，然後收進工作短褲背後的口袋裡。見到他彎下腰，她一陣緊張，不過他只是從牆邊一堆垃圾袋後面拉出一個背包，不必翻找就拿出他要的東西。過了一會兒之後他又站起來，手上拿著三個小塑膠袋。在黑暗中，她無法確認顏色，但看起來很接近白色。她伸出手，那人把塑膠袋放在她的掌心。

「謝謝。」她說。

「小姐，這是我的榮幸。」他俏皮地微微點頭，幾乎像是鞠躬。

亞利思匆匆回到悍馬車上，很慶幸從這個角度不易分辨車型，毒販只能看見一部巨大的黑色車輛，除此之外看不太清楚細節。

她爬進乘客座時，愛因斯坦輕聲嗚咽。

「走吧。」她說。

丹尼爾發動引擎。

「往左轉，走那條小巷，那個傢伙就沒辦法看清楚悍馬車。」

「剛才怎麼了？」丹尼爾一邊按照她的指示，一邊輕聲問道。即使聲音很輕，也很容易聽出緊張的意味。難怪狗兒那麼焦慮。

「只是拿一些我需要的原料。」

「原料？」

「我鴉片之類的東西用完了。」

他們開上一條比較寬的路，亞利思感覺到他的緊繃情緒放鬆了，可能因為她很冷靜吧。

「所以，那是個毒販嘍？」

「對。還記得我說過的浴缸化學實驗室吧？現在要拿到我的原料比以前更複雜一點。我不想錯過機會。」

靜默了好一陣子。

「只希望那樣做是對的。」她咕噥著說。

「你認為他會向別人密告我們？」

她眨眨眼。「什麼？噢，不是，我不擔心那個毒販，只是在想剛才寄的那封電子郵件。」

「發電子郵件是凱文決定的。」丹尼爾回應。

她點頭。「而且他的打擊率比我高。」

「不，我只是說，如果失敗了，那也是他決定的。」

她笑了一下，聽起來很沉重。

「你不這麼認為？」

「我不知道。我很想把這件事結束掉……可是我累了，丹尼爾，我也想逃得遠遠的躲起來。」

「聽起來不太差，」他表示同意。「噢，嗯，如果我獲得邀請的話？」

她瞥了他一眼。滿臉驚訝。「當然。」

「那就好。」

又來了，她不自覺說出「當然」。像這樣假設無論如何他都會出現在她的未來，實在很瘋狂。

不知是否因為疲勞造成緊張，她只覺得接下來一整晚不斷縈繞著一種討厭的預感。也可能只是因為兩天來第一次喝咖啡而覺得心悸緊張吧。

經過七個小時後，太陽已經升上地平線好一會兒，他們居然平安無事到達那棟與世隔絕的小屋時，她實在有點驚訝。

丹尼爾在路上只轉錯兩個彎，令人刮目相看，畢竟他從十歲以後就沒來過這棟小屋。自從日出之後，他們經過的所有道路都沒遇到半個人，這表示附近不會有人報警說看到一輛「裝甲車」。

她把悍馬車暫時停在獨立車庫後方。丹尼爾踢一踢階梯底部的幾塊石頭，終於找到一顆人造石，取出藏在裡面的鑰匙，然後爬上門廊階梯。愛因斯坦一路跟在他腳後。

這是一棟A字形屋頂的紅杉小木屋，儘管有些跡象顯示它建於一九七〇年代，但依然相當可愛；亞利思站在木屋前方看著，她實在太過疲累，幾乎無法爬上最後幾道階梯。即使一整夜幸運地平安無事，依然在路上經歷了漫長時間。她在巴頓魯治市郊與丹尼爾換手開車，而自從寄出電子郵件後，縈繞心中的憂慮感害她有點太過清醒，懶得再換手開車。丹尼爾一路睡睡醒醒，現在似乎精力充沛。他經過她身邊，跑去悍馬車後面抱蘿拉下來。

「看來好像也需要把你抱進去。」他又經過她身邊，這一次抱著狗。他把蘿拉放在門邊，然後回頭找亞利思。

「給我一點時間，」她咕噥說著。「腦袋快睡著了。」

「只剩幾步路嘍，」他鼓勵著說。他伸出一隻手臂環抱她的腰，輕輕帶著她往前走。

一開始走動就簡單多了，她一鼓作氣爬上階梯，走進大門。她只匆匆瞥過室內，高聳的牆壁有一扇三角形窗戶俯瞰沼澤森林，沙發略顯陳舊但看似舒適，有個燃燒木材的舊式火爐。丹尼爾推著她經過一道短短的樓梯，走進小巧的走廊。

「主臥室在這邊……我想應該是吧。我和凱文總是睡閣樓。我會把東西卸下來，讓兩隻狗安頓好，然後我也要睡了。」

她點點頭，隨著他走進一間陰暗的房間，裡面有張很大的鐵製床架。她只注意到這些，接著就黏到枕頭上了。

「寶貝好可憐。」她聽見丹尼爾笑著說，然後她就不省人事了。

她慢慢恢復意識，從不真實的層層夢境之間漂浮上來。她既舒服又平靜；沒有什麼事驚醒她，而即使尚未完全清醒，她就察覺到丹尼爾的溫暖身體躺在旁邊。一陣很近的低沉輕敲聲吸引她的注意，但那聲音還沒有嚇到她，她就感覺到搖搖晃晃的風扇吹出微風輕輕拂過身邊。她睜開雙眼。

房間依然昏暗，但光線的色調與她剛垮下的時候不一樣了。對面牆壁有一扇碩大的窗戶，光線從花朵圖樣的窗簾邊緣灑進來。傍晚時分沒有像早先那麼熱了。她稍早一定流了汗，但現在乾了，臉上的皮膚感覺有點黏膩。

房間以長條紅色原木搭建而成，與外面看起來一樣。她背後也有光線照進來。她翻過身，看到天光從開放式梳妝臺的上方照下來。她的背包、防毒面罩和急救包都放在洗臉槽旁邊。

丹尼爾可能生來不是亡命天涯的料，但已經比她認識的其他人更加深思熟慮。

她躡手躡腳走到客廳，很快查看一番。小屋的其餘空間都很小，廚房只附帶一個隱密角落當作餐廳，所有窗戶都在客廳，上方有開放式的閣樓，還有第二間小臥室附有公用浴室，她在那間浴室很快洗個極度需要的淋浴。小小的淋浴用藍色澡盆裡有洗髮精和潤絲精，但沒有肥皂，於是她用洗髮精來洗澡。她很高興這裡沒肥皂，如同看到冰箱空無一物、所有臺面覆蓋薄薄一層灰塵般高興。已有一段時日沒有人來這些房間了。

她很快幫自己的臉貼上新紗布，然後檢視雙手，看起來比原本的預期好多了。她從大門旁邊的長條窗戶望向外面，查看狗兒的狀況。牠們在門廊上打盹，看起來心滿意足。有這種靈敏的警報系統，她越來越習慣且覺得安心。

她有點餓，但是懶得立刻解決。她還記得昨天獨自醒來的感受，不希望丹尼爾也經歷同樣的驚慌。她並沒有覺得需要睡眠，但是相當疲累，而床鋪看起來又那麼舒適。可能像是逃避吧，只要躺上枕頭、閉上雙眼，她就不需要再仔細盤算接下來該如何進行。

她回到早先的姿勢，蜷縮在丹尼爾的懷裡，讓自己放輕鬆。眼前沒有必須立刻進行的事，只是好好休息二十分鐘不思考，應該沒什麼關係。或者甚至一小時也好。她努力讓兩人活著到達這裡，這是她應得的。

可惜的是，不思考說得容易但做起來很難。她發現自己不斷想著先前對丹尼爾的承諾，承諾絕對不會拋下他。從一方面來說，她知道自己絕對不會為了他的安全，接受相隔兩地的安排。就算她能在這裡儲備一整年的食物，就算她很確定屋主不會回來，就算她把這地方武裝成一有人入侵就會人間蒸發，而且就算她可以把丹尼爾像犯人一樣鎖在屋裡、讓他不能到處趴趴走惹麻煩，她也無法接受。因為，萬一出事該怎麼辦？那些獵人曾經找到丹尼爾的下落，而儘管線索極為不明顯，她也留下蛛絲馬跡得以追蹤到這個地方。她大可帶他往北走，前往她的租屋處，但她住在那裡時，「部門」曾經與她聯繫。她認為他們並不知道租屋處的地址，但是萬一知道該怎麼辦？總之，只要丹尼爾待在她身邊，她就可以盡其所能保護他，幫他設想他絕對想不到的事。她可以看出他絕對看不見的陷阱。

而另一方面，萬一這只是她一廂情願呢？她想要與丹尼爾在一起，而她的心意能夠克服必須面臨的考驗嗎？她的邏輯推理是否有錯，硬是歪曲成符合她個人的期望？她要怎樣才能確定？先前她曾經對他說，如果必須出手攻擊，她把對自己不利的條件帶在身邊並非好主意，當時她知道那很合乎邏輯。然而，萬一那些人找上丹尼爾的時候，她身在遠處，那麼他們等於隔著一段距離依舊能控制她。

她嘆口氣。她該怎麼把局勢看清楚呢？她的情感把整個情況變得像「戈耳狄俄斯之結」那麼複雜——只能用非常規的方法才能解決了。

丹尼爾依然熟睡，不自覺伸手抱著她。她知道他聽了她的兩難困境會怎麼說，也知道他的看法無法幫助她把局勢看清楚。

她嘆了氣，開始微微移動。他的手指沿著她的背脊往下撫摸，然後又慢慢移上來，撥弄她頸背上溼漉漉的髮尾。

他伸伸懶腰打個呵欠，然後雙手又回到她的頭髮上。

「你已經起床了。」他喃喃說著。

他的雙眼慢慢睜開，眨了幾下，慢慢集中視線。在昏暗的房間裡，那雙眼睛呈現暗灰色。

「又沒有黏住。」她回答。

他笑了笑，眼睛又閉起來。他把她在胸口摟得更緊。「很好，幾點了？」

「大約四點吧，我猜。」

「有什麼事要擔心嗎？」

「沒有。至少現在沒有。」

「那很好。」

「是啊，真的很好。」

「這一個也很好。」他說。

他的手再度順著背脊撫摸，然後緩緩越過她的右肩。輕輕劃過她的鎖骨，最後繞過臉上沒受傷的那一側。他微微側著頭，直到兩人鼻尖相碰。

「是啊，這個也是。」亞利思同意說。

「比很好還要更好。」他喃喃說著，她正想表示同意，但他開始親吻她。他的手輕柔撫摸她的臉，雙唇也好柔軟，但摟著腰部的手臂將她緊緊壓向他胸口。她的雙臂環抱他的脖子，讓自己更加貼近他。

不像在車子裡，在那裡他們相互探索的脈搏聲在耳裡砰砰作響，當時他們心情依然驚慌。現在一點都不恐慌了，只有兩人心跳的韻律不斷加速，卻無恐懼。

她以為一切都會很自然，他們就這樣跟著感覺走，在一個既遙遠又平靜的地方，就這麼一刻，遠離所有的危險，只有他們倆緊緊相偎，沒有外來的打擾，再也沒有任何事情能讓他們分開。

但是說來奇怪，感覺並不是一切都很自然。從某方面來看，這是她人生最大的驚奇，那麼多彼此對立的混亂事物全部糾結在一起，讓她陷入徹底無助，無法好好分析。很舒適，很熟悉……但同時既強烈又新穎，溫柔的同時卻也非常極端，撫慰人心但也令人不知所措。感覺好像有無數個彼此衝突的強烈刺激，讓她身體的每一個神經末梢同時猛烈活化起來。

她唯一能夠確定的只有丹尼爾他自己，他的某種純粹的核心，某種比她所知的一切更加善美的特質。他隸屬的世界比她生存的地方更加美好，等到他們成為彼此的一部分，她覺得自己似乎能與他一同生活在那裡了。

以大部分人的標準來看，她深知自己過去的人際經驗非常有限，沒有太多經驗可供比較。她總認為性愛是單一事件，有個明確的結尾，只是努力獲得身體的滿足感，而且有時候滿足，有時候則不。

然而眼前的經驗完全不符合過去同一類的狀況，比較不像事件，更像是彼此永無止境的探索，對於好奇心的滿足，發現每一個微小細節的心醉神迷感受。這並不是單純的滿足感，但沒有獲得滿足也沒關係，無論在身體方面或比較不明確的部分都一樣。

伴著窗簾邊緣的光影逐漸變紅，他們躺著，平靜地親吻，充滿耐心，她不禁在內心尋找適當的描述字眼。她不確定該如何標註這樣的情感，這情感如此徹底充塞於內心，感覺好像延伸到每一寸的肌膚。感覺有點像輕盈的泡泡，一想到他，她的嘴角就忍不住漾起笑意，卻又像是那種感覺的一千倍、一百萬倍，像是鍋爐裡熊熊燃燒的烈火，直到每一分雜質、每一分不純粹的感受全部燃燒殆盡為止，只留下眼前的這種感覺。她不知道該如何稱呼這種感覺，她能夠想到最接近的描述是「喜悅」。

「我愛你，」他貼著她的雙唇輕聲說，「我愛你。」

也許正是這個字吧。她只是從未想過這個字的意義竟是如此……巨大。

「丹尼爾。」她喃喃說著。

「你不必回答任何一句話。我只是需要把那句話大聲說出來，如果拚命忍住，我怕我會爆炸。我可能很快就得要再說一次喔，事先警告你。」他笑起來。

她也跟著笑了。「以前我不覺得人生有什麼好惋惜的，現在我再也不想回頭了。我好高興有你成為我的責任感。我很感激，有了你，其他一切我都不在乎了。」

她把頭貼近他的胸口，聆聽他呼氣和吸氣的聲音。這麼長一段時間以來，活著好好呼吸一直是她的優先事項，如果她有機會與一個月前的自己交談，她知道那個女子很怕自己的優先事項還要延伸到另一個人的肺部。那個女子只能顧及自己的性命，逃離任何其他需求。但她會有多麼大的損失！亞利思甚至快要不記得當時她到底牢牢握著什麼不能放手。眼前這種人生才值得奮力爭取啊。

「我想那時候可能是十二歲，或者十三歲吧，我有點像是放棄追求獨特的人生，」他若有所思地沉吟道，同時手指漫無目的撥順她的頭髮。「可能就是那樣的年紀，每個人都開始長大，把夢想拋到腦後。你終於明白，你永遠不可能發現自己其實是外星人，由這些乏味的人類父母領養長大，身懷超能力，負責拯救世界。」他笑了笑。「我的意思是說，你其實很早就明白了，但是不願意輕易放棄，就這樣過了很多年。接著，這世界讓你面臨一點挫折，於是你的人生失去了一點色彩，漸漸也就安於現實……我想，這方面我做得還不錯，我在了無生趣的每日生活找到很多快樂。可是，我想要讓你知道，這次和你在一起絕對是非常獨特的事。沒錯，曾經很恐怖，但因為那樣，才會有這種我從來不知道的喜悅。而這全是因為你，你太獨特了。我好高興你找到我。從某方面來說，看來我的人生註定要發生天翻地覆的改變，真的很感激這一切是與你一起度過。」

她的喉嚨哽得好緊，而且驚訝地猛眨眼，讓眼裡的淚水汩汩流下。她曾因悲傷而哭，因痛苦而哭，因孤獨而哭，甚至因恐懼而哭，但這是生命中第一次因為喜悅而哭。這似乎是很奇怪的反應，她讀到這種字眼從來不曾了解背後真正的意義。這也是她第一次了解，喜悅甚至比痛苦更加深刻。

如果能夠永遠不離開這張床，她會很高興，但他們終究得吃點東西。丹尼爾沒有抱怨，不過他又能碰到真實的食物時，看得出來他很高興。一切奇怪極了，他們坐在隱密處的小桌子旁，吃著肉乾、花生和巧克力脆片餅乾，一邊談笑，一邊搔搔狗兒的耳朵……當然啦，他們很快就屈服了，把愛因斯坦和蘿拉帶進室內；如果你都已經偷偷潛入屋子，當然會想要好好享受一下……特別是想到不必回到那輛「蝙蝠車」，再次緊張兮兮開車穿越黑夜。他們眼前有大把的空閒時間，想要怎樣填滿都可以。她有個相當棒的點子，他們說不定可以嘗試看看，但重點是要有自由。感覺好像太棒了，不可能實現。

因此，自然還是會接到凱文的來電。

「嘿，丹尼，你們兩個好嗎？」她聽見他說。他的聲音就像平常一樣，總是很有穿透力。

「我好極了。」丹尼爾說。亞利思對他搖搖頭。不需要詳細描述。

「呃，很好。我猜你們到麥金萊小屋了。」

「對啊。這地方沒有變。」

「很好。表示那裡還是他們的。你們有沒有好好休息？」

「呃，有。感謝你的追根究底。」

亞利思嘆口氣，她知道凱文絕對不會只是禮貌上問問。果然是太棒了，不可能實現。她伸出手，同時也聽到凱文說：「讓我跟夾竹桃講話。」

丹尼爾一臉惶恐，顯然不想照辦，但還是將手機遞給她。

「我猜猜看，你需要我們以最快的速度跟你會合。」亞利思說。

「對。」

丹尼爾的嘴角垮下去。

「狄佛斯有什麼反應？」亞利思問。

「什麼都沒有……我不喜歡這樣。因為他當然一定有反應，但現在比較謹慎了。他沒有讓我觀察到半點跡象，因為他猜我正在監視。他一定是從別人的辦公室打電話，我才會竊聽不到。電子郵件怎麼寫？」

她逐字逐句背誦給他聽；她知道他會想知道細節，所以牢牢記住。

「不錯喔，夾竹桃，不錯。也許套在我身上有點太機靈，但是沒關係。」

「所以你有什麼想法？」

「我想在這個星期之內發動攻擊，那就表示你們得來這裡，同時展開行動。」

她重重嘆口氣。「同意。」

「雪佛蘭休旅車還在那裡嗎？」

「呃，我還沒檢查。」

「為什麼沒有？」他質問道。

「我睡到很晚。」

「甜心，你得挺住啊，美容覺可以等到過了幾個星期再補睡。」

「我想要以最佳狀態出擊。」

「是啦，是啦。你們何時可以出發？」

「我們到底要去哪裡？」

「我有個地方給我們睡。你有東西可以寫下來嗎？」

他給了地址，位於華府一個地區，那裡她不熟。她認為這個地址位於相當繁華的區域，但那樣不符合她的藏身概念啊。也許她想像的區域是錯的，她離開那個城市已經有好一段時間。

「好吧，讓我們把東西收拾好，盡快動身……如果有另外一輛車可用的話。」

「早上九點以後，你們得在亞特蘭大市的郊外停一下，我幫蘿拉找到一個地方。」

「你對他們怎麼說？我是說，關於她腳上有彈孔的事？」

「你們遭人劫車，你和狗都受傷了。你要前往亞特蘭大市找你媽住一段時間，但她對狗過敏。你的精神受創很深，他們應該不會問太多。你的名字是安狄．威爾斯，他們知道你會付現金。喔對了，在這故事裡，我是很關心你的哥哥。」

「很好。」

「當然啦。趕快去查看車庫，然後回電話給我。」

「照辦，長官。」她酸溜溜地說。

他掛了她的電話。

「你真的要偷麥金萊家的車子？」丹尼爾問道。

「如果我們運氣好的話，對。」

他嘆口氣。

「聽好了，我們會把悍馬車留在車庫裡，那至少價值四、五輛雪佛蘭休旅車。假如我們沒辦法歸還那輛車，他們也沒有損失，對吧？」

「大概是吧。凱文不會喜歡他最愛的玩具被拿來當抵押品。」

「那部分只是他的非法所得。」

房屋的鑰匙也能打開車庫的門鎖。丹尼爾保證車鑰匙在裡面，就在門的右邊，燈光開關旁邊，有個小鉤子上面掛了兩串車鑰匙。他打開燈光。

亞利思嚇得倒抽一口氣。「要死了，這根本是上天堂。」

「哇，他們買了新車。」丹尼爾說著，他比較沒那麼激動。「我猜老雪佛蘭最後一定退休了。」

亞利思沿著車子繞一圈，用手指敲敲車子。「丹尼爾，瞧瞧這個！你看過其他車比這更美的嗎？」

「啊，什麼？亞利思，這只是一輛銀色休旅車耶，路上大概每三輛就有一輛一模一樣的吧。」

「我知道！那不是很美妙嗎？而且看看這個！」她推著他繞過車子，指著車燈旁邊一塊鍍鉻的小牌子。

他瞪著她，完全搞不清楚狀況。「這是油電混合車？所以呢？」

「這是油電混合車啊！」她簡直像唱起歌來，縱臂環抱住他。「這像是過耶誕節！」

「我還真不知道你這麼環保耶。」

「噗哧。開這輛車，你知道我們得停下來加幾次油嗎？兩次！最多可能三次吧，就可以一路開到華府。而且你看喔……趕快看這個超棒的車牌！」她用雙手指著，心裡不免想到，這副模樣看起來一定很像遊戲節目的女主持人。

「是啊，那是維吉尼亞州的車牌，亞利思，麥金萊家整年大部分時間都住在亞歷山卓市。這不是很大的驚喜吧。」

「這輛車在華府完全不起眼！感覺就像隱形轟炸機一樣。假如有人打算追蹤我們開德州『蝙蝠車』留下的蛛絲馬跡，這下子就撞進死巷了。丹尼爾，這太漂亮了，我想你可能完全沒辦法體會，這是多麼驚人的好運道！」

「我不喜歡偷朋友的東西。」他嘀咕著說。

「麥金萊家是好人嗎？」

「非常好，他們對我們家人非常親切。」

「那麼，他們可能不希望你死掉，對吧？」

他露出陰鬱的眼神。「對，可能不會。」

「我敢說，如果他們聽說整個過程，一定很希望你借走這輛車。」

「『借』的意思是我們會歸還耶。」

「當然會啊，除非我們死了。你想想看，除非凱文死了，否則他一定會來取回他的愛車吧？」

丹尼爾突然變得嚴肅起來。他的雙手在胸前交叉，轉過身看著車子而不看她。「別亂開玩笑喔。」

亞利思對於他突然變臉有點困惑。「我其實不是開玩笑，」她鄭重澄清。「只是想讓你覺得開走這輛車沒什麼不好。假如可以，我們一定把它開回來，我保證。」

「只是……不要開口閉口都是死掉。不要像那樣講話，感覺好……隨便。」

「噢，抱歉。那只是，你也知道，笑著講或哭著講，其實都是自己的選擇。如果可以的話，我還寧可笑著講。」

他用眼角餘光低頭偷看她，姿勢依舊僵硬。過了一會兒，他突然放鬆了，伸出一隻手摸摸她的側臉。

「也許我們不要照凱文說的做。也許只要留在這裡就好。」

她伸手握著他的手。「如果可以當然好。但他們到最後一定會找到我們。」

他點點頭，幾乎只有他自己察覺得到。

「那好吧。我們要開始打包了嗎？」

「當然好。我先打個電話給凱文。」

丹尼爾開始把悍馬車的行李搬到豐田休旅車上，亞利思則是興沖沖地向凱文說明車子。凱文沒有比丹尼爾更興奮，但他立刻就理解了。

「小子，那很好。那就快一點。時間不等人。」

「我們不需要在九點以前到亞特蘭大，所以等到幾點再離開就好？清晨兩點嗎？」

「好啊。那麼，我預計你們大約下午五點到這裡。」

「倒數計時吧。」她裝腔作勢地搞笑說。這輛車，再加上能與丹尼爾共度下午時光，讓她變得心情亢奮。

「聽到你們要整夜開車還真高興。我想，你最好是失眠啦。」凱文講完這句，再度掛她電話。

「我應該要帶愛因斯坦去散步，」亞利思沉吟道。「要幫蘿拉換紗布，打包食物，然後我們應該要強迫自己睡一下。這下又要改變睡眠習慣了。」

「我想，你不准我去遛狗嘍。」丹尼爾說。

「抱歉啦，全國通緝要犯。現在我可憐的小臉比你的臉還好，無論有沒有留鬍子都一樣。」

「外面很暗，你確定自己一個人安全嗎？」

「我不是一個人，我有一隻聰明到不可思議的攻擊犬，還有一把西格紹爾手槍。」

他差點笑出來。「那些餓昏頭的鱷魚還真倒楣。」

她忍住不皺眉頭。鱷魚，她還真的沒想到。嗯，她會距離水邊遠一點，而且希望凱文不只訓練愛因斯坦對付人類攻擊者而已。

他們沒有走很遠，只夠讓愛因斯坦稍微伸伸腿。她忍不住一直想到那些巨大的爬行動物。道路很暗，但她不想用手電筒。她沒有看到汽車頭燈或房屋亮光，除了沼澤的聲響也沒有聽到半點聲音。天氣還是很熱，汗水沿著鬢角滑落，不過她很慶幸穿了兜帽上衣，因為蚊子一定很猖獗。

她回來時，豐田車已經停在屋子前，悍馬車則是在車庫裡。丹尼爾把所有事情都處理好了，只剩下幫蘿拉換藥。亞利思幫牠包紮，盡量看起來很專業。希望接手照顧的人會相信這是獸醫換的藥。她難過地摸摸蘿拉的耳朵。有個地方好好照顧蘿拉當然比較好，但亞利思會很想念牠。她也擔心萬一他們沒辦法去接蘿拉，狗兒不曉得會怎麼樣。蘿拉好美，一定有人願意養牠。亞利思回想起來，她曾經想像帶蘿拉回家，一起度過安心的未來，但那其實希望不大。如果真能實現該有多好。

亞利思將床邊的鬧鐘設定一點四十五分，但是丹尼爾顯然對於累積睡眠不感興趣。

「到了明天早上八點左右，我們就會覺得後悔喔。」她向他保證，同時他的唇一路往下吻到她的胸骨。

「我絕對不會後悔。」他很堅持地說。

他說的可能很對。眼看著規劃時間表突然縮短，兩人相處的時間連一秒鐘都不能浪費。幸福是有截止期限的，正如她以往的想像。只不過眼前的幸福更加巨大。而且截止期限也更加殘酷。

第二十三章

亞利思還是想辦法睡了一下，也許三十分鐘吧，然後鬧鐘就響了，只夠讓她出發的時候根本是拖著雙腳走出去。丹尼爾比較清醒，於是他開第一段車程，亞利思則是讓乘客座的椅背盡可能往後躺。座椅舒服多了，懸吊裝置比較軟，也就比較容易睡著。兩隻狗在後座似乎很開心，彷彿也很喜歡坐新車。

到達亞特蘭大北方的狗兒寄宿旅館時，她已經恢復體力。這時剛過九點半，他們的進度慢了一點，這要歸功於六十五號州際公路一些修路工程造成延遲。

她帶蘿拉去櫃臺時，丹尼爾留在車上。這是個氣氛輕鬆的地方，很有家的感覺，開進去的道路兩旁有大片土地圍著柵欄，他們經過時，裡面的狗兒跟著車子跑，看起來既快樂又健康。蘿拉當然會有好一陣子沒辦法到處跑。

亞利思進去時，櫃臺的男子看起來充滿同情心。他顯然聯想到先前預約時提到的威爾斯小姐。他帶她去看蘿拉要住的寬敞狗舍，並解釋探訪寵物的時間表，她也很有耐心地跟著走。她表達感謝，並預付一個月的費用，然後最後一次抱抱蘿拉。正如凱文所說，男子從頭到尾都沒有特別詢問蘿拉的傷勢，也沒有關切亞利思的臉。二十分鐘後，她和丹尼爾開車回到路上。亞利思很慶幸這一段由她開車，她需要做點事集中注意力，這樣才不會想起拋下蘿拉的事。

她以為丹尼爾會累垮，但他依舊眼神明亮，談話興致高昂。也說不定他看出亞利思努力抵擋悲傷的心情，想要幫點忙。以亞利思對他的了解，很有可能是這樣。

「我的每一件事，你幾乎都從那份蠢檔案看到了，可是你有好多事我都不知道。」他抱怨說。

「其實大部分我都告訴你了。以前我的人生不奇怪的時候，實在還滿無聊的。」

「跟我說你高中時候的糗事。」

「我高中的每一件事都很糗。我是個超級書呆子。」

「聽起來很迷人啊。」

「哦，真的嗎？我媽在家幫我剪頭髮，結果剪出九〇年代沒人見過的超驚人轟動髮型。」

「拜託告訴我有照片可看。」

「你想得美。我媽媽過世的時候，我把所有相關的東西都燒掉了。」

「你的初戀男友是誰？」

亞利思笑起來。「羅傑．馬可維茲。他帶我去參加高年級舞會，我的洋裝有最厲害的超巨大泡泡袖。當然嘍，整張臉鐵青。坐在要去會場的大轎車裡，羅傑肖想把舌頭伸進我嘴裡，可是他太緊張了，結果吐在我身上。整場舞會我都待在女廁想要清乾淨。那天晚上我就跟他分手了。有人可能會說那是一場史詩般的戀愛吧。」

「好賺人熱淚啊！」

「我知道。羅密歐與茱麗葉根本比不上我們。」

丹尼爾笑起來。「那是你第一次認真交往嗎？」

「認真？哇哦。嗯，除了布萊德雷以外，我不知道其他人算不算認真。那是在哥倫比亞醫學院的第一年。」

「你念哥倫比亞醫學院？」他問道。

「我是非常聰明的書呆子。」

「我超佩服的。回到布萊德雷。」

「你想聽真正超級糗的事嗎？」

「非常想。」

「我一開始受到他的吸引，是因為……」她猶豫了一下。「也許我不該承認這個。」

「現在才要回頭太慢了，你非說不可。」

她深呼吸一口氣。「嗯，好吧。他長得很像伊根博士。你知道吧，電影《魔鬼剋星》？完全就像那樣，頭髮蓬鬆，圓框眼鏡……等等之類的。」

丹尼爾努力裝出面無表情的樣子。「難以抗拒。」

「你根本不懂。超帥的。」

「你們在一起多久？」

「大一的暑假。然後我拿到大二的獎學金。我們都申請了，他認為自己十拿九穩。結果他沒拿到，就像他說的，我從他手上偷走了。他跑去要求看我們的成績。從我那些狂野的戀愛經驗裡，好幾次我都注意到：很多男生不喜歡女生比他們聰明。」

「那一定讓你的約會對象超少的。」

「瞬間變零。」

「嗯，放心，我從沒碰過女人比我聰明的問題，我可不想讓我的約會對象限制那麼多啊。我想，隨著男人長大，那種幼稚行為通常會慢慢消失吧。」

「我得相信你說的話嘍。我離開學校之後再也沒有約會過，沒機會探索男性人類的成年階段。嗯，直到現在為止。」

「從來沒有？」他問，一副震驚的樣子。

「我還在學校的時候就接受『部門』招募，我也對你說過後來的情形。」

「可是……你總有機會認識工作外的人吧。你有休假時間，對吧？」

她笑了笑。「不是很常有。而且對我來說，實驗室以外的人很難聊得起來。每一件事都是機密，我也是機密。我無論如何都不能做自己，也不能對外面的人談起我真實生活的任何一部分。而且變成某種想像中的角色也很困難吧，我寧可保持單身。要我嘗試扮演某種角色實在很囧。這很諷刺，對吧？因為我現在每隔一星期都要更換新名字。」

他伸手放在她的膝蓋上。「很抱歉。聽起來挺恐怖的。」

「是啊，通常是這樣。所以一旦與人建立關係，我就會很退縮。不過從正面的角度來看，我就可以用單株抗體做一些真正尖端的研究；我說的是很像科幻小說的東西喔，一般人不會相信那種東西真的存在。而且我那些要產生實際用途的研究基本上完全不受限，實驗室裡有我需要的所有東西，研究預算高到嚇死人，我負責的大筆國家研究經費絕對超乎你的想像。」

他笑起來。

「所以，你的前妻比你聰明嗎？」她問。

他遲疑了一會兒。「談起她，你不會覺得困擾吧？」

「為什麼要困擾？講起我和羅傑．馬可維茲之間燃燒的永恆愛火，你都沒有翻臉吃醋了。」

「說得好。嗯，蕾妮有她自己非常優秀的地方，不是用功聰明那方面，但是很機靈，精明。我們認識的時候，她好……耀眼。她和我約會過的其他女生都不一樣，個性隨和的女生很滿意個性隨和的我，蕾妮則是永遠要求更多，生活的每一方面都這樣。她有一點……固執。剛開始的時候，我以為她只是非常堅持己見，而且不怕提出反對意見，我很愛那樣子的她。可是後來，相處時間越來越長……嗯，她不是真的很堅持己見，只是很愛小題大作。如果你對她說太陽從東邊出來，她會辯論個不停。至少永遠都很刺激啦。」

「啊，所以你對腎上腺素上癮，那麼整件事就說得通了。」

「什麼事說得通？」

「你受到我的吸引啊。」

他瞪著她，嚴肅地猛眨眼，就像平常很驚訝的時候一樣。

「承認吧，你之所以陷進來，是因為體會到瀕死經驗的刺激感。」她開他玩笑。

「唔，我從來沒這樣想過。」

「到了華府，也許我們到頭來應該要忘了這段相聚。如果把追捕我的人全部除掉，生活變得徹底安全又無聊，你一定會奪門而出，對吧？」她很誇張地嘆口氣。

她無法判斷他到底是認真的，還是順勢演下去，總之他回答：「我從一開始就很不喜歡這樣的計畫。

也許逃走才是上策。」

「而另一方面，如果我在華府搞砸了，可能會引來更多危險。那你會很愛。」

他投來陰鬱的眼神。

「這樣講太過分了嗎？」她問。

「有點太露骨了。」

「抱歉。」

他嘆氣。「你的理論並不恰當，但是我聽了很害怕。你看，我的愛情戲才剛開始就結束了。心情還是很興奮，但是感覺一下子就陷進泥淖動彈不得。興奮和快樂完全不是同一回事。」

「可是你沒有離開。」

丹尼爾盯著自己的手，現在放在她的大腿上緊握拳頭，然後他回答：「對啊。我想……嗯，我這樣講，聽起來很像一流的騙子。我以為我可以改變蕾妮。因為過去的一些事，她有很多問題，所以只要她做了傷害我的事，我就拿以前的問題當藉口。我從來沒有怪她，而是怪她以前那些問題。克里夫，她為了那個男人離開我；克里夫（Cliff）這個字的意思是懸崖，為了這種名字離開我還真荒謬，你不覺得嗎？克里夫不是她第一次劈腿，我後來發現還有別人。」他突然抬起頭看她。「那些全都寫在檔案裡嗎？」

「沒有。」

他凝視著擋風玻璃外。「我知道該放棄了。我知道自己沒有掌握到半點真實的事。我所愛的蕾妮只是我腦中建構出來的，可是我很頑固，那很愚蠢。有時候你緊抓著錯誤不放，只是因為你花了那麼多時間犯那種錯。」

「聽起來好慘。」

他看了她一眼，虛弱地笑笑。「是啊，很慘。不過呢，最困難的部分只是坦白承認一切全都不是真的。想到自己受騙上當，你也知道，那好丟臉。所以，受傷最慘重的是我的自尊。」

「很遺憾。」

「我也很遺憾。跟你的故事比起來，我的故事比較沒有娛樂性。再告訴我另一個男朋友吧。」

「我有個問題要先問。」

他稍微坐直一點。「問吧。」

「你提過一個妓女，凱特，那到底是怎樣？」

「啊？」他一臉困惑，眉毛揪成一團。

「本來要在你身上植入追蹤器那個人。凱文說，你告訴她離婚還沒辦好，可是他也說，那段對話是你離婚了兩年以後。你對離婚沒有質疑，應該幾個月就能辦好。那麼，你為什麼要那樣說？」

丹尼爾笑起來。「謝謝你喔，我說真的，打從心底謝謝你，沒有在凱文面前問這個問題。」

「不客氣。」

「是啦，在那時候，離婚已經是古早以前的歷史了。可是那個女孩……那樣的女孩很少晃進我常泡的小酒館。而且假如偶爾有，她也不會想接近我這種傢伙。」

「她長得什麼模樣？」

「如果記得沒錯，她美呆了。而且是肉食女。而且說也奇怪……很嚇人。我連一秒鐘都不相信她真的受到我吸引。我感覺得到背後有目的，所以不想掉進去。在那個節骨眼，我有點敏感，很怕又受騙上當一次。可是我當然不想表現得太沒禮貌，當時能想到最有禮貌的拒絕方式就是那樣。」

亞利思咯咯發笑。「你說得對，千萬、絕對別向凱文說，你很怕那種美呆的妓女。」

「你能想像嗎？」他笑著對她說。「換你了，另一個男朋友。」

「講完了啦……等一下，大學的時候，我跟一個名叫菲利斯的傢伙約會過幾星期。」

「什麼原因撲滅了你的熱情之火？」

「你得先了解，我會認識男生的唯一地方是實驗室。」

「繼續說。」

「嗯，菲利斯負責照顧動物，多半是大鼠。他在公寓裡養了一大堆。那裡有……氣味的問題。」

丹尼爾的頭往後甩，縱聲狂笑。那種笑聲很有感染力，她忍不住跟著哈哈大笑起來。沒有像那天下午在凱文的祕密巢穴時那麼失控，不過很接近了。所有的壓力似乎都從她體內宣洩出去，儘管正奔赴他們的目的地，但她依然感受到無從想像的輕鬆自在。

後來，丹尼爾原本講著他五年級時迷戀的女生，講到一半睡著了。他與沉重的眼皮奮鬥了一會兒，她不免也想到，他可能努力要把她心裡的負面想法驅逐出去。

他在她身邊睡得那麼平靜，感覺好放鬆。愛因斯坦在後座打呼，剛好與丹尼爾的單調呼吸聲對位合唱。她明知自己應該要多想幾種計畫，想想哪些方法可以和卡爾斯頓接觸又不必曝光太多等等，然而她只想好好享受這一刻。不久的將來，平靜將會是非常稀有的寶物；假如這是最後一次能夠感受到全然的滿足，那麼她想要盡情體驗。

幾小時後，她在極其罕見的平靜狀態下喚醒丹尼爾，他們準備要進入華府外圍郊區了。上一次來到這城市，她既憤怒又驚惶；其實今天可能更有理由懷抱相同感受，不過她仍舊沉浸於與丹尼爾獨處的愉快時光，不打算輕易拋棄，除非萬不得已。

他們逐漸接近目的地，丹尼爾一路幫她指引方向。她原本以為這裡是環境良好的社區，結果比她想像得更好。躲在這樣的地方很不適合凱文吧？她在符合地址的那棟建築物周圍繞了兩圈，很懷疑這真的是他們要去的地方嗎？

「我最好打電話給他。」

丹尼爾把手機遞給她。她按下重撥鍵，鈴聲響了一次。

「你們遲到了。」凱文回答。「現在有什麼問題？」

「塞車。沒什麼問題。我以為我們在目的地外面了，可是……這地方看起來不對勁。」

「為什麼？」

「我們要躲在一棟華麗的裝飾藝術大樓裡？」

「對啦，我一個朋友借我們住。大樓底下有停車場，開去地下四樓，我去找你們。」他掛斷電話。

她把手機還給丹尼爾。「只要一次就好，我好想比他先掛斷。」

「他最早一次打電話來，你就掛他電話，記得嗎？相當厲害喔。」

「喔，也對。這樣一想，感覺好多了。」

他們轉彎進入車庫時，白晝光線消失，所有的緊張情緒全都回來了。她沿著深具壓迫感的螺旋狀車道一路往下開，直到正確的樓層，然後便看到凱文一副不耐煩的樣子，站在一個標示「住戶專用」的空車位旁邊。他揮手要她開進去。

她鼓起勇氣打開車門，準備迎接凱文毒舌批評她的臉，或者對丹尼爾搞砸事情提出輕蔑的觀察，但凱文只說：「別擔心攝影機，我今天早上讓它們離線了。」然後他打開休旅車的後座，讓愛因斯坦跳下車。

這是真正的重逢，愛因斯坦把凱文撲倒在地，幾乎把他的臉皮都舔掉了。亞利思假裝一點都不嫉妒愛因斯坦對牠主人的情感，無視眼前情景，直到她和丹尼爾幾乎快搬不動東西為止。

「呃，要往哪邊走？」她問。

凱文站起來，嘆了一口氣。「跟我來。」

多虧有他幫忙搬剩下的幾個行李袋，然後三人一起走向電梯。

「我需要戴帽子嗎？」亞利思問道。「有門廳嗎？我的臉還不太能近看。」

「夾竹桃，不用擔心，這電梯直接通往公寓。對了，老哥，鬍子好看，很適合你。看起來再也不像你原本的模樣了。」

「呃，要謝你嗎？」

「關於這個朋友……」亞利思開口說。

凱文再度嘆氣。「他們不可能全都像艾尼。抱歉，矮子，這個朋友可能滿難搞的。」

「你不信任他？」

電梯門打開，眼前有一條豪華的走廊……或者是接待室？這空間只有一道門。

「我付給她的租金付到下星期，所以我信任她的時間就到那時候。」

亞利思聽了汗毛直豎。丹尼爾讓她比較習慣人與人之間的關係了，不過她自認還是有很嚴重的人際問題。他們沿著短短的走廊前進時，她提著行李的右手努力扭動，試圖空出幾根手指，想從腰帶拔出一支針筒。她正摸到想要拔出的那支針筒時，丹尼爾碰觸她的腰。她抬起頭，發現他的表情似乎暗示她反應過度。她皺著眉，讓針筒滑回原來位置。反正萬一真的有需要，拔出針筒不必花太多時間就是了。

凱文有那道門的鑰匙。他深吸一口氣，然後把門推開。

剛開始，亞利思不確定他們到底走進門廳了沒，因為她從來不曾進入這樣的公寓，竟然有寬闊的大理石階梯通往另一個樓層。這地方非常揮霍、豪華，很有現代感，而且一整面落地窗從天花板延伸到地板，立刻讓她覺得毫無遮蔽。透過玻璃看出去，太陽正準備沒入華府的天際線。附近似乎沒有其他公寓能夠看到這一棟的屋內，不過借助望遠鏡應該還是辦得到。或者步槍瞄準器也行。

「不行。」一個聽起來嚴厲（但依然莫名圓潤）的聲音在他們背後朗聲說道。

亞利思旋即轉身。公寓也往她背後的另一個方向延伸，把大門和門廳夾在中間。那邊的一側有巨大的白色廚房，另一側則是十人座的餐廳，兩側牆上分別開了更大片的窗戶。有個人斜倚著大理石打造的廚房中島，亞利思從未在真實生活中見過這麼精緻姣好的人。

每次凱文嚷著「夾竹桃」，亞利思在心中打趣想像的形象，活脫脫就是眼前這女子的模樣。她有一頭蜂蜜色澤的金髮，濃密的大波浪長髮宛如從迪士尼卡通走出來的人物。天藍色的眼睛眼神迷離，飽滿的紅唇嘴角上揚，鼻梁直挺細長，顴骨突出，鵝蛋臉上的五官均衡無瑕。細長的頸項宛如天鵝，連接優雅的鎖骨，而細腰豐臀的身軀當然宛如沙漏一般凹凸有致，一雙長腿幾乎比亞利思的身高還要長。女子只穿著一襲黑色的日式短浴衣，表情顯得煩躁。

「暫時而已。」凱文以安撫的語氣說。「我當然會付他們兩人的費用，就是我們原本講好的三倍價錢。」

那個超現實的完美女子挑起一邊眉毛，以銳利的眼神看著愛因斯坦。牠的尾巴熱烈甩動，以迷人的小狗眼神凝視著金髮女子。

「四倍。」凱文滿口答應，同時放下手中的行李袋。「你很喜歡狗啊。」

「凱特？」丹尼爾突然問道，語氣充滿猛然認出的驚訝之情。

女子的笑顏露出酒窩，簡直像牙膏廣告那麼迷人。

「嗨，丹尼。」她以愉快的語氣說。「你那麼邋遢，我差點認不出你。嗯，這樣感覺好多了。你以前對我的自尊造成那麼大的打擊，但至少沒有忘了我。」

「呃，很高興再見到你，」丹尼爾結結巴巴地說，聽了她的歡迎詞顯得很慌亂的樣子。

金髮女子的目光射向凱文。「好吧，他可以留下。」

「只要幾個晚上就好，我也需要這個小不點。」凱文說。

「你明知道我不喜歡女人待在我的地方。」她以斷然的語氣說，眼神飄向亞利思，然後又回頭看凱文。

「喔，沒關係啦，夾竹桃不算真正的女孩。」凱文向她保證。

丹尼爾丟下手中的袋子，向前才踏出半步，亞利思連忙用一隻手指勾住他的上衣後襬。

「現在不要。」她咕噥著說。

凱特（管她真名到底是什麼）聳聳肩，以優雅的動作離開廚房中島，輕移蓮步走向他們。她垂眼瞧著亞利思；這也不難，畢竟她比亞利思足足高了十五公分以上。

「那麼，你的臉怎麼了？你的男朋友打的嗎？」

丹尼爾全身僵硬。亞利思不確定這是什麼意思……也許是宣示領域的意味？純屬猜想，畢竟亞利思很少有機會與其他女性相處。許久以前，她很受不了一些幼稚的室友，她們是僅有的其他幾個科學宅女，老是與少數幾個學妹講別人閒話，也不避諱她就在旁邊。她多半與男生共事，因此對於兩個X染色體之間的互動規矩完全不了解。她不知如何是好，於是決定坦白說出實情，雖然她可能應該等著讓凱文自己說明比較好。

「呃，不是，這是黑幫殺手造成的。」亞利思講話時，感覺繃帶拉扯她的下巴皮膚。「喔，舊傷則是因為凱文打算要把我殺了。」

「如果我真的打算要殺你，你早就死了。」凱文咕噥著說。

亞利思翻了個白眼。

「怎樣，你想要再大戰一個回合嗎？」凱文質問道。「隨時候教，小甜心。」

「下一次我再把你撂倒，」亞利思向他保證，「那就會是永久的了。」

凱文笑起來；如她所料，他的語氣不是嘲笑，而是真心高興。「瓦莉，我就說吧？」

女子一副努力忍住笑意的樣子。「好吧，你激起我的興趣。不過我另外只有一間房間。」

「夾竹桃很能吃苦耐勞。」

「隨便你們，」女子說。顯然是同意了。「那所有亂七八糟的東西不要堆在我的客廳裡。」

她走過他們旁邊時，從丹尼爾身邊掠過，連回頭看一眼都沒有就走上樓梯。日式浴衣非常短，那兩兄弟看著她爬樓梯，下巴都快掉下來了。

「你竟然拒絕她？」亞利思低聲咕噥著說。

凱文聽見了，他又笑起來。「趕快把這些東西搬走，免得她把我們全部踢出去。」

多出來的這個房間比亞利思在華府的整間公寓還要大，而當時她並不是住在什麼暗無天日的地方，房屋仲介對那裡的描述可是豪華公寓。然而，這地方根本比「豪華」還要多了好幾個層級。凱文說這女子是妓女的時候似乎沒有騙人，不過亞利思完全不知道那種行業的收入這麼好。

凱文把行李全部堆在牆邊。

「夾竹桃，你還帶著那張行軍床，對吧？浴室旁邊有個可以走進去的巨大衣櫥，去看看你能不能用那裡。也可以安頓在那些沙發上，不過最好盡量不要讓瓦莉看到你。」

「亞利思當然要睡床上。」丹尼爾說。

凱文一臉疑惑，眉頭全皺成一團。「真的嗎？你竟然要對夾竹桃表現騎士精神？」

「你又不是不認識我們的媽媽。」

「放輕鬆，」亞利思對氣呼呼的凱文說。「我們自己會搞定。」

「很好。」凱文說。

「我在外面講話應該要小心一點嗎？」亞利思問凱文。「你說她不能信賴。」

凱文搖搖頭。「不用，沒關係。等到瓦莉厭倦我們，她會把我們全部踢到街上去，但她不會出賣我們。我已經買了她的時間和謹慎。瓦莉的事是她自己的事。她口風很緊是出名的。」

「好吧。」亞利思表示同意，但不確定是否完全了解瓦莉的規矩。

他走到門口，一隻手握著門把又停下來。「如果你們餓了，冰箱裡有很多食物，不然我們也可以叫外賣食物送進來。」

「謝謝，我會先整理我的東西。」亞利思說。

「好，讓我們安頓好。」丹尼爾說。

凱文遲疑了一會兒，接著走回房間裡。「呃，丹尼，我只是想說……看到你真好。很高興你沒事。」

他又像之前準備離開農場時一樣，看起來不反對擁抱一下。丹尼爾尷尬地站起來，肢體語言充分傳達出既矛盾又猶豫。

「是啊，嗯，都要謝謝亞利思。而且，亞利思本來以為你死了，結果沒有，我也很高興。」丹尼爾說。

凱文爆出一陣大笑。「是啊，我也很高興。而且又要謝謝你啊，毒女人，我欠你一次。」

他再度縱聲大笑，沒關上門就離開了。

丹尼爾凝視亞利思良久，然後走向房門，靜靜把門關好。他回頭看著她，顯然準備要爭執一番。她搖搖頭，示意丹尼爾跟著她走進客房更裡面。

看到浴室之後，她一時忘了自己為何要走到這裡來。地板上設立一個像游泳池那麼大的浴缸，周圍鋪設大理石和淡藍色的瓷磚，簡直像清淺的海水一樣閃閃發亮。天花板裝了一個淋浴蓮蓬頭，直徑幾乎像卡車輪胎那麼巨大。

「這到底是什麼鬼地方啊？」亞利思倒抽一口氣說。

丹尼爾關上他們背後的門。「凱特……或者該說瓦莉，她顯然滿有成就的。」

「你認為她真的是風塵女子嗎？或者凱文只是想把故事編得好玩一點？」

「我進來這裡不是來談瓦莉。」

她轉身面對他，用力抿著嘴唇。

「亞利思，我不喜歡對他說謊。」

「誰說謊？」

「那就說表現好了，假裝我們沒怎樣。」

她用力嘆口氣。「講出來一定會餘波蕩漾，我只是還沒準備好要怎麼處理。我的壓力已經夠大了。」

「我們遲早一定得告訴他，為什麼不趕快講一講？」

他看出她臉色一變，衡量著各種選擇。

「你還是不相信我們會有結果，對吧？」他指責說。

「嗯……接下來一個星期內，我或他都很有可能會死，為什麼要破壞現在的平衡呢？」

丹尼爾突然把她抓過去，猛力抱住她，感覺比較像責備而不是安慰。

「別說那種話。聽你說那種話我受不了。」

「抱歉。」她的頭埋在他的身上說。

「我們可以逃走，今天晚上就走。我們躲起來，你很知道怎麼躲。」

「可以至少等到吃飽睡飽再說嗎？」她語氣哀怨地說。

聽到她的語氣，他勉強笑了。「那是我的容忍底線。」

她在他懷裡放鬆了一下，再一次希望逃亡是正確的選擇。聽起來好像很簡單，簡直讓人心情平靜。

「乾脆手牽手走出去，然後在沙發上親熱一下。」丹尼爾建議。

「首要之務，吃飯和睡覺。除非我很確定自己考慮過所有可能產生的強大後座力，還有需不需要防備，或者，需要防備到什麼程度等等，否則沒辦法應付這種重大宣示的後果。而我現在連簡單的思考都沒辦法。」

「好吧，今天晚上不吵你，因為我知道你有多累。不過，我們明天早上再重新討論，我會很不屈不撓。」他說。

「凱文也會在這裡嗎？」她好奇問道。「那女人說另外只有一間房間，我們要討論這件事不會很容易吧。」

「我想不會。」她聽出他的語氣顯得很不耐煩，於是離開懷抱，看著他的臉。他不讓她走，但還是鬆開手臂，只有輕輕攬著她的腰。

「哦，你覺得她是說，這是唯一一間空出來的房間？」

「不，我覺得他睡在她的房間。」

她皺起眉頭。「真的？她好像沒有很喜歡他啊？」

「他碰過的女人絕對不會不喜歡他。」

她還是很難相信。「可是……她的態度可以好一點吧。」

丹尼爾笑起來。「我不會跟你吵這一點。」

第二十四章

瓦莉有一部巨大的雙門冰箱，裡面存放的食物比艾尼的冰箱好太多了。事實上，存放的食物根本比一般餐廳還要好。看來她好像準備要餵飽另外十幾位客人，不只是已經住在這裡的人；不過她顯然沒有事先得知亞利思和丹尼爾的存在，直到他們抵達的那一刻才知道。

這樣的矛盾之處讓亞利思有點不安，但不足以阻止她猛吃一大碗葡萄。她覺得好像很多個星期沒吃過新鮮食物了，但其實沒有那麼久。農場彷彿是好幾個月前的事，她幾乎無法相信其實只過了短短幾天而已。

亞利思坐在一張極其時髦的純白高腳凳上，坐起來非常不舒服。

丹尼爾開心地哼著歌，忙著查看各種設備。「哇，這是廚房耶。」他喃喃說著。他著手一一查看低處的櫥櫃，打量著各種可用的深鍋和淺鍋。

「把這裡當成自己家，是吧？」

丹尼爾猛然站起，亞利思嘴裡吃了一半的葡萄也停下來。

瓦莉笑著走進來，身上依然穿著很短的日式浴衣。「放輕鬆，這裡所有的東西都是給你們用的，我其實沒有用這個空間。」

「呃，謝謝你。」丹尼爾說。

她聳聳肩。「凱文付錢買的。所以，你喜歡烹飪？」

「隨便玩玩啦。」

「他很謙虛，他是五星級的主廚。」亞利思對瓦莉說。

瓦莉對丹尼爾露出熱切的微笑，整個身子趴在廚房中島上，下巴幾乎要碰到大理石臺面了。「嗯，那很好，我從來沒請過到府料理的主廚，聽起來……很好玩。」

瓦莉光用一個普通的詞彙就涵蓋那麼多不同的含意，亞利思聽了大感驚奇。

「呃，我想是吧。」丹尼爾說著，有點臉紅。「凱文在哪裡？」

「去遛狗。」

瓦莉轉頭看著亞利思，亞利思嚴防她步步進逼。

「我向凱文問過你的事，凱文說你嚴刑拷問他，」瓦莉邊說邊扭頭看著丹尼爾。

「啊，嗯，嚴格來說，是那樣沒錯。不過那是因為認錯人了。」

瓦莉的眼神閃爍著興味盎然的神采。「你做了什麼？有沒有燒他？」

「什麼？不，沒有……呃，我用的方法是透過血管注射化學藥物。我發現這樣比較有效，而且不會留下傷疤。」

「唔。」瓦莉又在大理石臺面上轉過身，於是再度看著丹尼爾，然後把頭枕在手臂上。這樣的動作讓日式浴衣有點滑動，亞利思想像從丹尼爾的視線看去應該相當有趣。他尷尬地站直身子，一隻手放在冰箱門上。

「那真的很痛苦嗎？」瓦莉質問道。

「遠遠超過我所有的想像。」丹尼爾坦白說。

瓦莉似乎很著迷。「你有沒有尖叫？有沒有哀求？有沒有痛苦扭動？」

面對她的熱切之情，丹尼爾忍不住笑起來。「我相信以上皆是。噢，我還哭得像小孩一樣。」他依舊面帶微笑，似乎突然變得比較自在；他轉頭打開冰箱，開始翻找東西。

瓦莉嘆口氣。「真希望能親眼見到。」

「你喜歡酷刑？」亞利思問道，隱藏住自己的關切之意。凱文這麼愛控制他們，當然是真正的虐待狂。

「不是酷刑本身，不過這很令人興奮，不是嗎？像那樣的權力？」

「我想，我從來沒有用那種角度想過……」

瓦莉歪頭看著亞利思，一點都不隱藏內心的興趣。「每一件事不是都與權力有關？」

亞利思想了一會兒。「我的經驗不是這樣。以前我做那種工作的時候，坦白說，我真的只是想救更多人；這句話連我自己聽了都覺得很天真。永遠都有很多難以決定的狀況，壓力很大。」

瓦莉一邊細想，一邊抿著嘴唇。「聽起來確實很天真。」

亞利思聳聳肩。

「你從來不覺得有快感嗎？覺得掌控一切？」瓦莉瞪大寶藍色的眼睛盯著她。

亞利思不免感到好奇，一般人在精神科醫師的辦公室裡是否就有這種感覺……被迫一定要說話。說不定更像是被捆綁在亞利思自己的拷問臺上。「我想……也許有吧。從外表看來，我不是很有威脅性的人。

我想，也許有幾次覺得那樣吧……看情況。」

瓦莉點點頭。「你當然會嘍。告訴我，你有沒有拷問過女人？」

「兩次……嗯，一次半。」

「解釋一下。」

丹尼爾的頭向後仰，正在調整烤肉盤底下的火力；他也凝神諦聽。亞利思很不想在他面前談這種事。

「對第一個女孩，我不是非得那樣做不可。她還沒被架到審問臺上就招供了。她其實不需要送到我的實驗室來，只要正常的審問過程就會得到同樣的結果。可憐的孩子。」

「她招供什麼？」

「有個恐怖組織企圖在紐約強制引爆某種自殺炸彈。他們會綁架某個人在伊拉克家鄉的家人，像這個案例是女孩的父母；如果那個人不願意聽從指揮，他們就會殺了人質。那些炸彈遭到引爆之前，國安局就已經掌控情勢，但還是失去好幾名人質。」她嘆口氣。「那些恐怖份子老是搞得一團亂。」

「第二次呢？」

「那一次的情況完全不一樣。軍火商。」

「她很強悍，很難逼供嗎？」

「我的工作生涯中最困難之一。」

瓦莉露出微笑，彷彿答案讓她非常滿意。「我一直都認為，女人比所謂『強勢性別』的男人更能忍受巨大的痛苦。男人充其量只是特大號的小孩。」接著她嘆氣。「我曾經讓男人求饒，也曾經讓他們痛苦扭動，也許多多少少流幾滴眼淚吧，不過從來沒有人『哭得像小孩一樣』。」她噘著嘴，一臉不高興的樣子。

「假如你要求他們哭，我很確定他們一定會。」亞利思慫恿著說。

瓦莉露出最燦爛的微笑。「你說的可能是對的。」

丹尼爾正在切某種東西。亞利思覺得應該少吃點葡萄，晚餐肯定很值得等待。瓦莉又翻到側邊看著丹尼爾，亞利思突然急著想轉移她的注意力。

「這地方真漂亮。」

「是啊，很棒，對吧？是一個朋友給我的。」

「喔，他常常住在這裡嗎？」會有多少人知道他們的事呢？亞利思已經做了很愚鈍的怪事，竟然對這個奇特的女人那麼坦白，後果一定會反撲到她自己身上。

「不，不，我和張先生好幾年前就分手了，他太古板了。」

「而他讓你留著這地方？」

瓦莉盯著亞利思，一副不可置信的樣子。「『讓』我？如果房契寫的不是你的名字，這算哪門子的禮物啊？」

「有道理。」亞利思很快表示同意。

「你之前說要把凱文撂倒，那是什麼意思？」

「噢，拜託，那故事讓我來說好嗎？」丹尼爾插嘴說。「那是我最愛的故事。」

丹尼爾把情節描述得很誇張，惹得瓦莉又笑又叫。他讓亞利思聽起來比真正的情況節制一點，也把他自己昏迷時發生的事情編得像小說情節一樣。她得承認，他這樣描述變得精采多了。從瓦莉的神情看來，她現在對亞利思的評價有了一百八十度大轉變，與她們第一次見面時完全不同了。

然後食物準備好了，亞利思把所有的事拋到腦後。她已經有好一陣子沒有吃過紅肉，此刻內心的食肉慾一湧而起。她狼吞虎嚥一陣之後，發現瓦莉又全神貫注看著她。

亞利思匆匆低頭瞥了一眼；丹尼爾也幫瓦莉準備了一盤，但她只從牛排邊緣切了幾小片。

「你一直都吃這麼多嗎？」瓦莉問道。

「我想，有得吃的話。如果是丹尼爾下廚，絕對吃很多。」

瓦莉瞇起眼睛。「我敢說你怎麼吃都吃不胖，對吧？」

「我也不知道，可能有時候是這樣吧？」

「你真的有磅秤嗎？」她問道。

「我有一個用來秤毫克的。」亞利思回答，心裡有點困惑。

瓦莉氣呼呼地哼了一聲，連一頭大波浪鬈髮都甩到額頭上。「天生代謝速度快的人真是把我氣死了。」

「真的嗎？」亞利思說著，上上下下打量她。「你真的要向我抱怨我們之間的遺傳差異嗎？」

瓦莉盯著她看了好一會兒，然後笑著搖搖頭。「嗯，我想，一個女孩不可能什麼都有吧。」

「你不就剛好是這規則的例外嗎？」

「夾竹桃，我想我喜歡你喔。」

「謝謝你，瓦莉。不過呢，其實我叫亞利思。」

「隨便啦。你知道嗎，其實你還沒開發的潛力是很大的。弄個像樣的髮型，化點妝，做個稍微笨一點的工作，你就可以所向披靡。」

「呃，我這樣也很好，謝啦。我對生活的期望比較低一點，這樣過得比較輕鬆。」

「說真的，你的頭髮是自己剪的，對吧？」

「我沒有其他選擇。」

「相信我，永遠都有另一種選擇。」她伸手越過桌面，想要摸摸蓋在亞利思眼睛上面的頭髮，不過亞利思躲開了。確實又該修剪頭髮了。

瓦莉轉身看著丹尼爾，他吃完東西後，努力不引起注意，斜倚著瓦莉正後方的流理臺，活像是躲著她。嗯，亞利思可以理解他的心情，也完全能理解他們第一次在酒吧見面時，丹尼爾為何會覺得瓦莉很可怕。

「丹尼，幫我講講話，你不覺得夾竹桃只要嘗試一下就會很漂亮？」

丹尼爾猛眨眼，他很吃驚的時候老是這樣。「不過亞利思現在就很漂亮了啊。」

「好紳士啊，就像你的凱文一樣，那個暗黑版超人『畢沙羅』6。」

「我會把這話當成讚美。」

「確實是讚美啊，也許是我最大的讚美。」瓦莉表示同意。

「你認識他多久了？」丹尼爾好奇問道。

「太久了。他跑來求我的時候，我都不曉得自己幹嘛要打開大門。我想大概是權力那回事吧。」她聳聳肩，於是她的絲質浴袍有一邊肩膀滑落到手臂上。她沒有拉回。「我喜歡看著強有力的人一定得聽我的話。」

大門傳來鑰匙轉動的聲音。亞利思從高腳凳滑下來站好，全身肌肉不自覺繃緊。瓦莉發現丹尼爾望著亞利思，同樣跟著緊張起來，準備跟隨她的指示。

「你們好有趣。」她喃喃說著。

愛因斯坦邊跑邊哈氣進入廚房，亞利思這才放心。

瓦莉看著狗的舌頭伸得好長，眼神急切。「牠想要什麼嗎？」

「牠可能是口渴。」亞利思對她說。

「喔。」她環顧廚房，然後從中島的正中央拿起一個裝飾用的水晶碗，在水槽裡裝滿水。愛因斯坦感激地舔舔她的手，然後開始舔水。

「好香啊。」凱文從轉角走過來說道。

「你可以把我的份吃完，我吃飽了。」瓦莉說著，目光沒有看著他。她試探地摸摸愛因斯坦的一邊耳朵。

凱文自在地倚著中島，開始切瓦莉的牛排，看起來像在自己家裡一樣。「大家相處得很好吧？」

「你說對了。」瓦莉回答。

凱文得意洋洋地笑起來。「我就說嘛，你不會覺得她很無聊。」

瓦莉站直身子，微笑以對。「不管是誰，只要曾經把你綁在地上動彈不得，一定都會跟我相處愉

6畢沙羅（Bizarro）是美國漫威漫畫的人物，邪惡科學家打算用超人的DNA複製超人打敗她，但失敗造出畢沙羅。

快。」

凱文的笑容消失了。「那次打成平手。」

瓦莉的下巴朝他一挑，笑了起來，她的修長脖子看起來更像天鵝了。

丹尼爾轉身面對水槽，尋找洗碗肥皂。亞利思自動加入幫忙，才剛開始依照他們的慣例合作無間，她就覺得很安心。她再次來到不熟悉的地方，徹底遠離她的活動範圍，內心充滿不確定感和不安全感，但只要丹尼爾在這裡，她就能妥善面對。他像是防毒面罩，也像棲身之所的試金石。她自顧微笑起來，心想他對這樣的比喻一定不會太喜歡。嗯，她不是浪漫的人。

「噢，親愛的，別麻煩了，管家每天早上都會來。」

亞利思對凱文投以意味深長的眼神，瓦莉也看到了。「我會在流理臺上放紙條，他不會進入臥房，」瓦莉向她保證。「我很懂得特務的那整套規矩。別擔心，你們不會因為我而曝光。」

「我不介意，洗碗可以讓我放鬆。」丹尼爾說。

「這真的是你哥哥嗎？」瓦莉質問凱文。「我可以把他留下來嗎？」

亞利思看到丹尼爾嚇得瞪大眼睛，忍不住笑起來，不過他繼續低頭看著水槽，所以瓦莉看不到。他將一支洗淨的烹飪夾遞給亞利思，她用洗碗布擦乾，布料感覺像是絲綢，本來可能只是裝飾用的吧。她有預感，瓦莉根本不在乎這種事。

「他不是你的菜。」凱文回答。

「可是我吃很多種菜啊，不是嗎？」

「有道理，不過我覺得你對他的興趣不會持續很久。」

她嘆氣。「那樣的男人太稀有了。」

「所以，呃，回到你的管家，他什麼時候會到、會離開，等等之類的？」亞利思問道。

瓦莉笑起來。「你看待事情很認真喔。」

「有人一天到晚想殺我。」

「那一定會覺得很火大，」她若無其事地說。「我待在家裡的時候，拉烏很早就來，而且很快就離開，甚至不會吵醒我。他很棒。」

「那我只要鎖門就好。」

「如果你想要的話。」

「夾竹桃，我們明天早上不會睡覺，」凱文插嘴說。「我們行動之前有很多事情要準備好，而且我不想浪費更多時間。」

「讓她休息一晚嘛，」丹尼爾很堅持。「她一整個星期都熬夜開車，睡在車子後座。她需要休息。」

凱文做了個厭惡的表情。「丹尼，她不是小孩子。大孩子有工作要做。」

「那不是問題。」亞利思匆匆說道。她瞥了爐子上的時鐘一眼，現在只有七點。「反正我現在要去睡了，所以拉烏來這裡之前，我早就醒了。」

「我會帶你去看我的存貨，你再告訴我還需要什麼東西。我已經拿到你目標的錄影畫面，我敢說你會想看看，然後……」

「凱文，明天再說。」亞利思打斷他的話。「現在，睡覺。」

凱文很大聲吸了一口氣，然後對天花板翻了個白眼。

亞利思離開廚房時，差點伸手去握丹尼爾的手。她得奮力握緊拳頭，並希望凱文沒注意到。感覺很不自然，她知道丹尼爾也感覺到了。他緊跟在她背後，簡直像是又想挑起她極力避免的對話，或是可能的爭吵。現在不要啊，她企圖用心電感應與他溝通，那就不必轉身了。她走得更快一點，但這樣是浪費力氣，丹尼爾的腿太長了，她根本不可能快多少。

聽見他關上門、扣上門鎖後，她的感覺好多了。

「謝謝。」她說，轉身環抱他的腰。

「只是因為我們都累壞了，我明天會更堅持。」他提醒她。

她真的很累，因此只進行最重要的例行工作。她不想那麼麻煩又重新包紮自己的臉，於是決定讓皮膚呼吸一晚。傷口還是鮮紅色而且皺皺的，耳朵雖然已用了膚色的縫合線，但傷口依然明顯可見，看起來很像耳垂的兩半自己黏合起來。她有了難看的傷疤，但現在不願想這件事。

她考慮在衣櫥裡架設行軍床做做樣子，但最後決定等到明天早上再弄。凱文大概不會來檢查房間吧。她也考慮在房門周圍設置毒氣觸動線；其實她根本沒力氣，而且入侵者一定會先查看主臥室，假如他過得了愛因斯坦那一關的話。最後她將西格紹爾手槍和腰帶放在床頭桌上。

丹尼爾比她先倒在床上，但他還醒著。

「你覺得我該把步槍拿出來嗎？」他問。

「這房間很大，不過對步槍來說可能還是有點勉強。我可以去拿獵槍。」

他露出氣憤的表情。「我是開玩笑的啦。」

「噢，好吧。」

他對她張開雙臂。她把燈關掉，爬進現在她平常躺的位置。床鋪很奇怪……感覺很像某種有支撐力的柔軟雲朵，可能是用金絲或獨角獸鬃毛做成的吧。

「亞利思，晚安。」他將臉埋在她的頭髮裡輕聲說，然後她就睡著了。

她醒來的時候，外面還很暗；有微弱的光亮從遮光簾邊緣透進來，是城市不自然的黃綠燈光。她沒有看到時鐘，不過猜想大約清晨四點。至少結結實實休息了一晚。她很高興，畢竟今天會是漫長的一天。這幾年來，她每天都忙著四處逃亡求生存，而現在，她必須轉變成比較積極主動的模式，心裡有點懼怕。她已經在德州有過一次不尋常的冒險行動，但她將那次行動怪罪給一時的腎上腺素激增，以及她不熟悉的責任感作祟。那絕對不是她會計畫要做的事。

因此，等到丹尼爾因為感覺她微微移動而醒過來，開始吻她的頸項時，她並不介意稍微耽擱一下。

她真想知道當個正常人會是什麼感覺。能夠期待像這樣的早晨，與你選擇的某個人一起醒來，日復一日這樣度過。很確定一天的結尾能夠在同一張床躺下，身邊的人也是同一個人。她認為很多人不懂得珍惜這種確定感。對他們來說，這占了日常生活太大一部分，視之為理所當然，不會心心念念再三珍惜。

嗯，她不指望還有另一個像這樣的早晨，但現在可以好好珍惜眼前的時光。

她拉扯丹尼爾的T恤，於是他伸出手以便脫掉衣服。亞利思把自己的衣服拉掉，貪婪地渴望兩人皮膚緊緊貼近的感覺。剛開始，他的親吻好溫柔，隨後漸漸變得放縱癡狂，雖然她隱約聽到他提醒自己動作要小心。她一點都不想那樣。她回應的吻法就是要讓他忘卻一切的顧慮。

沒有聲音，沒有警告。她也沒有聽見門鎖轉動或房門打開的聲音。接著，突然傳來槍枝安全裝置退開的金屬喀噠聲，距離她的頭只有區區幾公分。她整個人怔住，感覺丹尼爾也一樣。她不確定丹尼爾認不認得那種輕微的喀噠聲，或只是回應她的反應。

從聲音聽來，她知道入侵者比她更靠近床頭桌的槍。她咒罵自己忽略了最基本的安全措施，只能趕緊思考剩下的可行對策。說不定她可以試圖轉身把槍踢走，那麼丹尼爾就有時間逃開。

然後，入侵者說話了。

「從那平民身上滾開，你這劇毒的蛇蠍女人。」

她憋住的好大一口氣瞬間噴出。「呼！哈！好啦。啊！神經病，把槍放下啦。」

「不行，除非你放開我哥。」

「這樣實在太超過了吧，我根本不知道該怎麼形容。」丹尼爾以嚴厲的語氣說。「你把門鎖撬開？」

「丹尼，聽我說，她又對你下藥了。一定是這樣沒錯。」

「說得好像我會把有限的裝備拿來玩樂。」她嘀咕著說。她翻過身，拉起被單遮住身子，然後伸手探向電燈開關。她感覺到冰冷的槍管抵著她的額頭。

「你真是太扯了。」她一邊開燈一邊對他說。

凱文往後退，在燈光中瞇起眼睛。他依然拿著那把長長的滅音槍對準她的臉。

丹尼爾以敏捷的身手跳過她身上，擋在她和凱文之間，整張床隨之搖晃。「你到底在幹嘛？別拿那個指著她！」

「丹尼，我不知道她對你怎麼了，不過我向你保證，我們會把那東西從你體內弄出去。跟我走。」

「你知道怎樣對你比較好嗎？你應該轉過身，立刻走出去。」

「我來這裡救你耶。」

「謝謝喔，但是謝謝不必了，要不是你那麼粗魯闖進來，我本來還滿快樂的，而且寧可回頭繼續。快點把門關上。」

「到底怎麼了？」亞利思一邊問，一邊穿上T恤。他們沒時間爭吵。凱文只穿著睡褲，所以無論原因是什麼，他都沒有時間好好準備。如果真的有麻煩，凱文不像是會讓其他事分心的人，即使是他這麼厭惡的事情也一樣。她繞過丹尼爾，抓起腰帶，然後一邊繫上腰帶一邊說：「我們必須移動了嗎？」她接著伸手拿起西格紹爾手槍，把它塞進背後的腰帶裡。

凱文的槍慢慢往下移，面對她這麼實際的反應，他看起來變得比較沒自信了。

「我不相信她說的話，所以跑來看看。」他終於坦白說，突然顯得很難為情。「我根本不打算讓丹尼知道我來這裡。」

「她？」丹尼爾問道。

「瓦莉……她說你們倆在一起。她那麼確定，我說見鬼啦怎麼可以？」他說到最後，語氣又變得很火大。

丹尼爾哼了一聲，非常生氣。「嗯，我希望你打了賭。結果輸到非常丟臉。」

「這樣的懲罰已經夠大了。」凱文嘀咕著說。

「我現在徹底嚴肅地說，凱文，出去。」丹尼爾說。

「丹尼，我不敢相信，你到底在想什麼？在她對你做過那種事以後？」

丹尼爾還待在亞利思和凱文之間，因此她看不到他的臉，不過突然聽到他的聲音帶著笑意。「你認為自己應該要很剛強、很危險，而且你還說過，你會讓自己和你想要的女人之間有一點痛苦？真的嗎？」

凱文後退一步，想了一會兒才回答。「可是為什麼呢？為什麼你想要她這種人？」氣憤已經消失了；現在他再看著亞利思，神情只剩下困惑。

「等你長大以後，我再解釋給你聽。好了，我說最後一次，出去，否則……」他伸出長長的手臂繞過亞利思的身體，從她背後拔出那把槍，「我會開槍打你。」

他拿槍對準凱文的身軀。

「嗯，那上面的保險栓退掉了。」亞利思喃喃說著。

「那就靠它了。」丹尼爾回答。

凱文看著眼前這兩人，丹尼爾穩穩握著槍，亞利思則從他的手臂後方看著這一切……接著他挺起胸膛。

他用沒拿槍的那隻手指著亞利思。「你。總之……別再做……」他以很大的幅度揮揮手，做個包括一切的手勢，將他們兩人和床鋪納入。「所有這些事。我們十五分鐘內離開。快點準備。」

他的手移向丹尼。「我……」他重重呼了一口氣，搖搖頭，然後轉身走出房門外，甚至沒有費心關上門。「瓦莉，該死！」他一邊大吼，一邊穿過昏暗的走廊，彷彿這一切全都是她的錯。愛因斯坦從樓上吠叫。

亞利思嘆口氣，伸展身子。「嗯，和我原本想的一模一樣。沒有真正開槍……我想，這已經是最好的狀況了。」

「你要去哪裡？」丹尼爾問道。

「淋浴。你聽到那人說的了，十五分鐘。」

「現在是半夜耶！」

「正好可以讓我不露臉。你不會累，對吧？我想，我們已經至少睡了九小時。」

丹尼爾沉下臉。「對，我一點都不累。」

「嗯，那麼……」她開始往浴室門走去。

「等一下。」

丹尼爾跳起來，一邊搔著頭，一邊走向臥室房門。他把門關上，然後再次鎖門。

「那樣到底有什麼意義？」亞利思問。

丹尼爾聳聳肩。「一針見血。」

他走向她，伸手抱住她的兩隻手臂外面，緊緊擁著她。「我還沒準備好要起床。」

「凱文不會敲門，他甚至可能不會給我整整十五分鐘。」她提醒他。

「我不喜歡聽他發號施令。不只因為我還沒準備要起床，我也還沒準備要讓你起床。」

他彎下頭親吻她，雙手慢慢往上移到她的肩膀，最後捧住她的臉。她知道在正常情況下，他只需要花很少的力氣就能說服她同意，但現在並不是正常情況，而且一想到凱文隨時都有可能走進房間，甚至可能又拿槍進來……這令她調整心態。

她的身子往後拉。「妥協一下如何？」

他的神情一點都不興奮。「我絕對不願意為了凱文而妥協。」

「拜託，你拒絕之前，至少聽聽我的考量好嗎？」

他繼續板著臉，但看得出來有點想笑。「你得做什麼就去做吧，但我的心意可不會動搖。」

「我們時間有限，而且兩個人都需要梳洗一下。那個淋浴間兼游泳池輕輕鬆鬆就可容納兩人……嗯，事實上可以容納十二個人。所以，我想我們可以同時處理好幾個任務。」

原本的強硬表情消失了。「我立刻撤回原本的反對意見，全力配合。」

「我也認為你會同意。」

第二十五章

「因為沒有理由讓你去。」凱文反對。

凱文站在電梯門口，擋住按鈕，雙手交叉胸前。

「為什麼不行？」丹尼爾質問。

「丹尼，你不會是攻勢的一部分，所以不需要參與準備工作。」

丹尼爾緊抿著嘴唇，怒目而視。

「這對他沒什麼害處……」亞利思婉轉地說。

「只不過有人會看到他的臉。」凱文咆哮著說。

「你是說你的臉嗎？」她回擊。

「我夠聰明，會一直低著頭。」

丹尼爾聽了翻白眼。「如果你要的話，我會待在後面行李廂。」

凱文打量他們許久。「你們到底要不要讓我專心啊？」

「這是什麼意思？」亞利思問。

凱文閉上眼睛，似乎是要讓自己冷靜。他用鼻子深深吸氣，然後看著丹尼爾。

「如果你要加入我們這趟非常無聊的標準勘察行動，我有以下要求：沒有人會談論今天早上發生的事。不准逼我回想起剛才目睹的噁心畫面。任何討論都不能拐彎抹角提到那些噁心情節。這是公事，你們要表現出恰當的舉止。同意嗎？」

丹尼爾的脖子脹紅了。她很確定他準備興師問罪，提起要不是凱文在大半夜闖入上鎖的房間，他根本什麼都看不到。亞利思搶在丹尼爾反駁之前說：「同意。公事公辦的恰當舉止。」

凱文來來回回看著他們，再次評估一番。過了一會兒，他轉過身，按下按鈕。

丹尼爾對她露出「不會吧？」的表情。亞利思聳聳肩。

「不准那樣！」凱文命令道，雖然他依然背對他們。

「怎樣啦？」丹尼爾抱怨說。

「我可以感覺到你們倆默默溝通。不准。」

他們開了一輛很普通的黑色轎車，車程中一路安靜。她不知道這是瓦莉的車還是凱文弄來的。這似乎不像瓦莉的風格，但她有時候可能也想隱姓埋名。亞利思很感激車窗顏色非常深，於是她戴著棒球帽壓低帽緣坐著不太有暴露感，可以凝視窗外大半個依然沉睡的城市。這時候夠早，遠在早晨交通繁忙之前。

凱文開車穿越一個比較混亂的區域，她本來預期他藏身的地方會比較像這種社區。他開到一處倉儲設施停下來。這裡似乎主要堆放大型貨櫃。沒有警衛鎮守此地，只有一個小型數字鍵盤和一道沉重的金屬大門，頂上附有螺旋刺鐵絲網。凱文載著他們接近後面圍著柵欄的空地，將車子停在一座骯髒的橘色貨櫃後面。

停車場似乎空無一人，但亞利思繼續低著頭，走路也不顯露女性姿態，跟著兄弟倆走向貨櫃正面的巨大雙扇門。門上有個沉甸甸的長方形門鎖，凱文輸入很複雜的一連串數字，然後抽出門鎖。他打開門，只開了一條縫，揮手要他們進去。

凱文把門關上後，裡面一片漆黑。接著傳來輕微的喀噠聲，鋪設於天花板的線燈亮起來，照亮了地面。

「你到底有幾個『蝙蝠洞』啊？」亞利思問道。

「很少，就是這裡和那裡，設置在我可能需要用到的地方。這個是活動式的，所以很有用。」凱文說。

凱文的貨櫃裡堆滿東西，但是秩序井然。就像德州的穀倉一樣，這裡也是什麼都有。

雙扇門旁邊的牆上掛了好幾排衣物，根本像戲服，她很確定那是故意放的，假如有人趁著門打開時偷窺裡面，他只能看到那堆衣服。隨便偷看的人應該不會想太多，比較仔細看的人則會認為每一個軍種的制服全部掛在一起實在很怪，另外還有技師的連身工作服，以及一些公用事業公司的正式制服，更別提還有一套流浪漢的破爛服裝，隔個一、兩公尺有一排黑西裝，從成衣到高檔設計師品牌都有。靠著這些服裝可以混進一大堆不同場合。

那些衣架再過去有很多道具放在桶子裡，包括公事包、寫字夾板、工具箱和手提箱，底下則有很多鞋子放在透明塑膠盒裡。

除了那些服裝以外，貨櫃裡設置許多從地板延伸到天花板的深色金屬櫥櫃。凱文帶她瀏覽每一個櫥櫃，她記下可能需要用到的東西。如同穀倉一樣，有很多空間放置槍枝、彈藥、爆裂物和刀子，還有其他東西是德州沒有的，或者那邊如果有也隱藏得非常好。他有一整個櫥櫃裝滿各式各樣的科技玩意兒，包括小型照相機、竊聽器、追蹤裝置、夜視鏡、雙筒和單筒望遠鏡、各種尺寸的電磁脈衝產生器、幾部筆電，還有幾十種她不認得的玩意兒。他介紹了解碼器、頻率計、擾頻器、系統入侵器、迷你無人機等等，過了一會兒她就跟不太上了。她不太可能使用自己不熟悉的事物。

下一個櫥櫃是化學藥物。

「好耶！」她輕聲說，仔細檢視前排物品後方還有什麼東西。「這個我用得上。」

「就想說你會喜歡那個。」

「你不介意吧？」她問著，同時拿起一瓶密封的催化劑，她知道自己的存量快用完了。

「你要的都拿去，我覺得自己再也用不到那些東西了。」

她蹲下檢視下層物品，又拿了更多瓶瓶罐罐塞進背包裡。啊，這種東西她需要用到。「那你幹嘛要準備？」

凱文聳聳肩。「反正有門路拿得到。人家送你一匹馬，你不要……」

「哈！」她得意洋洋地抬頭看他。

「怎樣？」

「你對我說過，那句俗話很蠢。」

凱文瞪向天花板。「有時候真的很想踹你一腳。」

「我完全了解你的感受。」

丹尼爾走過來站在她和凱文之間。她對他搖搖頭。那只是互虧而已。凱文有點失態，叨唸了一下舉止要恰當云云，然後又恢復正常的樣子——介於連環殺手和全世界最惹人厭的老大哥之間。亞利思漸漸習慣了，不那麼在意他的所作所為。

咕噥抱怨「默默溝通」之後，凱文大步走回彈藥櫃，開始把儲備物資裝進一個大型黑袋子。

「急救用品呢？」她問。

「在刀櫃那邊，最上面一層。」

刀櫃上方放了好幾個有拉鍊的黑色袋子，有些差不多像背包那麼大，有些則較小，很像刮鬍工具組。她搆不到，於是丹尼爾幫忙把所有東西拿下來，她在地上搜尋。

她打開的第一個小袋子並非醫療用品，而是一小捆一小捆文件，用橡皮筋捆得很整齊，方便尋找。她匆匆拿出一份加拿大護照，瞥了身分資料一眼。正如她所料，上面貼了凱文的照片，搭配另一個名字，泰瑞・威廉斯。她抬起頭，凱文背對著她。她抓了兩捆文件，塞進她的背包底層，然後把袋子拉鍊拉上。這些特殊物品對她都沒有用，但她必須為其他可能結果預作準備。她偷瞥丹尼爾一眼；他也沒有注意她，正以不可置信的表情看著刀櫃。她不免感到好奇，如果丹尼爾落單，他依靠這些日子學會的事物能夠存活多久呢？

亞利思拉開其中一個較大的袋子，但裡面找到的東西都沒有讓她眼睛一亮。全是相當基本的物品，她都已經有了。她查看下一個袋子，然後再看最後一個，全都是第一個袋子就有的東西。

「缺什麼東西？」凱文問道。

她嚇得差點跳起來，完全沒聽到他靠近。他一定是看到她失望的神情。

「我想找一些治療創傷的像樣東西，以防萬一……」

「好。把這裡你要的東西裝好，然後我們再去找其他的。」

「真的那麼簡單？」她疑惑問道。

「當然。」

她挑挑眉毛。「我們要走進某間醫療設施，請求購買一些物資嗎？」

「當然不是！」他做出一種表情，意思是她的提議蠢斃了。「你沒聽過『從貨車掉下來』這種話嗎？有沒有找到一些有用的東西？」

「有。」

「那就動作快，我們要趁所有卡車送貨完畢之前離開這裡。」

現在亞利思的背包塞滿了彈藥，她適用的各種槍枝，包括西格紹爾手槍、她還沒丟棄的格洛克手槍、獵槍、丹尼爾的步槍，還有她自己的警用手槍。她又從槍櫃多拿兩把手槍和彈藥，因為你永遠不知道情況會如何發展。她從科技產品櫃抓了兩組夜視鏡、一些追蹤裝置，以及兩種不同尺寸的電磁脈衝產生器。她不確定拿這些東西有什麼用，但萬一發生緊急狀況，她可能沒有機會回來這裡。她搜刮凱文的裝備時，他則忙著重設門鎖，於是她可以用平常的生日密碼進入這裡。

或者丹尼爾也可以來，萬一情況急轉直下的話。

「那麼，如果我想讓別人動彈不得，可以選用什麼樣的化學藥劑？」他們回到馬路上時凱文問道，這次換亞利思開車。

「我想想看……你想透過空氣還是接觸傳播？」

凱文斜睨她一眼。「你建議用哪一種？」

「主要看你的接近方法而定。目標是在封閉空間裡嗎？」

「我怎麼會知道？到時候看情況吧。」

她呼出一口氣。「好吧，那麼兩種都帶。丹尼爾，你可以幫我從背包外面的口袋拿出香水瓶嗎？放在夾鏈袋裡。」

「找到了！」過了一會兒後丹尼爾說。「這裡。」他把它遞給凱文。凱文拿在手裡翻看。

「看起來是空的。」

「嗯哼，這是加壓氣體。」亞利思表示同意。「好，把銀色戒指拿去。」她說著，伸出左手臂，越過自己身體對他伸出手。

凱文從她的中指取下戒指，接著驚訝地皺起眉頭，因為戒指後面還連接著細小的透明管和塑膠擠壓小袋，很像隱藏在二流魔術師袖子裡一條又一條的手帕。他的表情轉為疑惑。

「這幹嘛用的？」

「看到內側的小開口嗎？把它轉開。要小心。」

凱文檢視那個中空的小刺，接著觀察小小的圓形塑膠袋。四周夠安靜，能聽見裡面液體發出微弱的攪動聲。

「把那小袋放在你的掌心。」她指示說，同時以動作示意。「你的手在攻擊目標身上用力壓下。」她對丹尼爾示意，他連忙伸出手臂。她抓住他的手腕，沒有很兇狠，只是相當用力。「對方會覺得刺刺的，不自覺想要抽手。握緊。如果動作正確，小袋裡的液體會透過小刺流出去。」她講解完成後放開丹尼爾的手。

「然後會怎樣？」凱文問道。

「你的目標會睡一覺，大約一小時，說不定兩小時，主要看那人的體型大小而定。」

「這東西好細小。」他抱怨。用拇指和食指捏住戒指，盯著戒指的圓圈。

「抱歉，下一次我會為了你做成大一點的尺寸。戴到你的小指上。」

「誰的小指會戴戒指啊？」

她笑起來。「我覺得超適合的。」

丹尼爾聽了呵呵笑。

凱文把戒指推進最小的指頭，但只能通過第一個指節，小袋幾乎無法放在手心。如果想把小袋藏在袖子裡，管線得加長才行。他皺著眉，對那裝置看了一會兒，然後突然笑起來。「很棒。」

丹尼爾向前靠過來，作勢指著亞利思手上的其他戒指。「另外那兩枚有什麼作用？」

她舉起右手，戴著金戒指的無名指扭動一下。「讓你死得很輕鬆。」她又舉起左手中指的玫瑰金色戒指。「讓你死得很痛苦。」

「喔，嘿！」凱文突然恍然大悟說。「當時在西維吉尼亞的牛舍，那種像女生揮巴掌的招式就是這個？」

「對。」

「該死。夾竹桃，你真是危險的小蜘蛛。」

她點頭表示同意。「如果我長得高一點，或者你矮一點，我們就不會有這段對話了。」

「嗯，我想，那天是你的幸運日。」

她翻了個白眼。

「那天你是用哪一枚戒指攻擊我？」

她再次舉起左手的中指。

「好惡劣，」凱文表示。「另外兩枚戒指為什麼沒有附加東西？」他揮揮自己的手，只見管子和小袋在他的手底下晃來晃去。

「小心，那會脫離喔。」她警告說。

凱文連忙抓住小袋，塞回手心裡。「好啦。」

「我的另外兩枚戒指塗了毒液，只要一點點，效果就很大。光是一滴芋螺的毒液就足以殺死二十個像你這種體型的人。」

「讓我猜猜看，你在家裡養芋螺和黑寡婦蜘蛛當寵物嘍？」

「我根本沒時間養寵物，而且說老實話，黑寡婦毒液的傷害效果非常微弱。嗯，我以前接觸過很多東西，短暫研究過芋螺的毒液，因為那種毒液會作用在特定類別的受器上。我連一次機會都不能浪費掉，所以盡可能收集東西，現在也很小心使用這些裝備。」

凱文又低頭看看自己戴的戒指，沉思起來。那讓他變得安靜，亞利思頗感欣慰。

她選了霍華德大學醫院，因為那裡是一級創傷中心，而且她很熟悉裡面的設備……除非過去十年間發生大幅改變。

她慢慢繞了建築群一圈，仔細檢視監視器位置和警衛配置。現在還不到早上七點，不過已經有很多人來來去去。

「那一個怎麼樣？」凱文指著問道。

「不行，那個大部分會是亞麻布和紙製品。」她咕噥著說。

「你如果要再繞一圈，先停一下；我們不希望有人注意到。」

「我知道要怎麼進行。」她撒謊。

她向西開了幾條街，停在一小片綠地旁。幾個慢跑的人繞著這裡跑，但基本上算是沒什麼人。他們默默等了十分鐘，然後她又開動，繞的圈子更大一點，距離醫院周圍的道路大約兩個街口。最後她看到某個有希望的東西……那是一輛白色貨車，車身寫著「哈伯特與梭爾比供應公司」。她對這家公司很熟悉，相當確定他們車上會有可用的物品。

她尾隨那輛車，開進醫院主大樓後面的卸貨區。凱文準備就緒，他的手已經握住門把。

「就在他們車子後面把我放下，然後隔一個街口等我。」他對她說。

她點頭，放慢車速，在貨車後面短暫停下；她停得很靠近貨車，於是貨車無法從後視鏡看到凱文。凱文一跳下車，她立刻倒車一、兩公尺，然後很快開走。開過貨車旁邊時，她從帽簷底下瞥了一眼，只看到一名司機，沒有其他乘客。不過人行道上還是有很多身穿手術服和清潔人員制服的人，她希望凱文在那群人之中不會太招搖。

她在轉角處的停車號誌前踩剎車，心想這附近沒有停車位，不知該停在哪裡才好。她還沒下定決心，就看到那輛白色貨車跟在她後面，中間隔了一輛車。她慢慢往前開，示意他們之間那輛車向前超車，然後也讓凱文超車到她前面。她看到那名司機緊閉雙眼，斜倚著乘客座的窗戶；他是模樣非常年輕的黑人。

「嗯，沒有警察跟在他後面……還沒有。」她開始跟車時咕噥著說。

「那傢伙會受傷嗎？」丹尼爾問。「凱文怎麼攻擊他？」

「不太會。他醒來的時候會覺得好像嚴重宿醉，但是不會有永久性的傷害。」

凱文開了大約二十分鐘，先與醫院拉開一點距離，然後尋找適當的地方搬運貨品。他決定停在一個安靜工業區的後方，那裡有好幾個空蕩蕩的卸貨區，通往附近幾道關閉的鐵捲門。他向其中一個卸貨區倒車，她則停在他旁邊的陰影面，若有人開進停車場就看不到她。

她戴上一雙乳膠手套，也遞了一雙給丹尼爾，並把另一雙塞進口袋。

凱文已經把貨車後門打開，她把另一雙手套遞給他，然後跳上貨倉地板。裡面每一種東西都妥善放在不透明的白色塑膠箱裡，全部堆得高高的，並用紅色尼龍繩固定在牆面上。

「幫我把這些打開。」她指示說。凱文開始把箱子搬下來，然後一一打開蓋子。丹尼爾也爬進來，跟隨他的動作。亞利思跟在他們後面，尋找她想要的東西。

她的主要憂慮是遭到槍傷，這似乎是攻擊行動最有可能附帶的後果。當然也不能排除刀傷或鈍物擊傷。不過她還是很高興找到一箱爆炸急救包，每一份包裝都有止血帶、浸過止血敷料的紗布，以及各種氣胸密封貼片。她搬了一堆，再加上各種免縫膠帶和紗布包、敷料和加壓繃帶、化學性加熱包和冷卻包、急救工具包、幾具袋瓣面罩式甦醒器、酒精和碘酒擦布、夾板和護頸圈、燙傷敷料、靜脈注射導管和管線、生理食鹽水袋，以及一堆密封的針筒。

「你是打算自己開設野戰醫院嗎？」凱文問道。

「你永遠不知道自己可能需要什麼東西。」她反駁說。然後在心裡加上一句：「你可能就是需要用到這些東西的人啦，白癡。」

「這個。」丹尼爾提議，他把一個半滿的箱子翻倒，將剩下的東西扔進另一個箱子，然後拿起空箱子，開始把她挑的物品裝進去。

「謝謝。我要的東西應該都有了。」

凱文把箱子都靠著牆壁放好，然後擦拭車門。她再度跟車。最後，他在一小排商店街後面找到一個地方棄置貨車和司機。他很快把車上的指紋擦拭乾淨，然後他們繼續上路。

他們回到公寓時，管家拉烏已經來過也離開了，瓦莉躺在低矮的沙發上，正看著一部大螢幕電視，亞利思敢發誓昨天那裡根本沒電視。電視正播出一部黑白電影。

今天瓦莉穿著一襲低胸的淡藍色連身短褲。愛因斯坦躺在她旁邊的沙發上，鼻子靠在她的手臂上。她很有韻律地拍著牠，他們進門時，牠並沒有爬起來迎接，看到凱文也只揮動尾巴拍拍沙發。

「那麼，整個間諜行動進行得如何啊？」她懶洋洋問道。

「只是無聊的基礎工作。」凱文說。

「呃，那就別告訴我。而且也別把新東西放在這裡，我不想搞得亂七八糟。」

「是的，夫人。」凱文乖乖聽話，然後走回亞利思和丹尼爾的房間放東西。

「夾竹桃，我要你盯緊我的電腦。」他一邊堆放東西一邊說。「你可以看看我拍卡爾斯頓的監視錄影畫面，而且有聲音可以聽，車子裡裝了竊聽器，辦公室有指向性麥克風。車子也裝了追蹤器，所以你可以回頭看看他過去幾天的移動路線。」

亞利思呼了一口氣，光是聽到要看那麼多東西就累。「謝謝。」

「我餓了，有誰要吃早餐嗎？」丹尼爾說。

「要，拜託。」亞利思這樣說的同時，凱文也回答，「該死，當然要。」

丹尼爾笑起來，轉身走出房間。

亞利思看著他走出去，然後才意識到凱文觀察她看著丹尼爾。

「怎樣？」

凱文抿著嘴唇，似乎正在尋思該怎麼表達想法比較好。他不自覺地瞥向床鋪，床上依舊凌亂，拉烏沒有獲准進入這裡；他的身子抖了一下。

亞利思轉身背對他，著手取出自己的電腦。她想把重要檔案拷貝過來。

「夾竹桃……」

她沒有從手上的動作抬起頭。「怎麼了？」

「我可不可以……」

她將電腦抱在胸前，然後轉身面對他，等他把話說完。她下意識挺起胸膛。

他又遲疑一會兒，然後開口問：「我可不可以問你一些問題，不用得到明確或寫實的答案？」

「像什麼問題？」

「與丹尼的這件事……我不希望他受到傷害。」

「那不是問問題。」

他怒目而視，然後深吸一口氣，強迫自己放鬆。「等我們這裡結束，你要去哪裡？」

這次換成她遲疑一下。「這……嗯，感覺好像我會活下來是倒大楣。坦白說，我根本沒想過接下來要怎樣。」

「得了吧，這件事沒那麼難。」他以鄙夷的語氣說。

「這不是我的作風。你有你的處理方法，我有我的面對方法。」

「你要我也把卡爾斯頓解決掉？」

「沒有。」她咆哮著說，雖然如果他的語氣沒有那麼傲慢，她覺得還滿可行的。「我會解決我自己的問題。」

他停頓一下，然後又問：「所以……到底怎樣？完成之後，你覺得你會跟著我們嗎？」

「不，那不會是我的首要選項。當然啦，如果符合到時候我還活著的理論的話。」

「你真的是悲觀主義者。」

「那是我做計畫的一部分方法。把最糟糕的結果都考慮進來。」

「隨便啦。回到我說的重點……假如你走你自己的路，丹尼怎麼辦？只說說『再見，謝謝你帶來的歡笑』嗎？」

她別開頭，望著房門。「我不知道。那要看他怎麼想。我不能代他發言。」

凱文沉默良久，最後她不得不轉回頭。他的表情很傷心，那實在很不尋常。如同以往，只要他的神情比較放鬆，模樣看起來就變得很像丹尼爾。

「你認為他會選擇跟著你？」凱文詢問的語氣非常平靜。「我的意思是說，他才剛認識你，幾乎不了解你。可是……從這一點來看，我猜想，他可能也覺得幾乎不了解我。」

「我不知道他會怎麼想，我絕對不會要求他做那種選擇。」她說。

凱文望向她頭頂上方。「我真的很希望有機會補償他，幫他安頓下來，好好過生活。過一陣子之後，我希望我們能重新當好兄弟。」

她突然有種衝動，很想走過去，伸手放在他的肩膀上。可能只是因為他看起來還是很像丹尼爾吧。

「我不會阻撓。」她保證。她是真心這樣想，最重要的是怎樣做對丹尼爾最有利。

凱文盯著她看了好一會兒，逐漸恢復正常的冷酷表情。他重重嘆了一口氣。「唉，夾竹桃，真該死，真希望當時我沒管『塔可瑪』那件事。確實救了數百萬人沒錯……可是，最後的結果竟然要面對我哥哥睡了盧克雷齊亞．波吉亞[7]之流的蛇蠍女人？」

亞利思整個人呆住。「你說什麼？」

他嘻笑起來。「我居然知道這麼恰當的歷史典故比喻，很驚訝吧？其實我在學校的成績相當好，我的腦細胞和我哥一樣多啊。」

「不，我是說『塔可瑪』，你那是什麼意思？」

他的笑容變成困惑。「你不是全都知道嗎？他們把檔案給你了，你審問丹尼……」

她走向他，不自覺把電腦緊緊壓在胸口。「這是指你對付德拉弗恩特的任務？『TCX-1』的T指的是

7 盧克雷齊亞．波吉亞（Lucrezia Borgia, 1480~1519）是羅馬教宗亞歷山大六世的私生女，容貌美麗，因為父兄的政治野心，三次安排她與權勢家族聯姻，傳言她與數次政治毒殺事件有關，但沒有歷史根據。

塔可瑪（Tacoma）的T？」

「我從來沒聽過TCX-1。德拉弗恩特任務是關於塔可瑪病毒。」

「塔可瑪瘟疫？」

「我沒聽過那樣的稱呼。夾竹桃，你到底想說什麼？」

亞利思一邊爬上床尾，一邊打開電腦，抓出最近製作的檔案，也就是編成密碼的案例紀錄。她順著數字和字母列表往下捲動，同時從床鋪的移動方式感覺到凱文的一隻膝蓋跪到床上，從她肩膀後面窺看電腦。

感覺她寫這些筆記似乎是很久以前的事。後來發生那麼多事，她先前寫這些簡短紀錄時的想法好像都快淡忘了。

找到了……恐怖份子事件第三項，「塔瘟」，塔可瑪瘟疫。這些字在她眼前跳躍，不過有些字好像在記憶裡分解掉了。「賈印巴」，那是指印度的一個城鎮賈穆姆，位於印度與巴基斯坦的邊界。她不記得恐怖份子小組叫什麼名字，只記得源自「法塔赫江格」這地方。她檢視與之相關的一些簡稱：「多荷」，代表那個美國科學家多明尼克．荷根；「歐米」是恐怖份子米瓦尼；還有「P」，那是另一個美國人，她不記得名字了。她握緊拳頭壓在額頭上，努力迫使自己回想起來。

「夾竹桃？」凱文又說一次。

「我參與這個案子……好幾年前，當時他們剛把配方從美國偷走。早在德拉弗恩特握有它的很久以前。」

「從美國偷走？德拉弗恩特是從埃及拿到它的。」

「不是，它是在西雅圖附近塔可瑪市郊區的實驗室研發出來，本來是一種理論，只供研究使用。荷根……多明尼克．荷根，他是研究出來的科學家。」她專心回憶，當時的過程也在她腦海慢慢浮現。「他是我們這邊的人，不過由於實驗室遭竊，他要在原本地方繼續做研究就變得很敏感。國安局把他藏在他們掌控的一間實驗室裡。我們抓到恐怖份子小組的第二號人物，他供出賈穆姆實驗室的位置，他們用偷來的藍圖，在那裡成功製造出病毒。祕密軍事行動摧毀實驗室，他們以為已經把這項生物武器封鎖掉，不過小組有幾名成員逃走了。就我所知，幾年之後，『部門』繼續和中情局合作追捕那些人……巴納比就是那時候被殺了。」

她抬頭看他。由於思緒飛快轉動，她竟然覺得有點頭暈目眩。

「中情局把你召回去的時候，他們毀掉你的時候……你說你正在努力追蹤一些問題。那些問題是什麼？」

他拚命眨眼，又讓她聯想到丹尼爾。「疫苗的包裝……外面是阿拉伯文，可是裡面原本的標籤全部是英文。還有『塔可瑪』這名稱也是。實在是不合理。如果德拉弗恩特想要翻譯，他應該會把阿拉伯文翻譯成西班牙文才對。我想要追溯病毒的來源，我很確定那不是源自埃及。我查出有個不知是美國人還是英國人參與研發，我想找出那傢伙。你說這東西是從美國的華盛頓州來的？」

「一定是同樣的東西。時機符合。我們得到這病毒的一些情報，突然間他們就開始監視我和巴納比。兩年後，大概是德拉弗恩特拿到那東西的時候，對吧？他們就殺了巴納比。那件事一定是催化劑，所以他們才會殺了他，也想要殺我。病毒重出江湖，如果大眾發現我們知道那東西可以回頭連結到……」

到底是什麼事情觸發巴納比的偏執妄想，為什麼他判定他們必須準備逃亡，他從來不曾告訴她。她愣愣看著螢幕上那些簡稱。「多荷」，多明尼克．荷根。假如那些「壞傢伙」認為她和巴納比都需要除掉，他們也不太可能放任荷根活著。荷根已經先死了嗎？可能是某種徹底正常、完全料想得到的死法吧，像是車禍、心臟病發等等，有很多種方法可以讓他的死看起來很單純。巴納比是否看過荷根的死訊？那是不是某種機密情報？

她想要很快上網搜尋一下，但假如這番推論是對的，那麼荷根的名字肯定標上記號。只要有人調查他的死訊，無論用何種匿名方法查詢，一定都會引起注意。

那麼誰是P？她甚至不確定這個字母到底對不對。她只聽人匆匆提起，印象中是很短的名字，聽起來很簡潔……

「夾竹桃，那個包裝……看起來……很專業？這樣的描述字眼正確嗎？不像是在中東地區某個臨時拼湊的實驗室包裝出來。」

他們彼此凝視了一會兒。

「我一直都覺得事情沒有這麼簡單，」她喃喃說道。「竟然有某個人真的根據荷根的理論設計藍圖製造出病毒，簡直像贏了恐怖份子的樂透彩券。」

「你認為他們偷到的不只是筆記？」

「荷根一定早就辦到了……真正做出那東西。如果有那麼大的供應量，如果疫苗包裝得那麼俐落……他們一定早就製造出來了。所以，製造病毒武器不只是荷根的週末消遣而已，這根本是一項軍事計畫。有些線索顯示……可能有某位陸軍中將牽涉在裡面。沒有人會想要追蹤美國這一方的後續進展。他們一直叫我們注意恐怖份子小組，我們通常也只會詢問後面自然延續的問題……不過我還記得，這個案子很不一樣，卡爾斯頓把他想問的問題交給我。」

「所以，我們是毀在同一個案子手上。」凱文語氣陰鬱地說。

「我不相信這是超級大巧合。」

「我也不相信。」

「他們要保護的是誰？」亞利思疑惑道。「不管是誰，他都一定是發號施令的人，那表示他知道我們的事。」

「那也表示我們得逮到他。」

他們又彼此凝視了一會兒。

「亞利思？凱文？你們？這裡有隔音設施嗎？」

亞利思慢慢抬起頭，她的目光完全沒有看著丹尼爾從門口走進來。

「發生什麼事？」丹尼爾看到眼前的奇異場景，不禁將音量低壓。他匆匆走向床邊，伸出一隻手按住亞利斯的肩膀。

「只是把一些事情拼湊在一起。」凱文神情嚴肅地說。

丹尼爾看著亞利思。

「我們得在表單上增加另一個名字。」她對他說。

「誰？」

「這就是問題所在。」凱文說。

「讓我想想看，」亞利思說。「如果我不知道那問題的答案，他們就不會企圖殺我。」她瞥了凱文一眼。「我知道這樣問很籠統，不過，你有沒有聽過一個『P』開頭的名字，與你那邊的情況有關係？」

「『P』開頭？我得想一下，不能隨便亂講。我會把狄佛斯打的電話再仔細研究一次，看看能不能翻出什麼線索。」

「我也再翻找一下關於卡爾斯頓的部分。」

凱文點點頭，然後看著丹尼爾。「我希望你來這裡是因為食物準備好了。趕快把夾竹桃的腦袋餵飽，她才能把這些事情弄個水落石出。」

他們把兩人的電腦放在寬敞的廚房中島上，然後一邊吃一邊研究。瓦莉和愛因斯坦沒有移動，不過他們現在看的是購物頻道。丹尼爾搬了一張高腳凳到亞利思旁邊，看著她瀏覽卡爾斯頓家那棟氣派街屋的正面監視畫面。她把沒人在家時的畫面向前快轉，並以耳機同時聆聽卡爾斯頓的電話錄音。卡爾斯頓行事謹慎，他工作時的對話都很隱晦，從來沒有特別指明哪個人名或哪個計畫，而由於辦公室的電話是以外部麥克風錄音，也就只能聽到電話這一頭他說的話。他用了好多代名詞，根本不可能聽懂，只能聽出幾個「他」以負面的方式挑動卡爾斯頓的神經，而且至少有一個計畫進行得不順利。他聽起來壓力很大，有可能因為德州發生的事，以及寄給狄佛斯的電子郵件。卡爾斯頓覺得自己身陷險境嗎？他是否認為凱文知道他的存在？他必須穩健行事，以防萬一。如果沒有足夠的偏執，卡爾斯頓不可能一路走到現在。

他的房子設有保全系統，一樓窗戶以裝飾性的板條遮住，屋外也有監視攝影機。凱文給她的一些監視畫面似乎來自那些攝影機，他一定是駭進保全系統。那條街並不理想，很多鄰居都太近了，而且早晨和晚間街頭活動頻繁。目擊者過多。

「你得要闖進那裡？」丹尼爾嘀咕著說，看著她叫出拍攝板條窗的另一個攝影機角度。

「希望不必。」

亞利思指著爬上前門階梯的矮小女子，她抱著好幾個看似沉重的購物紙袋，拿出鑰匙打開門鎖。從這個角度看，亞利思可以看到她停在門口，按著保全系統的密碼。她的手掩著數字鍵盤，沒辦法看到數字順序。

「管家？」丹尼爾問道。

「看起來是。而且幫他購物。」

「那是好事？」

「可能是。如果我有一張新的臉孔，就可以在附近跟蹤她一陣子。」

「我怎麼樣？」丹尼爾問。「我有好一段時間沒出現在新聞上了。」

「丹尼爾，我們有好一段時間沒看新聞了。」她指出。

「喔。你認為他們現在開始亂掰壞人故事了嗎？」

「有可能。我們應該要了解一下。」

「你們想看新聞嗎？」瓦莉從旁邊房間的沙發上叫道。

「呃，你現在要看電視就不用。」丹尼爾很有禮貌地說。

「冰箱左邊、隔兩個櫃子，打開還有一部電視。」她對他們說。

丹尼爾走向她說的櫥櫃，把門打開，露出一個電視螢幕嵌在那個空間裡。門板捲進旁邊的存放空間。

「也太貼心了吧。」凱文喃喃說著，從他自己的電腦抬頭看了半秒。

亞利思回頭做自己研究，丹尼爾則不斷轉換頻道，最後找到一個二十四小時的新聞聯播網。他把音量調小，然後走回來坐在她旁邊。

亞利思沒有聽見瓦莉站起來，但那位金髮女子突然間倚在她的肩膀旁邊。

「那看起來很無聊耶。」她表示。

「嗯，把我的死亡率加進去會稍微有趣一點。」亞利思對她說。

「你說你需要一張新的臉？」

「呃，對。你懂吧，別人看到我的瘀青和繃帶會過目不忘。」

「而對你來說，讓人過目不忘不是好事？」

「對。」

「我可以幫忙。」

「啊？」亞利思問道。

「給你一張新的臉。」

亞利思的整個注意力都轉向瓦莉。「你這是什麼意思？」

第二十六章

「你不要同時做兩件事，這樣害我很難弄。」瓦莉抱怨說。

「抱歉，我有點在趕『死期』。」

「拜託你的頭固定別動。」

亞利思盡力了。她把凱文的電腦放在膝上，同時戴著耳機。卡爾斯頓在車裡的時候，她可以聽到通話雙方的對話。可惜的是，卡爾斯頓似乎經常選擇開車時與他的獨生女艾琳聯絡，他們聊外孫女奧莉薇亞幾乎沒停過，就是亞利思的盒型墜飾裡那位；歷經前面四十分鐘的討論，關於哪間托兒所的教育方針比較能獲得進入常春藤大學的快樂結局後，亞利思只要聽到艾琳的聲音就向前快轉，或者卡爾斯頓在辦公室裡用只對艾琳講話時的特定語氣也快轉。他們聊天的時間遠遠超過亞利思的預期。亞利思向下伸長手指，碰觸播放鍵。艾琳繼續滔滔不絕，講著要帶莉薇去動物園的事。亞利思沒有錯過什麼資訊，於是又按下快轉鍵。

「話講在前頭喔，如果弄得不完美，那全都是你的錯。」

「同意。任何不完美的地方都由我負責。」亞利思說。

瓦莉把亞利思從浴室的鏡面牆壁前轉開，於是她看不見瓦莉到底在做什麼，只感覺有一層厚厚的油性塗料敷在她的皮膚上，還拉扯某種東西越過她下巴的傷口，收縮得非常緊。

她以為客房的浴室已經很豪華了，但這座皇宮真是超級瘋狂。光是這間浴室，兩個五口之家就可以住得非常舒服。

她的注意力又回到電腦螢幕。管家再度抵達卡爾斯頓的家。看來她每隔一天會買雜貨送來。亞利思注意觀察袋子頂端看得到的東西，包括一夸脫的有機脫脂牛奶、一盒麥片、柳橙汁、咖啡豆。她記住管家的汽車牌照號碼，凱文也查到地址。入夜之後，亞利思可以跑出去，在那女子的車上放置追蹤器，於是可以跟蹤她去哪些商店。

她再度檢查錄音檔，艾琳正要說再見。亞利思真是不懂，卡爾斯頓怎能花這麼多時間與女兒聊天？他只有獨生女真是萬幸。也許他也是一心多用吧，就像亞利思現在這樣。

而在工作時的電話線上，他完全沒有提到任何名字，更別提P開頭的名字了。她有種預感，如果能把這番憂慮拋到腦後，說不定潛意識會自己幫她想出來。可惜她無法停止內心的擔憂，當然也就毫無進展。

「好了，最後修整。」瓦莉一邊說，一邊調整亞利思頭上的假髮。

「哎喲。」

「美麗是痛苦的。你現在可以看看了。」

亞利思站起來，動作超僵硬……她保持不動已經太久了；接著轉身面對鏡子。

剛開始她愣了一下，無法立刻認出站在瓦莉身邊的嬌小女子。

「怎麼……」她的手指不自覺伸向應該要有傷口的地方。

瓦莉把她的手撥開。「什麼都別碰，你會把它弄髒。」

「傷口都到哪裡去了？」

鏡中女子的臉蛋完美無瑕。她的皮膚看起來好像純潔清新的十四歲女孩，眼睛很大，看似比原來大，但是不誇張。她雙唇飽滿，顴骨突出，齊肩的棕髮挑染著紅色，層次顯得很好看，剛好襯托出突然高聳的顴骨。

「瞧，你的新面孔。真好玩，下一次我要幫你試試金髮造型。你的膚色很好看，搭配好幾種髮色都會很自然。」瓦莉說。

「這太驚人了，真不敢相信。你從哪裡學到這招？」

「我扮演各式各樣的角色，」瓦莉聳聳肩。「不過有模特兒真的很好玩。我小時候老是希望有大型的芭比娃娃頭可以玩造型。」她伸出手，輕拍亞利思假髮的頭頂。「或者有個小妹妹也好。不過我比較偏愛塑膠頭。」

「我可能比你大十歲吧。」亞利思抗議說。

「好大的讚美啊。不過無論我的真實年紀是幾歲，碰到真正重要的事情，你還是沒有比我老資格。」

「你說了算。」亞利思不想爭辯；瓦莉等於給了她一張免死金牌。「連我自己的母親都認不出我吧。」

「我可以弄得更性感一點，」瓦莉打包票。「但是你不想引人注意……」

「這可能是我這輩子看起來最性感的樣子了，如果看到更性感的樣子，我可能會嚇死。」

「我敢打賭丹尼爾會很喜歡，」瓦莉滿意地說。

「對了……我什麼地方搞砸了？露出什麼馬腳讓你看出來？」

瓦莉笑起來。「拜託，你們倆彼此迷戀成那樣，一定會流露出來的啊。你什麼都不必搞砸。」

亞利思嘆氣。「多謝你把這樣的觀察傳達給凱文。」

「你可能覺得很諷刺，不過你真該謝我。現在沒有祕密，不是簡單多了嗎？」

「我想也是……不過他差點對我的頭開槍耶，還真好。」

「沒有付出代價怎麼會有收穫？」

亞利思走向鏡牆，仔細檢視臉上的妝扮。有某種假皮覆蓋在下巴的傷口上，她小心移動嘴巴，觀察表情是否會變得很奇怪，讓偽裝變得明顯。微笑時可以看出些微皺紋，不過反正假髮的層次會遮住大半張臉，不必擔心有人會注意她有什麼不對勁，即使近距離也不會。沒錯，人們看得出她化妝，但大多數正常女性都化妝，這方面不太會引人注目。

現在可以讓她的計畫加速進行了，不需要等到夜幕低垂。她笑起來，但隨即讓表情平和一點，減輕假皮膚的張力。新的自由令人太陶醉了。

亞利思快步溜下樓，把電腦夾在腋下。她已經擬定很可行的計畫，風險低、曝光少，因此對聆聽卡爾斯頓的電話內容已經不抱希望，只期待他會搞砸，說出某種有意義的話。雖然可能性不高，但還是得聽完。現在她可以著手進行特定的準備工作了。

「哼，」凱文咕噥一聲。亞利思發現他的目光掠過她，望向跟在後面的瓦莉。「喂，瓦莉，你得犧牲多少個處女，才能把她變成這副模樣？」

「我不需要撒旦幫什麼忙就能辦到，而且處女一點用都沒有。」瓦莉回答。

丹尼爾從他坐著看電視新聞的沙發站起來；他對於別人分派的任務還真是認真。他繞過樓梯，跑來看凱文和瓦莉討論什麼事。

亞利思在樓梯底部遲疑了一會兒，覺得有種奇怪的脆弱感。她平常一點都不在乎自己看起來漂不漂亮。

丹尼爾稍微再三細看，接著恍然大悟，臉上綻放笑容。

「我已經很習慣你臉上的瘀青，差點忘了沒有瘀青看起來是什麼樣子。」他說，然後露出大大的笑容。「很高興再見到你。」

亞利思明知自己在地鐵上看起來根本不是這樣，不過不打算想爭辯。

「我要去放置追蹤器，應該花不了多久時間。」亞利思對他們說。

「要我跟你一起去嗎？」丹尼爾問。

「你白天最好不要出去露面。」她對他說。他看起來很不高興，不過表情顯示聽從指令。如果是他出去監視情況，她能想像自己會有什麼感覺，因此很了解他的不情願。

「不會有什麼事。」她保證。

「開轎車去。」凱文說，作勢指著流理臺上的一串鑰匙。

「照辦！」亞利思說，模仿他的軍人語氣。他似乎沒注意到。

卡爾斯頓的管家現在可能在家裡，除非她有差事要出去忙。她只有早上在卡爾斯頓那裡工作。她當然可能有其他客戶，不過亞利思心想，卡爾斯頓會給付豐厚的報酬，好不必與別人共用管家；他會希望需要管家的時候她都有空。亞利思開著黑色轎車穿越城鎮，其實距離丹尼爾空無一人的公寓並不遠。她很慶幸丹尼爾安全藏身在瓦莉那裡。那些人肯定對他的公寓進行某種監視行動，希望他笨到回去拿牙刷或最愛的

T恤。

管家住的社區只有路邊停車位。她找到那輛十年車齡的白色多功能休旅車，距離女管家住的公寓約莫一個街口。交通相當繁忙，車子和行人絡繹不絕。她在街角的小超市附近找到一個停車位，然後走路過去。

初夏的熱力讓亞利思立刻就流汗。她不像凱文有各式各樣的服裝可選，於是今天又穿著那件運動上衣，感覺比平常厚了兩倍。喔，嗯，她需要這衣服的口袋。希望臉上的化妝品不會因為流汗而花掉。周圍行人夠多，她並不起眼，只是人群中的一個人。走到下一個街口時，行人漸漸減少，但她依然不是很突出。

她從口袋拿出手機，按下重撥鍵。

凱文聽到第一個鈴聲就接聽。「夾竹桃，有什麼問題？」

「只是打聲招呼。」她對他說。

「啊。混淆視聽嗎？」

「當然。」

「去跟丹尼講，我沒時間跟你混。」

「反正我也寧可那樣。」她說，不過凱文已經閃了。

她聽見嘟一聲，似乎手機按到什麼鍵，然後丹尼爾說：「哎喲。」

亞利思深吸一口氣，讓自己冷靜下來。凱文老是讓她很想捶東西。

「亞利思，你都還好嗎？」

「非常好。」

凱文在丹尼爾身旁不知大喊什麼。

「凱文說，你打電話是想要看起來自然一點。」丹尼爾說。

「算是吧。」她表示同意。

她現在與休旅車之間只有兩輛車的距離了。她前方有個男子，不過行走方向相同，因此是背對她。她沒聽到有人從背後靠近，不過可能有人把她看在眼裡。她沒有轉頭看。

「那麼，我想，我們應該要聊些正常人會講的話題。」丹尼爾說。

「對。」

「嗯，你晚餐想吃什麼？又想在家裡吃嗎？」

亞利思笑起來。「在家吃聽起來很棒，你想煮的我都吃。」

「你也太便宜我了吧。」

「世界上困難的事情太多了，不需要加我一個。」幾綹假髮垂進眼睛裡，她伸手撥開，手指撞到手機，只見它飛過人行道，在路邊搖搖晃晃。「不要掛掉，我的手機掉了。」她對著手機叫道。

她蹲下去，把手機撈起來，同時扶著休旅車的輪子邊緣穩住身子。她跳起來站好，拍拍褲子膝蓋的灰塵。

「抱歉手機掉了。」她說。

「你剛才把追蹤裝置裝好了？」

她又開始走路，走向街區末端，她可以從那裡回頭走向自己的轎車。「對。」

「非常順利。」

「我說過了，這沒什麼。我很快就回去。」

「小心開車。我愛你。」

凱文又在一旁叫囂，然後手機旁邊傳來「嘟」一聲。

「你是開玩笑的吧？」丹尼爾回頭吼道。「一把刀？」

亞利思切斷通話，稍微重拾原本的步伐。她不能讓那兩人獨處超過二十分鐘。

她回到公寓時，狀況已經恢復正常；或者該說恢復成她的新生活狀況。丹尼爾依舊專注看著新聞，瓦莉剛帶愛因斯坦散步回來，用那個漂亮的水晶碗裝水給牠喝。凱文看著他的監視器傳回的影像，同時將一把大砍刀磨利。甜蜜的家庭。

「有沒有看到什麼？」她問丹尼爾。

「都沒提到我。副總統顯然終於在選舉前下臺一鞠躬了，我猜最近那些醜聞謠言不完全是空穴來風。所以，每個人當然都開始猜了，豪蘭總統不知會選誰當他的競選夥伴。」

「好極了。」亞利思喃喃說著，語氣卻顯示完全相反。她把袋子丟在一張白色高腳凳上，然後坐上旁邊的凳子，打開電腦。卡爾斯頓家似乎一片平靜，於是她開始往回轉，看看她不在時是否遺漏了什麼線索。到目前為止除了管家以外，她沒發現任何經常造訪的客人，而保全公司每天下午會開車來巡邏一次。

丹尼爾換頻道去看另一個新聞聯播網，同樣的新聞又以另一種方法報導一次。「你不在乎總統的競選搭檔是誰嗎？」他問。「豪蘭的人氣相當高，他不管選誰，那人都有可能成為副總統，也可能是下一任的總統耶。」

「一群表演腹語術的傀儡。」凱文嘀咕著，並放下手上的大砍刀，開始磨另一把長長的剔骨刀。

亞利思點頭表示同意，同時放慢影片速度，看著兩名青少年慢慢走過卡爾斯頓家門前，沿著街區向前走。

「你是什麼意思？」丹尼爾問。

「我不擔心傀儡，我擔心的是背後操縱繩子的傢伙。」凱文說。

「你以前替這個民主國家工作耶，那樣想實在很憤世嫉俗。」

凱文聳聳肩。「是啊。」

「亞利思，你支持共和黨還是民主黨？」丹尼爾問道。

「我是悲觀主義者。」

她伸手拿另一部連接竊聽器的電腦，插上她的耳機。

「現在最有希望的副總統人選是華盛頓州的極右派參議員，以前曾經在國防部情報局工作耶，都沒人關心嗎？」

亞利思錯過的第一通電話又是女兒打來的，從卡爾斯頓那種充滿父愛的溫暖語氣聽得出來。她開始向前快轉。

「有道理喔。」瓦莉說著，從頭髮取下一條橡皮筋。她穿著香汗淋漓的健身服，好像隨時都可以登上男性雜誌《MAXIM》的性感封面。「豪蘭太軟弱了，找個具有保守派優勢的人嘛，那等於拉一些選票。還有，新傢伙要有點像親切的老爺爺，有點像性感的老男人，而且名字是容易記住的兩個字。豪蘭最好這樣挑選。」她甩動一頭金髮，於是秀髮又以完美的波浪狀懸垂背後。

「真悲哀，不過你說的可能是對的。只不過是一場選美比賽。」

「親愛的，每一件事都是這樣嘍。」瓦莉對他說。

亞利思停下來聽錄音，但卡爾斯頓依然繼續聆聽，嘴裡喃喃說著「嗯，唔」之類的。她再度快轉。

「我想，我應該要慢慢習慣，畢竟我又不能投票給任何人。」丹尼爾皺起眉頭。「副總統佩斯。你覺得他出生的時候就取這個名字嗎？還是改成選民比較容易記得的名字？韋德．佩斯。你會幫小孩子取這種名字嗎？」

「我才不會幫小孩子取名字，因為我絕對不會笨到帶個小孩回家。」瓦莉說。

亞利思的手指不自覺按下停止播放鍵。

「剛才那是什麼？」她問。

「只是解釋我不是當媽的料。」瓦莉說。

「不，丹尼爾，剛才那是什麼名字？」

「參議員佩斯？韋德．佩斯？」

「那個名字……聽起來好熟悉。」

「我想，每個人都知道他的名字吧。他早就把自己定位成這種推銷模式，一點都不低調。」丹尼爾說。

「我沒有追蹤政治人物的動態。」亞利思說。她開始盯著電視，但畫面上只有某位新聞主播。「你對這傢伙了解多少？」

「只有新聞上播的那些吧，服役紀錄非常優秀，一般所有的那些陳腔濫調。」丹尼爾回答。

「他是軍人？」

「對，某種將軍之類的，我想。」

「陸軍的將軍？」

「也許吧。」

凱文現在也注意到了。「韋德．佩斯。佩斯的字首是P。就是我們那傢伙？」

亞利思盯著半空中，坐在她的凳子上，無意識地前後微微搖晃。「他來自華盛頓州……他的工作是國防方面的情報……」她抬頭看著凱文。「假設國防部情報局正在開發理論性的生物武器方案。這傢伙已經有一些政治方面的抱負，那麼他當然要確保經費花在他的家鄉。他們表面上擬定很多無害的研究目標，所有的局外人只看到促進經濟發展。這可能有助於他取得參議員的席次吧。很好。可是呢，過了幾年後，製造出來的病毒被偷走了，顯然不能讓任何人知道他曾經握有這種東西，不能讓人知道病毒的存在。我們以前追蹤那些壞人的下落，而他們透露太多情報。韋德．佩斯擁有遠大的夢想，如果有人知道他的名字與那種病毒有關……」

「都必須先發制人，讓那人噤聲。」凱文幫她說完。「而且，誰知道某個無所不知的中情局探員有可能看到什麼？當然最好也讓他閉嘴。」

「不能冒任何風險，如果你正邁向那樣的高位就不能冒險。」亞利思輕聲說。

眾人靜默了三十秒。

「哇。」瓦莉說，她聲音好大，害亞利思嚇得跳起來。「你們這些傢伙打算暗殺副總統？」她的聲音聽起來徹底嚇壞了。

「他還不是副總統。正式來說，他什麼也不是。那就表示不干美國特勤局的事。」凱文說。

丹尼爾的嘴巴張得好大。

風險又更高了，然而也不是非常高。畢竟，無論韋德・佩斯還代表其他何種意義，他也只不過是一條人命。

凱文定睛看著亞利思。「所以，他派人追殺我、我哥哥、你、你的朋友……這樣一來他才能謀求總統大位。噢，我會非常喜歡這個人。」

她正準備開口，但隨即立刻閉嘴。對她來說，如果盡可能讓凱文去做絕大多數的骯髒事，肯定比較簡單又安全。

然而，這個計畫若要成功，最重要的莫過於保護她的匿名狀態，當然也包括丹尼爾，而這也就包含凱文那張相同的臉孔。凱文可能比她更擅長殺人，但她的做法所引發的波瀾是最小的，這點她非常確定。如果你希望把事情做好……

「我一點都不想剝奪你的樂趣，但我想，你可能會想讓我搞定這個人。」她微微抖了一下。她可能犯了大錯。難道她也對腎上腺素上了癮，如同她對丹尼爾的指控？應該不是。一想到要在表單上再添一筆任務，她只感到由衷的恐懼。「我們的目標是祕密進行，對吧？假如我們的副總統人選死於心臟病或中風，就不會引起太大的注意……如果他家遭人入侵而且中彈身亡，那一定會引發鋪天蓋地的報導。」

「我可以祕密行動。」凱文很堅定地說。他滿臉怒容，眉頭全皺成一團。

「自然死因的祕密行動？」

「算是吧。」

「『算是吧』會讓我們的其他目標人物進入高度警戒狀態。」

「他們已經進入高度警戒了。」

「那麼，你覺得要如何進行？」

「我到了那裡再隨機應變。」

「好健全的計畫。」

「你知道全國每一天有多少人死於居家意外嗎？」

「不知道，不過有一件事我很確定，白人男子在六十多歲死於健康相關問題的人數比其他原因多。」

「好吧，很好，對佩斯來說，心臟病會是最祕密的死法，同意。矮子，你要怎麼進去？敲敲門，問他可不可以借你一杯糖嗎？要記得穿上你的花邊圍裙喔……真的有用。」

「我可以採用原本的卡爾斯頓計畫，只需要多花幾天研究佩斯的……」

凱文突然伸手猛拍流理臺，響聲驚人。「我們沒有那種時間！我們已經拖延太久，已經給了狄佛斯和卡爾斯頓太多準備時間，你也知道他們絕對不會浪費。」

「趕時間只會留下破綻，讓他們有機可乘。恰當的準備……」

「你真的煩死了！」

她一直都沒發現自己和凱文竟然靠得那麼近，大概只相隔十公分，幾乎可以往彼此的臉上吐口水……

直到丹尼爾突然伸手擋在他們中間。

「我可不可以插嘴一下，提出一個很明顯的建議？」他問？

凱文把他的手揮開。「丹尼，別插手。」

亞利思深吸一口氣，讓自己冷靜。「什麼明顯的建議？」她問丹尼爾。

「亞利思，你有最好的計畫可以去……呃，刺殺參議員。」他匆匆搖頭。「我不敢相信這是真的。」

「是真的，」凱文的聲音很嚴厲。「而且，一個沒有著力點的計畫，我不會說它是最好的計畫。」

「讓我說完。亞利思有最好的……方法。凱文，你有最大的機會不被別人發現。」

「是啊，我真的是。」凱文一臉好鬥的樣子。

「喔。」亞利思說著，突然莫名覺得很不高興，可能只是因為自尊受損，而且想到要與這麼討厭的人並肩合作就生氣。「你又說對了。」她對丹尼爾承認。

他笑起來。

「怎樣？」凱文質問道。「而且不准再那樣含情脈脈，我都快吐了。」

「很，明，顯，」亞利思拖長聲音慢吞吞地說，「我們必須合作進行這件事。你拿著我預先調配好的溶液闖進去。其實……」她的腦袋開始尋思各種選項。「我想，不只一種溶液。我們必須隨時保持聯繫，這樣我才能指導你找到最好的用法……」

凱文輕蔑地看她一眼。「由你來發號施令，而我只能乖乖聽命行事？」

亞利思的目光逼視著他。「如果有更好的計畫就說出來。」

凱文翻了個白眼，但隨即正色以對。「很好，有道理。隨便啦。」

亞利思的心情好多了。她可以好好執行自己這部分，不需冒任何風險。而且雖然不想承認，但她知道凱文會將他那部分執行得很好。

凱文哼了一聲，活像是能夠聽見她心裡想的話，然後他說：「我可以要求一件事嗎？」

「你想要什麼？」

「你在燒杯裡調配那些毒藥時，可以弄得毒一點嗎？非常毒？」

儘管憂心忡忡，亞利思還是露出微笑。「那個我可以安排一下。」

他抿著嘴唇一會兒。「夾竹桃，這很奇怪。我……嗯，我現在幾乎要喜歡你了。」

「那種感覺會過去的。」

「你說得對……已經開始消退了。」他嘆口氣。「你的化學設備需要多久時間？」

亞利思很快計算一下。「給我三小時。」

「那我來研究現在的新目標。」

凱文抓起他的大砍刀和其他刀子，一邊吹口哨一邊走向樓上。

亞利思站起來伸展身子。即使有新的壓力和隨之而來的恐懼感，能夠得到答案還是覺得很好。畢竟遺失的名字令人坐立難安，感覺就像頭蓋骨的裡面奇癢無比。而現在，她可以專心進行下一步了。

「好了，我在主臥室的浴室裡。」

凱文的聲音放得很輕，對他來說確實如此，但亞利思依然覺得太大聲，感覺很不安心。假如提出這項疑慮，他只會提醒她，他才是真正的專家，接著依然故我。他實在太過自信了。

亞利思很想知道他是否帶愛因斯坦一起進屋。可能有吧，她心想，不過那隻狗當然不會發出半點聲音。

「要確定你拿的是他專用的物品。我不想殺了他的妻子。」儘管凱文顯得很自在，亞利思依然只敢低聲說話。

「你說什麼？」

「要確定找到他自己的物品啦，」她嘀咕得稍微大聲一點點。「絕對不要男女通用的東西，像牙膏。」

「我很確定右手邊的醫藥櫃專屬於我們的傢伙。替換的安全刮鬍刀片、鎮痛解熱的益斯得寧錠、防曬係數四十五的防曬乳、銀寶善存，還有一些化妝品，不過全是膚色色調……」

「要確定。」

「我會。左手邊的櫃子有一大堆口紅和香水。」

「有些東西他們可能會共用……檢查醫藥櫃下面的抽屜。」

亞利思想起卡洛琳．喬瑟芬．梅立特—佩斯，在韋德．佩斯的官方照片裡站在他旁邊的漂亮金髮女子。她只比參議員小十歲，但看起來足足比他年輕了二十五歲。無論動過何種手術，她都很謹慎，盡量做得很不顯眼。她始終維持溫暖愉快的微笑，笑得眼角有皺紋，讓一切都顯得真誠不造作。她從貴氣的南方家族繼承大筆財富，經常贊助各種名目的慈善活動，包括推廣讀寫能力、貧窮孩子的伙食費、保留貧民區學校的音樂課、為無家可歸的人興建庇護所等等。沒有一件事是有爭議的。她是家庭主婦，兩個女兒都畢業於美國南方的木蘭花聯盟名校，目前也都與備受敬重的男性結婚，一位是小兒科醫師，另一位是大學教授。亞利思匆匆研究這位參議員的妻子，她讀到梅立特—佩斯太太的每一件事似乎都顯示她是討人喜歡的女子，實在沒道理要她承受自己丈夫即將面臨的痛苦死亡。但願他即將面臨，亞利思在心裡更正。還是很有可能幸運逃過一劫。

「我找到三盒香皂、一包備用牙刷、櫻桃和草莓口味的護唇膏……男士髮油、化妝棉、棉花棒……下面的另一個抽屜……喔，這是我們要的了，痔瘡乳膏，這很適合。栓劑也可以。夾竹桃，你覺得如何？」

「那可能有用。我比較想選擇用在局部的東西，不要經由口服的，這樣就可以和卡爾斯頓的狀況區分開來。但是他有可能不常用乳膏或栓劑。」

「說得對。不過如果能把毒藥塞進去，那實在太棒了……噢，嘿，我們這傢伙是老菸槍嗎？」

「呃……等一下。」

亞利思在打開的瀏覽器視窗打上「韋德・佩斯抽菸嗎？」，立刻湧出大量的文章和圖片。她點選幾張照片，都是從後方或遠距離拍攝，照片品質很差。那時的韋德・佩斯比現在年輕，頭髮還有點黑，通常穿著軍裝……全都沒有位居照片中央，但他很容易辨認，手上拿著香菸。然後，比較近期的照片他就位居中央了，這時候他已經變成瓦莉口中的「性感老男人」，而他從未拿著香菸。不過好幾位攝影師特別對準白襯衫袖子底下隱約可見的尼古丁貼片。另一張是度假時所拍，他身穿鮮豔的夏威夷衫，袖子底下露出褐色貼片的底部一角。度假的照片是四月所拍，距今沒有很久。

「看來他常抽菸，我敢說你會找到尼古丁貼片。」亞利思說。

「長效戒菸貼片，這一盒用了一半，後面有三包還沒打開，我會看看垃圾桶。」

亞利思焦急等待這段短暫的靜默。

「肯定，他水槽底下的垃圾桶有用過的貼片。我敢說這個桶子經常清空，所以他依舊頻繁使用。」

「這太完美了，用標示三號的針筒。」亞利思咬著牙說。

「收到。」

她可以聽見拉開夾鏈袋的微弱聲音。

「別讓液體碰觸到你的皮膚。從接縫的地方注入，別留下明顯的孔洞。」

「我不是白癡。多少？」

「把針筒壓到一半。」

「還滿小的耶，你確定……好吧，當我沒說。多久會乾？」

「幾個小時。把它放在……」

「最上面一塊的下方，對吧？」凱文插嘴說。「往下數第二片。」

「對，那樣很好。」

亞利思聽見凱文輕笑幾聲。

「任務完成。韋德．佩斯是非常該死的活人。繼續往目標二號前進。」

「你就定位的時候會確認嗎？」

「否定。應該不超過午夜十二點。我們回公寓見。」

「好。」

「夾竹桃，好好對付你那傢伙。」

她回答時，音調稍微提高了一點。「好。你回來之前，我會把那件事，呃，辦好。」

他挑動她的緊張神經，語氣也變得粗魯而有威嚴。「你最好是。假如我引發風波，你的計畫可能不會實現。」

「對。」

她還來不及反應，他就掛斷電話。又來了。

亞利思深吸一口氣，把手機和電腦放在她旁邊的床上。

丹尼爾盤腿坐在她腳邊的地上，一隻手輕輕摟著她的小腿。整段通話期間，他的目光一直沒有離開她的臉。

「你全都聽到了？」她問道。

丹尼爾點頭。「真不敢相信他沒有吵醒任何人。拜託告訴我，我的聲音沒有那麼刺耳。」

她笑起來。「沒有。」

他傾身向前，下巴靠在她的膝蓋上。她感覺摟著她小腿的手握得更緊了。

「而接下來換你了。」他幾乎像是說悄悄話，但是微小的音量無法掩飾他的激動。

「還沒。」她不自覺地瞥了數位時鐘一眼，放在她的臨時實驗室那邊。螢幕顯示四點十五分。「還有幾個小時才要粉墨登場。」

她透過皮膚感覺到他縮緊下巴。

「我沒有要做危險的事，我沒有要闖入任何人的堡壘。其實和放置追蹤器差不了多少。」她提醒他。

「我知道。我一直對自己這樣說。」

亞利思站起來，伸展身子，而丹尼爾略往後仰，給她一點空間。她朝房間角落點點頭，她的實驗設備在那裡橫跨好幾張茶几，堆得有點亂。做完佩斯的配方後，她趁機好好準備了一些「續命丹」。

「我想，我應該要把這些清理乾淨，免得惹瓦莉生氣。」

丹尼爾站起來。「我可以幫忙嗎？」

「當然。只不過碰觸所有東西都要戴手套。」

沒有花太多時間；她設置實驗設備和拆卸都已經練習過太多次，有時候時間甚至超緊急。丹尼爾很快就掌握進行順序，於是她都還沒把裝備拆卸完畢，他就已經把適當的盒子都準備好了。她小心把最後一個圓底燒瓶包裝好，同時再次瞥了時鐘一眼。還有好幾個小時，然後瓦莉要幫她重新化妝。

「你看起來累壞了。」丹尼爾表示。

「我們很早就開始忙。瓦莉還要幫我改造，我才能見人。」

「小睡一下沒有害處。」

亞利思相當確定自己不能睡著。她假裝很鎮定的樣子，丹尼爾才不會擔心，不過事實上，她可以感覺到恐慌的種子開始在腹部慢慢生根。關於自己準備要做的事，她並沒有欺騙他，但是一想到下個階段，她一點都輕鬆不起來。那是貨真價實的行動。事實上，她已經徹底回到平常的習慣，非常自在地執行準備工作。而現在，要換她去執行計畫了，她的神經系統超速運轉。然而，稍微休息一下可能是明智之舉。

「好主意。」

亞利思看著卡爾斯頓的管家走進巨型超市的自動門，她慢慢深呼吸幾次，努力振作精神。她以車內遮陽板的鏡子檢視自己的臉，再次確認瓦莉所製造的假象。亞利思今天是棕黃色頭髮，相當可信。臉上的妝容看似淡雅，其實整張臉塗滿化妝品。亞利思很高興看到自己的鼻子安頓成新的形狀，可能會變成永久的樣子。每一點小改變都有幫助。

其他一些顧客停好車進入超市，亞利思知道自己該移動了。再一次深呼吸。沒有那麼困難，只是一次正常的購物行程。

進入超市，裡面非常繁忙。顧客形形色色，亞利思確信自己並不突出。她突然想起丹尼爾在柴德里斯鎮那次悲慘的大採買，接著很驚訝發現自己竟然笑了。她責怪自己的反應太神經質。

儘管人潮眾多，要找到她的目標女子並不困難。管家穿著亮黃色的棉質罩片裙，色彩很突出。亞利思沒有跟著她穿越超市，而是採取相反模式，每隔一條走道與她路線交叉。這讓管家的視線比較常有機會看到她，但這樣似乎比較自然，不會顯得鬼鬼祟祟。女子近看似乎有五十歲，身形姣好，相當有魅力；她沒有多看亞利思一眼。在此同時，亞利思隨便拿了一些看似普通的物品放進手推車，包括牛奶、麵包、牙膏等，然後加入幾件重要的東西。

卡爾斯頓喜歡這些小瓶的有機柳橙汁。食用期限一定很短，因為管家每次購物都會買幾瓶，但從來不買多。亞利思抓了三瓶，與管家推車裡的數目一模一樣，然後放進自己推車前端的兒童座椅處。

她推著推車走過一條無人走道，今天早上沒有人來這裡找生日卡片或辦公室文具；接著，她把口袋裡的小針筒蓋子推掉。它的針頭非常細，刺穿柳橙汁的瓶蓋下方幾乎沒有留下痕跡。她一直面對卡片櫃，彷彿正在尋找最完美、最有感情的句子。完成之後，她抓了一張鮮豔的粉紅色祝賀卡，放進推車裡。等凱文完成他的任務後，也許就把這卡片送給他。卡片這麼閃亮，收到的人會開心好幾天吧。

她和巴納比乾脆把這種藥物稱為「心臟病」，因為效果就是如此。有時審問結束後，「部門」需要用某種看似自然的方法把對象處理掉。經過三小時之後，「心臟病」會分解成代謝產物，幾乎不可能追查到。像卡爾斯頓這種年紀的男人，考慮到他的身體條件，以及從事壓力很大的工作……嗯，亞利思高度懷疑有人會仔細檢查他的死因，至少剛開始的時候不會。假如他是二十五歲的人，而且跑馬拉松，看起來確實就比較可疑。

亞利思走到隔壁的烘焙部門，因為這裡靠近收銀臺，等待結帳的顧客一覽無遺。她花了十分鐘，假裝猶豫著到底是要買棍子麵包或是巧巴達，然後管家從十九號走道現身，開始排隊結帳。亞利思把棍子麵包丟進自己的推車，排到隔壁收銀臺的行列。

這部分有點棘手，她與管家離開超市的時間不能相差太多。亞利思那輛不起眼的黑色轎車剛好停在休旅車旁邊，女子要把物品搬上車時，亞利思打算抱著滿滿一袋東西經過，不小心撞到休旅車的保險桿。要把她的果汁丟到車子後面行李廂應該不難，希望有機會換掉管家放在後座的果汁，但如果不行，她認為管家會把所有果汁全部放進冰箱，即使數量不正確也不會察覺。

亞利思盯著隔壁的收銀臺輸送帶，再次確定那上面有果汁。她瞥見要找的東西，隨即把視線轉開。

她自己購買的物品滑過掃瞄器時，不禁皺起眉頭。有點不對勁，有什麼事情與她的想像不一樣。她回頭瞥了另一條輸送帶一眼，想要確定究竟是怎麼回事。

集貨員正把一盒「幸運符」玉米片裝進袋裡，管家從來沒買過那種麥片給卡爾斯頓吃，至少亞利思從未看過。卡爾斯頓是習慣的奴隸，每天早上都吃同一種高纖麥片；「幸運符」內含很甜的棉花糖和塑膠玩具，那不符合他的「工作規範」。

她很快低著頭再瞥一眼。平常的咖啡豆、低脂奶精、一品脫的脫脂牛奶，但另外還有半加侖的全脂牛奶和一盒蛋香脆餅。

「小姐，紙袋還是塑膠袋？小姐？」

亞利思很快回過神來，把錢包打開，抓出三張二十元鈔票。「請用紙袋。」她說。管家向來都用紙袋。

她等著找零時，思緒轉了一次又一次。

也許管家幫卡爾斯頓購物時順便幫自己買一些，但她如果幫自己買牛奶，就得搬進屋內，等到做完一天工作前都放在卡爾斯頓的冰箱內，這樣才不會熱到餿掉。而管家以前從來不曾這樣做。

難道卡爾斯頓家裡有客人？

亞利思尾隨管家走過自動門時，心臟怦怦跳得很不舒服，兩個袋子都用左手抱住。

她需要卡爾斯頓獨自在家，好好享受柳橙汁。但萬一有朋友拿錯呢？萬一那朋友剛好就是二十五歲，而且是馬拉松健將？那麼她的企圖就會變得很明顯。卡爾斯頓會改變原本的習慣、增強保全措施，也會知道是亞利思搞的鬼，絕不會有半點懷疑。他會知道她活著，而且人在附近。

追獵行動會再度展開，比以往更加逼近。

她該賭賭看嗎？果汁是卡爾斯頓要喝的，他可能不會拿給別人喝。但萬一會呢？

她的腦袋評估各種可能性，突然有一小段無意義的資訊從她的腦海深處冒出來（如果有意義，她一定會納入考慮），顯示出全新的可能性。

動物園。他女兒一次又一次提到動物園。那所有的電話，每一天都打，有些還講了好幾個小時。說不定艾琳．卡爾斯頓－波伊德其實沒有一天到晚與她父親頻繁聯絡？說不定亞利思急著想聽到重要的電話內容、不時向前快轉，結果錯失重要資訊，像是女兒和外孫女即將造訪？華府的動物園很有名，完全就是住在外地的外孫女造訪時，你會帶她去玩的地方。而且「幸運符」也正是溺愛的外祖父會買給她當早餐吃的玉米片。

亞利思嘆口氣，很小聲但很深刻。

她不能冒著毒死小孩的風險。

現在怎麼辦？咖啡豆？可是艾琳也會喝咖啡。也許換用另一種毒素，例如看起來像沙門氏菌的效果？

她不能等到卡爾斯頓的家人離開後再進行，到時候狄佛斯和佩斯都死了（即使還沒死也差不多了），於是卡爾斯頓會高度提防。如果不想引發驚慌反應，這是她唯一一次機會。總共有六瓶果汁，只有一瓶含毒……比較可能是卡爾斯頓喝掉……小孩不太可能受害……

唉，她在內心哀號，腳步也慢下來。她明知自己做不到。她也不能回到卡爾斯頓最喜歡的人行道餐廳，對他的帕瑪森乳酪烤雞肉額外加料；自從她在那裡與卡爾斯頓接觸後，他肯定放棄那個習慣了。她現在必須思考某種明確又危險的方法，例如借用丹尼爾的步槍，從卡爾斯頓的廚房窗戶射殺他。她遭到逮捕（或被殺）的機會應該很高，比她原本計畫的方法高太多了。

凱文一定很氣她。她的名單只列了一個人，卻已經搞砸了。她怨不了誰，連她都很氣自己。

凱文簡直像是讀透她的心思似的，竟在這時打手機。她感覺到口袋震動起來，隨即拿出手機，檢視號碼。她按下接聽鍵，放到耳朵旁，但什麼話都沒說。她還太靠近管家，不想讓那女子聽見她的聲音而轉身，再一次近距離看到她這個尾隨其後的金髮女子。或許管家也可能繼續向前走。亞利思可禁不起別人注意。

亞利思等待凱文先開口對她說話，雖然很不理性，但她確信凱文莫名感應到她即將失敗；「夾竹桃，該放手了。」他好像會用平常的說話音量這樣喊叫。

凱文沒有說話。她拿開手機，再次看著螢幕。掛斷了嗎？難道他不小心按到？

手機還在連線，螢幕底角的通話時間持續增加。

亞利思差點要說出：「凱文？」

但是四年來的偏執與猜疑阻止她的唇舌。

她把手機壓緊耳朵，仔細聆聽。沒有車子或移動的背景聲，沒有風聲，沒有動物聲音，沒有人聲。

她的手臂背部冒出一堆雞皮疙瘩，頸背汗毛直豎。她已經走路經過自己的車，現在得繼續往前走才行。她壓低著頭，但目光依舊向四周掃射；她注意到停車場後側角落的大型垃圾箱，於是加快腳步。她太靠近敵人力量的中心，假如他們正在追蹤這次通話，那麼要不了多久就會抵達這裡。她好想用跑的，想得不得了，但依舊維持堅定的快速步伐。

手機的另一端依舊沒有傳來半點聲音。她心頭那個冰冷又沉重的空洞變得越來越大了。

凱文不會突然開始對她說話，她很清楚這點。不過她依然多遲疑了一下下。她明知自己該怎麼做，等到她下定決心，一切就結束了。她與凱文之間唯一的聯繫切斷了。

她切斷通話。螢幕底部顯示的通話時間只持續了十七秒。感覺好像經歷了更長的時間。

她繞過垃圾箱旁邊，從停車場看不到這裡。她也看不到任何人，希望這表示沒有人看得到她。

她把雜貨放在地上。

她錢包的內襯夾層有一副小型開鎖器。她從來沒用過這東西的真正用途，以往裝設小型回流裝置的接環和接管時偶爾用得上。她拉出最細的探針，壓入小孔，讓手機的ＳＩＭ卡槽跳出來。ＳＩＭ卡和卡槽都落入她的袋子裡。

她用T恤的下襬將手機仔細擦乾淨，然後隔著布料拿手機。上衣長度有限，很難這樣拿著手機放進垃圾箱側邊的開口，它實在太高了。她必須將手機高拋進去，幸好一次就成功。

亞利思抓起紙袋，轉過身，快步走向她的車。休旅車剛開出停車場。她無法判斷管家是否注意她走到旁邊去。她邁開最大的步伐趕回車上。

現在沒有手機了，不過她彷彿還能看見螢幕角落的時間繼續滴答流逝。現在有兩種可能性，其中一種給她的「死期」絕對非常短暫。

第二十七章

「亞利思，他只是不小心按到手機吧。」丹尼爾爭辯說。

瓦莉也同意。「丹尼說得對，你反應過度，沒事啦。」

亞利思搖搖頭，咬著牙，感覺到下巴的拉扯力道。「我們必須轉移陣地。」她斷然說道。

「因為我們說話這時，那些壞傢伙可能正在拷問凱文喔。」瓦莉幫腔。她用的是很有耐心、很遷就的語氣，活像是對小小孩和老人家說話。

亞利思的回答既冷酷又嚴厲。「瓦莉，我絕對可以向你保證，如果他們來找你，那就不是笑話了。」

「嘿，亞利思，你自己的計畫剛剛失敗了。」瓦莉提醒她。「你已經很沮喪了，這時候凱文打給你，沒有說半句話，就只是這樣而已。你猜那不是意外按到，我是覺得有點想太多了。」

「那是他們做的。」亞利思以低沉平穩的聲音說。早在巴納比還沒給她閱讀機密資料之前，她就看過這類做法。「受審者有一支手機，上面有個號碼。你打那個號碼，看看能從中得到什麼情報，同時也追蹤你打出去的號碼，於是可以找到通話的人。」

「嗯，結果找不到人，對吧？」丹尼爾在一旁敲邊鼓。「你把手機扔了，那只能讓他們循線找到停車場，不會連結到我們。」

「手機是死路一條，」她也同意。「不過萬一他們抓到凱文……」

丹尼爾的臉上泛起懷疑的神情。瓦莉依然擺出高高在上的姿態。

「你認為他們有可能殺了他？」丹尼爾輕聲問道，幾乎像是講悄悄話。

「那是最有可能發生的情況，」她直言不諱地說。她不曉得該怎麼講得好聽一點，或者溫和一點。

「如果他死了，他們就再也傷不了他，那麼我們也安全。假如他還活著……」她深吸一口氣，集中精神。

「就像我說的，我們得轉移陣地。」

瓦莉一臉懷疑。「你真的認為他會出賣丹尼？」

「瓦莉，你聽好，我絕對不會質疑你對那些對我來說很遙不可及的女性事物的理解，那是你的世界。這個則是我的世界，我如果說每個人都會招供，那絕非誇大之詞。那和凱文有多強壯無關，也和他有多愛哥哥無關。可能要花一段時間，不過他終究會說出我們在哪裡。老實說，為了他好，我希望不要花太長的時間。」

只不過，她知道會花很長的時間。即使與凱文的相處一直很不順，她也早就學會信任他，而且很了解他。他會盡可能幫她爭取所需的時間，帶著丹尼爾和瓦莉前往某個安全的地方。一方面是因為他深愛自己的哥哥，另一方面則是他的自尊心。他絕不可能讓狄佛斯輕易得到想要的東西。凱文會用自己吐出的每字每句讓他們疲於奔命。

她很慶幸不是由她來突破凱文的心防。她很確定凱文會是她有史以來最棘手的個案。假如真的有人真能帶著自己的祕密進入墳墓，那人一定是凱文．比奇。說不定他能打破她的完美紀錄。

有那麼一會兒，她彷彿真能清晰看見……凱文被綁在舊日「部門」實驗室最先進的審問臺上，而她自己站在他身旁。她會怎麼對付這樣的個案?假如事情的發展只有些微的不同……假如她的巴基斯坦受審者從未喃喃說出韋德．佩斯的名字……那麼，她想像的這番情景，很有可能變成她的真實經歷。

她甩掉那樣的想像畫面，抬頭看著丹尼爾和瓦莉。亞利思看得出來，她的緊張心情、她的強烈情緒和悲觀的確定感，至少終於感染到丹尼爾了。

「假如他們真的抓到凱文……你覺得愛因斯坦會怎樣?」瓦莉問道，她依舊抱持懷疑態度，不過一雙寶石般的眼睛一反往常的燦亮，似乎有點受到影響。

亞利思不禁皺眉。有這麼多事要操心，她為何獨獨擔心一隻動物?實在太蠢了吧。

「現在我們沒有時間把每一件事都弄清楚，瓦莉，你有沒有地方可以去?某個凱文不知道的地方?」她說。

「我有一百萬個地方。」瓦莉的神情變得僵硬。她的完美面容突然間變得好像美麗的洋娃娃，冷酷且空洞。「你們呢?」

「我們的選擇有比較多的限制，不過我總會想出辦法。把你想保留的東西打包好……回來這裡絕對不安全。我可以留著假髮嗎?」

瓦莉點點頭。

「多謝。除了我們用過的那輛車，你還有其他車子嗎?」凱文和愛因斯坦午夜剛過就出門，他開的是麥金萊家的運動休旅車。

「我這裡有一輛雙門轎跑車，那輛不是我的，凱文來這裡的時候開著那輛車。」

瓦莉慢慢轉過身，動作優雅，然後從容地走向樓梯。亞利思看不出來她是要去打包行李，還是準備去睡個覺。瓦莉不相信她說的話。

亞利思飛快尋思一百個不同方向。他們必須趕快弄到一輛新車，拋開凱文知道的那輛車。她有好多細節必須逐一考量，而且必須快一點。

亞利思轉過身，匆匆走回客房。她也必須打包東西。

而且好好思考。她從未規畫過這種事，以前真該先思考過。

丹尼爾跟在她背後。「告訴我，我該做什麼。」他們走進房門時他說。

「你可以把所有東西裝回行李袋嗎？我……我需要想個幾分鐘。我們今天禁不起任何錯誤。讓我專心就好，好嗎？」

「當然好。」

亞利思躺在床上，交叉兩隻手臂蓋住臉。丹尼爾在房間角落靜靜打包，聲音不致讓她分心。她嘗試把他們能夠採取的所有對策、凱文不知道的每一件事，全部充分考慮清楚。

其實不多。她甚至不能回去接蘿拉，因為那個寄宿設施是凱文挑選的。

她又深吸一口氣，集中精神，把那念頭拋開。現在沒有時間能縱情於悲傷。

可能要在小型汽車旅館待一陣子，只能用現金。幸好她有很多凱文販毒的錢，能夠讓他們低調躲藏。

卡爾斯頓當然料到這一點，她和丹尼爾的臉孔會登上警察的通緝犯傳單，以電子郵件寄到一、兩千公里內所有可能的停留地點。既然他們已經宣傳過丹尼爾的事情，說不定會宣稱她是他的人質。相反的情節大概很難說服人，畢竟她和丹尼爾的體型差異很懸殊。

無論找到什麼樣的車，他們都可以在車上露宿，就像之前試過那樣。路上的安全檢查可能會很嚴格，卡爾斯頓的人馬一旦鎖定凱文的車輛，就會追查方圓一、兩百公里內每一輛賣出的二手車、每一則分類廣告和每一輛贓車。只要符合情節，每一項報告都會登上追查清單；假如有警察報告可疑車輛，卡爾斯頓的人馬必定就在不遠處。

這時候也許該回芝加哥了。也許喬伊．吉昂卡帝不會立刻殺了她。也許他願意用某種賣身契交換兩組顏面重建費用。或者說不定他會對她的走投無路嗤之以鼻，深知把她賣回去給後面的追兵可以大撈一筆。

她擁有很多個身分，凱文對此一無所知，但是丹尼爾知道。她從凱文的「蝙蝠洞」搜刮而來的身分文件並不安全。

除非丹尼爾動作夠快。

她不再遮住臉，坐起身子。

「你覺得自己有沒有掌握到『捉迷藏』的基本原則？」

丹尼爾轉過身，手上拿著兩個裝彈藥的透明袋。「也許是非常基本的最基本原則吧。」

亞利思點頭。「畢竟你很聰明。你的西班牙語說得很好，對吧？」

「混得過去。你想去墨西哥？」

「我希望可以。你的臉孔在墨西哥可能不是徹底安全，畢竟你去過那麼多次，不過南美洲有很多地方可以躲藏。物價也很便宜，所以你可以撐一段時間不會把錢用完。你在那裡可能有點顯眼，但是有很多移民……」

丹尼爾遲疑了一下，接著將手中的彈藥小心放進一個行李袋。他走過來站在她身邊。

「亞利思，你用了好多第二人稱代名詞。你的意思是說……我們現在要分開了嗎？」

「丹尼爾，你到國外會比較安全。假如你能在烏拉圭的某個安靜小地方躲起來，他們可能再也不會找到……」

「那麼，我們為何不能在一起？因為他們會找兩個人嗎？如果……如果凱文說出來的話？」

她聳起肩膀，一方面表示無奈，另一方面則像是防禦動作。「因為我沒有護照。」

「你不認為他們正在等待丹尼爾．比奇企圖登機？」

「你不會是丹尼爾．比奇。我從凱文那邊拿了兩組身分文件，假如他們真的想到要問他有沒有假身分，也要經過很長一段時間才會問到那裡。你還有足夠的時間，今天晚上趕快搭機去智利。」

他的神情突然變得很嚴峻，幾乎像是生氣。他看起來好像凱文，她很驚訝自己看了居然很難過。

「所以，我就是要救自己嘍？把你扔開？」

亞利思再度聳起肩膀。「就像你說的，他們會找兩個人。我會想辦法鑽漏洞。」

「他們要找的人是你啊，亞利思，我不能……」

「好，好，」她插嘴說。「讓我再想一下。我會想出其他方法。」

丹尼爾定睛看著她好一會兒。慢慢的，他的表情軟化了，直到看起來又像原本的他。最後，他駝著背，閉上雙眼。

「我很抱歉，」她輕聲說。「我很抱歉計畫失敗了。我很抱歉凱文……」

「我一直希望他會從門口走進來，」丹尼爾坦白說，他又睜開眼睛，低下頭。「不過我打從心底感覺到……那不會實現了。」

「我知道。我好希望自己說錯了。」

他突然抬起眼看她。「假如我們互換立場，他一定會有所行動，一定會找到辦法。可是我一點辦法都沒有，我不是凱文。」

「凱文也會像我們陷入同樣的處境，他也不會知道那些人把你囚禁在哪裡。就算真的知道，他的火力還是不可能贏過那些人。他可能也一樣想不出辦法。」

丹尼爾搖搖頭，頹坐在床上。「但無論如何，那些事都阻止不了他的決心。」

亞利思嘆氣。丹尼爾說的可能是對的。凱文會有一些祕密消息來源，或者另一種監視角度，或者駭進狄佛斯體系的某種方法。他不會放棄救援而自己逃亡。但亞利思也不是凱文，她連卡爾斯頓還毫無防備的時候都無法對他下毒。他再也不會毫無防備了，這點她很確定。

「讓我想想看，」她重複說。「我會盡量想出辦法。」

丹尼爾點頭。「不過我們要在一起，亞利思，我們一起離開。我們待在一起。」

「即使我們倆都要冒很大的風險？」

「即使那樣也沒關係。」

亞利思撲回床上，重新把自己的臉埋在手臂底下。

假如真有某種完美的逃脫方法，她早就嘗試了。她最早來到這裡的原因，完全就是因為逃脫計畫已經失敗。如今連攻擊計畫也宣告失敗。這讓她感覺非常不樂觀。

這實在很諷刺，等到真正失去之後，你才會意識到自己究竟失去了多少。沒錯，她知道自己與丹尼爾有很深的羈絆，也接受這項不利條件。然而，誰想得到她竟然如此想念凱文？他怎麼會變成她的朋友？不能說是朋友，因為朋友是你自己選的。比較像家人，像是你在家族團聚時極力避免見到的兄弟。她從未體驗過這種事，不過感受到的痛苦一定像這樣：你從來不想要某件事，但失去之後才知道依賴甚深。凱文那種充滿傲慢的自信，其實讓她得到安全感，她已經有好幾年沒有這種感覺了。他的團隊是勝利團隊，他的刀槍不入是一張安全網。

應該說以前是如此。

還有那隻狗。她甚至不敢想到那隻狗，以及自己的無能為力。她的腦袋想不出任何解決方法。同樣的，她緊閉的黑暗眼簾也閃過凱文躺在審問臺上的想像畫面。要是她能確知凱文已經死了，那會代表某種意義。真希望她能確信凱文此刻沒有承受極大的痛苦。他絕對很聰明，能夠想辦法從中解脫。難道他真的這麼有自信，認為計畫絕不可能失敗？

到目前為止，從狄佛斯的行動模式來看，她自認夠了解他，很確定他如果能找到一丁點的優勢，絕對不會浪費機會。

她衷心希望情況是相反的。如果被抓到的人是她就好了，她絕對能以快速且沒有痛苦的方法求得解脫，讓狄佛斯和卡爾斯頓得不到其他人的相關資訊。無論凱文在哪個地方犯了錯，無論他到底如何失敗，他仍是丹尼爾能不能活下去的最大關鍵。就這方面來說，瓦莉也一樣。短期之內，瓦莉很容易找到逃亡方法，但卡爾斯頓和狄佛斯都不像是會輕易放過任何一位目擊者。

假如凱文站在亞利思現在的立場，努力要想出好計策，他會怎麼做呢？

亞利思想不出來。她對於凱文擁有的資源一無所知，那是她無法複製的資源。但即使如此，逃亡應該會是他唯一的選擇。他有可能過一陣子再回來嘗試，但是暗殺副總統可能人選的小組今天已經出擊，他不太可能再回來嘗試。現在他應該要徹底消失、重整旗鼓。

或者以她的狀況來說是徹底消失、遠走高飛。

凱文躺在審問臺上的惱人畫面不肯離開她的腦海。身為專業審問者，她深知可能會碰到哪些問題，也知道得很詳細，包括他們現在可能對他施行的所有選項。她不可能沒注意到時間正在流逝，忍不住在心裡想像審問過程會如何進行。

丹尼爾很安靜。他沒有花很多時間就打包好；他們並未把所有東西都攤開，那未免太過安逸。他們從一開始就知道有可能隨時得離開，無論原因是遭逢另一次災禍，或者只是瓦莉不再歡迎他們了。

她可以猜到丹尼爾現在有何感受。他不願相信情況變得這麼糟。他不願相信凱文有可能死了，或者現在對凱文來說最好的結局就是死掉。他會記得凱文曾經在大半夜打破屋頂來救他，於是對自己無法回報而心懷內疚。不只是內疚，還有無助、軟弱、憤怒、懦弱、罪惡感……她自己也開始感受到這一切了。

但她對凱文根本幫不上忙。如果她和凱文互換立場，凱文應該也無計可施。他不會知道那些人把她囚禁在何處，那些壞傢伙不會選擇亞利思或凱文猜得到的地方。他們有幾千個開放選項，而萬一真的有某種方法可以得知囚禁處，那裡的防衛措施也不可能疏忽草率。凱文一定會像她一樣束手無策。

她不該浪費時間想這些辦不到的事。她需要好好專心思考。

她必須假設凱文還活著，那些壞傢伙也很快就知道她和丹尼爾也都活著，而且人在附近。那些人會得知瓦莉的名字和地址，也會得知他們目前能夠取用的僅有兩輛車，以及品牌、車型、顏色和可能的車牌號碼。他們現在必須盡可能遠離這所有的事實。

亞利思慢慢坐起來。「我們最好把東西搬上車，趕快離開。」

丹尼爾正倚著堆放行李的牆邊，兩隻手臂交叉胸前，眼眶泛紅。他點點頭。

兩人拖著沉重的行李走進客廳的開放空間時，到處都沒看到瓦莉的蹤影。沒有狗兒在這裡，整個空間感覺更冷清也更空曠。亞利思快步走向大門。

他們搭乘電梯和走向車子時，兩人都沉默不語。亞利思將袋子放在行李廂旁邊，伸手到口袋裡尋找鑰匙。

一陣刺耳的刮擦聲從近距離爆裂開來，聽起來像是從很近的地方傳來，或者根本是車子底下。

我真是白癡，亞利思心裡這樣想，同時蹲到袋子旁，超希望裡面裝的是槍枝，但很可能是醫療用品。她明知道他們面臨的情況有多危險，卻這樣毫無武裝就走進停車場。

她還指望凱文能撐得久一點。太蠢了。

丹尼爾提的袋子比較重。她伸手放在自己面前的袋子上，立刻就知道裡面裝的是急救用品……此刻根本沒用。至少她還有戒指和腰帶，那麼就得近身搏鬥。剛開始不能反抗，但前提是他們沒有立刻開槍射殺她的話。

才不過一眨眼間，她就盤算了這麼多事。發出第一個聲響之後，緊接著又一聲，是低沉的哀鳴聲，絕對來自車子底下。這聲音讓她回想起以前另一個驚慌時刻，那是在德州的黑暗門廊上。這不是人類的聲音。

亞利思蹲低身子，把頭壓低到幾乎碰觸車庫的柏油地面。轎車底下的黑暗形體向前靠近。

「愛因斯坦？」她嚇得倒抽一口氣。

「愛因斯坦？」丹尼爾呼應她的話。

亞利思爬行繞到車子側邊，那裡距離愛因斯坦最近。「愛因斯坦，你還好嗎？小子，過來這裡。」

那隻狗爬向她，直到離開車底。她伸手摸過牠的背部和四條腿。

「你有沒有受傷？」她輕聲說道。「沒事了，把事情交給我處理。」

牠的毛皮有好幾個地方溼答答糾結成團，她連忙把手伸回來查看，幸好不是紅色的，只是泥土。牠的爪子有點斷掉，而且很喘，感覺好像脫水或疲累，或者兩者皆有。

「牠還好嗎？」丹尼爾問著，並靠到她身旁。

「我想還好。不過看起來這一夜過得很辛苦。」

「來這裡，小子。」丹尼爾說，對牠伸出手。愛因斯坦站起來，接著丹尼爾把牠抱個滿懷。愛因斯坦一次又一次舔著他的臉。

「帶牠上樓，我把這些東西裝進車子就上去。」

「好。」丹尼爾遲疑一下，然後粗聲吸了口氣。「全都是真的。」

「對。」她沒有抬頭，把行李廂打開。

她聽見他轉身走開。愛因斯坦的喘氣聲漸漸遠去。

她三兩下就把東西整理好，可以準備離開了。車庫又安靜下來，空無一人，如同往常一樣。或許這是瓦莉的私人停車樓層，或許這些車全都是她的。假如真是如此，亞利思也不會非常驚訝。

狗兒沒事，難道亞利思的心情不該比較好一點嗎？她心裡當然有點希望自己想錯了，真的是反應過度。一切只是誤會。

她走回客廳時，瓦莉和狗一起坐在地板。愛因斯坦蜷縮在她腿上，頭倚著她的肩膀，丹尼爾則蹲在他們旁邊。

瓦莉抬頭看她，依然頂著一張洋娃娃臉孔。「現在你大可說『我早就說過了』。」

「需不需要有人幫忙你離開這裡？」亞利思問道。

「我以前也曾經必須躲起來。有一段時間了，不過那種事你不會忘記。」

亞利思點點頭。「瓦莉，聽到你這麼說，我很遺憾。」

「我也是。」瓦莉回答。「你覺得……你打算帶著這隻狗嗎？」

亞利思聞言，驚訝地眨眨眼。「對呀。」

「喔。」瓦莉的臉緊貼著愛因斯坦的毛皮。「給我一點時間。」她的聲音模糊不清。

「當然好，」亞利思說，他們還有幾個小時的時間。凱文要到最後才會透露這個地點。他已經派狗回來警告他們了。他會為他們奮戰到底。

況且，她還有一個未必有用的訊息管道，可能應該趁現在還能用高速網路連線時檢查看看。她走向廚房中島上的電腦。

到現在為止，卡爾斯頓的口風一直相當緊，不過也許他終究會透露某些訊息。至少她應該能夠推算出凱文被抓到的大約時間。肯定有某通電話顯示這件事。說不定是外出一趟。在這方面，卡爾斯頓是專家，狄佛斯不是。

透過追蹤器輕易就能追查。卡爾斯頓的車子停在辦公室，如同往常的上班日子。不過他也可能開另一輛車。她檢查聲音紀錄……卡爾斯頓在辦公室裡。她把對話錄音往回轉。

從這裡可以看出一點端倪。卡爾斯頓在辦公室裡待了好一段時間……通常他早上六點進來，不過今天大約從三點開始就有動靜。她真想踹自己一腳，早上出門前怎麼沒有先回頭檢查錄音呢？

他的第一通電話很簡短，只有「我在這裡」和「狀況如何」。要從這番話推導出結論並不困難。有人以某種消息叫醒卡爾斯頓，於是他前來辦公室。由於沒有塞車，他大概只花十分鐘就能開車到達。考慮穿衣服、刷牙等等因素，電話可能是在兩點半到三點十五分之間打的。

她查看電腦上的時間，計算他們已經抓到凱文多久。他們一開始可能得制伏他，假如曾經打昏他，那麼得要等到他完全恢復認知為止。接著，他們必須決定一種行動方案，找來某個專家……

卡爾斯頓的第二通電話就是為了這件事嗎？三點四十五分，卡爾斯頓撥打電話。

「態度怎麼樣？……我不喜歡那樣……好，好，如果那是最好的選項……什麼？……你也知道我怎麼想……就像你說的，那根本是你的問題……隨時回報最新情況。」

他從來不曾透露太多訊息，而這些話有一千種可能的解釋方法，不過她忍不住自己詮釋起來。

不，凱文沒死。

接下來是長時間的沉默。打字、踱步、呼吸；就這樣而已。沒有電話。聽起來似乎連一次都沒有離開辦公室。她幾乎可以聽出卡爾斯頓的焦急之情，於是害她比原本更加焦急。他的最新情況到哪裡去了？他是用電子郵件得到最新情況嗎？

也許他們很幸運。也許專家必須從遠處兼程趕來。也許凱文只是先遭到監禁，觀望看看。那是遊戲的一種玩法，她以前也打過這種牌：讓受審者等待、想像、驚慌，讓他還沒開始就先輸在自己手上。

不過眼前的狀況不太可能是這樣。那些人知道丹尼爾還活著，也懷疑他在這城市裡有其他幫手。他們不會讓凱文的同夥有時間逃跑。

卡爾斯頓和狄佛斯的時鐘也正滴答倒數。他們打了電話，聽到她接起電話，然後掛斷。她沒有回撥確認是否意外按到手機。手機遭到丟棄，他們會猜測夥伴已經逃亡了。

活像她理應要逃亡似的。

亞利思猛然從緊張的白日夢中回過神來，這才頭一次發現丹尼爾坐在她旁邊的高腳凳上，望著她臉上閃過的各種反應。瓦莉倚著洗碗槽旁邊的流理臺，愛因斯坦則在她腳邊，同樣看著亞利思。

「再等一下。」她對他們說，匆匆快轉卡爾斯頓辦公室裡漫長的靜默。她不想遺漏任何線索，但也受不了同步聆聽那個空曠房間的聲音。

等到他的聲音又出現，她按下暫停鍵，小心往回轉。他再次撥打電話，講話的語氣與之前相較簡直是一百八十度大轉變。這麼大的轉變讓她好震驚，差點以為自己搞錯了，播放成更早以前的錄音。

這是慈祥祖父的聲音。

「我沒有吵醒你吧？你睡得怎麼樣？好，抱歉，我這邊有個小小的緊急事件，必須進辦公室……不用，不必取消計畫，帶莉薇去動物園，明天會變得比較熱……艾琳，你也知道，我這些事實在沒得選。很抱歉我今天不能去，不過實在沒辦法……我沒有去，莉薇還是會玩得很高興。今天吃晚餐的時候她可以講給我聽。多拍一點照片……那樣說不公平……對，我還記得，我說這個星期比較輕鬆，不過你也知道工作是怎麼回事啊，甜心，沒辦法保證。」

一聲大大的嘆息。

「我愛你。幫我親親莉薇。我一有空就告訴你。」

他掛電話時，亞利思不禁打個寒顫。卡爾斯頓認為到晚餐時間就會結束？難道他只是要讓女兒息怒？更多的沉默，更多的打字。他一定是透過電子方式得知最新進度。亞利思很確定凱文就在那些喀噠聲之中。他招供了沒？她連一點線索也沒有。

等她監聽到現在這時間的錄音，還是一點收穫也沒有。她查看追蹤器，卡爾斯頓哪裡也沒去。狄佛斯一定在幫他處理問題。

亞利思一邊透過耳機聆聽，一邊將額頭靠著手臂。卡爾斯頓又打起字來了。

她想像他在書桌前，擺著一張面無表情的撲克臉，傳送出各種指示或問題。他會因焦急而激動嗎？他那顆蒼白的禿頭會因緊張而流汗嗎？不，她很確定他會顯得冷靜又精準，除了打字發出各項要求之外，沒有多餘的動作。

他很清楚該問哪些事，即使狄佛斯不知道也無所謂。他可以從那張符合人體工學的辦公椅上管理整個行動。他會看著凱文受到拷問而死，然後完全不作他想，立刻匆匆奔赴晚餐之約。

猛然燒起的怒火害她差點窒息。

現在發生的事情已經與國家安全或拯救人命毫無關係了。卡爾斯頓正為了一個男人進行私刑，而那個男人很可能才是真正該上審問臺的人。卡爾斯頓逾越了界線，自以為這是必須進行的祕密行動，其實卻是要掩蓋多年以前的純粹犯罪行為，而這一切似乎沒有對他造成半點困擾。也許從以前到現在一直是這樣。也許她為卡爾斯頓執行的每一件事、她打著維護公共安全的大旗所做的每一件不人道行為，其實都是一場騙局。

他真的認為所有事情都與他無關嗎？這些見不得人的抉擇永遠都與他的公眾生活無關嗎？他認為自己能夠置身事外？他認為自己沒有半點不利的條件嗎？

還有其他方法遠比下毒的效果更猛。

亞利思屏住呼吸。出乎意料之外，她心裡突然出現一條全新的途徑，她以前從來不曾考慮過。她知道這也是一種方法。有一千件事情可能會出錯，有一百萬種方法可能會搞砸，幾乎不可能辦到，即使花費一整年仔細規畫每一個細節也一樣。

她感覺到丹尼爾伸手放在她背上。透過耳機，她聽見他以憂慮的語氣問：「亞利思？」

她慢慢抬起頭，凝視著丹尼爾，打量他一番。她也以同樣的目光審視瓦莉。

「再給我十分鐘。」她說，接著她低下頭靠在手臂上，再一次專注思量。

第二十八章

亞利思陳述計畫時講得非常快，特別強調一些她認定非常必要的細節。她努力讓計畫聽起來思考得很周全，一副胸有成竹的樣子。丹尼爾似乎很能接受她的說法，專心聆聽，好幾個停頓處都見他直點頭。但亞利思完全無法讀透瓦莉的想法，她很專注地看著亞利思，但幾乎像是目光穿透亞利思的臉而望著背後。她的神情很有禮貌但冷淡。

亞利思一路講到結論，其實稱不上萬無一失，達不到她希望的標準，她也知道最後並不如一開始所宣稱的結果。她沒有看其他人的臉，而是低頭看著正倚靠在她大腿上的愛因斯坦的臉龐，隨著心中的不安逐漸增加，亞利思伸手拍拍愛因斯坦的次數也變得頻繁。她努力用樂觀的角度做結尾，而且很不必要地多描述一會兒。瓦莉插嘴時她還沒講完。

「不行。」瓦莉說。

「不行？」亞利思跟著複述。她說這話的語氣聽起來像質疑，但其實已經認輸。

「不行。我不會那樣做。你們會被殺掉。你們想要回去救凱文當然很好，但是實際一點吧，亞利思，這樣行不通的。」

「還是有機會。他們絕對沒料到，不會做好準備。」

「他們到底有沒有準備好根本不重要，他們的能耐就足以彌補一切。於是你僥倖撂倒一個人，而他旁邊的傢伙會逮到你。」

「我們甚至不知道那裡有多少人。」

「完全正確。」瓦莉以單調的語氣說。

「瓦莉，他們不會注意你。你只是匿名的助手。那些人每天都見到幾百個助理，你在他們之間很不起眼。」

「我這輩子永遠都很顯眼。」

「你知道我的意思。」

瓦莉以極度光滑的臉龐看著她。「不行。」

亞利思深吸一口氣。她也知道把瓦莉扯進來並不公平。她必須找到替代的人。

「好吧，那我就自己去。」她說，希望自己的語氣聽起來比較有力量。

「亞利思，不行。」丹尼爾很堅持地說。

她對他微微一笑。「我可以。我不知道自己能做得多好，但是非得試試看不可，對吧？」

丹尼爾看著她，非常煩惱。她看得出來他想辯駁。他想要說不行，不必嘗試，但那就表示一走了之，放任凱文痛苦而死。他的立場非常尷尬。如果還有任何希望，他怎能坐視不管？

「我們同心協力，第一個部分就可以搞定，只要我們兩個就夠了。」她對他說。

「可是，第二部分你要和卡爾斯頓分開，他會出賣你。」

亞利思聳聳肩。「我只要傳達威脅就行了。假如他認為出賣我的意思就是人質跟著沒命，也許他不會玩陰的。」

「你不會知道他玩什麼爛招。你沒辦法事先料到。」

「瓦莉不想冒生命危險。你能說服她嗎？」

丹尼爾猶豫起來，瓦莉瞇著眼睛看他。

「不行。不過我可以負責她那部分。我們可以交換。瓦莉，你可以負責我那部分，對吧？」他說。

亞利思用力閉起眼睛，然後慢慢睜開。「丹尼爾，你明知道那樣行不通。就算你不是凱文的雙胞胎哥哥，那些人也把你的大頭照放上新聞了。」

「瓦莉可以幫我易容，對吧？把我變得很不一樣？」

瓦莉突然臉色一變，變得比較投入了。她仔細檢視丹尼爾的臉。

「事實上……我想真的可以喔。」她轉向亞利思。「也不是每個人都在找他。相信我，太多人會盯著我看，即使我是無名小卒助理也一樣。我想，我可以讓他變得很不一樣，足以讓那些人不會對他多看兩眼。」

「瓦莉，我不是質疑你的能力……不過他們是雙胞胎耶。」

「讓我試試看好嗎？」她問，她的聲音流露出從沒聽過的懇求語氣。「我真心想要幫凱文一把。」她說到他名字時，愛因斯坦跟著抬起頭。「只是不想為了幫忙而送命。讓我出點力。」

愛因斯坦又把頭靠回亞利思的腿上。

「我想，我可以讓你試試看。不過那很浪費時間，而我們沒有足夠的時間。」

「我不會弄太久。」

「而且你也願意做丹尼爾那部分？」

「當然，那很簡單。沒有人會拿槍對著我。」

亞利思皺起眉頭。

她盤算的是什麼呢？那些人一定會對亞利思開槍，她早已接受這事實。但如果瓦莉可以幫丹尼爾做好偽裝，這點是亞利思根本沒想過的，那麼他們也可能對丹尼爾開槍。她提醒自己，那些人有太多原因必須追捕凱文，凱文知道太多攸關生死的情報。假如他把關於亞利思和丹尼爾的訊息全部告訴那些壞傢伙，包括他們開的車子、他們躲藏的地方、亞利思的行動方式等等，則中情局要追查他們下落並不困難。瓦莉也是。他們很有可能全都沒命。

逃亡的結果，就是死得像膽小鬼。

不過，所有的理由都只是假設。假如真的有方法可以救凱文脫身，她非做不可。如今他們之間產生了連結，她原先完全沒意識到形成了這種連結：他是她的朋友，她的第二個責任。那些人正在傷害他，她坐在這裡考慮的時候，他們正在傷害他。她必須出手阻止。

「瓦莉，幹活吧。第一個部分我要花兩小時，如果運氣好的話。等我完成，我們再重新評估一次。」

亞利思在華府住了將近十年，但從沒去過國家動物園。她總覺得那是給小孩子去的地方，但今天似乎有很多參觀者是沒有帶小孩的大人。

還是有很多很多的小孩……可能有好幾千個小孩吧，全都尖聲狂叫，繞著他們父母的腳邊跑來跑去。

所有的小孩似乎都是五歲以下，因此她猜想這年紀還不能上學，雖然現在是暑假，學校沒開。

她努力回想第一次與卡爾斯頓碰面究竟是多久以前的事，但無法計算出合理的日期。那時候，丹尼爾的學校大概再過三星期就要放假，而現在應該過了更久……對吧？也許丹尼爾的學校比一般學校更早放假。

亞利思的第一站是遊客服務中心的租賃排隊處，隊伍沒有很長。大多數遊客更早就到達，早晨天氣比較涼爽。午餐時間快到了，陽光幾乎從頭頂直射，有些人這時會離開，免得要在園區裡吃昂貴的食物。這時回家睡午覺剛好。

她查到艾琳和奧莉薇亞的不少資訊，全都是從艾琳的臉書頁面看到的。同樣的地方，幾個月前，她找到奧莉薇亞抱住艾琳脖子的照片。

亞利思知道奧莉薇亞現在三歲半，年紀還很小，所以會坐在折疊式嬰兒車裡。亞利思幾乎從每一個角度研究過艾琳的長相，也熟知她的穿衣風格。她知道艾琳通常很晚起床，可能不會在動物園剛開門時抵達。她知道奧莉薇亞看到貓熊最興奮。

她花了九美元租了一輛折疊式單人座嬰兒車，將背包放進去，然後走進動物園。她伸長脖子到處搜尋。在這裡找人是很合理的，也許是找她的姊妹或外甥，或者她的丈夫和孩子。很多其他遊客也正在找尋他們的同伴，她並不特別顯眼。

艾琳和奧莉薇亞現在應該看過貓熊，可能正在考慮吃午餐。她研究一下地圖，地圖是租嬰兒車時附上的。她先試著穿越猿猴區，然後靠近爬行類區。

她走得很快，不理會岔路和參觀區。

艾琳是白膚配紅髮，像她父親一樣。她曾貼過自己曬傷的照片，也抱怨雀斑太多。艾琳可能會戴帽子，穿著輕薄的長袖衣裳。她的髮色很亮，長度約垂到背部一半的地方。應該很顯眼。

亞利思一邊環顧周圍人群，一邊快速穿越其間，尋找帶一個小孩的女子，排除掉有朋友、配偶和許多小孩同行的人。她一度跟著一名頭髮盤起的女子，她戴著寬邊草帽，推著單人座嬰兒車，但後來小孩爬出來與她一起走……是個男孩。

她快速繞過大型貓科動物區，然後走向可愛動物區。她全程很注意自己呈現的模樣……手上拿著地圖，專心尋找同伴。她戴著自己的草帽，底下頂著深金色的假髮，並搭配粗框太陽眼鏡。她身穿素面T恤、男版剪裁牛仔褲，以及綁帶運動鞋，需要的話跑起來比較方便。這一身沒什麼令人過目不忘的特點。

搜尋過程中，好幾個人的紅髮吸引她的注意，但很多人顯然不是自然髮色。另一些女子顯然比艾琳還老，有些太年輕，有些則帶了不只一個小孩。現在她掌握一個人，沿著步道走向亞馬遜展示區，紅金色的髮辮在白色漁夫帽底下甩動。那名女子推著一輛單人嬰兒車，看起來與亞利思的嬰兒車很像，褐色塑膠部分搭配深綠色的遮陽布。她穿著無袖上衣，手臂布滿雀斑。亞利思快步跟在她後面。

女子走路速度不快，亞利思過沒多久就走到她前面。亞利思一直低著頭，一邊往前走，同時偷窺嬰兒車裡面。

小女孩看起來是對的。她的臉轉向旁邊，但蓬鬆的金髮似乎一樣，體型也符合描述。

亞利思繼續向前走，搶在那對母女之前到達展覽區。她把嬰兒車停在廁所旁邊的指定停放空間，用上衣的下襬擦拭把手，動作盡量不引人注意，然後才拿起背包揹上肩。現在她相當確定那女子是艾琳，而艾琳自己有嬰兒車，她就不需要這一輛了。

她找到那對母女沿著步道閒晃。另一大群人趕上她們腳步，從兩側經過。亞利思現在可以清楚看到女子的臉，絕對是卡爾斯頓的女兒沒錯。艾琳停下腳步，將吸水杯遞給奧莉薇亞。

步道變得越來越擁擠。天氣很熱，假髮讓亞利思的頭很癢又流汗，連戴草帽都沒什麼用。

那對母女前方約三公尺處有一張空長椅，亞利思注意看著。後面又有另一大群人即將走來。假如她時機掌握得好，就可以趕在第二群人經過的時候，在長椅那裡攔截艾琳。

亞利思以果決的步伐從原路往回走，並透過暗色太陽眼鏡查看是否有人特別注意她。第一群人看起來像是吵鬧的一大家子，有好幾個幼兒、好幾對父母，還有一名老太太坐著輪椅，整群人一度包圍在她四周。她大步穿越那些人，然後稍微放慢腳步。

第二群人全是大人，她猜想是一日遊的外國遊客，很多人都繫著腰包；她快要走到長椅時，他們就趕上艾琳了。亞利思與那群人逆向而行，幸虧比她的獵物早一點到達。艾琳從長椅旁邊剛往前踏出一步，亞利思轉過身，閃過一個老人，假裝踉蹌絆倒，然後伸出手，抓住艾琳握著嬰兒車把手的一隻手。她的手掌用力壓出小袋內的澄清液體，把裡面的東西全部擠出來。

「嘿！」艾琳說著轉過身。

亞利思立刻退後，略微閃身繞到最靠近的遊客後面，於是艾琳與那位七十多歲的禿頭老人面對面。

「抱歉。」他遲疑一下說，不太確定怎麼會夾在她們兩人之間。他從亞利思旁邊脫身，繞過艾琳和嬰兒車旁邊。

亞利思看著艾琳眨一下眼睛，然後又一下。第二次眨眼時，她的眼皮似乎黏住了。眼看艾琳即將倒下，亞利思跳向前，環抱她的腰，接著把她拉向長椅，於是兩人一起重重跌落在長椅上。亞利思用手肘頂住長椅的木頭椅背，這樣會造成瘀青，不過很容易遮蓋住。艾琳比亞利思高大，體重也比較重，因此兩人似乎註定會笨拙地倒成一團。亞利思神經質地輕笑一聲，衷心希望看到的人會以為她們在玩遊戲。

小女孩在嬰兒車裡唱著歌，似乎沒有發現自己停止前進。亞利思從母親旁邊掙脫出來，把嬰兒車拉近一點，並調整角度，讓奧莉薇亞不會面對著艾琳。

艾琳斜倚著長椅，頭倒在自己右肩上，嘴巴張得開開的。

他們旁邊又有第三大群遊客經過，沒有人停下腳步。亞利思動作要快，因此無法仔細監視周遭的任何反應，不過還沒有人發出警告。

她把艾琳頭上的漁夫帽壓低，遮住她呆滯的神情。亞利思從背包的側袋拿出小香水瓶，伸手繞過嬰兒車遮陽布的邊緣，按下噴嘴兩秒鐘。歌聲停止了，亞利思透過嬰兒車的塑膠骨架感受到輕輕的砰一聲，那是小孩倒回座椅內的聲音。

亞利思盡可能表現得若無其事，拍拍艾琳的肩膀，然後站起來伸展身子。

「我會幫她買點午餐，你繼續休息一下。」亞利思說著，同時順順自己帽子底下的假髮，以免剛才跌倒把頭髮弄亂了。她的眼睛隱藏在太陽眼鏡後面，瞥了周遭一眼。似乎沒人注意這個她所創造的戲劇化小場面。她抓住嬰兒車的把手，開始往回走向停車場。剛開始她邁著輕鬆的步伐，也像其他人一樣看看各個動物欄柵。等到離開長椅遠一點，她就開始走得越來越快，看似趕赴下午約會的母親。

到了遊客中心的廁所外面，她停好嬰兒車，把奧莉薇亞抱進懷裡。小孩一定有十幾公斤重，而且身子鬆垮垮的，感覺又更重。亞利思努力用一般父母的抱法，讓這無意識的小孩跨坐在她交握的手上，兩條腿垂於兩側，頭靠在亞利思的肩膀上。感覺抱法不太對，但她還是得趕快離開。她咬著牙，盡量以最快的速度走向大門。她真希望車子能停得近一點，但無論如何終於到達車子，身上的T恤都讓汗水浸溼了。

亞利思沒時間找來兒童座椅。她鬼鬼祟祟往周圍偷瞄一下，檢視有沒有人看到。她所在的這個停車區域大半停滿車子，目前開進來的車子距離很遠，早一點來的人也已經離開了；她在此獨自一人。

她把孩子放在後座，用安全帶繞過她的腰部，接著用毯子蓋住奧莉薇亞。

亞利思直起身子，再度查看有沒有人目擊。附近沒有人，也沒有人正看著她。她從背包內側口袋拿出一支針筒，再度彎下腰，對沉睡的小孩注射藥劑。她計算了體重十三到十八公斤的人所需的劑量，應該可讓奧莉薇亞沉睡約兩小時。

亞利思發動引擎，打開冷氣。自從進入動物園之後，這似乎是她第一次能夠好好呼吸。

第一階段成功了。艾琳大約會在四十五分鐘後醒來，到了那時，亞利思很確定醫務人員會上前幫忙。她醒來時，一定會因為女兒失蹤而緊張大喊，動物園會先尋找一番，然後警察再介入。等到艾琳發現女兒不只是因為媽媽生病發作而亂跑，其實是被人帶走，那時亞利思必須就定位。亞利思很確定，艾琳有百分之八十五的機率會先打電話到哪裡。

亞利思很希望自己到達新的藏身地點時，瓦莉已經完成魔術般的工作，那麼她就知道接下來要採用哪一個計畫……不是因為早已下定決心，而是牽涉到她最想達成的結果。單獨闖進去……那是自殺。但是帶著丹尼爾……算是謀殺式自殺嗎？

也許瓦莉的自信心根本用錯地方。也許丹尼爾看起來只像他自己戴著假髮。

亞利思大可單刀赴會。如果她無法活過今晚，她很清楚奧莉薇亞會怎樣。那可以讓卡爾斯頓乖乖就範，對吧？

她不願想像卡爾斯頓會展開什麼樣的行動。他會設下天羅地網，只要把奧莉薇亞救回去，亞利思就會落入他手中。

到達新藏身處的大樓後，亞利思打電話給瓦莉；她開車進入地下停車場時，瓦莉等在一部電梯旁，身邊還有一輛推車，看起來很像旅館送客房服務餐點的推車。停車場沒有別人。亞利思看不到監視攝影機，但依然讓身子擋住打開的後車門，以免有人看到車內狀況。瓦莉和亞利思都沒說話。亞利思把沉睡的小孩移到推車的底層，然後重新整理她身上的毯子，讓身型模糊一點。

這部電梯比先前瓦莉的高級公寓電梯正常多了，只是一個銀色電梯廂，與亞利思住過的大多數樓房差不多。她緊張極了，很怕電梯會突然慢下來，然後打開門，洩露她們的行跡。瓦莉一定也有類似的感受，她的手一直放在十六樓的按鈕處，活像是一直按住就能確保她們直達十六樓。

電梯向上爬升時，亞利思第一次注意到瓦莉的表情。看起來……有點太過亢奮。亞利思希望她不是因為吃太多甜食而興奮暴衝。

電梯門打開，出現空無一人的走道。這是棟不錯的樓房，有漂亮的飾板和大理石地板，但待過瓦莉的第一個住處後，這裡看起來很平庸。

瓦莉將推車推進小走道，示意亞利思先走。

「一六〇九號房，最末端。門沒鎖。」她說著，急切的語氣讓亞利思再度心生警惕。雖然如果瓦莉顯得很亢奮，她有可能改變心意，決定與亞利思一起奔赴主戰場。

亞利思急忙走進公寓；還有好多事要準備，她動作得快一點才行。她沒特別查看客廳延伸到廚房的連通空間、拉著窗簾的窗戶或米黃色的室內風格，只注意到遠處牆面有一道門打開，裡面有明亮的房間和雙人床，於是直接走向那裡。她看到自己的一些行李袋倚著花朵圖案的床罩。

她往房門走到一半，目光受到整個空間的吸引，然後才注意到有個男子站在燈光昏暗的廚房裡。即使她有心理準備要迎接「某種東西」，卻仍忍不住嚇了一大跳。她往後跳了一步，兩手拇指不自覺準備推開她的毒戒指。

「如何？」他問道。

那個身穿廉價黑西裝的高大男子等在那裡，努力忍住笑意。

「就說吧。」瓦莉在她背後說道，亞利思根本不用回頭看，就能聽出她臉上露出沾沾自喜的笑容。

男子看起來像北歐人，皮膚白皙，頭髮是蒼白的淡金色。他的金色鬍子修剪整齊，讓她聯想到大學教授。他的眉毛顏色好淡，襯著白皙的額頭幾乎看不見，於是徹底改變他額頭和眼睛的模樣。臉孔周圍的頭髮修剪得又直又短，梳理得很整齊，頭頂則是蒼白且閃亮，徹底光禿一片。這樣一來，對他頭型的認知就改變了，也讓他看起來老了十歲。他戴著銀色細框眼鏡，沒想到讓臉頰特別顯得圓鼓鼓的。他最突出的特徵是一雙明亮的淺藍色眼睛，與近乎白色的眼睫毛非常搭。

「你看起來很像龐德電影的反派角色。」亞利思脫口而出。

「那樣好嗎？」丹尼爾問道，他的聲音不太對勁……很清脆，但有一點含糊。

亞利思更靠近一點檢視這身轉變，一顆心直往下沉。假如她沒有刻意尋找偽裝過的丹尼爾，走在街上可能會與這人擦身而過。就算她仔細尋找丹尼爾的身影，也只有身高會讓這男人透露嫌疑。亞利思感到深深的絕望和痛苦，這才發現自己其實非常希望瓦莉扮裝失敗。

「瓦莉做得真好。」亞利思說，然後開始動起來。「先把奧莉薇亞安頓好。」

愛因斯坦在毯子蓋住的小孩周圍嗅來嗅去。他輕聲低吠，一副很不自在的樣子。

「真的夠好嗎？」丹尼爾一邊幫忙把小孩從推車底下拉出來、抱在胸口，一邊不死心問道。

「讓我處理這個的時候好好想一下。」亞利思回答得模稜兩可。

丹尼爾把奧莉薇亞放在花朵床罩上，並幫她把額頭汗溼的蓬亂頭髮撥順到腦後。亞利思只花三兩下功夫就把幾個靜脈注射袋掛好，一袋是透明的，一袋是白色不透明，還有一袋非常小，裡面裝了暗綠色液體。她很快用手邊最小的針頭設好靜脈注射導管，然後開始輸液。

「退後，讓開一點。」她對丹尼爾說。

亞利思拿出瓦莉給她的一支手機，瓦莉說是一個「朋友」留下的。她拍下幾張奧莉薇亞睡覺的照片，稍微瀏覽一下，找到一張覺得可以用。

「這是計畫中我最不喜歡的部分。」丹尼爾咕噥說著。

她抬起頭，看到他的痛苦表情。在他這張新臉孔上看起來很奇怪。

「希望卡爾斯頓也有類似的感覺。」

他的眉頭皺得更深了。亞利思拉著他的手走出房間。他氣鼓鼓的模樣讓圓形的臉頰顯得更突出。

「她對你的臉動了什麼手腳？」亞利思問道。

丹尼爾伸出兩根手指塞進嘴巴，拉出一小塊塑膠物。「害我講話變得有點困難。」他嘆口氣，然後又把塑膠物放回去，於是臉頰又鼓起來。

瓦莉在大客廳裡等他們，眼神依舊因為做得很成功而閃閃發亮。

「那個寶寶不會醒過來，對吧？」她問道。

「對。」

「很好。我不曉得該怎麼對付小孩。好啦，你覺得如何？徹底變身，對吧？」

亞利思再看丹尼爾一眼，肩膀一垮。他的身軀也變臃腫了，剛才她沒注意到。整個看起來好真實。

「你覺得不夠好，是嗎？」丹尼爾問。

「夠好了。」瓦莉代替她回答。「她也知道。所以她才會這麼悶悶不樂。她寧可讓我冒生命危險，也不願讓你去。」

丹尼爾看著亞利思，等待她的回答。

「瓦莉說得對，除了要她冒生命危險那部分以外。我不想讓任何人去冒險。」

瓦莉哼了一聲。

丹尼爾抓住亞利思的手，把她拉向他的胸口。「不會有事的，」他喃喃說著。「我們可以一起完成。你的計畫每次都行得通，我會完完全全按照你的指示，一起達成目標。我向你保證。」

亞利思用力眨眼，拚命想把眼淚擠回淚管裡。

「丹尼爾，我真不知道自己在幹嘛？」

他親吻她的頭頂。

「別再說了，你們兩個害我好嫉妒，而且做那種事永遠都不安全啦。」瓦莉插嘴說。

亞利思睜開眼，把身子拉開，順手拍拍丹尼爾的西裝，確定沒在衣服上遺留化妝品的痕跡。

「我看到了，你幫忙把『蝙蝠洞』裡我需要的東西找出來。這個工具箱很棒。」

「豈止很棒……看看下面的第五層抽屜。其他部分都照你說的放好了。」丹尼爾對她說。「我把它放上車之前，你想先看一下嗎？」

「好主意。」

她猜這個銀色工具箱也是凱文存放的道具之一，不但有輪子，還有拉把，很像旅行箱，但與旅行箱不同的是有很多可以上鎖的抽屜，可從正面一個個拉出來。她從最上面的抽屜開始快速瀏覽，裡面的針筒標示出不同的色環，藉此辨認各種藥劑的擺放位置。這些針筒堆放在塑膠托盤內，她平常都是這樣收好。下一個抽屜有各種手術刀和剃刀；其實她不需要很多刀子，重點只是要讓抽屜看起來放得滿滿的。接下來是生理食鹽水袋和管線，同時有各種尺寸的針頭和導管。下一個隔間比較深，放了她的加壓氣體罐，以及從凱文的儲藏庫拿來的好幾種化學藥品。

倒數第二個抽屜是重點，裡面裝了另一盤空針筒，看起來比最後一個抽屜淺一點。她沿著抽屜底部邊緣觸摸，凱文當然會喜歡這樣的東西。她用指甲一摳，將假的底部掀起來，查看底下的東西。

「希望卡爾斯頓表現出奧斯卡獎等級的演技。」她對自己喃喃說道。

她再查看最後一個最深的抽屜，丹尼爾已在裡面堆滿她比較有戲劇效果的道具，像是火焰槍、剪線器、鑷子，另外還有好幾種工具是丹尼爾加進去的，都是取自凱文儲藏的物品。

她還需要另一種有用的東西，只是由電線構成的小型裝置，是他們第一次造訪本地「蝙蝠洞」時她找到的。這時她從背包裡將它拿出來，藏在第一個抽屜的第三個盤子裡，放在針筒底下。她希望很容易就拿到。

亞利思直起身子。「太好了，謝謝你。」

「你，」瓦莉指著丹尼爾說。「去會面點。你，」她繼續說，將食指轉而指向亞利思的臉。「趕快把你弄好，然後進行下一步。時間不等人。」她走向房間另一邊的一道雙扇門。

「我再過三十秒就去。」亞利思答應說。

瓦莉翻了個白眼。「很好，讓你們上演十八相送。」她轉過身，走進那道門內。

「亞利思……」丹尼爾開口說。

「等一下。」

她再度拉著他的手，帶他走出大門，並用另一隻手拉著工具箱。他的肩上揹著大型的急救用品袋。愛因斯坦想要跟來，但是發現亞利思當著牠的面關上門，不禁嗚咽哀叫。

他們沿著安靜的走廊前往電梯。亞利思按下按鈕。電梯門滑開時，丹尼爾走進去，她也跟進，一隻腳壓住電梯門，讓它不致關上。她放開工具箱的拉把，伸出雙手捧著丹尼爾的臉。

她平靜地說：「聽我說，轎車前座的雜物箱裡有個黃色信封套，裡面有兩組身分證件，包括護照、駕照和一疊現金。」

「我現在看起來沒有那麼像凱文。」

「我知道，不過人總會變老，也會掉頭髮。你可以丟掉眼鏡、刮鬍子，把頭髮染回成棕色。假如情況變糟，這些你都需要進行，然後去最近的機場，搭上任何一班離開北美洲的飛機，好嗎？」

「我不會把你丟下來。」

「我說情況變糟的時候，表示我不會在你身邊，你也等不到我了。」

他用那張奇怪新臉孔的憂愁表情看著她。

「好嗎？」她很堅持地再說一次。

他猶豫一下，然後點頭。

「很好。」她說著，試圖讓語氣聽起來像結束討論。她沒有從丹尼爾的點頭感受到他真正信服，但沒有時間再爭辯了。

「你今天晚上安靜待著，除非必要，否則不要跟任何人說話。讓自己的心態變成長官身邊的小弟，你只是去那裡開車和提袋子，好嗎？你只是領薪水，無論發生什麼事都對你沒意義，無論看到什麼事都不要受影響。你沒有情緒反應。聽懂了嗎？」她指示道。

他認真點頭。「懂了。」

「要是情況變得很冒險，就表示你該逃走。這不是你的問題。」

「好。」他同意，但這次的回答比較不堅決。

「這個。」她從自己手指取下金戒指，是兩者之中比較大的。她把丹尼爾環抱她的手臂移下來，用他的每一根手指試戴看看。與凱文一樣，只能戴上小指，但至少能推過指節，一路推到小指基部。希望看起來不會與整個人不搭。

她對他說：「戴上這個要超級小心。如果需要用到，就把這個小缺口推開。無論如何都不要碰觸小刺。如果你沒有要用到它，一定要關緊。不過萬一你要準備離開，卻有人擋住去路，那麼你要用盡全力讓小刺碰到他的皮膚。」

「我懂了。」

亞利思凝視那雙驚人湛藍的眼睛，努力在一身既簡單、奇怪又陌生的偽裝底下搜尋著丹尼爾。她沒有其他指示了，而她想與他分享的感受，似乎沒有任何言語能夠傳達。

「我……我不知道要怎麼回去以前的生活了，」她努力想要解釋。「如果沒有你，我根本不知道要怎麼活下去。我對你有了責任，這是我這輩子最美好的一件事。」

他只是微微笑了一下，但是眼睛沒有透露出笑意。「我也愛你。」他輕聲說。

她努力微笑回應。

丹尼爾把雙手放在她的肩膀上，親吻她，久久不忍離開。接著，他又對她笑了一下，感覺同時既陌生又熟悉。她從他身邊後退一步。

「我對你說過了，你需要支援的時候，我永遠都在。」他說。

電梯門關上了。

第二十九章

這次沒用到假髮，只是快速修剪一下，讓她的真髮看起來很有型。「精靈短髮」，人們是這樣稱呼的，她心想。現在的髮色是適中的金色，襯得她的膚色跟著亮起來，連臉型也變得好看。她的真髮從來沒有這麼好看過，自從……她想不起上一次頭髮好看是何時的事了。

「說真的，你上過美容學校嗎？」亞利思說。

瓦莉用單手塗睫毛膏，她的手像外科醫師一樣穩。「沒有。我一直不太喜歡學校，對我來說，那永遠都有點像監獄，完全不想多註冊半間學校。我只是喜歡玩扮裝遊戲，不同的心情變換不同面貌。我練得很勤。」

「我想，你的天分真的很高。假如身為地球上最美麗的女性變得很乏味，你可以開一間沙龍。」

瓦莉笑得露出一口皓齒。「我從沒想過會有真正的女性朋友，結果比我的想像更有趣。」

「同感。只是好奇一問，你不回答也可以。瓦莉是瓦樂莉的簡稱嗎？」

「瓦莉泰[8]，或者瓦莉泰娜，換來換去，主要看心情和情況而定。」

「啊，這比較符合。」亞利思說。

「非常適合我，這當然不是我出生時取的本名。」瓦莉對她說。

「誰的名字又是本名呢？」亞利思喃喃說著。

瓦莉點點頭。「只要合理就好。我父母幫我取名字的時候，根本不算認識我，名字當然不適合我啦。」

「我從沒用那種角度想過，不過確實有道理。我母親取的名字比較像是給……非常女性化的女孩。」

「我父母顯然認為我是非常無聊的人。我很快就掃除那樣的誤解。」

亞利思輕笑一下。其實最近經常這樣，笑聲帶有幾乎無法掩飾的神經質。能夠這樣聊天真的很好，她想像正常人就是這樣聊天，努力不去想她以後可能再也不會有這麼友善、平凡的對話。然而，她也不能一直想這種輕鬆幽默的事。

瓦莉拍拍她的頭。「不會有事的啦。」

「你不必假裝對那計畫有信心。只有我們這種容易心軟的人才會相信，還把自己推進火坑。」

「那計畫不壞啊。」瓦莉向她保證。「我只是不喜歡冒險，我從來不冒險。」她聳聳肩。「假如我很勇敢，我會嘗試。」

「我那樣要求你實在不公平。」

「不會啦。我真的……很關心凱文。一方面，我只是不太相信你說的事情真的發生在他身上。他老是好像刀槍不入，這也是他吸引我的原因。就像我說的，我並不勇敢，所以對勇敢的人很著迷。而另一方面……」

---

8 Valentine是情人的意思。

瓦莉向後靠著一會兒，她手上沾滿唇膏的小刷子突然顫抖起來。她的臉孔依然完美，但突然之間又變成洋娃娃臉。非常精緻，但是空洞。

「瓦莉，你還好嗎？」

瓦莉眨眨眼，她的臉突然又活了回來。「很好。」

「你的部分結束後，你就會離開這裡，對吧？」

「當然。我有很多朋友可以保護我。也許我會去找張先生，我敢說他還是那麼古板，不過他在北京有很棒的地方。」

「北京聽起來真美好。」亞利思略略嘆氣。如果能活過今晚，只要能夠弄到一本護照，不管叫她做什麼她都願意。她會散盡剩餘的積蓄，也就是凱文販毒的所有金錢。只要能到美國政府無法輕易染指的地方，聽起來都像貨真價實的天堂。

「假如……」其實說「等到」比較恰當，亞利思心想。「假如天都亮了還沒有聽到我們半點消息，就去找張先生吧。假如可以，我會用公共電話打給你。」

瓦莉微微一笑。「你有我的號碼。」她抿著嘴唇。「你也知道，有個傢伙……我也許能夠弄到一件警犬背心。」

亞利思看了她一會兒，隨即感覺到自己臉色一沉。要執行現在這個新計畫，這個自殺計畫，亞利思絕對不可能保護愛因斯坦的安全。

「這想法太棒了，讓我心情好多了。」她的樂觀字眼完全不符合臉上的表情。

瓦莉伸出一隻光腳，輕輕滑過愛因斯坦的背部。牠抬起尾巴，在大理石地板上拍了一下，但沒有顯得很熱絡。

「好啦。」瓦莉用比較開朗的語氣說。「你完成了。我要趕快把自己弄好，然後我們就出發。」

瓦莉消失在衣櫥裡，亞利思則仔細端詳自己的臉。瓦莉完成另一次傑作。亞利思看起來很漂亮，但是不豔麗。頭髮顯然是她自己的真髮，這很重要；她今晚肯定會遭受仔細檢查，假髮是最明顯可辨的部分。看起來真的很像她自己選擇的角色。當然啦，如果能完全不化妝，她會覺得比較自在；以她的經驗來說，扮演他們這種特殊角色的人往往不化妝，不會小題大做，也不自負。不過，那是她的過去經歷所加諸的包袱。

她在愛因斯坦旁邊蹲下。牠抬起頭看她，毫無疑問是懇求的眼神。她摸摸牠的口鼻，然後揉揉牠的耳朵。

「我會盡最大的努力，我一定帶他回來。如果我真的搞砸了，瓦莉會照顧你。那樣很好。」她保證。

愛因斯坦的眼神沒有改變，不接受藉口或安慰，只是懇求。

「我盡量。」她發誓。她用額頭靠著愛因斯坦的耳朵，就這樣依偎一會兒。接著，她嘆了一口氣，站起來。愛因斯坦把頭靠在腳掌上，氣呼呼地自顧嘆氣。

「瓦莉？」亞利思叫道。

「再兩秒鐘，」瓦莉回應。她的聲音聽起來好遙遠，簡直像是在美式足球場的另一端。這間浴室很棒，很像炫麗旅館套房的浴室，但沒有像瓦莉的另一個地方那麼瘋狂。也許這裡多餘的空間全都保留給衣櫥了。

她聽見瓦莉關上衣櫥門，於是抬起頭；看到眼前的變化，她感覺到全身瞬間一震，隨即點點頭。

「看起來大概是對的。」她表示讚許。

「謝謝，特務的某些部分我可以勝任。」瓦莉回答。

瓦莉穿的服裝非常顯眼。她穿著印花長裙，從下巴包到手腕再一直包到地板，很類似印度的紗麗，但是包得更緊。類似圍巾的部分層層環繞整件衣服，略微遮掩身形。看起來好像直接來自前衛派伸展臺，可能也確實是。看了令人難忘。不過從背後看，你只會覺得她長得很高。她戴著厚厚的黑色假髮，螺旋狀的鬈髮往四面八方亂捲，這樣確實很容易吸引目光，而且一方面可以遮掩頭型，同時也略微遮住她的臉。她手上拿著一副寬邊的黑色太陽眼鏡，應該可以掩飾得很好。

「可以走了嗎？」瓦莉問道。

亞利思深吸一口氣，然後點點頭。

亞利思開著瓦莉的一輛銅綠色積架車，停在山丘上的停車計時器旁，這裡可以俯瞰一棟暗灰色的混凝土辦公大樓。瓦莉堅持要開這輛綠色車子……這自然是另一位仰慕者送的禮物。她說，假如非得讓車子沉入湖裡不可，這輛車她不會覺得可惜。

從這個角度，亞利思可以看到通往地下停車場的入口。其實還滿悲哀的，卡爾斯頓始終沒有搬去更好的辦公室。也許他喜歡這種壓抑的環境吧。也許這種氣氛很適合他的工作，而他喜歡所有事情彼此搭配。他的工作項目可能沒有包含讓亞利思容易下手，不過現在這種情況還滿好的。

她和瓦莉在積架車裡坐了一個多小時，瓦莉下車去投幣一次。她們沒有交談；亞利思的思緒飛到九霄雲外，不斷思考她計畫的各種疏漏，盡可能嘗試修正。好多地方必須交給運氣來決定；她痛恨運氣。

亞利思想像瓦莉的心思飛到北京。那是逃亡的好地方，瓦莉在那裡可能很安全。亞利思好希望自己和丹尼爾現在能搭上班機飛往北京。

丹尼爾可能不會比她更喜歡等待。他目前在公園裡，等到亞利思抵達之前，他沒有任何事可以殺時間，也完全不曉得事情如何發展。她至少有瓦莉陪伴在旁，雖然此刻她們並非彼此的最佳良伴。

最後，下方終於有了動靜，她連忙坐直身子。車庫入口處的紅白條紋車擋緩緩升起，有人要出去。前兩次警戒都是快遞貨車，但這一次是一輛黑色轎車開出車庫。亞利思發動引擎，將車子開到街上。有人在她後面按喇叭，但她無暇往後瞥一眼，視線緊盯著轎車不放。從這個距離看來，那輛車似乎符合卡爾斯頓的黑色BMW轎車。不過現在才剛過下午四點，不太是政府官員該離開辦公室的時間。

現在是第一個大好機會。等到艾琳．卡爾斯頓—波伊德很確定女兒失蹤了，一定驚慌不已，立刻打電話給父親。對吧？艾琳知道他身負某種重要的政府工作，認為他握有權勢也很有能力。女兒遭到綁架，她不會只仰賴警方辦案。但是應該要花這麼久才行動嗎？亞利思最後一次查詢時，沒有電話打進卡爾斯頓的辦公室，他也一直待在那裡。毫無疑問，一定是還在處理審問凱文的工作。

她認為他會直奔女兒身邊，這似乎是唯一可能的反應。但萬一卡爾斯頓有其他選項呢？萬一他反而派遣一支祕密特種部隊呢？他會不會那麼冷酷？假如他非得這樣不可……也有可能如此。

不過，狄佛斯一定有能力單獨審問幾個小時，對吧？

亞利思開車迂迴前進，作風比較採取攻勢而非守勢，即使遇到快要來不及通過的黃燈也不停下。她知道從卡爾斯頓辦公室前往動物園有兩條最佳路線，她猜想艾琳是從動物園打電話。那位驚慌的母親是否會離開最後看到女兒的地方，以便確定孩子沒有躲在某個樹叢後面？萬一電話是從警察局打的，那麼有好幾種可能發展，卡爾斯頓也有好幾種可能路線。

有很多因素要由運氣來決定。

BMW開向正確的街道，也就是她認為前往動物園的最快路線。他開車也有點不平穩。她小心跟在後面隔著兩輛車的位置，不想驚擾到他。

車子是對的，車牌符合，駕駛的背影也看似卡爾斯頓的明顯禿頭。

亞利思期待能從後照鏡看到他的眼睛，但他似乎專心看著道路。她轉進平行的隔壁車道。

她理應覺得放心一點，畢竟這一部分符合原本的計畫。不過，感覺好像有人在她的胃底鑽出一個大洞；一旦開到卡爾斯頓的車子旁邊與之並行，她覺得自己可能會反胃想吐。因為，假如這部分真的完成，就表示她必須繼續執行計畫的其餘部分。

前方轉變成黃燈，車流繼續前進，但卡爾斯頓開始減速。他知道自己差太遠，應該來不及通過。他前面那輛車也剎車了。亞利思大可停在自己車道的停止線前，因為她前面那輛車向右轉走。然而，她直接停在卡爾斯頓的旁邊。

她揮揮手，整張臉直直面對他的側臉。動作刻意做得很大，擺明了要吸引他的邊緣視野。

卡爾斯頓不自覺瞥見動作，他的心思顯然飄到遠方，內心的憂愁讓他的額頭皺成一團。他過了一會兒才意識到自己看到什麼。在那一瞬間的震驚之中，他還來不及猛力踩下油門、拔出一把槍或撥出某個電話號碼，就看見她手上拿著一支手機，螢幕上有小女孩睡臉的放大畫面。

他的神情凍結住，開始慢慢理解實情。

她很快跳下車，衝向他的乘客座車門。她沒有回頭看著瓦莉滑進駕駛座，不過聽見背後車門關上的聲音。亞利思的手指扳住BMW乘客座車門的門把，等待門鎖喀拉一聲打開。她立刻坐進他旁邊。整個不需言語的交流過程只花了不到兩秒鐘。他們後面的車子也許覺得很好奇，不過到了下一個紅綠燈可能就忘了這番換車之舉。

「向左轉。」她對卡爾斯頓說，同時瓦莉則是向右轉，轉朝東邊開去。積架車消失在轉角處。

卡爾斯頓很快就回過神來。他打了方向燈，跨越到左邊車道，差點撞到一輛要穿越紅綠燈的貨車。亞利思從杯架拿起他的手機，關掉電源，然後塞回自己口袋內。

「你想要怎樣？」他問。他的聲音聽起來很冷靜，不過沒有抑揚頓挫，可以聽出他很緊張。

「我需要你幫忙。」

他花了一點時間消化這句話。

「下個路口向右轉。」

他小心聽命行事。「你的搭檔是誰？」

「雇來的某個人。不關你的事。」

「我真的以為你這次死了。」

亞利思沒有回應。

「你對莉薇做了什麼？」

「沒什麼不可挽回的。還沒。」

「她只有三歲。」他的聲音顫抖，這點很不尋常。

她轉過頭，對他露出懷疑的表情，這其實多此一舉，因為他的視線一直沒有離開前方的道路。「真的嗎？在這種時候，你期待我多關心平民一點嗎？」

「她又沒有對不起你。」

「那麼，卡爾斯頓，德州那三個無辜的人又有哪裡對不起你？」她說著，看到他又想張嘴回答。「別說了，你顯然只是嘴巴說說而已。」

「你到底想要我怎樣？」

「凱文．比奇。」

又是一陣冗長的沉默，卡爾斯頓的腦子重新盤算一番。

「下個路口向左轉。」她指示說。

「你怎麼會……」他搖搖頭。「他沒有在我這裡。他在中情局手上。」

「我知道他在誰手上，我也知道狄佛斯根據你的指示審問他。你的專家主導這案子，我很確定你知道他們在哪裡審問他。」她虛張聲勢說。

他臉色鐵青，直直盯著擋風玻璃外。

「我不懂到底發生什麼事。」他嘀咕著說。

「那麼，我們就來聊聊你絕對很懂的事。」亞利思用冷酷的語氣說。「我和巴納比曾經調製一種小小的混合劑，叫作『死期』，你當然記得吧？」

他的蒼白皮膚開始顯得斑駁，臉頰和脖子冒出一點一點的暗紅色斑點。她拿出手機，他的視線不自覺飄向它。那張照片現在恢復成原本尺寸，可以看到打進他外孫女手臂的靜脈注射裝置位於前景非常顯眼的地方，上面掛的幾袋東西包括生理食鹽水、營養液，還有一袋比較小，暗綠色，掛在最下面。

他盯著照片看了足足一秒，然後視線又移回前方道路。

「多久？」他咬著牙問道。

「我很慷慨。十二小時。已經過了一小時。整個行動最多應該不會超過四小時。然後奧莉薇亞就會安全送回她母親身邊，毫髮無傷。」

「而我要死？」

「坦白說，經過這遭，我們倆都沒受傷的機會並不大。卡爾斯頓，很大的因素取決於你的表演能力。說來幸運，我們都知道你的說服能力有多強。」

「假如我都沒有犯錯，而萬一你死了，結果會怎樣？」

「莉薇的運氣真不好。就這方面來說，她母親也是。東西已經開始運作了，假如你真的關心家人，你會盡最大最大的努力讓我活著。」

「你有可能是吹牛，你從沒做過這麼冷血的事。」

「政策改變了，人也會變。我可以再分享一個祕密嗎？」

她留點時間讓他回應，但他只是繃緊下巴，直直盯著前方。

「狄佛斯派出殺手小組時，凱文・比奇並不在德州。在的人，是我。」她讓最後兩個字在空中迴盪了一會兒，然後才繼續往下講。擁有表演能力的人不是只有卡爾斯頓而已。「卡爾斯頓，我不是你以前認識的那個人了，我現在有能力做的事，你聽了一定會很驚訝。下一個路口向右轉。」

「我不知道你想達到什麼目的。」

「那我們就來認真討論。」亞利思說。「凱文在哪裡？」

卡爾斯頓沒有猶豫。「他在城市西邊的一處地點，以前是中情局的審問間，不過他們有很多年沒用了。在官方說法上，它已經遭到廢棄。」

「地址呢？」

他憑記憶流暢唸出，沒有停頓。

「安全層級如何？」

他的視線瞥過來，目光端詳了她一會兒，然後才回答。「我沒有那方面的資料。不過根據我對狄佛斯的了解，一定超過基本所需。他會全心投入。他很怕凱文．比奇，就是因為這樣，才會想出利用他哥哥的整齣戲碼。『沒有風險，』他是這麼說的。」卡爾斯頓輕笑一下。聽起來有挖苦的意味，一點都不好笑。

「他知道我的長相嗎？」

卡爾斯頓瞅了她一眼，滿臉驚訝。「你要進去？」

「他認得我嗎？」她質問道。「我的檔案資料他看過多少？你有沒有給他看過地鐵以後的監視畫面？」

卡爾斯頓緊抿著嘴唇。「從一開始，我們就同意雙方……各自獨立處理。這是必要須知。好幾年前，他曾經調閱你的招募舊檔案，還有你進行幾次審問的詳細資料。他可能還有那些資料，但沒有比較近期的。舊檔案裡面唯一的照片是你母親的葬禮上拍的，那時候你很年輕，頭髮比較長也比較黑……」他停下來，似乎陷入沉思。「狄佛斯不是很細心的傢伙，我猜他沒辦法把你和那張照片聯想在一起。你看起來再也不像那個十九歲的茱莉安娜．佛提斯了。」

她希望他說的是對的。「我的人生不只是走鋼索而已。」她提醒他。

「我知道。而且……那等於是我下的賭注。可是，你真的要進去裡面？我不知道你想要進去幹嘛。」

「我們，卡爾斯頓，是我們一起進去。而且，可能吧，我們一起迎接槍林彈雨。」

「然後讓莉薇付出代價？我完全不能接受。」他咆哮著說。

「那就多幫我一點忙。」

他深吸一口氣，她瞥了一眼。他顯得疲累之至。

「那麼這樣好了。」她建議。她運用直覺。她曾聽到卡爾斯頓在電話中怒罵一個特定的人，她認為自己猜得出那人是誰，畢竟那是狄佛斯提出的計畫，而且一次又一次失敗得很誇張。「由狄佛斯負責這個聯合行動，讓你很不高興，這樣描述還算精確嗎？」

他咕噥一聲。

「關於進行方式，你和狄佛斯曾經有不同的意見嗎？」

「可以這樣說。」

「他認為你很信任他去處理凱文．比奇的審問工作嗎？」

「不，針對這一點，我會說，他認為我不相信他的收網方式是正確的。」

「告訴我，你的審問專家是誰。」

卡爾斯頓露出苦瓜臉。「不是我的人。他是狄佛斯的僕人，而且他很低能。我對狄佛斯說，像凱文．比奇這樣的人，如果碰到普通的審問員，他死都不會開口。你大可高枕無憂，如果你關心的是這點的話。他們不可能突破他的心防。比奇還沒說出關於你的半點訊息，除了他殺掉你以外。我認為他們根本沒有追查那件事的後續。說句公道話，我也相信了。」

她很驚訝。「所以，你從來沒有找人取代我？」

卡爾斯頓搖搖頭。「我試過。我從一開始就沒說謊，你記得吧？『天縱奇才是稀世珍寶。』」他引述自己說過的話，然後嘆口氣。「自從我『失去一項危險資產』之後，狄佛斯箝制我們部門的發展已經有很長一段時間。中情局封鎖我的招募工作，除了實驗室以外全部關閉。現在我們製造的東西，大概隨便哪個半吊子的普通藥學家都做得出來。」他搖搖頭。「看他們的所作所為，好像覺得你一開始變得那麼危險並不是他們造成的。」

「你還假裝自己不是那個決定的一份子？」

「假如我是一份子，現在早就受到懲罰了。」卡爾斯頓愁眉苦臉地看著擋風玻璃外。

「如果狄佛斯知道你偷偷培養有才能的人，他會很震驚嗎？」

卡爾斯頓的反應總是很快。他噘著嘴，然後一邊點頭一邊說。「大概震驚個半秒，然後他會很生氣。他百分之百負責目前的計畫，但他知道我的懷疑與日俱增。所以，不，他不會那麼驚訝。」

「你不喜歡佩斯搞定事情的方式？他看起來像是務實的人，我以為你們會相處得很好。」

「所以你真的拼湊出來了。我想也是。不過我敢說，要不是佩斯一開始反應過度，你恐怕永遠都猜不出來。政治權術向來影響不到我，愚蠢才會。錯誤已經造成，但是佩斯有種嗜好，他喜歡把一種錯誤與更糟糕的第二種錯誤混合在一起。然後還有第三種。他把我們全部捲進一團混亂裡。」

「卡爾斯頓，你到底在說什麼？意思是我們站在同一邊？就像你說的，每個人都犯了錯，但是你不應該再一次仗著我容易心軟受騙。」

「我不指望你會相信我，不過事實就是這樣。我從目前的狀況得不到半點好處。假如佩斯成功了，狄佛斯的將軍星等會升級，最後會坐上中情局局長的位置。我這輩子的工作早就被大卸八塊。你可能不知道，我們倆比較屬於同一陣營。」

「如果你覺得這樣說比較高興，那就說吧。這不會改變我的計畫。」

「我們一起進去。」他沉吟道。「你是我的祕密徒弟，我堅持由你取代狄佛斯的笨蛋屠夫。就這點來說，絕對行得通。我不知道你怎麼想。」

卡爾斯頓說到「屠夫」時，她努力克制擔心畏縮的衝動。一切都要看凱文還能撐多久。

「看著辦。」她說，盡力讓語氣維持平穩。

「不，別這樣說。這計畫很漂亮啊，除非你也擬了計畫。」

她沒有回答。她的計畫不夠強。

「只是好奇一問。」她問道，企圖讓卡爾斯頓分心，不特別注意她的反應。「多明尼克・荷根是什麼時候死的？」

「賈姆穆的實驗室遭到摧毀的兩個星期後。」

她點頭。那麼就如同她的猜測。巴納比一定看過某種東西，於是開始他的準備工作。

「我有個點子。」卡爾斯頓自告奮勇說。

「應該是好點子。」

「你覺得假造一點傷勢如何？也許像是手臂吊帶？九天前，我們在土耳其發生一點狀況，有一個腦筋動得很快的下士得到一些很好的情報。他完全就是我有興趣招募的那種人，但是情況變糟了，敵方的武力企圖救援，那個下士沒有活下來。不過，也許那情報其實是由我的祕密分支計畫得到的，而那個人想辦法活下來了。」

她盯著他看。

他舉起一隻手，做出投降狀。「好吧，不一定要照我的方法做，那只是個點子。狄佛斯知道那件事，於是我帶你進去比較站得住腳，不像突然心血來潮。」

「我想，我可以弄點傷勢。」亞利思冷冷地說。

到達會面點之前，他們將故事情節順了很多次，卡爾斯頓也詳細描述審問室的細節。那不是美好的圖像，她也感覺到他們的生存機會越來越嚴峻了。

卡爾斯頓將車子開到鄰近小型市立公園的停車場，然後遵照指示，把ＢＭＷ轎車停在停車場上唯一一輛車子旁邊。這都在亞利思的預料之中，但是看到那個高大的金髮男子坐在公園長椅上等候，她依然嚇了一跳。

這是第一次測試，假如丹尼爾無法通過測試，她就準備中止計畫。無論卡爾斯頓和狄佛斯彼此獨立執行計畫的程度有多徹底，卡爾斯頓肯定看過新聞中丹尼爾的照片。她透過眼角觀察卡爾斯頓，評估他的反應。他一臉茫然的樣子。

「這是誰？」他問。

「你的新助手。」

「有必要嗎？」

「引擎熄火。」

丹尼爾站起來，很快朝他們走來。丹尼爾一路靠近，亞利思觀察著卡爾斯頓的表情有沒有變化。

「卡爾斯頓，我沒辦法每分每秒都盯著你。」她語氣親切地說。「把後車廂打開。」

丹尼爾把裝備從轎車後方搬進ＢＭＷ的行李廂時，她和卡爾斯頓默默等待。丹尼爾完成後，站到卡爾斯頓的車門旁邊等待。

「出去。」亞利思說。

卡爾斯頓讓雙手不離開亞利思的視線，慢慢打開車門，走下車。亞利思下車時，看到他盯著丹尼爾看的神情。她試圖以客觀中立的角度打量丹尼爾。他是高大的男子，即使戴著眼鏡和挺個大肚子，看起來也有能力對付卡爾斯頓。在這種情況下，卡爾斯頓很有理由顯得小心翼翼，甚至可能感覺害怕，不過他隱藏得很好。

丹尼爾遵照指示，一句話都沒說。他只有短暫迎上亞利思的目光，努力保持面無表情。他的下巴略微伸出，很像他在奧克拉荷馬市遭受醉酒小子恐嚇時那樣，看起來比較危險，不過也稍微比較像凱文。卡爾斯頓有沒有看過凱文的照片？

丹尼爾站立在駕駛座門邊，手臂垂放在兩側，隨時準備好。

「雙手放在車頂上，不要動，直到我回來為止。」亞利思對卡爾斯頓下令。

卡爾斯頓做出嫌犯雙手撐在警車上的動作。他一直低著頭，但亞利思看得出來，他正透過車窗反射的影像打量丹尼爾。目前沒有認出的跡象，但亞利思無法確定卡爾斯頓是否隱藏自己的反應。眼看停車場的燈光照著兩個男人禿頭的同一位置，亞利思稍微分心了。

「這位是湯瑪斯先生，」她對卡爾斯頓說。「假如你企圖出賣我，或者逃跑，或者傷害我，你大概兩秒半之內就會死。」

卡爾斯頓的鬢角出現一串汗珠。假如他連汗珠都假造得出來，那她還真是刮目相看。

「只要可能危害到莉薇，我都不會做。」他厲聲說。

「很好，我馬上回來。我要去幫自己添加一點傷勢。」

她說到「傷勢」的時候，丹尼爾晶亮的藍眼睛瞥了她一眼；他強迫自己回神盯著卡爾斯頓。

她的東西全都整齊堆放在BMW的行李廂裡。她拉開急救用品袋，快速翻找一下，找出需要的東西，然後剪下一小段紗布和膠帶。她抓起手提包，轉身離開，讓行李廂繼續開著。公共廁所位在小遊樂場的另一端，她快步走向女廁，打開電燈。

這裡沒有洗手臺，而且好幾天沒有打掃，說不定有好幾個星期了，於是她把袋子掛在肩頭。她用沙礫狀的肥皂粉把瓦莉的精緻化妝成果用力擦掉。這樣比較好。化妝不符合她的性格，而且如果有人近看，臉上貼的假皮膚也可能提供警訊。她的瘀青和繃帶顯然都會引起注意，不過那也會讓人比較認不出她。人們比較不會細究傷痕底下的臉孔。

她很高興看到黑眼圈還沒消褪，臉頰也留有原本瘀青的黃色印記。她下巴的黏合方式太業餘了，不過正常人反正會用繃帶包紮起來。

廁所沒有紙巾，不過有破損的烘手機。她用T恤把臉擦乾，然後在下巴和耳朵貼上紗布；她多花了一點時間處理，看起來比較像醫師的傑作。她穿的黑色T恤和粗厚緊身褲很有用，舒適的服裝是這工作的一部分，而行李廂內的實驗衣又能提供她所需的專業形象。

天色逐漸昏暗，她走回車子時，聽到卡爾斯頓試圖引誘丹尼爾，不過丹尼爾只是低頭看著那男人，雙唇緊閉不語。

亞利思從行李廂取出實驗衣穿上，然後用手掌撫平皺褶。滿意之後，她關上行李廂，打開後座車門。

「洛威爾，稍息。」她對卡爾斯頓說。他小心翼翼直起身子。「你和我一起坐後座，湯瑪斯先生負責開車。」

「沉默寡言的同夥。」卡爾斯頓一邊鑽進打開的車門，一邊發表意見。

「他在這裡的目的不是逗你開心，而是要讓你守規矩。」

亞利思關上他那邊的車門，然後繞過車子，從另一邊上車。卡爾斯頓盯著她。

「茱莉，你的臉……弄得非常真實。現在看起來好像完全沒化妝。」

「我學會很多新招，而且現在的名字是喬登·雷德醫師。請向湯瑪斯先生指出我們的目的地。等到距離目的地只剩五分鐘的時候，我就把手機還給你。」

她與丹尼爾的視線在後視鏡中交會。他的頭微微搖晃一下，表示他們兩人獨處過程中，卡爾斯頓沒洩露半點訊息，讓丹尼爾覺得自己的身分已經被認出來了。

丹尼爾發動引擎。卡爾斯頓把地址告訴他，還有簡短的路程指引。丹尼爾點了一下頭。

卡爾斯頓轉向亞利思問道：「我猜，現在有人照顧莉薇吧？」

「猜測是永遠說不準的，你也知道。」

「茱莉，假如我做了最大的努力，假如我用盡一切方法……」卡爾斯頓開口說著，語氣突然毫不掩飾情緒。「拜託，拜託放莉薇走。趕快打電話，就算……就算你沒能逃出去，看你得做什麼就趕快做。我知道你有太多的理由要傷害我，可是，拜託，不要傷害寶寶。」他到最後變得像是講悄悄話。她覺得這番話很像發自內心說出來，他盡了全力。

「假如我不成功，就沒有辦法幫她做什麼了。很抱歉，卡爾斯頓，我也希望可以用其他方法，可是我既沒有時間，也沒有資源。」

他的雙手用力掐緊自己的大腿，死盯著他們。「你最好知道自己在做什麼。」

她沒有回答。他可能猜到這代表什麼意思了。

「如果我們失敗，」他說著，聲音變得比較有力，「至少要把那個混蛋狄佛斯一起拖下水。你辦得到嗎？」

「我一定會辦到。」

「我們差不多再過五分鐘就到了。」

「好，拿去。」

亞利思把手機遞給卡爾斯頓。他把手機打開，接著，頓了一秒，然後從通訊錄選了一個號碼。手機透過車子的擴音器響了兩次撥號音。

「你幹嘛掛我電話？」一個男人回答。他壓低聲音，幾乎像是用氣音講話，但是亞利思可以聽出那是低沉的男中音。他聽起來氣炸了。

卡爾斯頓也很火大。「我以為一直沒有進展啊。」

「我沒時間跟你搞這個。」

「我們誰有時間搞這個！」卡爾斯頓厲聲說。「夠了就是夠了，我再過兩分鐘就到大門，先對他們交代一聲，我和我助理來了。」

「什麼……」狄佛斯才剛開口，卡爾斯頓就切斷通話。

「真愛吵。」亞利思評論說。

「這是我們正常的溝通方式。」

「希望是。」

「茱莉，我這部分會盡力。假如沒有把莉薇扯進來，我想我真的會很樂在其中。我實在受夠那個浮誇的笨蛋了。」

他們停在一棟建築物旁，要不是有兩輛車停在入口處旁邊，看起來很像早已廢棄。眼前有一小塊空地，四周有三邊設置了陡峭的人造斜坡，提供防衛效果，第四邊則是貌似低調的一層樓混凝土建築。除非進入這塊空地，否則從外面看不到建築物的正面。這個地點很隱密，四周有綿延好幾公里的倉庫和蘇聯風格辦公大樓，一定都隸屬於某個政府部門，而且幾乎全部閒置不用，交織其間的迷宮般道路也一樣荒涼，她懷疑有人真的能隨隨便便就晃回這個地方，於是很慶幸卡爾斯頓帶他們穿越迷宮。她希望丹尼爾留心記住路線，她自己也嘗試記住，但兩人很可能不會一起出去。

建築物的小扇窗戶都有遮蔽裝置，沒有透出半點光線。這點料想得到。一樓空蕩蕩，用以偽裝。

卡爾斯頓下了車，繞過來幫她開車門，已經開始扮演他的角色了。她差點笑出來，想起自己身為「天縱英才」會是如何。嗯，這是她今晚要扮演的角色，她必須好好入戲。

丹尼爾把行李廂裡的金屬滾輪工具箱拿出來，拉過去交給她。可能已經有人正在監視，但她看不到攝影機藏在哪裡。

「拿的時候小心一點。」她以嚴厲的語氣提出警告，從他手中接過拉把。她拉直左手的袖口，作勢拍掉袖子上看不見的灰塵。丹尼爾走過去站在卡爾斯頓右肩後方。她注意到丹尼爾小指上的金戒指，其實與他整個人不太搭調，但他的其餘部分真的是……即使在昏暗的停車場上，他的黑西裝看起來也很正確，樣式保守，不昂貴；國內每一位聯邦調查局探員的衣櫥都有這樣的行頭。沒有徽章，然而沒有人認為在這部門工作的助手會配戴識別物。這不是講求功績的組織。

她挺起胸膛，面對黑暗的建築物，努力讓自己接受血淋淋的事實：她很可能再也看不到這醜陋的停車場。

第三十章

「雷德醫師，往這邊走。」卡爾斯頓說著，帶他們走向一道單調的灰色門。丹尼爾緊跟在他後方，背對著亞利思。亞利思在他們倆後面步伐輕快，努力以她的短腿跟上腳步。

卡爾斯頓沒有敲門，只是直接站在門前，作勢等待，一副已經按了門鈴的樣子。

卡爾斯頓才剛站穩，門就打開了。應門男子身穿的西裝與丹尼爾沒什麼不同，不過他穿的是嶄新的西裝，布料還很有光澤。他比丹尼爾矮一點，肩膀比較寬，左手臂底下有塊明顯的凸起。

「長官。」男子說，然後向卡爾斯頓敬禮。他留著左右剃得很短的軍人平頭，她猜想他穿著制服可能會比較自在。不過他的外表也是偽裝的一部分，制服應該在樓下。

「我需要立刻見狄佛斯。」

「是的，長官，他通知我們您會到達。往這邊走。」

那個士兵突然轉身，往裡面走去。

她跟在丹尼爾後面走進一個單調的辦公空間，鋪著灰色地毯，有幾個狹小的辦公隔間，一些看起來坐著會很不舒服的椅子。她背後的門關上了，發出結實的砰一聲，以及不祥的喀噠聲。依舊有人正在監視，這點毫無疑問；她可不能冒險回頭看那個鎖。她必須期盼那個鎖是要把人擋在外面，而非關在裡面。那個士兵沒花什麼時間就把門打開了。

士兵俐落轉身，沿著一條昏暗走道往前行，帶他們穿越好幾個陰暗的房間，房門都是打開的；最後他停在走廊末端。那裡有一扇門，牌子上面寫著「工友用品室」。他伸手到左手袖子裡，拿出一段螺旋線，上面附著一把鑰匙。他把門鎖打開，帶頭入內。

房間很昏暗，只有緊急出口照明燈的昏暗燈光，位於正對面的另一扇門頂上。有不少拖把和水桶靠著牆壁排列，八成只是做做樣子。士兵打開緊急逃生門，顯露出一個毫無特徵、內襯金屬的箱子。是一部電梯。她早料到會有這種東西，只希望丹尼爾能好好控制他的表情。

他們跟著士兵走進電梯。她轉身面對電梯門時，發現只有兩個按鈕。士兵按了下面那個鈕，她感覺到電梯立刻開始下降。她不能確定，不過感覺至少下降了三層樓；這不一定需要，但目的是要令人驚慌失措。這棟建築物使用的審問方法與她以前主導的方式並不相同，不過仍有一部分程序是類似的，都會讓受審者感到驚恐和孤立。

真的有用；她這兩方面的感受都增加了。

電梯猛然停下，門打開，眼前是燈光明亮的接待室。看起來很像機場的安檢站，只是沒那麼人潮洶湧，也更沒有色彩。這裡只有兩個人，身穿深藍色的軍裝制服，還有一座標準的金屬探測門和一個低矮櫃臺，甚至還有塑膠小托盤，用來裝皮帶和車鑰匙。看到那身制服，亞利思認為這些一定是佩斯的人馬。

這個房間的監視攝影機非常明顯。

卡爾斯頓向前走，顯得很不耐煩而且自信滿滿。他把手機放在托盤裡，再放進一把零錢。接著他高視闊步穿越方形金屬門框。丹尼爾快步跟在他後面，把車鑰匙放進另一個托盤，然後趁卡爾斯頓拿起自己東西之前先行拿起，交還給他。

亞利思把鋼鐵工具箱拉到探測門的旁邊。

「我想，你們恐怕得親手檢查。」她一邊說，一邊穿越探測門。「我有很多金屬工具，拜託小心一點，我有些東西是易碎物品，有些是加壓裝置。」

兩名士兵彼此對看一眼，顯然不確定該怎麼辦。他們看著她那張受傷的臉，再看看她的工具箱。高個子蹲下去，打開最上層抽屜，矮個子又看了她的臉一眼。

「拜託小心一點，那些針筒很脆弱。」她又說一次。

這時，矮個子士兵看著高個子士兵拿起最上面一盤針筒，只發現下面還有一盤同樣的針筒。他小心放回去，沒有查看兩個盤子底部。他又打開第二個抽屜，然後很快看了他的同伴一眼。接著看看卡爾斯頓。

「長官，我們不該讓武器通過這個檢查站。」

「我當然需要用到手術刀，我不是來這裡玩拼字遊戲。」亞利思說，語氣流露著惱怒。

兩名士兵又看了她一眼，開始顯露出理解的眼神。

「沒錯，我就是那種訪客。」她好想這樣說。

他們可能看透她表情的意思吧。高個子直起身子。

「關於這方面，我們必須獲得授權。」他急忙轉身，穿過他們背後的金屬雙扇門。

卡爾斯頓氣得哼了好大一口氣，兩隻手臂交叉在胸前。亞利思刻意做出不耐煩的表情。丹尼爾一動也不動站在卡爾斯頓的右肩後方，面無表情。他表現得非常好，完全沒人特別注意他。對那些士兵來說，他只是其中一個幫忙提公事包的無名小卒，這正是她所期盼的。瓦莉到目前為止都是對的……他們會對她投以太多注意力。

才過了短短幾分鐘，門又打開了。高個子士兵帶了另外兩個人回來。

很容易就能看出哪個人是狄佛斯。他比較矮，模樣比他聲音的感覺更憔悴，但是動作顯得很有權威。他並沒有看著其他人走向哪裡，而是預期別人會圍繞在他身邊。他穿著剪裁合身的黑西裝，價格和樣式都比丹尼爾和門口守衛身上穿的高了好幾個等級。他的頭髮是鐵灰色，但依舊濃密。

狄佛斯後面的男子看起來不太拘謹，亞利思猜想他便是審問官。他身穿皺巴巴的T恤和黑長褲，看起來很像手術服。他的棕色直髮油膩膩的，而且凌亂不堪，滿是血絲的雙眼有大大的眼袋。他顯然度過漫長的一天，但是定睛看著她身上的實驗衣，以及依然拉出手術刀托盤的工具箱，他的眼睛冒出兩團火。

「卡爾斯頓，這是怎麼一回事？」他咆哮說。

卡爾斯頓和狄佛斯都沒有看著他，他們的目光緊緊盯著彼此。

「你到底以為自己在幹嘛？」狄佛斯以平靜的語氣問道。

「只要有更好的選項，我絕不會讓那個沒用的傢伙殺了受審者。」

狄佛斯頭一次看著她。她努力想表現得冷靜，但是眼看他仔細端詳，目光在受傷的臉上來回檢視，她依舊感到心跳加速。

他回頭看著卡爾斯頓。「你從哪裡突然得到這個更好的選項？」

至少他沒有立刻認出她，也還沒有仔細端詳丹尼爾。他們倆又彼此瞪了一會兒，敵意宛如電流一般，在他們之間來回奔竄。

「我一直在開發替代選項，以便挽救這個計畫。這個替代選項已經證明她不只是堪用而已。」

「怎麼證明？」

卡爾斯頓的下巴微微抬起一公分。「土耳其的烏盧代雷鎮。」

電流似乎因為這個字而中斷了。狄佛斯不自覺退後一步，氣呼呼地哼了一聲。他再次看著亞利思包紮繃帶的臉，然後面對他的敵手。

「我早該知道土耳其不只是那樣而已。卡爾斯頓，這超過你的權限了。」

「我目前手上沒什麼事，只是想讓自己比較有價值。」

狄佛斯噘著嘴，回頭又瞥了她一眼。「她很行？」

「看了就知道。」卡爾斯頓打包票說。

審問官抗議，「可是我剛好到了緊要關頭，你不能現在突然把我拉掉。」

卡爾斯頓輕蔑地朝他瞥了一眼。「林道爾，閉嘴啦，你根本就不夠格。」

「好吧，那就來看看，你這個比較好的選項能不能給我們需要的東西。」狄佛斯酸溜溜地說。

房間正如同卡爾斯頓的描述：素面混凝土牆，素面混凝土地板。一道門，一大片單向鏡隔在這間房間和觀察室之間，一盞圓形的吸頂燈從天花板灑下燈光。

從前，這房間會有一張桌子、兩張椅子，還有非常亮的桌燈。受審者會遭受訊問、滔滔不絕的訓話、威脅和施壓，不過程度僅此而已。

如今，原本放置桌子的地方有一張手術臺，看起來很像以第一次世界大戰為題材的電影裡會有的東西，是一張沒有鋪面的結實不鏽鋼桌，附有輪床之類的輪子。角落有一張折疊椅。這個場所的功能性遠遠比不上「部門」的高科技套房，但顯然連最機密的紀錄都看不到這場審問的存在。

她保持客觀的觀察眼光，並祈禱丹尼爾能對眼前情況保持必須的克制力。

丹尼爾隨著卡爾斯頓和其他人進入觀察室，因此位於單向鏡後面，她看不到他。兩群人分頭行動之前，狄佛斯和其他人都沒有再注視她的臉。她只能孤注一擲了，暗自期盼他現在不會把原本的冷淡態度轉變成懷疑。

凱文躺在桌面上，單獨一盞燈照著他，手銬和腳鐐都沒少。他全身赤裸，身體因為汗水和血水而溼漉發亮。長時間的燒灼讓他起了水泡，形成好幾道歪七扭八的平行線，沿著胸口往下延伸。肋骨部位翹起一些薄片，參差不齊的皮膚邊緣有點泛白，可能是酸液的作用。他的腳底滿是水泡，也同樣有點泛白。林道爾在燒傷上面再倒酸液。凱文的左腳又少了一根腳趾，位於原本少的那根趾頭旁邊。

林道爾的工具被丟擲在地上，鮮血和他的髒汙腳印搞得一片狼籍。她知道地上也有一根趾頭，但是第一眼沒有瞥見。

她本來預期有一套乾淨的臨床設備，那是她習慣的設置。這裡則是野蠻狀態，她厭惡到皺起眉頭。

凱文很有警覺心。他看著她跟在審問官後面走進來，緊緊控制住表情。

為了表示嚴謹，藉以嘲諷林道爾的不專業工作習慣，她彎腰探向工具箱，小心擺出幾個放滿針筒的托盤。

「這是怎樣？」凱文啞著嗓子問道。她不自覺抬頭看了一眼，發現他是對單向鏡那邊說話，不是針對她。「你以為一個小女孩可以搞垮我？我覺得這個嘍囉已經很低能了。坦白說，你們這些傢伙會一直這樣挫敗下去啦。」

堅持要待在房間裡的林道爾，這時氣炸了，傾身靠在臺面上。他伸出一根手指，戳進凱文胸膛的傷口裡，那是燒傷上面外加的割傷。凱文咕噥一聲，咬緊牙關。

「別擔心，比奇先生。『小女孩』剛好可以讓你好好休息一陣子。恢復一點力氣吧，我晚點再回來，然後我們會來點很有成效的對話。」

「夠了！『醫生』！」亞利思以俐落的語氣厲聲說道。「我同意讓你觀察，但現在有勞你離我的受審者遠一點。」

林道爾朝鏡子瞥了一眼，彷彿想要搬救兵，結果只得到沉默作為回應，於是只能氣呼呼地皺起眉頭，走去坐在那張孤零零的椅子上。他一落坐，似乎略顯虛脫，不知是因為疲累還是自覺丟臉，她看不出來。

亞利思轉身背對林道爾，拿出一雙藍色的乳膠手套。過程中她偷偷把一小塊金屬物品塞進掌心，暗藏在右手手套底下。

她走到臺面邊緣，伸腳把林道爾在地上搞出的混亂清出一塊範圍，動作很謹慎。

「哈囉，比奇先生。你覺得如何？」

「很好啊，甜心，可以再多進行幾個回合。看來某人已經和你過得很爽，對吧？希望他樂歪了。」

他咬著牙吐出這些話時，她開始檢查他的狀況，拿一支小手電筒照他的眼睛，然後評估手臂和雙手的血管狀況。

「我想，有一點脫水。」她說。她直視鏡子，同時把他的右手放回臺面上，將薄薄的鑰匙塞進他掌心。「我想，這裡準備了靜脈注射吧。請給我一根點滴架好嗎？我自己有生理實驗水和針頭。」

「我敢打賭你很熟悉『那一根』。」凱文說。

「比奇先生，沒必要這麼粗俗。現在我來到這裡，情況會變得文明多了。我對目前的情況致上歉意，這一切非常不專業。」她輕蔑地哼了一聲，以最犀利的眼神瞪了林道爾一眼。他別開臉。

「親愛的，如果這是扮白臉那一套，抱歉，你實在不是我的菜。」

「比奇先生，我向你保證，我不是扮白臉的。我是專家，而我現在應該要警告你，我不玩愚蠢的遊戲，不會像那一位……審問官，」她本來想用比較不好聽的字眼，但話鋒一轉決定改口。「浪費你的時間。我們立刻開始進入正題。」

「好呀，蜜糖，咱們就開始辦事，我一直就是這麼說啊。」凱文努力讓聲音顯得宏亮，而且語氣冷嘲熱諷，但她看得出來，這樣做讓他費盡力氣。

背後的房門打開了，她透過鏡子看到高個子士兵送來點滴架。到目前為止除了狄佛斯和林道爾以外，她只看過另外四個人，但可能還有更多人沒出現。

「把那個放在臺面前端就好，謝謝你。」她說著，沒有轉頭看那人，語氣很輕蔑。她彎腰拿起需要的針筒。

「你現在要用那一根跳舞給我看了嗎？」凱文咕噥說。

她直起身子，以冷酷的眼神看著凱文。「這只是一個範例，讓你看看我們今晚會做什麼。」她一邊繞過臺面，一邊對他說。她把針筒放在他的頭旁邊，然後掛起食鹽水袋和導管。房門關上了，但她的視線一直盯著凱文。她再度檢視他的靜脈，然後選擇左手臂。他沒有抵抗。她小心刺入針頭時，試圖查看剛才給他的鑰匙，但完全沒看到。她掃視地面，拿起放眼所及最大的刀片，把它放在凱文的右手臂旁邊。「你看，我不需要用這麼粗魯的武器；我有更好用的東西。我總是這樣想，在我用盡全力之前，如果能讓受審者理解他會面對什麼樣的狀況，應該比較公道一點。你的想法要讓我知道。」

「我會把想法告訴你，你這個……」凱文爆出一大串粗口，讓他之前充滿創造力的所有描述方式相形見絀。這男人真的很有才華。

「我很欽佩你的勇氣，真的。」亞利思聽完之後說。她舉起針筒尖端，對準靜脈留置針。「不過請你了解，那樣是白費力氣。遊戲時間結束了。」

她將針頭刺穿塑膠，壓下活塞。

反應幾乎立刻出現。她聽到他吸呼加速，然後開始尖叫。

林道爾猛然抬頭。她看得出來，他從來不曾讓凱文產生這種反應，儘管用盡方法也一樣。她聽見單向鏡後面傳來騷動聲，顯示觀眾向前靠近，然後也聽見微弱的喃喃說話聲。她想，她可以辨認出其中包含驚訝的語氣，這很令人滿意。不過坦白說，這全都要靠凱文的演技。

她知道凱文現在有什麼樣的感覺，力量在他的血管裡奔竄，所有的痛苦全部消失。此刻她注射的「續命丹」是自己用過最高劑量的兩倍以上，把他較重的體重和需求都考慮進去。他的尖叫聲很原始，幾乎是勝利的狂喜。她希望自己是唯一注意到其間細微差異的人，他只是對自己身體所受的傷害記憶猶新，不管現在是否還感覺得到。

她只等了五分鐘，過程中一邊用腳打拍子，一邊不動聲色看著他；而凱文善盡職責，不斷持續高聲尖叫。她希望藥物在他血液內盡可能停留得越久越好，等到藥效消退後，他會累到不能動。

「好啦，比奇先生。」她一邊說著，一邊將普通的食鹽水導入靜脈注射管線。他需要這樣的暗示。

「我想，現在我們彼此了解，所以我讓這個停下來。我們可以談談了嗎？」

凱文又多撐了一下子才恢復，其實應該不必那麼久，不過他對她的藥物並不了解。他假裝慢慢才解脫，而亞利思很慶幸丹尼爾站得很靠近卡爾斯頓，手上已戴好塗有毒物的戒指。因為只有卡爾斯頓能看出這是騙局。

過了一分鐘後，凱文的呼吸聲依然很沉重，他還真的擠出眼淚流下臉龐。她很容易就忘記凱文是祕密任務的專家，因為從沒看過他實際執行的樣子，不過應該想像得到，他很善於掌握這類表演。

「嗯，比奇先生，現在如何？我們是要全力進行，還是你想先聊一聊？」

他轉頭看著她，雙眼圓睜，飽含著很有說服力的恐懼。

「你是誰？」他輕聲說。

「專家，我對你說過了。我相信那位『紳士』，」語氣很諷刺，朝林道爾點一下頭。「有一些問題要問你？」

「如果我說了，」他依然輕聲說，「你會不會離開？」

「當然，比奇先生。我只是一種工具，用來結束這些事。只要你能夠滿足我雇主的需求，以後就再也不會看到我了。」

這時林道爾張口結舌，毫不掩飾，但亞利思有點擔心。他們必須繼續演下去，但在此同時，有人會相信凱文這麼容易就被擊垮嗎？

凱文低聲呻吟，閉上雙眼。「他們不會相信我的話。」他說。

她不確定凱文是怎麼辦到的，不過看來他的右手手銬再也沒有鎖在手腕上了，手銬的兩半只有最微小的一點點沒對準。她認為除了她以外沒人看得出來。

「如果你說實話，我會相信你。那麼就把你想要說的事情告訴我吧。」

「我真的幫過……可是……我不可以……」

她伸手抓住他的手，彷彿想要安慰他。她感覺到鑰匙掉回她的掌心。

「你當然可以告訴我。但是請不要企圖拖延時間，我不是很有耐心。」

她拍拍他的手，然後繞到另一邊，查看靜脈注射管線。

「好，我不會拖時間。」他虛弱地喃喃說著。

「那好吧，你想要告訴我什麼事？」她伸手放在他左手上面，將鑰匙塞進他指間。

「我曾經幫忙……內部的叛徒。」

「什麼？」林道爾很大聲地倒抽一口氣。

她狠狠瞪了他一眼，然後轉頭看著鏡子。

「你的人沒辦法控制自己，我要他離開這房間。」她語氣嚴厲地說。

一陣電子雜音傳遍整個房間。她抬頭尋找擴音器，但是沒看見。

「繼續。」狄佛斯下令，他的聲音聽起來很不真實。「假如再有任何不當行為，有人會護送他出去。」

她對著自己的鏡中映像皺起眉頭，然後轉身俯視凱文。

「我需要一個名字。」她堅定地說。

「卡爾斯頓。」他輕聲說。

不！

神經已經非常緊繃了，她還得奮力抵抗想要打他一巴掌的衝動。不過，凱文當然無從得知她怎麼到達這裡。

她聽見觀察室裡一陣騷動，於是連忙提高音量。「比奇先生，我認為很難相信這是真的，畢竟因為有卡爾斯頓先生，我才會來這裡找你。如果他想逃避事實，就不會派我來了。他很清楚我有什麼能耐。」

凱文半閉著雙眼，對她投以厭惡的眼神，接著再度呻吟起來。「我的接應者就是告訴我這個名字。我能說的就只有他告訴我的事。」

接得好，她酸溜溜地心想。

即使有她和凱文的宣言，騷動還是沒有平息，她聽見音量升高和一些動靜。林道爾也心煩意亂，望著玻璃那邊。

她再度嘗試拿起一支新的針筒，把它底部的一個小裝置放進口袋裡。「原諒我，我把這一切想得太簡單了一點……」

「不，等一下，」凱文氣喘吁吁地說，講話的音調提高了一點。「狄佛斯派了那傢伙來，他知道我講的是誰。」

嗯，這樣也許可以讓一灘水變得更混濁一點。讓兩個名字都浮上臺面。

然而，這並沒有平息觀察室裡的騷動。她必須採取行動。玻璃另一邊意想不到的情勢其實有個好處，他們顯然沒有非常謹慎地盯著她。時機到了。

「林道爾先生！」她突然叫道，沒有直視著他。她透過鏡子的映照，看到他也受到隔壁房間動靜的吸引。他猛然轉頭看她。

「我擔心這些腳鐐有點太緊，我需要他的循環系統表現出最理想的狀態。你有鑰匙嗎？」凱文可以猜到這番話的涵意。他繃緊肌肉，準備就緒。林道爾匆匆走向臺面。觀察室裡有個聲音壓過其他人的聲音，大聲吼叫。

「我不知道你到底在講什麼。」林道爾抱怨說，眼睛盯著凱文的腳踝和受傷嚴重的腳。「這又不會阻礙他的循環系統，把它們放鬆實在很不安全。你根本不曉得自己對付的是什麼樣的人。」

她走過去靠近他，輕聲說話，於是他非得傾身向前才聽得到。她的口袋裡有個電磁脈衝發射器，她用拇指按住它小小的閃光電容器。

「我完全知道自己對付的是什麼樣的男人。」她喃喃說著。

她用左手啟動電容器，然後用右手把針筒刺進林道爾的手臂。

頭頂上的燈光開始閃爍，砰的一聲爆裂掉，燈泡碎片灑在燈罩的樹脂玻璃表面發出清脆聲響。幸好脈衝波沒有震破樹脂玻璃，否則對凱文裸露的皮膚就不妙了。整個房間變暗了。

脈衝波不夠強，沒能影響另一個房間。模糊的光線透過鏡子照進來，她可以看到玻璃的另一邊有許多黑暗人影動來動去，但是看不出誰是誰，也不曉得發生什麼狀況。

林道爾來不及發出完整的尖叫聲，就已倒在地上渾身抽搐。她也聽到凱文移動的聲音，不過聲音輕得多，而且比林道爾的咻咻揮擊聲更加果決。

在黑暗中，她清楚知道工具箱的位置。她旋即轉身，蹲在工具箱旁邊，拉開倒數第二層抽屜，把托盤上的針筒全部撥到地上，然後伸手探尋底下的隱藏隔間。

「夾竹桃？」凱文喘著氣。她聽到他跳下手術臺，靠近點滴架。

她抓起最先摸到的兩把槍，跌跌撞撞走向他聲音來處。她撞進凱文胸口，他連忙伸出兩隻手臂扶著她，免得往後倒下。她把槍推到他胸前，這時另一個房間傳來兩聲槍響。玻璃沒有破碎，表示他們不是對審問室開槍。第三槍，然後又有第四槍。

「丹尼在那裡面。」她輕聲說道，凱文聞言從她手中使勁扯走手槍。

他轉身離開，她則是再度跪下，滑向工具箱。她抓出另外兩把槍，是她自己警用手槍的熟悉形狀，另一把光憑觸摸無法辨認。她不小心把自己的西格紹爾手槍交給凱文了。

其實沒關係。她已經達成自己策略的主要目標了：把凱文放開，讓他雙手各拿一把裝滿子彈的槍。現在她的主要功能是後援。她只能期盼這位出色的執行者狀況不錯，能夠把需要他完成的事情全部做好。萬一虐待狂林道爾讓他傷得太重……嗯，那麼他們全都會死。

林道爾已經遭到報應。他可能還活著，但是撐不了太久。他完全無法好好享受僅剩的人生了。

在這一瞬間，另一波震耳欲聾的槍聲傳遍整個混凝土小房間，而這一次，變形的安全玻璃發出隱約的吱嘎聲。

隨著快速的連續四聲回應槍響，窗戶出現裂縫，洩露出黃色的光線，宛如蜘蛛網一般。回應的槍響並沒有改變洩露亮光的裂痕模式，表示他們依然不是對準審問室開槍，而是繼續在觀察室內彼此互射。

她繼續蹲低身子，向前移動，同時持槍對準破裂的方形窗戶，以免有人突然破窗而入。結果是她這邊先出現動靜；一個黑暗的形影猛然衝撞已有裂痕的玻璃，撞穿之後進入隔壁房間。

觀察室裡的那些人距離她只有三公尺，比她用乾草堆練習的距離近多了，感覺似乎很簡單。她以手術臺文撐著雙手，對準房間裡身穿制服的那些人開槍。她沒看到丹尼爾或卡爾斯頓，但沒時間想這麼多。她曾對丹尼爾說，只要開始聽到槍聲就趴下。他只是遵從指示吧。

現在爆發一陣猛烈槍響，但沒有人對準她開槍。士兵們朝那個渾身是血的赤裸男人開火，凱文已經衝進槍林彈雨之中。現在還有六個身穿制服的人站著，她很快撂倒其中三人，他們根本沒意識到總共有兩個攻擊前線。那三人倒下時，後面顯露出他們急欲保護的西裝男。她舉槍瞄準，發現他的目光盯著她，而子彈射出時，他的身體已經移動了；他蹲下去，離開射程範圍，也許沒射中要害，但她不確定。

她看不到凱文的位置，但另外三名士兵也都倒在地上。她從這個優勢位置已經沒有目標可以瞄準。

亞利思衝到空蕩蕩的窗戶邊，腳底踩著玻璃吱嘎作響，背抵著玻璃旁邊的牆壁。

「夾竹桃？」凱文叫道，他的聲音強而有力且冷靜自制。

聽到他的聲音，寬慰的感覺宛如一道熱浪湧過她全身。「嗯。」

「我們排除障礙了，進來這裡。丹尼倒下了。」

一陣寒意從剛才熱浪燒過的途徑再度沖刷一次。

她把槍枝放進口袋，用實驗衣包住雙手，撐著身子跳過玻璃參差不齊的邊緣。地上滿是亂七八糟的深色制服身體，所有顏色比較淺的物品都濺滿了深紅色斑點，包括臉孔、地板、牆壁。凱文正把自己身上的一具人體推開，他顯然用那人當作盾牌。依然有動靜，不只一個人喘氣呻吟。所以，沒有完全排除障礙，但凱文一定是覺得情況控制住，而且，需求顯然很緊急。

丹尼爾在右邊後面角落……她可以看到蒼白頭頂周圍的淡金色頭髮，但有兩個身穿制服的人幾乎完全遮住他的身體，看起來是倒在他身上。卡爾斯頓則是倒在一、兩公尺外，鮮血從好幾個傷口冒出來，染紅了他的白襯衫。他的胸口還有起伏。

她三兩下就掌握整個情況，評估完畢，然後直直衝向丹尼爾。

「狄佛斯還活著。」她經過凱文身邊時咕噥說著，然後透過眼角餘光看到他點了頭，開始蹲伏前進，移向房間遠端的左邊角落。

躺在丹尼爾胸口的士兵幾乎沒有流血，但他的臉呈現病態的紫色調，嘴唇也冒出粉紅色泡泡。她匆匆觀察壓在丹尼爾腿上的那個人，發現也有同樣的現象。這兩人都死於丹尼爾戒指上的毒物。她企圖把第一個男人的癱瘓身軀從丹尼爾身上拉開，又看到一些新的鮮血泡泡從他的唇邊冒出來。

她內心有一部分從現場情況抽離開來，另外一部分則好需要尖叫、驚慌、猛力喘氣。她讓恐懼結成冰，迫使自己保持專注和客觀。等一下還有機會好好發洩情緒。此時此刻，她必須身為戰場上的醫師，動作迅速且確實。

她終於把壓在丹尼爾胸口的男人推開，突然間到處都是鮮血。她撕開丹尼爾鮮紅溼透的襯衫，要找到出血處實在太容易了。她曾接受的所有訓練、她曾受雇為創傷醫師的所有時日在在告訴她，早就已經太遲了。

這是必死無疑的完美一擊，射穿他胸口的左上方。無論是誰射出這一槍，他都胸有成竹。這是極少數能讓人立刻倒地的一槍，直接射穿心臟，讓他倒地之前就死了。他可能還沒感受到任何疼痛就死了。

她連一點辦法都沒有，即使從頭到尾都沒有離開他身邊，結局也一樣。她讓丹尼爾來這裡保護她，這項選擇殺了他，就像他心臟裡那顆子彈一樣，殺了他。

第三十一章

不該是這樣啊，槍枝應該都會對準亞利思和凱文。一團混亂中，居然沒有人對她開槍，連一槍都沒有；她全身毫髮無傷。丹尼爾理應隱身在背後，沒有人會注意他。根本沒有理由把這麼完美的一槍浪費在某個無名助手身上。那個殺人槍手應該要瞄準亞利思才對。

她明知這計畫有很深的破綻，但從沒想過自己能夠穿越槍林彈雨全身而退。活下來的人理應是丹尼爾啊。

一連串無名的臉孔在她腦中一閃而過，包括她沒能救活的一些幫派份子。其中一個人有名字，卡羅。他的死法幾乎完全一樣，她連一點辦法也沒有。當時喬伊．吉昂卡帝是怎麼說的？「你贏個幾次，也會輸個幾次。」但面對這樣的失落，她要怎麼活下去？

內心想要尖叫的那部分快要衝破表面了，唯有震驚能讓悲痛不致爆發出來。冰冷的停頓狀態沒有止境，思緒透澈、銳利，周遭每一絲細節都異常清晰。她察覺到非常遙遠的某處傳來掙扎的聲音，凱文以他最粗礪的嗓音瘋狂喊叫：「狄佛斯，現在你的深層防線在哪裡啊？」她可以聞到毒戒指的受害者發出惡臭，也聞到溫暖鮮血的活生生氣息。她可以聽見卡爾斯頓躺在她背後努力喘氣的聲音。

接著，突然之間，又有另一個淺弱的吸喘聲，從她低垂的頭旁邊傳來。

她的雙眼猛然睜開，本來都沒意識到自己閉上了眼睛。她認得那種聲音。

她發了狂，將手上的手套撕扯掉，猛力拉伸，緊緊貼覆在丹尼爾胸口的彈孔上。她簡直不敢相信，看著他的肺苦苦掙扎，企圖要透過乳膠手套吸取空氣。她把手套邊緣稍微拉起以便透氣，讓空氣排出，接著讓手套再度繃緊皮膚，讓他吸氣。

他居然正在呼吸。

這怎麼可能？雖然子彈看起來正中目標，但一定不知為何偏離了心臟。她很快重新評估狀況，發現出血量其實沒有一開始認為的那麼多，沒有多到像是心臟打穿了一個洞。而且他正在呼吸，假如子彈真的射穿，絕對不可能如此。

她把另一隻手用力塞進他的肩膀底下，瘋狂摸索射穿的傷口。她的指尖摸到外套的撕裂口，於是把手指塞進衣服洞裡，然後伸進他背後的傷口，拚命想堵住氣流。背後的傷口感覺沒有比胸口更大。子彈直直射穿出去了。

「凱文！」她粗礪的尖叫聲包含了所有的恐慌，她自己徹底驚呆而沒有發覺。「我需要我的工具箱，快點！」

又有行動的聲響，但她沒有抬頭查看那是不是凱文正在幫她，抑或是戰勝的狄佛斯移動過來準備殺人。她發現自己根本不在乎那是不是狄佛斯；她一點都不擔心他會對自己採取什麼行動，因為假如凱文倒下了，沒辦法立刻幫她取來所需的東西，丹尼爾再過幾分鐘也要死了。

如果能回到車上，那裡還有更多她需要用到的東西，但她不曉得該怎麼把丹尼爾救回來。

她的右手肘旁邊傳來金屬碰撞聲。

「夾鏈袋，」她發狂似地吩咐，「最底下的抽屜，左邊。還有膠帶……應該靠近最上面。」

凱文把她需要的東西放在丹尼爾胸口，她的手旁邊。趁著呼氣的時候，她很快把手套換成塑膠夾鏈袋，然後指示凱文把塑膠袋的三個側邊緊緊貼牢。她手邊沒有任何東西可以當作透氣閥而排出多餘的空氣，因此必須讓第四邊打開。這樣一來，他吸氣時塑膠袋會吸附在洞口，然後呼氣時讓空氣排出去。

「讓他翻向我這邊，我得把子彈射出的傷口封住。」

凱文的動作非常小心，把他失去意識的哥哥翻成側躺。希望這樣的姿勢不會對丹尼爾沒受傷的肺部造成壓力。凱文移動他時，她的手必須暫時離開他的傷口，然後趁機用手術刀割開他的襯衫和外套。她把第二個塑膠袋貼在他的皮膚上，同時仔細檢視背後的血泊狀況。確實沒那麼多。簡直是奇蹟，子彈完全沒打中他的心臟，也沒打中主要血管。子彈穿出的傷口看起來很乾淨，她沒看到任何骨頭碎片。假如能讓他持續呼吸，就能夠再撐一個小時。

凱文的聲音打斷她的瘋狂盤算。「卡爾斯頓還活著，你要我怎麼處理他？」

「他還有救嗎？」她問著，同時檢查丹尼爾的通氣狀況和壓力。他已經失血太多，而且休克。她還能摸到手腕有脈搏，但是非常微弱，而且越來越弱。她從托盤頂部抓起一支針筒，幫他注射麻醉劑氯胺酮和另一種止痛劑。

「不太肯定，太多傷。他可能只剩幾分鐘。喔，嗯，嘿。抱歉啦，老兄。」

凱文的語氣到最後突然變了，不是對她說話。

「他神智清楚嗎？」她問。她的雙手沿著丹尼爾的手臂和雙腿撫摸，尋找有沒有其他傷口。

「茱莉？」卡爾斯頓粗啞的聲音非常虛弱。

「凱文，把手術臺搬到這裡來。我們要把丹尼爾搬上車。」她深吸一口氣。「洛威爾，別擔心，我從來沒對莉薇下毒，當然不會。她只是睡著了。到了早上，她就會回到母親身邊，無論我有沒有回去都一樣。」

她讓卡爾斯頓放心的同時，視線須臾不曾離開丹尼爾身上，耳邊也聽見凱文離開又回來的聲響。他推著手術臺穿過窗戶時發出沉重的金屬吱嘎聲，撞到地上的人體還發出沉悶的咚咚聲。她咬著唇繼續處置丹尼爾，取出他嘴裡用來偽裝的塑膠物以免噎到，然後小心移除隱形眼鏡。凱文可以撐多久不會累垮？他還有足足五十分鐘的時間可以好好享受血液裡的藥物，但那不會減輕他身體真實承受的負擔。她必須努力提醒自己，他不是原本那個無所不能的凱文了，她必須讓他輕鬆一點。但是能怎麼辦呢？丹尼爾需要與時間賽跑，假如能把他弄到車子那裡……

「茱莉，以你為榮，」洛威爾．卡爾斯頓靜靜喘氣說。「你努力捍衛自己的靈魂，令人刮目相看……」最後的話漸漸消失，只剩下低沉急促的呼氣。她又聽了一會兒，但現在背後安靜下來了。

她活得比卡爾斯頓還久，她絕對不會把金錢押在這種賭注上面。然而，她沒有感受到期待已久的勝利感，反倒覺得很矛盾。也許勝利感晚一點才會冒出來，等到掌控她的驚恐感受離開後才會。

「把他抬起來安全嗎？」凱文問道。

「小心點。盡可能讓他的胸部不要動，我會抬他的腿。」

他們合力把丹尼爾小心抬到手術臺上。她再度探測他的脈搏，希望還摸得到。

「夾竹桃，給我兩秒鐘，」凱文說著，開始把倒在丹尼爾腳上那士兵的衣服剝下來，那人身上血跡最少。「樓上還有多少人？」

她看看地上的一個個臉孔，似乎認出金屬探測門那邊的矮個子。

「至少有一個不在這裡，很確定。他負責看門。上面似乎沒人，不過這裡的傢伙我事先大多沒看過。」

他已經穿上褲子，再幫受傷嚴重的雙腳套上襪子，然後試穿鞋子。太小了。他從另一個中毒士兵的雙腳扯下鞋子，看起來有點大，不過凱文還是把鞋帶綁緊。

「你那樣可能得截肢。」她說。

他扣好白襯衫，然後套上深藍色外套，領帶就別繫了。「等我們度過這一關，該做什麼我都做。丟掉實驗衣，上面都是血。」

「好。」她同意，以笨拙的動作將兩把槍塞進緊身褲背後的鬆緊帶裡。同時放兩把槍，鬆緊帶不太撐得住。她脫掉實驗衣，丟在地板上。

「好了，把這桌子從所有屍體上面搬過去，然後你應該能在走廊上推著走。我會在前面開路，把剩下的人清除掉。」

過沒多久，她就半跑半走，推著丹尼爾沿著走廊前進，看著凱文消失在黑暗裡，他幾乎是全速衝刺。接著她到了接待室，凱文等在那裡，幫她按住電梯門。這裡空無一人；槍戰一開始，所有人一定都趕到觀察室了。她連忙衝進電梯。

凱文伸手按鈕，電梯門在她背後默默關上。她凝視著凱文按鈕的右手，那是他的慣用手，就在這一瞬間，她突然全都懂了，一邊咳嗽，一邊瘋瘋癲癲笑起來。

凱文以犀利的眼神看著她。「振作一點，夾竹桃。」

「不，不，凱文，你瞧，原來是他的心臟啊，他的心臟長錯邊，長在右邊。所以槍手才會沒射中。」她又忍不住噗哧一聲笑出來。「他活著，是因為他跟你完全相反。」

「控制一下。」他命令說。

她點一下頭，深呼吸，讓情緒平穩一點。

電梯停下來，門打開，眼前是設備室。外面的門是關著的，凱文抬著桌子邊緣走出電梯門，直往那道門走去。

她以為凱文會輕輕打開，沒想到他竟然轟的一聲用力把門甩開。

「救命！」他大喊。「我們在下面這裡需要幫忙！」

接著他默默往前跑。她聽到有腳步聲從其他房間朝他們跑來，越來越響亮……只有一個人，她很確定。她推著丹尼爾，盡可能安靜往前走。

凱文已經就定位，等著警衛繞過轉角。警衛從他右邊跑過去，一隻手握著槍，但放在側邊低處，槍口指著地面。凱文的槍則是舉向高處，一槍命中警衛的後腦勺。那男人癱倒在地板上。凱文走向前，又朝他的頭補上一槍，以求徹底。

走廊實在太窄，沒辦法推著輪床繞過屍體，於是凱文用雙手抓起輪床，把它抬高。亞利思盡可能幫忙，但她很清楚凱文承擔了大部分重量。她不知道他怎麼可能還有這種程度的表現，很擔心這樣一來等於是自殺。

沒有其他警衛了。

「帶他去車子，我在這裡收尾。」凱文下令。

沒有人企圖阻止她；她跑進停車場時，沒有人從黑暗的窗戶裡對她開槍。這時天空已經全暗，唯一的一盞路燈靠近大門，對停靠的車輛投以昏黃的光暈。她伸手探尋丹尼爾的口袋，找到卡爾斯頓的車鑰匙，打開車後行李廂，匆匆找出她的增強版急救包。

她很清楚爆炸急救工具放在哪裡。本來預期是她或凱文（或兩人）會中槍，她也根據那樣的狀況預作準備。她不需要止血帶或浸過止血輔料的紗布，但是有好多個氣胸密封貼片，效果會比她用的三明治式塑膠袋好多了。她也有聚酯材質救生毯、更多的生理食鹽水，還有一些強效的靜脈注射抗生素。子彈是很髒的東西，必須考慮感染的問題……如果她能讓丹尼爾活那麼久的話。

她知道自己沒辦法。光是運用這裡的東西，最多也許只能撐過二十四小時。她撕開一個個包裝時，內心的絕望讓她雙手不斷顫抖。

接著凱文來到她身邊。他把一個沉重的銀黑色方塊扔進行李廂。

「錄製監視畫面的硬碟。」凱文解釋。「我來把他搬進後座。」

她點頭，然後伸手把各種暫時堪用的裝備全部捧起。

她爬進後座的踏腳空間時，發現凱文把每一方面都安置得妥妥當當。丹尼爾以左邊側躺，他的頭枕著駕駛座的頭靠——凱文已經把它拆下來了……看來拆得很暴力。她再度查看丹尼爾的呼吸道和脈搏，依然能從頸動脈探得脈搏。麻醉劑氯胺酮可以讓他保持穩定一段時間，他不會感覺到疼痛，也讓他全身在這種情況下盡量不承受壓力。

車子開動了，她感覺到凱文努力讓行車維持平順，但再怎麼樣都不夠平順。

「停車，給我一分鐘，先把一些東西弄好。」她說。

他踩下煞車。「夾竹桃，快點。」

她三兩下就把臨時的塑膠袋更換成真正的氣胸密封貼片，然後快手裝好靜脈注射裝置，並把點滴袋掛在後座頂上。

「好了。」她說話這時，差點不認得自己的聲音……她很清楚接下來無計可施了，絕望感開始漸漸吞噬她。「你可以開車了。」

「夾竹桃，現在不要放棄。」凱文咆哮著說。「你的能力不只如此，我知道你辦得到。」

「可是我沒辦法再做什麼了，我什麼都做了，這樣不夠。」她哽咽著說。

「他一定能撐過去。」

「凱文，他需要一級創傷中心。他需要胸腔外科醫師和開刀房。我不能在該死的ＢＭＷ後座清理他的傷口或置放胸管！」

凱文默然不語。

眼淚沿著亞利思的臉頰潸然滑落，但她還沒有感覺到悲傷，只對於不公不義、對於他們的情況如此受限、對於她自己徹底挫敗感到憤怒。

「如果我們把他丟在急診室……」她哭著說。

「那就等於把他拱手交給那些壞傢伙。他們會在醫院找他。」

「他會死掉啊。」她低聲呢喃。

「總比最後待在像你剛才把我弄出來的那種地方好吧。」

「我們不能乾脆殺了那些壞傢伙嗎？」

「夾竹桃，佩斯還掌控著情勢，直到他貼上『正確的』貼片為止，而考慮到現在的壓力等級，他也可能又開始抽菸。如果他沒死……就算夥伴全沒了，他也不缺打手可以聽命行事。醫院行不通。」

她低著頭，覺得好挫敗。

時間滴答流逝，她以丹尼爾頸部微弱而穩定的脈搏感受著時間。她可能應該要負責開車才對。她不曉得凱文還能不能撐下去，但那些折磨似乎一點都沒有摧折他的意志，身上無數的傷口對他動作的影響也微乎其微。他是一部機器，至少丹尼爾也擁有同樣的鋼鐵般體質……然而這種時候為了一點希望而找尋各種藉口，無疑是愚蠢的行為。

「假如……」凱文若有所思地開口說。

「怎樣？」

「假如我可以把你弄去某個動手術的地方……假如我可以幫你弄到需要的東西……你可以暫時充當胸腔外科醫師嗎？」

「那不是我的專長，不過……我說不定可以做最基本的處置。」她搖搖頭。「凱文，我們怎麼可能弄到馬上可以用的手術房？假如我們在芝加哥，那當然可以，我認識一個傢伙，可是……」

凱文笑了一下……其實比較像咳嗽。

「夾竹桃，我想到一招。」

亞利思對現在時間是幾點根本毫無概念。也許是凌晨三點，也可能是四點。她累得筋疲力竭，但同時既精力充沛又緊張不安。她正喝著用塑膠杯裝的第七杯咖啡，拿杯子的那隻手抖得好厲害，液體表面看起來很像縮小版的暴風雨海面。嗯，沒關係，她再也不需要穩穩的雙手了。

喬伊．吉昂卡帝。沒想到她能從那位黑手黨老友感受到這麼大的溫暖，但今晚她深深祝福他的名字。假如她不曾在黑幫做過那麼大量又密集的創傷處置，這時絕對不可能把丹尼爾拉出難關。過去曾救治的每一位暴徒和流氓都讓她增添了那麼多經驗，今晚把所有經驗加總起來，她才能同時扮演緊急醫療救護員和外科醫師的角色。也許她應該寄一張謝卡給喬伊吧。

她伸出空著那隻手，一邊顫抖一邊順順自己的頭髮，突然好希望自己是老菸槍，像佩斯一樣。老菸槍只要一根菸在手，似乎總是心境平和。她需要某種東西讓自己平靜下來，讓她激動的心臟慢下來，但唯一能找到的實際安慰是手上這杯超濃的黑泥漿，而這對放鬆心情一點幫助也沒有。

佛克史塔夫醫師在一張塌陷的沙發上打呼，那沙發塞在他辦公室後面牆壁兩個大型儲物櫃之間。如果不提年齡和專業的話，他的能力真是太驚人了。在他的手術室裡，他們需要的很多東西都得一起努力拼湊，不過他創意十足，而且對自己的工具非常熟悉，她也受到激勵而不顧一切拚了。他們一起組成強大的小組，甚至拼湊出臨時替代用的哈姆立克胸腔引流管，看起來滿像一回事的，實際運作狀況也非常好。丹尼爾的心臟監視器發出輕柔的嗶嗶聲，那是她至今聽過最撫慰人心的聲音。不過，那完全無法改善她受到咖啡因過度刺激的神經系統。她想也沒想又喝了一口咖啡。

丹尼爾的氣色很好，呼吸很均勻。看來他確實與凱文一樣擁有非常好的體質，天生就是設計成能夠好好存活。佛克史塔夫醫師說，他從沒見過比這更順暢的手術過程，他一輩子可是處理過無數的肺部創傷，雖然通常是穿刺傷。丹尼爾明天很有可能活著走出這裡。

她小心把咖啡放在櫃臺上，顫抖的雙手握緊拳頭，慢慢走回丹尼爾床邊的凳子坐下。其實這是把兩張手術床合併在一起，這裡所有的床對丹尼爾來說都不夠長。

過了一會兒，她的頭倚著包住塑膠套的薄靠墊，閉上雙眼。

她想著他們今晚完成的事，想著她差點把丹尼爾的性命拿去交換所得到的成果。

狄佛斯和卡爾斯頓都死了，除了韋德．佩斯以外，可能再也沒有其他活著的人知道她的存在。而佩斯活著的時間也屈指可數了。希望真是如此。

凱文躺在地上打呼，他的頭枕著一個舊狗床當作枕頭。她曾為他注射最大安全劑量的止痛劑，而等到丹尼爾脫險之後，佛克史塔夫醫師也幫凱文清理傷口。現在對凱文來說，睡覺是最棒的事。

到了這時，瓦莉應該已經把奧莉薇亞送到緊急護理中心，而且特別選了沒有戶外監視器的地方；亞利思還附上語法錯亂、淚痕斑斑的道歉紙條。她心想，警察看了大概不會繼續認真偵辦這起綁架事件吧。莉薇毫髮無傷，對於自己離開艾琳身邊也沒有半點記憶。這八成是某個瘋狂母親錯以為小女孩很像自己的小孩，認為是兩年前遭到分居丈夫帶走的小孩長大了，而華府警察肯定沒有太多時間追查這類案件。一定有好幾起小孩失蹤的案件符合她提供的籠統線索，害當局一直搞錯調查方向。說不定他們會聯想到莉薇的綁架事件與她祖父死於同一天有關，但也可能不會。仔細檢查卡爾斯頓的死會發現充滿暴力，與綁架事件的動機完全不同。看起來比較像是可怕的巧合。

背後那些幽靈般的力量，那些操縱傀儡繩索的人，一定得把所有事情掩蓋掉。有一項事實對他們很有利：中情局的第二把交椅，以及理應不存在的地下祕密行動計畫首腦，竟然與一群美國士兵彼此駁火。傀儡的主人很可能還沒把那裡的證據調查清楚，就會下令摧毀整個建築群。他們會稱之為可怕的意外事件，建築物由於結構上的瑕疵而垮掉，太丟臉了。

她想著凱文累垮之前對她說的最後一件事。

「夾竹桃，你絕對辦得到。我知道你一定會救回他的命，因為你非救不可。然後，我們全都會很安全。這種事絕對不會再發生在丹尼爾身上，所以你要讓他度過這一關。」

她很好奇，凱文真的對她那麼有信心嗎？或者只是努力讓她不要驚慌？然而，假如他不相信自己說的話，他會允許自己睡昏成這樣嗎？

「亞利思？」

她猛然抬頭，抬起來的速度太快了，連凳子底下的輪子都往後滑了好幾公分。她跳起來，傾身看著丹尼爾，也連忙握住丹尼爾虛弱探向她的手。

「我就在這裡。」她查看他的點滴。這時氯胺酮的麻醉效果一定退了，不過他還有靜脈注射的止痛劑，不會覺得太不舒服。

「我們在哪裡？」

「安全，暫時安全。」

他的眼睛慢慢睜開，花了一點時間才看見她，然後又過了一會兒才能聚焦。

她本來就相當確定丹尼爾至少兩、三小時之內會睜開眼睛，但那雙熟悉的灰綠色眼睛依然讓她差點說不出話來。她感覺到眼淚汩汩流下。

「你有沒有受傷？」他問。

她哼了一聲。「毫髮無傷。」

他微微笑了一下。「凱文呢？」他問。

「他很好。你聽到的是他的打呼聲……不是電鋸聲喔。」

他的嘴角向下垂，眼睛又閉上了。

「別擔心，他不會有事。」

「他看起來……真的很慘。」

「他比所有人都更強悍……有點像你。」

「抱歉。」他嘆口氣。「我中槍了。」

「是啊，我發現了。」

「卡爾斯頓拿了我旁邊那傢伙的槍，因為狄佛斯拿槍對準他。」丹尼爾解釋。他的眼皮只睜開一點點。「就老人來說，他的動作好快。他們對彼此開槍，可是所有的士兵都排列在狄佛斯那邊。」

亞利思點頭。「那是他們的隊形。」

「狄佛斯下令，他們其中一人就對卡爾斯頓開槍，然後是我。卡爾斯頓跪下去，不過也開了槍。我沒有槍，只好用你的戒指抓住我旁邊那些人的腳踝。」

「你做得很好。」

「我想要搶到槍，可是我打的那兩個人都倒在我身上，沒辦法把他們推開，手臂不能施力。」

「事實上，倒在你胸口那個人可能救了你的命。他壓住傷口，直到我到那裡為止。」

丹尼爾又睜開眼睛。「我以為我死了。」

亞利思必須努力控制情緒。「坦白說，我本來也以為是那樣。」

「我想要撐到你來。我想要告訴你一些事。我知道快不行的時候，感覺好可怕。」

她摸摸他的側臉。「沒關係，你辦到了，你撐過去了。」

這些日子以來，她比較能夠安慰別人了。自從遇見丹尼爾以後，她變了好多。

「我只是想要讓你知道，我一點都不後悔。我好感激之前和你在一起的每一秒，即使是不好的時候也一樣。亞利思，我無論如何都不願意錯過。」

她把額頭靠在他的額頭上。「我也不會。」

他們就這樣保持不動好長一段時間。她聆聽著他的呼吸聲，他的監視器發出的均勻嗶嗶聲，還有凱文在一旁發出的如雷鼾聲。

「我愛你。」他喃喃說著。

她笑了一下，那短促緊張的聲音很搭配她不斷顫抖的雙手。「是啊，我想，我有點能理解那個字了。花了我好長一段時間啊，對吧？不管怎麼說，我也愛你。」

「終於用同一種語言說話了。」

她又笑了一下。

「你在發抖。」他說。

「我攝取太多咖啡因，需要解毒。」

外面仍是寧靜的深夜，因此有車子開到建築物背後停下的聲音很難忽略。亞利思很訝異自己神經產生的反應竟然這麼小；其實沒剩多少神經了吧。她直起身子放開雙手時，只覺得好疲倦。她從後腰拿出自己的警用手槍。

「我真的很希望那是瓦莉。」她喃喃說著。

「亞利思……」丹尼爾輕聲說。

「丹尼爾．比奇，你連移動個一咪咪都不准，」她輕聲回答。「我花了超級久的時間才把你修補好，不是要讓你現在把自己撕扯開。我只是覺得小心一點比較好，馬上就回來。」

她匆匆趕到後門，從小窗簾的邊緣偷看外面。確實是她預期的那輛車，銅綠色的積架車，坐在駕駛座的人也正是瓦莉。她看得到愛因斯坦站在乘客座上。

亞利思明知自己應該要有更多感受，知道這一切都結束了，也知道幾乎每一個尚未了結的事情都結案了。她應該要興高采烈、鬆一口氣、感激涕零，可能還要流下喜悅的淚水。但她的身體完全垮了，咖啡的效果一消退，她整個人昏昏欲睡。

「是瓦莉，跟我想的一樣。」她輕聲對丹尼爾說，同時把槍放在他臨時拼湊的病床床尾。

「你看起來好像快要昏過去了。」

「快了，」她同意。「但還沒。」

「亞利思？」瓦莉從門口走進來時輕聲叫道。

「在這裡。」

愛因斯坦跳進房間，一顆頭不停前後搖晃，尋找凱文的下落。牠發現凱文在地上時猛然停步，發出低低的吠叫聲，頭歪向旁邊，然後朝凱文的臉舔了兩下。凱文的鼾聲斷斷續續。

亞利思以為愛因斯坦會蜷縮身子與牠最好的朋友躺在一起，不過牠的尾巴突然激烈甩動，接著轉過身，衝向她，兩隻前腳跳起來撐著她的髖部，以便舔她的臉。她必須扶著丹尼爾的床，免得被撲倒在地。

「小心，愛因斯坦。」

牠輕輕吠了一聲，簡直像是回答。接著牠跳下去四隻腳著地，小跑步去找凱文，窩在他身邊，一次又一次舔著他的脖子。

聽到凱文說起話來，亞利思嚇了一大跳，她給予的藥物應該會讓他失去……嗯，其實她根本搞不清楚到底過了多久，腦袋疲累之至，連簡單的加法都無法計算了。

「嘿，兄弟，哈囉。」他說話的聲音就像平常的樣子……太大聲了。從他的身體狀況看來，似乎不可能這麼聲若洪鐘。「你想念我嗎？好孩子。你告訴他們發生什麼事，我知道你辦得到。」

「凱文？」丹尼爾問道。亞利思伸出手，很堅定地按住他的額頭，因為他扭動身子，一副想要坐起來的樣子。

「丹尼？」凱文幾乎是吼叫。佛克史塔夫哼了一聲，翻身側躺繼續睡。

凱文想要爬起來，結果齜牙咧嘴。

「你恐怕不該移動……」亞利思才剛開口說，但發現他完全不理會。「喂，至少不要站起來！」

「我很好啦。」凱文咕噥著說。

「你真是白癡，」瓦莉很嚴厲地說。「不准動，只要一下子就好。」

瓦莉不再穿著前衛伸展台風格的奇怪紗麗式服裝，如今穿著寬鬆運動褲和T恤。她從一道門大步走出去，門上寫著「大廳」。凱文跪在地板上等著，一隻手撐著牆壁，滿腹狐疑。瓦莉幾乎立刻就回來，推來一張有輪子的辦公椅，臉上顯現出生氣的線條。假如亞利思還剩下一點力氣，一定會羨慕到嘆氣。瓦莉即使素顏、頭髮胡亂綁起，也沒有比其他人睡得多，但看起來還是美到荒謬的地步。

「我相當確定他們這裡沒有輪椅，不過這應該派得上用場。」瓦莉說。「坐！」

她的語氣聽起來非常生氣，不過還是伸出兩隻手把凱文拉起來。他的腳底一碰到地面就痛得嘶嘶出聲，整個人搖搖晃晃，不過等他一就座，立刻努力想要自己滑動到丹尼爾旁邊。

「哎，別那樣。」瓦莉抱怨說。她推著椅子越過房間，凱文則是把腳小心抬離地面幾公分高。瓦莉把凱文推到亞利思右邊停下來，亞利思連忙移開一步，讓出空間。

凱文看著丹尼爾睜開的雙眼和好氣色，一臉震驚的樣子。他謹慎地拍拍丹尼爾的頭髮，顯然很怕碰觸到他身上其他部分。

「看來你的毒女人真的搞定了。」他以粗魯的語氣說。「不過我搞不懂，你那個禿頭瑞典佬的模樣到底是怎樣。」

「瓦莉的主意。」

凱文點一下頭，顯得心不在焉。「你不該來找我。我不想要你做那種事。」

「換成是你也會那樣做。」

「那不一樣。」他搖搖頭，回應丹尼爾的抗議。「不過你會沒事吧？」凱文抬起頭，看著亞利思尋求答案。

她從鼻子哼出一口氣，點點頭。「他看起來會完全沒事。我不知道你們兄弟倆到底是怎樣，你們的媽媽確定沒有跟某個基因工程超人有一夜情嗎？」

凱文突然向她伸出手時，亞利思的第一個直覺反應是媽媽的笑話講得太過分了。不過還來不及閃躲這一拳，凱文就粗暴地抓住她，把她拉過去，笨拙地用力抱住她。她發現自己半坐在他腿上，兩隻手臂被他的手臂緊緊壓住，等到他決定對準她的嘴唇用力親下去，發出響亮的「啵」一聲來個濕吻，她根本一點辦法也沒有。

「喂！」丹尼爾抗議說。「你的臉離我的毒女人遠一點！」

亞利思把頭扭向側邊，終於又對事物有感覺了……超噁心。「呃，放開我，你這個神經病大變態。」

她聽到瓦莉笑起來。

凱文奮力讓椅子轉了一整圈。「夾竹桃，你是天才，我不敢相信你真的辦到了。」

「別忘了佛克史塔夫，他有一半的功勞。」

他不肯放開她，感覺好像完全沒注意到她企圖掙脫……根本是激烈扭動。「表現得太驚人了！我不敢相信你就那樣走進去，把我弄出來！再也不要跟我說你不是地下情報員……親愛的，你根本就是地下情報員夢寐以求的模範！」

愛因斯坦哀叫一聲，亞利思發現牠的嘴巴輕輕咬著她的手腕，向後拉扯，企圖幫助她脫困。凱文似乎根本沒發現。

她很清楚凱文受傷最重的地方在哪裡，假如非用上不可，她可是不會留情的。「放開我！」

「凱文，」丹尼爾說，他的語氣很慎重但冰冷。「如果不立刻把亞利思放下來，我就用她的槍射你。」

最後，凱文終於放開雙手。她迅速跳開，而兩人都急著轉身看丹尼爾。

「不准動。」他們異口同聲說。

亞利思看出丹尼爾並沒有真的想去拿槍，不禁鬆了一口氣。

「佛克史塔夫？」丹尼爾問。「我知道那名字……我們在哪裡？」

「你還記得佛克史塔夫醫師，」凱文說。「我五年級的時候，他救了我最要好的朋友一命，那時候我朋友掉進捕熊的陷阱。我一輩子都忘不了。」

丹尼爾皺起眉頭。「湯米．維拉斯奎茲掉進捕熊的陷阱？」他滿心困惑地問。

凱文笑起來。「湯米不是我最好的朋友啦。」他摸摸愛因斯坦的頭，而狗兒的臉磨蹭凱文的腿，依舊超開心的模樣。

「等一下……佛克史塔夫？」丹尼爾又說了一次，終於把所有線索拼湊起來。「你帶我來找『獸醫』？」

亞利思伸出一隻手按住他額頭。「噓。來這裡是對的，佛克史塔夫超強，他救了你的命。」

「喂，喂，」佛克史塔夫的粗啞聲音插嘴進來。「亞利思醫師，我只是助理，別想把救回丹尼爾的功勞歸到我身上。」

佛克史塔夫在沙發上坐起來，拍拍頭上亂翹的白髮，在他頭上簡直翹成參差不齊的一圈光暈。那讓她聯想到巴納比，這時她才猛然醒覺，她與這位友善的老人一起工作為何感到如此自在。這位老先生顯然依舊是比奇一家人的忠實老友。

「醫師，很榮幸與你並肩工作，」佛克史塔夫繼續說著，一邊拖著蹣跚步伐走向他們。此刻看來，他因為年紀的關係顯得虛弱，不過先前的漫漫長夜，他可是一點都不示弱。他低下頭，微笑看著丹尼爾。「小子，很高興看到你醒了。」他突然放低聲音，刻意輕聲說話。「小子，你得到冠軍了，這一個千萬別搞砸。」

「喔，先生，我清楚得很。」

亞利思皺起眉頭。她又沒把自己對丹尼爾的情感公告周知，而之前丹尼爾根本不省人事，怎麼老是這麼明顯呢？

佛克史塔夫轉過身。「好棒的德國狼犬。這不可能是愛因斯坦吧？都那麼多年了。」

「其實是牠的孫子。」凱文對他說。

「可不是嘛！」他往下伸出手，摸摸愛因斯坦的耳朵。「真漂亮。」

愛因斯坦舔舔他的手。今天晚上，這隻狗對所有人都滿懷善意。

「好了，凱文，」佛克史塔夫伸直身子說，「你還想再走路嗎？如果想，你就得把那雙腿抬高，而且什麼都不能做，只能休息。年輕人，你敢用那種眼神瞪我試試看。你可以用那邊我的沙發。呃，這位小姐……」佛克史塔夫到現在才頭一次發現瓦莉的存在，頓時目瞪口呆。亞利思曾警告佛克史塔夫，晚一點還有他們的第四位成員會出現，但他顯然沒料到會是這種「維多利亞的祕密」名模等級的女子。

「你可以叫我瓦莉泰。」瓦莉愉快地說。

「好的，嗯，謝謝你。瓦莉泰小姐，你可以把凱文推去那邊沙發，幫他坐上去嗎？真的很……謝謝你。」

亞利思又開始發愣，她的頭好像與身體其他部分解離開來，看著瓦莉把凱文從椅子半推半拉弄上沙發。瓦莉神情煩躁，雙手動作粗魯，但亞利思看到她突然低下頭，親吻凱文的額頭。

「而你啊，醫師……」

亞利思慢慢轉過身，看著佛克史塔夫。

「候診室還有更多沙發，找一張去用。這是命令。」

她顯得猶豫，在原地搖晃一下，看著丹尼爾。

「拜託喔！你們兩個，」瓦莉一邊走過來一邊說。「亞利思，趁你倒下之前趕快去睡。我已經睡了幾個小時。我會盯著他。」

「假如他的監視器有任何一丁點的變化，最細微的變動……」

「我會抓著你改善很多的頭髮，把你拖回這裡來，」瓦莉向她保證。

亞利思彎下腰，輕輕親吻丹尼爾。「我和佛克史塔夫歷經千辛萬苦，又把你整個修補好，別把我們的成果搞砸了。」她抵著丹尼爾的唇喃喃說道。

他說話的嘴唇輕撥她的唇。「想都不敢想。當個好女孩，去睡一下，好好聽我們家老獸醫的話。」

「我要你知道，我現在處於人生的巔峰狀態喔，」佛克史塔夫反駁說。

「來吧。」瓦莉說，然後突然附著亞利思的耳邊說話。「趁你還能走路的時候趕快過去。我很確定抱得動你，可是我不想啊。」

亞利思任憑瓦莉帶著她走出房門，沿著走廊往前走。她專心移動雙腳，完全不想別的事。她的周圍一片黑暗模糊。瓦莉得扶著她躺到沙發上，但亞利思很確定，即使躺在地上她也很高興。她還沒完全躺好就不省人事了。

第三十二章

這是個奇怪的早晨。

對亞利思來說，這也是個時間已經不算早的早晨。空蕩蕩的獸醫院非常寧靜，沒有人打擾她。後來她才知道佛克史塔夫打電話給辦公室的同事們，請他們取消所有約診，並在窗戶放了一塊牌子寫著「家有急事暫停看診」。

她竟然在這種奇怪的地方覺得好安心……明明是不熟悉的地方，明明是她沒有準備陷阱或防禦措施的地方。

但情況已經改變了。她本來一心只想要救出凱文，但昨夜的行動竟同時大大扭轉了他們的處境。凱文仍舊困在有輪子的辦公椅上，包裹紗布的雙腳也抬高放在輪凳上，但他依然像平常一樣生龍活虎。瓦莉一看到亞利思就不見人影，換她跑去沙發上睡覺了。丹尼爾原本閉上眼睛不想理會他弟弟，但一聽見亞利思的聲音就立刻「醒來」。佛克史塔夫顯然出去張羅午餐，其他人留了一個貝果和奶油乳酪給她吃。

亞利思著手檢查丹尼爾的狀況，要不是曾與凱文．比奇共事過，她不可能相信丹尼爾恢復得這麼快；她一檢查完，立刻抓起早餐，以及佛克史塔夫帶回貝果時一起帶來的報紙。她一邊嚼著貝果，一邊瘋狂翻閱報紙。他們創造出頭條新聞……不過知道內情的人就只有這個房間的幾個人。

「夾竹桃，這一切感覺好虎頭蛇尾。」凱文抱怨說，他拿著一根掃帚推動他的椅子，繞著整個房間團團轉。「拿槍射他還比較好玩。」

今天的重大頭條新聞是韋德・佩斯的致命動脈瘤。新聞記者幾乎沒有停下來稍微默哀一番，旋即開始猜測霍蘭總統尋找新的競選搭檔會採取什麼策略。

「嗯，反正你射倒了狄佛斯。」

「不過呢，我太擔心丹尼了，結果沒有享受到。」他沉吟道。

關於狄佛斯到底如何占了上風抓到他，凱文的解釋很簡略。亞利思感覺到他很尷尬，不過她自己的尷尬並沒有比較少。狄佛斯的偏執狂把他推到極致，又有誰能夠準備到那麼充分？超過四十個人，在他周圍三邊部署成防線，每一邊都從狄佛斯的所在位置延伸出去將近兩公里遠。只要狄佛斯發布驚慌的訊號，那三邊人馬就會蜂擁而至。凱文堅持認為，如果他維持自己的作風、隨身攜帶火箭筒，最後一定辦得到。

新聞完全沒有提到其他事，沒有提到市郊有一處地下碉堡發生激烈槍戰。沒有隻字片語提到中情局副局長失蹤了，沒有提到卡爾斯頓，甚至沒有提到他的外孫女遭遇相當程度的公開綁架。也許要看明天的新聞吧。

凱文不認為如此。

「那會說是煤氣管爆炸之類的。他們會把真正的實情埋藏得很深。如果有任何消息洩露出去，他們會先放消息說，甘迺迪總統在達拉斯遇刺的槍手是賈桂琳・甘迺迪。」

他說的可能是對的。

他們當然不可能百分之百確定，也得繼續小心提防，但壓力確實大幅減輕。亞利思很清楚，如果能說服自己相信他們運氣真的很好，那麼她會覺得無事一身輕，簡直像皮膚底下灌進一層氦氣般輕盈。

吃過午餐後，佛克史塔夫拆掉亞利思耳朵的縫線，並稱讚丹尼爾縫得很平整，她把功勞歸給他。其實亞利思覺得很疑惑，這位白髮老人到底了解多少呢？他們全都沒有向他解釋這些不尋常的傷勢從何而來，甚至連掰個故事都沒有，但佛克史塔夫沒有開口詢問，也沒有表現出好奇的樣子。他沒有質疑一項事實：凱文不是應該死在監獄裡嗎？這點顯而易見，因為丹尼爾偷偷對她說，佛克史塔夫曾經參加葬禮。他只問候他們小時候的老朋友，更特別的是問起他們共同知道的一些動物。雖然亞利思根本還沒學會認識什麼是愛，不過她認為自己也可能愛上佛克史塔夫，只有一點點啦。

然而，他們不可能永遠住在動物醫院裡。佛克史塔夫還有其他患者。針對各種選項討論了一會兒，瓦莉讓亞利思大吃一驚，因為她自願再次收容他們，回到那間宛如宮殿一般的頂層豪華公寓，現在那裡很安全。當然是要付費的。對於她的提議，最震驚的人似乎是凱文。

「你別太自以為是喔，」她對他說。「我想要那隻狗，而且我真的很喜歡亞利思和丹尼，喜歡的程度差不多等於我受不了你的程度。」接著，她吻了他……吻了好久，久到每一個人都快受不了。佛克史塔夫很有禮貌地轉過身，但亞利思看到呆掉。她永遠無法理解瓦莉究竟看上凱文的哪一點。

「那麼……」凱文終於開口說。

亞利思從整理工作轉過身；她還沒有完全打包好。凱文倚著亞利思和丹尼爾在瓦莉家共用的房間門口，左手臂撐著門框頂端。在那一瞬間，亞利思好嫉妒高個子，雖然這種感覺很無聊。這些日子以來，她經常有這種感覺，因為身邊老是環繞著巨人。她把這念頭拋開。

「那麼怎樣？」

「那麼，今天的會面進行得怎樣？你和佛克史塔夫有沒有什麼結論？」

他不必問丹尼爾現在人在哪裡……如果這棟大樓的其他住戶靠近一點，丹尼爾光是平常淋浴唱歌的音量就足以惹上麻煩吧。邦喬飛的歌曲還沒唱完；他現在特別熱愛〈射穿我的心〉這首歌。亞利思一點都不覺得有趣，不過她努力不對這種事煩心。

「獸醫認為丹尼爾沒有問題，可以離開了，我也同意。你們比奇家的人真是生來有神靈護祐。」她搖搖頭，依舊對於丹尼爾恢復得這麼快又這麼徹底感到有點懷疑。「還有，他想要再觀察你的腳。」

凱文皺起眉頭。「我的腳很好。」

「我只是傳話，別遷怒到我身上。」

他的眉頭漸漸舒展，恢復原本的表情。不過繼續站在門口看著她。

「那麼……？」她學他說話。

「那麼……你們到底有沒有想好要去哪裡？」

亞利思聳聳肩，一副不置可否的樣子。「還沒有很特定的想法。」出於心虛，她轉身繼續面對那些舊行李袋，再度檢查自己儲藏的化學用品，查看是否全部保護妥當，不致推擠受損。她自己也承認，她可能對井然有序太過執著了，這些東西可能根本不需要按照字母順序排序。不過她手上有大把的時間，而且除了在網路上搜尋可能的新住所以外，她不曉得該做什麼才好。丹尼爾已經拒絕一天檢查超過四次了。

「你和丹尼談過了嗎？」

她點點頭，但依舊背對著凱文。「他說，無論我想去哪裡，他都沒關係。」

「我想，他準備當你的跟屁蟲了。」

凱文的語氣聽起來很漫不經心，不過亞利思知道，那一定是努力裝出來的。

「我還沒有特別跟他討論過那部分，不過，沒錯，他的設想確實似乎是那樣。」

他過了一會兒都沒說話，而她的袋子也實在沒什麼好整理的了。她慢慢轉過來面對他。

「是呀，我也知道一定會那樣。」他的表情顯得漠不關心，只有眼神透露出很深的傷心。

她不想說明全部的實情，但是有所隱瞞讓她覺得很內疚。「他的設想似乎是你也在一起，如果這樣會讓你覺得心情比較好的話。」

凱文的眉頭突然舒展開來，不再緊皺於平常的位置。

「真的嗎？」

「對。在這個節骨眼，我覺得他不能想像又要分開。」

凱文微微歪著頭。「我可以理解。那小子經歷太多事了。」

「他恢復得相當好。」

「確實是，不過我們也不想讓他再受傷害，不希望他再受挫折。」

亞利思知道凱文這樣說是什麼意思。她壓抑既想嘆氣又想笑的衝動，讓自己顯得不動聲色。

「確實是，」她以嚴肅的醫師語氣說。「最好讓他所處的環境越穩定越好，把所有不可避免的改變全部排除掉。」

凱文倒是沒有壓抑嘆氣。他深深吐出好大一口氣，雙手交叉在胸前。「那可能是很巨大的創痛，不過我想，我可以待在他身邊，直到他適應為止。」

亞利思實在忍不住，勉強推拒一點點。「他不會希望你勉強自己，這點我很確定。他一定會恢復。」

「不，不，我虧欠這小子，只要是我得做的都沒問題。」

「他會很感激。」

凱文迎上她的視線，凝視了好一會兒，表情很坦然，但隨即突然害羞起來。剛才那片刻轉瞬即逝，他笑起來。

「你找的地區大概是哪裡？」他問。

「我想的是也許去西南部，或者落磯山脈。中型的城市，座落在郊區。很普通的地方。」

就他們所知，目前沒有人繼續搜尋他們的下落，不過亞利思向來喜歡打安全牌，以防萬一。她無論如何必須使用假名；茱莉安娜．佛提斯在法律上已經死了。

丹尼爾的歌聲突然停下來，然後又重新唱起，聲音蒙在毛巾裡不太清楚。

「我知道有個小鎮可能不錯。」

亞利思慢慢搖頭。他可能早已租了一棟房子，也把新的身分全都打點好了。無論他到底做了什麼，她都已經選好自己的名字。「我想也是。」

「你覺得科羅拉多州怎麼樣？」

尾聲

亞當・柯佩基把今天的檔案放在自己桌上，伸手拿電話，同時做好微笑的表情。他擁有全世界最棒的工作。身為知名主廚行腳節目的助理製作人代表很多意義，但是對亞當來說，這表示工作時間很彈性，有一間安靜的小辦公室，還有源源不斷的踏實感。

他負責安排主廚要在節目上介紹的各式各樣餐廳，都是夫妻一起經營的溫馨小餐廳；他有時候很羨慕貝絲和尼爾總是到處跑，跑遍每一間不起眼的小餐廳，不過他相信自己負責的工作比較適合他急躁的個性。此外，貝絲和尼爾必須吞下一大堆垃圾才能找到璞玉，過去一年以來，尼爾為了節目已經胖了至少十公斤；由於亞當做的是比較靜態的工作，為了不讓自己同樣面臨尼爾的下場，他打造出一張升降桌，工作的時候可坐可站。而且，除非必要，沒有人知道貝絲和尼爾是誰，因此沒有人聽到他們的消息會特別興奮。

星期四下午是亞當最喜歡的時光。今天他要打電話給入選的餐廳。

未來一個月，節目將要前進丹佛地區，幸運的入選者是萊克伍德市一間烤肉餐廳、市中心一間烘焙坊，然後是外圍地區，比較靠近波爾德市的一間燒烤餐廳。亞當本來質疑這個決定，但貝絲很堅持「藏身處」餐廳會是這集的亮點。可以的話，他們應該要在星期五晚上去那裡拍攝，那裡是當地的卡拉OK熱門地點。亞當很討厭卡拉OK，但貝絲非常堅持。

「亞當，重點不是你怎麼想，」她保證說。「這個地方好酷，酷到主廚都會覺得很冷，需要一件愛斯基摩毛皮外套。從外面看起來好像沒什麼，不過裡面很時髦。完全可以說是妙不可言。再者，餐廳老闆真是超上相的，廚師的名字叫納薩尼爾．維克斯……我告訴你，他超棒的。我很討厭表現得不專業，但我真的是豁出去了。結果毫無回應。女服務生向我密報說他結婚了，好男人總是死會了，對吧？不過他顯然有個很帥的兄弟，晚上當餐廳的門口保鑣。我很想跟主廚一起去這間。」

她用iPhone拍了一堆照片。如她所述，從外面看來毫不起眼。美國西部有很多像這樣的地方，看似酒館，深色木頭內裝，鄉村風格。其他照片多半是一盤盤的食物，以這麼不起眼的地方來說，那些食物似乎有點太時髦了。有幾張照片一定是她熱愛的那名廚師，高大，滿臉鬍子，一頭鬈髮非常濃密。亞當並不覺得他特別有魅力，不過他懂什麼？伐木工人可能是貝絲的菜吧。很多照片的背景都有一名留著黑短髮的嬌小女子，從來不面對鏡頭……也許這就是主廚的妻子。他手上有餐廳的販酒執照，列出所有老闆的名字。納薩尼爾．維克斯是主廚，所以凱尼斯一定是保鑣兄弟，而埃利思是妻子。

亞當還是很猶豫，不過「藏身處」餐廳也獲得尼爾豎起大拇指熱情讚賞，說是過去三季以來他吃過最棒的食物。

他們向來準備了幾家備案，名單上有帕克市的一家咖啡店，還有利特爾頓市一家只賣早餐的餐廳，不過亞當很少需要聯絡備案餐廳。這節目向來很能引爆餐廳的生意，每一集播出之後的頭兩個月，餐廳營收都會顯著增加，而隨後一整年也持續上升。甚至有一群追星族努力跟隨主廚的足跡，吃遍他曾介紹的每一個地方。主廚頻頻獲得讚美，而每週日晚上播出的節目總能吸引多達一百萬名觀眾。這是全世界最棒的廣告，而且是免費的。

因此，亞當準備要迎接萊克伍德市烤肉餐廳「口哨豬」的反應了。他才剛說出節目名稱，老闆就開始尖叫，亞當覺得甚至能聽見她跳上跳下踩著地板砰砰作響的聲音，感覺很像「發行人票據交換公司」抽獎活動的超大中獎支票出現在某人的家門口。

等老闆冷靜下來後，亞當繼續講固定的聯絡臺詞，敲定老闆的時間，將她需要知道的聯絡資訊告訴她，請她準備節目需要用到的出入通道等等。他一路說明，老闆也不停感謝亞當，不時還對某個剛好路過的某人大叫告知這個好消息。

像這樣的電話，亞當已經打過八百通了，不過他一直都覺得很開心，感覺自己像是耶誕老公公。

打給烘焙坊的電話也很類似，但傳來的不是尖叫聲，而是烘焙坊主廚中氣十足的笑聲，很有感染力，連亞當都忍不住跟著笑起來。這通電話講得比第一通還久，不過最後亞當讓自己恢復鎮定，不像那些餐廳廚師永遠靜不下來。

亞當把「藏身處」餐廳留到最後，他知道「星期五卡拉OK之夜」的節目內容會有點複雜，比較難安排。亞當覺得這可能偏離節目內容太遠，不過他認為晚餐和表演可以都拍攝一點，然後剪接在一起看看能怎麼呈現。

「這是藏身處餐廳，」一個低沉女性的嗓音回應他的電話。「我可以效勞嗎？」

亞當聽見背景傳來他預期的聲響……整理乾淨碗盤的哐啷聲、準備食材的唰唰唰切菜聲，還有因為電話響起而壓低的喃喃談話聲。他們很快就會大聲嚷嚷起來了。

「哈囉，」亞當熱情地向她打招呼。「我可以和維克斯太太講話嗎？埃利思．維克斯太太，或者維克斯先生也可以。」

「我是維克斯太太。」

「太好了，嗨，我名叫亞當．柯佩基，我打這通電話是代表『美國超級美食之旅』節目。」

他等了一下。有時候對方要花點時間消化訊息。他很想知道維克斯太太是尖叫型還是喘不過氣型。說不定是大哭型。

「是的，我可以幫什麼忙？」維克斯太太以冷靜語氣回答。

亞當有點尷尬，笑了一聲。有時候會這樣。這節目最近確實是家喻戶曉，但不是每個人都很熟悉。

「是這樣的，我們是以美食為主題的實境節目，跟隨主廚踏上美食之旅……」

「是的，我知道這節目。」現在語氣顯得有點不耐煩。「那麼我可以幫你什麼忙？」

亞當有點困惑。她的反應透露出強烈的疑心，彷彿覺得這是詐騙電話，甚至是更糟糕的事。亞當有點無法確定。

他趕緊直接表明來意。「我打電話是因為『藏身處』餐廳入選我們的節目。我們的密探，」他輕笑一聲，「回來之後熱烈推薦你們的菜單和招待。聽說你們成為當地相當熱門的地方，所以我們很樂意好好介紹，還沒有聽過你們餐廳的人就有機會認識。」

這樣肯定能打動她。身為餐廳的三位老闆之一，她必須考慮增加生意的各種可能方法。他等待著第一聲尖叫。

什麼都沒有。

他依然聽得到哐啷聲、切菜聲和喃喃說話聲，以及遠處傳來幾聲狗兒吠叫，否則會以為電話斷線了。

或者是她掛他電話。

「哈囉，維克斯太太？」

「是的，我在這裡。」

「嗯，那麼，呃，恭喜。下個月初，我們準備待在你們地區，那段時間我們可以彈性配合你們的工作時間表。我聽說星期五晚上是熱門時段，所以我們可能想要規劃在……」

「很抱歉……柯佩基先生，你剛才是這樣說的嗎？」

「是的，不過請叫我亞當。」

「很抱歉，亞當，雖然我們真的很……高興，不過我想，我們不太可能參與。」

「噢。」亞當說著，語氣半是驚訝、半是嘀咕。

他曾有幾個例子是時間表無法配合，大多數是出現很重要的緊急情況，像是要辦婚禮、葬禮、器官移植等等，但是從來不曾徹底絕望，因為老闆們總是努力挪出時間，否則會非常失望。奧瑪哈市有個可憐的女子甚至在電話那一頭哭了足足五分鐘。

「真的很謝謝你想到我們……」

感覺好像只是遠房親戚的後院生日派對邀約而已。

「維克斯太太，這對你們餐廳的生意會有很大的幫助，我不確定你是否了解。我可以寄一些統計數字給你，等你看到上節目會讓帳本的結算數字有多大差異，一定會很驚訝。」

「柯佩基先生，我很確定你說得對……」

「夾竹桃，那是什麼？」一個聲音打斷對話。這聲音很低沉，而且聲若洪鐘。

「抱歉請等我一下，」維克斯太太對亞當說，然後她的聲音略顯模糊。「我處理就好，」她對那個宏亮的聲音說。「是那個節目……『美國超級美食之旅』什麼的。」

「他們要幹嘛？」

「顯然是要介紹『藏身處』。」

亞當慢慢吸一口氣。也許另一位老闆會有適當的回應。

「喔。」低沉的聲音說，他的語氣讓亞當回想起女子第一次的回應。冷淡。

怎麼會有這種壞消息？亞當覺得自己被耍了。難道這是貝絲和尼爾的惡作劇？

「真的嗎？」有人從遠處叫道……是另一個低沉的聲音，不過這個聲音比較熱情。「他們想在節目裡介紹我們？」

「對，但是不能……」維克斯太太回答。

幾陣歡呼聲打斷她想要說的話。亞當並沒有因而放心，他還沒感覺到電話線的另一端已經改變心意。

「夾竹桃，你要我跟他談嗎？」宏亮的聲音說。

「不用，已經講好了，」維克斯太太說。「納薩尼爾可能需要喝杯烈酒，也許服務生也要。我會處理這個。」

「照辦。」

「柯佩基先生，抱歉打斷了，」維克斯太太說，她的聲音又變清楚了。「我是說真的，很謝謝這項邀請，我很抱歉沒辦法實現。」

「我不太懂。」亞當聽出自己的語氣變得緊繃，她肯定也聽出來了。「就像我說的，我們的時間很有彈性。我……我從沒碰過有人不想上節目。」

現在她的語氣比較熱切了……而且有點安慰效果。「如果有可能的話，我們絕對很想上節目。你知道嗎……」一陣短暫停頓。「有個問題，法律上的問題，我們正在處理。是關於我小叔前女友的留置權。那到底是生意上的借貸關係？還是個人的贈與……等等諸如此類的，你應該有點概念。那實在非常微妙……很棘手，你也知道，所以現在沒有新聞就是好新聞。我們得保持低調，希望你能理解。我們真的非常高興。」

他聽到那個聲音宏亮的兄弟正在後面與某人吵架，幾乎像吼叫，然後有一些比較微弱的嘀咕聲，聽起來像抱怨。

這還比較像話，是個真正的理由，雖然他其實沒有完全了解，一間餐廳上節目怎麼會對法律問題產生負面影響？除非這樣一來，他們必須支付餐廳價值的一定百分比給別人？

「維克斯太太，很抱歉聽到這樣的消息。也許未來有機會合作？我可以把我的聯絡……」

「絕對沒問題。非常謝謝你。只要狀況可以接受邀請，我一定跟你聯絡。」

電話掛斷了。她甚至沒讓他有機會留下電話號碼。亞當瞪著眼前的資料愣了好幾秒，努力想甩掉剛才的感受，感覺好像邀請女孩去參加慈善舞會，卻遭到當面狠狠拒絕。

好一陣子過去，他一直盯著電話。最後，他搖搖頭，然後伸手翻閱備案的資料。帕克市的咖啡店一定很感激入選吧。亞當好需要聽見幾聲興奮的尖叫聲。

致謝

這個故事並非我憑一己之力就能寫出，我要大力感謝過程中慷慨提供許多時間、耐心和專業知識的所有人。

我的「最有價值人士」是美國亞利桑那州立大學分子科學系的Kirstin Hendrickson博士和她的同事Scott Leffler博士。Hendrickson博士花費難以想像的大量時間，為我研究出各種實際可行的方法，讓我可對小說裡的人物進行殺戮、拷問和化學操控，非常感激她的協助。

另外，我摯愛的護士Judd Mendenhall提供大量協助，丹尼爾·比奇才能活著，不但對我詳盡解說如何抽吸胸腔傷口，也提供獸醫方面的解決方案。

如果沒有Gregory Prince博士對於分子生物學和單株抗體的厲害協助，我無法為亞利思補充她應該要有的專業背景。

也要對以下每一位超棒的人致上大量感謝：Tommy Wittman是美國菸酒槍砲及爆裂物管理局的退休特勤人員，為我上了一堂非常棒的防毒面罩速成課；Paul Morgan和Jerry Hine對於建構有用死亡陷阱的機械構造提供重大協助；Warren Brewer是鳳凰城警察局的警官，他幫忙檢查我的毒品交易流程；S. Daniel Colton是美國空軍軍法署的前隊長，以他的專業為凱文創造出背景故事；John E. Rowe是美國海軍上士，他一直很樂意與我談論槍枝知識，或者我很好奇想知道的其他亂七八糟事情。

還要大大感謝其他不具名的資料來源，非常感激你們的協助。

我要將所有的愛給予每一位日常良伴：非常體諒我的家人，他們對我既失眠又狂熱的寫作期間非常有耐心；我最傑出和體貼的編輯Asya，從來不曾說我瘋了，即使我真的瘋了；我的忍者經紀人Jodi，她讓反對她意見的所有人感到敬畏（有時候不反對的人也會）；我的超優秀電影經紀人Kassie，我也很嚮往以後成為她這樣的人；我的製作夥伴Meghan，她承擔了Fickle Fish影視公司的所有重責大任，於是我不在的時候才沒有完全垮掉。而且，當然啦，我要將全心全意的愛給予所有購買我的書的讀者，謝謝你們給它們一個機會，讓我能說故事給你們聽。

最後要謝謝帕奇特，我最棒最笨的德國狼犬，只要有一丁點危險的跡象，牠立刻畏畏縮縮躲到我背後。牠從沒像愛我的丈夫那麼愛我，牠一直學不會拋接遊戲的最基本原理。我也愛你，你這隻又大又笨又漂亮的膽小鬼。

LOCUS

LOCUS

LOCUS

LOCUS